중고생이 꼭 읽어야 할

한국중장편소설
40

초판 1쇄 발행 2022년 12월 23일
초판 2쇄 발행 2024년 7월 25일

지은이   박경리 외
엮은이   채호석, 김형주, 권복연, 리베르 문학팀
펴낸이   박찬영
편집   정예림, 김지은
디자인   박민정
삽화   조혜림
마케팅   조병훈, 박민규, 김도언, 이다인

발행처   리베르
주소   서울특별시 성동구 왕십리로 58 서울숲포휴 11층
등록신고번호   제2013-16호
전화   02-790-0587, 0588
팩스   02-790-0589
홈페이지   www.liber.site
커뮤니티   blog.naver.com/liber_book(블로그)
e-mail   skyblue7410@hanmail.net

ISBN   978-89-6582-359-9(43810)

리베르(Liber 전원의 신)는 자유와 지성을 상징합니다.

중고생이 꼭 읽어야 할

한국 중장편 소설 40

박경리 외 지음 | 채호석 · 김형주 · 권복연 · 리베르 문학팀 엮음

리베르

머리말

장편 소설은 단편 소설보다 복잡한 얼개로 엮여 있고 주제 의식도 폭넓게 담고 있다. 장편에서는 인생의 단면을 다각도로 조명할 수 있으므로 재미의 요소를 더할 수도 있다. 이런 점들 때문에 장편 소설이 단편 소설보다 대중적으로 더 큰 흡인력을 지니고 있다. 더구나 요즈음 문학계는 짧은 단편보다는 더 깊은 호흡으로 당대를 거시적으로 조명하는 중편과 장편들을 중시하는 경향이다. 한국 문학사에서 대하소설들이 큰 흐름을 형성해 온 것도 이와 맥락을 같이 한다.

매년 새 학기가 되면 수많은 문학 해설서가 쏟아져 나온다. 그만큼 문학 작품을 쉽게 접할 수 있는 환경이 조성되었지만, 해설과 질문이 부실한 책이 대부분이다. 특히 중편과 장편은 방대한 내용을 한 권에 담기 쉽지 않기 때문에 수능 시험을 위한 문제 풀이에 급급한 책이 많다. 『한국중장편소설 40』은 교과서에 수록된 중장편 소설을 수록하면서 기본적인 어휘 풀이에 '작가에 대하여, 작품 길잡이, 구성과 줄거리, 생각해 볼까요?' 등 다양한 콘텐츠를 함께 제공하여 보다 쉽게 읽을 수 있도록 구성하였다.

청소년들이 경험의 세계를 확대하는 가장 좋은 방법 중 하나는 한국인의 정신적 고향을 담고 있는 한국 중장편 소설을 읽는 것이다. 소설 읽기를 통한 다양한 간접 경험은 눈앞의 논술 고사나 수능 시험에 도움을 줄 뿐 아니라 과거와 미래의 삶을 통찰하는 데도 큰 도움을 줄 것이다. 청소년은 물론 성인들도 반드시 읽어야 할 『한국중장편소설 40』의 선정 기준과 장점을 밝혀 둔다.

1. 문학사적 의의, 예술성, 대중성을 작품 선정의 준거로 삼았다

발표 시기를 기준으로 삼아 1900년대에서 2000년대까지의 작품을 선정하였다. 특히 대하소설 「태백산맥」, 「토지」, 「혼불」에서 시험에 자주 수록되는 부분을 놓치지 않고 수록하였고, 맨부커상을 받은 「채식주의자」, 영화로 제작된 「완득이」까지 '더 읽어볼 작품'으로 수록하여 아이들이 더 폭넓고 다채로운 독서를 즐길 수 있도록 노력하였다.

2. 교과서 수록 작품 위주로 수록하였다

교과서에서 다루는 작품들은 대체로 전문가의 평가와 대중의 사랑을 받은 작품들이다. 교과서 수록 작품은 수능과 논술 시험에도 출제될 가능성이 높기 때문에 40편이라는 많은 편수로 수록하였다. 한 작가의 작품 중에서도 시대성과 예술성을 지닌 대표작을 고르되 기준에 부합하면 여러 작품을 골랐다.

3. 해설은 '작가에 대하여, 작품 길잡이, 구성과 줄거리, 생각해 볼까요?'로 나누어 작품의 완전한 이해를 도모했다

'작가에 대하여'를 읽고 작품을 창작한 작가의 정보를 알 수 있다. '작품 길잡이'를 통해 작품의 기본적인 성격을 파악할 수 있다. '구성과 줄거리'를 보며 소설의 구성 단계(발달, 전개, 위기, 절정, 결말)를 이해할 수 있다. '생각해 볼까요?'는 각종 시험과 수행 평가에 대비해 작품을 다각도에서 바라볼 수 있도록 구성했다.

4. '인물 관계도'와 '만화로 읽는 작품' 삽화를 넣어 독서의 효율성을 높였다

작품을 읽기 전, 등장인물과 인물 간의 관계를 한눈에 파악할 수 있도록 '인물 관계도'를 만들었다. 중장편 소설의 특성상 많은 인물이 나오기 때문에 '인물 관계도'를 통해 인물을 헷갈리지 않고 작품을 쉽게 파악할 수 있다. 작품 마지막에는 소설의 구성 단계에 따른 '만화로 읽는 작품' 삽화를 넣음으로써 줄거리를 쉽게 파악할 수 있도록 도왔다.

5. 어휘 풀이와 간략한 주석을 보며 내용을 바로 이해할 수 있도록 정리했다

작품 속에서 어휘 풀이는 각주가 아니라 내주로 처리해 즉시 이해할 수 있도록 가독성을 높였다. 작품 중간중간 형광펜으로 칠한 듯한 주석을 달았다. 주석을 통해 작품의 핵심을 쏙쏙 파악할 수 있고, 작품을 읽는 동시에 참고서를 보는 일석이조 효과를 누릴 수 있다.

엮은이 씀

목차

작품 미리보기

이인직

◆ 혈의 누

옥련은 청일 전쟁으로 인해 가족과 헤어지고 고난을 겪지만, 미국 유학을 가 신여성이 된다. 부모님과 재회한 옥련은 조국 계몽을 위해 힘쓸 것을 다짐한다.

이광수

◆ 무정

지식인인 형식은 장안의 부자인 김 장로의 딸 선형과 기생이 된 영채 사이에서 갈등한다. 토론을 통해 민족의식을 자각하게 된 형식, 병욱, 영채, 선형은 장차 조국에 이바지하겠다는 결의를 다진다.

염상섭

◆ 만세전

1918년 겨울, 동경 유학생인 '나'는 아내가 위독하다는 전보를 받고 귀국한다. 귀국길에 조선인의 비참한 현실을 목격한 '나'는 절망한다. 아내가 세상을 떠난 뒤, '나'는 학업을 위해 동경으로 떠난다.

박태원

◆ 소설가 구보 씨의 일일

구보는 일본 유학을 다녀왔음에도 일정한 직업 없이 소설을 쓰는 스물여섯 살의 청년이다. 그는 정오에 집을 떠나 여러 사람을 관찰한 후 새벽 두 시에 귀가한다.

천변풍경

청계천 변에 살아가는 사람들의 일상사가 펼쳐진다.

심훈

상록수

동혁과 영신은 농촌 계몽 운동에 투신하지만 그들의 활동을 방해하는 세력들이 자꾸 나타난다. 영신은 학생들을 가르치다가 병이 악화되어 숨을 거두고, 동혁은 농촌을 위해 한평생 몸 바쳐 봉사할 것을 다짐한다.

채만식

탁류

초봉은 가난한 가족들을 위해 원하지 않은 결혼을 했다가 비극적인 삶을 산다. 형보를 죽인 초봉은 동생 계봉과 승재의 간곡한 설득에 자수하기로 마음먹는다.

태평천하

윤 직원은 화적 떼로부터 자신을 보호해주는 일본인이 태평천하를 가져왔다고 생각한다. 그는 기대를 걸었던 손자 종학이 사회주의 운동을 하다 체포되자 분노한다.

민족의 죄인

일제에 협력한 전적이 있는 '나'는 전직 기자 윤의 비난을 받는다. 충격을 받고 조용히 지내던 '나'는 동맹 휴학에 합세하지 않고 이탈한 조카를 호되게 나무란다.

김동인

대수양

수양 대군이 국정에 관심을 보이지 않는 단종을 대신해서 왕위를 물려 받는다.

이태준

◆ 해방 전후 ◆
일제의 감시를 피해 시골로 내려간 현은 김 직원을 만나 교류한다. 해방 후 좌익 계열 문학 단체에서 일하던 현은 김 직원과 이념적으로 화해할 수 없음을 확인한다.

이미륵

◆ 압록강은 흐른다 ◆
신학문을 배우던 '나'는 3·1 운동에 참여했다가 수배를 받는 신세가 되자 유럽으로 유학을 가 독일에 정착한다.

황순원

◆ 나무들 비탈에 서다 ◆
전쟁이라는 극한 상황을 겪은 동호, 현태, 윤구는 방황한다. 자살한 동호의 애인인 숙이는 현태에게 겁탈당하여 그의 아이를 갖게 되지만 아이를 낳기로 결심한다.

이문구

◆ 관촌수필 ◆
오랜만에 고향을 찾은 '나'는 유년 시절의 추억을 떠올린다.

윤흥길

◆ 장마 ◆
전사한 국군 아들을 둔 외할머니가 실종된 인민군 아들을 둔 할머니와 갈등한다.

'아무 날 아무 시'에 돌아온다던 삼촌 대신 구렁이가 나타나자 할머니는 기절하고, 외할머니가 구렁이를 대접해서 돌려보낸다. 두 할머니는 앙금을 풀고 화해한다.

◦ 아홉 켤레의 구두로 남은 사내 ◦
'나'의 집에 세 들어 사는 권 씨는 '나'가 아내의 입원비를 빌려주지 않자 강도가 되어 돌아온다. '나'에게 정체를 들킨 그는 아홉 켤레의 구두만 남기고 사라진다.

◦ 완장 ◦
종술은 완장에 현혹되어 저수지 감시원 자리를 맡는다. 과도한 횡포를 부려 경찰에 쫓기는 신세가 된 종술은 완장에 대한 집착을 버리고 부월과 함께 떠난다.

조세희

◦ 은강 노동 가족의 생계비 ◦
'나', 영호, 영희는 은강의 공장에서 적은 돈을 받으며 일한다. '나'는 최소한의 생존 비용만이 적힌 어머니의 가계부를 덮으며 릴리푸트읍에 대해 생각한다.

◦ 내 그물로 오는 가시고기 ◦
은강에서 일하던 난장이의 큰아들이 회장을 죽이려다 착각해 숙부를 죽인다. 난장이 큰아들에게 사형이 선고되고 '나'는 가시고기들이 그물에 걸리는 꿈을 꾼다.

김원일

◦ 도요새에 관한 명상 ◦
형 병국은 학생 운동에 참여하여 퇴학당한 후 환경 운동을 시작하지만, 동생 병식은 새를 밀렵한다. 동진강 하구의 오염 원인을 조사하다 병식을 마주친 병국은 동생을 나무란다. 병국은 실향민인 아버지를 보며 도요새를 생각한다.

박완서

나목
미군 PX 초상화부에서 일하는 '나'는 화가 옥희도를 사랑한다. 오랜 시간이 흐른 후 전시를 보러 간 '나'는 지난날 보았던 그림이 고목이 아니라 나목이었음을 깨닫는다.

엄마의 말뚝2
수술한 '나'의 어머니는 마취가 풀리자 6·25 전쟁에서 죽은 아들의 환각에 시달린다. 정신을 차린 어머니는 자신의 뼛가루를 고향이 보이는 곳에 뿌려 달라고 부탁한다.

그해 겨울은 따뜻했네
수지는 1·4 후퇴의 피란길에서 동생 오목을 버린다. 시간이 흘러 오목을 다시 만난 수지는 오목이 죽을 때가 되어서야 사실을 고백하고 용서를 구한다.

이문열

사람의 아들
민요섭 피살 사건을 수사하게 된 남 경사는 신에 대해 의문을 품은 아하스 페르츠의 이야기를 읽게 된다. 조동팔은 민요섭을 살해했음을 고백하고 스스로 목숨을 끊는다.

우리들의 일그러진 영웅
시골로 전학 간 '나'는 급장 엄석대의 절대 권력에 반항하다 결국 항복한다. 6학년이 되어 새로 온 담임은 엄석대의 권력을 무너뜨리고 엄석대는 자취를 감춘다.

권정생

몽실언니
몽실의 가족은 가난과 전쟁 때문에 흩어진다. 몽실은 아버지, 어머니가 다른 동생들을 모두 보살핀다. 30년 후 몽실은 동생들과 연락을 주고받으며 살아간다.

강석경

숲속의 방

'나'는 몰래 학교를 휴학한 동생 소양의 삶을 추적하며 동시대 젊은이들의 삶을 알게 된다. 삶의 진실을 찾기 위해 방황하던 소양은 결국 스스로 목숨을 끊는다.

조정래

태백산맥

여수 순천 10·19 사건이 발생하고 사람들은 좌익과 우익으로 나뉘어 싸운다. 6·25 전쟁이 발발하고 벌교는 염상진 등의 좌익 반란군이 장악한다. 지리산을 거점으로 있던 빨치산 세력은 군경의 토벌 작전으로 와해되고 염상진은 수류탄으로 자폭한다.

박경리

토지

최참판가의 유일한 혈육인 최서희는 조준구에게 재산을 빼앗기자 간도로 이주한다. 조준구에게 빼앗긴 재산을 되찾은 서희는 옥살이하는 남편 길상을 위해 서울로 올라갈 것을 결심하고 조선은 광복을 맞는다.

최명희

혼불

전라북도 남원의 종부 청암 부인은 이씨 가문을 일으켜 세운다. 청암 부인의 손자인 강모는 만주로 가서 소식이 없고 3대 종부인 강모의 아내 효원이 기울어져 가는 가문을 책임진다.

이순원

◆ 아들과 함께 걷는 길
'나'는 아들 상우와 강릉 아버지 집까지 걸어가면서 많은 대화를 나눈다.

최인호

◆ 상도
장사꾼인 임상옥은 석숭 스님의 세 가지 선물로 위기를 극복하고 조선 최고의 갑부가 된다. 임상옥은 주변 상인들에게 자신의 재물을 나누어 주고 죽는다.

신경숙

◆ 외딴 방
작가인 '나'는 산업체 특별반에서 공부하며 겪었던 일들을 회상하고 자신의 글에 대해 고민한다.

김훈

◆ 남한산성
인조는 청나라 군대를 피해 남한산성으로 피신한다. 화친을 주장하는 최명길과 끝까지 투쟁할 것을 주장하는 김상헌 사이에서 갈등하던 인조는 삼전도에서 투항한다.

최인훈

◆ 광장
6·25 전쟁 당시 남한과 북한 사이에서 갈등하던 이명준은 중립국으로 택하지만 결국 바다에 뛰어들어 스스로 목숨을 끊는다.

현기영

◆ 순이 삼촌 ◆

'나'는 순이 삼촌의 죽음을 통해 4·3 사건의 의미를 깨닫고 진상 규명의 필요성을 느낀다.

양귀자

◆ 일용할 양식 ◆

형제슈퍼와 김포슈퍼가 경쟁하다가 단합하여 새로 온 싱싱청과물상회를 몰아낸다.

황석영

◆ 개밥바라기별 ◆

준은 고등학교를 자퇴하고 무전여행과 다른 경험을 통해 성장한다.

한강

◆ 채식주의자 ◆

육식을 거부하는 영혜를 아무도 이해하지 못하고 영혜는 결국 손목을 긋는다.

김려령

◆ 완득이 ◆

완득이가 동주 선생님을 통해 어머니와 만나고 꿈을 찾아가며 성장한다.

이인직
(1862~1916)

✉ **작가에 대하여**

    호는 국초(菊初). 경기도 이천 출생. 어려서 한학을 배우다가 1896년 일본으로 망명하였다. 도쿄정치학교에 청강생으로 들어간 후 1900년 2월 관비 유학생으로 정식 입학하였다. 유학 중 일본의 민간 신문 〈미야꼬신문(都新聞)〉사에서 신문 기자 연수를 받았다. 1906년 〈국민신보〉 주필, 〈만세보〉 주필로 활동하였다. 1907년 6월에는 〈만세보〉가 경영난으로 폐간되자 이를 인수한 〈대한신문〉의 사장으로 취임하였다. 이때부터 이완용의 비서역을 맡았고 적극적으로 친일 활동을 벌였다.

    1906년 〈만세보〉에 최초의 신소설인 「혈의 누」를 연재하면서 등단하였다. 이 작품은 묘사의 사실성, 취재의 현실성, 해부적 구성, 신교육과 반인습 등의 새로운 주제와 평이한 서술로 전대 소설과는 다른 신소설로 일컬어지며 객관적인 심리 묘사가 뛰어나다는 평가를 받기도 하였다. 그러나 계몽주의 사상을 표방한 제국주의적 국가관을 작품 안에서 표출했다는 이유로 비난을 받기도 하였다. 주요 작품으로 「혈의 누」, 「귀의 성」, 「치악산」, 「모란봉」 등이 있다.

혈의 누

#신소설 　 #계몽 　 #청일전쟁 　 #이산가족

⚓ 작품 길잡이

갈래: 신소설, 계몽 소설
배경: 시간 - 청일 전쟁(1894)~광무 6년(1902)
　　　　공간 - 평양, 일본 오사카, 미국 워싱턴
시점: 3인칭 전지적 작가 시점
주제: 신교육 사상과 개화 의식의 고취
출전: 〈만세보〉[(1906)]

📷 인물 관계도

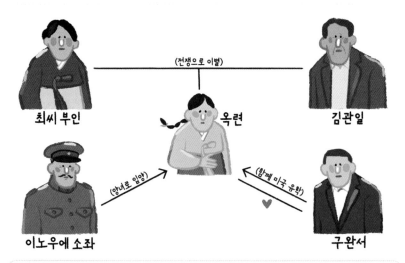

옥련	청일 전쟁 중에 부모와 헤어져 고난을 겪는다. 일본과 미국에서 교육을 받고 개화된 여성으로 거듭난다.
구완서	부국강병의 꿈을 안고 미국으로 유학을 가 공부하는 개화기 청년으로 옥련과 약혼한다.

📋 구성과 줄거리

발단 청일 전쟁이 일어나 옥련의 일가족이 뿔뿔이 헤어짐

옥련은 청일 전쟁 중에 가족과 헤어진다. 어머니 최씨 부인은 가족을 찾아 헤매다가 자살을 기도하지만 목숨을 건지고, 아버지 김관일은 미국으로 유학을 떠난다.

전개 옥련은 일본군 장교에게 구조되고 양녀로 입양됨

옥련은 부모를 잃고 다리에 파편을 맞아 부상을 입지만 일본 군의관 이노우에 소좌의 치료로 완쾌된다. 그는 옥련의 신세를 가엾이 여겨 그녀를 일본 오사카에 있는 자기 집으로 보내고 양녀로 삼는다. 옥련은 일본에서 이노우에 부인과 함께 살며 신식 교육을 받고 성장한다.

위기 양모에 의해 냉대를 받는 옥련은 집을 나와 방황함

이노우에 소좌가 전사했다는 통보를 받고 난 뒤부터 이노우에 부인은 재가를 꿈꾸며 옥련을 핍박한다. 시련을 겪는 옥련은 한때 죽기를 결심하다가 마음을 고쳐먹고 집을 떠나 정처 없이 헤맨다.

절정 옥련은 구완서와 같이 미국에서 학업을 함

방황하던 옥련은 우연히 구완서라는 조선 청년을 만나는데, 그는 부국강병의 뜻을 품고 미국으로 유학을 가는 중이었다. 옥련은 그를 따라 미국으로 떠난다. 옥련은 착실하게 공부하여 학교를 우등으로 졸업한다. 기구한 운명을 극복한 옥련의 이야기를 미국 신문에서 보도한다.

결말 옥련은 부모님을 만나고, 구완서와 함께 신문명 교육의 뜻을 다짐

신문 기사에서 딸의 이야기를 발견한 김관일은 옥련과 극적인 상봉을 한다. 옥련은 구완서와 약혼한 뒤 어머니와 재회하고 귀국하여 조국의 계몽을 위해 힘쓸 것을 다짐한다.

혈의 누

일청전쟁^{日淸戰爭}의 총소리로 평양 일경 _{한 나라. 또는 어떤 곳을 중심으로 한 일부 지역}이 떠나가는 듯하더니, 총소리가 그치매 사람의 자취는 끊어지고 산과 들에 비린 티끌 뿐이라.

평양성 외 모란봉에 저녁볕은 뉘엿뉘엿 넘어가는데, 숨이 턱에 닿은 듯이 갈팡질팡하는 한 부인이 나이 삼십이 될락말락하고, 얼굴은 분을 따고 넣은 듯이 흰 얼굴이나 인정 없이 뜨겁게 내리쪼이는 가을볕에 얼굴이 익어서 선앵둣빛이 되고, 걸음걸이는 허둥지둥하는데 옷은 흘러내려서 젖가슴이 다 드러나고 치맛자락은 땅에 질질 끌려서 걷는 대로 치마가 밟히니, 그 부인은 아무리 급한 걸음걸이를 하더라도 멀리 가지도 못하고 허둥거리기만 한다.

남이 그 모양을 볼 지경이면 저렇게 어여쁜 젊은 여편네가 술 먹고 한길에 나와서 주정한다 할 터이나, 그 부인은 술 먹었다 하는 말은 고사하고 미쳤다, 지랄한다 하더라도 그따위 소리는 귀에 들리지 아니할 만하더라.[1] 무슨 소회 _{所懷 마음에 품고 있는 회포}가 그리 대단한지 그 부인더러 물을 지경이면 대답할 여가도 없이 옥련이를 부르면서 돌아다니더라.

"옥련아, 옥련아, 옥련아, 옥련아, 죽었느냐 살았느냐. 죽었거든 죽은 얼굴이라도 한번 다시 만나 보자. 옥련아, 옥련아, 살았거든 어미 애를 그만 쓰이고 어서 바삐 내 눈에 보이게 하여라. 옥련아, 총에 맞아 죽었느냐, 창에 찔려 죽었느냐, 사람에게 밟혀 죽었느냐. 어리고 고운 살에 가시가 박힌 것을 보아도 어미 된 이내 마음에 내 살이 지겹게 아프던 내 마음이라. 오늘 아침에 집에서 떠나올 때에 옥련이가 내 앞에 서서 아장아장 걸어 다니면서, '어머니, 어서 갑시다.' 하던 옥련이가 어디로 갔느냐."

하면서 옥련이를 찾으려고 골몰한 정신에, 옥련이보다 열 갑절 스무 갑절 더 소중하게 생각하는 사람을 잃고도 모르고 옥련이만 부르며 다니다가 목이 쉬고 기운이 탈진하여 산비탈 잔디풀 위에 털썩 주저앉았다가 혼잣말로,

"옥련 아버지는 옥련이 찾으려고 저 건너 산 밑으로 가더니 어디까지 갔누."

---

1) 서술자가 작품 내에 개입하고 있는 부분으로 '편집자적 논평'이라고 한다. 이는 고전 소설에 자주 등장하는 수법으로, 신소설이 고전 소설의 영향을 어느 정도 받고 있음을 알 수 있다.

하며 옥련이를 찾던 마음이 홀지^{忽地 갑자기 되거나 변하는 판}에 변하여 옥련 아버지를 기다린다.

· 중간 부분 줄거리

옥련의 어머니는 가족을 찾아 헤매다가 자살을 기도하지만 목숨을 건지고, 아버지 김관일은 미국으로 유학을 떠난다. 총탄을 맞은 옥련은 일본 군의관 이노우에게 구출되고 그 군의관의 양녀가 되어 일본에서 소학교를 다닌다. 그러나 군의관이 죽은 뒤 옥련은 양어머니에게 구박을 받고 자살을 시도하지만 실패한다. 그 후 옥련은 가출한다.

정한 마음 없이 정거장으로 나가니, 그때 일번^{一番} 기차에 떠나려 하는 행인들이 정거장으로 모여드는지라. 옥련의 마음에 동경^{도쿄}이나 가고 싶으나 동경까지 갈 기차표 살 돈은 없고 다만 이십 전이 있는지라. 옥련이가 대판^{오사카}만 떠나서 어디든지 가면 남의 집에 봉공^{奉公 나라나 사회를 위하여 힘써 일함}하고 있을 터이라 결심하고 자목^{오사카에 있는 이바라키 시} 정거장까지 가는 기차표를 사서 일번 기차를 타니,²⁾ 삼등차에 사람이 너무 많이 들어서 옥련이가 앉을 곳을 얻지 못하고 섰는데 등 뒤에서 웬 서생이 조선말로 혼자 중얼중얼하는 말이,

"웬 계집아이가 남의 앞에 와 섰다."

하는 소리에 옥련이가 돌아다보니 나이 열칠팔 세 되고 얼굴은 볕에 걸어서^{볕, 별, 바람 따위에 거칠어지고 빛이 짙어져서} 익은 복숭아 같고 코는 우뚝 서고 눈은 만판^{마음껏 넉넉하고 흐뭇하게} 정신기^{사물을 느끼고 생각하며 판단할 수 있는 기운이나 기색} 있는데, 입기는 양복을 입었으나 양복은 처음 입은 사람같이 서툴러 보이는지라. 옥련이가 돌아다보는 것을 보더니 또 조선말로 혼자 하는 말이,

"그 계집아이 똑똑하다. 재주 있겠다. 우리나라 계집아이 같으면 저러한 것들이 판판이 놀겠지. 여기서는 저런 것들도 공부를 한다 하니 저것은 무엇 하는 계집아이인지."

---

2) 문학 작품에서 '기차'는 문명 혹은 근대화를 상징하는 소재다. 이 작품에서 '기차'는 옥련이 구완서를 우연히 만나 미국으로 유학을 가게 되면서 신여성으로 발전하는 계기가 되는 매개체다.

그러한 소리를 곁의 사람이 아무도 못 알아들으나 옥련의 귀는 알아들을 뿐이 아니라, 대판 온 지 몇 해 만에 고국 말소리를 처음 듣는지라. 반갑기가 측량없으나^{한이나 끝이 없으나}, 계집아이 마음이라 먼저 말하기도 부끄러운 생각이 있어서 말을 못하고, 옥련이도 혼잣말로 서생의 귀에 들리도록 하는 말이,

"어디 가 좀 앉을 곳이 있어야지. 서서 갈 수가 있나."

하는 소리에, 뒤에 있던 서생이 이상히 여겨서 하는 말이,

"그 아이가 조선 사람인가, 나는 일본 계집아이로 보았더니 조선말을 하네."

하더니 서슴지 아니하고 말을 묻는다.

"이애, 네가 조선 사람이 아니냐?"

"네, 조선 사람이오."

"그러면 몇 살에 와서 몇 해가 되었느냐?"

"일곱 살에 와서 지금 열한 살이 되었소."

"와서 무엇 하였느냐?"

"심상소학교에서 공부하고 어제가 졸업식 하던 날이오."

"너는 나보다 낫구나. 나는 이제 공부하러 미국으로 가려 하는데, 말도 다르고 글도 다른 미국을 가면 글자 한 자 모르고 말 한마디 모르는 사람이 어찌 고생을 할는지, 너는 일본에 온 지가 사오 년이 되었다 하니 이제는 고생을 다 면하였겠구나. 어린아이가 공부하러 여기까지 왔으니 참 갸륵한 노릇이다."

"당초에 여기 올 때에 공부할 마음으로 왔으면 칭찬을 들어도 부끄럽지 아니하겠으나, 운수불행하여 고생길로 여기까지 왔으니 칭찬을 들어도……."

하면서 목이 메는 소리로 눈에 눈물이 가랑가랑하여 고개를 살짝 수그린다. 서생이 물끄러미 보고 서로 아무 말이 없는데, 정거장 호각 한 소리에 기차 화통에서 흑운^{黑雲} 같은 연기를 훅훅 내뿜으면서 기차가 달아난다. 옥련의 마음에 자목 정거장에 가면 내려야 할 터인데, 어떠한 집에 가서 어떠한 고생을 할지 앞의 길이 망연한지라.

옥련이가 가고자 하는 길을 갈 지경이면 자목 가는 동안이 대단히 더딘 듯하련마는, 기차표대로 자목 외에는 더 갈 수 없는 고로 싫어도 내릴 곳이라. 형세 좋게 달아나는 기차의 서슬은 오늘 해 전에 하늘 밑까지 갈 듯한데, 자목 정거장이 멀지 아니하다.

"이애, 네가 어디까지 가는지 서서 가면 다리가 아파 가겠느냐?"

"자목까지 가서 내릴 터이오."

"자목에 아는 사람이 있느냐."

"없어요."

"자목은 왜 가느냐?"

옥련이가 수건으로 눈을 씻고 대답을 아니하는데, 서생이 말을 더 묻고 싶으나 곁의 사람들이 옥련이와 서생을 유심히 보는지라, 서생이 새로이 시치미를 떼고 창밖으로 머리를 두르고 먼 산을 바라보나 정신은 옥련의 눈물 나는 눈에만 있더라.

빠르던 기차가 차차 천천히 가다가 딱 멈추면서 반동되어 뒤로 물러나니 섰던 옥련이가 넘어지며 손으로 서생의 다리를 잡으니, 공교히 생각지 않았거나 뜻지 않았던 사실이나 사건과 우연히 마주치는 것이 매우 기이하게 서생 다리의 신경맥을 짚은지라. 그때 서생은 창밖만 보고 앉았다가 입을 딱 벌리면서 깜짝 놀라 돌아다보니 옥련이가 무심중에 일본말로 실례라 하나, 그 서생은 일본말을 모르는 고로 알아듣지 못하나 외양으로 가엾어 하는 줄로 알고 그 대답은 없이 좋은 얼굴빛으로 딴말을 한다.

"네 오는 곳이 이 정거장이냐?"

하던 차에 장거수掌車手 예전에 전차 차장을 이르던 말 가 돌아다니면서 '자목 자목, 자목 자목, 자목 자목'이라 소리를 지르며 문을 여니, 옥련이는 어린 몸에 일본 풍속에 젖은 아이라 서생에게 향하여 허리를 굽히며 또 일본말로 작별 인사 하면서 기차에 내려가니, 구름같이 내려가는 행인 중에 나막신 소리뿐이라. 서생은 정신이 얼떨한데, 옥련이 가는 모양을 보고자 하여 창밖으로 내다 보니 사람에 섞이어서 보이지 아니하는지라. 서생이 가방을 들고 옥련이를 쫓아 나가다가 정거장 나가는 어귀에서 만난지라. 옥련이가 이상히 보면서 말없이 나가니 서생도 또한 아무 말 없이 따라 나가더라.

옥련이가 정거장 밖으로 나가더니 갈 바를 알지 못하여 우두기니 섰거늘, 빌어먹기에 눈에 돈 동록이 앉은 돈에 집착하는 것을 이르는 말 인력거꾼은 옥련의 뒤를 따라가며 인력거를 타라 하나 돈 없고 갈 곳 모르는 옥련이는 거들떠보지도 아니하고 섰다.

"이애, 내가 네게 청할 일이 있다. 나는 일본에 처음으로 오는 사람이라 네게 물어볼 일이 있으니, 주막으로 잠깐 들어갔으면 좋겠으니 네 생각에 어떠하냐."

"그러면 저기 여인숙이 있으니 잠깐 들어가서 할 말을 하시오."

하면서 앞서가니, 자목에 처음 오기는 서생이나 옥련이나 일반이언마는, 옥련이는 자목에 몇 번이나 와서 본 사람과 같이 익달한 여러 번 겪거나 손에 익어서 매우 능숙하게 된 모양으로 여인숙으로 들어가더라.

여인숙 하인이 삼층집 제일 높은 방으로 인도하고 내려가니, 서생은 모두 처음 보는 것이라. 정신이 황홀하여 옥련이 만난 것을 다행히 여긴다.

"이애, 내 여기만 와도 이렇듯 답답하니 미국에 가면 오죽하겠느냐. 너는 타국에 와서 오래 있었으니 별 물정 다 알겠구나. 우선 네게 좀 배울 것도 많거니와, 만리타국에서 뜻밖에 만났으니 서로 있는 곳이나 알고 헤어지자. 나는 공부하고자 하는 마음으로 부모도 모르게 미국에 갈 차로 나섰더니, 불과 여기를 와서 이렇듯 답답한 생각만 나니 어찌하면 좋을지 모르겠다."

하는 소리에 옥련이는 심상한 고국 사람을 만난 것 같지 아니하고 친부모나 친형제만 만난 것 같다.

모란봉 아래서 발을 구르고 울던 일부터 대판 항구에서 물에 빠져 죽으려던 일까지 낱낱이 말한다.

"그러면 우리 둘이 미국으로 건너가서 공부나 하고 있다가 너의 부모님 소식을 듣거든 네 먼저 고국으로 가게 하여 주마."

"……."

"오냐, 학비는 염려 말아라. 우리들이 나라의 백성 되었다가 공부도 못하고 야만을 면치 못하면 살아서 쓸 데 있느냐. 너는 일청 전쟁을 너 혼자 당한 듯이 알고 있나 보다마는, 우리나라 사람이 누가 당하지 아니한 일이냐. 제 곳에 아니 나고 제 눈에 못 보았다고 태평성세로 아는 사람들은 밥벌레라. 사람이 밥벌레가 되어 세상을 모르고 지내면 몇 해 후에는 우리나라에서 일청 전쟁 같은 난리를 또 당할 것이라. 하루바삐 공부하여 우리나라의 부인 교육은 네가 맡아 문명 길을 열어 주어라."

하는 소리에 옥련의 첩첩한 근심이 씻은 듯이 다 없어졌는지라.

그길로 횡빈 요코하마. 일본 간토에 있는 국제 항만 도시 까지 가서 배를 타니, 태평양 넓은 물에 마름 진흙 속에 뿌리를 박고, 줄기는 물속에서 가늘고 길게 자라 물 위로 자라는 한해살이풀 같이 떠서 화살같이 밤낮없이 달아나는 화륜선이 삼 주일 만에 상항 샌프란시스코 에 이르러 닻을 주니 이곳부터 미국이라. 조선서는 낮이 되어 주야가 상반되는 별천지라. 산도 설고 익숙하지 못하고 물도 설고 사람도 처음 보는 인물이라. 키 크고 코 높고 노랑

머리 흰 살빛에, 그 사람들이 도덕심이 배가 툭 처지도록 들었더라도 옥련의 눈에는 무섭게만 보인다.

　서생과 옥련이가 육지에 내려서 갈 바를 알지 못하여 공론이 부산하다.

　"이애 옥련아, 네가 영어를 할 줄 아느냐. 조금도 모르느냐. 한마디도……. 그러면 참 딱한 일이로구나. 어디가 어디인지 물어볼 수가 없구나."

　사오 층 되는 높은 집은 구름 속 하늘 밑에 닿은 듯한데, 물 끓듯 하는 사람들이 돌아들고 돌아 나는 모양은 주막집 같은 곳도 많이 보이나 언어를 통치 못하는 고로 어린 서생들이 어찌하면 좋을지 알지 못하여 옥련이가 지향 없이 사람을 대하여 일어로 무슨 말을 물으니 서생의 마음에는 옥련이가 영어를 조금 알면서 겸사로 모른다 한 줄로 알고 알아듣지도 못하는 소리를 바싹 들어서서 듣는다. 옥련의 키로 둘을 포개 세워도 치어다볼 듯한 키 큰 부인이 얼굴에는 새그물 같은 것을 쓰고 무 밑동같이 깨끗한 어린아이를 앞세우고 지나가다가 옥련의 말하는 소리 듣고 무엇이라 대답하는지, 서생과 옥련의 귀에는 '바바……' 하는 소리 같고 말하는 소리 같지는 아니한지라. 그 부인이 뒤의 프록코트 _{frock coat 남자용의 서양식 예복의 하나. 보통 검은색이며 저고리 길이가 무릎} _{까지 내려옴} 입은 남자를 돌아보면서 또 '바바바……' 하니, 그 남자는 청국말을 하는 양인이라. 청국말로 무슨 말을 하는데, 서생과 옥련의 귀에는 또 '바' 하는 소리 같고 말소리 같지 아니하다. 서생은 옥련이가 그 말을 알아들은 줄로 알고,

　"이애, 그것이 무슨 말이냐?"

　"……."

　"그 남자의 말도 못 알아들었느냐……."

　그렇듯 곤란하던 차에 청인 노동자 한패가 지나거늘 서생이 쫓아가서 필담 _{筆談 말이 통하지 아니하거나 말을 할 수 없을 때에 글로 써서 묻고 대답함} 하기를 청하니, 그 노동자 중에는 한문자 아는 사람이 없는지 손으로 눈을 가리더니 그 손을 다시 들어 홰홰 내젓는 모양이 무식하여 글자를 못 알아본다 하는 눈치다.

　그때 마침 어떠한 청년이 햇빛에 윤이 질 흐르고 흐르는 비단옷을 입고 마차를 타고 풍우같이 달려가는데, 서생이 그 청인을 가리키며 옥련이더러 하는 말이, '저러한 청인은 무식할 리가 만무하다.' 하면서 소리를 버럭 지르니, 마차 탄 사람은 그 소리를 들었으나 차 매고 달아나는 말은 그 소리를 듣고 아니 듣고 간에 네 굽을 모아 달아나는데 서생의 소리가 다시 마차에

들릴 수 없는지라. 마차 탄 청인이 차부더러 마차를 멈추라 하더니 선뜻 뛰어내려서 서생의 앞으로 향하여 오니 서생이 연필을 가지고 무엇을 쓰려 하는데, 청인이 옥련이 옷을 본즉 일복이라, 일본 사람으로 알고 옥련에게 향하여 일어로 말을 물으니, 옥련이가 기쁜 마음을 이기지 못하여 청인 앞으로 와서 말대답을 하는데 서생은 연필을 멈추고 섰더라.

원래 그 청인은 일본에 잠시 유람한 사람이라, 일본말을 한두 마디 알아들으나 장황한 수작은 못 하는지라. 옥련이가 첩첩한 말이 나올수록 그 청인의 귀에는 점점 알아들을 수 없고 다만 조선 사람이라 하는 소리만 알아들은지라. 청인이 다시 서생을 향하여 필담으로 대강 사정을 듣고 명함 한 장을 내더니 어떠한 청인에게 부탁하는 말 몇 마디를 써서 주는데, 그 명함을 본즉 청국 개혁당의 유명한 강유위康有爲 강유웨이. 중국 청나라 말기에서 중화민국 초기의 정치가이자 학자라. 그 명함을 전할 곳은 일어도 잘하는 청년인데, 다년 상항에 있던 사람이라. 그 사람의 주선으로 서생과 옥련이가 미국 화성돈워싱턴에 가서 청인 학도들과 같이 학교에 들어가서 공부를 하고 있더라.

옥련이가 미국 화성돈에 다섯 해를 있어서 하루도 학교에 아니 가는 날이 없이 공부를 하는데, 재주 있고 부지런한 사람으로, 그 학교 여학생 중에는 제일 칭찬을 듣는지라. 그때 옥련이가 고등소학교에서 졸업 우등생으로 옥련의 이름과 옥련의 사적私的 개인에 관계된 것이 화성돈 신문에 났는데, 그 신문을 보고 이상히 기뻐하는 사람 하나가 있는데, 어찌 그렇게 기쁘던지 부지중不知中 알지 못하는 동안 눈물이 쏟아진다. 기쁜 마음을 이기지 못하여 도리어 의심을 낸다. 의심 중에 혼잣말로 중얼중얼한다.

“조선 사람의 일을 영서英書로 번역한 것이라 혹 번역이 잘못되었나. 내가 미국에 온 지가 십 년이나 되었으나 영문에 서툴러서 보기를 잘못 보았나.”

그렇게 다심多心 조그만 일에도 마음이 안 놓여 여러 가지로 생각을 하거나 걱정을 많이 함하게 생각하는 사람의 성명은 김관일인데, 그 딸의 이름이 옥련이라. 일청 전쟁 났을 때에 그 딸의 사생을 모르고 미국에 왔는데, 그때 화성돈 신문에는, 말은 옥련의 학교 성적과, 평양 사람으로 일곱 살에 일본 대판 가서 심상소학교를 졸업하고 그길로 미국 화성돈에 와서 고등소학교에서 졸업하였다 한 간단한 말이라. 김 씨가 분명히 자기의 딸이라고는 질언할사실을 있는 대로 딱 잘라서 말할 수 없으나, 옥련이라 하는 이름과 평양 사람이라는 말과 일곱 살에 집 떠났다 하는 말은 김관일의 마음에 정녕 내 딸이라고 생각 아니할 수도 없는지라. 김 씨가 그 학교에 찾아가니, 그때는 그 학교에서 학도 졸업식 후의 서중 휴학暑中休學여름방학이라, 학교에 아무도 없는 고로 물을 곳이 없는지라, 김 씨가 옥련을 만나지 못하고 돌아왔더라.

옥련이가 졸업하던 날에 학교 졸업장을 가지고 호텔로 돌아가니, 주인은 치하하면서 옥련의 얼굴빛을 이상히 보더라.

옥련이가 수심이 첩첩한 모양으로 저녁 요리도 먹지 아니하고 서산에 떨어지는 해를 치어다보며 탄식하더라.

그때 마침 밖에 손客이 와서 찾는다 하는데, 명함을 받아 보더니 옥련이가 얼굴빛을 천연히 고치고 손을 들어오라 하니, 그 손이 보이를 따라 들어오거늘 옥련이가 선뜻 일어나며 그 사람의 손을 잡아 인사하고 테이블 앞에서 마주 향하여 의자에 걸터앉으니, 그 손은 옥련이와 일본 대판서 동행하던 서생인데 그 이름은 구완서라.

(중략)

하루는 보이가 신문지 한 장을 가지고 옥련의 방으로 오더니 그 신문을 옥련의 앞에 펼쳐 놓고 보이의 손가락이 신문지 광고를 가리킨다. 옥련이가 그 광고를 보다가 깜짝 놀라서 눈물이 펑펑 쏟아지면서 얼굴은 발개지고 웃음 반 눈물 반이라.

옥련이가 좋은 마음에 띄어서 광고를 끝까지 다 보지 못하고 우두커니 앉았다가 또 광고를 본다. 옥련의 마음에 다시 의심이 난다. 일전 꿈에 모란봉에 가서 우리 부모 산소에 갔던 일이 그것이 꿈인가. 오늘 신문지의 광고를 보는 것이 꿈인가. 한 번은 영어로 보고 한 번은 조선말로 보다가 필경은끝장에가서는 한문과 조선 언문을 섞어 번역하여 놓고 보더라.

〈광고〉

지나간 열사흗날 황색 신문 잡보雜報 그리 중요하지 않은 잡다한 사건에 대한 보도에 한국 여학생 김옥련이가 아무 학교 졸업 우등생이라는 기사가 있기로 그 유寓하는 호텔을 알고자 하여 이에 광고하오니, 누구시든지 옥련의 유하는 호텔을 이 고백인에게 알려 주시면 상당한 금으로 십 류留 러시아 화폐 단위 '루블'의 음역어를 앙정할사우러러 드림.

한국 평안도 평양인 김관일 고백 헌수……

의심 없는 옥련의 부친이 한 광고다.

"여보 보이, 이 신문을 가지고 날 따라가면 우리 부친이 십 류의 상금을 줄 것이니 지금으로 갑시다."

"내가 상금 탈 공은 없으니 상금은 원치 아니하나 귀양^{貴孃} 윗사람을 모시고 따라가서 을 배행하여 가서 부녀 서로 만나 기뻐하시는 모양 보았으면 나도 이 호텔에서 몇 해 간 귀양을 뫼시고 있던 정분에 귀양을 따라 기뻐하고자 합니다."

옥련이가 그 말을 듣고 더욱 기뻐하여 보이를 데리고 그 부친 있는 처소를 찾아가니 십 년 풍상에서 서로 환형^{換形} 모양이 이전과 아주 달라짐 이 된지라, 서로 보고 서로 알아보지 못할 지경이라. 옥련이가 신문 광고와 명함 한 장을 가지고 그 부친 앞으로 가서 남에게 처음 인사하듯 대단히 서어한^{익숙하지 아니하여 서름서름한} 인사를 하다가 서로 분명한 말을 듣더니, 옥련이가 일곱 살에 응석하던 마음이 새로 나서 부친의 무릎 위에 얼굴을 폭 숙이고 소리 없이 우는데, 김관일의 눈물은 옥련의 머리 뒤에 떨어지고, 옥련의 눈물은 그 부친의 무릎을 적신다.

"이애 옥련아, 그만 일어나서 너의 어머니 편지나 보아라."

"응, 어머니 편지라니, 어머니가 살았소?"

무슨 변이나 난 듯이 깜짝 놀라는 모양으로 고개를 번쩍 드는데, 그 부친은 제 눈물 씻을 생각은 아니하고 수건을 가지고 옥련의 눈물을 씻으니, 옥련이가 그리 어려졌던지 부친이 눈물 씻어 주는 데 고개를 디밀고 있더라. 김관일이가 가방을 열더니 수지^{'휴지'의 잘못} 뭉치를 내어놓고 뒤적뒤적하다가 편지 한 장을 집어 주며 하는 말이,

"이애, 이 편지를 자세히 보아라. 이 편지가 제일 먼저 온 편지다."

옥련이가 그 편지를 받아 보니, 옥련이가 그 모친의 글씨를 모르는지라. 가령 옥련이가 정신이 좋으면 그 모친의 얼굴은 생각할는지 모르거니와, 옥련이 일곱 살에 언문도 모를 때에 모친을 떠난지라. 지금 그 편지를 보며 하는 말이,

"나는 우리 어머니 글씨도 모르지. 어머니 글씨가 이렇던가."

하면서 부친의 앞에 펼쳐 놓고 본다.

상장 ^{上狀} 공경하는 뜻이나 위로하는 뜻을 나타내어 올리는 편지

떠나신 지 삼 삭개월이 못 되었으나 평양에 계시던 일은 전생 일 같삽. 만리타국

에서 수토불복水土不服 물이나 풍토가 몸에 맞지 않아 위장이 나빠짐이나 되시지 아니하고 기운 평안하
시온지 궁금하옵기 측량없삽나이다. 이곳의 지낸 풍상은 말씀하기 신신新新 마음에 들게
시원스러움치 아니하오나 대강 소식이나 알으시도록 말씀하옵나이다. 옥련이는 어디
가서 죽었는지 다시 소식이 묘연하고, 이곳은 죽기로 결심하여 대동강 물에 빠졌
더니 뱃사공과 고장팔에게 건진 바 되어 살았다가 부산서 이곳 친정아버님이 평
양에 오셔서 사랑에서 미국 가셨다는 말씀을 전하여 주시니, 그 후로부터 마음을
붙여 살아 있삽. 세월이 어서 가서 고국에 돌아오시기만 기다리옵나이다.

그러나 사랑에서는 몇 십 년을 아니 오시더라도 이 세상에 계신 줄을 알고 있
사오니 위로가 되오나, 옥련이는 만나 보려 하면 황천에 가기 전에는 못 볼 터이
오니 그것이 한 되는 일이압. 말씀 무궁하오나 이만 그치옵나이다.

옥련이가 그 편지를 보고 뼈가 녹는 듯하고 몸이 스러지는형체나 현상 따위가 차차
희미해지면서 없어지는 듯하여 가만히 앉았다가,

"아버지, 나를 내일이라도 우리 집으로 보내 주시오. 날개가 돋쳤으면 지금
이라도 날아가서 우리 어머니 얼굴을 보고 우리 어머니 한을 풀어 드리고
싶소."

"네가 고국에 가기가 그리 바쁠 것이 아니라 우선 네가 고생하던 이야기나
어서 좀 하여라. 네가 어떻게 살아났으며 어찌 여기를 왔느냐?"

옥련이가 얼굴빛을 천연히 하고 고쳐 앉더니, 모란봉에서 총 맞고 야전
병원으로 가던 일과, 정상 군의의 집에 가던 일과, 대판서 학교에서 졸업하던
일과, 불행한 사기로 대판을 떠나던 일과, 동경 가는 기차를 타고 구완서를
만나서 절처봉생絶處逢生 오지도 가지도 못할 막다른 판에 요행히 살길이 생김하던 일을 낱낱이 말하고,
그 말을 마치더니 다시 얼굴빛이 변하여 눈물이 도니, 그 눈물은 부모의 정에
관계한 눈물도 아니요, 제 신세 생각하는 눈물도 아니요, 구완서의 은혜를
생각하는 눈물이라.

"아버지, 아버지께서 나 같은 불효의 딸을 만나 보시고 기쁘신 마음이 있
거든 구 씨를 찾아보시고 치사의 말씀을 하여 주시면 좋겠습니다."

김관일이가 그 말을 듣더니, 그길로 옥련이를 데리고 구 씨의 유하는 처
소로 찾아가니, 구 씨는 김관일을 만나 보매 옥련의 부친을 본 것 같지 아니
하고 제 부친이나 만난 듯이 반가운 마음이 있으니, 그 마음은 옥련의 기뻐
하는 마음이 내 마음 기쁜 것이나 다름없는 데서 나오는 마음이요, 김 씨는

구 씨를 보고 내 딸 옥련을 만나 본 것이나 다름없이 반가우니, 그 두 사람의 마음이 그러할 일이라. 김 씨가 구 씨를 대하여 하는 말이 간단한 두 마디뿐이라.

한 마디는 옥련이가 신세 지은 치사요, 한 마디는 구 씨가 고국에 돌아간 뒤에 옥련으로 하여금 구 씨의 기취를 받들고^{여자가 아내나 첩이 되어} 백년가약 맺기를 원하는지라. 구 씨는 본래 활발하고 거칠 것 없이 수작하는 사람이라 옥련이를 물끄러미 보더니,

"이애 옥련아, 어, 실체하였구나^{체면이나 면목을 잃음}. 남의 집 처녀더러 또 해라 하였구나. 우리가 입으로 조선말은 하더라도 마음에는 서양 문명한 풍속이 젖었으니, 우리는 혼인을 하여도 서양 사람과 같이 부모의 명령을 좇을 것이 아니라, 우리가 서로 부부 될 마음이 있으면 서로 직접하여 말하는 것이 옳은 일이다.[3] 그러나 우선 말부터 영어로 수작하자. 조선말로 하면 입에 익은 말로 외짝해라 하기 불안하다."

하면서 구 씨가 영어로 말을 하는데, 구 씨의 학문은 옥련보다 대단히 높으나 영어는 옥련이가 구 씨의 선생 노릇이라도 할 만한 터이라. 그러나 구 씨는 서투른 영어로 수작을 하는데, 옥련이는 조선말로 단정히 대답하더라.

김관일은 딸의 혼인 언론을 하다가 구 씨가 서양 풍속으로 직접 언론하자 하는 서슬에 옥련의 혼인 언약에 좌지우지할 권리가 없이 가만히 앉았더라.

옥련이는 아무리 조선 계집아이이나 학문도 있고 개명한 생각도 있고, 동서양으로 다니면서 문견^{聞見 보거나 들어 깨달은 지식}이 높은지라. 서슴지 아니하고 혼인 언론 대답을 하는데, 구 씨의 소청^{所請 남에게 청하거나 바라는 일}이 있으니, 그 소청인즉 옥련이가 구 씨와 같이 몇 해든지 공부를 더 힘써 하여 학문이 유여한 후에^{학문을 충분히 익힌 후에} 고국에 돌아가서 결혼하고, 옥련이는 조선 부인 교육을 맡아 하기를 청하는 유지한 말이라. 옥련이가 구 씨의 권하는 말을 듣고 조선 부인 교육할 마음이 간절하여 구 씨와 혼인 언약을 맺으니, 구 씨의 목적은 공부를 힘써 하여 귀국한 뒤에 우리나라를 독일국같이 연방도를 삼되, 일본과 만주를 한데 합하여 문명한 강국을 만들고자 하는 비사맥^{比斯麥 비스마르크},

---

3) 당사자들의 의지에 따라 결혼하려는 모습에서 자유 연애 사상과 계몽 사상을 엿볼 수 있다.

같은 마음이요, 옥련이는 공부를 힘써 하여 귀국한 뒤에 우리나라 부인의 지식을 넓혀서 남자에게 압제 받지 말고 남자와 동등 권리를 찾게 하며, 또 부인도 나라에 유익한 백성이 되고 사회상에 명예 있는 사람이 되도록 교육할 마음이라.

^{근세 독일의 정치가}

세상에 제 목적을 제가 자기하는^{마음속으로 스스로 기약하는} 것같이 즐거운 일은 다시 없는지라. 구완서와 옥련이가 나이 어려서 외국에 간 사람들이라. 조선 사람이 이렇게 야만 되고 용렬한^{사람이 변변하지 못하고 졸렬한} 줄을 모르고, 구 씨든지 옥련이든지 조선에 돌아오는 날은 조선도 유지한 사람이 많이 있어서 학문 있고 지식 있는 사람의 말을 듣고 이를 찬성하여 구 씨도 목적대로 되고 옥련이도 제 목적대로 조선 부인이 일제히 내 교육을 받아서 낱낱이 나와 같은 학문 있는 사람들이 많이 생기려니 생각하고, 일변으로 기쁜 마음을 이기지 못하는 것은 제 나라 형편 모르고 외국에 유학한 소년 학생 의기에서 나오는 마음이라.

구 씨와 옥련이가 그 목적대로 되든지 못 되든지 그것은 후의 일이거니와, 그날은 두 사람의 마음에는 혼인 언약의 좋은 마음은 오히려 둘째가 되니, 옥련이 낙지^{落地 땅에 떨어진다는 뜻으로, 사람이 세상에 태어남을 이르는 말} 이후에는 이러한 즐거운 마음이 처음이라.

김관일은 옥련을 만나 보고 구완서를 사윗감으로 정하고, 구 씨와 옥련의 목적이 이렇듯 기이한 말을 들으니, 김 씨의 좋은 마음도 측량할 수 없는지라.

(중략)

옥련이가 서뜻 받아 들고 자세히 보니 ㄱ 어머니가 온다는 전보라. 부녀가 돌려 가며 전보를 보는데 옥련의 기뻐하는 모양은 죽었던 어머니가 살아와도 그 외에 더 기뻐할 수는 없겠더라.

그날 그때부터 옥련이는 그 어머니가 타고 오는 기차를 기다리는데 일각 -刻이 여삼추^{如三秋 3년과 같이 길게 느껴진다는 뜻으로 몹시 애타게 기다리는 마음을 이르는 말}라. 생각으로 해를 보내고 생각으로 밤을 보내다가 잠이 들어 꿈을 꾸었더라. 옥련이가 혼자 기차를 타고 그 어머니 마중을 나간다. 상항에서 화성돈으로 오는 기차는 옥련의 모친이 타고 오는 기차요, 화성돈에서 상항으로 가는 기차는 옥련이가 타고 가는 기차라.

원래 그 기차가 쌍선이 아니던지, 단선의 철도에서 오고 가는 기차가 시간을 어기었던지, 두 기차가 서로 충돌이 되었더라. 기차가 상하고 사람이 무수히 상하였는데 그중에 조선 복색한 여편네 송장이 있는 것을 보고 옥련이가 그 어머니 죽은 송장이라고 붙들고 운다. 흑흑 느껴 울다가 제풀에 잠을 깨니 남가일몽 南柯一夢 덧없는 꿈이나 한때의 헛된 부귀영화를 이르는 말 이라.

전기등은 눈이 부시도록 밝고, 자명종은 열두 시를 땅땅 친다. 옥련이가 그 어머니를 과히 생각하는 중에서 그런 꿈이 된 줄 알고 마음을 진정하였더라. 옥련이의 모친이 옥련이를 생각하는 마음과 옥련이가 그 어머니를 생각하는 마음을 비교할 지경이면 누가 우등생이 될는지. 인간에 그런 사정은 하느님이나 자세히 아실까.

그렇게 서로 간절하던 옥련의 모녀가 화성돈에서 만나 보는데 그 모녀가 좋아하는 모양을 볼진대 옥련이가 미칠지 옥련의 어머니가 미칠지, 둘이 다 미칠지 염려할 만도 하더라.

최 주사의 부녀가 화성돈에서 삼 주일을 묵고 고국으로 돌아온다. 떠나던 전날은 일요일이라. 최 주사와 김관일과 구완서와 옥련의 모녀까지 다섯 사람이 모여 앉았는데 그날은 다른 말은 별로 없고 옥련의 혼인 공론이 부산하다.

최 주사 부녀는 조선 풍속이 골수에 꼭 박힌 사람이라. 내 사정만 주장하고 옥련이와 구완서를 데리고 조선으로 가서 혼인을 지낸 후에 즉시 미국으로 돌려보내겠다 하고, 김관일이는 싱긋싱긋 웃으면서 구완서만 힐끔힐끔 보고 앉았고, 옥련이는 아무 말 없이 술병을 들고 외조부 앞에 술을 따르며 앉았고, 구완서는 최 주사 부녀의 말 끝나기를 기다리고 앉았는데, 최 주사의 부녀는 말대답하는 사람이 다 될 것 같이 옥련이와 구완서를 데리고 갈 생각으로 말한다.

구완서가 옥련의 얼굴을 물끄러미 보다가 다시 옥련의 모친을 보며 자기의 질정하였던 갈피를 잡아서 분명하게 정하였던 마음을 설명한다.

"옥련같이 학문 자질이 있는 따님을 두고 나같이 용렬한 사람으로 사위를 삼으려 하시는 것은 감사하기 측량 없습니다. 그렇게 감사한 일을 생각하면 오늘이라도 말씀하시는 대로 좇을 일이오나 아직 어린 서생들이 혼인이 무엇이오니까."

하면서 다시 옥련이를 돌아다보며 허허 웃더니,

"여보게 옥련, 지금은 우리가 동무이지, 귀국하면 내외가 될 터이지. 우리가 자유로 결혼하자 언약을 맺은 사람이라. 언약을 맺어도 자유, 언약을 파하여도 자유, 어느 때로 행례行禮 예식을 행함. 또는 그런 일할 기약을 정하는 것도 자유로 할 일이라. 나도 부모 구존한부모가 모두 살아 계신 사람이요, 그대도 부모 구존한 터이라. 부모가 미성년한 자식에게 명령할 일은 공부 잘하여라, 나라를 위하여라 하는 것이 부모 된 이들의 도리요 직분이라.

지금 우리가 고국에 돌아가면 공부에 방해도 적지 아니할 터이오. 혈기 미성未成 아직 이루지 못한 상태한 사람들이 일찍 시집가고 장가드는 것은 제 신상에 그렇게 해로운 것은 없는지라. 그러나 우리가 제 일신의 이해를 교계하는서로 견주어 살펴보는 것은 오히려 둘째로다.

여보게 옥련, 우리가 공부를 하여도 나라를 위하여 하고, 살아도 나라를 위하여 살고, 죽어도 나라를 위하여 죽는 것이 옳은 일이라. 여보게 옥련, 자네 마음은 어떠한가. 어서 시집이나 가서 세간살이나 재미있게 하면 그것이 소원인가. 자네 소원이 만일 그러할진대 우리 기왕 언약이 아무리 중하더라도 나는 그 언약보다도 더 중요한 국가를 위한다는 생각이 있으니 자네는 바삐 귀국하여 어진 남편을 구하여 하루바삐 시집가서 자네 부모의 소원대로 하게."

그 말 한마디에 옥련의 모친은 눈이 휘둥그레졌다.

"에그, 천만의 말도 하네. 내 말 끝에 옥련이더러 그렇게 말할 것 무엇 있나. 말은 내가 하였지, 옥련이가 무슨 입이나 떼었나. 나는 지금부터 구완서를 내 사위라 알고 있어. 에그, 사위라 하면서 이름을 불렀네. 아무러면 허물 있나. 여보게 이 사람, 자네 옥련이더러 너의 부모 소원대로 하라 하니 우리 소원이야 하루바삐 구완서를 내 사위 삼고픈 소원 외에 또 무슨 수원이 있나. 지금 혼인을 하면 공부에 해로울 터이면 두었다가 아무 때나 하지."

하며 횡설수설하는 것은 옥련의 모친이 구완서가 혼인 언약을 깨뜨릴까 염려하는 말이더라.

최 주사는 완고한 늙은이라. 구완서가 하는 말을 들은즉 버릇없는 후레자식도 같고, 너무 주제넘은 것도 같은지라. 최 주사의 마음에는 옥련이 같은 외손녀를 두고 어디를 가기로 구완서만 한 외손녀 사윗감을 못 고르랴 싶은 생각뿐이라. 또 최 주사가 일평생에 돈 많고 기 펴고 지내던 사람이라. 자기 마음대로 하면 옥련이를 곧 데리고 나가서 극진한 신랑감을 골라서 기구 있게 혼인을 잘 지내고 싶으나 한 치 건너 두 치라, 외손의 혼인부터는 내 마음대로 하기가 어려운 생각이 있어서 딸의 눈치도 보다가 사위의 눈치도 보며 헛기침만 하고 앉았다.

김관일은 본디 구완서의 기개를 아는 사람이라. 말없이 앉았다가 그 부인더러 간단한 말로 옥련의 혼인은 아는 체 말자 하면서 옥련의 얼굴을 거들떠보니 옥련이는 머리 위에 꽃을 꽂고, 눈썹은 나비를 그린 듯한데 눈을 내리깔고 앉았으니 무슨 생각이 있는지 없는지, 옥련이를 낳은 옥련의 부모라도 뜻은 알 수 없겠더라.

옥련이와 구완서는 몇 해 동안이든지 공부 성취하도록 고국에 돌아가지 않기로 작정하였고 혼인은 본래 작정대로 귀국하는 이후에 성례하기로 옥련의 모친까지 그 작정을 좇아 허락하고 그 이튿날 부산으로 떠나간다.

사람이 구름같이 모여드는 정거장에서 오후 기차 시간을 기다려서 상항 가는 기차표 사는 사람은 최 주사 부녀요, 입장권 사서 들고 최 주사의 부녀더러 이리 가오, 저리 가오, 시간이 되었소, 기차가 떠나겠소, 하며 가르치는 사람은 최 주사의 부녀를 석별惜別 서로 애틋하게 이별함. 또는 그런 이별하러 온 김관일의 부녀요, 정거장에 잠깐 나왔다가 학교에 동창회가 있다 하면서 기차 떠나는 것을 못 보고 먼저 들어가는 사람은 구완서요, 철도 회사 복색을 하고 이리저리 다니면서 기차를 살펴보는 사람은 장거수掌車手 전차 차장을 이르던 말라. 시계를 내어 보더니 손을 번쩍 들며 호각을 부는데 호르륵 소리 한마디에 기차가 꿈쩍거린다.

기차 속에서 눈물을 머금고,

"옥련아, 아버지 모시고 잘 있거라."

하는 사람은 옥련의 모친. 기차 밖에서 목메인 소리로,

"어머니, 할아버지 모시고 안녕히 가시오."

하며 눈물을 씻는 사람은 옥련. 삿보를 벗어 들고 손을 높다랗게 쳐들고 기차 속에 있는 최 주사를 바라보며,

"만리 고국에 태평히 가시오. 대한민국 만세."

라고 소리를 지르는 사람은 김관일. 싱긋 웃으며 턱만 끄덕하고 김관일의 부녀 선 것을 바라보는 사람은 최 주사이라.

기차의 연기 뿜는 고동 소리가 점점 잦으며 기차는 구루마수레 같이 달아난다. 기차는 점점 멀어지고 연기만이 남아서 공중에 서렸는데 눈물이 가득

한 옥련의 눈이 기차 연기만 바라보고 섰다.

"이애 옥련아, 울지 말고 들어가자. 오래 섰으면 철도회사 사람에게 핀잔 보고 쫓겨난다. 몇 해만 지내면 나도 귀국하고 너도 귀국할 터인데 그렇게 섭섭하게 여길 게 무엇이냐. 네가 일본과 미국으로 유리표박하여 일정한 집과 직업이 없이 이곳저곳으로 떠돌아다녀 부모의 사생을 모르고 있을 때를 생각하여 보아라. 지금은 부모를 만나 보았으니 좀 좋은 일이냐. 이애 옥련아, 우리 이 길로 공원에 나가서 바람이나 쏘이고 구경이나 하자."

하면서 옥련이를 데리고 공원으로 들어가니 석양은 만리요, 상항은 보이지 아니하더라.

옥련이가 어머니를 이별하고 섭섭하여 하는 모양이 실성을 할 것 같은지라, 그 부친이 중언부언하여 옥련이를 위로하고 각기 호텔로 돌아가더라.

옥련이가 난리 중에 그 부모를 잃고 타국으로 유리할 때에 그 부모가 다 죽은 줄로 알고 있던 터이라.

일본 대판 정상 군의 집에 있을 때 지내던 일을 말할지라도 학교에 가면 공부에만 정신이 쓰이고 집에 돌아오면 정상 부인에게 정도 들었고 조심도 극진히 하였고 동무를 대하면 재미있게 놀아도 보았는데 그럭저럭 부모 생각도 다 잊었으니, 미국에 온 지 사오 년 만에 천만의외에 그 부친을 만나 보고 그 어머니 생존한 줄을 알았는데 하루바삐 그 어머니 얼굴을 보고 싶으나 일변으로 생각하면 그 어머니가 살아 있는 것만 기뻐하여 얼굴에 희색이 만면하던 옥련이가 그 어머니를 만나 보고 작별하더니 얼굴에 근심빛뿐이라.

귀에는 어머니 소리가 들리는 듯하고 눈에는 어머니 모양이 보이는 듯하다. 평양성 난리 후에 그 어머니가 고생한 이야기를 하던 것과 화성돈 정거장에서 그 어머니 떠나던 일은 옥련의 마음속에 사진같이 다 박혀 있다. 옥련이가 지향 없이 혼잣말로,

"우리 어머니는 어디쯤이나 가셨누. 아버지도 여기에 계시고 나도 여기 있는데 어머니 혼자 우리나라로 가시는구나. 내 몸 둘이 되었으면 하나는 아버지 뫼시고 있고 하나는 어머니 뵈시고 있고지고. 우리 어머니가 평양성 중에서 십 년 동안을 근심 중으로 지내시고 또 혼자 평양으로 가시는구나. 나를 생각하시느라고 병환이나 아니 날까."

옥련이가 그렇게 어머니를 생각하고 있는데 그 어머니 마음은 어떠할꼬.

옥련의 어머니는 남편도 이별하고 그 딸 옥련이도 이별하였으니 그 이별은 겹이별이라. 그 근심이 오직 대단할 것 아니언마는 옥련의 모친 마음이 그렇지 아니하고 도리어 기쁜 마음뿐이라.

 만화로 읽는 '혈의 누'

발단 청일 전쟁이 일어나 옥련의 일가족이 뿔뿔이 헤어짐

전개 옥련은 일본군 장교에게 구조되고 양녀로 입양됨

위기 양모에 의해 냉대를 받는 옥련은 집을 나와 방황함

절정 옥련은 구완서와 같이 미국에서 학업을 함

결말 옥련은 부모님을 만나고, 구완서와 함께 신문명 교육의 뜻을 다짐

생각해 볼까요?

 선생님 「혈의 누」가 탄생될 무렵의 시대적 배경을 이야기해 봐요.

💬 1 🤍 1

↳ **학생 1** 일본은 청일 전쟁에서 승리하며 우리나라에서 친일파들을 대거 확보하고 청의 간섭을 배제하면서 우리나라에 대한 지배권을 더욱 강화하였어요. 또한 우리나라에 대한 정치적 간섭과 군사 점령을 인정한다는 한일의정서를 체결하고, 우리나라의 모든 정치·외교·군사권을 가지는 일본 통감부를 설치한다는 내용의 을사늑약을 강제로 체결하였어요. 일본은 우리나라를 합병하면서 외교권을 박탈하고 주변의 모든 외국과의 외교적 관계를 단절시켰어요.

 선생님 「혈의 누」에는 청을 배척하고 일본을 선호하는 이인직의 성향이 명백히 드러나요. 작품 속에서 찾을 수 있는 작가의 친일 의식에 대해 더 말해 볼까요?

💬 3 💜 3

↳ **학생 1** 죄 없는 옥련 가족이 불행에 빠진 이유는 청나라와 일본 양국에 있지만, 일본을 원망하는 내용은 작품에 나오지 않아요. 그저 우리나라가 못났다고 자책하거나 청나라의 잘못 때문에 전쟁이 일어나 불행을 겪는다는 식으로 표현되지요.

↳ **학생 2** 일본군 장교인 이노우에가 옥련을 구해 일본으로 보내고, 일본으로 가는 배 안에서 일본인들이 옥련에게 친절하게 대한다는 표현을 통해 당시 지식인들이 가진 친일적 성향을 알 수 있어요.

↳ **학생 3** 작가의 친일 의식은 청일 전쟁을 '일청 전쟁'이라 부르는 것에서도 잘 드러나요.

 선생님 「혈의 누」는 이전 소설과는 다른 새로운 내용과 형식으로 이루어진 신소설이에요. 신소설은 고전 소설과 현대 소설을 연결하는 징검다리 역할을 하였죠. 이를 고려했을 때 「혈의 누」가 한국 문학사에서 차지하는 의의는 무엇일까요?

💬 2 💜 2

↳ **학생 1** 「혈의 누」에는 봉건 제도에 대한 증오, 민족의 자주독립과 신교육의 도입, 남녀평등, 자유 결혼, 외국에 대한 인식과 같은 20세기 초의 새로운 가치관이 반영되어 있어요. 당시로서는 매우 파격적인 내용이에요. 이 작품을 통해 한국 소설은 전근대성에서 벗어나게 되었다고 할 수 있어요.

↳ **학생 2** 이 작품은 대화체의 쉬운 문장으로 되어 있어 한문 투의 딱딱한 문장으로 쓰인 고전 소설과는 큰 차이를 보여요. 또 배경과 인물의 심리를 매우 사실적으로 묘사하였고, 시간의 흐름을 거슬러 올라가 사건을 전개하는 등 단순히 시간이 흐르는 순서에 따르던 고전 소설의 기법도 탈피하고 있지요.

선생님 그렇다면 「혈의 누」가 지닌 한계는 무엇일까요?

💬 3 🤍 3

↳ **학생 1** 내용 면에서 볼 때 신교육과 신문명의 중요성을 강조하고 일본과 미국 등 외국에 대해 언급하고 있지만 그 내용이 비현실적이에요.

↳ **학생 2** 지식인 한두 사람의 노력으로 나라의 문제를 해결할 수 있는 것처럼 묘사하고, 청일 전쟁을 다루면서도 일본군을 지나치게 좋은 쪽으로만 묘사함으로써 친일 경향을 노골적으로 드러내고 있다는 것 또한 한계로 들 수 있어요.

↳ **학생 3** 형식 면에서는 고전 소설이나 판소리에 나오는 옛 말투가 섞여 있어 완전한 언문일치를 이루지 못한 작품이라는 점, 초반에 주인공이 고난을 겪다가 우연히 도움을 주는 사람을 만나고 결말에서는 모두 행복해진다는 상투적인 양식에서 벗어나지 못한다는 점이 한계로 지적돼요.

신소설의 발생 요인

연관 검색어   개화기 소설   계몽   현대 소설

신소설은 19세기 말에서 20세기 초에 발생한 소설로, 새로운 시대의 이념이나 사상을 다루었다.

신소설이 발생하게 된 첫 번째 요인으로는 개화사상이 대두되고 삶의 양식이 변화하였다는 점을 꼽을 수 있다. 두 번째 요인은 '생산자(작가) – 분배자(출판사 및 서적 판매업) – 수요자(독자)'라는 관계가 새롭게 정립되었다는 점이다. 이 시기에는 국민을 계몽하려는 입장의 지식인과 변화된 사회에 적응하려는 작가가 등장하였으며 독서하는 대중이 늘어나고 분배자로서 근대적인 출판 기업이 등장하였다. 세 번째로 민간 신문의 출현을 들 수 있다. 1905년을 전후하여 신소설 발표의 유일한 매개체였던 민간 신문이 지면을 확대하면서 대부분 소설을 연재하였다. 네 번째로 내재적인 전통의 축적과 외국 문학의 영향이 있다. 신소설은 전대의 소설에 대한 반작용으로 생겨났지만 기존 소설에 대한 의존이 불가피하였으며 서구 소설의 영향 역시 받았다. 이와 같은 요인들로 신소설이 생성되었다.

신소설은 문학적 형태로서는 과도기적인 미숙성을 지녔으며, 1910년대 후반에는 이광수의 「무정」과 같은 현대 소설에 의해 대치되었다.

이광수
(1892~1950)

호는 춘원(春園). 평안북도 정주 출생. 친일 단체 일진회의 추천을 받아 일본으로 건너가 메이지학원에 입학하여 공부하면서 '소년회'를 조직하고 〈소년〉이란 소식지를 발행하여 여러 글을 발표하였다. 1910년 메이지학원을 졸업한 그는 귀국하여 오산학교 교원으로 취직하였으나 같은 해 한일병합으로 나라를 잃게 되자 한국을 떠나 중국, 미국 등을 전전한다. 이후 〈동아일보〉 창업자 김성수의 도움으로 다시 도쿄 유학을 떠나 와세다대학교 철학과에 입학한다.

1919년을 전후하여 임시 정부에서 독립운동가로 활동하였지만, 1937년 수양동우회 사건 이후 변절해 대표적인 친일파 작가로 분류된다. 1950년 6·25 전쟁 당시 납북되어 만포에서 병사한 것으로 알려져 있다. 최남선, 홍명희와 더불어 조선의 3대 천재로 손꼽힌다.

1917년 〈매일신보〉에 「무정」을 연재하여 소설 문학의 새로운 역사를 개척하였다. 「무정」은 신소설의 과도기적 성격을 탈피한 최초의 본격적인 근대 장편 소설이라 할 수 있다. 주요 작품으로 「소년의 비애」, 「마의태자」, 「흙」, 「그 여자의 일생」, 「원효 대사」 등이 있다.

무정

#계몽   #자유연애   #신교육   #근대소설

⚓ 작품 길잡이

갈래: 장편 소설, 계몽 소설
배경: 시간 - 1910년대 / 공간 - 경성, 평양, 삼랑진
시점: 3인칭 전지적 작가 시점
주제: 민족의식과 자유연애 사상의 고취
출전: 〈매일신보〉(1917)

📷 인물 관계도

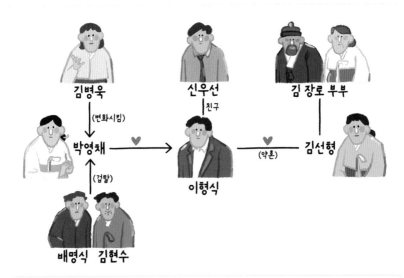

이형식   전형적인 개화기 지식인으로 현실과 이상 사이에서 갈등하는 우유부단한 성격이다.
박영채   이형식의 은사인 박 진사의 딸이자 형식의 어릴 적 친구이다. 자아의 각성을 통해 근대적
        가치관을 가지게 된다.
김선형   부유한 기독교 집안의 개화된 신여성으로 형식과 약혼하고 미국 유학길에 오른다.

📋 구성과 줄거리

발단 **형식과 영채가 재회함**

동경 유학을 마친 당대 일류 지식인인 형식이 장안(長安 서울을 이르는 말)의 부자인 김 장로의 딸 선형의 영어 개인 교습을 하게 된다. 형식이 선형에게 사랑의 감정을 느낄 무렵, 옛 은사 박 진사의 딸 영채가 나타나 형식에게 사랑을 고백한다.

전개 **형식이 선형과 영채 사이에서 방황함**

형식은 박 진사의 개화 운동이 실패하고 집안이 망하자 영채가 감옥에 계신 아버지를 도우려 기생이 되었다는 자초지종을 전해 듣는다. 형식은 기생이 된 영채를 아내로 맞이하지 못하는 죄책감과 선형에 대한 사랑 사이에서 갈등한다.

위기 **영채는 자살을 기도하고 형식은 영채를 찾으려고 함**

영채는 배 학감에게 겁탈당하자 유서를 남기고 자취를 감추고, 형식은 그녀를 찾기 위해 평양까지 가지만 그녀를 찾지 못한다.

절정 **유학길에 올라 민족의 장래를 위한 결의를 다짐**

병욱의 권고로 자살을 단념하고 동경 유학길에 오른 영채와, 선형과 약혼하고 미국 유학길에 오른 형식이 기차 안에서 만난다. 토론을 통해 민족의식을 자각하게 된 형식, 병욱, 영채, 선형 네 사람은 장차 조국에 이바지할 계획을 토의하며 결의를 다진다.

결말 **네 사람의 근황이 소개됨**

형식, 병욱, 영채, 선형 네 사람은 제각기 유학 생활을 성공적으로 마치고 귀국할 예정이다.

무정

· 앞부분 줄거리

경성 학교 영어 교사인 형식은 김 장로의 딸 선형에게 영어를 가르치게 된다. 첫 수업을 마친 날, 형식의 정혼자였던 영채가 집으로 찾아온다. 영채는 형식이 일찍 부모를 여읜 뒤 의지할 곳 없이 지낼 때 형식과 같은 아이들을 가르치고 민족 사상을 심어 준 박 진사의 딸이다. 박 진사는 자신을 도와주기 위해 부잣집의 돈을 훔친 홍모의 살인죄와 관련되어 두 아들과 함께 감옥에 갇힌다. 이렇듯 하루아침에 집안이 몰락하자 형식을 비롯한 식구들은 뿔뿔이 흩어진다. 칠 년여 만에 형식을 찾아온 영채는 그동안 있었던 사연을 이야기한다.

15회

기다리면 한 달의 세월도 퍽 멀다. 영채는 차차 아버지의 생각을 하게 되었다.

아버지의 그 무섭게 여위고 침한^{수척한} 얼굴과 움쑥 들어간 눈과 황토물 들인 옷과 그 수염 많이 난 간수와 쇠줄을 허리에 매고 통통을 나르던 사람들의 생각이 나기 시작한다. 영채는 제가 입은 곱고 따뜻한 의복을 볼 때마다, 아침저녁 먹는 맛나는 음식을 볼 때마다 아버지의 가엾은 모양이 눈에 보인다. 영채는 점점 쾌활한 빛이 없어지고 음식도 잘 먹지 아니하고 가끔 혼자 앉아서 울기도 하였다. 부인과 그 처녀는 여전히 다정하게 위로하여 주건마는 그 위로를 받는 것도 잠시 몇 날이요, 부인도 처녀도 없는데 혼자 앉았으면 자연히 눈물이 흐른다.

영채는 어찌하여 그 아버지와 두 오라버니를 구원하지 못할까. 옥에서 나오게 할 수가 없을까. 아주 나오게는 하지 못하더라도 옷이라도 좀 깨끗이 입고 음식이나 맛나는 것을 잡수시도록 할 수가 없을까. 들으니, 감옥에서는 콩 절반 쌀 절반 두고 지은 밥을 먹는다는데, 아버지께서 저렇게 수척하심도 나이 많은 이가 음식이 부족하여 그러함이 아닌가. 옛날 책을 보면, 혹 어떤 처녀가 제 몸을 팔아서 죄에 빠진 부모를 구원하였다는데, 나도 그렇게나 하였으면……

이렇게 생각하고 영채가 하루는 그 사람에게 이 뜻을 고하였다. 그 사람은

영채의 뜻을 칭찬하면서,

"돈만 있으면 음식도 들일 수 있고, 혹 옥에서 나오시게도 할 수 있건마는……."

하고 영채의 얼굴을 보았다. 영채는 옛말을 생각하였다. 그때 아버지께서 제 몸을 팔아 그 돈으로 그 아버지의 죄를 속한 옛날 처녀의 말을 들을 제, 아직 열 살이 넘지 못하였던 영채는 눈물을 흘리며 나도 그리하였으면 한 일이 있음을 생각하였다.

영채는 그 사람이, '돈만 있으면 음식도 들일 수 있고, 혹 옥에서 나오시게도 할 수 있다.'는 말을 듣고, 나도 그렇게 할까 하였다. 그 사람이 다시, '그러나 돈이 있어야 하지.' 하고 영채의 얼굴을 보며 웃을 때에 영채는 생각하기를, 옳지, 이 어른도 내가 옛날 처녀의 하던 일을 하라고 권하는 뜻이라 하였다.

내가 이제 옛날 처녀의 본을 받아 내 몸을 팔아 돈만 얻으면 아버지와 오라버니는 옥에서 나오시렷다. 옥에서 나오시면 나를 칭찬하시렷다. 세상 사람이 나를 효녀라고 칭찬하렷다. 옛날 처녀 모양으로 책에 기록하여 여러 처녀가 읽고 나와 같이 울며 칭찬하렷다. 그러나 내가 내 몸을 팔아 부모와 형제를 구원하지 아니하면 이 어른과 세상 사람이 다 나를 불효한 계집이라고 비웃으렷다.

또 그동안 이 집에 있어 보니 그 부인도 본래 기생이요, 그 처녀도 지금 기생 공부를 한다 하며 매일 놀러 오는 기생들도 다 얼굴도 좋고 옷도 잘 입고 마음들도 다 착한데…… 하였다. 기생이란 다 좋은 처녀들이어니 하였다. 더구나 그 기생들이 다 글씨를 잘 쓰고 글을 잘 아는 것을 보고, 기생들은 다 공부도 잘한 처녀들이라 하였다.

그래서 영채는 결심하였다. 그러고 그 사람에게,

"저는 결심하였습니다. 저도 기생이 되렵니다. 저도 글을 좀 배웠습니다. 그래서 그 돈으로 아버지를 구원하려 합니다."

하고 영채는 알 수 없는 기쁨과 일종의 자랑을 감각하였다. 그 사람은 영채의 등을 만지며,

"참 기특하다. 효녀로다. 그러면 네 뜻대로 주선하여 주마."

하였다.

이리하여 영채는 기생이 된 것이라. 영채는 결코 기생이 되고 싶어서 된

것이 아니요, 행여나 늙으신 부친을 구원할까 하고 기생이 된 것이라. 기실_{其實 실제에 있어서} 제 몸을 판 돈으로 부친과 형제를 구원하지 못하였을 뿐더러 주선하여 주마 하던 그 사람이 영채의 몸값 이백 원을 받아 가지고 집과 아내도 다 내어버리고 어디로 도망을 갔건마는, 또 영채가 그 부친을 구하려고 제 몸을 팔아 기생이 되었단 말을 듣고 그 아버지가 절식 자살을 하였건마는―. 그러나 영채가 기생이 된 것은 제가 되고 싶어 된 것이 아니라, 온전히 늙으신 부친과 형제를 구원하려고 하였음이다.

그렇건마는 이런 줄을 누가 알아주랴. 하늘과 신명은 알건마는 화식_{火食 불에 익힌 음식을 먹음} 먹는 사람이야 이런 줄을 누가 알아주랴. 내가 이제 이런 말을 한들 형식이가 이 말을 믿어 주랴. 아마도 네가 행실이 부정하여 창기_{娼妓 몸을 파는 천한 기생}의 몸이 되었거늘, 이제 와서 점점 낫살_{나잇살}이 많아 가고 창기 생활에 염증이 나므로 네가 나를 속임이로다, 하고 도리어 나를 비웃지 아니할까.

내가 기생이 된 지 이삼 삭_{개월} 후에 감옥에 아버지를 찾았더니, 아버지께서 내가 기생이 되었다는 말을 듣고 와락 성을 내어,

"이년아! 이 우리 빛난 가문을 더럽히는 년아! 어린 계집이 뉘 꼬임에 들어 벌써 몸을 더럽혔느냐!"

하고 내가 행실이 부정하여 기생이 된 줄로 알으시고 마침내 자살까지 하셨거든, 부모조차 이러하거든 하물며 형식이야 어찌 내 말을 신용을 하랴. 오늘 아침 형식을 찾으려고 결심할 때에는 형식에게 그동안 지내 온 말을 다 하려 하였더니, 이러한 생각이 나매 그만 그러한 결심도 다 풀어지고, 슬픈 생각과 원망스러운 생각만 가슴에 북받쳐 오를 뿐이다.

아아, 세상에는 다시 내 진정을 들어 줄 곳이 없는가.

이렇게 생각하고 영채는 후 하고 한숨을 쉬며 눈물을 씻고 형식과 노파를 보았다. 형식은 다정한 눈으로 영채의 얼굴을 보며 그 후에 지내 온 이야기를 기다리고, 노파는 영채의 등을 어루만지며 코를 푼다.

"그래, 그 악한의 손에서 벗어난 뒤에는 어찌 되었습니까?"

하고 형식은 영채의 이야기를 재촉한다. 영채는 이윽고 형식을 보더니 눈물을 씻고 일어나면서,

"일후_{日後 뒷날}에 또 말씀드리겠습니다."

"왜 그러서요?"

하는 형식의 만류함도 듣지 아니하고,

"어디 계십니까?"

하는 질문도 대답지 아니하고 계집아이를 데리고 일어나 간다.

(중략)

76회

"다른 말이 아니라, 김장로의 말씀이"

하고 목사가 말을 시작한다. 노파와 우선은 안 듣는 체하면서도 들으려 한다.

"김 장로의 말씀이 선형이를 이 가을에 미국에 보낼 텐데……."

"예."

하고 형식이 조자調子를 맞춘다.

"그런데 미국 가기 전에 어, 약혼을 하여야 하겠고. 또 미국을 보낸다 하더라도 딸 혼자만 보내기도 어려운즉 — 이 목사는 '어'와 '즉'을 잘 쓴다 — 약혼을 하고 신랑까지 함께 미국을 보냈으면 좋겠다는데……."

하고 말을 그치고 또 웃으며 형식을 본다. 형식은 부끄러운 듯이 고개를 돌리며

"예, 그런데요."

하였다. 이밖에 어떻게 대답을 해야 좋을지 몰랐다. 목사는

"그런데 김 장로께서는 어, 이 선생께서, 어, 허락만 하시면…… 어, 이 선생도 미국 유학을 갔으면 좋겠고…… 그것은 어쨌든지 김 장로 양주께서는 매우 이 선생을 사랑하시는 모양인데. 그래서 날더러 한번 이 선생의 뜻을 물어달라고 해요. 어, 그래서……"

"제 뜻을?"

"예, 이 선생의 뜻을."

"무슨 뜻 말씀이야요?"

우선은 고개를 돌리며 노파를 보고 픽 웃는다. 노파도 웃는다. 목사는 형식의 둥그래진 눈을 보더니 비웃는 듯이

"그만하면 알으시겠구려."

"……"

"그러면, 어, 다시 말하지요. 이 선생이 선형과 약혼을 하여 주시기를 바란단

말이외다. 물론 청혼하는 데도 여러 곳 있지마는 김 장로 양주는 이 선생이 꼭 마음에 드는 모양이로구려."

형식은 이제야 분명히 목사의 말뜻을 알아들었다. 그리고 가슴이 뜨끔했다. 목사는

"어떻게 생각하시오?"

형식은 어떻게 생각할지를 몰랐다. 가만히 앉았다.

"그동안 이 선생께서 선형에게 영어를 가르치셨지요?"

"예, 며칠 전부터."

"그 뜻을 알으셔요?"

"무슨 뜻이오?"

"하하. 영어를 가르쳐줍소사고 청한 뜻 말씀이오."

"……."

"지금은 전과 달라 부모의 뜻대로만 혼인을 할 수가 없으니까 서로 잠깐 교제를 해보란 뜻이지요. 그래 어떠시오?"

"제가 감당치를 못하겠습니다. 저 혼잣몸도 살아가기가 어려운 처지에 혼인을 어떻게 합니까."

"그것은 문제가 아니야요."

"그것이 제일 큰 문제지요. 경제적 기초 없이 혼인을 어떻게 합니까. 그게 제일 큰 문제지요."

"큰 문제지마는 우선 한 삼사 년간 미국에 유학하시고, 그리고 나서는…… 그 다음에야 무슨 걱정이 있어요. 또 선형으로 보더라도 그만한 처녀가 쉽지 아니하지요. 이 선생께서도 복 많이 받으셨소…… 자, 말씀하시오."

그래도 형식은 고개를 숙이고 가만히 앉았다. 목사는 웃으며 부채질만 한다. 노파는 형식이가 왜 "예." 하지 않는가 하고 공연히 애를 쓴다. 우선은 일전 안동서 형식과 말하던 것을 생각하고 혼자 빙그레 웃는다. 모두 다 기뻐하는 속에 형식 혼자는 남모르게 괴로워한다. 목사는

"자, 생각하실 것도 없겠구려. 어서 대답을 하시오."

"일후에 다시 말씀드리지요. 아무러나 저 같은 것을 그처럼 생각하여 주시는 것은 어떻게 황송한지 모르겠습니다."

"일후를 기다릴 것이 있어요. 그리고 오늘 오후에 나하고 김 장로 댁으로 가시지요. 같이 저녁을 먹자고 그러시던데."

형식은 어찌할 줄을 몰랐다. 평양도 가야 하겠지마는, 김 장로의 집 만찬에 참여하는 것이 더 중한 것 같기도 하였다. 그러나 지금까지 영채의 시체를 찾아가기로 결심하였던 것을 버리고 금시에 선형에게 취하여 '예.' 하기는 제 마음이 부끄러웠다. '선형과 나와 약혼한다.'는 말은 말만 들어도 기뻤다. 영채가 마침 죽은 것이 다행이다 하는 생각까지 난다. 게다가 '미국 유학!' 형식의 마음이 아니 끌리고 어찌하랴. 사랑하던 애인과 일생에 원하던 서양 유학! 이 중에 하나만이라도 형식의 마음을 끌 만하거든, 하물며 둘을 다! 형식의 마음속에는 '내게 큰 복이 돌아왔구나.' 하는 소리가 아니 발할 수가 없다.

형식이가 괴로운 듯이 숙이고 앉았는 그 얼굴에는 자세히 보면 단정코 참을 수 없는 기쁨의 빛이 있을 것이다.

처음에 목사를 대할 때에는 형식의 얼굴에는 과연 괴로운 빛이 있었다. 그러나 한 마디 두 마디 흘러나오는 목사의 말은 어느덧에 그 괴로운 빛을 다 없이하고 어느덧에 기쁜 빛을 폈다. 마치 봄철 따뜻한 볕에 눈이 일시에 다 녹아 없어지고, 산과 들이 갑자기 봄빛을 띠는 것과 같다. 그래서 형식은 고개를 들지 못한다. 남에게 기쁜 빛을 보이기가 부끄러움이다.

형식은 힘써 얼굴에 괴로운 빛을 나타내려 한다. 그뿐더러 일부러 마음이 괴로워지려 한다. 형식은 이러한 때에는 머릿속이 착란하여 어찌할 줄을 모른다. 그는 욱하고 무엇을 작정할 때는 전후도 돌아보지 아니하고 작정하건마는, 또 어떤 때에는 이럴까 저럴까 하여 어떻게 결단할 줄을 모른다.

길을 가다가도 갈까 말까 갈까 말까 하고 수십 번이나 주저하는 수가 있다. 이것은 마음 약한 사람의 특징이다. 그가 얼른 결단하는 것도 약한 까닭이요, 얼른 결단하지 못하는 것도 약한 까닭이다. 지금 형식은 이럴까 저럴까 어떻게 대답하여야 좋을 줄을 모른다. 누가 곁에서 자기를 대신하여 대답해 주는 이가 있었으면 좋겠다 한다.

형식은 고개를 들어 건넌방을 건너다보았다. 형식은 우선이가 이러한 경우에 과단果斷 일을 딱 잘라서 결정함 있게 결단할 줄을 앎이다. 우선도 웃으면서 형식을 건너다본다.

(중략)

123회

(중략)

그네[ㄱ]들는 과연 아무 힘이 없다. 자연의 폭력에 대하여서야 누구라서 능히 저항하리요마는 그네는 너무도 힘이 없다. 일생에 뼈가 휘도록 애써서 쌓아 놓은 생활의 근거를 하룻밤 비에 다 씻겨 내려보내고 말리만큼 그네는 힘이 없다. 그네의 생활의 근거는 마치 모래로 쌓아 놓은 것 같다. 이제 비가 그치고 물이 나가면 그네는 흩어진 모래를 긁어모아서 새 생활의 근거를 쌓는다. 마치 개미가 그 가늘고 연약한 발로 땅을 파서 둥지를 만드는 것과 같다.

하룻밤 비에 모든 것을 잃어버리고 발발 떠는 그네들이 어찌 보면 가련하기도 하지마는 또 어찌 보면 너무 약하고 어리석어 보인다. 그네의 얼굴을 보건대 무슨 지혜가 있을 것 같지 아니하다. 모두 다 미련해 보이고 무감각해 보인다.[1] 그네는 몇 푼어치 아니 되는 농사한 지식을 가지고 그저 땅을 팔 뿐이다. 이리하여서 몇 해 동안 하느님이 가만히 두면 썩은 볏섬이나 모아 두었다가는 한 번 물이 나면 다 씻겨 보내고 만다. 그래서 그네는 영원히 더 부하여짐 없이 점점 더 가난하여진다. 그래서 몸은 점점 더 약하여지고 머리를 점점 더 미련하여진다. 저대로 내버려 두면 마침내 북해도의 '아이누

Ainu 일본의 북해도 및 러시아의 사할린에 사는 한 종족. 유럽 인종의 한 분파에 황색 인종의 피가 섞인 종족이었으나, 일본인과의 혼혈로 본래의 인종적 특성과 고유의 문화를 점차 잃어 가고 있음'나 다름없는 종자가 되고 말 것 같다.

저들에게 힘을 주어야 하겠다. 지식을 주어야 하겠다. 그리해서 생활의 근거를 안전하게 하여 주어야 하겠다. 과학! 과학! 하고 형식은 여관에 돌아와 앉아서 혼자 부르짖었다. 세 처녀는 형식을 본다.

"조선 사람에게 무엇보다 먼저 과학을 주어야겠어요. 지식을 주어야겠어요."

하고 주먹을 불끈 쥐며 자리에서 일어나 방 안으로 거닌다.

"여러분은 오늘 그 광경을 보고 어떻게 생각하십니까?"

이 말에 세 사람은 어떻게 대답할 줄을 몰랐다. 한참 있다가 병욱이,

"불쌍하게 생각했지요."

하고 웃으며,

"그렇지 않아요?"

---

1) 서술자는 우월한 위치에서 수재민을 관찰하고 있다. 교육받지 못한 사람들을 모두 불쌍하게 취급하고, 가르치고 깨우쳐야 할 대상으로 여긴다는 것은 이 작품의 한계다.

한다. 모두는 오늘 같이 활동하는 동안에 훨씬 친하여졌다.

"그렇지요, 불쌍하지요. 그러면 그 원인이 어디 있을까요?"

"물론 문명이 없는 데 있겠지요. 생활하여 갈 힘이 없는 데 있겠지요."

"그러면 어떻게 해야 저들을……, 저들이 아니라 우리들이외다. 저들을 구제할까요?"

하고 형식은 병욱을 본다. 영채와 선형은 형식과 병욱의 얼굴을 번갈아 본다.

병욱은 자신 있는 듯이,

"힘을 주어야지요. 문명을 주어야지요."

"그리하려면?"

"가르쳐야지요. 인도해야지요."

"어떻게요?"

"교육으로, 실행으로."[2]

영채와 선형은 이 문답의 뜻을 자세히는 모른다. 물론 자기네가 아는 줄 믿지마는 형식이와 병욱이 아는 만큼 절실하게, 단단하게 알지는 못한다. 그러나 방금 눈에 보는 사실이 그네에게 산교육을 주었다. 그것은 학교에서도 배우지 못할 것이요, 대 웅변에서도 배우지 못할 것이었다.

124회

일동의 정신은 긴장하였다. 더구나 영채는 아직도 이러한 큰 문제를 논란하는 것을 듣지 못하였다. '어떻게 하면 저들을 구제하나?' 함은 참 큰 문제였다.

이러한 큰 문제를 논란하는 형식과 병욱은 매우 큰사람같이 보였다. 영채는 두자미朴子美 중국 당나라 때의 시인 두보며, 소동파蘇東坡 중국 송나라 때의 문장가 소식의 세상을 근심하는 시구를 생각하고, 또 오 년 전 월화와 함께 대성 학교장의 연설을 듣던 것을 생각하였다. 그때에는 아직 나이 어려서 찌찌분명히 알아듣지는 못하였거니와

"여러분의 조상은 결코 여러분과 같이 못생기지는 아니하였습니다."

---

2) 형식은 교육을 통해 궁핍한 조선을 근대화해야 한다고 주장한다. 하지만 조선의 궁핍함은 일제의 가혹한 식민지 수탈 정책이 가장 큰 원인이므로 형식의 생각에는 문제가 있다.

할 때에 과연 지금 날마다 만나는 사람은 못생긴 사람들이다 하던 생각이 난다.

영채는 그 말과 형식의 말에 공통한 점이 있는 듯이 생각하였다. 그러고 한 번 더 형식을 보았다. 형식은,

"옳습니다. 교육으로, 실행으로 저들을 가르쳐야지요, 인도해야지요. 그러나 그것은 누가 하나요?"

하고 형식은 입을 꼭 다문다. 세 처녀는 몸에 소름이 끼친다. 형식은 한 번 더 힘있게,

"그것을 누가 하나요?"

하고 세 처녀를 골고루 본다.

세 처녀는 아직도 경험하여 보지 못한 듯 말할 수 없는 정신의 감동을 깨달았다. 그리고 일시에 소름이 쪽 끼쳤다. 형식은 한 번 더,

"그것을 누가 하나요?"

하였다.

"우리가 하지요!"

하는 기약하지 아니한 대답이 세 처녀의 입에서 떨어진다.

네 사람의 눈앞에는 불길이 번쩍하는 듯하였다. 마치 큰 지진이 있어서 온 땅이 떨리는 듯하였다. 형식은 한참 고개를 숙이고 앉았더니,

"옳습니다. 우리가 해야지요! 우리가 공부하러 가는 뜻이 여기 있습니다. 우리가 지금 차를 타고 가는 돈이며 가서 공부할 학비를 누가 주나요? 조선이 주는 것입니다. 왜? 가서 힘을 얻어 오라고, 지식을 얻어 오라고, 문명을 얻어 오라고, 그리해서 새로운 문명 위에 튼튼한 생활의 기초를 세워 달라고, 이러한 뜻이 아닙니까."

하고 조끼 호주머니에서 돈지갑을 내어 푸른 차표를 내어 들면서,

"이 차표 속에는 저기서 덜덜 떠는 저 사람들……. 아까 그 젊은 사람의 땀도 몇 방울 들었어요…… 부대'부디'의 방언 다시는 이러한 불쌍한 경우를 당하지 말게 하여 달라고요……."

하고 형식은 새로 결심하는 듯이 한 번 몸과 고개를 흔든다. 세 처녀도 그와 같이 몸을 흔들었다. 이때에 네 사람의 가슴속에는 꼭 같은 '나 할 일' 이 번개같이 지나간다. 너와 나라는 차별이 없이 온통 한 몸, 한마음이 된 듯하였다.

선형도 아까 영채가 "제가 물 끓여 올게요." 하고 자기의 손목을 잡아 앉힐 때부터 차차 영채가 정다운 생각이 나고 또 영채가 지은 노래를 셋이 합창할 때에는 영채의 손을 잡아 주도록 정다운 생각이 나고, 또 지금 세 사람이 일제히 "우리지요!" 할 때에 더욱 영채가 정답게 되었다.

그리고 형식이가 지금 병욱과 문답할 때에는 그 얼굴에 일종 거룩하고 엄숙한 기운이 보여 지금껏 자기가 그에게 대하여 오던 생각이 죄송한 듯하다. 자기는 언제까지 형식과 영채를 같이 사랑하고 싶었다. 그래서 새로이 형식과 영채의 얼굴을 보았다.

형식은 숙였던 고개를 들어,

"우리가 늙어 죽게 될 때에는 기어이 이보다 훨씬 좋은 조선을 보도록 합시다. 우리가 게으르고 힘없던 우리 조상을 원하는^{원통히 여기는} 것을 생각하여 우리는 우리 자손에게 고마운 조상이라는 말을 듣게 합시다."[3]

하고 웃으며,

"그런데 이 자리에서 우리가 장래 나갈 길이나 서로 말합시다."

하고 세 사람을 본다.

세 사람도 그제야 엄숙하던 얼굴이 풀리고 방그레 웃는다.

"선생께서 먼저 말씀하셔요!"

하고 병욱이가 권할 때에 문밖에서

"들어가도 관계치 않습니까?"

하고 우선의 목소리가 들린다. 형식은 벌떡 일어나 문을 열고 우선의 손을 잡으면서

"사(社)에서 삼랑진 근방에 물 구경을 하고 오라고 전보를 했데그려."

하고 손으로 딕을 흰 번 쓴다. 영채는 고개를 숙였다.

"그런데 우리가 여기 있는 줄은 어떻게 알았나?"

"정거장에 와서 다 들었네."

하고 여자들에게 절을 하며

"참 감사합니다. 지금 정거장에서는 칭찬이 비 오듯 합니다. 어, 과연 상쾌하외다."

---

3) 조선적이고 전통적인 것을 부정하고, 오직 근대적인 것만을 중요한 가치로 보고 있다. 우리 민족을 개조의 대상으로 보는 형식의 생각을 알 수 있다.

하고 정거장에서 들은 말을 대강 한 뒤에 형식더러

"오늘 일을 신문에 내도 좋겠지?"

형식은 대답 없이 병욱을 보다가

"무론 관계치 않겠지요?"

한다.

"아이구, 그것은 내서 무엇합니까?"

"그럴 수가 있습니까, 저 같은 놈도 큰 감동을 받았는데…… 참 말만 듣고도 눈물이 흐를 뻔하였습니다."

한다. 과연 정거장에서 어떤 승객에게 그 말을 들을 때에 우선은 지극히 감동한 바 되었다.

원래 호활한^{막힌 데 없이 넓고 시원시원한} 우선이가 그처럼 눈물이 흐르도록 감동되기는 영채가 죽으러 간 때와 이번뿐이다.

우선은 정거장에서부터 병욱 일행을 만나면 기어이 하려던 말이 있었다. 그래서 하인이 가져온 차를 마시며

"지금 무슨 하시던 말씀이 있어요?"

하고 자기의 말할 기회를 얻으려 한다.

125회

"응, 지금 우리는 장차 무엇으로 조선 사람을 구제할까 하고 각각 제 목적을 말하려던 중일세."

"네, 그러면 저도 좀 듣지요!"

처녀들은 그의 대팻밥모자^{나무를 대팻밥처럼 얇게 깎아 꿰매어 만든 여름 모자}와 말하는 모양이 우스워서 터져 나오려는 웃음을 꿀꺽 참는다. 영채 하나만 어찌할 줄을 몰라서 얼굴을 잠깐 붉히나 우선은 영채를 보면서도 모르는 체한다.

"어느 분 차례입니까?"

하는 우선의 말에

"내 차례인가 보에."

"응, 그러면 말하게."

하고 눈을 감고 고개를 숙이며 들을 준비를 한다. 병욱은 영채의 옆구리를 꾹 찔렀다. 선형은 웃음을 참느라고 살짝 고개를 돌린다.

"나는 교육가가 되렵니다. 그리고 전문으로는 생물학을 연구할랍니다."

그러나 듣는 사람 중에는 생물학의 뜻을 아는 자가 없었다. 이렇게 말하는 형식도 무론 생물학이란 참뜻을 알지 못하였다. 다만 자연 과학을 중히여기는 사상과 생물학이 가장 자기의 성미에 맞을 듯하여 그렇게 작정한 것이다. 생물학이 무엇인지도 모르면서 새 문명을 건설하겠다고 자담하는 그네의 신세도 불쌍하고 그네를 믿는 시대도 불쌍하다. 형식은 병욱을 향하여

"무론 음악이시겠지요?"

"네, 저는 음악입니다."

"또 영채 씨는?"

영채는 말없이 병욱을 본다. 병욱은 어서 말해라 하고 눈짓을 한다.

"저도 음악입니다."

"선형 씨는?"

하는 말이 나오지 아니하여서 형식은 가만히 앉았다. 여러 사람은 웃었다. 선형은 얼굴을 붉혔다.

"선형 씨는 무엇이오…… 무론 교육이겠지."

하고 병욱이가 웃는다. 모두 웃는다. 형식도 고개를 수그렸다. 선형도 병욱이가 첫마디에 '네, 저는 음악이외다.' 하고 활발히 대답하는 것이 부러웠다. 그래서

"저는 수학을 배울랍니다."

하고 있는 힘을 다하여서 말하였다. 학교에서 수학을 잘한다고 선생에게 칭찬받던 생각이 난 것이다. 다른 사람들도 수학이 좋은 것인 줄은 알았으나 수학과 인생에 어떠한 관계가 있는지를 모른다.

"그담에는 자네 차례일세."

"나는 붓이나 들지!"

한참 말이 없었다. 제가끔 제 장래를 그려 본다. 그리고 그 장래의 귀착점 歸着點 돌아가 도착한 곳은 다 같았다. 우선이가 고개를 숙이고 우두커니 무슨 생각을 하는 것을 보고 형식이가

"왜, 오늘은 그렇게 점잖아졌나?"

하고 웃는다. 우선이가 고개를 들더니

"언젠가 자네가 날더러 인생은 장난이 아니라고, 나는 인생을 희롱으로 본다고 그랬지? 마지메 성실함이나 진지함을 뜻하는 일본어 하게 생각지를 않는다고?"

"글쎄, 그런 일이 있던가."

"과연 그게 옳은 말일세. 나는 지금까지 인생을 장난으로 보아 왔네. 내가 술을 많이 먹는 것이라든지…… 또 되는대로 노는 것이 확실히 인생을 장난으로 여기던 증거지. 나는 도리어 자네가 너무 마지메한 것을 속이 좁다고 비웃어 왔지마는 요컨대, 내가 잘못 생각했던 것이어!"

여기까지 와서는 형식이가 우선의 말이 오늘은 농담이 아닌 것을 깨닫고 정색하고 우선의 얼굴을 본다. 세 처녀도 정색하고 듣는다. 과연 우선의 얼굴에는 무슨 결심의 빛이 보인다. 우선은 말을 이어

"오늘 와서 깨달았네. 오늘 정거장에서 음악회 했다는 말을 듣고 비로소 깨달았네. 나는 차 타고 지나오면서 산기슭에 선 사람들을 보고 불쌍하다는 생각도 나기는 났지마는 그 꾀죄하고 섰는 양이 우스워서 웃기부터 하였네. 나는 어떻게 하면 저들을 건지나 하는 생각도 아니하고, 그들을 위해서 눈물도 아니 흘렸네. 그리고 차를 내리면 얼른 구경을 가리라, 가서 시나 한 수 지으리라, 하고 울기는커녕 웃으면서 내려 가지고, 그 말을 들을 때에 나는 가슴이 뜨끔하였네. 더구나 젊은 여자가……."

하고 감격한 듯이 말을 맺지 못한다. 듣던 사람들도 묵묵하다. 우선은 말을 이어

"나도 오늘 이때, 이 땅 사람이 되었네. 힘껏, 정성껏 붓대를 둘러서 조금이라도 사회에 공헌함이 있으려 하네. 이제 한 시간이 못 하여 자네와 작별을 하면 아마 사 오 년 되어야 만나게 되겠네그려. 멀리 간 뒤라도 내가 이전 신우선이가 아닌 줄로 알고 있게. 나는 자네가 떠나기 전에 이 말을 하게 된 것을 큰 기쁨으로 아네."

하고 손을 내어 밀어 형식의 손을 잡는다. 형식도 꼭 우선의 손을 잡아 흔들며

"참, 기쁜 말일세. 무론 자네가 언제인들 잘못한 일이 있었겠나마는 그처럼 새 결심한 것이 무한히 기쁘이."

우선은 한참 주저하다가

"영채 씨, 이전 버릇없던 것은 다 용서합시오! 저도 이제부터 새사람이 되렵니다. 부대 공부 잘하셔서 큰일 하십시오."

하고 길게 한숨을 쉰다.

영채의 눈에서는 눈물이 뚝뚝 떨어진다. 선형은 이제야 영채의 말이 모두 참인 줄을 깨달았다. 그리고 가만히 영채의 손을 잡고 속으로 '형님, 잘못했

습니다.' 하였다. 영채도 선형의 손을 마주 쥐며 더욱 눈물이 쏟아진다. 형식
도 울었다. 병욱도 울었다. 마침내 모두 울었다.

비 갠 뒤 맑은 바람이 창밖에 늘어진 수양버들 가지를 스쳐 방 안에 불어
들어와 다섯 사람의 화끈거리는 얼굴을 식힌다. 잠잠하다.

· **뒷부분 줄거리**
형식, 병욱, 영채, 선형이 유학 생활을 성공적으로 마치고 귀국할 예정이라는 근
황이 소개된다.

 만화로 읽는 '무정'

발단 형식과 영채가 재회함

전개 형식이 선형과 영채 사이에서 방황함

위기 영채는 자살을 기도하고 형식은 영채를 찾으려고 함

절정 유학길에 올라 민족의 장래를 위한 결의를 다짐

금년 가을에는 사방으로 돌아오는 유학생과 함께 형식, 병욱,
영채, 선형같은 훌륭한 인물을 맞아들일 것이니 어찌 아니 기쁠까.

결말 네 사람의 근황이 소개됨

생각해 볼까요?

선생님 이 작품에 등장하는 인물들은 어떻게 분류될 수 있을까요?
💬 3 ❤️ 3

↳ **학생 1** 형식은 일본 유학을 다녀온 지식인이에요. 영채는 전통적인 유교 교육을 받은 보수적인 여성에서 자아 각성을 통해 근대적 윤리관을 갖춘 여성으로 변화하는 과도기적 인물이에요.

↳ **학생 2** 선형은 신교육을 받았으면서도 수동적인 삶에서 벗어나지 못하는 보수적인 여성이며, 병욱은 반봉건적·진취적 의지가 넘치는 인물이에요.

↳ **학생 3** 작가는 이들을 통해 격변기 한국 사회의 시대상과 가치관의 혼란 양상을 고스란히 보여 주고 있어요.

 선생님 이 작품의 문학사적 의의는 무엇인가요?
💬 3 ❤️ 3

↳ **학생 1** 「무정」은 리얼리즘 문학의 효시로, 역사적 전환기의 사회상과 가치관이 반영된 작품이에요.

↳ **학생 2** 아울러 문체와 구성 면에서 신소설의 한계를 극복하여 근대 소설의 새로운 지평을 열었다는 평가를 받아요.

↳ **학생 3** 또한 이 작품은 한국 근대 소설의 시작점이자 국문학사상 최초의 장편 소설이라는 점에서 그 의의를 찾을 수 있어요.

계몽 소설 🔍▾

연관 검색어 계몽주의 개화기 근대

계몽 소설이란 민중들에게 새로운 지식과 문물을 소개하고, 교육의 중요성을 강조하기 위해 창작된 소설을 일컫는다. 한국 근대사에서 계몽 소설은 개항 이후 일제 강점기 초기에 상실된 민족 주체성을 회복하기 위해 쓰였다. 전근대적 가치관을 타파할 것과 교육을 통해 일반 민중을 계몽할 것을 강조한 점이 초기 계몽 소설의 특징이다. 계몽 소설은 우리나라가 식민지화될 수밖에 없었던 정치적 상황에 대한 고려가 부족하고, 일반 민중을 가르침의 대상으로만 보았다는 점에서 비판받기도 한다.

염상섭
(1897~1963)

✉ 작가에 대하여

　호는 횡보(橫步). 서울 출생. 보성전문학교에 재학하던 중 일본으로 건너가 교토부립중학을 졸업하였다. 게이오대학 사학과에 입학하였으나 3·1 운동에 가담한 혐의로 투옥되었다가 귀국하고 〈동아일보〉 기자가 되었다. 김동인과 벌인 논쟁을 계기로 1920년 〈창조〉에 대응하는 동인지 〈폐허〉를 김억, 남궁벽, 오상순, 황석우 등과 함께 창간하였다. 1921년 〈개벽〉에 단편 「표본실의 청개구리」를 발표하면서 등단하였다.

　초기 작품인 「표본실의 청개구리」, 「제야」, 「묘지」, 「죽음과 그림자」 등은 시대의 암흑상을 보여 준다. 특히 「묘지」의 제목을 바꾸어 출간한 「만세전」에는 일제 치하의 보수주의적 속물이 등장하고 공동묘지 같은 암흑상이 묘사되어 있다. 단편 「잊을 수 없는 사람들」, 「금반지」, 「고독」, 「조그만 일」, 「밤」 등은 후기 작품으로 꼽힌다.

　염상섭은 우리나라에 자연주의와 사실주의 문학이 자리를 잡는 데 큰 역할을 하였다. 특히 그의 첫 작품인 「표본실의 청개구리」는 한국 최초의 자연주의적인 소설로 평가된다. 그 후에는 전형적인 사실주의 계열의 작품을 썼다. 치밀한 묘사와 관찰 기법은 일제 치하의 조부·아버지·손자의 삼대를 다룬 장편 「삼대」에 잘 드러난다.

만세전

#묘지   #식민지조선   #사실적   #어로형소설

⛴ 작품 길잡이

갈래: 중편 소설, 사실주의 소설, 여로형 소설
배경: 시간 - 1918년 겨울 / 공간 - 동경과 서울
시점: 1인칭 주인공 시점
주제: 식민지 조선에 대한 지식인의 재발견
출전: 〈신생활〉(1922)

📷 인물 관계도

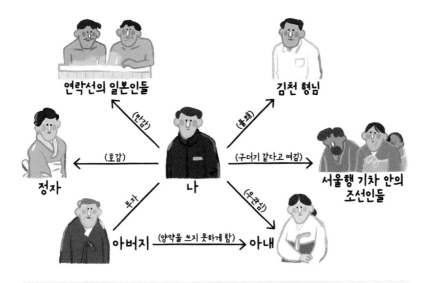

나	현실 관찰자이자 소극적 비판자로서 자조적인 성격을 지니고 있다.
정자	카페 여급으로 이지적이고 진취적이다. 이인화가 동경하는 애인이다.
아내	시아버지의 고루한 사고방식과 남편의 무관심 속에 죽어간다.

📋 구성과 줄거리

발단   '나'는 아내가 위독하다는 전보를 받고 귀국할 준비를 함
1918년 겨울, 동경 유학생인 '나'는 아내가 위독하다는 전보를 받는다. '나'는 학기말 시험을 포기하고 귀국하기로 결심한다. 하지만 암담한 현실 속에서 자신이 할수 있는 것이 아무것도 없다는 사실과 원만하지 못했던 부부 관계를 떠올리며 우울해한다.

전개   '나'는 조선인이 멸시당하는 현실을 보고 분노와 비애를 느낌
'나'는 시모노세키 역에서 일본 헌병에게 검문을 당하고, 부산으로 향하는 배 안에서도 일본 형사들에게 시달림을 당하자 울분을 느낀다. 또 같은 배에 탄 조선 노무자들을 경멸하는 일본인들의 대화를 들으면서 나라 없는 설움과 동포에 대한 연민을느낀다.

위기   부산에 도착한 '나'는 조선이 일본인의 소굴이 된 것에 분개함
'나'는 부산항에 내려서도 조선인 순사보와 일본인 헌병 보조원에게 괴롭힘을 당한다. '나'는 부산 시가지에 일본인만 보이는 것에 의아해한다. 기차를 타고 김천에도착하여 보통학교 교사인 형님의 집에 방문했을 때, 첩이나 더 들여 아들을 낳겠다고 말하는 형님에게 불쾌감을 느낀다.

절정   '나'는 서울행 기차 안에서 조선인의 비참한 현실을 목격하고 절망함
'나'는 서울로 가는 기차 안에서 갓 장수가 '나'와 대화하다 헌병 보조원에게 끌려가는 모습과 아이를 업은 젊은 여인이 결박을 당한 채 순사의 감시를 받으며 앉아있는 모습을 보고 충격을 받는다. 조선인들의 주눅 들어 있는 모습을 본 '나'는 이땅이 공동묘지라고 속으로 외친다.

결말   아내가 죽은 후 진실한 삶을 찾기로 결심한 '나'는 동경으로 돌아감
죽음에 임박한 아내를 보면서 '나'는 동정심 외에 별다른 감정을 느끼지 못한다.
아내가 세상을 떠난 뒤, '나'는 학업을 계속하기 위해 동경으로 떠난다.

만세전

- **앞부분 줄거리**

'나'는 동경 W대학 문과에 재학 중이다. 조선에 3·1 운동이 일어나기 전해 겨울, '나'는 아내가 위독하다는 전보를 받는다. '나'는 학기 말 시험을 중도에 포기하고 귀국하기 위해 준비한다. 아내에 대해 남다른 애정이 없던 '나'는 병에 걸려 죽어 가는 아내의 상황을 듣고도 큰 걱정을 하지 않는다. 연락선을 타고 귀국하던 '나'는 조선인들을 경멸하는 일본인들의 대화를 듣게 된다.

그들은 여전히 이야기를 계속하고 있다.

"그래 촌에 들어가면 위험하진 않은가요?"

조선에 처음 간다는 시골자가 또다시 입을 벌렸다.

"뭘요. 어델 가든지 조금도 염려 없쇠다. 생번生蕃 대만의 고사족 가운데 대륙 문화에 동화되지 않고 야생적인 생활을 하는 번족을 일본인이 부르던 이름이라 하여도 요보 일제 때 일본인들이 조선인을 낮춰 부르던 말는 온순한 데다가 가는 곳마다 순사요 헌병인데 손 하나 꼼짝할 수 있나요. 그걸 보면 데라우치 초대 조선 총독. 무단 통치 정책을 폄 상이 참 손아귀 힘도 세지만 인물은 인물이야!"

매우 감격한 모양이다.

"그래 촌에 들어가서 할 게 뭐예요?"

"할 것이야 많지요. 어델 가기로 굶어 죽을 염려는 없지만, 요새 돈 몰 것이 똑 하나 있지요. 자본 없이 힘 안 들고…… 하하하."

표독한 사납고 독살스러운 위인이 충동하는 수작이다.

"그런 벌이가 어디 있어요?"

촌뜨기 선생은 그 큰 눈을 더 둥그렇게 뜨고 큰 기대와 호기심을 가지고 마주 치어다보는 모양이다.

"왜요, 한번 해보시려우?"

그는 이렇게 한마디 충동이며, 무슨 의미나 있는 듯이 그 악독하여 보이는 얼굴에 교활한 웃음을 띠고 한참 마주 보다가,

"시골서 죽도록 땅이나 파먹다가 거꾸러지는 것보다는 편하고 재미있습넨다. 게다가 돈을 쓰고 싶은 대루 쓸 수 있고……."

여전히 뱅글뱅글 웃으면서 이 순실한^{순박하고 참된}, 어머니 배 속에서 나온 그대로 있는 듯한 촌뜨기를 꾄다.

"그런 선반에서 떨어지는 떡 같은 장사^{아주 쉬운 일}가 있으면 하다뿐이겠나요."

촌뜨기는 차차 침이 괴어 오는 수작이다.

"그러나 밑천이 아주 안 드는 것은 아니지요. 우선 얼마 안 되지만 보증금을 들여놓아야 하고, 양복이나 한 벌 장만하여야 할 터이니까……. 그러나 당신이야 형님이 헌병대에 계시다니까 신분은 염려 없을 테니 보증금은 없어도 좋겠지."

제 딴은 누구를 큰 직업이나 얻어 주는 듯싶이, 더구나 보증금은 특별히 면제하여 주겠다는 듯이 오만한 태도로 어깨를 뒤틀며 호기만장^{豪氣萬丈 꺼드럭거리며 뽐내는 기세가 매우 높음}이다. 일편 촌뜨기는 양복 신사가 돼야 하는 직업이라는 데에 속으로 헤헤하는 기색이다. 그러나 정작 그 직업의 종류가 무엇인가는 좀처럼 가르쳐 주지 않는다. 실상 곁에서 엿듣고 앉았는 나 역시 궁금하지만, 이러한 소리를 듣는 시골 궐자^{厥者 '그'를 낮잡아 이르는 말}는 더 한층 호기의 눈을 번쩍이며 앉았는 모양이다. 그러나 그것을 토설치^{숨겼던 사실을 비로소 밝히어 말하지} 않는 것은 나와 그 외의 두세 사람이 들을까 꺼리어서 그리하는 것 같기도 하고, 또는 그 시골뜨기가 좀 더 몸이 달아 덤비며 자기의 부하가 되겠다는 다짐까지 받고서야 이야기하려는 수단 같기도 하다.

"그래 그런 훌륭한 직업이 무엇인데, 어데 있단 말요?"

이번에는 그 시골자의 동행인 듯한 사람이 가만히 듣고 있다가 욕탕에서 시뻘겋게 단 몸뚱어리를 무거운 듯이 끌어내며 물었다. 그자도 물속에서 불쑥 일어서서 수건을 등 뒤로 넘겨서 가로잡고 문지르며 한 번 목욕탕 속을 휘돌아다 보고, 다른 사람들이 자기네의 이야기에는 무심히 이 구석 저 구석에서 멱을 감는 것을 살펴본 뒤에 안심한 듯이 비로소 목소리를 낮추며 입을 벌린다.

"실상은 누워 떡 먹기지. 나두 이번에 가서 해 오면 세 번째나 되오마는, 내지^{內地 식민지에서 본국을 이르는 말. 여기서는 일본}의 각 회사와 연락해 가지고 요보들을 붙들어 오는 것인데…… 즉, 조선 쿨리^{육체노동에 종사하는 중국인·인도인 노동자} 말씀요.¹⁾ 농촌 노동자를 빼내 오는 것이죠. 그런데 그것은 대개 경상남북도나, 그렇지 않으면 함경, 강원, 그다음에는 평안도에서 모집을 해 오는 것인데 그중에도 경상남도가 제일 쉽습넨다. 하하하."

---

1) 조선인을 착취하는 일본인의 모습에서 우리 민족의 비참한 현실이 드러난다.

그 자는 여기 와서 말을 끊고, 교활한 웃음을 웃어 버렸다.

나는 여기까지 듣고 깜짝 놀랐다. 그 불쌍한 조선 노동자들이 속아서 지상의 지옥 같은 일본 각지의 공장과 광산으로 몸이 팔리어 가는 것이, 모두 이런 도적놈 같은 협잡 부랑배의 술중術中 술책에 빠져서 속아 넘어가는구나 하는 생각을 하며, 나는 다시 한번 그자의 상판대기 '얼굴'을 속되게 이르는 말 를 치어다보지 않을 수 없었다.

'옳지! 그래서 이자의 형이 헌병 군조라는 것을 듣고 이용할 작정으로 반색 매우 반가워함. 또는 그런 기색 을 한 게로군!'

나는 이런 생각도 하여 보며 가만히 귀를 기울이고 앉았었다.

궐자는 벙벙히 듣고 앉았는 그 두 사람의 얼굴을 이리저리 바라보고 빙긋 웃으며 또다시 말을 잇는다.

"왜 남선 지방에 응모자가 많고 북으로 갈수록 적은고 하니, 이 남쪽은 내지인이 제일 많이 들어가서 모든 세력을 잡았기 때문에, 북으로 쫓겨서 만주로 기어들어 가거나 남으로 현해탄을 건너서거나 두 가지 중에 한 가지 길밖에 없는데, 누구나 그늘보다는 양지가 좋으니까, 요보들 생각에도 일 년 열두 달 죽도록 농사를 지어야 주린 배를 채우기는 고사하고 보릿고개에는 시래기죽으로 부증淨症 몸이 붓는 증상 이 나서 뒈질 지경인 바에야, 번화한 동경·대판 오사카 에 가서 흥청망청 살아 보겠다는 요량이거든. 그러니 촌의 젊은 애들은 말할 것도 없고 계집애들까지 나두 나두 하고 나서거든. 뭐 모집이야 쉽지!"

"흥…… 그럴 거야!"

"아직 북선 지방은 우리 내지인이 덜 들어갔기 때문에 비교적 편안히 사니까 응모자가 적지만, 그것도 미구불원未久不遠 앞으로 얼마 오래지 아니하고 가까움 에 쪽박을 차고 나설 거라. 허허허……."

이자는 자기 설명에 만족한 듯이 대단히 득의만면得意滿面 일이 뜻대로 이루어져 기쁜 표정이 얼굴에 가득함 이다.

"그래 그렇게 모집을 해 가면 얼마나 생기나요?"

촌뜨기는 구수하다는 듯이 침을 흘리며 듣는다.

"얼마가 뭐요. 여비가 있지, 일당이 또 있지, 게다가 한 사람 모집하는 데에 일 원서부터 이 원이니까—그건 회사와 일의 종류에 따라서 다르지만, 가령 방적 회사의 여직공 같은 것은 임금도 싼 데다가 모집원의 수수료도 헐하고 값이 싸고, 광부 같은 것은 지금 시세로도 일 원 오십 전에서 이 원 오십 전까지라우. 가령 천 명만 맡아 가지고 와서 보구려. 이삼 삭朔개월 동안에 여비나 일당에서 남는 것은, 그까짓 건 다 그만두고라도 일천오륙백 원, 근 이천 원은 간데없는 것일 게니, 그런 벌이가 이 판에 어디 있소? 하하하. 나도 맨 처음에 ─그건 제주도에서 모집하여 갔지만─ 그때에 오백 명 모아다 주고 실살^{겉으로 드러나지 아니한 실리} 고로 남긴 것이 천 원이었고, 둘째 번에는 올가을 팔백 명이나 북해도^{北海道 홋카이도} 족미탄광^{足尾炭鑛}에 보내고 이천 원 돈이 들어왔다우."

노동자 모집원이라는 자는 입의 침이 없이 천 원, 이천 원을 신이 나서 뇌며 목욕탕 속에서 나왔다.

"예에, 예에, 그럴 거예요!"

하며, 일평생에 들어 보지도 못하던, 천^千 자가 붙은 돈 액수에 눈을 휘둥그렇게 뜨고 귀를 기울이고 앉았던 시골자는, 때를 다 밀었는지 그 장대한 구릿빛 나는 유착한^{몹시 투박하고 큰} 몸집을 벌떡 일으키어 다시 욕탕 속에 출렁 집어넣으면서 만족한 듯이 또다시 말을 붙이었다.

"그래 조선 농군들이 가서 그런 공사일을 잘들 하나요?"

"잘하구 못하는 것은 내가 아랑곳 있겠소마는, 하여간 요보는 말을 잘 듣고 쿨리만은 못해도 힘드는 일을 잘하는 데다가 삯전이 헐하니까 안성맞춤이지……. 그야 처음 데려갈 때에는 품삯도 많고 일은 드르누워서 떡 먹기라고 푹 삶아야 하긴 하지만, 그래도 갈 노자^{路資 먼 길을 떠나 오가는데 드는 비용}며 처자까지 데리고 가게 하고, 게다가 빚까지 갚아 주는 데야 제 아무런 놈이기로 아니 따라나설 놈이 있겠소. 한번 따라나서기만 하면야 전차^{前借 뒷날에 받을 돈을 기일 전에 앞당겨 씀}가 있는데 그야말로 독 안에 든 쥐지. 일이 고되거나 품이 헐하긴 고사하고 굶어 돼진다기루 하는 수 있나, 하하하."

벌써 부하가 되었다는 듯이 득의만면하여 모집 방법의 비책까지 도도히^{말하는 모양이 거침없이} 설명을 하여 주고 앉았다.

나는 좀 더 들으려고 일부러 머뭇머뭇하며 앉았으려니까, 승객이 다 올라탔는지 별안간에 욕객의 한 떼가 또 왁자하고 들이 밀려오기에 나는 그만 듣고 몸을 훔치기 시작하였다.

스물두셋쯤 된 책상 도련님인 나로서는 이러한 이야기를 듣고 놀라지 않을 수 없었다.[2] 인생이 어떠하니, 인간성이 어떠하니, 사회가 어떠하니 하여야

---

2) '나'가 현실과 동떨어진 관념적 인식을 가지고 있었음을 깨닫는 부분으로, 이후 비참한 조선의 현실에 대한 각성이 이루어질 것임을 짐작할 수 있다.

다만 심심파적^{심심풀이}으로 하는 탁상^{卓上}의 공론^{空論 탁상공론. 현실성이 없는 허황한 이론이나 논의}에 불과한 것은 물론이다. 아버지나 조상의 덕택으로 글자나 얻어 배웠거나 소설 권이나 들춰 보았다고, 인생이니 자연이니 시^詩니 소설이니 한대야 결국은 배가 불러서 투정질하는 수작이요, 실인생·실사회의 이면의 이면, 진상의 진상과는 얼마만한 관련이 있다는 것인가? 하고 보면 내가 지금 하는 것, 이로부터 하려는 일이 결국 무엇인가 하는 의문과 불안을 느끼지 않을 수가 없었다. 일 년 열두 달 죽도록 농사를 지어야 반년 짝은 시래기^{무정이나 배추의 잎을 말린 것}로 목숨을 이어 나가지 않으면 안 되겠으니까…… 하는 말을 들을 제, 그것이 과연 사실일까 하는 의심이 날 만큼 나의 귀가 번쩍하리만큼 조선의 현실을 몰랐다. 나도 열 살 전까지는 부모의 고향인 충청도 촌 속에서 자라났고 그 후에도 일 년에 한두 번씩은 촌락에 발을 들여놓아 보았지만, 설마 그렇게까지 소작인의 생활이 참혹하리라고는 꿈에도 생각해 본 일이 없었다.

"시를 짓는 것보다는 밭을 갈라고 한다. 그러나 밭을 가는 그것이 벌써 시가 아니냐……. 사람은 흙에서 나와서 흙에 돌아간다. 흙의 향기로운 냄새에 취할 수 있는 자의 행복이여! 흙의 북돋아 오르는 생기야말로, 너 인간의 끊임없는 새 생명이니라……."

언젠가 이따위의 산문싯줄이나 쓰던, 자기의 공상과 값싼 로맨티시즘^{낭만주의}이 도리어 부끄러웠다. 흙의 냄새가 향기롭지 않다는 것도 아니다. 그 향기에 취할 수 있는 자가 행복스럽지 않다는 것도 아니다. 조반 후의 낮잠은 위약^{胃弱 위의 소화력이 약해지는 병}이라는 고등유민^{高等遊民 고등 교육을 받고도 직업이 없이 놀며 지내는 사람}의 유행병에나 걸릴까 보아서 대팻밥모자^{나무를 대팻밥처럼 얇게 깎아 만든 여름 모자}에 연경^{煙鏡 알의 빛깔이 검거나 누런 색안경}이나 쓰고, 아침저녁으로 호밋자루를 잡는 것이 행복스럽지 않고 시적^{詩的}이 아니라는 것은 아니다. 그러나저러나, 일 년 열두 달, 소나 말보다도 죽을 고역을 다하고도 시래기죽에 얼굴이 붓는 것도 시일까? 그들이 삼복의 끓는 햇볕에 손등을 데우면서 호밋자루를 놀릴 때, 그들은 행복을 느끼는가?…… 그들은 흙의 노예다. 자기 자신의 생명의 노예다. 그들에게 있는 것은 다만 땀과 피뿐이다. 그리고 주림뿐이다. 그들이 어머니의 배 속에서 뛰어나오기 전에, 벌써 확정된 단 하나의 사실은 그들의 모공이 막히고 혈청이 마르기까지, 흙에 그 땀과 피를 쏟으라는 것이다. 그리하여 열 방울의 땀과 백 방울의 피는 한 톨의 나락^벼을 기른다. 그러나 그 한 톨의 나락은 누구의 입으로 들어가는가? 그에게 지불되는 보수는 무엇인가? —

주림만이 무엇보다도 확실한 그의 밥을 품삯이다…….

나는 몸을 다 훔치고 옷 입는 터전으로 나왔다.

나는 사람, 드는 사람, 한참 복작대는 틈에서 부리나케 양복바지를 꿰며 섰으려니까, 어떤 보지 못하던 친구가 문을 반쯤 열고 중절모자를 쓴 대가리를 불쑥 디밀며, 황당한 안색으로 방 안을 휘휘 둘러보더니,

"실례올시다만, 여기 이인화란 이가 계십니까?"

하고 묻는다.

"네에, 나요. 왜 그러우?"

나는 궐자의 앞으로 두어 발짝 나서며 이렇게 대답을 하였다. 궐자는 한참 찾아다니다가 겨우 만난 것이 반갑다는 듯이 빙글빙글 웃으며, 문을 활짝 열어젖히고 서서 이리 좀 나오라고 명령하듯이 소리를 친다. 학생복에 망토를 두른 체격이며 제 딴은 유창하게 한답시는 일어의 어조가 묻지 않아도 조선 사람이 분명하다. 그래도 짓궂이 일어를 사용하고 도리어 자기의 본색이 탄로될까 보아 염려하는 듯한 침착지 못한 행색이 나의 눈에는 더욱 수상쩍기도 하고 마음이 근질근질하기도 하였다. 나의 성명과 그 사람의 어조를 듣고, 우리가 조선 사람인 것을 짐작한 여러 일인의 시선은 나에게서 그자에게, 그자에게서 나에게로 올지 갈지 하는 모양이었다. 말하자면 우리 두 사람은 일본 사람 앞에서 희극을 연작하는 앵무새 모양이었다.

"무슨 이야긴지 할 말 있건 예서 하구려."

그래도 나는 기연가미연가^{그런지 그렇지 않은지 분명하지 않은 모양}하여 역시 일어로 대답하였다.

"하여간 이리 좀 나오슈."

말씨가 벌써 그러한 종류의 위인인 것을 의심할 여지가 없다고 생각한 나는, 그 언사^{言辭 말씨}의 교만한 것이 첫째 귀에 거슬리어서, 다소 불쾌한 어조로,

"그럼 문을 닫고 나가서 기다류."

하며 소리를 지르고, 다시 내 자리로 와서 주섬주섬 옷을 마저 입기 시작하였다. 여러 사람의 경멸하는 듯한 시선은 여전히 내 얼굴에 어리는 것을 깨달았다. 더구나 아까 노동자를 모집할 의논을 하던 세 사람은 힐끔힐끔 곁눈질을 하는 것이 분명하였으나, 나는 도리어 그 시선을 피하였다. 불쾌한 생각이 목구멍 밑까지 치밀어 오는 것 같을 뿐 아니라, 어쩐지 기운이 줄고 어깨가 처지는 것 같았다.

(중략)

대합실 앞까지 오니까, 아까 내 명함을 빼앗아 간 인버네스[소매 대신에 망토가 달린 남자용 외투]가 양복에 외투를 입은 또 한 사람과 무시무시하게 경계를 하고 섰다가, 우리를 보더니 아무 말 아니하고 기선 화물을 집더미같이 쌓아 놓은 뒤로 앞서 들어갔다. 가방을 가진 자도 아무 말 아니하고 따라섰다. 나는 가슴이 선뜩하는 것을 참고, 아무 반항할 힘도 없이, 관에 들어가는 소처럼 뒤를 대어 섰다. 네 사람이 예정한 행동을 취하는 것처럼, 묵묵하고 침중한[성격, 마음, 목소리 등이 가라앉고 무게가 있는] 가운데에 모든 행동을 경쾌하게 하는 것이, 마치 활동사진[活動寫眞 '영화'의 옛 용어]에서 보는 강도단이나 그것을 추격하는 탐정 같았다. 네 사람은 화물에 가리어 행인에게 보이지 않을 만한 곳에 와서 우뚝우뚝 섰다. 대합실의 유리창에서 흘러나오는 전광[電光 전등의 불빛]만은, 양복쟁이의 안경테에 소리 없이 반짝 비치었다.

"오늘 하루 예서 묵지 못하겠소?"

양복쟁이가 우선 입을 벌리며 가방을 빼앗아 든다. 좁은 골짜기에서 나직하게 내는 거세고도 굵은 목소리는 이 세상에서 들어 본 목소리 같지 않았다. 나는 얼빠진 놈 모양으로 아무 생각 없이 안경알이 하얗게 어룽어룽하는[흐리게 자꾸 어른거리는] 그자의 두툼하고 둥근 상을 치어다보며 섰었다. 그자도 나의 표정을 하나라도 놓치지 않으려는 듯이 입술을 악물고 위협하는 태도로 노려보다가 별안간에 은근한 어조로,

"하루 쉬어서 가시구려."

하는 양이, 마치 정다운 진객[珍客 귀한 손님]을 만류하는 것 같았다. 무슨 죄가 있는 것은 아니나, 이같이 으스한 골짜기에서 을러 보았다 달래 보았다 하는 것을 당하는 것은 나의 수명이 줄어들어 가는 것 같았다. 만일 내가 부호[富戶 재산이 많아 살림이 넉넉한 사람의 집]로서 이런 꼴을 당하였다면, 위불위없이[틀림이나 의심이 없이] 강도나 맞았다고 생각하였을 것이다. 나는 정신을 바짝 차리고 대답을 하려 하였으나, 참 정말 귓구멍이 막혀서 입을 벌릴 기운이 없었다.

"묵긴 어데서 묵으란 말이오? 유치장에나 가잔 말씀이오? 이 배에 떠나게 한다는 약조를 하였기 때문에 나왔으니까 약조대로 합시다."

이렇게 강경히[꿋꿋하고 굳세게] 주장은 하면서도, 마음은 차차 두근거려지고 신경은 극도로 긴장하여졌다. 대체 나 같은 위인은 경찰서의 신세를 지기에는

너무도 평범하지만, 그래도 이 배만 놓치면 참 정말 유치장에서 욕을 볼 것은 뻔한 일, 하늘이 두 쪽이 되는 한이 있더라도 이 배를 놓쳐서는 큰일이라고 결심을 단단히 하고서도 웬일인지 가슴은 여전히 두근두근하지 않을 수가 없었다.

"그럼 에서 잠깐 할까?"

양복쟁이가 나와 인버네스를 반반씩 보며 저희끼리 의논을 한다. 나는 우선 마음을 놓았다.

"네, 그러지요."

인버네스가 찬성을 하니까, 양복쟁이는 나에게로 향하여,

"이것 좀 열어 보아도 상관없겠소?"

하고 열쇠를 내라고 한다. 나는 급히 열쇠를 내어 주었다……. 가방은 양복쟁이의 손에서 덜컥 열리었다.

어린아이 관棺 같은 긴 모양의 트렁크를 유리창 그림자가 환히 비치는 화물 쌓인 밑에다가 열어 놓고 들쑤시는 동안에, 그 옆에서 인버네스는 조그만 손가방을 조사하고 앉았다. 나는 이편에 느런히 섰는 학생복 입은 자와 함께 두 사람의 네 손길만 내려다보고 섰었다. 큰 트렁크를 맡은 자는 잠깐 쑤석쑤석하여 보더니, 그 위에 얹어 놓은 양복이며 화복들을 손에 잡히는 대로 휙휙 집어서 내 옆에 선 형사에게 주섬주섬 던져 주고 나서, 그 밑에 깔리었던 서류 뭉텅이와 서적 몇 권을 분주히 들척거리고 _{이리저리 자꾸 들추어 뒤지고} 앉았다. 조그만 트렁크 속에서 소득이 없었던지 그대로 뚜껑을 닫아서 옆에 놓고 인버네스도 다시 큰 가방으로 달려들어서 들여다보고 앉았다가 양복쟁이의 분부대로 서적을 한 권씩 들어 보아 가며 일일이 책명을 수첩에 기입하며 앉았다. 가방 속에서 갈팡질팡하는 형사의 네 손은 일 분, 이 분 시간이 갈수록 가속도로 움직인다. 나는 이놈들이 또 무슨 망령이나 부리지 않을까 하는 불안과 의혹을 가지고 전광에 벌겋게 번쩍이는 양복쟁이의 곁뺨_{얼굴의 양쪽 관자놀이에서 턱 위까지의 살이 많은 부분}을 노려보고 섰었다.

여덟 눈과 네 손길은 앞에 뉘어 놓은 트렁크 한 개에 모든 정력을 집중하고, 일분一分_{아주 적은 양}의 빈틈없이 극도로 긴장하였으면서도 여덟 입술은 풀로 붙인 듯이, 아무도 입을 벌리려는 사람이 없었다. 절대 침묵이 한 칸통쯤 되는 컴컴한 골짜기에 숨이 막힐 듯이 가득히 찼다. 비릿한 해기海氣_{바다 위에 어린 기운}를 품은 차디찬 저녁 바람이 귓가로 솔솔 지날 때마다 바삭바삭하는 종잇장

구기는 소리밖에 나에게는 들리지 않았다. 그보다 큰 배에 짐 싣는 인부의 소리도, 잔교 밑에 와서 부딪는 출렁출렁하는 파도 소리도, 아마 이 네 사람의 귀에는 들리지 않았을 것이다. 무겁고 찌뿌드드한 침묵 속에 흐릿한 불빛에 싸여서 서고 앉고 하여 꾸물꾸물하는 양이, 마치 바다에 빠진 시체를 건져 놓고 검시檢屍나 하는 것같이 처량하고 비장하며 엄숙히 보였다. 그러나 일 분, 이 분, 삼 분, 오 분, 십 분……, 시간이 갈수록 나의 머릿속은 귀와 반비례로 욱신욱신하여졌다. 그 세 사람들이 일부러 느럭느럭하는^{말이나 행동이 느린} 것은 아니건마는 뺏어 가지고 내 손으로 하고 싶으리만큼 초초하였다. 나는 참다못하여 시계를 꺼내 들고,

"이제 이 분밖에 안 남았소. 난 갈 테요."

하고 재촉을 하였다. 그제야 양복쟁이는 눈에 불이 나게 놀리던 손을 쉬고, 서류 뭉텅이를 들어 뵈면서,

"이것만은 잠깐 내가 갖다가 보고, 댁으로 보내 드려도 관계없겠지요?"

하고 일어선다. 서두른 분수 보아서는 아무 소득이 없어 섭섭하고 열쩍으니^{좀 겸연쩍고 부끄러우니}, 서류 뭉치나 뺏어 두자는 눈치 같다. 나는 두말없이 쾌락하였다^{요청을 기꺼이 들어주었다}. 사실 그 속에는 집에서 온 최근의 편지 몇 장과 소설 초고草稿^{초벌로 쓴 원고}와 몇 가지 원고 외에는 아무것도 없었다. 애를 써서 기록한 서적이라야 원래 나에게는 사회주의라는 사 자나 레닌이라는 레 자는 물론이려니와, 독립이라는 독 자도 없을 것은 나의 전공하는 학과만 보아도 알 것이었다. 아니, 설령 내가 볼셰비키에 관한 서적을 몇 백 권 가졌거나 사회주의를 연구하거나, 그것은 학문의 연구라 물론 자유일 것이요, 비록 독립사상을 가진 나의 뇌 속을 X광선 같은 것으로나 심사법心寫法^{마음속의 생각을 꿰뚫어 보는 방법}으로 알았다 할지라도, 행동이 없는 다음에야 조사하기로 소용이 무엇인가. ─이러한 생각은 나중에 한 것이지만 그 당장에는 하여간 무사히 방면되어 배에 오르게 된 것만 다행히 여겨 궐자들과 같이 허둥지둥 행구行具^{여행할 때 쓰는 도구}를 수습하여 가지고 나섰다.

짐을 가볍게 하여 준 트렁크를 두 손에 들고, 어서 올라오라는 선원의 꾸지람을 들어가며 겨우 갑판 위에 올라서자, 기를 쓰는 듯한 경적과 말 울음 소리 같은 기적 소리가 나며 신경이 자릿자릿한 징鉦 소리가 교향交響^{서로 어우러져 울림}적으로 호젓이 암흑에 싸인 부두 일판에 처량하고도 요란하게 울리었다. 배는 소리 없이 미끄러져 벌써 두어 칸통이나 잔교에서 떨어졌다. 전송하러

온 여관 하인들이며 인부들의 그림자가 쓸쓸한 벌판에 성기성기^{간격이 뜬 모양}
차차 조그맣게 눈에 띄고 선창 위에서 휘두르며 가는 등불이 쓸쓸한 바람에
불리어 길어졌다 짧아졌다 한다.

　나는 선실로 들어갈 생각도 없이 으스름한 갑판 위에 찬바람을 쐬어 가
며 웅숭그리고^{춥거나 두려워 몸을 궁상맞게 몹시 웅크리고} 섰었다. 격심한 노역과 추위에 피곤
하여 깊은 잠에 들어가는 항구는, 소리 없이 암흑 속에 누웠을 뿐이요, 전시
全市 도시 전체의 안식을 지키는 야광주夜光珠 어두운 데서 빛을 내는 구슬는 벌써부터 졸린 듯이
점점 불빛이 적어 가고 수효가 줄어 가면서 깜박깜박 졸고 있다. 나는 인간
계를 떠나서 방랑의 몸이 된 자와 같이 그 불빛의 낱낱이 어떠한 평화로운
가정의 대문을 지키고 있으려니 하는 생각을 할 제, 선뜩선뜩하게 반짝이는
별보다도 점점 멀리 흐려 가는 불빛이 따뜻이 보였다. 나의 머릿속은 단지
혼돈하였을 뿐이요, 눈은 화끈화끈 단다.

　외투 포켓에다가 두 손을 찌르고 어느 때까지 우두커니 섰는 내 눈에는
어느덧 뜨끈뜨끈한 눈물이 빚어 나와서, 상기가 된 좌우 뺨으로 흘러내렸다.
찬바람에 산뜩산뜩^{갑자기 사늘한 느낌이 자꾸 듦} 스며들어 가는 것을 나는 씻으려고도
아니하고 여전히 섰었다.

· 뒷부분 줄거리

　'나'는 배에서 내려 기차역으로 가는 도중에도 일본인 형사에게 시달린다. 기차를
타고 김천역에 도착한 '나'는 형님 집으로 간다. 형님 집에는 형수가 아들을 낳지
못해 들인 형님의 둘째 부인이 있었다. '나'는 형님의 봉건주의적인 사고를 못마땅
하게 생각한다. 그날 저녁 서울로 가는 기차 안에서 조선인들의 암담한 현실을 목
격한 '나'는 마음속으로 이 땅이 공동묘지라고 탄식한다. 집에 도착한 '나'는 현대
의학으로 고칠 수 있는 아내의 병이 양약을 반대하는 아버지 때문에 점점 깊어 가는
것을 알지만 아버지의 뜻에 따른다. 며칠 뒤 아내가 세상을 떠난다. 한편 '나'는 알고
지내던 카페 여급 정자가 일본 대학에 진학하겠다고 쓴 편지를 받고 축하하는 뜻
에서 돈을 보낸다. 내년에 재혼을 하라는 형님의 말에 '나'는 "겨우 무덤 속에서 빠져
나가는데요." 하고 웃어 버리고, 조선에서 탈출하듯 다시 동경으로 떠난다.

발단 '나'는 아내가 위독하다는 전보를 받고 귀국할 준비를 함

전개 '나'는 조선인이 멸시당하는 현실을 보고 분노와 비애를 느낌

위기 부산에 도착한 '나'는 조선이 일본인의 소굴이 된 것에 분개함

절정 '나'는 서울행 기차 안에서 조선인의 비참한 현실을 목격하고 절망함

결말 아내가 죽은 후 진실한 삶을 찾기로 결심한 '나'는 동경으로 돌아감

🔭 생각해 볼까요?

선생님 작가가 주인공에 대해 비판적인 시각을 드러내는 이유는 무엇일까요?

💬 2 ♥ 2

↳ **학생 1** 주인공은 세상 물정을 모르는 책상물림으로 우리 민족이 처한 현실에 대한 자각이 없고, 이를 극복하려는 의지가 부족해요. 민족의 현실과 미래에 대한 진지한 고민도 부족한 인물이에요.

↳ **학생 2** 주인공은 아내가 위독하다는 소식을 듣고 조선으로 돌아오면서 조선이 처한 현실을 목격하고 분노하지만 그러한 현실에 절망할 뿐 별다른 행동을 취하지 않아요. 이런 점에서 그를 실천적 지식인으로 보기는 어렵다고 볼 수 있어요.

선생님 '나'의 본처와 카페 여급 정자를 대조적인 인물로 설정한 까닭은 무엇일까요?

💬 2 ♥ 2

↳ **학생 1** '나'의 본처는 보수적이고 순종적인 반면에 카페 여급 정자는 지적이고 진취적이에요. 이를 조선과 일본의 대립적 구도로 해석할 수도 있어요.

↳ **학생 2** 병에 걸려 죽어가는 아내의 모습은 곧 조선의 암울한 현실을 상징해요. 남편에게 사랑을 받지 못하고 공동묘지로 가게 되는 아내의 운명은 조선의 운명을 상징적으로 보여 줘요. 반면에 당당한 카페 여급 정자는 발전된 근대 문명의 혜택을 누리고 있는 일본을 상징하는 것으로 볼 수 있어요.

선생님 「만세전」은 주인공이나 등장인물이 여행하면서 겪는 일을 다룬 여로(旅路)형 소설이에요. 특히 주인공의 여정이 '동경-서울-동경'으로 이어진다는 점에서 '원점 회귀형 여로 구조'라고 할 수 있어요. 이러한 구조를 통해 얻는 효과와 주인공의 구체적인 심리 변화를 알아볼까요?

💬 4 ♥ 4

↳ **학생 1** 여로 구조는 주인공이 현실을 새롭게 인식하고, 자아를 각성해 가는 과정과 연관되어 있어요.

↳ **학생 2** 동경에서 출발한 주인공은 식민지 조선의 현실에 무관심한 태도를 보이지만, 배를 타고 부산으로 가는 과정에서 수탈당하고 억압받는 조선인의 현실을 인식하게 돼요.

↳ **학생 3** 김천을 경유하여 서울로 향하는 과정에서 전근대적 인식에 젖은 조선인의 모습에 분노를 느끼며 조선의 현실을 무덤으로 인식하게 돼요.

↳ **학생 4** 서울에 도착한 주인공은 세상의 변화와 동떨어진 조선의 현실에 절망감을 느끼고, 세상에 대한 답답함으로부터 벗어나고자 다시 동경으로 떠나요.

선생님 이 소설의 원제는 '묘지'였어요. 그 의미는 무엇일까요?

1 1

 학생 1 '나'는 암담한 조선의 현실을 '구더기가 들끓는 묘지'라고 인식해요. 폭력과 가식에 빠진 형사, 보통학교 교사이면서 일본 순사처럼 환도를 차고 다니는 맏형, 향우회에 몰려다니는 노인들 모두가 '나'의 눈에는 구더기로 보여요. 즉 친일 행각을 일삼는 지식인들과 현실을 자각조차 하지 못하는 무지한 민중이 들끓는 조선의 모습을 '묘지'라는 제목을 통해 나타낸 거예요.

'묘지'에서 '만세전'으로

연관 검색어   무덤   실천적 지식인   3·1운동

1922년 〈신생활〉에 발표된 「만세전」은 염상섭의 대표적인 사실주의 소설로 꼽힌다. '만세전(萬歲前)'은 '만세를 부르기 전'이라는 뜻으로, 3·1 운동 직전인 1918년 겨울을 배경으로 하고 있다.

원래 「만세전」의 이전 제목은 '묘지'였다. 친일 지식인들과 현실에 무지한 민중이 들끓는 조선의 암울한 모습을 '묘지'라는 제목을 통해 나타낸 것이다. 주인공인 '나(이인화)'는 공동묘지 같은 조선의 현실을 목격하고 분노하면서도 현실을 바꾸려고 노력하지는 않는다. 즉 앎을 적극적으로 행동에 옮기는 실천적 지식인이 아니다. 하지만 나중에는 민족의 현실을 깨닫고 새로운 자아를 발견함으로써 분명히 변화하였다. 이런 점에서 '나'는 긍정적인 방향으로 한 걸음 나이갔다고 할 수 있다. 마친가지로 딩시 조신의 현실은 무덤처럼 암울하고 비참했지만, 미래까지 절망적인 것은 아니었다. 3·1 만세 운동을 통해 온 민족이 마음을 하나로 모아 독립 의지를 만천하에 알리는 사건이 예정되어 있었기 때문이다.

작가 염상섭이 작품의 제목을 '묘지'에서 '만세전'으로 바꾼 이유도 현실의 부정적인 면에 치중하기보다는 변화를 위해 노력할 밝은 미래에 의미를 두고자 함이 아니었을까 짐작할 수 있다.

박태원
(1909~1986)

✉ **작가에 대하여**

서울 수중박골(현재 종로구 수송동) 출생. 「소설가 구보 씨의 일일」을 발표한 것을 계기로 구보(仇甫)란 이름을 호로 삼았다. 의사인 숙부 박용남과 고모 박용일이 문인들과 친분이 깊어 1927년 춘원 이광수를 소개받아 문학 수업을 받기도 하였다. 박태원의 집안은 당시로는 아주 개화된 집안으로 가족들이 문학, 음악, 미술, 영화 능 신문화에 익숙해 있었다. 특히 박태원은 영화에 삭별한 관심을 가지고 경성의 영화관을 자주 드나들었다.

문단에 나온 것은 경성제일고보 재학 중에 시 「누님」이 〈조선문단〉에 당선되면서부터였다. 그 후 〈동아일보〉, 〈신생〉 등에 시와 평론을 발표하기 시작하였다. 1930년 단편소설 「수염」을 발표하였고, 이후 이태준, 이효석, 이무영 등과 함께 문학 단체인 '구인회'의 주요 회원으로 활동하며 당시 평론가들로부터 이상, 채만식 등과 함께 1930년대의 주요 작가로 평가받았다. 주요 작품으로 「천변풍경」, 「우맹」, 「딱한 사람들」, 「성탄제」 등이 있다.

소설가 구보 씨의 일일

#자전적   #지식인의고독   #물질만능주의   #의식의흐름

⚓ 작품 길잡이

갈래: 중편 소설, 심리 소설, 세태 소설, 모더니즘 소설
배경: 시간 - 1930년대 어느 하루 / 공간 - 서울 거리
시점: 3인칭 전지적 작가 시점(실질적으로는 1인칭 주인공 시점과 동일)
주제: 식민지 시대를 살아가는 무기력한 지식인이 바라보는 일상과 자의식
출전: 〈조선중앙일보〉⁽¹⁹³⁴⁾

📷 인물 관계도

어머니	**구보**	**중학교 동창**

구보	일본 유학을 다녀온 무명작가로, 하루 동안 서울의 이곳저곳을 전전하며 관찰한다.
어머니	아들이 결혼해서 자식 낳고 원만하게 살아가기를 소망한다.
중학교 동창	물질적으로 풍요로운 모습을 보인다.

📋 구성과 줄거리

이 작품은 '발단-전개-위기-절정-결말'이라는 전형적인 소설 구성 방식에서 벗어나 주인공이 정오에 집을 떠나 다시 귀가하는 새벽 두 시경까지 벌어지는 일들을 시간과 의식의 흐름에 따라 서술하고 있다.

구보는 일본 유학을 다녀왔음에도 일정한 직업 없이 소설을 쓰는 스물여섯 살의 청년이다. 그는 정오에 집을 나와 경성 시가지를 걷다 말고 무작정 동대문행 전차에 오른다. 조선은행 앞에서 내린 그는 길거리의 다방으로 들어가 차 한 잔을 마신다. 다방을 나와 걷다가 태평동에서 옛 친구를 만나지만, 별다른 이야기를 나누지 않고 헤어진다.

그는 남대문을 지나 경성역으로 걸어가 그곳에서 여러 사람을 두루 관찰하고 글로 기록한다. 이곳에서 사람들이 서로를 믿지 못하는 것을 보며 군중 속의 고독과 우울을 느낀다. 중학교 시절 열등생이었던 친구가 멋진 옷차림에 애인까지 옆에 끼고 다니는 것을 목격한 후에는 돈과 여자와 행복에 관해 상념에 잠긴다.

조선은행 앞에 이른 그는 길가 양복점에 들러 전화로 친구를 불러낸다. 종로경찰서 앞을 지난 후엔 다른 친구가 하는 다료(茶寮)에 들른다. 다시 길거리를 걷다가 형편이 좋지 않은 한 친구의 조카아이들을 만나게 되자 아이들에게 수박을 사서 들려보낸다. 친구와 함께 카페에 들러 여급들과 이야기를 나누다가는 세상 모든 사람들을 '정신병자'로 여기고 싶은 충동을 느낀다. '여급 대모집'이란 광고의 설명을 듣고 떠나버린 여인과 카페 여급 중에 누가 더 행복한지에 대해서도 생각해 본다. 비 내리는 새벽 두 시의 거리를 걷다가 늦도록 깨어 자신을 기다릴 어머니를 떠올린다. 그는 집으로 향하면서 좋은 소설을 써야겠다고 생각하고, 혼인 이야기가 다시 나오게 되면 이번에는 어머니의 뜻을 물리치지 않으리라 다짐한다.

소설가 구보 씨의 일일

• 앞부분 줄거리

일정한 직업 없이 글을 쓰며 살아가는 구보는 정오에 집을 나와 서울 거리를 배회한다.

구보는

갑자기 걸음을 걷기로 한다. 그렇게 우두커니 다리 곁에 가 서 있는 것의 무의미함을 새삼스러이 깨달은 까닭이다. 그는 종로 네거리를 바라보고 걷는다. 구보는 종로 네거리에 아무런 사무私務 개인의 사사로운 일도 갖지 않는다. 처음에 그가 아무렇게나 내어놓았던 바른발이 공교롭게도 왼편으로 쏠렸기 때문에 지나지 않는다.

갑자기 한 사람이 나타나 그의 앞을 가로질러 지난다. 구보는 그 사내와 마주칠 것 같은 착각을 느끼고, 위태롭게 걸음을 멈춘다.

그리고 다음 순간, 구보는 이렇게 대낮에도 조금의 자신을 가질 수 없는 자기의 시력을 저주한다. 그의 코 위에 걸려 있는 이십사 도의 안경은 그의 근시를 도와주었으나, 그의 망막에 나타나 있는 무수한 맹점을 제거하는 재주는 없었다. 총독부 병원 시대의 구보의 시력 검사표는 그저 그 우울한 '안과 재래眼科在來'의 책상 서랍 속에 들어 있을지도 모른다.

R,4　　L,3

구보는 2주일 간 열병을 앓은 끝에, 갑자기 쇠약해진 시력을 호소하러 처음으로 안과의와 대하였을 때의, 그 조그만 테이블 위에 놓여 있던 '시야측정기'를 지금 기억하고 있다. 제 자신 강도의 안경을 쓰고 있는 의사는, 백묵을 가져와, 그 위에 용서 없이 무수한 맹점을 찾아내었다.

그래도, 구보는, 약간 자신이 있는 듯싶은 걸음걸이로 전차 선로를 두 번 횡단하여 화신상회 앞으로 간다. 그리고 저도 모를 사이에 그의 발은 백화점 안으로 들어서기조차 하였다.

젊은 내외가, 너덧 살 되어 보이는 아이를 데리고 그곳에 가 승강기를 기다리고 있었다. 이제 그들은 식당으로 가서 그들의 오찬을 즐길 것이다. 흘깃 구보를 본 그들 내외의 눈에는 자기네들의 행복을 자랑하고 싶어하는 마음이 엿보였는지도 모른다. 구보는, 그들을 업신여겨볼까 하다가, 문득 생각을 고쳐, 그들을 축복하여 주려 하였다. 사실 4, 5년 이상을 같이 살아왔으면서도, 오히려 새로운 기쁨을 가져 이렇게 거리로 나온 젊은 부부는 구보에게 좀 다른 의미로서의 부러움을 느끼게 하였는지도 모른다. 그들은 분명히 가정을 가졌고, 그리고 그들은 그곳에서 당연히 그들의 행복을 찾을 게다.

승강기가 내려와 서고, 문이 열려지고, 닫혀지고 그리고 젊은 내외는 수남壽男이나 복동福童이와 더불어 구보의 시야를 벗어났다.

구보는 다시 밖으로 나오며, 자기는 어디 가서 행복을 찾을까 생각한다. 발 가는 대로, 그는 어느 틈엔가 안전지대에 가 서서, 자기의 두 손을 내려다보았다. 한 손의 단장短杖 짧은 지팡이과 또 한 손의 공책과 — 물론 구보는 거기에서 행복을 찾을 수는 없다.

안전지대 위에 사람들은 서서 전차를 기다린다. 그들에게 행복은 알 수 없다. 그러나 그들은 분명히 갈 곳만은 가지고 있었다.

전차가 왔다. 사람들은 내리고 또 탔다. 구보는 잠깐 머엉하니 그곳에 서 있었다. 그러나 자기와 더불어 그곳에 있던 온갖 사람들이 모두 저 차에 오르는 것을 보았을 때, 그는 저 혼자 그곳에 남아 있는 것에, 외로움과 애달픔을 맛본다. 구보는, 움직이는 전차에 뛰어올랐다.

(중략)

조그만

한 개의 기쁨을 찾아, 구보는 남대문을 안에서 밖으로 나가보기로 한다. 그러나 그곳에는 불어 드는 바람도 없이 양옆에 웅숭그리고 춥거나 두려워 몸을 궁상맞게 몹시 웅크리고 앉아 있는 서너 명의 지게꾼들의 그 모양이 맥없다.

구보는 고독을 느끼고, 사람들 있는 곳으로, 약동躍動 생기 있고 활발하게 움직임하는 무리들이 있는 곳으로, 가고 싶다 생각한다. 그는 눈앞의 경성역을 본다. 그곳에는 마땅히 인생이 있을 게다. 이 낡은 서울의 호흡과 또 감정이 있을 게다. 도회의 소설가는 모름지기 이 도회의 항구와 친하여야 한다. 그러나 물론 그러한 직업의식은 어떻든 좋았다. 다만 구보는 고독을 삼등 대합실 군중 속에 피할 수 있으면 그만이다.

그러나 오히려 고독은 그곳에 있었다.[1] 구보가 한옆에 끼어 앉을 수도 없게시리 사람들은 그곳에 빽빽하게 모여 있어도, 그들의 누구에게서도 인간 본래의 온정을 찾을 수는 없었다. 그들은 거의 옆의 사람에게 한마디 말을 건네는 일도 없이, 오직 자기네들 사무에 바빴고 그리고 간혹 말을 건네도, 그것은 자기네가 타고 갈 열차의 시각이나 그러한 것에 지나지 않았다. 그네들의 동료가 아닌 사람에게 그네들은 변소에 다녀올 동안의 그네들 짐을 부탁하는 일조차 없었다. 남을 결코 믿지 않는 그네들의 눈은 보기에 딱하고 또 가엾었다.

구보는 한구석에 가 서서 그의 앞에 앉아 있는 노파를 본다. 그는 뉘집에 드난^{임시로 남의 집 행랑에 붙어 지내며 그 집의 일을 도와줌}을 살다가 이제 늙고 또 쇠잔한 몸을 이끌어, 결코 넉넉하지 못한 어느 시골, 딸네 집이라도 찾아가는지 모른다. 이미 굳어 버린 그의 안면 근육은 어떠한 다행한 일에도 펴질 턱 없고, 그리고 그의 몽롱한 두 눈은 비록 그의 딸의 그지없는 효양^{孝養 어버이를 효성으로 봉양함}을 가지고도 감동시킬 수 없을지 모른다. 노파 옆에 앉은 중년의 시골 신사는 그의 시골서 조그만 백화점을 경영하고 있을 게다. 그의 점포에는 마땅히 주단포목도 있고, 일용 잡화도 있고, 또 흔히 쓰이는 약품도 갖추어 있을 게다. 그는 이제 그의 옆에 놓인 물품을 들고 자랑스러이 차에 오를 게다. 구보는 그 시골 신사가 노파와 사이에 되도록 간격을 가지려고 노력하는 것을 발견하고 그리고 그를 업신여겼다. 만약 그에게 옅은 지혜와 또 약간의 용기를 주면 그는 삼등 승차권을 주머니 속에 간수하고 일, 이등 대합실에 오만하게 자리잡고 앉을 게다.

문득 구보는 그의 얼굴에 부종^{浮腫}을 발견하고 그의 앞을 떠났다. 신장염. 그뿐 아니라, 구보는 자기 자신의 만성 위확장을 새삼스러이 생각해 내지 않으면 안 되었다. 그러나 구보가 매점 옆에까지 갔을 때, 그는 그곳에서도 역시 병자를 보지 않으면 안 되었다. 사십여 세의 노동자. 전경부^{前頸部 목의 앞쪽 부분}의 광범한 팽륭^{澎隆 부풀어 오르고 튀어나옴}. 돌출한 안구. 또 손의 경미한 진동. 분명한 '바세도우씨 병^{갑상선 기능 항진증. 갑상선의 호르몬 과잉 분비로 갑상선이 있는 목 앞쪽이 튀어나오거나 심한 경우 눈이 튀어나오는 수도 있음}'. 그것은 누구에게든 결코 깨끗한 느낌을 주지는 못한다. 그의 좌우에는 좌석이 비어 있어도 사람들은 그곳에 앉으려 들지 않는다. 뿐만 아니라,

---

1) 혼자라는 고독을 피하기 위해 경성역을 찾아가지만, 타인과의 관계가 단절되고 따뜻한 인간미가 상실된 도시인들의 모습을 보며 오히려 군중 속 고독을 느낀다는 의미다.

그에게서 두 칸통 떨어진 곳에 있던 아이 업은 젊은 아낙네가 그의 바스켓 속에서 꺼내다 잘못하여 시멘트 바닥에 떨어뜨린 한 개의 복숭아가, 굴러 병자의 발 앞에까지 왔을 때, 여인은 그것을 쫓아와 집기를 단념하기조차 하였다.

구보는 이 조그만 사건에 문득, 흥미를 느끼고, 그리고 그의 '대학 노트'를 펴들었다. 그러나 그가, 문 옆에 기대어 섰는 캡 쓰고 린네르 쓰메에리^{실로 짠} ^{얇은 여름 옷감으로 목깃이 선 옷} 양복 입은 사내의, 그 온갖 사람에게 의혹을 갖는 두 눈을 발견하였을 때, 구보는 또다시 우울 속에 그곳을 떠나지 않으면 안 된다.[2]

개찰구 앞에

두 명의 사나이가 서 있었다. 낡은 파나마^{파나마풀의 잎을 잘게 쪼개어서 만든 여름 모자}에 모시 두루마기, 노랑 구두를 신고, 그리고 손에 조그만 보따리 하나도 들지 않은 그들을, 구보는 확신을 가져 무직자라고 단정한다. 그리고 이 시대의 무직 자들은, 거의 다 금광 브로커에 틀림없었다. 구보는 새삼스러이 대합실 안 팎을 둘러본다. 그러한 인물들은, 이곳에도 저곳에도 눈에 띄었다.

황금광 시대^{黃金狂 時代}.

저도 모를 사이에 구보의 입술엔 무거운 한숨이 새어 나왔다. 황금을 찾 아, 황금을 찾아, 그것도 역시 숨김없는 인생의, 분명한, 일면이다. 그것은 적 어도 한 손에 단장과 또 한 손에 공책을 들고, 목적 없이 거리로 나온 자기보 다는 좀 더 절실한 인생이었을지도 모른다. 시내에 산재한 무수한 광무소^{鑛務所} ^{광업에 관한 모든 제출 서류를 광업령에 의거해 대신 써 주던 영업소}. 인지대^{인지의 대금. 인지는 국가가 세금이나 수수료를 거두어 들일} ^{때 그 증서에 붙이게 하는, 일정한 금액을 나타낸 표} 백 원, 열람비 오 원, 수수료 십 원, 지도대 십팔 전…… 출원 등록된 광구, 조선 전토^{全土}의 칠 할. 시시각각으로 사람들은 졸 부가 되고, 또 몰락하여 갔다. 황금광 시대. 그들 중에는 평론가와 시인, 이러 한 문인들조차 끼어 있었다. 구보는 일찍이 창작을 위하여 그의 벗의 광산 에 가보고 싶다 생각하였다. 사람들의 사행심^{射倖心 요행을 바라는 마음}, 황금의 매력, 그러한 것들을 구보는 보고, 느끼고, 하고 싶었다. 그러나 고도의 금광열은, 오히려 총독부 청사, 동측 최고층, 광무과 열람실에서 볼 수 있었다.[3]

---

2) 병에 걸린 사람을 멀리하고 타인에 대한 불신으로 가득찬 사람들의 모습에 실망감을 느끼고 있다.

3) 황금의 열기가 국가 전반을 휩쓸고 있다는 의미다.

문득 한 사나이가 둥글넓적한, 그리고 또 비속한[격이 낮고 속된] 얼굴에 웃음을 띠고, 구보 앞에 그의 모양 없는 손을 내민다. 그도 벗이라면 벗이었다. 중학 시대의 열등생. 구보는 그래도 약간 웃음에 가까운 표정을 지어 보이고, 그리고, 단장 든 손을 그대로 내밀어 그의 손을 가장 엉성하게 잡았다. 이거 얼마만이야. 어디, 가나. 응, 자네는…….

구보는 친하지 않은 사람에게 '자네' 소리를 들으면 언제든 불쾌하였다. '해라'는, 해라는 오히려 나았다. 그 사내는 주머니에서 금시계를 꺼내 보고, 다음에 구보의 얼굴을 쳐다보며, 저기 가서 차라도 안 먹으려나. 전당포 집의 둘째 아들. 구보는 그러한 사내와 자리를 같이 하여 차를 마실 생각은 없었다. 그러나, 그러한 경우에 한 개의 구실을 지어, 그 호의를 사절할 수 있도록 구보는 용감하지 못하다. 그 사나이는 앞장을 섰다. 자, 그럼 저리로 가지. 그러나 그것은 구보에게만 한 말이 아니었다.

구보는 자기 뒤를 따라오는 한 여성을 보았다. 그가 한번 흘낏 보기에도, 한 사내의 애인 된 티가 있었다. 어느 틈엔가 이런 자도 연애를 하는 시대가 왔나. 새삼스러이 그 천한 얼굴이 쳐다보였으나, 그러나 서정 시인조차 황금 광으로 나서는 때다.

의자에 가 가장 자신 있게 앉아, 그는 주문 들으러 온 소녀에게, 나는 가루삐스['칼피스'의 일본식 발음] 그리고 구보를 향하여, 자네두 그걸루 하지. 그러나 구보는 거의 황급하게 고개를 흔들고, 나는 홍차나 커피로 하지.

음료 칼피스를 구보는 좋아하지 않는다. 그것은 외설猥褻한 색채를 갖는다. 또, 그 맛은 결코 그의 미각에 맞지 않았다. 구보는 차를 마시며, 문득 끽다점喫茶店[찻집]에서 사람들이 취하는 음료를 가져, 그들의 성격, 교양, 취미를 어느 정도까지는 알 수 있을 것이 아닌가, 하고 생각하여 본다. 그리고 그것은 동시에, 그네들의 그때, 그때의 기분조차 표현하고 있을 게다.

구보는 맞은편에 앉은 사내의, 그 교양 없는 이야기에 건성 맞장구를 치며, 언제든 그러한 것을 연구하여 보리라 생각한다.

월미도로

놀러 가는 듯싶은 그들과 헤어져, 구보는 혼자 역 밖으로 나온다. 이러한 시각에 떠나는 그들은 적어도 오늘 하루를 그곳에서 묵을 게다. 구보는, 문득, 여자의 벌거숭이를 아무 거리낌 없이 애무할 그 남자의, 야비한 웃음으로

하여 좀 더 추악해진 얼굴을 눈앞에 그려보고, 그리고 마음이 편안하지 못했다.

여자는, 확실히 어여뻤다. 그는, 혹은 구보가 이제까지 어여쁘다고 생각하여 온 온갖 여인들보다도 좀 더 어여뻤을지도 모른다. 그뿐 아니다. 남자가 같이 가루삐스를 먹자고 권하는 것도 물리치고, 한 접시의 아이스크림을 지망할 수 있을 정도로 여자는 총명하였다.

문득, 구보는, 그러한 여자가 왜 그자를 사랑하려 드나, 또는 그자의 사랑을 용납하는 것인가 하고, 그런 것을 괴이하게 여겨 본다. 그것은, 그것은 역시 황금인 까닭일 게다. 여자들은 그렇게도 쉽사리 황금에서 행복을 찾는다. 구보는 그러한 여자를 가엾이, 또 안타깝게 생각하다가, 갑자기 그 사내의 재력을 탐내 본다. 사실, 같은 돈이라도 그 사내에게 있어서는 헛되이, 그리고 또 아깝게 소비되어 버릴 게다. 그는 날마다 기름진 음식이나 실컷 먹고, 살찐 계집이나 즐기고, 그리고 아무 앞에서나 그의 금시계를 꺼내 보고는 만족하여 할 게다.

(중략)

오전 두 시의

종로 네거리 ― 가는 비 내리고 있어도, 사람들은 그곳에 끊임없다. 그들은 그렇게도 밤을 사랑하여 마지 않았는지도 모른다. 그들은 그렇게도 용이하게 이 밤에 즐거움을 구하여 얻을 수 있었는지도 모른다. 그리고 그들은 일순, 자기가 가장 행복된 것같이 느낄 수 있었는지도 모른다. 그러나 그들의 얼굴에, 그들의 걸음걸이에 역시 피로가 있었다. 그들은 결코 위안받지 못한 슬픔을, 고달픔을 그대로 지닌 채, 그들이 잠시 잊었던 혹은 잊으려 노력하였던 그들의 집으로 그들의 방으로 돌아가지 않으면 안 된다.

이렇게 밤늦게 어머니는 또 잠자지 않고 아들을 기다릴 게다. 우산을 가지고 나가지 않은 아들에게 어머니는 또 한 가지의 근심을 가질 게다. 구보는 어머니의 조그만, 외로운, 슬픈 얼굴을 생각하였다. 그리고 제 자신 외로움과 또 슬픔을 맛보지 않으면 안 된다. 구보는 거의 외로운 어머니를 잊고 있었던 것임에 틀림없었다. 그러나 어머니는 그 아들을 응당, 온 하루, 생각하고 염려하고, 또 걱정하였을 게다. 오오, 한없이 크고 또 슬픈 어머니의 사랑이여, 어버이에게서 남편에게로, 그리고 다시 자식에게로, 옮겨가는 여인의 사랑 — 그러나 그 사랑은 자식에게로 옮겨간 까닭에 그렇게도 힘 있고 또 거룩한 것이 아니었을까.

　구보는, 벗이, 그럼 또 내일 만납시다. 그렇게 말하였어도, 거의 그것을 알아듣지 못하였다. 이제 나는 생활을 가지리라. 생활을 가지리라. 내게는 한 개의 생활을, 어머니에게는 편안한 잠을, 평안히 가 주무시오. 벗이 또 한 번 말했다. 구보는 비로소 그를 돌아보고, 말없이 고개를 끄덕하였다. 내일 밤에 또 만납시다. 그러나 구보는 잠깐 주저하고, 내일, 내일부터, 내 집에 있겠소, 창작하겠소ㅡ.

　"좋은 소설을 쓰시오."

　벗은 진정으로 말하고, 그리고 두 사람은 헤어졌다. 참말 좋은 소설을 쓰리라. 번^番 차례로 숙직이나 당직을 하는 일 드는 순사가 모멸을 가져 그를 훑어 보았어도, 그는 거의 그것에서 불쾌를 느끼는 일도 없이, 오직 그 생각에 조그만 한 개의 행복을 갖는다.

　"구보ㅡ."

　문득 벗이 다시 그를 찾았다. 참, 그 수첩에다 무슨 표를 질렀나 좀 보우. 구보는, 안주머니에서 꺼낸 수첩 속에서, 크고 또 정확한 X를 찾아내었다. 쓰디쓰게 웃고, 벗에게 향하여, 아마 내일 정오에 화신상회 옥상으로 갈 필요는 없을까 보오. 그러나 구보는 적어도 실망을 갖지 않았다. 설혹 그것이 O표라 하였더라도 구보는 결코 기쁨을 느낄 수는 없었을 게다. 구보는 지금 제 자신의 행복보다도 어머니의 행복을 생각하고 싶었을지도 모른다. 그 생각에 그렇게 바빴을지도 모른다. 구보는 좀 더 빠른 걸음걸이로 은근히 비 내리는 거리를 집으로 향한다.

　어쩌면, 어머니가 이제 혼인 얘기를 꺼내더라도, 구보는 쉽게 어머니의 욕망을 물리치지는 않을지도 모른다.

만화로 읽는 '소설가 구보 씨의 일일' ···

소설 한 장면 ▷ 구보가 집을 나와 경성 시가지를 걸음

소설 한 장면 ▷ 경성역에서 여러 사람을 두루 관찰함

소설 한 장면 중학교 동창인 친구를 보고 물질 지상주의인 현실을 한탄함

소설 한 장면 다방에서 사회부 기자인 친구를 만남

소설 한 장면　구보가 집으로 향함

선생님 구보가 당시를 '황금광 시대'로 본 이유는 무엇일까요?

💬 2 🤍 2

학생 1 작품이 창작되었던 1930년대는 일제 강점기 사회임에도 도시화가 급격히 진행되었고 우리의 전통적 생활 방식은 붕괴되어 갔어요. 이런 상황에서 구보는 도시의 일상적 삶 속에 숨겨져 있는 자본주의 문화의 속성을 파악한 거예요.

학생 2 황금의 열기는 서서히 도시를 지배하기 시작한 자본주의적 속성을 잘 드러내요. 순수 학문을 하는 문인들까지 달려든 황금광 시대는 이제 물질이 모든 것을 지배하는 사회로의 변모를 단적으로 보여 줘요. 이러한 시대에 대해 작가는 씁쓸하고 안타까운 시선으로 자조적 문체를 사용하여 서술할 수밖에 없었던 거예요.

선생님 작가 박태원은 이 작품의 주인공인 '구보'를 작가 자신으로 설정했어요. 그 이유가 무엇일까요?

💬 2 🤍 2

학생 1 작가와 동일시되는 인물이 거리를 활보하고 사람들을 만나면서 현실과 허구의 경계가 허물어지고 있어요. 이는 작가의 주관적 의식이 작품 속에서 한층 더 빛을 발하는 효과를 가져오게 돼요.

학생 2 다시 말해, 자연인으로서 군중 속에 묻히게 될 자신을 소설 속의 소설가 '구보'로 한정 지음으로써 자신의 주관성을 더 강력히 호소할 수 있게 된 거예요.

선생님 작가는 자신의 창작 방법을 '고현학'이라고 하였어요. 고현학이란 현대의 풍속과 세태를 조사하고 기록하여 이를 연구하는 학문을 말해요. 이 창작 방법이 작품 속에서 어떻게 드러나고 있는지 살펴보고, 그로 인해 얻는 효과를 알아볼까요?

💬 2 🤍 2

학생 1 구보는 '단장'과 '공책'을 들고 경성 시내를 걸어 다니며 관찰하고 기록해요. 박태원은 구보처럼 실제로 거리를 거닐며 도시의 풍물, 군중의 모습을 기록하였어요. 그는 자신의 상상력만으로는 소설을 쓸 수가 없어 실물을 눈앞에서 직접 보기 위해 도심지를 오간다고 밝히기도 하였어요.

학생 2 고현학은 학문과도 같은 객관성을 유지하면서 어떠한 상황에 대해서도 성급하게 결론짓거나 단정을 내리는 법이 없이 항상 유보적 자세를 취해요. 즉 어떤 절대 가치도 부정하기 때문에 현실 문제에 대한 명확한 신념을 상실한 사회에서 풍기는 허무주의적 분위기를 느끼게 해요. 이는 주제와도 연관돼요.

선생님 「소설가 구보 씨의 일일」은 '의식의 흐름' 기법을 사용하고 있어요. '의식의 흐름'이란 무엇이며, 이 작품에서는 어떤 방식으로 적용되었는지 말해볼까요?

 2 ♥ 2

↳ **학생 1** '의식의 흐름'이란 미국의 심리학자이자 철학자인 윌리엄 제임스(William James)가 처음 사용한 용어로 '의식의 연속적이며 끊임없는 흐름'을 의미해요. 문학에서 말하는 의식의 흐름 기법이란 시간을 따라 흘러가는 작중 인물의 의식 상태를 무계획적으로 자연스럽게 써 내려가는 서술 방법을 뜻해요.

↳ **학생 2** 「소설가 구보 씨의 일일」은 무작정 집을 나선 주인공이 경성 시내를 배회하면서 마주치게 되는 풍경들과 사람들이 마음속에 불러일으키는 생각의 흐름을 기록한 작품이에요. 시종일관 그의 자유로운 연상, 기억, 추측, 상상으로 이어져요.

모더니즘

연관 검색어   모더니즘 작가   모더니즘 소설

모더니즘(Modernism)은 사상, 형식, 문제 따위가 전통적인 기반에서 급진직으로 벗어나려는 창작 태도다. 20세기 서구 문학·예술상이 한 경향으로, 흔히 현대 문명에 대해 비판적이다.

1930년대 경성은 모더니즘 작가들에게 더할 나위 없이 좋은 관찰 대상이었다. 그 결과 경성을 기반으로 많은 모더니즘 소설이 탄생하였다. 일제 강점기에 발표된 모더니즘 소설은 개인주의나 인간성 상실 등 근대 자본주의를 비판하는 내용이 많았다. 이 시기의 모더니즘 작가들은 다양한 기법을 실험하고 근대의 풍물을 작품에 적극적으로 반영하였다. 그래서 작품 속에 백화점이나 다방 등이 자주 등장한다.

천변풍경

#세태소설　　#삽화식구성　　#물질주의　　#서민의삶

🍵 작품 길잡이

갈래: 장편 소설, 세태 소설
배경: 시간 – 1930년대 / 공간 – 서울 청계천 주변
시점: 3인칭 전지적 작가 시점과 3인칭 관찰자 시점의 혼용
주제: 1930년대 청계천 주변에서 살아가는 서민층의 삶의 애환
출전: 〈조광〉[1937]

📷 인물 관계도

아이들
(재봉, 창수)

아낙네들
(칠성 어멈, 점룡이 어머니)

나이 든 남자들
(민주사, 은방 주인)

새댁들
(금순, 이쁜이, 만돌 어멈)

신여성들
(기미코, 하나코)

아이들	서울에서 꿈을 키워 간다.
아낙네들	세태 변화에 관심이 많고 인정이 넘친다.
새댁들	가부장적 질서로 인해 순탄치 않은 결혼 생활을 한다.
신여성들	근대화로 인해 생긴 인물 유형으로 카페 여급이나 재력가의 첩이 된다.

📋 구성과 줄거리

특정한 줄거리 없이 1년 동안 청계천 변에 사는 70여 명의 인물들이 벌이는 일상사를 50개의 절로 나누어 에피소드식으로 서술하고 있다. 소설의 일반적인 구성법을 따르지 않고, 다양한 등장인물을 주인공으로 하여 이들과 관련한 각각의 일화를 특별한 줄거리나 순서 없이 나열한다.

민 주사, 한약국집 가족, 포목전 주인을 제외한 재봉이, 창수, 금순이, 만돌이 가족, 이쁜이 가족, 점룡이 모자 등은 모두 청계천 변에 사는 가난한 사람들이다. 점룡이 어머니, 이쁜이 어머니, 귀돌 어멈을 비롯한 동네 아낙네들은 빨래터에 모여 수다를 떤다. 이발소집 사환인 재봉은 이런 바깥 풍경을 바라보며 결코 권태를 느끼지 않는다.

민 주사는 이발소의 거울에 비친 쭈글쭈글 늙어 가는 자신의 얼굴을 바라보며 한숨 짓지만, 그래도 돈이 최고라는 생각에 흐뭇해 한다. 여급 하나꼬의 일상, 한약국집에 사는 젊은 내외의 외출, 한약국집 사환인 창수의 어제와 오늘 등으로 에피소드가 이어진다.

천변풍경

제2절 이발소의 소년

민 주사는 거울에 비친 자기 얼굴을 물끄러미 바라보다가, 숫제 덥수룩할 때는 그래도 좀 덜하던 것이, 이발사의 가위 소리에 따라 가지런히 쳐지는 머리에, 흰 털이 어째 더 돋뵈는 것만 같아, 그 마음이 좋지 않았다. 그것은, 물론, 오늘 비롯한 것이 아니다. 근년^{近年 요 몇 해 사이}에 이르러 이발소 의자에 앉을 때마다 늘 느껴온 것이지만, 그 희끗희끗한 머리 터럭으로, 아무리 싫어도 자기 나이를 헤어 보게 되고, 그와 함께 작년에 얻어 들인 안성집과 사이의 연령의 현격^{懸隔 사이가 많이 벌어져 있음}을 생각하지 않으면 안 되는 것이, 그에게는 적잖이 고통거리인 것이다. 민 주사는 올해에 이미 천명^{天命 지천명. 쉰 살을 이르는 말}을 알았고, 관철동에 살림을 시켜 있는 그의 작은마누라는, 꼭, 그 절반인 스물다섯 살이었다.

양 볼이 쪽 빠져, 가뜩이나 한^{가뜩이나 그러한} 얼굴이 좀 더 여위어 뵈고, 우글쭈글 보기 싫게 주름살이 잡힌 것을, 그는 우울하게 바라보며, 그래, 거의 하루 걸러큼씩은 마작을 하느라 날밤을 꼬박이 새우고 새우고 하여, 그래, 더욱이 건강을 해하고, 우선 혈색이 이렇게 나쁘다고,

'좀 그 장난두 삼가야……'

그렇게 마음을 먹기도 하였으나, 다시 돌이켜, 외려 마작으로 밤을 새우면 새웠지, 꾼이 없어 판이 벌어지지 않는다든지 할 때, 그 젊은 계집의 경영이, 사실은, 더욱 두통거리인 것에 생각이 미치자, 그의 마음은 좀 더 우울해지지 않을 수 없었다.

그는, 연해^{끊이지 않고 계속}, 자기 머리 위에 가위를 놀리고 있는, 이제 스물대여섯이나 그밖에는 더 안 된 젊은 이발사의, 너무나 생기 있어 보이는 얼굴을, 일종 질투를 가져 바라보며, 현대의 의술이 발달되었느니 뭐니 하는, 그 말이 다 헛말이라고, 은근히 그러한 것에조차 분노를 느꼈다. 자기가 그렇게 신임하는 젊은 약방 주인이 권하는 대로, 열심히 복용한 '요힌비^{요힌빈. 식물 추출물의 하나로, 혈관을 확장시켜 생식 중추의 반사 흥분성을 촉진시킴}'는, 그야 오직 잠시 동안의 정력을 도와 일으켜 주는 것이었으나, 그 뒤에 그것이 가져오는 특이한 그 불쾌감과, 피로와, 더욱이 심신의 쇠약이 무엇보다도 두려웠다. 그냥 그 임시 그 임시의 최정제 말고,

근본적으로 정기를 왕성하게 하는 약이나, 무슨 술법이 있다면, 돈 천 원쯤 아깝지 않다고, 그는 그렇게까지 생각하였다. 민 주사는, 그저, 그만한 정도의 부자다.

그러나 그것이, 역시, 용이한 일이 아니라고 새삼스러이 느껴지자, 그는 이내 그것을 단념하고,

'뭐, 내겐 그래두 돈이 있으니까…….'

그러한 것을 생각하려 들었으나, 사실은, 자기가 가진 돈이라는 것이 그리 대단한 것이 못 될 뿐 아니라, 우선, 얼마 안 있어 시작될 부회의원 선거 전에, 그 비용으로, 한 이천 원 융통하지 않으면, 모처럼 별렀던 입후보도 적잖이 곤란한 일이라고, 문득 그러한 것에 생각이 미치자, 그는 '청춘'만큼은 불가능사가 아닌 듯싶은 '부귀'가 버썩 _{생각이나 기운 따위가 급작스럽게 일어나는 모양} 탐이 났었다.

'뭐, 돈이 제일이지. 지위가 제일이지.'

민 주사는, 자칫하였더라면 입 밖에까지 내어 중얼거릴 뻔한 것에 스스로 놀라, 거울 속에서 다른 이들의 얼굴을 찾으려니까, 저편 한길로 난 창 앞에 앉아 있는 이발소 아이 놈의 얼굴이 이편을 향하고 있는 것과 시선이 마주쳐, 어째 그사이 그놈이 자기의 표정으로 자기의 마음속을 환하게 들여다본 것만 같아, 그는 제 풀에 당황하여, 순간에, 엄숙한 표정을 지었다. 아이는, 그러나, 별로 민 주사에게 흥미를 가지고 있지는 않았다. 그는 다시 유리창 너머로, 석양녘의 천변 길을 오고 가는 행인들에게 눈을 주었다.

소년은, 그곳에 앉아 바라볼 수 있는 바깥 풍경에, 결코, 권태를 느끼지 않는다. 손님이 벗어 놓은 구두를 가지런히 놓고, 슬리퍼를 권하고, 담배 사러, 돈 바꾸러 잔심부름 다니고 그러는 이외에 그가 이발소에서 하는 일이란, 손님의 머리를 감겨 주는 그것뿐으로, 이렇게 틈틈이 밖이라도 내다보지 않고는 이러한 곳에서, 누가 그저 밥만 얻어먹고 있겠느냐고, 그것은 좀 극단의 말이나, 하여튼, 그는 그렇게도 바깥 구경이 좋았다.

그렇게 매일 내다보고 있는 중에, 양쪽 천변을 늘 지나다니는 사람들에 관한 여러 가지가 뭐 누구한테 배우지 않더라도 저절로 알아지는 것이 제 딴에는 너무나 신기하여, 그래, 그는, 곧잘, 이발하러 온 손님이 등 뒤에서,

"인석. 뭘 이렇게 정신없이 보구 있니?"

하고라도 물을 양이면,

"저것 좀 내다보세요."

바로 기다리고나 있었던 듯이 창밖을 손으로 가리키고,

"저기, 개천에서 올라오는 저 사람이 인제 어딜 가는지 알아내시겠어요?"

"어디, 누구."

손님이 넥타이 매던 손을 멈추고 그가 가리키는 곳을 내다보노라면, 딴은 낡은 노동복에 때 묻은 나이트캡을 쓰고, 아무렇게나 막돼먹은 놈이 덜렁덜렁 빨래터 사다리를 올라온다.

"저거, 땅꾼 아니냐?"

"땅꾼요?"

"거지 대장 말야."

"저건 둘째 대장이에요. 근데 지금 어딜 가는지 아시겠어요?"

"인석. 그걸 내가 어떻게 아니?"

그러면 소년은 가장 자랑스러이,

"인제 보세요. 저어 다리께 가게루 갈 테뇨."

"어디…… 참, 딴은 가게루 들어가는구나. 저놈이 담밸 사러 갔을까?"

"아무것두 안 사구 그냥 나올 테니 보세요. 자, 다시 돌쳐서서^{돌아서서} 이쪽으로 오죠?"

"그래 인젠 저놈이 어딜 가누?"

"인제, 개천가 선술집으루 들어갈 테니 보세요."

"어디…… 참, 딴은 술집으루 들어가는구나. 그래두 저놈이 가게서 뭐든지 샀겠지, 그냥 거긴 갔다 올 까닭이 있나?"

"왜 들어가는지 아르켜 드리까요? 저 사람이, 곧잘, 다리 밑으루 들어가서, 게서, 거지들한테 돈을 십 전이구 이십 전이구, 얻어 갖거든요. 그래 그걸루 술두 사 먹구, 밥두 사 먹구 허는데, 그게 거지들이 동냥해 들인 거니, 이십 전이구, 삼십 전이구 간에, 모두 동전 한 푼짜릴 거 아녜요? 근데 저 사람이 동전 가지군 절대 술집엘 안 들어가거든요. 그래 언제든지 꼭 가게루 가서, 그걸 모두 십 전짜리루 바꿔 달래서……"

하고 한창 재미가 나서 이야기를 하노라면, 그런 때마다 무슨 일이든 생기는 것도 공교로워,

"인마. 잔소리 그만허구, 어서 돈 좀 바꾸어 오너라."

들어온 지 얼마 안 되는 젊은 이발사 김 서방이, 바로 잰 척하고 소리치는 것도 은근히 약이 오르는 노릇이다……

소년은, 아까 한나절 아이를 보아 주던, 신전 집 주인의 짱구 대가리 처남이, 이번에는, 또 언제나 한가지로 물지게를 지고 천변에 나오는 것을 보고,

'저이는, 밤낮, 생질의 아이 ^{누이의 아들}나 봐 주구, 물이나 길어 주구, 그러다가 죽으려나? ……'

어린 마음에도, 어쩐지, 그러한 그가 딱하게 생각되었으나, 그것도 잠시 동안의 일로, 문득 창 앞을 느린 걸음으로 점잖게 지나는 중년의 신사를 보자, 어린이의 입가에는, 제 풀에, 명랑한 웃음이 떠올랐다.

그 신사는, 우선, 몸이 뚱뚱하고, 더욱이 배가 앞으로 쑥 나왔다. 그것에 정비례하여, 그의 얼굴이 크고 또 살진 것은 물론이지만, 그 큰 얼굴에 또 그대로 정비례하여, 눈, 코, 귀, 입이 모두 크다. 그중에도 장관인 것은, 그의 코로, 그 이를테면 벌렁코 종류에 속하는 크고 둥근 콧잔등이가, 근래에는 단연히 금주하였음에도 불구하고, 역시 전에 그가 애주하였을 때의 그 기념으로, 새빨갛게 주독^{酒毒}이 든 것이, 여간 탐스럽지 않다. 그러한 얼굴에다, 그 위에, 그가 애용하는 중산모를 얹고, 실내화 신은 발을 천천히 옮겨 걸어갈 때, 그를 대하는 모든 사람이, 마음에 은근한 기쁨을 갖더라도, 그것은 결코 이상한 일이 아닐 것이다. 더구나 그가 남의 앞에서 즐겨 꺼내 보는 그 시계는 참말 금시계지만, 역시 참말 십팔금인 것 같이 남이 알아주기를, 은근히 바라고 있는 듯싶은 그 시곗줄이, 사실은 오금^{구리에 1~10퍼센트의 금을 섞은 합금}에 지나지 않는다는 것을, 이발소 안에서의 풍문^{바람처럼 떠도는 소문}으로 들어 알고 있는 소년은, 그의 태도와 걸음걸이가 점잖으면 점잖을수록에, 더욱이 속으로 우스웠다.

그 웃음에는, 그러나, 물론 악의 같은 것이 품어 있지는 않았다. 만약 있다면, 오히려 호의일 것이다. 자기의 매부가 부회의원인 것을 다시없는 명예로 알고, 때로, 육십 노모까지를 끼어서 온 가족을 인솔하고 백화점 식당으로 가서 점심을 먹는 취미를 가진 그를, 사실 이 소년이 미워한다든가 비웃는다든가 할 아무런 근거도 없다.

가운데 다방골 안에 자택을 가지고 있는 그는, 바로 지척^{咫尺 아주 가까운 거리} 사이인 광교 모퉁이 큰길거리에서 포목전을 경영하고 있었다. 아침에 점에 나왔다가 저녁때 집으로 돌아가는 이 신사는, 언제고, 골목에서 나와 배다리를 지나 북쪽 천변을 광교에가지 이르는 노차^{길의 가운데}를 택하였다. 까닭에, 광교와 배다리 사이 북쪽 천변에 있는 이발소 창으로, 소년은 언제든 그렇게 가까이서 그를 조석^{朝夕 아침저녁}으로 대한다. 그리고 대할 때마다 은근한 기쁨을 갖는다. 그

기쁨과 함께 어느 한 포목전 주인에게 갖는 기대라는 것을 아주 이 기회에 말하면, 그것은 신사의 머리 위에 얹혀 있는 중산모의 위치에 관한 것이었다.

소년의 관찰에 의하면, 그의 중산모는 그의 머리둘레에 비하여 크도 작도 않은 것임에 틀림없었다. 그러나 신사는, 결코 그것을 보는 사람의 마음이 편안할 수 있도록 깊이 쓰는 일이 없었다. 그는, 문자 그대로, 그것을 머리 위에 사뿐 얹어 놓은 채 걸어 다녔다. 어느 때고 갑자기 바람이라도 세차게 분다면, 그의 모자가 그대로 그곳에 안정되어 있을 수 없을 것은 분명한 일이다. 소년은 그것에 적잖이 명랑한 기대를 가졌다. 그러나 모든 기대가 그러한 것과 같이, 이것도 그리 쉽사리 실현되지는 않았다…….

오늘도 소년은 신사의 뒷모양을, 그가 배다리를 건너 골목 안으로 사라질 때까지 헛되이 바라보고 나서, 고개를 돌려 천변 너머 맞은편 카페로 눈을 주었다.[1)]

밤이 완전히 이르기 전, 이 '평화'라는 옥호^{屋號 술집이나 음식점 따위의 이름}를 가진 카페의 외관은, 대부분의 카페가 그러하듯이, 보기에 언짢고, 또 불결하였다. 그나마 안에서 내비치는 전등불이 없을 때, 그 붉고 푸른 유리창은 더구나 속되었고, 창밖 좁은 터전에다, 명색만으로 옹색하게 옮겨다 심은 두어 그루 침엽송은, 게으르게 먼지와 티끌을 그 위에 가졌다.

소년은, 그러나, 이루 그러한 것에 별 느낌을 가지고 있는 것이 아니었다. 그는 지금, 바로 조금 아까부터 그 밖에 서서, 혹 열려 있는 창으로 그 안도 기웃거려 보며, 혹 부엌으로 통한 문의, 한 장 깨어진 유리 대신, 서투른 솜씨로 발라 놓은 얇은 반지^{얇고 흰, 질 좋은 일본 종이}가 한 귀퉁이 쭉 찢어진 그 사이로, 허리를 굽혀 그 안을 살펴도 보며 하는, 이미 오십 줄에 든 조그맣고 늙은 부인네에게 호기심을 가졌다. 그이는 그 카페의 여급 '하나코'의 어머니다.

'하나콘, 아까, 목욕을 가나 보던데…….'

소년은 속으로 그러한 것을 중얼거리며, 분명히 동대문 안인가 어디서 드난^{임시로 남의 집 행랑에 붙어 지내며 주인집 일을 도와주는 고용살이}을 살고 있다는 그를 위하여, 모처럼 틈을 타서 딸 좀 보러 나왔던 것이 그만 가엾게도 허행^{虛行 헛걸음}이 되고 말 것을 애달파하였다.

그러나, 물론, 아낙네는 그러한 것을 알 턱이 없다. 그는 그대로 애타는 걸

음으로 문 앞을 오락가락한다. 이미 그의 얼굴은, 카페 안의 모든 사람에게
알려졌고, 또, 여급들이 채 단장도 하기 전인 이 시간에, 객이라고는 아직 한
명도 와 있지 않건만, 저런 이들은 쓱 부엌으로라도 들어가서, 아무에게나 물
어본다든가 그러는 일도 없이, 언제든 딸 만나 보는 데 그렇게도 어려워한다.

그가, 네 번째, 반쯤 열어젖힌 앞에서 발돋움을 하고서 그 안을 기웃거려
보았을 때, 그러나 마침내 부엌으로 통하는 문이 열리고, 분명히 삼십이 넘은,
그리고 얼굴이나 맵시가 결코 어여쁘지 않은 여급이 때 묻은 행주치마를
두른 채 맨발에 흰 고무신을 꿰고 나왔다. '기미코'다. 밖에 나오는 그 길로,
개천가로 다가서지도 않고, 그대로 그곳에서 개천 속을 향하여, 사내 녀석
같이 퉤하고 침을 뱉고, 문득 고개를 돌려 제 동무의 어머니를 발견하자,

"아까, 목욕 갔에요."

표정도 고치는 일 없이 일러 주는 그 말소리가, 개천을 건너 소년의 귀에
까지 들리도록, 역시 그렇게도 크고 또 거칠다.

저렇게 무뚝뚝하고, 못생기고, 또 늙은 것을, 대체 뭣 하러 여급으로 데려다
두었누 하고, 혹 모르는 이는 말해도, 그것은 참말 모르는 말로, 사실은 주인의
술을 그만큼 많이 팔아 주는 계집도 드물었다. 우선 기미코는 제 자신 술을 잘
먹는다. 그래, 그의 차례에 온 손님들은, 자기들이 먹은 거의 갑절의 술값을 치
르지 않으면 안 되었다. 이곳에 오는 손님 중에는 무엇보다도 그러한 점에 있
어 그를 좋게 여기지 않는 이가, 더러 있기는 있었다. 또 얼굴이 아름답지 못하
고, 우선 젊지 못한 그 대신에, 그러면 구변이라도 능하고 애교라도 있느냐 하
면, 또한 그렇지도 못하여, 어찌 가다 인사성 있게라도 좋은 말 한마디 한다든
가, 유쾌한 웃음 한 번 웃는다든가 그러는 일이 없다. 카페 같은 데 드나드는 사
람들이 결코 좋아할 턱 없는, 온갖 요소만을 갖추고 있는 기미코가, 남보다도
특별나게 손님들의 총애를 받고 있다는 것은, 이를테면, 적잖이 괴이한 일이
나, 현대에 있어서는, 혹은 그러한 것도 소홀히 볼 수 없는 매력일지도 모른다.

그러나 물론, 그에게도 남이 따르기 어려운 장점이 있기는 있었다. 그것은
협기 俠氣 호방하고 의협심이 강한 기상 다. 이 지구 위에 부모 형제는 이를 것도 없고, 소위
일가친척이라 할 아무 하나 가지고 있지 않다고 스스로 말하는 그는, 자기
자신, 어렸을 적부터 그렇게도 고단한 생애만을 살아오지 않으면 안 되었
으므로, 그래 그 까닭으로 하여 그러한지는 알 수 없는 노릇이나, 하여튼 누구
에게 대해서나, 그들의 참말 어려운 경우에 진정으로 애쓰고 생각해 주는

것만은, 사실, 무던하였다…….

소년은 하나코 어머니가 광교 쪽을 바라보며 난처한 얼굴로 생각에 잠겨 있다가, 이내 한두 마디 기미코에게 말하고, 기미코가 또 큰 소리로,

"그럼, 그리 가 보세요."

하고 말하자, 그에게 목례를 하고 돌아서서 큰길로 향하여 걸어 나가는 것을 보고,

'아마, 목욕탕으루 찾아가나 부다. 또, 돈 좀 해 달라구 왔나……?'

혼자 생각을 하며 고개를 조금 돌려, 저편 한약국집에서 젊은 내외가 같이 나오는 것을 보자,

'하여튼, 의는 좋아. 언제든지, 꼭 동부인^{同夫人 아내와 함께 동행함}이지…….'

제 풀에 빙그레 웃음이 입가에 떠올랐다.

그들 젊은 내외를 가리켜 의가 좋다는 것은, 다만, 이 이발소 소년 혼자의 의견이 아니다. 동경 어느 사립대학 영문과를 졸업한 한약국집 큰아들이, 현재의 아내와 결혼을 한 것은 지금부터 햇수로 삼 년 전의 일이요, 그들이 서로 안 것은 그보다도 일 년이 일러, 같이 어깨를 가지런히 하여 거리를 산책하는 풍습은 이미 그때부터 시작되었던 것이다. 동경서 갓 나온 한약국집 아들이, 역시 그해 봄에 '이화'를 나온 '신식 여자'와 '연애'를 한다는 소문은, 우선 빨래터에서 굉장하였고, 이를테면 완고하다 할 한약국집 영감이, 이러한 젊은 사람들의 사이에 대하여, 어떠한 의견을 가질지는 의문이었으므로, 동리의 말 좋아하는 사람들은 제법 흥미를 가지고 하회^{下回 어떤 일이 있은 다음에 벌어지는 일의 형태나 결과}를 기다렸던 것이나, 아들의 말을 들어 보고, 한 번 여자의 선을 보고 한 완고 영감이, 두말하지 않고 그들에게 선뜻 결혼을 허락해 준 것은, 참말, 뜻밖의 일이었다. 그것으로, '영감'은 '개화'하였다는 칭찬을 동리에서 받았으나, 아들 내외의 행복에 대해서는, 객쩍게^{행동이나 말, 생각이 쓸데없고 싱겁게}, 남들은, 또 말들이 많아 '연애를 해서 혼인했던 사람들이 더 새가 나쁘더군.' 그러한 말을 하는 사람도 더러 있었으나, 그들의 사랑은 참말 진실한 것인 듯싶어, 흔히 '신식 여자'라는 것에 대하여 공연히 빈성거려 보고 싶어하는 동리의 완고 마누라쟁이로서도, 이제는 방침을 고쳐, 도리어 그들 젊은 내외를 썩 무던들 하다고, 그렇게 뒷공론^{겉으로 떳떳이 나서지 않고 뒤에서 이러쿵저러쿵 시비조로 하는 말}이 돌게 된 것은 퍽이나 다행한 일이라 아니할 수 없다.

소년은, 잘 닦아 놓은 유리창문 너머로, 한약국 안, 사랑방에 손님과 대하여

앉아 있는 주인 영감을 바라보았다. 집도 그리 크지는 못하였고, 살림살이도 그다지 부유해 보이지는 않았으나, 남들 이야기를 들으면, 벼 천이나 실하게 하는 터라 한다. 그것도 그가 당대에 자기 한 사람의 손으로 모아 놓은 것이라 생각하니, 그 허울은 별로 좋지 못한 약국 영감이, 소년의 눈에는 퍽이나 잘난 사람같이, 은근히 우러러 보이는 것이다.

주인 영감과 이야기를 마치고 시골 손님이 밖으로 나왔다. 벌써 오래전에 세탁소에 보냈어야만 할 다갈색 중절모를 쓰고, 특히 이번 서울 길에 다려 입고 나온 듯싶은 고동색 능견^{명주실로 짠 비단} 두루마기에, 흰 고무신을 신은 그는, 문을 나올 때 흘깃 보니, 가엾게도 애꾸다. 이 천변에서 애꾸를 구경하기도 참말 오래간만이어서, 광교로 걸어 나가는 그를 지켜보려 하였으나, 뒤미처 방에서 나온, 서사 보는 홍 서방이 대문간 옆 약 곳간에서 큼직한 약 부대를 끌어내는 것이 곁눈에 띄자, 그는 다시 그편으로 눈을 돌리며, 저도 모르게 침이 한 덩어리 목구멍을 넘어갔다.

'참말이지, 계피를 얻어먹어 본 지두 오래다……'

돌석이가 약국을 나가 버린 지도 이미 열흘이나 가까웠다. 그 애 대신 누가 또 들어오려누. 약국 심부름하는 애들과 사귀어 본 것도 돌석이 아래로 셋이나 되지만, 그 애같이, 한 쪽만 씹어도 입안이 얼얼하게 매운 계피를 툭하면 갖다 주고 갖다 주고 하던 아이도 없었다.

'자식이, 그냥 있지 않구 괜히 나가서……'

일은 고되고 월급은 적고 한 것이, 그가 약국을 나간 이유라지만,

'어이 자식두…… 돈 일 전 못 받구 있는 나는 어쩌구……'

다른 약국에 비해 적다고 하는 말이지만, 그래도 먹고 오 환이면, 그게 얼마야 하고, 공연히, 잠깐, 심사가 좋지 못하였으나, 저녁 찬거리를 장만하러 귀돌 어머니가 바구니를 들고 대문을 나오는 것을 보자,

'참, 행랑 사람이 아직 안 들어와서, 그래, 저이가 빨래두 허구, 찬거리두 사러 가구…… 혼자서, 요샌 약 오를걸……?'

그것은 어떻든, 약국 집에서 사람 부리는 것이 그리 심악하다^{매우 모질고 독하여 야멸치고 인정이 없다}거나 박하다거나 한 것도 아닌 모양인데, 역시 사람 만나기란 그렇게도 어려운 것인지, 이번에 나간 하인도 일 년이나 그밖에는 더 안 살았다.

'그저, 저 사람 하나지. 아주 죽을 때꺼정 그 집에서 살겠다구 헌다니까……'

시앗^{남편의 첩}을 보고, 남편의 학대를 받고, 마침내는 단 하나 어린 자식마저

없애고, 이제는 이 세상에 믿고 살 모든 것을 잃은 귀돌 어멈이, 한약국집으로 안잠^{여자가 남의 집에서 먹고 자며 그 집의 일을 도와주는 일}을 살러 들어온 것은, 지금으로부터 오 년 전, 지금 유치원에 다니는 막내딸 기순이가 세상에 나오던 바로 그해 가을이다. 동리 아낙네들이, 모두 그를 무던한 여편네라 칭찬하고 있는 것을 잠깐 생각해 보며, 배다리 반찬 가게로 향하는 귀돌 어멈의, 왼편으로 약간 고개를 갸우뚱한 뒷모양을 바라보고 있으려니까, 웃고 재깔이며 십칠팔 세씩 된 머리 땋아 늘인 색시가 세 명, 걸음을 맞추어 남쪽 천변을 걸어 내려온다. 흡사 학생같이 차렸으나, 손에들 들고 있는 것은 벤또^{도시락} 싼 보자기로, 조금 전 다섯 시에, 전매국 의주통 공장이 파한 것이다. 모두 묘령^{스무 살 안팎의 여자 나이}들이라 그리 밉게는 보이지 않아도, 특히 가운데 서서 그중 웃기 잘하는 색시가 가히 미인이라 할 인물로, 우선, 그러한 공장 생활을 하는 여자답지 않게 혈색이 좋은 얼굴이 참말 탐스럽다. 교직 국사 저고리에, 지리덴^{견직물의 한 종류} 검정 치마를 입고 납작 구두를 신은 맵시도 썩 어울리는 그 처녀는, 수표 다리께 사는 곰보 미장이의 누이로, 소년은, 그가 얼굴값을 하느라고 행실이 단정하지 못하다는 소문을 들어 알고 있다.

행실이 단정하지 못하기로 말하면, 이 색시의 형 되는 사람이 오히려 더하여, 지금은 과부가 되어 저의 오라비에게로 와서 지내나, 남편이 살았을 때에도 사내가 한둘은 아니었던 모양이요, 병도 병이려니와 그러한 것으로 남편은 속을 썩여, 그래, 서른여덟 살, 한창 살 나이에 죽었다고 남들의 뒷공론이 대단한 모양이다. 이미 서른넷이나 되어, 고운 티도 다 가시고, 이제 또 개가를 하느니 어쩌니 그러한 것이 문제될 턱도 없는 것이지만, 원래가 그러한 여자라 그대로 집에 두어 두자니, 필경 추잡한 소문만 퍼뜨려 놓을 것이요, 그것은 이제 쉬 시집을 보내야 할 둘째 누이를 가지고 있는 오라비로서, 정히 머릿골 아픈 노릇이라, 역시, 누구 나서는 사람이 있으면 그에게다 과부 누이를 떠맡기고 싶어하는 모양이라 한다……

물을 다 싣고 난 신전 집 주인의 처남이, 다시 아이를 들쳐 업고 문간에 나왔을 때, 천변으로 창이 난 작은아들의 방에서 풍금 소리가 들려왔다. 〈바그다드의 추장〉, 물론, 소년은, 그 곡명을 알지는 못하였으나, 신전 집 작은아들이 즐겨서 타는 이 행진곡은, 그냥 귀로 듣기만 해도, 악한의 뒤를 추격하는 '청년'의 모양이 눈에 선하여, 절로 신이 나는 것이다. 그러나, 풍금을 타는 사람의 마음이 그래서, 듣는 이도 전만큼은 흥이 나지 않는 것일까?

이 봄에 대학을 마치면 의사로 나서게 되는 그는, 보통학교 적부터 음악에 취미를 가져, 하모니카와 대정금^{일본 악기의 하나}으로 시작된 노래 공부가, 이어서 풍금, 만돌린, 색소폰, 바이올린, …… 그에게서는 온갖 악기가 있었고, 그것들을 그는 어느 정도까지 희롱할 줄 알아,

"어떻든 재주 한 가지는 제일이야."

하고, 점룡이 어머니도 칭찬이 대단하였으나, 이제는 그것들을 다시 만져 보려 해도 쉽지 않아 가운이 기울어지는 것과 함께 악기 나부랭이도 혹은 전당포 곳간으로, 고물상 점두^{店頭 가게의 앞쪽}로 나가 버리고, 이제는 하나 남은 풍금이 낡아서 몇 푼 돈이 안 되는 채, 때때로 젊은이의 심사를 위로해 줄 뿐인 것이다.

소년은 눈을 돌려, 두 집 걸러 신전 편을 바라보았다. 이월이라, 물론 파리야 있을 턱이 없는 일이지만, 이를테면, 저러한 것을 가리켜 '파리만 날리고 있다.' ─그렇게 말하는 것일 게다. 아까부터 보아야 누구 하나 찾아 들지 않는 쓸쓸한 점방에 머리 박박 깎은 큰아들이 신문만 뒤적거리고 있었다. 그것도 한약국집에서 얻어온 어저께 신문일 것이다. 이 집에서 신문을 안 본 지도 여러 달 된다. 어린 마음에도 남의 사정을 딱하게 여기고 있었으나, 사람들은, 그의 그러한 갸륵한 심정을 알아줄 턱 없이, 정신없이 그러고 앉아 있는 그가 질겁을 하게시리,

"인마. 뭣에 또 정신이 팔렸니? 어서 선생님 머리 감겨 드리지 않구……."

바로 등 뒤에서 소리를 꽥 지르는 것이 들어온 지 얼마 안 된 게 주짜^{말이나 행동이 분에 넘치며 버릇이 없는 것}만 빼려 드는 김 서방이라, 소년은 은근히 골이 나서,

"내가 인마에요? 내 이름은 어엿하게 재봉이예요."

볼멘소리^{서운하거나 성이 나서 통명스럽게 하는 말투}를 하고, 민 주사의 뒤를 따라 세면대로 걸어갔다.

- **뒷부분 줄거리**

시골에서 올라온 창수는 세속적인 인물로 변해 가고, 금순은 취직을 시켜 준다는 금광 브로커에게 속아서 하숙옥에 방치된다. 이쁜이는 가난한 친정 때문에 모진 시집살이를 당한다. 민 주사는 마작놀음을 하다가 가산을 탕진한다. 하나코는 양반댁으로 시집을 가지만 시집살이와 남편의 외도로 인해 힘들어한다. 서울을 떠났던 창수는 다시 돌아와 구락부에 취직한다. 기미코는 금순을 손 주사의 후처로 보내려 하고, 이쁜이는 남편에게 쫓겨난다. 이처럼 청계천 주변 인물들의 삶이 계속 흘러간다.

제2절 이발소의 소년

제3절 시골서 온 아이

제17절 샘터 문답

제24절 창수의 금의환양

🕊️ 생각해 볼까요?

📖 **선생님** 「천변풍경」은 소설의 일반적인 구성법을 따르지 않고, 영화적 기법을 사용하였어요. 어떤 부분이 그러한가요?

💬 3 ♥ 3

↳ **학생 1** 이 소설 속에는 수많은 인물이 등장해요. 하지만 주인공 역할을 하는 인물은 없어요. 사건들 또한 병렬적으로 연결되어 있을 뿐, 일반적인 소설의 구성이 아니에요. 이를 통해 '삽화식 구성 방식'을 취하고 있다는 걸 알 수 있어요.

↳ **학생 2** 상징적이고 주관적인 묘사보다 객관적인 관찰이 내용의 주가 되며, 전지적 시점보다는 관찰자 시점이 자주 사용돼요. 이런 특징을 '카메라아이 기법'이라고 해요. 카메라가 이동하며 촬영하는 듯이 사건과 행동을 객관적으로 제시하면서 서술하는 기법을 말해요.

↳ **학생 3** 또한 특정 대상을 확대해 보는 '클로즈업 기법'도 사용되고 있어요.

📖 **선생님** 「천변풍경」의 공간적 배경은 청계천 주변으로, 아낙네들이 모이는 청계천 빨래터와 재봉이 심부름꾼으로 일하는 이발소가 핵심 공간이에요. 각 장소의 특징을 알아보고, 작가가 두 장소를 핵심으로 정한 이유를 알아볼까요?

💬 2 ♥ 2

↳ **학생 1** 빨래터는 집안에 고립되어 사회성을 상실한 여인들이 빨래를 하며 동네와 사회에 대한 정보를 교류하고 공유하는 곳이에요. 이발소는 남성들의 사교장이라고 할 수 있는 곳으로 자신들이 지닌 정보를 교류하고 공유해요.

↳ **학생 2** 두 장소는 작품에서 보여 주고자 하는 당대의 세태와 풍속에 대한 정보를 얻을 수 있는 가장 적합한 공간이에요.

세태 소설 🔽 🔍

연관 검색어   시정 소설   풍속 소설

세태 소설이란 어떤 특정한 시기의 풍속이나 세태의 한 단면을 묘사하는 것을 목적으로 하는 소설로 시정 소설, 풍속 소설이라고도 한다. 모든 시대에 보편타당한 진리를 나타내려는 것이 아니라 특정한 시대의 특정 사회의 모습을 진실성 있게 그리는 것을 목표로 한다. 등장인물은 전형적이거나 일반적인 인물 유형이 아닌 특정 시대의 모습을 잘 보여 주는 인물상이 주가 된다. 세태 소설에서는 사회가 그 속에서 재창조되는 것이 아니라, 사회에 대한 작가의 관념을 예증하고 증언하는 성격을 갖는다.

심훈
(1901~1936)

✉ **작가에 대하여**

서울 출생. 1920년 중국 망명길에 올랐고, 1921년 항저우 지강대학교에 입학하여 극 문학을 공부하였다. 1923년 한국으로 돌아와 신극 연구 단체인 극문회를 조직하였으며, 1924년 〈동아일보〉에 입사하여 희곡과 소설 집필에 몰누하였다. 1926년 임금 인상 투쟁 사건으로 〈동아일보〉에서 해직되었다. 이듬해 일본으로 건너가 정식으로 영화를 공부하였고, 6개월 후에 영화 「민동이 틀 때」를 원작·각색·감독해 단성사에서 개봉하였다.

1930년 시 「그날이 오면」을 발표했으며, 1935년 장편 소설 「상록수」가 〈동아일보〉 창간 15주년 기념 현상 모집에 당선되었다. 1936년 「상록수」를 직접 각색하고 감독하여 영화로 만들려고 했으나 일제의 방해로 좌절됐다. 그의 작품의 밑바탕에는 계급적 저항 의식과 휴머니즘이 깔려 있다. 주요 작품으로 「영원의 미소」, 「황공의 최후」 등이 있다.

상록수

#농촌　　　#사랑　　　#계몽운동　　　#희생과봉사

⚓ 작품 길잡이

갈래: 장편 소설, 농촌 소설, 계몽 소설
배경: 시간 - 1930년대 / 공간 - 한곡리와 청석골
시점: 3인칭 전지적 작가 시점
주제: 농촌 계몽 운동을 하는 남녀의 희생과 순결한 애정
출전: 〈동아일보〉[1935]

📷 인물 관계도

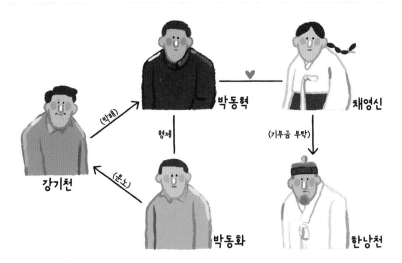

박동혁	수원 고농 출신의 농촌 운동가로 온갖 고난과 시련을 이겨내고 자신의 신념과 의지를 관철시킨다.
채영신	농촌 계몽을 위해 헌신적으로 일하다가 병이 악화되어 젊은 나이에 죽는다.
강기천	지주인 강도사의 맏아들로 동혁이 설립한 농우회의 활동을 방해한다.

📋 구성과 줄거리

발단 동혁과 영신이 농촌 계몽 운동에 투신함

동혁과 영신은 여름방학을 이용해 농촌 계몽 운동에 참여하였다가 만나게 된다. 농촌 계몽 운동에 열성적인 두 사람은 활동 보고 연설을 한 것이 계기가 되어 서로 동지가 되고, 사랑하는 사이로 발전한다.

전개 동혁과 영신의 봉사 활동을 주변에서 방해함

농촌 계몽 활동을 위해 동혁은 한곡리로, 영신은 청석골로 내려간다. 동혁은 여러 가지 사업을 벌이고 농우회 회관까지 짓지만 강기천이 이를 시기해 자신이 차지하려고 음모를 꾸민다. 영신은 청석골에서 부녀회를 조직하고 아이들을 가르치는 학습당을 운영한다. 영신은 아이들 학습장을 짓기 위해 기부금을 모으기 시작하나 어려움을 겪는다.

위기 영신이 과로와 맹장염으로 쓰러짐

영신은 청석골 지주인 한낭청의 생일에 찾아가 약속한 기부금을 부탁하지만 이 일로 주재소에 갇히게 된다. 출소한 영신은 과로와 맹장염으로 쓰러진다. 동혁은 영신을 입원시키고, 동혁이 없는 틈을 타 한곡리에서는 강기천이 농우회관을 진흥회관으로 바꾼다.

절정 동혁이 구속되고 영신은 헌신적인 노력을 쏟다 죽음

강기천의 횡포에 분노한 동혁의 동생 동화는 진흥회관에 불을 지른다. 경찰은 동화를 숨겨 주었다는 이유로 동혁을 감옥에 가둔다. 영신은 형무소에 수감된 동혁을 면회하고 두 사람은 농촌 계몽에 더욱 전념하기로 약속한다. 일본으로 유학을 갔다가 돌아온 영신은 학생들을 가르치다가 병이 악화되어 숨을 거두고 만다.

결말 동혁은 영신이 못다 이룬 농촌 계몽 사업에 헌신할 것을 다짐함

동혁은 영신의 부고를 듣고 큰 슬픔에 빠진다. 영신의 장례를 지내고 내려오는 길에 푸르른 상록수들을 바라보며 동혁은 농촌을 위해 한평생 몸 바쳐 봉사할 것을 다짐한다.

상록수

· 앞부분 줄거리

수원고등농림학교 학생인 동혁과 신학교 학생인 영신은 농촌 계몽 운동을 하면서 처음 만나 사랑하는 사이로 발전한다. 학업을 마치고 동혁은 한곡리로, 영신은 청석골로 내려간다. 동혁은 여러 가지 사업을 벌이고 농우회관까지 짓지만 지주의 아들 강기천이 농우회관을 농촌진흥회회관으로 바꿔 자신이 차지하려는 음모를 꾸민다. 영신은 청석골에서 부녀회를 조직하는 한편 마을 예배당을 빌려 아이들을 위한 강습소를 운영한다. 영신은 새 교실을 짓기 위해 기부금을 모으기 시작하나 어려움을 겪는다.

글을 배우러 오는 아이들은 거의 날마다 늘었다. 양철 지붕에 송판^{松板 소나무를} 켜서 만든 널빤지으로 엉성하게 지은 조그만 예배당은 수리를 못 해서 벽이 떨어지고 비만 오면 천장이 새는데, 선머슴^{차분하지 못하고 매우 거칠게 덜렁거리는 아이를 이르는 말} 아이들이 뛰고 구르고 하여서 마루청까지 서너 군데나 빠졌다. 그것을 볼 때마다 늙은 장로는,

"흥, 경비는 날 곳이 없는데 너희들이 예배당을 아주 헐어 내는구나. 강습이구 뭐구 인젠 넌덜머리가 난다."

하고 허옇게 센 머리를 내둘렀다. 더구나 새로 글을 깨친 아이들이 어느 틈에 분필과 연필로 예배당 안팎에다가 괴발개발^{고양이의 발과 개의 발이라는 뜻으로, 글씨를 되는대로 아무렇게나 써 놓은 모양을 이르는 말} 글씨도 쓰고 지저분하게 환도 친다^{되는대로 마구 그림도 그린다}. '신퉁이 개자식이라.', '갓난이는 오줌을 쌌다더라.' 하고 제 동무의 욕을 쓰기도 하고, 심지어 십자가를 새긴 강당 정면에다가 나쁜 그림까지 몰래 그려 놓기도 하여서 그런 낙서를 볼 때마다 장로와 전도사는 상을 찌푸린다.

영신은 여간 미안하지가 않아서 하루도 몇 번씩 그런 짓을 하지 말라고 입이 닳도록 타일렀다. 그러나 속으로는 제가 피땀을 흘리며 가르친 아이들이 하나둘씩 글눈을 떠가는 것이 여간 대견하지 않았다.¹⁾ 비록 나쁜 그림을

---

1) 자기를 곤란하게 하는 아이들이 미워하지 않고, 글을 익혀가는 모습에서 보람을 느끼는 영신의 마음을 알 수 있다.

그리고 욕을 쓸망정 그것이 여간 신통하지가 않아서,

"장로님, 저희두 따루 집을 짓구 나갈 테니, 올 가을꺼정만 참아 줍시오."

하고 몇 번이나 용서를 빌었다. 그러면 변덕스러운 장로는 대머리를 어루만지며,

"원 채 선생, 별말씀을 다 하는구려. 다 하나님의 뜻대루 되겠지요. 그게 좀 거룩한 사업이오."

하고 얼더듬는다 ^{이 말 저 말 뒤섞이어 잘 알아들을 수 없는 말을 하다}. 그럴수록 영신은 사글세월세 집에 들어 있는 것만큼이나 불안스러워서 하루바삐 집을 짓고 나가려고 아니해 보는 궁리가 없었다.

그러나 원체 가난한 동리인 데다가, 그나마 돈이 한창 마른 때라 기부금은 적어 놓은 액수의 십 분의 일도 걷히지를 않고, 친목계원들이 춘잠 ^{春蠶 봄누에}을 쳐서 한 장치에 열서너 말씩이나 땄건만, 고치금이 사뭇 떨어져서 예산한 금액까지 되려면 어림도 없다. 닭도 집집마다 개량식으로 쳤지만 모이를 사서 먹인 것과 레그혼 같은 서양 종자의 어미 닭값을 따지고 보면 계란값과 비겨 떨어진다.

그러니 줄잡아도 ^{대강 짐작으로 헤아려 봐도} 오륙백 원이나 들여야 할 학원을 지을 엄두가 나지를 않았다. 영신이가 하도 집을 짓지 못해서 성화를 하니까 다른 회원들은,

"급히 먹는 밥이 체한다우. 우리 선생님두 성미가 퍽 급하셔."

하고 위로하듯 하기도 한두 번이 아니었다. 그럴수록 아이들이 한꺼번에 대여섯 명, 어떤 때는 여남은 명씩 부쩍부쩍 는다. 보통학교가 시오리 밖이나 되는 곳에 있고 간이 ^{簡易} 학교라고 새로 생긴 것도 장터까지 가서야 있으니, 배움에 목마른 아이들은 등잔불로 날아드는 나비처럼 청석골로만 모여들 수밖에 없는 형세다. 요새 들어온 아이들까지 합하면, 거의 백삼십여 명이나 된다.

그러나 장소가 좁다는 이유로 한 아이도 더 수용할 수 없다고 오는 아이를 쫓을 수는 없다. 영신은,

'아무나 오게. 아무나 오게.'

하는 찬송가 구절을 입속으로 부르며,

'오냐, 예배당이 터지도록 모여 오너라, 여름만 되면 나무 그늘도 좋고, 달밤이면 등불두 일없다 ^{소용이나 필요가 없다}.'

하고 들어오는 대로 받아서, 그곳 보통학교를 졸업한 젊은 사람들의 응원을

얻어 남자와 여자와 초급과 상급으로 반을 나누어 가르치기 시작했다. 영신을 숭배하고 일을 도와주는 순진한 청년이 서너 명이나 되지만 그중에도 주인집의 외아들인 원재는 영신의 말이라면 절대로 복종을 하는 심복心腹 마음 놓고 부리거나 일을 맡길 수 있는 사람이었다. 같은 집에 살기도 하지만 상급 학교에는 가지 못하는 처지라, 틈틈이 영신에게서 중등 학과를 배우는 진실한 청년이다.

가뜩이나 후락朽落 오래되어서 빛깔이 바래고 구지레하게 됨한 예배당 안은 콩나물을 기르는 것처럼 아이들로 빡빡하다. 선생이 비비고 드나들 틈이 없을 만큼 꼭꼭 찼다. 아랫반에서,

"'가'자에 ㄱ 하면 '각' 하구."

"'나'자에 ㄴ 하면 '난' 하구."

하면서 다리도 못 뻗고 들어앉은 아이들은 고개를 반짝 들고 칠판을 쳐다보면서 제비 주둥이 같은 입을 일제히 벌렸다 오므렸다 한다. 그러면 윗반에서는『농민독본』을 펴 놓고,

"잠자는 자 잠을 깨고

눈먼 자 눈을 떠라.

부지런히 일을 하여

살 길을 닦아 보세."

하며 목청이 찢어져라고 선생의 입내소리나 말로써 내는 흉내를 낸다. 그 소리를 가까이 들으면 귀가 따갑도록 시끄럽지만, 멀리 축동築垌물을 막기 위해 크게 쌓은 둑 밖에서 들을 때,

'아아, 너희들이 인제야 눈을 떠 가는구나!'

하며 영신은 어깨춤이 저절로 났다.

그러다가 어느 날 저녁때였다. 영신의 신변을 노상항상 주목하고 다니던 순사가 나와서 다짜고짜,

"주임이 당신을 보자는데, 내일 아침까지 주재소駐在所 일제 강점기에 순사가 머무르면서 사무를 맡아보던 경찰의 말단 기관로 출두를 하시오."

하고 한마디를 이르고는 말대답을 들을 사이도 없이 자전거를 되집어 타고 가 버렸다.

'무슨 일로 호출을 할까?'

'강습소 기부금은 오백 원까지 모집을 해도 좋다고 허가를 해 주지 않았는가?'

영신은 일이 손에 잡히지 않았다. 웬만한 일 같으면 출장 나온 순사에게 통지만 해도 고만일 텐데, 일부러 몇십 리 밖에서 호출까지 하는 것은 무슨 까닭이 붙은 일인지 도무지 알 수가 없었다.

영신이가 처음 내려오던 해부터 이 일 저 일에 줄곧 간섭을 받아 왔지만, 강습소 일이나 부인 친목계며 그 밖에 하는 일을 잘 양해를 시켜오던 터이라 더욱 의심이 나지 않을 수 없었다.

별별 생각이 다 나서 영신은 그날 밤 잠을 잘 자지 못하고, 이튿날 새벽 밥을 지어 달래서 먹고는 길을 떠났다. 이십 리는 평탄한 신작로지만 나머지는 가파른 고개를 넘느라고 발이 부르트고 속옷은 땀에 젖었다.

…… 영신과 주재소 주임 사이에 주고받은 대화나 그 밖의 이야기는 기록하지 않는다. 그러나 호출한 요령만 따서 말하면,[2]

첫째는 예배당이 좁고 후락해서 위험하니 아동을 팔십 명 이외에는 한 사람도 더 받지 말라는 것과, 둘째는 기부금을 내라고 돌아다니며 너무 강제 비슷이 청하면 법률에 저촉이 된다는 것을 단단히 주의시키는 것이었다. 영신은 여러 가지로 변명도 하고 오는 아이들을 아니 받을 수는 없다고 사정 사정하였으나,

"상부의 명령이니까 말을 듣지 아니하면 강습소를 폐쇄시키겠다."

고 을러메어서 _{위협적인 언동으로 을러서 남을 의눌러서} 영신은 하는 수 없이 입술을 깨물고 주재소 문밖을 나왔다.

그는 아픈 다리를 간신히 끌고 돌아와서 저녁도 아니 먹고 그날 밤을 꼬박이 새우다시피 하였다.

'참자! 이보다 더한 것도 참아 왔는데, 이만한 일이야 참지 못하랴.'

하면서도 좀 더 시원하게 들이대지를 못하고 온 것이 종시 분하였다. 그러나 혈기를 참지 못하고 떠들었다가는 제한받은 수효의 아이들마저 가르치지 못하게 될 것을 생각하고 꿀꺽 참았던 것이다. 아무튼 어길 수 없는 명령이매, 내일부터 백사십여 명 중에서 팔십 명만 남기고 오십여 명을 쫓아내야 한다. 저의 손으로 쫓아내야만 한다.

"난 못 하겠다! 차라리 예배당 문에 못질을 하는 한이 있드래도 내 손으로

---

2) 서술자가 직접 개입하여 자신의 목소리를 내고 있다. 사건의 전개 속도를 빠르게 하고, 대화의 요점을 명확하게 드러내는 요약적 제시가 사용되었다.

차마 그 노릇은 못 하겠다!"

하고 영신은 부르짖으며 방바닥에 가 쓰러져 버렸다. 한참 동안이나 엎치락 뒤치락하며 홀로 고민을 하였다.

그는 불을 끄고 이불을 뒤집어쓰고 누웠다. 그러나 이제까지 갖은 고생과 온갖 곤욕을 당해 가면서 공들여 쌓은 탑을, 그 밑동부터 제 손으로 허물어 트릴 수는 없다. 청석골 와서 몇 가지 시작한 사업 중에 가장 의미 깊고 성적이 좋은 한글 강습을 중도에서 손을 뗄 수는 도저히 없다.

'어떡하면 나머지 오십 명을 돌려보낼꼬?'

'이제까지 두말없이 가르쳐 오다가 별안간 무슨 핑계로 가르칠 수가 없다고 한단 말인가?'

거짓말을 하기는 죽어라고 싫건만 무어라고 꾸며 대지 않을 수도 없는 사세事勢 일이 되어 가는 형세. 아무리 곰곰 생각해 보아도 묘책이 나서지를 않아서 그는 하룻밤을 하얗게 밝혔다.

창밖에 새벽별이 차차 빛을 잃어 갈 때, 영신은 소세梳洗 머리를 빗고 낯을 씻음를 하고 나와서 예배당으로 올라갔다. 땅 위의 모든 것이 아직도 단꿈에서 깨지 않아 천지는 함께 괴괴하다쓸쓸한 느낌이 들 정도로 아주 고요하다.

영신은 이슬이 축축이 내린 예배당 층계에 엎드려 경건한 마음으로 기도를 올렸다.

'주여, 당신의 뜻으로 이곳에 모여든 귀엽고 사랑스러운 어린 양들이 오늘은 그 삼 분의 일이나 목자를 잃게 되었습니다. 다시 어둠 속에서 헤매일 수밖에 없이 되었습니다!

주여, 그 가엾은 무리가 낙심하지 말게 하여 주시고 하나도 버리지 마시고 다시금 새로운 광명을 받을 기회를 내려 주시옵소서! 하루바삐 내려 주시옵소서!

오오 주여, 저의 가슴은 지금 미어질 듯합니다.'

영신은 햇발이 등 뒤를 비추며 떠오를 때까지 그대로 엎드린 채 소리 없이 흐느껴 울었다.

월사금 육십 전을 못 내고 몇 달씩 밀려오다가 보통학교에서 쫓겨난 아이들이, 그날도 두 명이나 식전에 책보를 들고 그 학교의 모자표를 붙인 채 왔다.

"얘들아, 참 정말 안됐지만 인전 앉을 데가 없어서 받을 수가 없으니 가을

버텀 오너라. 얼마 있으면 새집을 커다랗게 지을 텐데 그때 꼭 불러주마, 응."

하고 영신은 그 아이들의 이름을 적고는 등을 어루만져 주며 간신히 돌려보냈다. 그러고는 다른 아이들이 오기 전에 예배당으로 들어갔다.

잠 한숨 자지를 못해서 머리가 무겁고 눈이 빡빡한데, 교실 한복판에 가서 한참 동안이나 실신한 사람처럼 우두커니 섰자니, 어찔어찔하고 현기증이 나서 이마를 짚고 있다가 다리를 허청 떼어 놓으며 칠판 앞으로 갔다.

그는 분필을 집어 가지고 교단 앞에서 삼 분의 일 가량 되는 데까지 와서는 동편 쪽 끝에서부터 서편 쪽 창 밑까지 한 일 자로 금을 주욱 그었다. 그리고 아이들이 오는 것을 기다렸다가 예배당 문을 반쪽만 열었다. 아이들은 여느 때와 조금도 다름이 없이 재깔거리며 앞을 다투어 우르르 몰려 들어온다.

영신은 잠자코 맨 먼저 온 아이부터 하나씩 둘씩 차례차례로 분필로 그어 놓은 금 안으로 앉혔다. 어느덧 금 안에는 제한받은 팔십 명이 찼다.

"나중에 온 아이들은 이 금 밖으로 나가 앉아요. 떠들지들 말구."

선생의 명령에 늦게 온 아이들은 영문도 모르고,

'오늘은 왜 이럴까.'

하는 표정으로 선생의 눈치를 할끔할끔^{곁눈으로 살그머니 자꾸 힐겨 보는 모양} 보며 금 밖에 가서 쪼그리고 앉는다.

아이들에게 제비를 뽑힐 수도 없고 하급생이라고 마구 몰아내는 것도 공평치가 못할 듯해서, 영신은 생각다 못해 나중에 오는 아이들을 돌려보내려는 것이다. 나중에 왔다고 해도 시간으로 보면 불과 십 분 내외의 차이밖에 나지 않지만, 그렇게 하는 도리 이외에 아무 상책이 없었던 것이다.

영신은 아이들을 다 들여앉힌 뒤에 원재와 다른 청년들에게 그제야 그 사정을 귀띔해 주었다. 그런 소문이 미리 나면 일이 더 복잡해질 것을 염려하였기 때문이었다.

그 말을 듣는 청년들의 얼굴빛은 금세 흙빛으로 변하였다.

"암말두 말구 나 하라는 대루만 장내를 잘 정돈해 줘요. 자세한 얘긴 이따가 할게……."

청년들은 영신을 절대로 신임하는 터이라 입술을 지그시 깨물고 침통한 표정을 지을 뿐이다.

영신은 찬찬히 교단 위에 올라섰다. 그 얼굴빛은 현기증이 나서 금방 쓰러지려는 사람처럼 해쓱해졌다. 아이들은,

‘선생님이 무슨 말을 하시려구 저러나.’

하고 저희들 깐에도 보통 때와는 그 기색이 다른 것을 살피고는 기침 하나 아니하고 영신을 쳐다본다.

영신은 입술만 떨며 얼른 말을 꺼내지 못하고 섰다. 사제 간의 정을 한칼로 베어 내는 것 같은 마룻바닥에 그어 놓은 금을 내려다보고, 그 금 밖에 오십여 명 아동이 옹기종기 모여 앉아서 무슨 무서운 선고나 내리기를 기다리는 듯한 그 천진한 얼굴들을 바라볼 때, 영신은 눈두덩이 뜨끈해지며 목이 막혀서 말을 꺼낼 수가 없다. 한참 만에야 그는 용기를 내었다. 그러다가 풀이 죽은 목소리로,

“여러 학생들 조용히 들어요. 오늘은 선생님이 차마 하기 어려운 섭섭한 말을 할 텐데…….”

하고 나서 다시 주저하다가,

“저…… 금 밖에 앉은 아이들은 오늘버텀 공부를…… 시킬 수가…… 없게 됐어요!”

하였다. 청천의 벽력은 무심한 어린이들의 머리 위에 떨어졌다. 깜박깜박 하고 선생을 쳐다보던 수없는 눈들은 모두가 꽈리처럼 똥그래졌다.

“왜요? 선생님, 왜 글을 안 가르쳐 주신대유?”

그중에 머리가 좀 굵은 아이가 발딱 일어나며 질문을 한다.

영신은 순순히 타이르듯이 ‘집이 좁아서 팔십 명밖에는 더 가르칠 수가 없게 되었다는 것과, 올 가을에 새집을 지으면 꼭 잊어버리지 않고 한 사람도 빼어 놓지 않고 불러 주마.’고 빌다시피 하였다.

“그럼 입때꺼정은 이 좁은 데서 어떻게 가르쳐 주셨어유?”

이번엔 제법 목소리가 패인 남학생의 질문이 들어왔다. 영신은 화살이나 맞은 듯이 가슴 한복판이 뜨끔하였다. 그 말대답을 못 하고 머리가 핑내둘 려서 이마를 짚고 섰는데 금 밖에 앉았던 아이들은 하나둘 앉은 채 엉금엉금 기어서, 혹은 살금살금 뭉치면서 금 안으로 밀려 들어오다가,

“선생님! 선생님!”

하고 연거푸 부르더니 와르르 교단 위까지 뛰어오른다. 영신은 오십여 명이나 되는 아이들에게 에워싸였다.

“선생님!”

“선생님!”

"전 벌써 왔에요."

"뒷간에 갔다가 쪼끔 늦게 왔는데요."

"선생님, 난 막동이보다두 먼첨 온 걸 저 차순이두 봤에요."

"선생님, 낼버텀 일찍 오께요. 선생님보다두 일찍 오께요."

"선생님, 저 좀 보세요, 절 좀 보세요! 인전 아침두 안 먹구 오께 가라구 그러지 마세요. 네? 네?"

아이들은 엎드러지며 고꾸라지며 앞을 다투어 교단 위로 올라와서, 등을 밀려 넘어지는 아이에, 발등을 밟히고 우는 아이에, 가뜩이나 머리가 횅한 영신은 정신이 아찔아찔해서 강도상^{講道床 교회에서 설교를 하는 대} 모서리를 잡고 간신히 서 있다. 제 몸뚱이로 버티고 선 것이 아니라 아이들에게 포위를 당해서 쓰러지려는 몸이 억지로 떠받들려 있는 것이다.

"선생님!"

"선생님!"

아이들의 안타까운 부르짖음은 귀가 따갑도록 그치지 않는다. 그래도 영신은 눈을 내리감고 아랫입술을 지그시 깨물 뿐…….

"내려들 가!"

"어서 내려들 가거라!"

"말 안 들으면 모두 내쫓을 테다."

하면서 영신을 도와주는 청년들이 아이들을 끌어내리고 교편^{敎鞭 교사가 수업이나 강의 때 사용하는 막대기}을 들고 을러메건만, 그래도 아이들은 울며불며 영신의 몸에가 찰거머리처럼 달라붙어서 죽기 기 쓰고 떨어지지를 않는다.

영신의 저고리는 수세미가 되고 치마 주름까지 주르르 뜯어졌다. 어떤 계집애는 다리에다가 깍지를 끼고 엎드려서 꼼짝을 못하게 한다. 영신은 뜯어진 치마폭을 휩싸 쥐고 그제야,

"놔라, 놔! 얘들아, 저리들 좀 가 있어. 원, 숨이 막혀서 죽겠구나!"

하고 몸을 뒤틀며 손과 팔에 매달린 아이들을 가만히 뿌리쳤다. 아이들은 한 번 떨어졌다가도 혹시나 제가 빠질까 하고 다시 극성스레 달라붙는다.

이 광경을 본 교회의 직원들이 들어와서 강제로 금 밖에 앉았던 아이들을 예배당 밖으로 내몰았다.

사내아이, 계집아이 할 것 없이 어머니의 젖을 억지로 떨어진 것처럼 눈이 빨개지도록 훌짝훌짝 울면서 또는 흑흑 흐느끼면서 쫓겨 나갔다.

장로는 대머리를 번득이며 쫓아 나가서, 예배당 바깥문을 걸고 빗장까지 질렀다. 아이들이 소동을 해서 시끄러워 골치도 아프거니와, 경찰의 명령을 듣지 않다가는 교회의 책임자인 자기의 발등에 불똥이 튈까 보아 적잖이 겁이 났던 것이다.

아이들의 등 뒤에서 이 정경을 바라보던 영신은 깨물었던 눈물이 주르르 흘러내렸다. 영신은 그 눈물을 아이들에게 보이지 않으려고, 소매로 얼굴을 가리며 돌아섰다. 한참이나 진정을 하고 나서는 저희들 깐에도 동무들을 내쫓고 공부를 하게 된 것이 미안쩍은 듯이 머리를 떨어뜨리고 앉은 나머지 여든 명을 정돈시켜 놓고 차마 내키지 않는 걸음걸이로 칠판 앞으로 갔다.

그는 새로운 과정을 가르칠 경황이 없어서,

"오늘은 우리 복습이나 하지."

하고 교과서로 쓰는 『농민독본』을 펴 들었다. 아이들은 글자 모으는 법을 배운 것을 독본에 있는 대로,

"누구든지 학교로 오너라."

"배우고야 무슨 일이든지 한다."

하고 풀이 죽은 목소리로 외기를 시작한다.

영신은 그 생기 없는 아이들의 목소리가 듣기 싫은데, 든 사람은 몰라도 난 사람은 안다고, 이가 빠진 듯이 띄엄띄엄 벌려 앉은 교실 한 귀퉁이가 훤한 것을 보지 않으려고 유리창 밖으로 눈을 돌렸다.

창밖을 내다보던 영신은 다시금 콧마루가 시큰해졌다. 예배당을 에두른 야트막한 담에는 쫓겨 나간 아이들이 머리만 내밀고 쭉 매달려서 담 안을 넘겨다보고 있지 않은가. 고목이 된 뽕나무 가지에 닥지닥지 열린 것은 틀림 없는 사람의 열매다. 그중에도 키가 작은 계집애들은 나무에도 기어오르지를 못하고 땅바닥에 가 주저앉아서 홀짝거리고 울기만 한다.

영신은 창문을 말끔 열어젖혔다. 그리고 청년들과 함께 칠판을 떼어 담 밖에서도 볼 수 있는 창 앞턱에다가 버티어 놓고 아래와 같이 커다랗게 썼다.

"누구든지 학교로 오너라."

"배우고야 무슨 일이든지 한다."

나무에 오르고 담장에 매달린 아이들은 일제히 입을 열어 목구멍이 찢어 져라고 그 독본의 구절을 바라다보고 읽는다. 바락바락 지르는 그 소리는 글을 외는 것이 아니라 어찌 들으면 누구에게 발악을 하는 것 같다.

• 뒷부분 줄거리

영신은 천신만고 끝에 청석학원을 만드는 데 성공하지만 과로와 맹장염으로 쓰러진다. 동혁이 영신을 입원시키러 간 틈을 타 한곡리에서는 강기천이 농우회 회장이 되어 농우회관을 진흥회관으로 바꾸어 버린다. 강기천의 횡포에 분노한 동혁의 동생 동화가 술을 마시고 진흥회관에 불을 지르려다 들켜 도망간다. 이 일로 동혁이 동생 대신 감옥에 들어간다. 일본으로 유학을 떠난 영신은 건강이 더욱 악화되자 다시 청석골로 돌아와 동혁이 풀려나기만을 기다리며 열심히 학생들을 가르친다. 몸을 돌보지 않고 일하던 영신은 어느 날 밤 회의를 하던 중 쓰러져 결국 숨을 거두고 만다. 동혁은 영신의 부고를 듣고 큰 슬픔에 빠진다. 영신의 장례를 지내고 내려오는 길에 동혁은 푸른 상록수들을 바라보며 농촌을 위해 한평생 몸 바쳐 봉사할 것을 다짐한다.

 만화로 읽는 '상록수'

발단 동혁과 영신이 농촌 계몽 운동에 투신함

전개 동혁과 영신의 봉사 활동을 주변에서 방해함

위기 영신이 과로와 맹장염으로 쓰러짐

절정 동혁이 구속되고 영신은 헌신적인 노력을 쏟다 죽음

결말 동혁은 영신이 못다 이룬 농촌 계몽 사업에 헌신할 것을 다짐함

🎞 생각해 볼까요?

선생님 「상록수」는 일제 강점기에 있었던 농촌 계몽 운동을 소재로 하고 있어요. 작가가 이 운동을 소재로 한 의도는 무엇일까요?

💬 2 ♥ 2

↳ **학생 1** 농촌 계몽 운동은 일제의 식민지 수탈로 피폐해지는 농촌을 구하겠다는 지식 인들을 중심으로 1920년대 중반부터 펼쳐졌지만 1930년대 중반 일제의 탄 압으로 중단되고 말아요.

↳ **학생 2** 한때 열렬한 대중적 지지를 받고 퍼져 나가던 농촌 계몽 운동이 갑자기 중단된 이후, 그동안 거둔 성과와 의미를 소설 형식을 빌려 보여 주기 위해 「상록수」 가 창작되었어요. 이를 통해 농촌 계몽 운동의 불을 다시 지펴 보려는 의도가 담겨 있다고 볼 수 있어요.

선생님 작가 심훈이 「상록수」를 집필한 직접적인 계기는 무엇인지 알아볼까요?

💬 2 ♥ 2

↳ **학생 1** 「상록수」 집필에 직접적인 영향을 미친 것은 당시 어느 신문에 실린 기사였 어요. 신학교를 졸업한 최용신이라는 젊은 여성이 경기도 안산시의 외진 시골 에서 농촌 운동을 하다 과로로 숨졌다는 내용이었어요.

↳ **학생 2** 또 심훈에게는 심재영이라는 조카가 있었는데, 그는 당시에 농업 학교를 졸업 하고 고향으로 돌아가 농사 개량과 문맹 퇴치 운동을 벌이고 있었다고 해요. 심훈은 이 두 사람을 각각 영신과 동혁의 모델로 삼아 소설을 구상하게 되었 어요.

선생님 「상록수」는 「흙」의 영향을 받은 작품이에요. 이광수의 「흙」과 심훈의 「상록 수」를 서로 비교해 볼까요?

💬 2 ♥ 2

↳ **학생 1** 두 작품은 모두 러시아의 브나로드 운동에 영향을 받아 전개된 농촌 계몽 운 동과 관련되어 있어요.

↳ **학생 2** 하지만 이광수는 「흙」에 당시 피폐한 농촌의 현실을 구체적으로 반영하기보 다는 낭만과 감정에 치우쳐 서술하고, 계몽운동의 필요성을 추상적으로 논 하는 데 머물렀어요. 이에 비해 심훈은 「상록수」에 고난으로 가득 찬 현실을 부각하여 서술하고 이를 극복하기 위한 강한 의지를 담았다고 할 수 있어요.

선생님 작가는 영신과 동혁을 어떤 특징을 지닌 인물로 그리고 있나요?
💬 1 ♥ 1

↳ **학생 1** 작가 심훈은 영신과 동혁을 동시대가 요청하는 이상적 인간상으로 제시하고 있어요. 그들은 무지와 가난 속에서 힘겨운 삶을 살아가는 농민들에게 깊은 연민과 사명감을 품고 그들을 계몽하고 지도하려고 해요. 영신과 동혁은 암울한 일제 강점기의 피폐한 농촌을 살리기 위해 희생적이며 선각자적인 행동과 정신을 보여 주는 인물로 그려졌어요.

선생님 「상록수」는 농민 문학으로 분류돼요. 농민 문학의 전개 과정을 알아봐요.
💬 4 ♥ 4

↳ **학생 1** 먼저 카프(KAPF 조선 프롤레타리아 예술가 동맹)가 있었어요. 1920년대에 노동자 계급을 대변하는 문학 활동을 추구하던 이 문학 진영은 1930년대부터는 농민 계급에 관심을 집중하면서 노동자와 농민이 함께 연대할 것을 주장해요. 카프의 농민 문학은 사실주의적이고 계급주의적인 경향을 보이며, 1930년대 농민 문학에서 이념상 가장 진보적인 유형으로 분류돼요. 대표적인 작가로 「서화」, 「고향」을 쓴 이기영이 있어요.

↳ **학생 2** 농민 문학의 또 다른 유형은 민족주의 경향의 작품들이에요. 브나로드 운동의 연장 선상에서 탄생한 심훈의 「상록수」를 비롯해 농민 교육 운동과 관련된 이광수의 「흙」과 같은 작품이 있어요. 농민 계몽 운동을 주제로 한 이 작품들은 대중의 인기를 얻었으나, 지식인 주도의 일방적인 계몽사상 전파라는 한계를 지녔다는 비판을 받기도 해요.

↳ **학생 3** 세 번째로는 박영준의 「모범 경작생」, 이무영의 「제1과 제1장」과 같은 농민 자각형 소설들이에요. 이 작품들은 「상록수」와 같은 농촌 계몽 운동 관련 작품들에 비해 농민들의 비판적 자각이 두드러진다는 점에서 한 단계 더 발전한 농민 문학으로 평가돼요.

↳ **학생 4** 이 밖에도 김유정의 「봄·봄」, 박화성의 「고향 없는 사람들」, 이태준의 「농군」노 1930년대 한국 농민 문학에서 빼놓을 수 없는 작품들이에요.

선생님 「상록수」의 한계로 지적되는 것이 무엇인지 비판적 입장에서 논의해 봐요.

💬 3 ♥ 3

↳ **학생 1** 이 작품에서는 농촌 공동체를 대상으로 한 계몽과 재활이라는 민중 지향적 소재를 다루고 있음에도 불구하고, 정작 농촌 삶의 주인이라 할 수 있는 농민들을 주인공으로 설정하고 있지 않아요. 바로 이러한 점에서 「상록수」는 본격적인 농촌 소설이라고는 볼 수 없다는 평가를 받기도 해요.

↳ **학생 2** 이 소설이 표방하는 '계몽'이 농민의 자발적 참여를 이끌어 내는 동반자적 공동체 운동이 아니고 소수의 지식인이 자신들의 이상과 이념에 따라 선도해 나가는 '위로부터의 계몽'이라는 점 역시 하나의 한계로 지적될 수 있어요.

↳ **학생 3** 주인공의 이미지가 희생과 헌신에 과도하게 기울어져 있다는 점, 주인공이 여전히 영웅적인 이미지에 머물러 있다는 점 등에서 인물 설정이 지나치게 이상화된 측면이 있는 것으로 비판받기도 해요.

농촌 계몽 운동 🔍

연관 검색어   브나로드 운동   농민 문학   지식인

1931년 〈동아일보〉에서 '브나로드' 운동을 시행하였다. '브나로드'는 '민중 속으로'라는 뜻의 러시아어로, 브나로드 운동은 신념과 열정을 지닌 젊은 지식인층으로부터 시작된 농촌 계몽 운동이다. 당시 〈동아일보〉는 대학생과 지식인들에게 농촌으로 내려가 봉사 활동을 하고 야학을 만들어 어린이부터 성인까지 한글을 교육하도록 독려하였다.

당시 원산여고 출신의 최용신은 학업을 중단하고 농촌으로 뛰어들어 교육에 앞장섰으며, 누에를 치고 유실수와 상록수도 많이 심었다. 이러한 이유로 농촌 계몽 운동은 '상록수 운동'이라고도 불렸으며, 상록수는 일제 강점기 농촌 발전과 민족 운동의 정신을 상징하게 되었다.

「상록수」는 농촌 계몽 운동을 소재로 한 장편 소설 현상 모집에 당선된 작품으로, 심훈의 대표작이라 할 수 있다. 작품에서는 최용신을 여주인공의 모델로 삼아 청춘 남녀의 사랑 이야기뿐만 아니라 농촌 계몽 운동에 헌신하는 지식인들의 모습과 당시 농촌의 실상을 그리고 있다.

심훈의 「상록수」는 1930년대에 발표된 다른 작품들, 즉 이광수의 「흙」, 김유정의 「봄·봄」, 이태준의 「농군」, 박화성의 「고향 없는 사람들」 등과 함께 농민 문학을 대표하는 작품 가운데 하나로 꼽힌다.

채만식
(1902~1950)

✉ 작가에 대하여

　　호는 백릉(白菱). 전라북도 옥구(현 군산시) 출생. 중앙고등보통학교를 거쳐 일본 와세다대학교 영문과를 중퇴하였다. 귀국 후 〈동아일보〉, 〈조선일보〉 기자를 역임하였다. 1925년 단편 「세 길로」가 〈조선문단〉에 추천되면서 등단하였다. 그 후 희곡 「사라지는 그림자」, 단편 「화물자동차」, 「부촌」 등 동반작가적 경향의 작품을 발표하였다. 1934년에 「레디메이드 인생」, 「인텔리와 빈대떡」 등 풍자적인 작품을 발표하여 작가로서의 기반을 굳혔다. 그 뒤 단편 「치숙」, 「소망」, 「예수나 믿었더면」, 「지배자의 무덤」 등 풍자성이 짙은 작품을 계속 발표하였다. 중편으로는 「태평천하」가 있고, 장편으로는 「탁류」가 있다.

　　식민지 시절 채만식의 사회적 관심사는 실직 인텔리들의 고뇌와 궁핍한 생활이었다. 「레디메이드 인생」, 「치숙」 등과 같은 작품에서 인텔리를 양산하면서 그들에게는 기회를 만들어 주지 않는 식민지 정책에 대해 비판한다. 그는 비판적인 글에 대한 일제의 검열을 피하기 위해 풍자라는 우회적 방법을 이용해 부정적인 사회 현실을 작품에 담았다.

탁류

#금강　　　#식민지시대　　　#현실고발　　　#타락한세태

🍵 작품 길잡이

갈래: 장편 소설, 세태 소설, 풍자 소설, 사회 소설
배경: 시간 - 일제 강점기 / 공간 - 군산과 서울
시점: 3인칭 전지적 작가 시점
주제: 식민지 시대의 혼탁한 현실 고발 및 풍자
출전: 〈조선일보〉(1938)

📷 인물 관계도

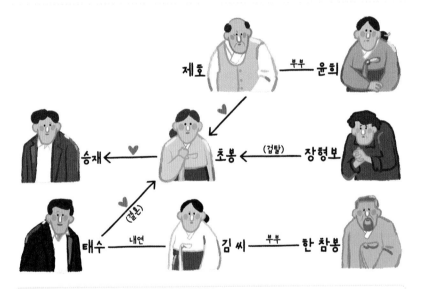

초봉	가족을 위해 자신을 희생하다가 비극적인 삶을 살아간다.
태수	은행원으로 방탕한 삶을 사는 부도덕한 인물이다.
장형보	태수의 친구로 태수를 죽게 만들고 초봉을 겁탈한다.

📖 구성과 줄거리

발단   **아름다운 초봉을 좋아하는 남자들이 많음**

정 주사의 딸 초봉은 아버지 친구인 제호의 약방에서 점원으로 일한다. 초봉은 의사 시험 준비를 하며 자신의 집에서 하숙을 하는 승재를 좋아하지만 약방 주인 제호와 은행원 태수가 초봉에게 치근덕거린다.

전개   **가난 때문에 초봉은 태수와 결혼함**

초봉은 서울로 약방을 옮겨 갈 기회가 무산되자 아버지의 결정을 따라 부자로 알려진 태수의 청혼을 받아들인다. 초봉은 돈 때문에 태수와 결혼했다는 생각을 하면서도 자신을 위해 주는 태수를 보며 행복을 느끼기도 한다.

위기   **태수가 죽고 장형보는 초봉을 겁탈함**

곱사등이 장형보는 초봉의 아름다운 얼굴을 보고 반해 초봉을 차지하기 위한 계략을 세운다. 장형보는 태수의 내연녀인 김 씨의 남편 한 참봉에게 태수와 김 씨의 관계를 익명으로 알려 준다. 태수와 김 씨는 한 참봉이 휘두른 방망이에 맞아 죽고 이날 밤 초봉은 장형보에게 겁탈당한다. 그 뒤 초봉은 제호를 찾아 서울로 간다.

절정   **초봉은 장형보와 살림을 차리고 장형보를 죽임**

제호와 서울에서 살림을 차린 초봉은 아버지가 누구인지 알 수 없는 아이를 임신해 딸 송희를 낳는다. 형보가 찾아와 송희가 자신의 딸이라고 억지 주장을 펴자 제호는 초봉을 버리고 물러난다. 초봉은 형보의 꾐에 빠져 형보와 살림을 차리고 동생 계봉을 불러 같이 산다. 초봉은 형보를 죽이고 자신도 죽으려고 결심한다. 승재가 초봉의 사연을 듣고 도와주러 오지만 이미 초봉이 형보를 죽여 버린 뒤다.

결말   **계봉과 승재의 설득에 초봉이 자수를 결심함**

초봉은 딸 송희를 동생 계봉에게 맡기고 자살하려 하지만 계봉과 승재가 간곡하게 설득하자 자수하기로 마음먹는다.

탁류

· 앞부분 줄거리
정 주사의 딸 초봉은 자신의 집에서 하숙을 하는 승재를 좋아하지만 약국 주인 제호와 은행원 태수 역시 초봉을 좋아하며 치근덕거린다. 제호는 초봉에게 서울의 제약 회사로 같이 옮겨 갈 것을 제의하고, 태수는 내연녀인 김 씨에게 초봉과의 중매를 부탁한다.

"내가 네깐 놈의 데를 다시는 발걸음인들 하나 보아라."

정 주사가 제 무렴^{無廉 염치가 없음}에 삐쳐, 미두장^{米豆場 미두꾼들이 모여 미두를 하는 곳. 미두란 쌀의 시세 변동을 이용하여 현물 없이 약속으로만 거래하는 일종의 투기 행위}께로 대고 눈을 흘기면서 이런 배찬^{결의에 찬} 소리를 한 것도 실상은 그 당장뿐이요, 바로 그 이튿날도 갔었고, 그 뒤에도 매일 가서 하바^{미곡의 시세 차익을 이용하여 투기를 하는 일}도 하고, 어칠비칠하기도^{쓰러질 듯이 자꾸 비틀거리기도} 했고, 그리고 오늘도 역시 미두장에서 돌아오는 길에 시방^{時方 지금} 탑삭부리^{짧고 다보록하게 수염이 많이 난 사람을 놀림조로 이르는 말} 한 참봉네 싸전^{쌀과 곡식을 파는 가게}에 들른 참이다.

탑삭부리 한 참봉네 싸전 가게야 쌀 외상을 달라고 혀 짧은 소리나 하려면 몰라도, 묵은셈^{오래된 빚}을 졸릴까 무서워 길을 돌아서까지 다니지만 오늘은 우정^{'일부러'의 방언} 마음먹고 들렀던 것이다.

초봉이는 내일모레면 서울로 간다고 모녀가 들어서 옷을 새로 하네, 어쩌네 들이^{들입다. 세차게 마구} 서두르고 있다. 그거야 가장이요 부친 된 사람의 위엄으로 가지 못하게 막자면야 못 할 것은 없다―……고 정 주사는 생각한다―. 그러나 그러고저러고 하느니보다 혼처나 어디 좋은 자리가 선뜻 나서서 말이 오락가락하면, 그것을 핑계 삼아 서울도 가지 못하게 하려니와 무엇보다도 어서어서 혼인을 했으면 일이 두루 십상^{일이나 물건 따위가 어디에 꼭 맞는 것}일 판이라 요전에 탑삭부리 한 참봉네 아낙이 그다지도 발을 벗고 중매를 서겠다고 서둘렀으니 무슨 기미가 있어도 있겠지 싶어, 어디 오늘은 눈치나 좀 보아야지, 이렇게 염량^{헤아려 생각함}을 하고 쓱 들러 보았던 것인데, 아니나 다를까……

김 씨는 마침 가게에 나와서 있다가 반겨하면서 낮에 전후해 정 주사네 집에까지 가서 유 씨만 만나 우선 대강 이야기를 했다고, 그래도 미흡한 것 같아 이렇게 정 주사가 지나가기를 지키고 있었노라고 선뜻 혼담을 내놓던 것이다.

정 주사는 처음 ○○ 은행 군산 지점의 고태수라는 말을 듣고, 며칠 전 미두장 앞에서 봉변을 할 때에 그 사람이 내달아 말려 주던 일이 생각나서 혼자 얼굴이 붉으려고 했다. 그러나 한편, 사람의 인연이라는 것이 이러한 것이로구나 하는 신기한 생각도 없지 않았다.

"글쎄 그이가요……."

김 씨가 연달아 참새같이 재잘거리기 시작한다.

"……근 일 년짝이나 우리 집에서 기식寄食 남의 집에 붙어서 밥을 얻어먹고 지냄을 허구 있지만, 두구 본다 치면 볼수록 얌전하겠지요. 요새 젊은이허군 그런 이가 있기두 쉽지 않을 거예요!"

"네에. 내가 보기에두 과히 사람이 상스럽지는 않을 것 같드군요."

정 주사는 태수의 차악 눈에 안기는 모습을 다시 한 번 머릿속에 그려 보면서 미상불未嘗不 아닌 게 아니라 과연 그럴듯하다고 했다.

"그이 말두 그래요. ……정 아무개 씨라구 그러니깐 아 그러냐구, 그 어른 같으면 인사는 못 있었어두 가끔 뵈어서 안면은 익혀 안다구……."

"그러나저러나 거, 근지根地 자라 온 환경과 경력가 어떤지?"

"원이 서울이래요. 과부댁 외아들인데 양반이구. 그래서 지금두 자기네 본댁에서는 솟을대문행랑채의 지붕보다 높이 솟게 지은 대문을 달구, 안팎으루 종을 부리문서 이액 여봐라 허구…… 그런대나요. 재산두 벼 천이나 허구……. 그래서 그이가 월급 받는 건 담뱃값이나 허지, 다달이 자기네 본댁에서 돈을 타다 쓰군 해요. 그건 나도 가끔 각지 편지爲替書留 환과 등기 서류가 오는 걸 보니깐요. 그리구 은행에 다니는 것두 이제 크게 무얼 시작할 양으루 일 배울 겸 소일 삼아서 그러는 거래요. ……이런 이야기야 그이가 어디 자기 입으루 하나요? 그이 친구헌테 들엄들엄여기저기서 들은 소문이지."

"나이는 몇이라지요? 스물육칠 세 되었지?"

"스물여섯…… 그러니깐 갑진 을사, 을사생乙巳生이지요. 재작년 봄에 경성서 전문대학교를 졸업허구, 그 은행에 들어갔다가 작년에 일루루 전근이 돼서 내려왔대요."

"네에!"

정 주사는 잠깐 딴생각을 하느라고 건성으로 대답을 했다.

대체 그만큼 기구가 좋은 집안의 자제로 외양도 반반하겠다, 한데 어째 스물여섯이나 먹도록 장가를 가지 아니했나? 혹시 요새 젊은 아이들이 항용^{恒用 흔히 늘} 그러듯이 제 집에 구식 본처를 두어 두고, 또는 이혼을 하고 다시 신식 결혼을 하려고 하는 것은 아닌가?[1]

이러한 미심스러운 생각이 들고, 그래서 어떻게 그것을 좀 파고 물어보았으면 싶었다.

그러나 그는 얼핏 그만두었다. 그는 혹시라도 그것이 사실이기를 저어하여^{염려하거나 두려워하여} 물어보기가 겁이 나던 것이다.

'아무런들 그럴 리야 없겠지…… 그렇기야 할라구.'

그는 짐짓 이렇게 씻어 덮어 버렸다. 그래도 마음 한 귀퉁이에서 찜찜해하니까, 그는 다시 마음을 다독거리는 것이다.

'아무리 허물없는 중매에미한테기로니, 그런 말을 까집어 놓고 묻는 법이야 있나? ……차차 달리 알아볼지언정.'

"원……."

그는 마침내 김 씨더러 자기 의견을 대답하되, 고태수라는 사람이 외양이 그만큼 똑똑하고, 또 지금 듣자 하니 학식이며 문벌이며 다 상당하니까 그 말을 믿기는 믿겠다, 따라서 나도 가합하다고^{무던히 합당하다고} 생각한다, 그러나…….

"……그러나 아시다시피 내 집 형편이 너무 구차해서 그런 좋은 혼처가 있어두 섬뻑 엄두가 나지를 않습니다그려! 허허……."

어쩐지 일이 묘하게 척 들어맞는 성싶어, 슬쩍 한번 넘겨짚느라고 해 본 소린데, 아니나 다를까!

김 씨는 기다리고 있던 듯이, 사뭇 속이 후련하게시리…….

"네에 내, 그리잖어두 그 말씀을 지금 하려던 참이에요…… 그건 아무 염려 마세요. 벌써 내 가정 주사 댁 형편 이야길 대강 했더니 그러냐구, 그러면 어려운 댁에 괴롬 끼칠 게 없이 자기가 말끔 다아 대서 하겠다구, 그리는군요! ……그런 걸 보아두 사람이 영리하구 속이 티이구^{속이 트이다. 마음이 넓고 말이나 행동하는 것이 대범하다} 헌 게 아녜요? 호호."

"허허, 그렇지만 어디 그럴 법이야 있나요! 아녈 말루 내가 몇 끼 밥을 굶

[1] 자유연애 사상과 조혼 풍습이 공존하였던 당대 혼란스러운 사회상이 반영되어 있다.

구서 혼수를 마련할 값에……."

정 주사는 시방 속으로는 희한하고도 굴져서 _{마음이 느긋하고 만족스러워} 입 저절로 흐물흐물 못 견딜 지경이다.

"온! 정 주사도 별 체면을 다 채리시려 드셔!"

김 씨는 반색_{매우 반가워함. 또는 그런 기색}을 하면서, 그런 걱정은 조금치도 하지 말라고 다시금 설명을 주욱 늘어놓는다.

결혼식은 예배당이나 공회당에 가서 신식으로 할 테니까, 또 혼인 잔치도 요릿집에 가서 할 테니까, 집에서는 국수장국 한 그릇 말지 않아도 된다. 그런 뿐 아니라 태수의 말이, 저의 모친은 규수고 결혼식이고 전부 다 네 맘대로 정한 뒤에 성례날이나 기별하면 그날 보러 내려오겠다고 한다고 한다. 부잣집 과부의 외아들인만큼 어려서부터 저 하고 싶은 대로 하게 했고, 그래서 혼인까지도 상관을 않고 제가 하는 대로 내맡겨 둔다는 것이다. 그래서 제 말이, 인제 혼인을 하게 되면 아저씨―탑삭부리 한참봉―와 아주머니―김 씨―한테 범백_{凡百 갖가지의 모든 것}을 미룰 테니 잘 알아서 해달라고 부탁을 해 오던 참이다. 그러니 혼인을 하게 되면, 범절은 우리 두 집안이 상의껏 치르게 될 것이다, 한 즉 퍽 순편할_{마음이나 일의 진행 따위가 거침새 없고 편안할} 모양이다.

"그리구……."

김 씨는 이야기하던 음성을 일단 낮추어, 더욱 의논성 있게 소곤거리는 것이다.

"……이것은 내가 지금 말씀을 않더래두 차차 아시겠지만, 기왕이니 들어나 두세요. 그이 가요…… 그 말두 혼수 비용을 자기가 말끔 대서 하겠다는 그 말끝에 한 말인데…… 아 그 댁이 지내시기가 그렇게 어렵다니 참 안됐다구, 더구나 정주사 어른이 별반 생화_{직업}두 없으시다니 거 그래서 쓰겠나구 걱정을 해요. 하던 끝에, 그러면 자기가 인제 혼인이나 치르구 나서 형편을 보아서 장사나 허시라구 얼마간 밑천을 둘러 디려야 허겠다구 그리겠지요! ……글쎄 젊은이가 으쩌면 그렇게 맘 쓰는 게 요밀조밀합니까! 온……."

이 말까지 듣고 난 정 주사는 혼자 속으로 참고 천연덕스럽게 있기가 어려울 만큼 흐흐흐흐 한바탕 웃어 젖히든지, 춤을 덩실덩실 추든지 하고 싶게 몸이 근지러워났다.

저편 짝에서 한동안 쌀을 파느라고 분주히 서둘던 탑삭부리 한참봉이 가게가 너끔하니까 손바닥을 탁탁 털면서 이편으로 가까이 온다.

"정 주사, 그 혼인 꼬옥 허시우. 내가 보기에두 사람은 쓸 만합디다……
술잔 먹기는 허나 봅디다마는……"

탑삭부리 한참봉은 태수가 장가를 가는 것이, 마치 며느리를 보게 되는 것
같이 좋아서 하는 말은 말이나 고정한 치가 돼서 사실대로 털어놓고 권을
하던 것이다.

"그이가 무슨 술을 먹는다구 그래요!"

김 씨는 기를 쓰고 나서서 남편을 지천을 한다.

"허어! 왜 저러꼬?"

"귀성없는 소릴 하니깐 그리지요!"

"먹는 건 먹는다구 해야 하는 법이야! 또오, 젊은 사람이 술을 좀 먹기루
서니 그게 대순가? 정 주산 그런 건 가리잖는 분네야, 그렇잖수? 정 주사……"

"허허, 뭐……"

"아녜요, 정 주사…… 그인 술 별루 먹잖어요. 난 먹는 걸 못 봤어요."

"뭐, 그거야 먹으나 안 먹으나……"

"그래두 안 먹는걸요!"

"난 보니깐 먹던데?"

"언제 먹어요?"

"요전날 밤에두 장재동 골목에서 취한 걸 본걸?"

정 주사는 실로―진실로 그렇다― 태수가 술은 백 동아리를 먹어도 괜찮
다고 생각하면서, 탑삭부리 한참봉네 싸전가게를 나섰다.

그는 김 씨더러 집에 돌아가서 잘 상의도 하고, 또 아무려나 당자인 초봉
이 제 의견도 물어보고, 그런 뒤에 다 가합하다고 하면 곧 기별을 해 주마고
대답은 해두었다.

그러나 그런 건 인사 삼아 한 말이지 아무래도 상관없었다.

그 당장에서 정혼을 해도 좋았을 것이었다.

미상불 그는 선 자리에서, 여보 일 잘되었소, 자 그 혼인 합시다. 사주단자
에 택일擇日까지 아주 합시다. 책력 이리 가져오시오, 이렇게 쾌히 요정了定 결판을
내어 끝마침을 지어 버리고 싶기까지 했었다.

아무것도 주저하거나 거리낄 것이 없었다. 김 씨의 말이, 자기 부인 유 씨도
이야기를 다 듣고 나서 가합한 양으로 말을 하더라니까, 그러면 되었고, 당자
되는 초봉이가 혹시 어떤는지 모르지만, 가령 제가 약간 싫은 일이라도 그

애가 부모가 시키는 노릇이라면 다 그대로 좇는 아인즉슨, 또한 성가실 일이 없을 터였었다.

그러나마 사람 변변치 못한 것을 제 배필로 골랐을새 말이지, 고태수 그 사람이 오죽 도저한가!

도리어 과한 편이지.

처음 김 씨가 혼담을 내놓았을 때에 정 주사의 머릿속에 그려지는 태수의 정체는, 시방처럼 선명한 자격은 보이지 않았고, 매우 막연한 것이었었다.

그렇던 것이 김 씨가 이야기를 한 가지씩 한 가지씩 해 가는 대로 차차 선명하게 미화美化되어 가기 시작했었다.

그것은 마치 캔버스 위에서 화필畵筆 그림을 그리는 데 쓰는 붓이 노는 대로 그림의 선과 색채가 한 군데씩 두 군데씩 차차로 뚜렷해지다가, 마침내 훤하게 인물이 나타나는 것과 같았다.

정 주사의 머릿속에서 조화를 부리기 시작한 태수의 영상은, 그가 전문대학을 졸업했다는 데 이르러서 비로소 선명해졌고, 다시 정 주사한테 장사 밑천을 대 준다는 데서 완전히 미화되어 버렸었다.

골고루 골고루, 대체 요렇게 맞춤감으로 떨어진 신랑감이 어디 가서 다른 집 몰래 파묻혔다가 대령하듯이 펄쩍 뛰어나왔는고 생각하면 자꾸만 꿈인가 싶어진다.

그는 이 혼인을 하기로 마음에 작정을 하고 나서는, 한번 돌이켜 마치 시관試官 시험관이 주필朱筆 붉은 잉크를 묻혀 쓰는 붓을 들고 글을 꼲듯이 잘잘못을 따져서 평가하듯이, 사윗감인 태수를 꼲는다.

자자에 관주貫珠 예전에 글이나 시문을 하나하나 따져 보면서 잘된 곳에 치던 동그라미다.

태수의 눈자위가 좀 불량해 보이는 것이랄지, 사람이 반지빠르고 얄밉게 교만하고 건방져 보이는 것이랄지, 더욱 무엇보다도 마음 찜찜한 구석은, 그가 조건 붙은 새장가를 들려고 하는 것이 아닌가 미심쩍은 것, 이런 것들은 다 모른 체하고 슬슬 넘겨 버린다.[2]

죄다 관주를 주어 놓고서 정 주사는, 어떻게 해서 누가 준 관주라는 것은 상관 않고, 사윗감이 관주인 것만을 기뻐한다.

아들놈이 여느 때에 공부를 잘 못하는 줄을 알면서도, 통신부의 성적이

---

2) 돈에 대한 탐욕 때문에 사윗감의 됨됨이보단 그의 재산만 중시하고 있다. 훗날 초봉의 삶이 불행해질 것을 암시한다.

좋으면 기뻐하는 게 부모다. 이거야 선량한 어리석음이라고나 하겠지만, 정 주사는 그러한 인정이라 하기도 어렵다.

아무튼 그래서 정 주사는 시방 크게 만족하여 가지고 콩나물 고개를 넘어가고 있다.

그는 바로 며칠 전에 이 콩나물 고개를 이렇게 넘어가면서 초봉이의 혼인 및 그 결과에 대해서 공상을 했었고, 하던 그대로 모든 일이 맞아떨어진 기쁨을 안고서 오늘은 이 고개를 넘느니라 생각하면, 이놈 콩나물 고개란 놈이 신통한 놈이로구나 싶어, 새삼스럽게 좌우가 둘러 보여지는 것이다.

"자, 그래서 돈이 생기면……."

느긋하게 궁리를 하면서, 정 주사는 천천히 집을 향하고 걸어간다.

대체 얼마나 둘러 주려는고? 한 오륙백 원? 오륙백 원 가지고야 넘고 처져서 할 게 마땅찮고……. 아마 돈 천 원은 둘러 주겠지. 혹시 몇천 원 척 내놓을지도 모르고.

한데, 무슨 장사를 시작한다? ……싸전? 포목전? 잡화전? ……그런 것은 이문이 박해서 할 것이 못 되고…….

가만히 미두를 몇 번 해 보아? 그래서 쉽게 한밑천 잡아?

에잉! 그건 못쓰지. 그랬다가 만약 실수나 하고 보면, 체면도 아니려니와 모처럼 잡은 잡은 들거린데 들거리. 장사나 영업의 기초가 되는 돈이나 물건 방정을 떨어서야…….

그러면 무얼 해야만 하기도 수나롭고 무엇을 하는 데 어려움이 없이 순조롭고 이문도 박하잖고 두루 괜찮을꼬?

초봉이는 가게 일로 아직 돌아오지 않았고, 계봉이와 형주는 건넌방으로 쫓고, 병주는 저녁 숟갈을 놓던 길로 떨어져 자고, 시방 정 주사 내외가 단둘이 앉아 초봉이의 혼담 상의에 고부라졌다 열중하다.

"나두 한 참봉네 집에서 두어 번이나 보기는 했수마는……."

유 씨는 삯바느질로 하는 생수 깨끼적삼을 동정을 달아가지고 마침 인두를 뽑아 들면서, 이런 말을 문득 비집어 낸다.

"……외양두 다 똑똑허구 허긴 헌데, 어찌 눈짜가 좀 독해 뵙디다아?"

"아냐, 거 그 사람의 눈이 독한 눈이 아니야…… 그러구저러구 간에, 여보! 그렇게까지 흠을 잡아낼래서야 사우감을 깎아 맞춰서 하지, 어디……."

정 주사는 발을 따악 개키고 몸뚱이를 좌우로 흔들흔들, 양말 벗어 던진 발샅발가락과 발가락의 사이 을 오비작오비작 후비고 앉아서, 누구와 구누남이 알아차리지 못하게
입이나 눈으로 신호를 보내는 짓 나 하는 듯이 눈을 연신 깜작깜작, 자못 유유한 태도다.

"글쎄, 나두 그것이 무슨 대단한 흠이라는 것이 아니라, 그렇단 말이지요,
머…… 아무튼지 사람은 그만하면 괜찮겠습디다."

"괜찮구말구! 그만하면…… 그런데 거, 그 사람이 술을 좀 먹는 모양이지?"

이번에는 정 주사가 탈을 잡는 체한다. 한즉은 유 씨가 이번에는 차례돌
림이나 하듯이 부리나케 그것을 발명發明 죄나 잘못이 없음을 말하여 밝힘. 또는 그런 말 하기를……

"당신두 원 별소릴 다아 하시우! ……시체時體 그 시대의 풍습이나 유행 젊은 애들치구
술잔 안 먹는 사람이 백에 하나나 있답디까? 젊은 기운이구 허니 술 좀 먹는
것두 괜찮아요! 많이 먹어야 낭패지."

"것두 미상불未嘗不 아닌 게 아니라 과연 그렇기는 그래! ……사내자식이 너무 괴타분
고리타분. 하는 짓이나 성미, 분위기 따위가 답답함 것보담은 술잔 먹구 다아 그러는 데서 세상 조화
두 부리구 하는 법이니깐."

"거 보시우……"

유 씨는 돋보기 너머로 남편을 힐끗 넘겨다보면서 한바탕 구박이 나온다.

"……당신두 인제야 그런 줄 아시우? ……세상에 당신같이 괴탑지근한
이가 어디 있습디까? ……담보겁이 없고 용감한 마음보 있게 술 한잔 먹어볼 생각 못
해보구, 그래 그렇게 늘 잔망스럽게 살아왔으니 어떻수? 만래晩來 늙은 뒤가 요
지경이 아니우?"

정 주사는 할 말이 없으니까 한바탕 껄껄얼 웃더니, 여태 발샅 후비던 손
가락을 올려다가 못생긴 코밑수염을 양편으로 싸악싹 꼬아 올린다. 암만
그래도 그놈이 '카이젤' 수염은 되지 못하고 죽지가 처지는 것이고.

"아, 그런데 말야! ……그 애가."

정 주사는 무렴無廉 염치가 없음을 느껴 마음이 부끄럽고 거북함 끝에 서시렁주웅하고 서슴거리고 이
야기를 내놓는 모양인데, 그는 벌써 태수를 '그 애'라고 애칭을 한다.

"……글쎄 우리 초봉이를 벌써 지난 초봄부터 알았다는구려? ……그래
가지굴랑은 저 혼자만 애가 달아서, 머 여간 아니었다더군그래! 허허."

"시체 사람들은 다아 그렇게 연앨 해야만 장가를 온다우. 우리 애가,
너무 내차기만 허구, 그래서 남의 집 젊은 사람이라면, 눈두 거듭떠보질 않
지만…… 그러나저러나 간에 나는 그 사람 자기네 집에서, 어쩌면 그렇게
통이 당자한테 내기구 맘대루 하게 한다니, 그 속 모르겠습디다! 신식이요

개명한 집안이면 다아 그렇기는 하답디다마는…….”

“아 여보, 그럴 게 아니요? ……과부의 외아들이겠다, 제 집안이 넉넉하겠다, 허니 자연 조동^{오냐오냐 떠받들어 버릇없이 자람}으루 자랐을 것이요, 그래서 입때까지 장가두 들지 않구 있었던 게 아니요? 그러니깐 장가를 가더라두 제 맘대루 골라서 제 맘대루 갈려구 할 것이고, 저의 집에서두 기왕 그래오던 것이니, 쯧! 모르겠다, 다아 네 마음대루 해라, 맘대루 해서 하루바삐 장가나 가거라, 이럴 게 아니요? 사리가 그러잖소?”

두 내외는 태수의 위인이랄지, 또 혼인하기에 꺼림칙한 점이랄지는 짐짓 말 내기를 꺼려했고, 혹시 말이 나오더라도 서로 그것을 싸고 돌고 안고 돌아가고 하느라고 애를 썼다. 마치 자리 잡은 부스럼이나 동티^{땅, 돌, 나무 따위를 잘못 건드려 땅의 신을 화나게 하여 재앙을 받는 일. 또는 그 재앙} 나는 터줏대감 건드리기를 무서워하듯.

그들은 진실로 이러하다. 그들은 딸자식 하나를 희생을 시켜서 나머지 권솔^{眷率 한집에 거느리고 사는 식구}이 목구멍을 도모하겠다는 계책을 적극적으로 세우고 행하고 할 담보는 없다. 가령 돈 있는 사람을 물색해 내서 첩으로 준다든지, 심하면 기생으로 내앉히거나, 청루^{창기나 창녀들이 있는 집}에다가 팔거나 한다든지 그렇게 하지는 못한다.

비록 낡은 것이나마 교양이라는 것이 있어서 타성적으로 그놈한테 압제를 받기 때문이다.

교양이 압제를 주니 동물적으로 솔직하지 못하고 인간답게 교활하다.

해서, 정 주사네는 시방 태수와 이 혼인을 함으로써 집안이 셈평^{이익을 따져 보는 생각}을 펴게 된 이 끔찍한 행운을 당하여 한 걸음 뒤로 물러서서, 이 혼인이 장차에 딸자식을 불행하게 하지나 않을 것인가 하는 의구를 일으켜 가지고 그 의구가 완전히 풀리기까지 두루 천착^{穿鑿 어떤 원인이나 내용 따위를 따지고 파고들어 알려고 하거나 연구함}을 해보기를 짐짓 그들은 피하려 든다. ‘사실’이 무섭고 무서운 소치^{所致 어떤 까닭으로 생긴 일}는 너무도 ‘사실’이 뚜렷하고 보면 차마 혼인을 못 할 것이므로다.

그리하여 그들은 이미 악취가 나는 것도 그것을 번연히^{분명하게} 코로 맡고 있으면서 실끔 외면을 하고는, 하나가 혹시

“어찌 좀 퀴퀴허우?”

할라치면 하나가 얼른 내달아

“아냐. 구수한 냄새를 가지고 그리는구려.”

하고 달래고, 그러다가 또 하나가

"그런데 어쩐지 좀 상한 냄새가 나는 것 같군!"

할라치면, 하나가 서슬이 시퍼래서

"향깃허구면 그리시우!"

하고 새수빠진 소리를 하는 것을 지천을 하던 것이다.

이렇듯 사리고 조심하여 눈을 가리고 아웅한 덕에, 내외의 의견은 더 볼 것도 없이 맞아떨어졌던 것이다.

정 주사는 아랫동네의 약국으로 마을을 내려가려고 벗었던 양말을 도로 집어 신으면서 유 씨더러, 초봉이가 오거든 우선 서울은 절대로 보내지 않을 테니 그리 알고, 겸하여 이러저러한 곳에 혼처가 나섰으니 네 의향이 어떠하냐고 물어보라는 말을 이른다.

"성현두 다아 세속을 좇는다는데, 그렇게 제 의향을 물어보는 게 신식이라면서?"

정 주사는 마지막 이런 소리를 하면서 대님 ^{한복에서 남자들이 바지를 입은 뒤에 그 가랑이의 끝 쪽을 접어서 발목을 졸라매는 끈}을 다 매고 일어선다.

"그럼 절더러 물어보아서 제가 싫다면 이 혼인을 작파 ^{作破 어떤 계획이나 일을 중도에서 그만두어 버림} 하실려우?"

유 씨는 그저 지날말같이 웃음엣말같이 한 말이지만, 은연중에 남편을 꼬집는 속이다. 그러나 그것은 일변 유 씨가 자기 자신한테도 일반으로 마음 걸리는 데가 없지 못해서 말이다.

"제가 무얼 알어서 싫구 말구 할 게 있나? ……에미 애비가 조옴 알어서 다아 제 배필을 골랐으리라구."

"그린 걸, 제 뜻을 물어보랄 건 무엇 있소?"

"대체 여편네하구는, 잔소리라니! ……글쎄 물어보아서 저두 좋아하면 더할 나위 없을 것이고, 만약에 언짢아하거들랑 알아듣두룩 깨우쳐 일르지?"

"그걸 글쎄 낸들 어련히 할까 봐사 그리시우? ……잔소린 먼점 해놓구 설랑…… 어여 갈 데나 가시우."

정 주사는 핀잔을 먹고서야 그만해 두고 마루로 나간다.

마침 대문 여는 소리가 들렸다. 유 씨는 초봉이가 들어오나 하고 귀를 기울였으나 마당에서 정 주사와 인사를 하는 승재의 음성이다.

'오오, 승재가……!'

유 씨는 새삼스럽게 승재한테 주의가 가던 것이다. 그럴 내력이 있었다.

유 씨는 실상인즉 진작부터서 초봉이가 승재한테 범연치 않은 기색을 눈치채고 있었다.

그래서 꼭이 그래서뿐만 아니지만, 그첨저첨해서 그는 승재를 맏사윗감으로 꼽고서 두루 유념을 해왔던 것이다.

말이 많지 않고, 보매는 무뚝뚝한 것 같아도 맘이 끔찍이 유순하고 인정이 있는 것이 무엇보다도 유 씨의 마음에 들었다.

한번 그렇게 마음에 들고 나니 그담엣 것은 다 제풀로 좋게만 보여졌다.

그의 듬직한 성미는 사람이 무게가 있는 것같이 미더운 구석이 있어 보였다.

그가 지금은 다 그렇게 궁하게 지내지만, 듣잔즉 늘잡아서 내년 가을이면 옹근 의사가 된다고 하니, 의사가 되기만 되는 날이면 돈도 벌고 해서 거드럭거리고 지낼 거야 묻지 않아도 빤히 알 일이요, 그러니 그때 가서는 마음 턱놓고 딸을 줄 수가 있을 것이었었다.

하기야 한 가지 마음 걸리는 데가 없지도 않았다.

승재는 부모도 없고 친척도 없이 무대가리같이 굴러다니는 사람인걸, 도대체 근지根地 자라 온 환경과 경력을 아울러 이르는 말가 어떠한지 알 수가 없었다.

옥에 티라고나 할까, 이것 한 가지가 유 씨의 승재에 대한 불안이었었다.

그러나 궁하면 통한다는 묘리대로, 그것 또한 변법이 없으리라는 법은 없었다.

'지금 세상에 근지가 무슨 아랑곳 있나?'

'양반은 어디 있으며, 상놈이 어디 있어?'

'저 하나 잘나고 돈만 있으면, 그게 양반이지.'

이렇게 유 씨는 이녘의 편리를 위하여 승재의 근지 분명치 못한 것을 관대하게 처분을 내렸었다.

그러나 그렇다고, 명년 가을에 승재가 의사가 되기를 기다려 그를 사위를 삼겠다고 정녕코 작정을 한 것은 아니었었다. 역시 사윗감으로 좋게 보고서 눈여겨 두었을 따름이지.

유 씨는 그러했지만 정 주사는 결단코 그렇지 않았다. 그는 승재 따위는 애초에 마음도 먹어본 일이 없었다.

물론, 승재가 생김새와는 달라 인정이 있고 행동거지가 조신한 것은 정주사 자신도 두고 겪어보는 터라 모르는 바는 아니었었다.

그러나 당장 눈앞에 보이는 초라한 승재, 그가 의사가 되어가지고 돈도 많이 벌고 의표儀表 몸을 가지는 태도. 또는 차린 모습도 훤치르르하고, 이렇게 환골탈태해서 척 정 주사의 눈앞에 현신을 한다면, 그때 가서야 정 주사의 생각도 달라지겠지만, 시방의 승재로는 간에도 차지를 않았다. 그는 유 씨처럼 승재가 일후 잘되게 되는 날을 미리 생각해 보려고를 않던 것이다.

그러므로 만약 초봉이가 승재한테 무슨 다른 기색이 있는 눈치를 안다거나, 또 유 씨라도 승재를 가지고, 자, 약시 이만저만하고 이만저만해서, 나는 이 사람을 초봉이의 배필로 마땅하다고 생각하는데 당신은 어떻게 생각하시오, 이렇게 상의를 한다면 정 주사는 마구 홀홀 뛸 것이었다.

대체 어디서 굴러먹던 뉘 집 뼈다귄지도 모르는 천민을 가지고 어엿한 내 집 자식과 혼인을 하다니 그런 해괴망측한 소리가 있더란 말이냐고, 그 노랑 수염을 연신 꼬아 추키면서 냅다 냉갈령몹시 매정하고 쌀쌀한 태도을 놓았을 것이었다. 그 끝에 유 씨한테 듭신 지천을 먹기도 하겠지만.

아무튼 그래서 유 씨는, 남편의 그러한 솔성솔性타고난 성질을 잘 아는 터라, 아예 말눈치도 보이지 않고 그저 그쯤 혼자 속치부만 해두고 오늘날까지 지내왔다.

그러자 오늘 별안간, 고태수라는 신랑감이 우선 외양도 눈에 차악 띌 뿐만 아니라, 천하에도 끔찍한 이바지를 가지고서 선뜻 눈앞에 나타났던 것이다.

유 씨는 태수가 나타나자 그의 외양과 들여미는 소담스러운생김새가 탐스러운 데가 있는 이바지에 그만 흠탁해서기쁘고 상쾌해서 여태까지 유념해 두고 지내던 승재는 미처 생각할 겨를도 없이 태수 하나만 가지고 여부없이 작정을 해버렸던 것이다. 태수는 혼자 가서 첫째를 한 셈이다.

유 씨는 그렇게 작정을 하고 나서 그러고도 종시 승재라는 존재를 잊어버리고 있는데, 마침 승재의 음성이 들리니까 비로소 주의가 갔던 것이다.

유 씨는 그제서야 승재를 태수와 대놓고 보았다. 그러나 그것은 마치 쌍으로 선 무지개처럼, 빛이 곱고 선명하니 가깝게 있는 며느리 무지개는 태수요, 뒤로 넌지시 있어 희미한 시어머니 무지개는 승재인 양, 도시도무지 이러니저러니 할 것도 없을 성싶었다.

태수가 그처럼 솟아 보이는 것이 흡족해서, 유 씨는 무심코 빙그레 웃기까지 한다.

그러나 그 끝에 문득, 그만큼이나 무던하다고 본 승재를 그대로 놓치게 되는가 하면 일변 아까운 생각도 들었다.

이 아깝다는 생각에는, 그보다 앞서서 욕심 하나가 돋쳐 나왔었다. 그는 승재를 그냥 놓아버릴 게 아니라 작은딸 계봉이의 배필로 붙잡아 두고 싶던 것이다.

지금 스물다섯 살이라니까 계봉이와는 나이 좀 층이 지기는 해도, 여덟 해쯤 대사가 아니었었다. 그러니 아무려나 승재는 그 요량으로 유념해 두고서 후기後期 뒷날의 기약를 보기로 작정을 했다. 하고 본즉 유 씨는 하룻밤에 한 자리에 앉아서 큰사위 작은사위를 다 골라 세운 셈이 되고 말았다.

• 뒷부분 줄거리

초봉은 가난한 형편 때문에 태수와 결혼한다. 장형보는 초봉을 보고 반해 태수를 몰락시키기 위한 계략을 세우고, 이로 인해 태수는 한 참봉에게 맞아 죽는다. 초봉은 장형보에게 겁탈당한 뒤 서울로 가 제호와 살림을 차리지만, 초봉의 딸이 자신의 딸이라고 주장하는 장형보와 살게 된다. 초봉은 장형보의 괴롭힘에 그를 살해한다. 자살하려던 초봉은 승재와 동생 계봉의 설득에 자수를 결심한다.

 만화로 읽는 '탁류'

발단 아름다운 초봉을 좋아하는 남자들이 많음

전개 가난 때문에 초봉은 태수와 결혼함

태수가 경찰서로 붙잡혀 가는 날이면 초봉이는 내 것이 될 텐데……

위기 태수가 죽고 장형보는 초봉을 겁탈함

절정 초봉은 장형보와 살림을 차리고 장형보를 죽임

결말 계봉과 승재의 설득에 초봉이 자수를 결심함

📡 생각해 볼까요?

📖 **선생님** '탁류'는 흘러가는 흐린 물을 의미해요. 작품의 제목이 의미하는 바는 무엇일까요?

💬 2 ❤️ 2

↳ **학생 1** 탁류는 당시의 시대적 배경을 상징해요. 일제 강점기의 무자비한 수탈과 민족의 수난을 겪어 내야 했던 우리 민족의 현실을 나타내지요. 맑고 깨끗한 금강이 인간의 손에 의해 탁류로 변했듯이, 우리 땅이 일제에 의해 짓밟혀 혼탁해지고 황폐해지는 모습을 제목에 빗대어 표현하였어요.

↳ **학생 2** 이와 관련해 작품에 혼탁한 강물처럼 부정적인 인물이 많이 나오는데, 고태수와 장형보 등이 그 예예요. 작가는 이들의 모습을 통해 당시의 시대적 모습을 비판·풍자하고 있어요.

📖 **선생님** 작가가 작품의 배경을 금강과 군산으로 정한 까닭은 무엇일까요?

💬 2 ❤️ 2

↳ **학생 1** 이 작품은 금강 하류에 위치한 항구 도시 군산을 배경으로 해요. 군산은 미두장을 중심으로 1930년대 일본의 경제적 수탈이 이루어진 곳이에요. 일제 강점기 우리나라의 경제적 파멸을 상징적으로 보여 줘요.

↳ **학생 2** 작가가 금강 하류의 군산을 소설의 배경으로 선택한 까닭은 이곳이 일제 강점기에 가혹한 수탈의 공간이었으므로 탁류와 같은 삶을 살아야 했던 인간 군상을 담기에 적절하였기 때문이에요.

일제 강점기와 군산	▼ 🔍

연관 검색어   항구 쌀 수탈

군산은 1899년 5월, 부산·원산·제물포·경흥·목포·진남포에 이어 우리나라에서 일곱 번째로 개항한 항구다. 군산은 외국에 개방되기 전까지만 해도 옥구군에 딸린 조그마한 포구였다. 일제 강점기에 군산으로 이주한 일본인들이 쌀의 집산지였던 군산을 쌀 수출항으로 이용하기 시작하였다.

이때의 영향으로 현재도 군산에는 일제 강점기에 전주에서 군산까지 닦은 신작로가 전군가도라는 이름으로 남아 있으며, 그 길가에는 벚꽃 터널이 1백 리에 걸쳐 이어져 있다. 또 월명동과 여객선 터미널 부근에는 일본식 가옥과 조선은행 건물, 일본식 적산 가옥이 남아 있다.

태평천하

#풍자   #판소리사설체   #사실주의   #가족사

🥄 작품 길잡이

갈래: 중편 소설, 사회 소설, 풍자 소설, 가족사 소설
배경: 시간 - 1930년대 / 공간 - 서울 계동, 한 평민 출신의 대지주 집안
시점: 3인칭 전지적 작가 시점
주제: 개화기에서 일제 강점기에 이르는 윤 직원 일가의 삶과 몰락 과정
출전: 〈조광〉(1938)

📷 인물 관계도

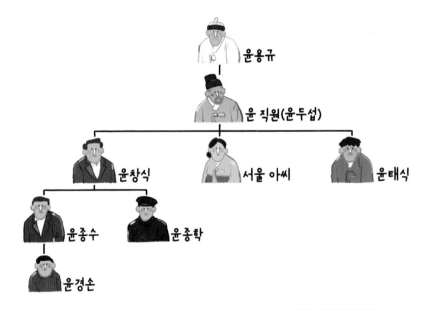

윤 직원(윤두섭)   사회에 대한 피해 의식이 강하고 속물근성을 지녔다.
윤종학   윤 직원이 가장 믿고 기대하는 인물이지만 사회주의 운동을 하다 체포된다.

📖 구성과 줄거리

발단   윤 직원이 삯을 깎으려고 인력거꾼과 실랑이를 벌임

윤 직원은 계동의 최고 부자로 알려져 있지만 인력거꾼과 돈 몇 푼을 가지고 언쟁을 벌일 정도로 구두쇠다. 소작인(小作人 다른 사람의 농지를 빌려 농사를 짓고 그 대가로 사용료를 지급하는 사람)들에게도 과다한 소작료를 챙기면서 그들에게 은혜를 베푼다고 생각한다.

전개   윤 직원은 일본인이 태평천하를 가져왔다고 생각함

윤 직원의 아버지는 노름과 과다한 소작료로 재산을 불리지만 화적패의 손에 죽는다. 시대가 바뀌어 일본인이 들어와 화적패로부터 자신을 보호해 주자 윤 직원은 태평천하가 됐다고 일제에 고마워한다.

위기   아들 창식과 손자 종수가 방탕한 생활을 하자 윤 직원은 손자 종학에게 기대를 걺

윤 직원은 돈을 들여 양반 신분을 사고 족보를 도금한다. 더 큰 가문을 이루고 세력을 키우기 위해 윤 직원은 손자인 종수와 종학이 군수와 경찰 서장이 되기를 바란다. 그러나 아들 창식과 손자 종수가 방탕한 생활을 하자 손자 종학에게 모든 기대를 건다.

절정·결말   종학이 사회주의 운동을 하다가 경찰에 체포되고 윤 직원은 격노함

윤 직원의 기대와 달리 집안 사정은 점점 퇴폐와 혼돈의 나락으로 빠져든다. 그러던 어느 날 동경에서 종학이 사상범으로 체포되었다는 전보가 도착한다. 윤 직원은 가장 기대했던 손자가 이런 태평천하에 왜 사회주의 운동을 하는지 이해할 수 없다며 분노한다.

태평천하

· 앞부분 줄거리

윤 직원 영감은 평민 출신의 대지주이며, 계동의 최고 부자로 알려져 있다. 그러나 인력거꾼에게 돈 몇 푼을 덜 주기 위해 언쟁을 벌이고, 소작인들에게 과다한 소작 료를 받는 등 구두쇠의 모습을 보인다.

4. 우리만 빼놓고 어서 망해라

얼굴이 말처럼 길대서 말 대가리라는 별명을 듣던 윤 직원 영감의 선친 윤용규는 본이 시골 토반土班 여러 대를 이어서 그 지방에서 붙박이로 사는 양반 이더냐 하면 그렇지도 못하고, 그렇다고 아전衙前 조선 시대에 중앙과 지방의 관아에 속한 구실아치 이더냐 하면 실상은 아 전질도 제법 해 먹지 못했습니다.

아전질을 못 해 먹은 것이 시방 와서는 되레 자랑거리가 되었지만, 그때 당년當年 일이 있는 바로 그해 에야 흔한 도서원都書員 서원의 우두머리 이나마 한자리 얻어 하고 싶은 생각이 꿀안속으로는 하고 싶은 생각이 간절함 같았어도, 도시 그만한 밑천이며 문필 이며 없었더랍니다.

말 대가리 윤용규 그는 삼십이 넘도록 탈망脫網 머리에 쓴 망건을 벗음 바람으로 삿갓 하나를 의관 삼아 촌 노름방으로 으실으실 돌아다니면서 개평푼이나 뜯으면 그걸로 되돌아 앉아 투전장이나 뽑기, 방퉁이질이나 하기, 또 그도 저도 못 하면 가난한 아내가 주린 배를 틀어쥐고서 바느질품을 팔아 어린 자식과 ─이 어린 자식이라는 게 그러니까 지금의 윤 직원 영감입니다─ 입에 풀 칠을 하는 것을 얻어먹고는, 밤이나 낮이나 질펀히 드러누워, 소대성蘇大成 고전 소설 「소대성전」의 주인공 이름. 잠이 몹시 많은 사람을 비유 이 여대치게 낮잠이나 자기…… 이 지경으로 반생을 살았습니다. 좀 호협한호방하고 의협심이 있는 구석이 있고 담보가 클 뿐 물론 판무식꾼아주 무식한 사람을 낮잡아 이르는 말 이구요.

그런데, 그런 게 다 운수라고 하는 건지, 어느 해 연분年分 일 년 중의 어떤 때 인가는 난데없는 돈 이백 냥이 생겼더랍니다. 시골 돈 이백 냥이면 서울 돈으로 이 천 냥이요, 그때만 해도 웬만한 새끼 부자 하나가 왔다 갔다 할 큰돈입니다.

노름을 해서 딴 돈이라고 하기도 하고, 혹은 그 아내가 친정의 머언 일갓

집 백부한테 분재分財 ^{가족이나 친척에게 재산을 나누어 줌}를 타 온 돈이라고 하기도 하고, 또 누구는 도깨비가 져다 준 돈이라고 하기도 하고 하여 자못 출처가 모호했습니다.

시방이야 가난하던 사람이 불시로 큰돈이 생기면 경찰서 양반들이 우선 그 내력을 밝히려 들지만, 그때만 해도 육십 년 저짝 일이니 누가 지난 말로라도 시비 한마딘들 하나요. 그저 그야말로 도깨비가 져다 주었나 보다 하고 한갓 부러워하기나 했지요.

아무튼 그래 말 대가리 윤용규는 그날부터 칼로 벤 듯 노름방 발을 끊고, 그 돈 이백 냥을 들여 논을 산다, 대푼변^{100분의 1이 되는 이자} 돈놀이를 한다, 곱장리^{곱절로 받는 이자}를 놓는다 해 가면서 일조에 착실한 살림꾼이 되었습니다. 그러노라니까, 정말 인도깨비를 사귄 것처럼 살림이 불 일듯 늘어서, 마침내 그의 당대에 삼천 석을 넘겨받게 되었던 것입니다.

윤 직원 영감―그때 당시는 두꺼비같이 생겼대서, 윤 두꺼비로 불리어지던 윤두섭― 그는 어려서부터 취리取利 ^{돈이나 곡식을 빌려 주고 그 변리를 받음}에 눈이 밝았고, 약관에는 벌써 그의 선친을 도와 가며 그 큰살림을 곧잘 휘어 나갔습니다. 그리고 1903년 계묘년부터는 고스란히 물려받은 삼천 석거리를 가지고, 이래 삼십여 년 동안 착실히 가산을 늘려 왔습니다.

그래서 지금으로부터 십여 년 전, 가권家眷 ^{호주나 가구주에게 딸린 식구}을 거느리고 서울로 이사를 해 오던 그때의 집계를 보면, 벼를 실 만 석을 받았고, 요즘 와서는 현금이 십만 원 가까이 은행에 예금되어 있었습니다.

이런 걸 미루어 보면, 그는 과시 승어부勝於父 ^{아버지보다 나음}라 할 것입니다.

하기야 그 양대兩代 가 그 어둔 시절에 그처럼 치산治産 ^{집안 살림살이를 잘 돌보고 다스림}을 하느라고―시절이 어두우니까 체계변遞計邊 ^{장에서 비싼 이자로 돈을 빌려 쓰고 장날마다 본전과 이자를 얼마씩 갚던 빚돈}이며 장리변의 이문利文 ^{이익이 남는 돈}이 숫지고, 또 공문서空文書 가 수두룩해서 가산 늘리기가 좋았던 한편으로 말입니다― 욕심 사나운 수령守令 한테 걸려들어 명색 없이 잡혀 갇혀서는, 형장刑杖 ^{죄인을 신문할 때에 쓰던 몽둥이}을 맞아 가며 토색질^{돈이나 물건을 억지로 달라고 하는 짓}을 당한 것도 한두 번이 아니요, 화적火賊 ^{불한당}의 총부리 앞에 목숨을 내걸고 서서 재물을 약탈당하기도 부지기수요, 그러다가 말 대가리 윤용규는 마침내 한 패의 화적의 손에 비명의 죽음까지 한 것인즉슨, 일변 생각하면 피로 낙관落款을 친 치산이지, 녹록한 재물이라고 할 수는 없을 것입니다.

윤 직원 영감은 그때 일을 생각하면 시방도 가슴이 뭉클하고, 그의 선친이 무참히 죽어 넘어진 시체하며, 곡식이 들이쌓인 노적과 곡간이 불에 활활 타던 광경이 눈앞에 선연히 밟히곤 합니다.

잊히지도 않는 계묘년 삼월 보름날입니다. 이 삼월 보름날이 말 대가리 윤용규의 바로 제삿날이니까요.

온종일 체곗돈^{돈놀이로 쓰는 돈} 받고 내주고 하기야, 춘궁^{春窮} 묵은 곡식은 다 떨어지고 햇곡식은 아직 익지 아니하여 겪는 봄철의 궁핍에 모여드는 작인^{作人 소작인}들한테 장릿벼 내주기야, 몸져누운 부친 윤용규의 병시중 들기야 하느라고 큰 살림을 맡아 처리하는 사람의 일례로, 두꺼비 윤두섭, 즉 젊은 날의 윤 직원 영감은 밤늦게야 혼곤히 들었던 잠이 옆에서 아내의 흔들며 깨우는 촉급한 속삭임 소리에 놀라 후닥닥 몸을 일으켰습니다.

한두 번도 아니요, 화적을 치르기 이미 수십 차라, 그는 잠결에도 정신이 들기 전에 육체가 먼저 위급함을 직각했던 것입니다. 장수가 전장에 나가면, 진중^{陣中 군대나 부대의 안}에서는 정신은 잠을 자도 몸은 깨서 있다는 것이나 마찬가지 이치라고 할는지요.

실로 그때 당시 윤 씨네 집안은 자나 깨나 전전긍긍, 불안과 긴장과 경계 속에서 일시라도 몸과 마음을 늦추지 못하고, 마치 살얼음을 건너가는 것처럼 위태위태 지내던 판입니다.[1]

젊은 윤 두꺼비는 깜깜 어둔 방 안이라도, 바깥의 달빛이 희유^{희읍스름한. 빛깔이 맑지 못하고 조금 흰}한 옆문을 향해 뛰쳐나갈 자세로 고의춤^{고의나 바지의 허리를 접어서 여민 사이}을 걷어잡으면서 몸을 엉거주춤 일으켰습니다. 보이지는 않으나 아내의 황급한 숨길이 바투^{시간이나 길이가 아주 짧게} 들리고, 더듬어 들어오는 손끝이 바르르 떨리면서 팔에 닿습니다.

"어서! 얼른!"

아내의 쥐어짜는 재촉 소리는, 마침 대문을 총개머린지 몽둥인지로 들이 쾅쾅 찧는 소리에 삼켜져 버립니다.

"아버님은!"

윤 두꺼비는 뛰쳐나가려고 꼬느었던^{마음을 잔뜩 가다듬고 연필 따위를 힘주어 쥔} 자세와 호흡을 잠깐 멈추고서 아내더러 물어보던 것입니다.

---

1) 지방 수령이 횡포를 부리고 화적패가 재물을 약탈하는 등 구한말의 혼란스러웠던 사회상을 짐작할 수 있다.

"몰라요…… 그렇지만…… 아이구 어서, 얼른!"

아내가 기색氣塞심한 흥분이나 충격으로 호흡이 일시적으로 멎음할 듯이 초초한 소리로 팔을 잡아 훑는 힘이 아니라도, 윤 두꺼비는 벌써 몸을 날려 옆문을 박차고 나갑니다.

신발 여부도 없고 버선도 없는 맨발로, 과녁 반 바탕은 될 타작마당을 단숨에 달려, 두 길이나 높은 울타리를 문턱 넘듯 뛰어넘어, 길같이 솟은 보리밭 고랑으로 몸을 착 엎드리고 꿩 기듯 기기 시작하는 그동안이, 아내가 흔들어 깨울 때부터 쳐서 겨우 오 분도 못 되는 순간입니다.

이렇게 윤 두꺼비가 울타리를 넘어, 그느라고 허리띠를 매지 않은 고의를 건사하지 못해서 홀라당 벗어 떨어뜨린 알몸뚱이로 보리밭 고랑에서 엎드려 기기 시작을 하자, 그제서야 방금 저편 모퉁이로부터 두 그림자가 하나는 담총擔銃어깨에 총을 멤을 하고 하나는 몽둥이를 끌고 마침 돌아 나왔습니다.

뒤 울타리로 해서 도망가는 사람을 잡으려는 파순데파수꾼인데, 윤 두꺼비한테는 아슬아슬한 순간의 찰나라 하겠습니다.

그들도 도망가는 윤 두꺼비를 못 보았거니와 윤 두꺼비도 물론 그러한 위경危境 위태로운 처지이던 줄은 모르고 기기만 하던 것입니다.

만약 그들의 눈에 띄기만 했더라면 처음에는 쫓아갈 것이고, 그러다가 못 잡으면 대고 불질을 했을 겁니다. 부지깽이 같은 그 화승총火繩銃 화승의 불로 터지게 만든 구식 총을 가지고, 더구나 호미와 쇠스랑을 다루던 솜씨로, 으심치무레한으슴푸레한 달밤에 보리밭 사이로 죽자 사자 내빼는 사람을 쏜다고 쏘았댔자 제법 똑바로 가서 맞을 이치도 없기도 하지만.

그래 아무튼, 발가벗은 윤 두꺼비는 무사히 보리밭을 서넛이나 지나, 다시 솔숲을 빠져나와 나직한 비탈에 왜송이 둘러선 산허리에까지 단숨에 달려와서야 비로소 안심과 숨찬 걸 못 견디어 펄씬펄썩 주저앉았습니다.

화적이 드는 눈치를 채면, 여느 일 젖혀 놓고 집안 돌아볼 것 없이 몸을 빼쳐 피하는 게 제일 상책입니다.

화적이 인가를 쳐들어와서, 잡아 족치는 건 그 집 대주大柱 호주와 셈든사물을 분별하는 판단력이 생긴 남자들입니다. 그래서 그들의 손에 붙잡히기만 하고 보면 우선…… 반죽음은 되게 뭇매를 맞아야 합니다.

그렇게 얻어맞고도, 마침내는 재물은 재물대로 뺏겨야 하고, 그 서슬에 자칫 잘못하면 목숨이 왔다 갔다 합니다. 둘이 잡히면 둘이 다, 셋이 잡히면 셋이 다 그 지경을 당합니다.

그러므로 제각기 먼저 기수를 채는 당장으로, 아비를 염려해서 주춤거리거나 자식을 생각하여 머뭇거리거나 할 것이 없이, 그저 먼저 몸을 피해 놓고 보는 게 당연한 일로 되어 있었습니다. 그럴 것이, 가령 자신이 아비의 위태로움을 알고 그냥 버틴다거나 덤벼든다거나 했자, 저편은 수효가 많은 데다가 병장기兵仗器 병사들이 쓰던 온갖 무기를 가진, 그리고 사람의 목숨쯤 파리 한 마리만큼도 여기잖는 패들이니까요.

이날 밤 윤 두꺼비도 그리하여 일변 몸져누운 부친이 마음에 걸려, 선뜻 망설이기는 하면서도 사리가 그러했기 때문에, 이내 제 몸을 우선 피해 놓고 보던 것입니다.

말 대가리 윤용규는 나이 이미 육십에, 또 어제까지 등이며 볼기며에 모진 매를 맞다가 겨우 옥에서 놓여나온 몸이라 도저히 피할 생각은 내지도 못하고, 그 대신 침착하게 일어나 앉아 등잔에 불까지 켰습니다.

기위旣爲 이미 당하는 일이라서, 또 있는 담보겠다 악으로 한바탕 싸워 보자는 것입니다.

화적패들은 이윽고 하나가 울타리를 넘어 들어와 빗장을 벗기는 대문으로 우— 몰려들었습니다.

"개미 새끼 하나라도 놓치지 말렷다!"

그중 두목이, 대문 지키는 두 자와 옆으로 비어져 가는 파수 둘더러 호령을 하는 것입니다.

"영 놓치겠거던 대구 쏘아라!"

재우쳐再促하여 이른 뒤에 두목이 앞장을 서서 사랑채로 가고, 한 패는 안으로 갈려 들어갑니다. 그렇게도 사납고 짖기를 극성으로 하는 이 집 개들이 처음부터 찍소리도 못 내고 낑낑거리면서 도리어 주인네의 보호를 청하는 걸 보면, 당시 화적들의 기세가 얼마나 기승스러웠음을 족히 알 수가 있는 것입니다.

"기집이나 어린것들은 손대지 말렷다!"

두목이 잠깐 돌아다보면서 신칙申飭 단단히 타일러서 경계함을 하는 데 응하여 안으로 들어가던 패가 몇이,

"예이!"

하고 한꺼번에 대답을 합니다.

이것은 참으로 이상스러운 그네들의 엄한 풍도風度 풍채와 태도입니다. 이 밤에

이 집을 쳐들어온 이 패들만 보아도, 패랭이 ^{댓개비로 엮어 만든 갓} 쓴 놈, 테머리한 놈, 머리 땋은 총각, 늙은이 해서 차림새나 생김새가 가지각색이듯이, 모두 무질서하고 무지한 잡색 인물들이기는 하나, 일반으로 그들은 어느 때 어디를 쳐서 갖은 참상을 다 저지르곤 할값에 ^{할망정}, 좀체로 부녀와 어린아이들한테만은 손을 대는 법이 없습니다.

만일 그걸 범했다가는 그는 당장에 두목 앞에서 목이 달아나고라야 맙니다.

사랑채로 들어간 두목이, 한 수하 ^{手下 부하를} 시켜 윗미닫이를 열어젖히고서, 성큼 마루로 올라설 때에, 그는 뜻밖에도 이편을 앙연히 ^{마음에 차지 않거나 야속하게} 노려보고 있는 말 대가리 윤용규와 눈이 딱 마주쳤습니다.

두목은 주춤하지 않을 수 없었습니다. 그는 윤용규가 이 위급한 판에 한 발자국이라도 도망질을 치려고 서둘렀지, 이다지도 대담하게, 오냐 어서 오란 듯이 버티고 있을 줄은 천만 생각 밖이었던 것입니다.

더욱, 핏기없이 수척한 얼굴에 병색을 띠고서도, 일변 악이 잔뜩 올라 이편을 무섭게 노려보는 그 머리 센 늙은이의 살기스런 양자가 희미한 쇠기름 불에 어른거리는 양이라니, 무슨 원귀 ^{寃鬼 원통하게 죽어 한을 품고 있는 귀신} 와도 같았습니다.

두목은 만약 제 등 뒤에 수하들이 겨누고 있는 십여 대의 총부리와, 녹슬었으나마 칼들과 몽둥이들과 도끼들이 없었으면, 그는 가슴이 서늘한대로 물씬물씬 뒤로 물러섰을는지도 모릅니다.

"으응, 너 잘 기대리구 있다!"

두목은 하마 꺾이려던 기운을 돋우어 한마디 으릅니다. 실상 이 두목— 그러니까 오늘 밤의 이 패들—과 말 대가리 윤용규와는 처음 만나는 게 아니고 바로 구면입니다. 달포 ^{한 달이 조금 넘는 기간} 전에 쳐들어와서 돈 삼백 냥을 빼앗고, 그 밖에 소 한 마리와 패물과 어음 몇 쪽을 털어 간 그 패들입니다. 그래서 화적패들도 주인을 잘 알려니와 주인 되는 윤용규도 두목의 얼굴만은 익히 알고 있고, 그러고도 또 달리, 뼈에 사무치는 원혐 ^{怨嫌 못마땅하게 여겨 싫어하고 미워함} 이 한 가지 있는 터라, 윤용규는 무서운 것보다도—이미 피치 못할 살판인지라 — 차차로 옳게 뱃속으로부터 분노와 악이 치받쳐 올랐습니다.

"이놈 윤가야, 네 들어 보아라!"

두목은 종시 말이 없이 앙연히 앉아 있는 윤용규를 마주 노려보면서, 그 역시 분이 찬 음성으로 꾸짖는 것입니다.

"……네가 이놈 관가에다가 찔러서 내 수하를 잡히게 했단 말이지? ……

이놈, 그러구두 네가 성할 줄 알었드냐? ……이놈 네가 분명코 찔렀지?"

"오냐, 내가 관가에 들어가서 내 입으루 찔렀다. 그래? ……."

퀄퀄하게^{많은 양의 액체가 급히 쏟아져 세차게 흐르는 소리가 나게} 대답을 하면서 도사리고 앉은 윤용규의 눈에서는 불이 이는 듯합니다.

"……내가 찔렀으니 어쩔 테란 말이냐? ……흥! 이놈들, 멀쩡하게 도당^{徒黨}^{불순한 사람의 무리} 모아 각구 댕기면서 양민들 노략질이나 히여 먹구, 네가 그러구두 성할 줄 알었더냐? 이놈아……."

치받치는 악에, 소리를 버럭 높이면서 다시,

"……괴수 놈, 너두 오래 안 가서 잽힐 테니 두구 보아라! 네 모가지에 작두날이 내릴 때가 머잖었느니라, 이노옴!"

하고는 부드득 이를 갈아붙입니다.

목전^{目前 눈앞}의 절박한 사실에 대한 일종의 발악임은 틀림이 없을 것입니다. 그러나 그것은 일변 깊이 생각을 하면, 하나의 웅장한 선언일 것입니다.

핍박하는 자에게 대한, 일후의 보복과 승리를 보류하는 자신 있는 선언…….

사실로 윤용규는, 무식하고 소박하나마 시대가 차차로 금권^{金權 돈과 권력}이 유세^{有勢 세력이 있음}해 감을 막연히 인식을 했던 것입니다.

그것은 그러므로, 비단 화적패들에게만 대한 선언인 것이 아니라, 그 야속하고 토색질을 방자히 하는 수령까지도 넣어, 전 압박자에게 대고 부르짖는 선전의 포고이었을 것입니다. 가령 그 자신이 그것을 의식하고 못하고는 고만두고라도…… 말입니다.

"……이놈들! 밤이 어둡다구, 백 년 가두 날이 안 샐 줄 아느냐? 두구 보자, 이놈들!"

윤용규는 연하여^{계속해서} 이렇게 살기등등하니 악을 쓰는 것입니다.

"하, 이놈, 희떠운^{말이나 행동이 분에 넘치며 버릇이 없는} 소리 헌다! 허!"

두목은 서글퍼서 이렇게 헛웃음을 치는데, 마침 윗목에서 이제껏 자고 있던 차인꾼^{임시 심부름꾼으로 부리는 사람}이, 그제야 잠이 깨어 푸시시 일어나다가 한참 두릿거리더니^{'두리번거리다'의 방언}, 겨우 정신이 나는지 별안간 버얼벌 떨면서 방구석으로 꽁무니 걸음을 해 들어갑니다.

그러자 또 안으로 들어갔던 패 중에 하나가 총 끝에 흰 무명 고의 하나를 꿰 들고 두목 앞으로 나옵니다.

"두령, 자식 놈은 풍겼습니다^{사방으로 흩어졌습니다}!"

"풍겼다? 그럼, 그건 무어란 말이냐?"

"그놈이 울타리를 뛰어넘어 가다가 벗어 버린 껍데기올시다. 자다가 허리띠두 못 매구서 달아나느라구, 울타리 밑에서 홀라당 벗어졌나 봅니다."

발가벗고 도망질을 치는 광경을 연상함인지, 몇이 킥킥하고 소리를 죽여 웃습니다.

"으젓잖은^{의젓잖은} 놈들! 어쩌다가 놓친단 말이냐! ……."

두목은 혀를 차다가, 방 윗목에서 떨고 있는 차인꾼을 턱으로 가리킵니다.

"……아니 그런 게 아니라 혹시 저놈이 자식 놈이 아니냐?"

윤 두꺼비는 전번에도 잡히지 않았기 때문에 두목은 그의 얼굴을 몰랐던 것입니다.

두목의 말을 받아 수하 하나가 기웃이 들여다보더니,

"아니올시다, 저놈은 차인꾼이올시다."

"쯧! 그렇다면 헐 수 없고…… 잘 지키기나 해라. 그리고, 아직 몽당숟갈^{끝이} 거의 다 닳아서 없어진 숟가락 한 매라도 손대지 말렷다!"

"에이…… 그런데 술이 좋은 놈 한 독 있습니다, 두목…… 닭허구 돼지두 마침 먹을 감이구요……."

전전해 신축^{辛丑}년의 큰 흉년이 아니라도, 화적 된 자치고 민가를 털제, 술이며 고기를 눈여겨보지 않는 법은 없는 법입니다.

"이놈 윤가야, 말 들어라…… 오늘 저녁에 우리가 네 집에를 온 것은……."

두목은 다시 윤용규에게로 얼굴을 돌리고 을러댑니다.

"……네놈의 재물보담두, 너를 쓸 디가 있어서 온 것이다…… 허니, 어쩔 테냐? 내 말을 순순히 들을 테냐? 안 들을 테냐?"

윤용규는 두목을 마주 거듭떠보고^{'거들떠보다'의 방언} 있다가, 말이 끝나자 고개를 홱 돌려 버립니다.

"어쩔 테냐? 말을 못 듣겠단 말이지?"

"불한당 놈의 말 들을 수 없다! ……내가, 생각허면 네놈들을 갈아 먹구 싶은디, 게다가 청을 들어? 흥!"

윤용규는 그새 여러 해 두고 화적을 치러 내던 경험에 비추어 보면, 그들 앞에서 서얼설 기고 네네 살려 줍시사고 굽실거리거나, 마주 대고 네놈 내놈 하면서 악다구니를 하거나, 필경 매를 맞고 재물을 뺏기기는 일반이던 것을 잘 알고 있습니다.

그러니 어차피 당하는 마당에, 그처럼 굽실거릴 생각은 애초부터 없었을 뿐 아니라, 일변 그, 이 패에 대하여 그야말로 갈아 먹고 싶은 원혐입니다.

달포 전인데 이 패에게 노략질을 당하던 날 밤, 그중에 한 놈, 잘 알 수 있는 자가 섞여 있는 것을 윤용규는 보아 두었었습니다. 그자는 박가라고, 멀지 않은 근동近洞 가까운 이웃 동네에서 사는 바로 그의 작인이었습니다.

"오! 이놈 네가!"

윤용규는 제 자신, 작인에게 어떠한 원한 받을 짓을 해 왔다는 것은 경위에 칠 줄은 모릅니다. 다만 내 땅을 부쳐 먹고 사는 놈이 이 도당에 참예를 하여 내 집을 털러 들어오다니, 눈에서 불이 나고 가슴이 터질 듯 분한 노릇이었습니다.

이튿날 새벽같이 윤용규는 몸소 읍으로 달려 들어가서, 당시 그 고을 원이요, 수차 토색질을 당한 덕에 안면은 있는 백영규白永圭더러, 사분私憤 개인의 일로 인하여 일어나는 사사로운 분노이 이만저만하고 이러저러한데, 그중에 박 아무개라는 놈도 섞여 있었다고, 그러니 그놈만 잡아다가 족치면 그 일당을 다 잡을 수가 있으리라고 아뢰어 바쳤습니다.

백영규는 그러나 말 대가리 윤용규보다 수가 한 길 윗수였습니다.

그는 자초지종 이야기를 다 듣더니, 아 그러냐고, 그러면 박가라는지 그 놈을 잡아 오기는 올 것이로되, 그러나 화적패에 투신한 놈을 그처럼 잘 알 진댄 윤용규 너도 미심쩍어 그러니 같이 문초를 해야 하겠은즉 그리 알라고 우선 윤용규부터 때려 가두었습니다.

약은 수령이 백성의 재물을 먹자고 트집을 잡는 데 무슨 사리와 경우가 있나요? 루이 14세지 하는 서양 임금은 '짐이 바로 국가'라고 호통을 했고, 조선서도 어느 종실 세도宗室勢道 한 분은 반대파의 죄수를 국문鞠問 관아에서 형장을 가하여 중죄인을 신문하던 일하는데, 참새가 찍 한다고 해도 죽이고, 짹 한다고 해도 죽이고, 필경은 찍짹 합니다 해도 죽였다고 하지 않습니까.

당시 일읍의 수령이면 그 고장에서는 왕이요, 그의 덮어놓고 하는 공사는 바로 법과 다를 바 없던 것입니다. 항차況且 하물며 그는 화적을 잡기보다는 부자를 토색하기가 더 긴하고 재미가 있는데야.

말 대가리 윤용규는 혹을 또 한 개 덜렁 붙이고서 옥에 갇히고, 박가도 그날로 잡혀 들어왔습니다.

문초는 그러나 각각 달랐습니다. 박가더러는 그들 일당의 성명과 구혈窟穴

^{광산에서 묵은 구덩이}, 굴과 두목을 대라고 족쳤습니다.

박가는 제가 그 도당에 참예한 것은 불었어도, 그 외 것은 입을 꽉 다물고서 실토를 안 했습니다. 주리를 틀려 앞정강이의 살이 문드러지고 허연 뼈가 비어져도 그는 불지를 않았습니다.

일변 윤용규더러는, 네가 그 도당과 기맥을 통하고 있고 그 패들에게 재물과 주식을 대접했다는 걸 자백하라고 문초를 합니다. 박가의 실토를 들으면 과시 네가 적당과 연맥이 있다고 하니, 정 자백을 안 하면 않는 대로 그냥 감영^{監營 조선 시대에 관찰사가 직무를 보던 관아}으로 넘겨 목을 베게 하겠다는 것이었습니다.

이것이 좀 먹자는 트집인 것은 두말할 것도 없는 속이었고, 그래 누가 이래라저래라 시킬 것도 없이 벌써 줄 맞은 병정이 되어서, 젊은 윤 두꺼비는 뒷줄로 뇌물을 쓰느라고 침식^{寢食 잠자는 일과 먹는 일}을 잊고 분주했습니다.

오백 냥씩 두 번 해서 천 냥은 수령 백영규가 고스란히 먹고, 또 천 냥은 가지고 이방 이하 호장이야, 형방이야, 옥사정이야, 사령이야, 심지어 통인 급창이까지 고루 풀어 먹였습니다.

이천 냥 돈을 그렇게 들이고서야, 어제 아침 달포 만에 말 대가리 윤용규는 장독^{杖毒 장형으로 매를 심하게 맞아 생긴 상처의 독}으로 꼼짝 못하는 몸을 보교^{步轎 사람이 메는 가마의 하나}에 실려 옥으로부터 집으로 놓여나왔던 것입니다.

사맥^{事脈 일의 내력과 갈피}이 이쯤 되었으니, 윤용규로 앉아서 본다면 수령 백영규한테와 화적패에게 원한이 자못 깊습니다. 그러나 아무리 원한이 깊었자 저편은 감히 건드리지도 못할 수령이라 그 만만하달까, 화적패에게 잔뜩 보복을 벼르고 있었고, 그런 참인데, 마침 그 도당이 또다시 달려들어서는 이러니저러니 하니 그야말로 갈아 먹고 싶을 것은 인간의 옹색한 속이 아니라도 당연한 근경이라 하겠지요.

일은 그런데 피장파장이어서 화적패도 또한 말 대가리 윤용규에게 원한이 있습니다. 동료 박가를 찔러서 잡히게 했다는 것입니다. 박가가 잡혀가서 그 모진 혹형을 당하면서도 구혈이나 두목이나 도당의 성명을 불지 않는 것은 불행 중 다행입니다. 그러니 그런 만큼 의리가 가슴에 사무치지 않을 수가 없었던 것입니다.

윤용규한테 대한 원한은 우선 접어놓고, 어디 일을 좀 무사히 피게 하도록 해 볼까 하는 것이 그들의 첫 꾀였습니다. 만약 그런 꾀가 아니라면야 들어서던 길로 지딱지딱해 ^{서둘러서 일 따위를 해} 버리고 돌아섰을 것이지요.

두목은 윤용규가 전번과는 달라 악이 바싹 올라 가지고 처음부터 발딱거리면서 뻣뻣이 말을 못 듣겠노라고 버티는 데는 물큰 화가 치밀어 오르지 않을 수가 없었습니다.

"진정이냐?"

그는 눈을 부라리면서 딱 을러댑니다. 그러나 윤용규는 종시 까딱 않고 대답입니다.

"다시 더 물을 것 읎너니라!"

"너, 그리 고집 세지 말아!"

두목은 잠깐 식식거리면서 윤용규를 노리고 보다가, 이윽고 음성을 눅여 타이르듯 합니다.

"……그러다가는 네게 이로울 게 없다. 잔말 말구, 네가 뒤로 나서서 삼천 냥만 뇌물을 써라. 너두 뇌물을 쓰구서 뇌어나왔지? 그럴 테면 네가 옭아 넣은 내 수하도 풀어 놓아주어야 옳을 게 아니야? ……허기야 너를 시키느니 내가 내 손으로 함직한 일이기는 하지만, 나는 당장 삼천 냥이 없고, 그걸 장만하자면 너 같은 놈 열 놈의 집은 더 털어야 하니 시급스럽게 안 될 말이고, 또 내가 나서서 뇌물을 쓰다가는 됩다 ^{도리어} 위태할 것이고 허니 불가불 일은 네가 할 수밖에 없다. 허되 급히 서둘러야지 며칠 안 있으면 감영으로 넹긴다드구나 ^{넘긴다더구나}?"

두목은 끝에 가서는 거진 사정하듯 목마른 소리로 말을 맺고서 윤용규의 대답을 기다립니다.

윤용규는 그러나 싸늘하게 외면을 하고 앉아서 두목이 하는 소리는 들리지도 않는 체합니다.

"……어쩔 테냐? 한다든 못 한다든, 대답을……."

두목은 맥이 풀리는 대신 다시 울화가 치받쳐 버럭 소리를 지르다 말고 입술을 부르르 떱니다.

"못 한다!"

윤용규도 지지 않고 소리를 지릅니다.

"……네놈들이 죄다 잽혀가서 목이 쓸리기를 축원허구 있는 내가, 됩다 한 놈이라두 뇌어나오라구, 내 재물을 들여서 뇌물을 써? 흥! 하늘이 무너져두 못 헌다!"

"진정이냐?"

"오냐!"

윤용규는 아주 각오를 했습니다. 행악^{行惡} 모질고 나쁜 짓 은 어차피 당해 둔 것, 또 재도 약간 뺏기는 둔 것, 그렇다고 저희가 내 땅에다가 네 귀퉁이에 말뚝을 박고 전답을 떠 가지는 못할 것, 그러니 저희의 청을 들어 삼천 냥을 들여서 박가를 빼 놓아주느니보다는 월등 낫겠다고, 이렇게 이해까지 따진 끝의 각오이던 것입니다.

"진정?"

두목은 한 번 더 힘을 주어 다집니다.

"오냐. 날 죽이기밖으 더 헐 테야?"

"저놈 잡아 내랏!"

윤용규의 말이 미처 떨어지기 전에 두목이 뒤를 돌려다 보면서 호령을 합니다.

등 뒤에 모여 섰던 수하 중에 서넛이 나가 우르르 방으로 몰려 들어가더니 왁진왁진 윤용규를 잡아끕니다. 그러자 마침 안채로 난 뒷문이 와락 열리더니, 흰 머리채를 풀어 헤뜨린 윤용규의 노처가, 아이고머니, 이 일을 어쩌느냐고 울어 외치면서 달려들어 뒤엎으러져 매달립니다.

화적패들은 윤용규를 앞뒤에서 끌고 떠밀고 하고, 윤용규는 안 나가려고 버둥대면서도 그래도 할 수 없이 문께로 밀려 나옵니다. 그러다가 어찌어찌 부수대는 가만히 있지 못하고 군짓을 하며 몸을 자꾸 움직이는 윤용규의 손에 총대 하나가 잡혔습니다.

총을 홀트려 쥔 그는 장독으로 고롱거리는 고로롱거리는. 늙거나 오랜 병으로 몸이 약해져서 자꾸 시름시름 앓는 육십객^{六十客} 나이가 육십 전후인 사람 답지 않게, 불끈 기운을 내어, 총대를 가로, 빗장 대듯 무지방에다가 밀어 대면서 발로 문턱을 디디ㄱ는 꽉 버팅깁니다 버팁니다. 그리고 나니까는 아무리 상투를 잡아끌고 몽둥이로 직신거리고 해도 으응 소리만 치지, 꿈쩍 않고 그대로 버팁니다. 수령^{首領} 한 당파나 무리의 우두머리 이 그걸 보다 못해 옆에 섰는 수하의 몽둥이를 채어 가지고 윤용규가 총대에다가 버틴 바른편 팔을 겨누어 으끄러지라고 한 번 내리칩니다. 한 것이 상거^{相距} 떨어져 있는 두 곳의 거리 는 밭고 몹시 가깝고 또 문지방이며 수하의 어깨하며 걸리적거리는 것이 많아 겨냥은 삐뚜로 나가고 말았습니다.

"따악!"

빗나간 겨냥이 옆으로 비껴 이마를 바스러지게 얻어맞은 윤용규는,

"어이쿠우!"

소리와 한가지로 피를 좌르르 흘리며 털씬 주저앉았습니다.

동시에 윤용규의 노처가 그만 눈이 뒤집혀,

"아이구! 인제는 사람까지 죽이는구나아! 나두 죽여라아! 이놈들아!"

하고 외치면서 죽을 둥 살 둥 어느 겨를에 달려들었는지 두목의 팔을 덥씬 물고 늘어집니다. 윤용규는 주저앉은 채 정신이 아찔하다가 번쩍 깨났습니다. 그는 화적패들이 무슨 내평으로 밖으로 끌어내려고 하는지 그건 몰라도, 아무려나 이롭지 못할 것 같아 되나 안 되나 버팅겨 보았던 것인데, 한 번 얻어맞고 정신이 오리소리한^{뜻밖의 일이나 복잡한 일들로 정신을 가다듬지 못한} 판에 마침 그의 아내가 별안간,

"……인제는 사람까지 죽이는구나!"

하고 왜장치는^{쓸데없이 큰 소리로 마구 떠드는} 이 소리에 정말로 죽음이 박두한 줄로만 알았습니다.

그러면 인제는 옳게 이놈들의 손에 죽는구나, 그렇다면 죽어도 그냥은 안 죽는다. 이렇게 악이 복받치자, 그는 벌떡 일어서면서 눈앞에 보이는 대로 칼 하나를 채어 가지고는 마구 대고 휘저었습니다.

더욱이 눈이 뒤집히기는, 아무리 화적이라도 결단코 하지 않던 짓인데, 여인을, 하물며 늙은 여인을 치는 걸 본 것입니다. 그는 그의 아내가 두목의 팔을 물고 늘어진 줄은 몰랐고, 다만 두목이 아내의 머리끄덩이를 잡아 동댕이를 쳐서, 물린 팔을 놓치게 하는 그 광경만 보았던 것입니다.

아무리 죽자사자 악이 받쳐 칼을 휘두른다지만 죽어 가는 늙은이 걸, 십여 개나 덤비는 총개머리야 몽둥이야 칼이야 도끼야를 당해 낼 수가 없던 것입니다.

윤용규가 마지막, 목덜미에 도끼를 맞고 엎드러지자, 피를 본 두목은 두 눈이 불덩이같이 벌컥 뒤집어졌습니다. 그는 실상 윤용규를 죽일 생각은 없었습니다.

그렇다고 윤용규 하나쯤 죽이기를 차마 못해서 그런 것은 아니고, 제 구혈로 잡아가쟀던 것입니다. 한때 만주에서 마적들이 하던 그 짓이지요. 볼모로 잡아다 두고서 가족들로 하여금 이편의 요구를 듣게 하쟀던 것입니다.

"노적^{곡식 따위를 수북히 쌓은 물건} 허구 곡간에다가 불 질러랏!"

두목은 뒤집힌 눈으로 피투성이가 되어 쓰러진 윤용규를 노려보다가 수

하를 사납게 호통하던 것입니다.

이윽고 노적과 곡간에서 하늘을 찌를 듯 불길이 솟아오르고, 동네 사람들이 그제서야 여남은 모여들어 부질없이 물을 끼얹고 하는 판에, 발가벗은 윤 두꺼비가 비로소 돌아왔습니다. 화적은 물론 벌써 물러갔고요.

윤 두꺼비는 피에 물들어 참혹히 죽어 넘어진 부친의 시체를 안고 땅을 치면서,

"이놈의 세상이 어느 날에 망하려느냐!"

하고 통곡을 했습니다.

그리고 울음을 진정하고는 불끈 일어서 이를 부드득 갈면서,

"오냐, 우리만 빼놓고 어서 망해라!"

하고 부르짖었습니다. 이 또한 웅장한 절규이었습니다. 아울러, 위대한 선언이었고요.[2]

윤 직원 영감이 젊은 윤 두꺼비 적에 겪던 격난의 한 토막이 대개 그러했습니다.

그러니, 그러한 고난과 풍파 속에서 모아 마침내는 피까지 적신 재물이니, 그런 일을 생각해서라도 오늘날 윤 직원 영감이 단 한 푼을 쓰재도 벌벌 떠는 것도 일변 무리가 아닐 것입니다.

돈을 모으는 데 무얼 어떻게 해서 모았다는 거야 윤 직원 영감으로는 상관할 바 아닙니다. 사실 착취라는 문자를 가져다가 붙이려고 하면, 윤 직원 영감은 거 웬 소리냐고 훌훌 뛸 겝니다.

다아 참, 내가 부지런하고 또 시운時運 시대나 그때의 운수이 뻗쳐서 부자가 되었지, 작인이며 체곗돈 쓴 사람이며 장릿벼 얻어다 먹은 사람이며가 무슨 관계가 있느냐서 말입니다.

바스티유 함락과는 항렬이 스스로 다르기는 하지만, 아무튼 윤 직원 영감은 그처럼 육친의 피로써 물들인 재산 더미 위에 올라앉아 옛날 그다지도 수난 많던 시절과는 딴판이요, 도무지 태평한 이 시절을 생각하면 안심되고 만족한 웃음이 절로 솟아날 때가 많습니다.

하나, 말을 타면 경마도 잡히고 싶은 게 인정이라고 합니다.

---

[2] 부친이 화적패에게 재산을 빼앗기고 억울하게 죽임을 당했지만 누구도 지켜주지 않았기 때문에 세상을 저주하고 있다. 윤 직원 영감이 이기적이고 반사회적 가치관을 갖게 된 이유를 짐작할 수 있다.

시대가 바뀌면서 소란한 세상이 지나가고 재산과 몸이 안전한 세태를 당하자, 윤 두꺼비는 돈으로는 남부러울 게 없어도, 문벌이 변변찮은 게 섭섭한 걸 비로소 느끼게 되었습니다.

(중략)

그다음, 윤 직원 영감이 집안 문벌을 닦는 데 또 한 가지의 방책은 무어냐 하면, 양반 혼인이라는 좀 더 빛나는 사업이었습니다.

외아들—서자 하나가 있기는 하니까 외아들이랄 수는 없지만 아무튼— 창식은 나이 근 오십 세요, 벌써 옛날에 시골서 아전 집과 혼인을 했던 터이라 치지도외置之度外 마음에 두지 아니함 하고, 딸은 서울 어느 양반집으로 시집을 보냈습니다. 오막살이에 가랭이가 찢어지게 가난한 집인데, 그나마 방정맞게시리 혼인한 지 일 년 만에 사위가 전차에 치여 죽고, 딸은 새파란 과부가 되어 지금은 친정살이를 하지만, 아무려나 양반 혼인은 양반 혼인이었습니다.

또 맏손주며느리는 충청도의 박 씨네 문중에서 얻어 왔습니다. 역시 친정이 가난은 해도 패를 찬 양반의 씹니다.

둘째 손주며느리는 서울 태생인데, 시구문屍口門 시체를 내는 문이라는 뜻으로, '수구문'을 달리 이르던 말 밖 조 씨네 집안이나, 그렇다고 배추 장수네 딸은 아니고, 파계를 따지면 조 대비趙大妃와 서른일곱 촌인지 아홉 촌인지 된다고 합니다.

이렇게 해서 버젓하게 양반 사돈을 세 집이나 두게 된 것은 윤 직원 영감으로 가히 한바탕 큰기침을 할 만도 합니다.

그다음 마지막 또 한 가지가 무엇이냐 하면, 이게 가장 요긴하고 값나가는 품목입니다.

집안에서 정말 권세 있고 실속 있는 양반을 내놓자는 것입니다.

군수 하나와 경찰 서장 하나…….

게다가 마침맞게 손주가 둘이지요.

하기야 군수보다는 도장관道長官 도지사 이 좋겠고, 경찰 서장보다는 경찰부장이 좋기는 하겠지만, 그건 너무 첫술에 배불러지라는 욕심이라 해서, 알맞게 우선 군수와 경찰 서장을 양성하던 것입니다.

윤 직원 영감은 손자인 종수와 종학이 군수와 경찰서장이 되어 가문을 높이기를 기대하지만, 종수는 방탕한 생활을 하여 많은 돈을 잃는다. 윤 직원 영감은 종학만이 유일한 희망이라고 생각한다.

15. 망진자^{亡秦者}는 호야^{胡也} 니라

일찍이 윤 직원 영감은 그의 소싯적 윤 두꺼비 시절에, 자기 부친 말 대가리 윤용규가 화적의 손에 무참히 맞아 죽은 시체 옆에 서서, 노적이 불타느라고 화광이 충천한 하늘을 우러러,

"이놈의 세상, 언제나 망하려느냐?"

"우리만 빼놓고 어서 망해라!"

하고 부르짖은 적이 있겠다요.

이미 반세기 전, 그리고 그것은 당시의 나한테 불리한 세상에 대한 격분된 저주요, 겸하여 웅장한 투쟁의 선언이었습니다.

해서 윤 직원 영감은 과연 승리를 했겠다요. 그런데…….

식구들은 시아버지 윤 직원 영감이 보기가 싫은 건넌방 고 씨만 빼놓고, 서울 아씨, 태식이, 뒤채의 두 동서, 모두 안방에 모여 종수를 맞이하는 예를 표하고, 그들의 옹위 아래 윤 직원 영감과 종수는 각기 아랫목과 뒷벽 앞으로 갈라 앉았습니다. 방금 점심 밥상을 받을 참입니다.

"너 경손 애비, 부디 정신 채리라……!"

윤 직원 영감이 종수더러 곰곰이 훈계를 하던 것입니다. 안식구가 있는 데라 점잖게 경손 애비지요.

"……정신을 채리야 헐 것이 늬가 암만히여두 네 아우 종학이만 못히여! 종학이는 그놈이 재주두 있고 착실히여서, 너치름 허랑허지두^{연행이나 상황 따위가} _{허황하고 착실하지 못하지도} 않고 그럴 뿐더러 내년 내후년이며넌 대학교를 졸업허잖냐? 내후년이지?"

"네."

"그렇지? 응, 그래, 내후년이면 대학교 졸업을 허구 나와서, 삼 년이나 다직^{기껏} 사 년만 찌들어 나며넌 그놈은 지가 목적헌, 요새 그 목적이란 소리 잘 쓰더구나, 응? 목적…… 목적헌 경부가 되야 각구서, 경찰 서장이 된담 말

이다! 응? 알겄어."

"네."

"그러닝개루 너두 정신을 바싹 채리 각구서, 어서어서 군수가 되야야 않겄냐? ……아, 동생 놈은 버젓한 경찰 서장인디, 형 놈은 게우 군 서기를 댕기구 있담! 남 부끄러서 어쩔 티여? 응? ……아 글씨, 군수 되구 경찰 서장 되구 허머넌, 느덜 좋구 느덜 호강이지 머 그 호강 날 주냐? 내가 이렇기 아등아등 잔소리를 허넌 것두 다 느덜 위히여서 그러지, 나는 파리 족통만치두 상관읎어야! 알어듣냐?"

"네."

"그놈 종학이는 참말루 쓰겄어! 그놈이 어려서버텀두 워너니 나를 자별허게 ^{친분이 남보다 특별하게} 따르구, 재주두 있구 착실허구, 커서두 내 말을 잘 듣구……. 내가 그놈 하나넌 꼭 믿넌다, 꼭 믿어. 작년 올루 들어서 그놈이 돈을 어찌 좀 히피^{헤프게} 쓰기는 허넝가 부더라마는, 그것두 허기사 네게다 대머는 안 쓰는 심이지. 사내자식이 너처럼 허랑허지만 말구서, 제 줏대만 실헐 양이면 돈을 좀 써두 괜찮언 법이여…… 그래서 지난 달에두 오백 원 꼭 쓸 디가 있다구 핀지히였길래 두말 않고 보내 주었다!"

마침 이때, 마당에서 헴헴, 점잖은 밭은기침 소리가 납니다. 창식이 윤 주사가 조금 아까야 일어나서, 간밤에 동경서 온 전보 때문에 억지로 억지로 큰댁 행보를 하던 것입니다.

윤 주사는 토방으로 내려서는 아들 종수더러, 언제 왔느냐고, 심상히 알은체를 하면서, 역시 토방으로 내려서는 두 며느리의 삼가로운^{삼가는 태도가 있는} 무언의 인사와, 마루까지만 나선 이복 누이동생 서울 아씨의 읍인사를 받으면서, 방으로 들어가서는 부친 윤 직원 영감한테 절을 한 자리 꾸부리고서, 아들 종수한테 한 자리 절과, 이복동생 태식이한테 경례를 받은 후, 비로소 한옆으로 꿇어앉습니다.

"해가 서쪽으서 뜨겄구나?"

윤 직원 영감은 아들의 이렇듯 부르지도 않은 걸음을, 더욱이나 안방에까지 들어온 것을 이상타고 꼬집는 소립니다.

"……멋허러 오냐? 돈 달라러 오지?"

"동경서 전보가 왔는데요……."

지체를 바꾸어 윤 주사를 점잖고 너그러운 아버지로, 윤 직원 영감을 속

사납고 경망스런 어린 아들로 둘러놓았으면 꼬옥 맞겠습니다.

"동경서? 전보?"

"종학이 놈이 경시청에 붙잽혔다구요?"

"으엉?"

외치는 소리도 컸거니와 엉덩이를 꿍 찧는 바람에, 하마 방구들이 내려앉을 뻔했습니다. 모여 선 온 식구가 제가끔 정도에 따라 제각기 놀란 것은 물론이구요.

윤 직원 영감은 마치 묵직한 몽치^{짤막하고 단단한 몽둥이} 로 뒤통수를 얻어맞은 양, 정신이 멍해서 입을 벌리고 눈만 휘둥그랬지, 한동안 말을 못 하고 꼼짝도 않습니다.

그러다가 이윽고 으르렁거리면서 잔뜩 쪼글트리고 앉습니다.

"거, 웬 소리냐? 으응? 으응? ……거 웬 소리여? 으응? 으응?"

"그놈 동무가 친 전본가 본데, 전보가 돼서 자세는 모르겠습니다."

윤 주사는 조끼 호주머니에서 간밤의 그 전보를 꺼내어 부친한테 올립니다. 윤 직원 영감은 채듯 전보를 받아 쓰윽 들여다보더니 커다랗게 읽습니다. 물론 원문은 일문이니까 몰라보고, 윤 주사네 서사 민 서방이 번역한 그대로지요.

"종학, 사상 관계로, 경시청에 피검…… 이라니? 이게 무슨 소리다냐?"

"종학이가 사상 관계로 경시청에 붙잽혔다는 뜻일 테지요!"

"사상 관계라니?"

"그놈이 사회주의에 참예를……."

"으엉?"

아까보다 더 크게 외치면서, 벌떡 뒤로 나동그라질 뻔하다가 겨우 몸을 가눕니다.

윤 직원 영감은 먼저에는 몽치로 뒤통수를 얻어맞은 것같이 멍했지만, 이번에는 앉아 있는 땅이 지함^{地陷 땅이 움푹 가라앉아 꺼짐} 을 해서 수천 길 밑으로 꺼져 내려가는 듯 정신이 아찔했습니다.

그러나 그것은 결단코 자기가 믿고 사랑하고 하는 종학이의 신상을 여겨서가 아닙니다.

윤 직원 영감은 시방 종학이가 사회주의를 한다는 그 한 가지 사실이 진실로 옛날의 드세던 부랑당 패가 백 길 천 길로 침노하는 그것보다도 더 분하고, 물론 무서웠던 것입니다.

진秦나라를 망할 자 호胡라는 예언을 듣고서, 변방을 막으려 만리장성을 쌓던 진시황, 그는 진나라를 망한 자 호가 아니요, 그의 자식 호해胡亥임을 눈으로 보지 못하고 죽었으니, 오히려 행복이라 하겠습니다.[3]

"사회주의라니? 으응? 으응?"

윤 직원 영감은 사뭇 사람을 아무나 하나 잡아먹을 듯, 집이 떠나게 큰 소리로 포효를 합니다.

"……으응? 그놈이 사회주의를 허다니! 으응? 그게, 참말이냐? 참말이여?"

"허긴 그놈이 작년 여름 방학에 나왔을 때버틈 그런 기미가 좀 뵈긴 했어요!"

"그러머넌 참말이구나! 그러머넌 참말이여, 으응!"

윤 직원 영감은 이마로 얼굴로 땀이 방울방울 배어 오릅니다.

"……그런 쳐 죽일 놈이, 깎어 죽여두 아깝잖을 놈이! 그놈이 경찰 서장 허라닝개루, 생판 사회주의 허다가 뎁다 경찰서에 잽혀? 으응? ……오사육시誤死戮屍 오사하여 육시까지 당한다는, 몹시 저주하는 말를 헐 놈이, 그놈이 그게 어디 당헌 것이라구 지가 사회주의를 히여? 부잣놈의 자식이 무엇이 대껴서 부랑당 패에 들어?"

아무도 숨도 크게 쉬지 못하고, 고개를 떨어뜨리고 섰기 아니면 앉았을 뿐, 윤 직원 영감이 잠깐 말을 그치자 방 안은 물을 친 듯이 조용합니다.

"……오죽이나 좋은 세상이여? 오죽이나……."

윤 직원 영감은 팔을 부르걷은 주먹으로 방바닥을 땅 치면서 성난 황소가 영각소가 길게 우는 소리을 하듯 고함을 지릅니다.

"화적패가 있너냐아? 부랑당 같은 수령들이 있너냐? ……재산이 있대야 도적놈의 것이요, 목숨은 파리 목숨 같던 말세末世넌 다 지내가고오…… 자 부아라, 거리거리 순사요, 골골마다 공명헌 정사政事, 오죽이나 좋은 세상이여…… 남은 수십만 명 동병動兵 군사를 일으킴을 히여서, 우리 조선 놈 보호히여 주니, 오죽이나 고마운 세상이여? 으응? ……제 것 지니고 앉어서 편안허게 살 태평 세상, 이걸 태평천하라구 허는 것이여, 태평천하! ……그런디 이런 태평천하에 태어난 부잣놈의 자식이, 더군다나 왜 지가 떵떵거리구 편안허게

---

3) 진시황은 자식인 호해 때문에 나라가 망하는 것을 보지 못하고 죽었지만 윤 직원 영감은 손자 종학 때문에 집안이 몰락하는 것을 봐야 하기 때문이다. 편집자적 논평이 드러나는 부분이다.

살 것이지, 어찌서 지가 세상 망쳐 놀 부랑당 패에 참섭을 헌담 말이여, 으응?"

땅바닥을 치면서 벌떡 일어섭니다. 그 몸짓이 어떻게도 요란스럽고 괄괄한지, 방금 발광이 되는가 싶습니다. 아닌 게 아니라 모여 선 가권들은 방바닥 치는 소리에도 놀랐지만, 이 어른이 혹시 상성^{喪性 본래의 성질을 잃어버리고 전혀 다른 사람처럼 됨}이 되지나 않는가 하는 의구의 빛이 눈에 나타남을 가리지 못합니다.

"……착착 깎어 죽일 놈! ……그놈을 내가 핀지히여서, 백 년 지녁^{징역}을 살리라구 헐걸! 백 년 지녁 살리라구 헐 테여…… 오냐, 그놈을 삼천 석거리는 직분히여 줄라구 히였더니, 오냐, 그놈 삼천 석거리를 톡톡 팔어서, 경찰서으다가 사회주의 허는 놈 잡어 가두는 경찰서으다가 주어 버릴걸! 으응, 죽일 놈!"

마지막의 으응 죽일 놈 소리는 차라리 울음소리에 가깝습니다.

"……이 태평천하에! 이 태평천하에……."

쿵쿵 발을 구르면서 마루로 나가고, 꿇어앉았던 윤 주사와 종수도 따라 일어섭니다.

"……그놈이, 만석꾼의 집 자식이, 세상 망쳐 놀 사회주의 부랑당 패에, 참섭을 히여, 으응, 죽일 놈! 죽일 놈!"

연해 부르짖는 죽일 놈 소리가 차차로 사랑께로 멀리 사라집니다. 그러나 몹시 사나운 그 포효가 뒤에 처져 있는 가권들의 귀에는 어쩐지 암담한 여운이 스며들어, 가뜩이나 어둔 얼굴들을 면면상고^{面面相顧 아무 말도 없이 서로 얼굴만 물끄러미 바라봄}, 말할 바를 잊고, 몸 둘 곳을 둘러보게 합니다.

마치 장수의 주검을 만난 군졸들처럼…….

발단 윤 직원이 삯을 깎으려고 인력거꾼과 실랑이를 벌임

전개 윤 직원은 일본인이 태평천하를 가져왔다고 생각함

위기 아들 창식과 손자 종수가 방탕한 생활을 하자 윤 직원은 손자 종학에게 기대를 걺

절정·결말 종학이 사회주의 운동을 하다가 경찰에 체포되고 윤 직원은 격노함

🔭 생각해 볼까요?

📖 **선생님** 「태평천하」의 표현상 특징을 알아볼까요?
💬 3 ❤️ 3

↳ **학생 1** '~입니다', '~습니다' 등의 경어체 문장을 사용하고 있어요. 이는 독자와의 거리를 좁히면서 작중 인물에 대한 풍자와 조롱을 극대화해요.

↳ **학생 2** 판소리 사설처럼 서술자가 직접 개입하고 있어요. 독자와 등장인물의 중간에 서서 인물과 사건에 대한 작가의 생각과 판단을 드러내요.

↳ **학생 3** 풍자적 수법을 사용해서 겉으로는 치켜세우지만 실제로는 격하시키는 반어적 표현으로 인물의 추악함을 강조해요.

📖 **선생님** 이 작품의 배경인 1930년대의 모습은 어땠을까요?
💬 2 ❤️ 2

↳ **학생 1** 1930년대는 일제가 대륙 진출의 야욕을 노골적으로 드러내던 시기였어요. 언론을 검열하고 집회를 원천 봉쇄하며 한국어 말살 정책이나 창씨개명을 강화하던 시기도 바로 이때예요.

↳ **학생 2** 이러한 일본의 정책은 우리나라를 완전한 식민지로 만들려고 온갖 노력을 기울인 거예요. 친일 세력을 제외한 대부분의 한국인은 극심한 가난에 시달리거나 정치적 압박에 짓눌릴 수밖에 없었어요. 그러므로 이 시기를 태평천하로 인식한 사람은 침략자이거나 침략자에 기생하던 무리였다고 추측할 수 있어요.

📖 **선생님** 윤 직원의 역사의식에는 어떤 문제점이 있을까요?
💬 2 ❤️ 2

↳ **학생 1** 일제 치하에 친일 행각을 일삼던 사람을 가리켜 반민족주의자라고 해요. 윤 직원은 일제가 만든 상업 자본주의 체제하에서 고리대금업을 통해 부를 불린 자이므로 반민족주의자라고 할 수 있어요.

↳ **학생 2** 윤 직원은 "우리만 빼놓고 어서 망해라."라고 외치거나 일제 치하를 태평천하로 인식하는 등 지극히 편협하고 이기적인 현실 인식을 가지고 있어요. 국가와 사회의 안녕보다 자신의 안위와 재산만을 지키려고 한다는 점에서 윤 직원은 비난을 피하기 어려워요.

선생님   내용 중에 '망진자(亡秦者)는 호야(胡也)니라'라는 말이 나와요. 이 말은 무슨 뜻이며, 이 말이 작품에 등장한 이유는 무엇일까요?

 2   ♥ 2

학생 1   중국 진나라의 도인 노생이 진시황에게 "진나라를 망하게 하는 것은 호(胡 오랑캐)입니다."라고 아뢰었어요. 진시황은 이 말을 글자 그대로 해석하여 변경의 오랑캐인 흉노족을 치고 만리장성까지 쌓았어요. 그런데 정작 진나라를 망하게 한 것은 외부의 적이 아니라 진시황 본인의 둘째 아들 호해(胡 亥)의 탐욕과 학정이었어요. 노생은 '호'라는 말에 빗대어 우회적으로 표현했을 뿐이었고, 멸망의 원인은 집안 내부에 있었던 거예요.

학생 2   작가는 윤 직원 영감의 자손들이 퇴폐와 향락에 빠진 것을 진나라가 멸망한 것에 비유하기 위해 '망진자(亡秦者)는 호야(胡也)니라'라는 말을 썼어요. 이처럼 중국의 고사를 인용함으로써 작가는 자신이 말하고자 하는 바를 더 간결하고 효율적으로 전달할 뿐 아니라 자식들의 도덕적 타락에 관대한 아버지들의 속성을 보여 주고 있어요.

판소리 사설

연관 검색어   연희   사설   희화화

판소리는 창과 사설이 결합한 서사 양식이다. 판소리에서 사설이란 연기자가 판소리 사이사이에 엮어 넣는 이야기를 말한다. 사설은 노래보다 언어에 가깝지만 우리 문학 전통에서 노래나 음악과 밀접한 관계를 유지하고 있다. 판소리의 사설은 그 자체로 문학성을 드러내며, 이러한 문학적 전통은 이후의 문학으로 이어진다.

채만식의 「태평천하」, 김유정의 「봄·봄」, 김지하의 「대설 남」, 「횡토」 등에 나다니는 정서나 서술 방식은 판소리 사설의 전통을 계승하고 있음을 보여 준다. 「태평천하」의 서술자는 독자와 등장인물 사이에서 인물이나 사건에 관한 자기 생각을 이야기하는데 이 점이 판소리 사설 투의 연희 전달이라 할 수 있다.

문체는 '-입니다', '-습니다' 등의 경어체를 사용하고, '-겠다요' 등의 빈정대는 말투로 작중 인물을 희화화한다. 이는 판소리나 탈춤 사설에서 볼 수 있는 것으로, 「춘향가」의 방자나 「봉산탈춤」의 말뚝이가 양반을 조롱하는 태도를 보이는 것과 유사하다.

민족의 죄인

#일제강점기　　　#친일　　　#자기반성　　　#자전적

⚓ 작품 길잡이

갈래: 중편 소설
배경: 시간 – 광복 후 / 공간 – 서울
시점: 3인칭 전지적 작가 시점
주제: 친일 행위에 대한 자기반성
출전: 〈백민〉(1949)

📷 인물 관계도

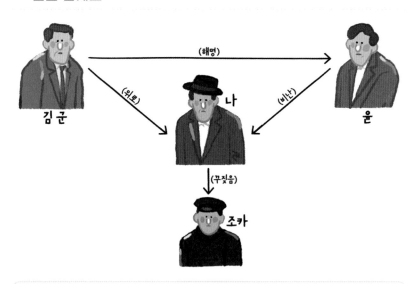

나	어쩔 수 없이 친일 행위를 한 인물로 이를 계속 부끄러워한다.
김 군	신문사에서 일하는 인물로 윤에게 친일을 할 수밖에 없었던 이유를 변명한다.
윤	'나'와 김 군이 친일 행위를 한 것을 비판한다.

📋 구성과 줄거리

발단 **'나'가 친구 김 군이 경영하는 신문사를 방문함**

작가인 '나'는 대화를 나누기 위해 친구 김 군이 경영하는 신문사인 P사에 방문한다.

전개 **'나'는 윤의 조소를 보고 친일 행위를 했던 과거를 회상함**

P사에는 먼저 온 손님 윤이 있었다. 윤은 '나'와 김 군과는 다르게 친일 행위를 하지 않은 사람이다. 그는 '나'가 시골로 도피 생활을 한 일을 꺼내며 노골적인 경멸과 조롱을 보인다. '나'는 일제 강점기에 피동적으로나마 한국 학생들에게 징병에 응할 것을 권유하는 연설을 한 바 있다. 연설이 끝난 후 '나'를 찾아온 학생들에게는 일제에 협력하지 말라고 하기는 했지만, 자신의 연설에 대해서는 죄책감을 느끼며 살아왔다.

위기 **김 군과 윤이 논쟁을 벌임**

'나'의 친구인 김 군과 전직 기자 윤 사이에 논쟁이 벌어진다. 윤은 자신처럼 신문 사를 사퇴하지 않고 일제에 협력한 지식인을 비난한다. 그러나 김 군은 많은 기자가 가난한 살림 때문에 기자를 계속한 것이지 대일 협력을 위한 것은 아니라고 말한다. 오히려 윤이 신문사를 그만둘 수 있었던 것은 그의 부유한 가정환경 때문이라는 것이다.

절정·결말 **'나'가 조카를 질책함**

김 군과 윤 기자의 논쟁에서 '나'는 충격을 받고 낙향을 결심하나, 아내의 간곡한 사정으로 그저 서울에 머물러 지낸다. 이때 '나'의 조카가 나타나 학교가 동맹 휴학이므로 조용히 공부나 하려고 왔다고 한다. '나'는 동맹 휴학에 합세하지 않고 이탈한 조카의 행동을 호되게 나무란다.

민족의 죄인

• 앞부분 줄거리

'나'는 친구 김 군이 운영하는 신문사인 P사에 방문한다. 먼저 P사에 와 있던 윤은 '나'에게 인사를 건네며 '나'의 친일 행위를 조롱하는 말을 한다. '나'는 윤의 말을 듣고 일제로부터 겪었던 고초와 친일 행위를 한 과거를 회상하며 김 군이 오기를 기다린다.

5

주인 김 군이 돌아왔다.

그는 출판을 하자면 선전소용으로도 부득불 잡지를 조그맣게나마 하나 가져야 하겠다는 것과, 그 첫 호를 쉬이 내고자 하니 누구보다도 자네들 두 사람이 편집 방침으로든지 원고로든지 적극적으로 도와주어야 하겠다는 것을 간단히 이야기한 후에 나더러 먼저

"우선 자넬랑은 소설을 한편, 짤막하구두 썩 이쁘장스런 걸루다 한편. 기한은 2주일 안으루…… 이건 '명령적 성질을 가진' 것야. 위반을 했단 괜히."

"어떻게 생긴 소설이 그 이쁘장스런 소설인구?"

나는 농삼아서라도 이렇게 반문할밖에.

"가령 옐 든다면, 자네가 이번에 ××에다 쓴 「맹 순사」 같은 소설은 도저히 이쁘장스런 소설이 아니니깐."[1]

"그렇다면 다른 사람더러 부탁하는 게 술걸."

"이왕 말이 났으니 말이지, 8·15 이후 여지껏 침묵하구 있다 첫 작품이 그런 거라군 좀 섭섭하데이."

"재조'재주'의 원말가 그뿐인걸 어떡허나?"

나는 차라리 그 자리에 윤이 있지 않았다면

"대작을 쓰느라구 침묵했던 줄 알았던감?"

---

1) 「맹 순사」는 채만식의 소설로, 순사나 살인강도나 별반 다를 게 없었던 해방 직후 혼란스러웠던 현실에 대한 비판을 담은 작품이다.

하였을 것이었었다.

"인전 소설두들 쓰기 편허죠?"

윤이 거들고 묻는 말이었다.

"노상^{언제나 변함없이 한 모양으로 줄곧} 그렇지두 않은 것 같습디다. 검열이 없어지구 보니깐, 인력거꾼이 마라송'^{마라톤'의 방언}은 잘 못하듯기."

"아, 내선일체 소설들두 썼을랴드냐 지금야."

검열이 없어지기 때문에 긴장이 풀려서 도리어 쓰기가 헛심^{보람 없이 쓰는 힘}이 쓰인다는 말에 대한 반박이

"내선일체 소설들두 썼을랴드냐."

라니 당치도 아니한 소리였다.

자못 탈선이었다.

나를 욕하고가 싶어 생트집을 잡는 노릇이었다.

나는 속에서 뭉클하고 가슴으로 치닫는 것을 삼키고 참았다. 아니 참고 대들었자 무엇 뀐 놈이 성낸다는 꼴이요, 치소^{恥笑 부끄러워 웃는 웃음}나 더할 따름이었다.

험하여지는 공기를 눈치채고 김 군이 얼른 말머리를 돌려놓는다.

"소설은 아무턴 그럭허기루 허구. 윤 군 자넬랑은 이걸 좀 써주겠나? 패전을 통해 본 일본인의 민족기질."

"내 영역두 아니지만, 그런 게 무슨 제목거리가 되나?"

"삼기루 들면 크지. 난 그래 좌담회라두 열까 했지만 그럴 것꺼진 없구. 아 학생들이 심지어 중학생꺼지두 10년 후에 보자면서 요새 여간 긴장과 열심들이 아니래잖아? 그런데 한편으루 재밌는 모순은 딱 전쟁에 지구 나니깐 그 흙개 빠지구 비굴하던 꼬락서닐 좀 보란 말야. 세상 앙칼지구 기승스럽구 도고허구 하던 거, 그거 일조에 다 어디루 가구서들 그 따위루 비굴하구 반편스럽구 겁 많구 하느냐 말야. 난 사실 일본이 전쟁에 져 항복을 하는 날이면 굉장히 자살들을 하구 나가자빠지려니 했었는데, 웬걸…… 더구나 지도자 놈들 고런 얌체빠지구 뻔뻔스럽다군. 그중에서두 조선 나와 있던 놈들, 그 기강^{氣綱}, 그 교만 다 어떡허구서…… 무엇이냐 고천^{古川} 이놈은 함북지사루 갔다 게서 붙잽힌 채 경찰서 고스까이질^{하인}을 하구 있더라구?"

"흥, 남 말을 왜 해."

윤은 그러면서 입을 삐쭉

"명색이 지도자놈들이 얌체빠지구 뻔뻔스런 건 하필 왜놈들뿐이던가? 조선놈들은 어떻길래?"

"조선 사람 문젠 그 제목엔 관계가 없으니깐 잠깐 보류하구……."

김 군이 나의 낯꽃 감정의 변화에 따라 얼굴에 드러나는 표시 을 살피면서 그러던 것이나 윤은 묵살하고 그대로 계속하여

"왜놈들의 주구 走狗 남의 사주를 받고 끄나풀 노릇 하는 사람 가 돼가지구 온갖 아첨 다하구, 비윌 맞추구 하면서 순진한 청년 어리석은 백성을 모아놓군 구린내 나는 아굴찌루다 지껄인닷 소리가, 황국신민이 되라 하기, 내선일체를 하라 하기. 미국 영국은 도둑눔이요 불의하구 전쟁에는 반드시 지구 멸망할 운명에 있구, 일본은 위대하구 정의요 전쟁엔 반드시 이기구 영원투룩 번영할 터이구 한다면서. 그러니 지원병에 나가구 학병에 나가구 증병에 나가 일본을 위해 개주검을 하라구 꼬이구 조르기. 굶어 죽더라두 농사한 건 있는 대루 죄다 공출에 바치라구 꼬이구 조르기. 가족은 유리하구 집안은 망하더라두 증용에 나가라구 꼬이구 조르기……."

"너무 과격해. 너무 과격해. 잡지 편집회의룬 탈선야."

"개중에두 제 소위 소설가니 시인이니 하는 놈들……."

그러다 윤은 나를 힐끗 돌려다보면선―그것은 차마 정시 正視 똑바로 봄 하기 어려운 적의와 증오로 찬 얼굴이었다―그런 얼굴로 나를 돌려다보면서

"비단 당신 하나를 두구서 하는 말이 아니니 어찌 생각은 마슈."

하고는 도로 김 군더러

"잘하나 못하나 소설이니 시니 해서 예술일 것 같으면 양심의 활동이요, 진리 眞理 의 탐구와 그 표현이 아냐 말야. 물론 소설가나 시인 두 사람인 이상 입으룬 거짓말을 한다구 하겠지만, 붓으룬 거짓말을 하길 싫여하는 법인데, 또 해필 아니 되는 법인데, 그래 멀쩡한 거짓말루다 황국신민 소설, 내선일체 소설을 쓰구, 조선 청년이 강제 모병에 끌려나가 우리의 해방에 방해되는 희생을 하구 한 걸 감격하구 영웅화하는걸 쓰구 했으니 그게 예술가야? 예술과 예술가의 이름을 똥칠한 놈들이요, 뱃속에 가 진실과 선과 미를 찾아 마지않는 양심 대신, 구더기만 움덕거리는 놈들이 아니구 무어야?"

"대관절 이 사람, 패전을 통해 본 일본인의 민족기질을 써줄 심인가 말심인가?"

"그랬거들랑 저윽히 인간적 양심의 반 조각이라두 남은 놈들이라면,

8·15를 당해 조금이라두 뉘우치는 부끄러하는 무엇이 있어야 할 꺼 아냐? 제법 보꾹^{지붕의 안쪽}에다 목을 매구 늘어지던 못한다구 할값이라두 죽은 듯이 아뭇 소리 말구 처박혀 있기나 했어야 할 게 아냐? 그런데 글쎄, 그러기는 커녕 8·15 소리가 울리기가 무섭게 정말 나서야 할 사람보담두 저이가 먼점 나서가지구—진소위^{眞所謂 정말 그야말로} 선가^{船價 뱃삯} 없는 놈이 배 먼점 오른다는 격이었다—그래가지군, 바루 그 전날꺼지, 그 전날꺼지가 무어야, 그날 아침 꺼지두 총독부루 군부루 총력연맹으로 쫓어댕기구 일본을 상전처럼 어미 아비처럼 떠받치구 미국 영국을 불공대천지 원수루 저주 공격하구, 백성들 더러 어째서 황국신민이 아니 되느냐구, 어째서 증병이며 증용을 꺼려하느 냐구, 어째서 공출을 잘 아니 내느냐구 꾸짖구 호령하구 하던 그 아굴찌, 그 붓토막으루다, 온 아무리 낯바닥이 쇠가죽같이 두껍기루소니 몇 시간이 못돼 그 아굴찌 그 붓토막으루다 눌러 그대루 악독한 우리의 원수 왜놈은 굴복했다. 우리들 피 빨아먹던 강도 왜놈은 물러갔다, 우리의 민족정신을 말살하려 황국신민이니 내선일체니 하던 기만의 통치와 지배는 무너졌다. 강제모병 강제증용 강제증발의 온갖 압박과 착취의 쇠사슬은 끊어졌다. 자 해방이다. 4천 년의 유구한 역사와 찬란한 문화와 독자한 전통으로 빚어진 3천만 겨레의 민족혼은 제국주의 일본과 36년 꾸준히 싸워왔다. 그리고 지금이야 3천 리 강산에 해방이 왔다. 자 건국이다. 너두 나두 다투어 건국에 몸을 바치자. 그러나 친일파와 민족반역자를 처단하라. 그놈들은 왜놈에게 민족을 팔아먹은 놈들이다. 왜놈들이다. 왜놈보다 더 악독하게 우리를 괴롭힌 놈들이다. 오오, 우리의 해방의 은인이 온다. 위대한 정의의 사도 연합군을 맞이하자. 이런 소리가 아무려면 그래 제 얼굴이 간지라워서라두, 제 계집자식이 면괴스러워서라두^{낯을 들고 대하기에 부끄러운 데가 있어서라도} 차마 지껄여지며 써지느냐 말야. 오늘은 이가의 내일은 김가의 품으루 굴러댕기는 매춘부는 차라리 동정할 여지나 있지. 고 따위루 비루하구 얌체 빠지구 뻔뻔스런 것들이 그게 사람야? 개도야지만두 못한 것들이지. 도둑놈의 개두 제 주인은 섬길 줄은 안다구 아니해?"

"자, 인전 엔간치 막설^{莫說 말을 그만둠}하는 게 어때? 그만하면 자네란 사람이 얼마나 박절한^{인정이 없고 쌀쌀한} 사람이란 건 넉넉히 설명이 됐으니."

김 군은 조금 아까부터 신문을 오려 스크랩에 붙이고 있었다.

김 군의 음성은 자못 준절^{峻節 매우 위엄이 있고 정중하다}하였다. 얼굴도 그러하였다.

김 군은 졸연히 ^{갑작스럽게} 흥분을 하거나 분노를 겉으로 드러내거나 하는 사람이 아니었다. 그러므로 시방 그만 정도의 준절한 음성과 얼굴은 다른 사람의 웬만치 성이 난 것이나 일반으로 보아도 무방하였다.

윤은 상관 않고 하던 말을 최후까지 계속한다.

"난 그러니깐, 그런 개도야지만 못한 것들이 숙청이 되기 전엔 건국사업이구 무엇이구 나서구 싶질 않아. 도저히 그런 더러운 무리들과 동석은 할 생각이 없어."

"사람이 자네처럼 그렇게 하찮은 자랑을 가지구 분수 이상으루 남한테 가혹해선 자네 일신상두 이롭지가 못하구 세상에두 용납을 못하구……."

"무어? 하찮은 자랑이라구? 분수 이상이라구?"

윤은 퍼르등해서 대든다.

김 군은 일하던 것을 놓고, 두 팔로 턱을 괴고 탁자 너머로 윤을 마주보면서 응한다.

"윤 군 자네, 나를 대일협력을 했다구 보나? 아니했다구 보나?"

"했지, 그럼 아니해?"

"적실히 ^{틀림이 없이 확실하게} 했다구 보지? 그런데 자네 일찍이 조선 사람 지도자나 지식층에 대한 일본의 공세—총독부의 소위 고등정책이라는 거 말일세. 거기 대해서 반격을 해본 일이 있는가?"

"……?"

"손쉽게 총력연맹이나 시굴 경찰서에서 자네더러 시국강연을 해달라는 교섭 받은 적 있었나?"

"없지."

"원고는?"

"없지. 신문사 고만두면서 이내 시굴루 내려가 있었으니깐."

"몰라 물은 게 아닐세. 그러니 첫째 왈 자네는 자네의 지조의 경도^{硬度}를 시험받을 적극적 기획 가져보지 못한 사람. 합격품인지 불합격품인지 아직 그 판이 나서지 않은 미시험품. 알아들어?"

"그래서?"

"남구루 치면 단 한 번이래두 도끼루 찍힘을 당해본 적이 없는 남구야. 한 번 찍어 넘어갔을는지 다섯 번 열 번에 넘어갔을는지 혹은 백 번 천 번을 찍혀두 영영 넘어가지 않았을는지 걸 알 수가 없지 않은가?"

"그래서?"

"그러니깐 자네의 지조의 경도硬度란 미지수여든. 자네가 혹시 그동안 꾸준히 투쟁을 계속해온 좌익운동의 투사들이나 민족주의 진영의 몇몇 지도자들처럼, 백 번 천 번의 찍음에 넘어가지 않구서 오늘날의 온전을 지탱한 그런 지조란다면, 그야 자랑두 하자면 하염즉하겠지. 그러지 못한 남을 나무랠 계제 어떤 일을 할 수 있게 된 형편이나 기회두 있자면 있겠지. 그러나 어린 아이한테 맡기기두 조심되는 한 개의 계란일는지, 소가 밟아두 깨지지 않을 자라등일는지 하옇든 미시험의 지조를 가지구 함부루 자랑을 삼구 남을 멸시하구 한다는 건 매양 분수에 벗는 노릇이 아닐까?"

"내가 무슨 자랑으루 그런대나?"

"의식적이건 무의식적이건…… 그리구 둘째루 자넨 자네의 결백을 횡재한 사람."

"결백을 횡재하다께?"

"자네와 나와 한 신문사의 같은 자리에 있다가 자넨 사직을 하구 나가는데 난 머물러 있지 않었던가?"

"그래서?"

"그것이 난 신문기자의 직업을 버리구 나면 이튿날버틈 목구멍을 보전치 못할 테니깐, 그대루 머물러 있으면서 신문을 맨들어냈구, 그 신문을 맨드는 데에 종사한 것이 자네의 이른바 나의 대일협력이 아닌가?"

"그렇지."

"그런데 자넨 월급봉투에다 목구멍을 틀었지 않드래두 자네 어른이 부자니깐, 먹구 사는 걱정은 없는 사람이라 선뜻 신문기자의 직업을 버리구 말었기 때문에 자넨 신문을 맨든다는 대일협력을 아니한 사람, 그렇지 않으가?"

"그래서?"

"그렇다면 걸 재산적 운명이라구나 할는지, 내가 결백할 수가 없다는 건 가난했기 때문이요, 자네가 결백할 수가 있었다는 건 부잣집 아들이었기 때문이요 그것밖엔 더 있나? 자네와 나와를 비교 대조해서 볼 때 적어두 그렇잖아? 물론 가난하다구서 절개를 팔아먹었다는 것이 부꾸런 노릇이야 부꾸런 노릇이지. 또 오늘이라두 민족의 심판을 받는다면, 지은 죄만치 복죄伏罪 죄를 순순히 인정함할 각오가 없는 배두 아니구. 그렇지만 자네같이 단지 부자

아버질 둔 덕분에 팔아먹지 아니할 수가 있었다는 절개두 와락 자랑거린 아닐 성부르이."

"그건 진부한 형식논리요 결국은 억담. 월급쟁이가 반드시 신문사 밥만 먹어야 한다는 법은 있던가? 신문기자 말구 달리 얼마던지 월급쟁이질을 할 자리가 있지 않아?"

"가령? 은행원?"

"은행이든지, 보통 영리회사든지."

"은행은 대일협력 아니하구서 초연했던가?"

"하다못해 땅은 못 파먹어?"

"……"

김 군은 어처구니가 없다고 뻐언히 윤을 바라보다가

"철이 안직 덜 났단 말인가? 일부러 우김질^{우기는 짓}을 하자는 심인가?"

"말을 좀 삼가는 게 어때?"

"진정이라면 나두 묻거니와 나랄지 혹은 그 밖에 자네와 가차운 친구루 불쾌한 세상을 버리구 시굴루 가 땅이라두 파먹을까 하구서 자네더러 얼마간의 토지를 빌리라구 했을 경우에, 선뜻 그것을 받아줄 마음의 준비가 있었던가?"

"누가 그런 계획은 했으며, 나더러 와 토질 달라구 한 사람은 있어?"

"옳아. 달란 말을 아니했으니깐 주지 아니했다. 그럼 그건 불문에 넘기구. 자네 말대루 시굴루 가 땅을 파…… 농민이 되는 거였다?"

"그렇지."

"신문기자가 신문을 맨드는 건 대일협력이구, 농민이 농사해서 별 공출해서 왜놈과 왜놈의 병정이 배불리 먹구 전쟁을 하게 한 건 대일협력이 아닌가?"

"지도자와 피지도자라는 차이가 있지 않아? 신문은 대일협력을 시키구 농민은 따라가구 한 그 차이가 적은 차일까?"

"농민들이 벼 공출을 한 것이나, 젊은 사람들이 지원병과 학병에 나간 것이나 완전히 조선 사람 선배랄지 지도자의 말만을 듣구서 비로소 공출을 하구 병정에 나가구 한 거라면 지식층의 대일 협력자만은 백이면 백, 천이면 천 죄다 목을 잘라야지. 그렇지만 여보게 윤 군. 농민 만 명더러 일일이 물어본다구 하세. 구장과 면직원의 등쌀에, 순사들이 들끌어나와 뒤져가구 숨겨둔 걸 내놓라구 유치장에다 가두구서 때리구 하는 바람에 공출을 했느냐. 모모한 사람들이 연설루, 소설루 신문에서 공출을 해야 한다구 하는 말을 듣구 그런가보다 여기구서 자진해 공출을 했느냐. 아주 곧이곧대루 대답을 하라구. 한다면 모르면 모르되, 나는 구장이나 면직원의 등쌀에, 순사와 형벌이 무서워서 억지루 공출을 낸 것이 아니라 어떤 조선 양반의 강연을 듣구 옳게 여겨서, 어떤 소설을 읽구 감동이 돼서, 아모 때의 신문을 보구 좋게 생각이 들어서, 그래 우러나는 마음으루 공출을 했소 대답할 농민은 만 명에 한 명두 어려우리. 지원병이나 학병두 역시 같은 대답일 것이구⋯⋯ 도대체가 당년의 조선 사람들이, 더우기 청년들이 대일협력을 하구 댕기는 지도자란 위인들이 하는 소릴 신용을 한 줄 아나? 신용은 고사요, 자네 말따나 개도야지만두 못 알았더라네. 그런 지도자 명색들의 말을 듣구서 공출을 했을 게 어딨으며, 지원병이니 학병이니 나갔을 게 어딨어? 왜놈이나 공관리들의 강제에 못이겨 했지 아니면, 저이는 저이대루 호신지책으루 한 거지.”

"자네 논법대루 하자면, 그럼 친일파나 민족반역잔 한 놈두 없구 말겠네 나 그려?”

"지끔 이 방 안에만 해두 사람이 셋이 모인 가운데 둘이 민족반역잔데 없어?”

"처단할 놈 말야.”

"많지. 그렇지만 벌이라는 건 그 범죄가 끼친 영향을 참작하구 범죄자의 정상을 참작하구, 그리구 범죄 이후의 심리와 행동을 참작하구, 그래가지구 처단에 경중이 있어야 하는 법이지, 자네 같을래서야 3천만 가운데 장정의 태반은 죽이자구 할 테니, 그야말루 뿔을 바루잡으려다가 솔 죽이는 격이 아니겠는가?”

"웬만한 놈은 죄다 쓸어 숙청은 해야지, 관대했다간 건국에 큰 방해야. 38 이북에서 하듯기 해야만 해. 그리구 난 누가 무슨 말을 하거나. 그 비루하구 얭체빠지구 뻔뻔스럽구 한 인간성 그게 싫여. 소름이 끼치두룩 싫구 얄미워. 그런 것들과 조선 사람이라는 이름을 같이한다는 것꺼지두 욕스럽고 불쾌해.”

김 군은 노상히 김 군 자신의 일제 강점기에 신문이나 맨들었다는 실상 문제 이하의 대일협력 사실을 구구히 발명하자는 의사라느니보다도, 하도 민망하던 나머지, 그의 두루춘풍식의 처세법을 잠시 훼절_{毀節 절개나 지조를 깨뜨림}을 하고, 나를 위해 윤에게 싸움을 걸었던 것이었다.

그러나 김 군의 대일협력자에 대한 변호는 윤의 말이 아니라도, 억지 옛 형식논리에 기울어진, 그래서 대체가 모두 옹색스럽고 공극투성이였었다.

가사, 완전히 변호가 되었다고 하더라도 피고 격인 내가 우선

“아니 검사의 논고가 옳고, 변호인의 주장은 아모 소용도 없어.”

이런 심리상태인데야 더욱 말할 나위도 없었다.

또 윤의 지조나 결백 문젠데, 이것은 더구나 문제가 아니었다. 윤의 지조가 아무리 미시험의 것이기로니, 결백이 재산의 덕분이기로니, 죄인을 공격할 자격이 없으란 법은 없는 것이었었다.

이윽히 기다려도, 윤은 더는 말이 없었다.

나는 이 자리에서의 나의 의무를 다한 것으로 알고 김 군과 윤을 작별한 후 P사를 나왔다.

나의 얼굴의 한 점의 핏기도 없어지고 만 것을 나는 거울은 보지 아니하고도 진작부터 알 수가 있었다.

김 군이 뒤미처 따라나와 아래층까지 배웅을 하여 주었다.

“일수—數 그날의 운수가 나빴나 보이.”

김 군이 작별로 잡았던 손을 풀고 웃으면서 하는 말이었다.

나도 웃으면서 한마디 하였다. 그러나 김 군에게는 울음같이 보였을는지도 몰랐다.

“죽기만 많이 못한가 보이.”

그랬더니 김 군은 고개를 가로 여러 번 저으면서

“이왕 깨끗했을 제 분사憤死 분에 못 이겨 죽음를 못했을 바엔 때가 묻어가지구 괴사愧死 몹시 부끄러워서 죽음라니 더욱 치사스러이.”

듣고 보니 적절하였다. 빈틈없이 적절하였다.

그 빈틈없이 적절한 말을 해버리는 김 군이 나는 문득 원망스럽다.

“자네가 오히려 시어미로세.”

거리에 나서니 가벼운 현기가 났다.

흐렸던 하늘에서는 어느덧 심란스런 비가 내리고 있었다.

사람과 건물과 거리로 된 세상이, P사를 들르던 한 시간 전과는 어딘지 달라져 보였다.

6

집으로 돌아와, 병난 사람처럼 오늘까지 꼬박 보름을 누워 있었다.

조반보다도 점심에 가까운 나 혼자의 밥상을 받고 앉아서 아내더러 밑도 끝도 없이 말을 내었다.

"도루 시굴루 내려갑시다."

"……"

아내는 놀라지 않는다.

아무렇지도 않게 출입을 나갔던 사람이, 별안간 죽을 상이 되어가지고 돌아와 처음엔 병인가 하였으나 보아하니 병은 아니어. 그러면서도 여러 날을 앓는 사람처럼 누워 있어, 정녕 밖에서 무슨 사단이 있었거니 하였었다. 그러자, 불쑥 그런 말을 내어. 일변 해방 후로부터 더럭 동요가 된 심경은 모르지 않는 터이라, 그 사단이라는 것이 어떠한 성질의 것이었음을 짐작할 수 있었을 것이었었다.

아내는 한참만에야 대답이다. 그는 언제고 나보다는 침착하고 현실적인 사람이었다.

"내려가얄 사정이면 내려가는 것이지만서두…… 내려가니, 가서 살 도리가 있어야 말이죠."

"……"

"낯모르구 아무 반연絆緣 얽히어 맺어지는 인연 없는 고장으룬 갈 수가 없구, 가자면 매양 고향 아녜요? 그 벽강궁촌에서 취직 같은 거래두 할 기관이 있어요? 천생 농사밖엔 없는데, 작년 일 년 지나본 배, 어디……."

작년 일 년 가 있으면서 농사라고 하여본 경험의 결론은, 우리 같은 사람은 도저히 농사를 해먹고 살 수 있는 사람이 아니라는 것이었었다. 우리의 체력이 우리의 가족을 먹일 만한 농사를 해내기엔 너무도 빈약한 것이기 때문이었다.

우리 내외가 밭을 기를 쓰고 가꾸어도, 밭농사로 오백 평을 벗지 못한다.

밭농사 오백 평이면, 채마와 마늘, 고추, 호박 따위의 울안울타리를 둘러친 안 농사에 붙과한 것이다.

채마 등속의 울안 농사 외에 보리니 콩이니 고구마니 하는 것은 순전히 농군을 사대어야만 한다.

7, 8명의 한 가족이, 소작농으로서 일 년 계량의 벼를 확보하자면 적어도 삼천 평의 논을 소작하여야 한다.

이, 삼천 평의 논농사와 보리며 콩 같은 밭농사를 하자면, 줄잡아 연인원延人員 이백 명의 농군을 사대어야 한다.

바로 최근 시세로 나의 고향에서 농군 한 명에 대하여 점심 저녁 두 때와

술 한 차례 먹이고 품삯이 하루 육칠십 원이다.

먹이는 것과 품삯을 치면 이백 명 삯군을 대는 데 이만 오천 원이 든다.

그 이만 오천 원이 있어야 나는 시골로 가서 농사를 하고 사는 것이다. 옛날 돈으로 이백오십 원이라고 하지만, 나에게는 이만 오천 원이 결코 쉬운 돈이 아니다.

그러나마 금년에 이만 오천 원의 농자農資 '농업 자본'의 줄임말를 들여놓으면 언제까지고 그것이 밑천으로 살아 있느냐 하면, 아니다. 명년이듬해 가서는 또다시 그만한 농자를 들여야 하는 것이다.

농사란 결국 제 가족이 먹을 것을 제 손발로 농사할 수 있는 사람─농민만이 하기로만 마련인 것이었다.

따스한 햇볕이 드리운 마루에서 다섯 살배기 세 살배기의 두 어린 것이 재깔거리면서 무심히 놀고 있다.

오래도록 어린것들에 가 눈이 멎었던 아내는 한숨을 내쉬면서 말한다.

"정히 서울이 싫구 하시다면, 가 살다 못살값이라두 가기가 어려우리까만, 저 어린것들이 가엾잖아요? 젤에 교육을 어떡허겠어요? 내명년이면 우선 하날 소학골 보내야 하는데 학교꺼지 십 리 아녜요? 일곱 살배기가 매일 십 리 왕복이 무리두 무리지만, 그렇게라두 해서 소학골 마쳐준다구. 중학 이상은 가량이 없잖아요? 무슨 수에 학잘 대서, 서울루던 공불 보내게 되진 못할 것이구……."

"……."

"시굴서 길러 소학교나 마쳐주구 만다면 천생 농민인데, 농민이 구태라 나쁠 며리'까닭'이나 '필요'의 뜻을 나타내는 말야 없지만, 그래두 천품을 보아 예술 방면으루던 과학 방면으루던, 재조가 있는 게 있다면, 그 방면으루 발전을 시켜주는 것이 어미아비 도리가 아녜요?"

"……."

"여보?"

"……."

"우린 다 죽은 심 칩시다."

"……."

"죽은 심 치면 못 참을 건 있으며 못 견델 건 있어요?"

"……."

"당신, 죄지셨잖아요? 그 죄, 지신 채 그대루, 저생 가시구퍼요?"

아내가 나를 죄인이라 부르기는 처음이었다. 그는 울면서 그 말을 하였다.

나를 죄인이 아니라 여기려고 아니하는 이 낡아빠진 아내가, 나는 존경스럽고 고마웠다.

"당신야 존재가 미미하니깐 이댐에 민족의 심판을 받지두 못하실는진 몰라두, 가사 받아서 벌을 당한다구 하더래두, 형벌이 죌 속량해^{속죄해} 주는 건 아니잖아요?"

"……."

"이를 악물구, 다른 것 다 돌아보랴 말구서 저것들 남매 잘 길러 잘 교육시키구, 잘 지도하구 해서 바른 사람 노릇 하두룩, 남의 앞에 떳떳한 사람 노릇 하두룩 해줍시다. 아버지루써 자식한테 대한 애정루나, 죄인으루써 민족의 다음 세대에 다 속죌 하는 정성으루나."

"……."

"어미 애비의 허물루, 그 어린 자식한테까지 미쳐가서야 어린것들을 위해 너무두 슬픈 일이 아녜요?"

"……."

"원고 쓰실랴 마세요. 차라리 영리회사 같은 데 취직이래두 하세요. 것두 싫으시거든 얼마 동안 집안에 들앉어 기세요. 내가 박물 보퉁이래두 이구 나서리다."

"……."

"……."

"그런 것 저런 것을 모르는 배 아니오마는, 하두 인생이 구차스러 못하겠구려. 구차스럽구, 울분이 도무지 어따 대구 풀 길이 없는 울분이 가슴 속에가 뭉쳐가지구 무시루 치달아 오르구."

마악 이러고 있을 즈음에 조카아이가 푸뜩 당도하였다. ××서 중학 상급 학년에 다니는 넷째 형의 아들이었다. 조카라지만 정이 자별하여 친자식이나 다름없는 조카였었다.

일요일도 아닌데 올라온 연유를 물었더니, 주저하다가 대답이었다.

"아이들이 동맹휴학을 했대요. 전 그래 거기 들기두 싫구 해서 일 해결될 때꺼정 여기서 공부나 할 영으루……."

"동맹휴학은 어째?"

"선생 배척이래요."

"선생이 어쨌길래?"

"선생 하나가 새루 왔는데, 일정시대 서울 어떤 학교에 있을 적버틈 유명한 친일패였드래요."

"어떻게?"

"창씨 아니한 학생 낙제시키기, 사살살 뒤밟다 조선말 하는 거 붙잡아다 두들겨주기, 저의 학교루 와서두 연성 일본말루다 지껄이구, 머 여간만 건방진 거 아녜요."

"그 선생이 적실히 친일파요, 그런 나쁜 짓을 했다는 건 어떻게 알았어?"

"그 학교 댕기던 아이가 몇이 전학을 해왔어요."

"그애들 말만 듣구?"

"그애들 말 듣구서 다시 조살 했대나 바요."

"그러면…… 너두 인전 나이 20이요 중학 졸업반이니, 그런 시비곡직^{옳고 그르고 굽고 곧음}은 혼자서 판단할 힘이 있어야 할 거야. 없다면 천치구."

"……"

"그래, 그런 선생을 배척하는 학생편이 옳으냐? 잘못이냐?"

"학생이 옳아요."

"옳은 줄 알면서 어째 넌 빠지구 아니 들어?"

"……"

"응?"

"낼 모레가 졸업인데, 공불 해야 상급학교 입학시험을 치죠. 조행^{操行 태도와 행실을 아울러 이르는 말}에두 관계가 될걸요."

"이놈아!"

아이 저는 물론이요, 옆에 앉았던 아내까지도 질겁해 놀라도록 나의 목청은 높았다. 가슴에 뭉친 그 울분의 애꿎은 폭발이었으리라.

"동무들이 동맹휴학이란 비상수단까지 써가면서, 옳은 것을 주장하는데, 넌 그것이 번연히^{분명하게} 옳은 줄 알면서두 빠져? 공부 좀 밀진다구? 조행에 관계된다구?"

"……"

"저 한 사람 조그만한 이익이나 구차한 안전을 얻자구, 옳은 일 못하는 거 그거 사람 아냐. 너 명색이 상급생이지?"

"네."

"반장이지?"

"네."

"아이들이 널 어려워하구, 네가 하는 말을 믿구 잘 듣구 그랬드라면서?"

"네."

"그래 더구나 그런 놈이, 네가 나서서 주동을 해야 옳지, 뒤루 실며시 빠져? 넌 그러니깐 반역행월 한 놈야. 그 따위루 못날 테거든 진작 죽어 이놈아."

"……."

"옳은 일을 위해 나서서 싸우는 대신, 편안하구 무사하자구 옳지 못한 길루 가는 놈은, 공부 아냐 뱃속에 육졸 배포했어두 아무짝에두 못 쓰는 법야."[2]

"……."

"학문은 영웅지여사學問英雄之餘事란 말이 있어. 사람이 잘나야 하구, 학문은 그 댐이니라. 인격이 제일이요, 지식은 둘째니라 이 뜻야. 공부보다두 위선위선 사람이 돼야 해. 옳은 일을 하기 위해선 불 가운데라두 뛰어들어갈 용기. 옳지 못한 길에는 칼을 겨누면서 핍박을 하더래두 굽히지 않는 절개. 단체를 위한 일이면 개인을 돌아보지 않는 의협. 그런 것이 인격야. 그러구서야 학문도 필요한 법야. 알았어, 이놈아."

"네."

"당장 가. 가서 같이 해. 퇴학맞아두 좋다, 금년에 상급학교 들지 못해두 상관 없어."

"네."

"비단 동맹휴학뿐 아니라, 어델 가 무슨 일에던지 용렬히 사람이 변변하지 못하고 졸렬하게 굴진 마라. 알았어?"

"네."

기회가 다른 기회요, 다수히 훈계를 하기 위한 훈계였다면 형식과 방법이 매양 이렇지도 않았을 것이었었다.

내가 생각을 하여도 중뿔난 어떤 일에 관계없는 사람이 불쑥 참견하며 나서는 것이 주제넘은 것이었고, 빠안히 속을 아는 아내를 보기가 쑥스럽다.

그러나, 그러면서도 한편으로 무엇인지 모를 속 후련하고, 겸하여 안심되는 것 같은 것이 문득 느껴지고 있음을 나는 스스로 거역할 수가 없었다.

---

2) 자신의 안위를 위해 친일 행위를 한 것에 대한 '나'의 죄의식이 드러나 있는 부분이다.

발단 '나'가 친구 김 군이 경영하는 신문사를 방문함

전개 '나'는 윤의 조소를 보고 친일 행위를 했던 과거를 회상함

위기 김 군과 윤이 논쟁을 벌임

절정·결말 '나'가 조카를 질책함

🔭 생각해 볼까요?

📖 **선생님** 작가는 김 군과 윤의 대립을 통해서 무엇을 말하고 싶었던 걸까요?
💬 2 🤍 2

↳ **학생 1** 윤은 '나'의 친일 행위를 반민족적 행위라며 비판해요. 이에 김 군은 윤이 재산 덕분에 결백할 수 있었다는 것과, 친일을 하지 않으려고 일자리를 버린다면 당장 생활을 유지할 수 없었다는 상황 논리를 내세워 친일 행위를 변호해요.

↳ **학생 2** 작가는 친일 행위의 잘못은 인정하면서도 한편으로는 결국 모두가 민족의 죄인이고 결국 아무도 죄인이 아니라는 생각을 드러내고 있어요.

📖 **선생님** 「민족의 죄인」은 채만식의 자전적 소설이에요. 채만식이 왜 이런 소설을 창작했는지 함께 생각해 봐요.
💬 2 🤍 2

↳ **학생 1** 이 작품에는 과거 친일 행위에 대해 부끄러움을 느끼는 '나'의 내면이 상세하게 묘사되어 있어요. 채만식은 일제를 찬양하고 징병을 선전하는 산문을 발표하는 등 친일 활동에 적극적으로 참여하였어요. 이랬던 그가 광복 후 발표한 「민족의 죄인」을 통해서 자신의 친일 행위를 반성한 거예요.

↳ **학생 2** 당시에는 친일 행위를 한 자들에 대한 청산 문제가 대두되고 있었어요. 채만식은 그에 대한 두려움을 소설로 나타냈다고도 볼 수 있어요. 광복 당시의 친일적 과오를 양심적으로 문제 삼았다는 점에서 높이 평가받기도 하지만 일종의 자기 변명으로 보기도 해요.

반민족 행위 처벌법	▽ 🔍

연관 검색어 반민특위 친일 반민족 행위자 이승만 정부

반민족 행위 처벌법은 일제 강점기 중 친일 행위를 하여 나라와 국민에게 피해를 끼친 친일파들을 처벌하기 위해 1948년에 제정된 법안이다. 한일병합에 협력한 사람, 일본으로부터 작위를 수여 받은 사람, 독립운동을 방해한 사람 등이 처벌 대상이었다. 처벌 대상의 재산을 몰수하거나 징역형 또는 사형을 내림으로써 처벌하였다.
반민족 행위 처벌법을 집행하기 위해 국회는 반민족 행위 특별 조사 위원회를 세웠다. 반민특위라고도 불렸던 이 기관은 친일파들의 힘으로 세력을 유지했던 이승만 정부에게 번번이 활동을 방해받다가 1949년에 해체를 맞았다.

김동인
(1900~1951)

✉ **작가에 대하여**

호는 금동(琴童). 평안남도 평양 출생. 일본 메이지학원대학 중학부를 졸업하고, 화가가 되기 위해 가와바타 미술 학교를 다니다 중퇴하였다. 1919년 주요한, 전영택 등과 함께 최초의 문학 동인지 〈창조〉를 발간하고, 창간호에 최초의 자연주의 작품으로 알려진 「약한 자의 슬픔」을 발표하였다.

자연주의적 사실주의 계열에 속하는 「배따라기」, 「감자」, 「태형」, 「발가락이 닮았다」 등과 탐미주의적 계열에 속하는 「광염소나타」, 「광화사」, 민족주의적 색채를 보이는 「붉은 산」 등 다양한 단편 소설을 발표하였다. 「젊은 그들」, 「운현궁의 봄」, 「대수양」 등 후기의 장편 소설들은 상업적이면서 통속적인 경향을 보여 준다. 이는 방탕한 생활과 사업 실패로 가산을 탕진한 후 생활고를 해결하기 위해 소설 쓰기에 진력한 것과 무관치 않다.

김동인은 문학에서의 계몽주의 청산, 소설의 구어체 문장 확립, 순수 문학 정신 및 근대 사실주의의 도입, 근대적 문예 비평 개척 등 한국 문학사에 큰 공적을 남겼다. 시점의 도입, 과거 시제의 사용, 액자 형태의 스토리 구성 등을 통해 한국 단편 소설의 한 전형을 이룩했다는 평가를 받는다.

그는 평론에도 일가견이 있었는데, 특히 「춘원 연구」는 역작으로 평가된다.

대수양

#수양대군 #단종 #민족적 #단종애사

⚓ 작품 길잡이

갈래: 장편 소설, 역사 소설
배경: 시간 – 단종~세조 때 / 공간 – 조선
시점: 3인칭 전지적 작가 시점
주제: 단종 조의 정치적 환란과 수양 대군의 왕위 계승 및 성군의 의지
출전: 〈조광〉(1941)

📷 인물 관계도

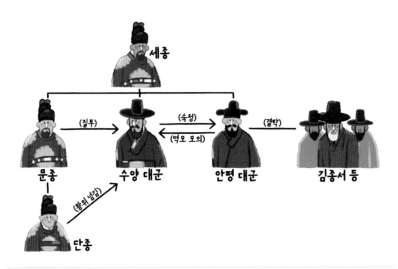

수양 대군	단종을 위해 힘쓰다가 단종에게 왕위를 넘겨 받고 세조가 된다.
문종	세종의 아들이자 수양 대군의 형으로, 수양 대군을 질투하고 경계한다.
단종	문종의 아들로 어린 나이에 아버지를 여의고 즉위한다. 후에 수양 대군에게 왕위를 넘긴다.

🗒 구성과 줄거리

발단   세자가 수양 대군을 질투함

세종은 많은 아들 중 세자와 둘째 왕자 수양 대군을 걱정한다. 세자는 한 나라의 군주가 되기에는 몸과 마음이 약하지만, 수양 대군의 인물됨은 재상감보단 왕에 적합했기 때문이다. 세종이 승하하고 문종이 된 세자는 열등감으로 인해 수양 대군을 질투한다.

전개   어린 세자가 왕위에 올라 단종이 됨

문종은 왕위에 오른 지 얼마 되지 않아 죽음을 눈앞에 둔다. 문종은 죽기 직전 대신들을 불러 세자를 보호해 달라고 당부한다. 문종이 승하하고 어린 세자가 왕위에 올라 단종이 된다. 수양 대군을 경계하던 단종은 수양 대군의 한결같은 충성에 마음을 열고 그를 전적으로 신뢰한다.

위기   수양 대군이 반역 세력을 모두 제거함

수양 대군은 아우 안평 대군이 김종서의 세력과 모의하여 왕좌를 노리고 있음을 알게 된다. 수양 대군은 안평 대군을 강화로 유배 보내고 김종서 일당을 숙청한다.

절정   단종이 국정에 관심을 보이지 않음

단종이 국정에 관심을 보이지 않자, 수양 대군은 왕이 장성할 때까지 나라를 부강하게 만들어야겠다는 충정 어린 결심을 한다. 그러나 그의 뜻을 오해하는 사람들 사이에서 그가 왕좌를 노린다는 풍문이 돌기 시작한다. 수양 대군은 단종에게 왕비를 들여 안정된 생활과 국가의 기틀을 다지라고 조언한다. 그러나 왕비를 들인 후 단종은 더욱 왕의 책무를 귀찮아한다.

결말   단종이 수양 대군에게 정권을 넘김

상왕이 되면 모든 부담감을 내려놓을 수 있다고 생각한 단종은 수양 대군에게 왕위를 넘기기로 결심한다. 대권을 쥐게 된 수양 대군은 개혁 정치와 문화 창조에 혼신의 힘을 다한다.

대수양

55

왕과 정인지, 권람의 사이에만 의논이 거듭되고, 한확이 잠깐 참예한^{참여한} 이외에는 일체 표면에 나타나지 않았던 그 문제—왕의 선위^{임금의 자리를 물려줌}—는 그것이 수양께까지 넘어가자 수양과 정인지의 언쟁으로 온 조정에 소문이 퍼졌다.

조카님에게서 놀라운 분부를 받고 아득하여 정부로 나온 수양은, 거기서 정인지를 힐난하였다.

정인지는 끝끝내 침묵으로 응하였다. 한참 힐난하다가 수양은 집으로 돌아오고 말았다. 사랑에 자리하고 누웠다.

아아, 모든 계획이 깨어졌구나! 무슨 낯을 들고 사람을 대하랴? 세상에 그런 소문이라도 없었으면여니와, 그렇지 않아도 고약한 풍설이 돌던데다가 왕에게서 그런 분부까지 났으니 이제는 변명할 여지가 없었다.¹⁾ 수양이 왕이 되려고 계유년 사변이라는 것을 빚어내어, 문종 고명의 신하들뿐 아니라 같은 부모를 모신 친동생까지 죽이고, 또 그 뒤 두 형제를 귀양 보내고, 종내 찬탈까지 하였다—.

이렇게 잡힐지라도 무엇이라 변명하랴.

이제 자기가 자기의 결백을 변명하려면 단 한 가지 길—들에 길게 누워서 아무 일에든 간섭지 않고, 사람을 만나지 않아, 근신하는 한 길밖에는 없다. 장구한^{매우 길고 오랜} 세월을 이렇게 지내노라면 세상의 오해도 자연 벗어지고 청백도 드러날 것이다.

그러나 그러면 이 나라는 어찌하는가? 세종 말엽의 환후^{몸에 난 병을 높여 이르는 말}의 몇 해, 문종 재위의 전 기간, 금상^{현재 왕위에 있는 임금} 등극 초의 한동안 정치를 돌보는 이가 없기 때문에 피폐한 국가를 바로잡는 것도 큰일이려니와, 마음에 늘 그려 두던 원대한 희망까지도 모두 버려야 하는가? 자기의 희망 하나는 버리거나 말거나 자기 개인의 사소한 문제지만, 자기가 희망을 버리자면, 이 땅은 어디로 굴러갈 것인가? 고려 말엽과 같은 어수선한 암흑천지로 화

---

1) 수양 대군이 왕권을 노리고 있다고 오해한 사람들이 퍼트린 소문을 말한다.

해 버려서, 마지막에는 사직이 전복까지 되지 않을까? 기막히고 안타까운 노릇이었다. 이 길도 취할 수 없고 저 길도 취할 수 없는 양난의 처지였다.

하인이 들어와서 신숙주와 박팽년이 뵈러 왔다는 것을 고하였다. 수양은 만날까 말까 잠시 주저한 뒤에, 만나기로 마음을 작정하고 자리에서 일어났다.

두 사람을 영내현관의 안까지 불러들였다. 자리도 잡기 전에 오늘 일에 대하여 말을 꺼냈다.

"네…… 무론 듣자왔습니다. 그 일로 인수팽년와 함께 뵈러 왔습니다."

"난 치사하려네."

"혹 그러실까 보아 그런 일 없도록 진언하러 일부러 범옹신숙주이를 의정부로 찾아서 작반해동행자로 삼아 왔습니다."

박팽년의 말이었다.

"그러니 여보게들, 내가 무슨 면목으로 주상을 뵈며 또 세인세상 사람을 대하겠나?"

"좀 어려우실 줄 시생어른을 모시는 사람이라는 뜻으로, 말하는 이가 자기를 문어적으로 낮추어 이르는 말들도 압니다. 그래도 지금 나으리 은퇴하시면, 그 뒤가 어떻게 되겠습니까? 대사를 생각하셔서 나으리 어려우신 것 좀 참아 주셔얍지……."

팽년의 이 말에 숙주가 뒤를 받았다.

"나으리, 귀택하신 뒤에 시생이 좌상정인지께 그사이 경유를 여쭈어 봤는데, 좌상 말씀은 전하께오서 먼저 선위하실 뜻을 권 이참께 분부가 계셔서, 그래서 중대한 일이라 발설치도 못 하고 은밀히 좌상과 이참이 내밀히 의논하고 의논해서, 나으리께서 가장 적임자라고 생각되어 계상한윗사람에게 말씀을 올린 게라 합디다. 좌상이 주상 전하께 계상한 지는 벌써 여러 날이 된다는데, 전하께서는 그사이 생각하시고 또 생각하셔 오늘에야 분부가 계신 듯합니다. 그러니까 시생네들의 생각으로는 전하 돌연히 생각하신 바가 아니고, 여러 날을 생각하신 나머지에 결정하신 게니까 수명受命 명령을 받음하시는 게 옳지 않을까 합니다."

"세상의 구설, 비난을 어떻게 하는가?"

"나으리 그건 받으셔요. 드리기 죄송스러운 말씀이나, 나라를 위해서, 백성을 위해서 욕 좀 잡수셔요. 이걸 조르러 일부러 왔습니다. 또 별로이 욕, 구설도 없으리라고 생각합니다. 만약 전하께서 진정으로 선위하실 생각으로 그런 분부를 하신 게 아니면, 나으리 그냥 영의정으로 국정을 보아 주셔요. 거기 무슨 구설이 있으오리까?"

그것은 그렇기도 하였다.

"또 만약 진정으로 선위하시려면 나으리 수선受禪 임금의 자리를 물려받음하고 전하를 상왕上王 자리를 물려주고 들어앉은 임금을 이르는 말으로 우러르고, 나으리 신례臣禮로 상왕을 존배하시면 거기 또 무슨 구설이 있으오리까? 나으리께서 주상 전하께 취하시는 태도 여하로 구설의 유무가 결정될 바이옵니다."

수양은 두 사람에게 명일부터 여전히 정부에 나아가 시무하기를 약속하고 돌려보냈다. 돌려보내고는 혼자 생각하였다.

집현전 학사 중에도 빼어난 지혜를 가지고 있는 두 사람의 의견은 정당하였다. 자기가 벼슬을 버리고 집에 누우면 자기 위에 씌워졌던 악명은 벗어질는지도 모른다.

그러나 어린 조카님과 이 방토邦土를 어찌하랴?

조카님은 아직 국정이라는 것에 대하여 무관심한 분이다.

재상이라 하는 것은 제아무리 재간이 비범하다 할지라도, 좋은 윗사람의 아래서야 그 본질을 발휘하지, 그렇지 못하면 재질을 헛되이 썩혀 버린다. 세종조에 세종을 협조하여 찬란한 문화를 빚어냈던 이 재사財主가 뛰어난 남자들이 세종 말엽과 문종 재위의 전 기간을 무위히하는 일이나 이룬 것이 없이 보낸 것으로 보아도 넉넉히 알 것이다.²⁾

조카님으로 하여금 피폐한 국가의 암약한 임금으로 날을 보내다가, 더욱이 실수하여 사직까지 넘어뜨려 놓으면, 이것은 조카님께만 불충할 뿐 아니라, 조종께 불충이요 국가에 불충이다.

조카님이 꼭 선위하겠다는 것은 아니지만, 꼭 선위하겠다면 달갑게 받자, 국가에 대해서는 내가 발휘할 수 있는 힘을 부어 기르고, 일방으로는 조카님을 상왕으로 모시고 영화롭고 안온한 일생을 보내게 해 드리자. 왕으로서 누릴 권세와 영화를 다 드리고, 왕으로서 받을 번거로움과 책무를 깨끗이 해 드리고—또 관제를 고쳐서 상왕의 적장嫡長 정실에서 난 맏아들과 맏손자은 세습적으로 그 영화와 존귀를 물려받을 수 있도록—이렇게 하면 상왕껜들 무슨 부족이

---

2) 신숙주와 박팽년을 가리켜 한 말이다. 실제 역사에도 신숙주와 박팽년은 집현전에서 뛰어난 공을 세운 학자들로 기록되어 있다.

있으며, 조종^{임금의 조상}껜들 무슨 부끄럼이 있으랴?

만약 진정으로 물려 주시기만 하겠다면 달갑게 받으리라. 간간 들어오는 번거로움에도 그렇게 못 견디어 하시는 조카님 마음에 아무 티도 없이 진정으로 물려 주시려면, 조카님으로 하여금 '물려 주기를 잘했다.'는 생각이 드시도록 심신 아울러 평안하고 영화로운 일생을 보내시도록 해 드리자. 그리고 겸하여 자기는 '옷을 격하여 가려운 데를 긁는 듯'한 느낌이 있던 국정을 마음대로 자유로이 주물러서, 이후 지하에 조종의 영께 뵈올 때 잘했다는 칭찬을 들을 수 있도록 해 보자.

이렇게 생각하매, 수양의 마음에는 다시 만만한 야심이 일어났다. 자기의 손으로 자유로이 조종할 수가 있는 이 방토―여기 꽃을 피우자, 훌륭한 열매를 맺게 하자!

그러는 일방으로는 자기는 현재 단지 수양 대군일 뿐이라는 자기의 지위가 생각났다. 국왕은 역시 조카님뿐이요, 자기는 왕의 사사로운 숙부요 영의정일 뿐이다. 조카님이 그저 그런 말씀을 하신 뿐이지, 선위가 결정된 바도 아니었다.

수양은 은근히 자기가 국왕이나 된 듯한 공상을 하던 자기에게 도리어 놀랐다. 스스로 혀를 찼다.

이튿날 수양이 바야흐로 예궐^{입궐}하려고 할 때에 정인지의 청지기^{양반집에서 집일을 맡아보거나 시중을 들던 사람}가 달려와서 정승이 잠깐 오겠다는 것을 아뢰고 뒤이어 곧 인지가 찾아왔다.

"어제 나으리 과히 노하시기에 아무 말씀도 안 드렸지만, 퇴위하시는 것이 주상 전하의 진심이신데 왜 주저하십니까?"

이런 말을 하였다.

"또 나으리 이보셔요. 그 분부가 단지 습관되셔서 저절로 나오신 말씀이라 해도, 나으리 수선을 하시는 일이 어느 편으로 보아도 복이 아니오니까? 생에게야 어느 분을 섬기면 임금이 아니오리까? 나으리 영구히 수상으로 안 계실 테니, 나으리 떠나시면 생이 수상이 될 것, 나으리의 밑에서보다 주상 전하의 밑에서가―좀 황송한 말씀이지만 생께는 평안하오리다. 그걸 군이 나으리께 조르는 건 무슨 까닭이오니까? 연전^{몇 해전}에 안평 대군께서도 생을 부르셨는데, 거기는 안 가고 나으리께로 온 건 무슨 까닭이겠습니까? 나으리께 오늘날이 있을 줄 알고, 사내 세상에 났다가 한 번 '훌륭한 국가의 재상'이 되고 싶어서가 아니겠습니까? 선위하시렬 때에 받으셔요. 나으리, 장차 수선하신 뒤에 전왕께 대한 대접 하나만 부족 없으시면, 전왕 이하 관민이 모두 기꺼워할 경사 아니오니까? 받으셔요."

요컨대 신숙주, 박팽년의 말과 비슷한 말이었다.

"경우 보아 좋도록 처리하리다."

이만치 말하여 먼저 돌려보내고 자기도 뒤따라 예궐하였다.

그전에도 왕은 비교적 내전에만 있었지 외전에 잘 나지 않았는데, 그날은 한 번도 외전에 안 났다. 무슨 분부가 있으려면 내관을 대신 시켰다. 수양이 보자는데도 몸이 불편하다 하여 물리쳤다. 다른 재상들은 말할 것도 없다.

이리하여 유월도 지나고 윤유월, 윤유월도 닷새가 지나고 엿새가 지났다.

그동안 수양은 단 네 번 왕을 잠깐씩 뵈었다. 용안은 몹시 침울하였다. 사무적인 말 몇 마디로 다시 입어하려는 ^{편전에 들어 자리 잡고 앉으려는} 것을 수양이 한 번은 가로막았다.

"전하, 근자^{요 얼마 되는 동안} 왜 그렇게 우러르옵기 힘드오니까? 신께 무슨 죄라도……."

"아니, 내 뭐 좀 생각하는 일이 있어요. 숙부님 결코 근심 마셔요."

노엽거나 불쾌한 음성이 아니었다.

"그사이 좌상은 몇 번이나 보셨습니까?"

"좌상도 한 너댓 번, 한데……?"

"전하, 좀 참람된^{분수에 지나친} 말씀이오나 한동안 좌상을 만나시지 마옵소서. 이 복염^{삼복더위}에 전하 어디 청량한 곳에 한동안 피접^{비접. 병을 가져오는 액운을 피하러 요양을 감}이라도 가오시면……."

"내게 관해서는 아무 염려 마셔요. 이 더운데 죄송스런 말씀이지만 정무나 잘 보아 주세요."

하고는 왕은 그냥 내전으로 들어가 버렸다. 수양은 무슨 유언이나 듣는 것 같은 느낌을 받고 망연히 왕의 뒷모양을 절하였다.

수양은 정인지에게 대해서도 정무에 관한 일 이외에는 말하기가 이상하여 아무 말도 않았다. 그사이 정인지가 사오차나 왕께 뵈었다 하며, 정무에 관한 일이면 영상 되는 수양 자기에게 마땅히 보고가 있어야 할 터인데, 늘 정부에 함께 있으면서도 한 마디도 보고가 없는 것은 웬일인가?

한명회며 권람의 무리도 요즈음은 한 번도 수양 댁을 찾아오지 않았다.

자기의 신상과 관련되는 일이라 이리저리 알아보기도 수상하였다.

지금의 수양의 심경으로는 왕이 진심으로—마음에 털끝만한 불만도 없이—선위를 하려면 달갑게 받을 생각이었다. 달갑게 받은 뒤에 내놓은 분의 마음에 요만한 후회심도 안 생기도록, 그분의 개인 신상에도 안락을 드리고, 겸해서 부탁받은 일을 그분께 넉넉히 자랑할 수 있도록 해 보겠다는 생각이었다.

자기의 마음은 청천백일^{하늘이 맑게 갠 대낮} 같았다. 만약 그분의 마음에 조금이라도 아수한^{아깝고 서운한} 생각이 있는 눈치만이라도 보이면, 결코 딴생각이—아깝다든가—없이 깨끗이 정무에만 몰두하여, 그분의 아래서 자기의 가능한 힘을 다 쓰리라.

자기의 심경이 그렇거늘, 이제 누구에게 그 일에 관해서 한 마디라도 입을 벌리면 반드시 오해를 살 것이었다. 그 오해를 사기가 싫어서 왕께조차 여쭈어 보지 못한 것을 다른 사람에게 또 어찌 입을 벌리랴.

이리하여 지내기를 하루 또 하루—.

윤유월 초열흘이었다.

수양이 저녁을 끝내고 서늘한 저녁 바람에 종일 받은 더위를 씻으려 대청에 나려 할 때에 대궐에서 급사^{조선 전기에 임금의 시중을 맡아보던 서반 잡직의 하나}가 이르렀다.

곧 참내^{입궐}하라는 것이었다.

수양에게는 의외였다. 아까 대궐에서 뵙자 할 때에도 보지 않았다. 이즈음 왕의 부름이라는 것은 전혀 없었다. 뵙자고 여러 번 여쭈어야 간신히 한 번 만나 주었다. 특별히 왕께 뵈올 용무는 적으므로 뵈어도 할 말은 없었.

그렇거늘 오늘은 부르는 것이었다. 이외로 생각하며 가슴도 철썩하였다. 뵙자 해도 안 보던 왕이매, 무슨 변이나 돌발한 것이 아닌가?

황황히 예궐하였다.

왕은 편의로 내전에서 수양을 보았다.

용안이 창백은 하지만 오늘이라고 무슨 특별히 노엽다든가 불쾌하다든가 하는 기색이 없이 도리어 반가이 수양을 맞았다.

"숙부님, 더운데 오시라고 해서⋯⋯."

"무슨 일이 생겼습니까?"

"숙부님, 이제 내가 하는 말을 믿으시고 내 부탁을 들으셔서 날 낙심치 않게 해 주셔요."

"무슨 분부시오니까?"

"어보^{국권의 상징으로 국가적 문서에 사용하던 임금의 도장}를 숙부님께서 맡으시고 이 백성들을 숙부님이 맡아 길러 주셔요."[3]

수양은 가슴에서 쾅 하는 소리가 나는 듯한 느낌을 받았다. 이즈음 흔히 생각하던 바요, 지금 소명을 받고 올 때도 혹은 그 일 때문이나 아닌가 생각하였지만, 급기 당하니 가슴이 철썩 하였다.

"전하! 전하!"

몸이 와들와들 떨렸다. 목소리도 물론 떨렸다. 이런 일이 있을지도—생길지도 모르리라는 생각은 해 본 일이 있었지만, 이런 일을 당하여 어떻게 복계하겠다는^{임금에게 명령을 받고 그 결과를 보고하겠다는} 생각은 해 본 일이 없으므로, 뒤만 조급하고 말은 나오지 않았다.

"이건 내가 사양을 한다든가 뉘게 떠밀리어 하는 말씀이 아니야요. 내 어린 몸으로 철모르고 아버님 승하하신 뒤를 이어 오르기는 올랐지만, 과연 철없어서 그랬어요. 지금이라고 갑자기 무슨 철이 든 바는 아니지만, 지금 지각만도 못 할 시절에—지금만 해도 처음부터 사양할 게야요. 조부님 승하하시고 아버님 승하하시고……."

옥음^{임금의 음성}에는 어열^{語咽} 상반이었다.

"고독한 몸뚱이 의지할 데 없는 걸 숙부님이 거두어 주셔서 삼 년 나마 보를 받들고 홀 잡고 용상에 앉아 백료^{백관. 모든 벼슬아치}를—숙부님이 곁에 붙들어 안 주셨더면 어찌 지탱했으리까? 고명 받은 신료가 배반하고, 피를 나눈……."

왕이 숨을 돌리노라고 말을 끊는 기회를 잡아 수양이 아뢰었다.

"전하! 과거에도 그랬거니와 금후도 수양 꼭 어측^{임금의 곁}을 떠나지 않고 대소사를 도와 올리오리다. 어려운 일 계시면 전하 한동안—한 달이고 두 달이고 일 년 이 년이라도 한가이 쉬셔요. 산천 유람 입산 휴양, 양녕 대군을 배행케 하옵고, 유렵^{놀이로서 하는 사냥}도 좋습니다. 전하 좋으실 대로 하오셔요. 전하 안 계실 동안 수양이 미력하나마 꽉 잡고 사직의 흔들림이 없도록 하오리다. 다른 생각은 아예 잡숫지 맙시고……."

"아니, 산천 유람을 하든 유렵을 하든 간에, 내가 이 보의 주인인 동안은

---

3) 단종이 수양 대군에게 왕위를 물려받을 것을 직접 부탁하고 있다.

마음 걸려서 못 견디겠어요. 너는 죽어라, 너는 정배 가거라, 너는 매맞거라, 이게 모두 내 이름으로 되는 게 아니오니까? 이게 내겐 무섭고 진저리나요. 저 내관들에게 일부러 물어서 안 바인데, 민간에서 가장家長 하나이—죄는 있고 없고 간에—죽거나 원배 가거나 하면, 온 가족이 유리걸식정처 없이 떠돌아다니며 빌어먹음을 한다니, 이게 차마 할 노릇이오니까? 난 더 못 하겠어요. 역한 일을 숙부님께 맡긴다는 건 비례예의에 어긋남의 일이지만, 그래도 국가 수성守城의 주인으로 숙부님밖에는 다른 이가 없습니다그려. 맡아 주셔요. 그저 부탁은 영묘세종 어우의 백성같이 왕덕을 찬송하는 백성만 되게 해 주셔요. 그러자고 숙부님께 드리는 게니까—."

"전하, 다시 생각하소서. 좋지 못한 풍설이 항간에 돌던 데다가 이런 일이 생기면 백성은 반드시 의혹하올 것, 회의하면 심복心服 마음속으로 기뻐하며 성심을 다하여 순종함치 않을 것, 심복치 않는 백성을 어떻게 복되게 하오리까?"

"그것도 내 생각해 봤어요. 내가 숙부님께 드린다는 뜻을 천하에 공포하면, 백성은 회의치 않을 게 아니오니까? 절개를 태산보다도 중히 여기는 유신에게 내가 분부해서, 집현 제학에게 교서를 짓게 하고, 성균 사성成均司成에게 송시誦詩를 짓게 해서 천하에 공포하면 회의는 없어질 것입니다. 숙부님, 전일 내게 상중 납비를 강권하셨지요? 그 품갚음이외다."

"그 품갚음으로 다른 걸 분부하시면 사양치 않으오리다만, 이 일은 더 생각하오셔 서서히……."

"생각했어요. 문득문득 그저 싫어지기 시작한 건 벌써 옛날이요, 숙부님께 물려 드리자고 마음먹고 생각한 것도 벌써 오래였어요. 두고두고 생각했습니다. 어떤 때는 그래도 아까운 생각도 들고, 어떤 때는 누구 다른 이에게 드릴 만한 분이 없는가도 생각하고, 이모저모로 두고두고 오래 생각했어요. 전일 권 참판黶이 갑자기 의외의 말을 하고, 뒤이어 정 좌상인지이 숙부님을 천거할추천할 때, 처음엔 괘씸하다고 불쾌하기도 했어요. 그러나 두고두고 생각해야 이 한 가지 길밖에는 딴 길이 없습니다. 사양치 마시고 나를 이 고경품境어렵고 괴로운 처지나 형편에서 구해 주셔요. 어린 조카를—."

마지막에는 옥음이 탄원하는 듯하였다.

수양은 한참을 머리를 묻고 생각했다.

"신께 수일 간만 수유일정한 직업이나 일 따위에 매인 사람이 다른 일로 말미암아 얻는 겨를를 주십사. 신 잘 생각하와 복계하오리다."

"생각은 숙부님 마음대로 하시거니와, 사양은 마음대로 못 하십니다. 사양은 내가 허락치 않겠어요."

수양은 왕이 내리는 선온임금이 신하에게 궁중의 사온서에서 빚은 술을 내리던 일도 사양하고 집으로 물러나왔다. 부인과 의논해 볼까 하다가 그도 그만두고 자리에 들었다.

이튿날 대궐에 들기는 하였지만, 수양답지 않게 가슴이 답답하고 무거워서, 푹 머리를 숙이고 있었다. 대내 쪽에서 사람이 나올 때마다 흠칫흠칫 놀랐다.

낮 조금 지나서 대내에서 내관 전균이 나왔다. 나와서는 우선 영상께 절하고 다음 좌상께 절하고 우상께 절하고는 우상 앞에 꿇어앉았다.

"상감님께서 우상 대감께 전교임금이 내리는 명령가 계시오이다."

"내게? 무슨 전교시냐?"

한확은 자세를 바로하며 물었다.[4]

"네이, 상감님의 전교─과인 유충해서 중외의 대사를 살필 줄 모르고, 간물들의 화단까지 생겨 아직 완전히 꺼지지 않아, 과인 같은 소년으로는 감당할 수 없으니, 대임을 영의정께 전하노라─하시는 전교이옵니다."

수양은 질식되는 듯한 고통을 느꼈다. 한확이 내관에게 말하였다.

"중외의 대소사를 통 영의정이 보시거늘, 더 무엇을 맡기시옵는지 신 미련하와 알 수 없습니다─고 들어가 여쭈어라."

내관은 다시 들어갔다. 청내는 죽은 듯 숨소리도 들리지 않았다. 이 자리에서 소리는 못 냈지만 눈물만 샘같이 솟았다.

전균은 다시 나왔다.

"이 뜻은 과인이 오래 전부터 갖고 이미 굳게 작정한 바니, 어서 거행할 차비나 하랍시는 전교옵니다."

왁, 곡성이 터져 나왔다. 그 가운데서 수양의 말소리가 가장 크게 났다.

"어명 거역하는 죄를 짓고 대죄한다고 들어가 여쭈어라."

인간적 감정의 절반은 잃은 환관─불구자─은 이 통곡의 방에서 또다시 내전으로 들어갔다. 들어갔다가 조금 뒤에 또 나왔다.

같은 분부를 다시 전했다. 그리고 왕도 경회루 아래로 날 터이니, 대신들도 곧 그리로 오라는 분부가 더 붙었다.

모두들 어찌해야 할지 모르고 묵묵히 있었다.

---

4) 한확은 조선 전기의 문신으로, 실제 역사에서는 계유정난 때 수양 대군을 도운 정난공신의 한 사람이다.

환관은 다시 예방승지禮房承旨 성삼문을 찾아서 '어보를 받들고 경회루 아래로 오라.'는 분부를 전하였다. 성삼문은 어보를 관리하는 벼슬을 겸임하고 있었다.

여기서 대신들은 다시 한 번 전균을 왕께 보냈다. 전하 직접 외전에 나셔서 분부하시기 전에는 거행키 힘들다는 뜻으로—그러나 전균이 채 대내까지 다 가기 전에 대내에서는 독촉 환관이 또 나와서, 어서 거행하라는 재촉과 함께, 왕은 벌써 경회루로 들 준비를 한다는 것을 알렸다.

하릴없었다. 수양이 다른 대신들에게 좌우간 경회루로 가자고 발의를 하려 할 때 정인지가 먼저 입을 열었다.

"나리, 일이 이렇게 된 이상은 봉행奉行 뜻을 받들어 행함할 외에는 수가 없으오리다. 생이 그사이 수삼차서너 번 성지를 들었는데, 확고부동의 결의가 벌써 서신 지 오랬습니다. 성지 거슬리는 일이면 죽음으로 거역도 하겠지만 이 일은 봉행하는 편이 전하께는 물론이요, 아무 데로 보아도 좋을 줄 압니다. 자 일어서십시오. 한의정도—자 경회루로 듭시다."

정인지의 재촉으로 의정부의 당상관들은 일어섰다.

앞에는 예방승지 성삼문이 어보를 전균에게 들리어 앞서고, 그 뒤로 의정부 삼공과 좌우 찬성, 참찬, 그 뒤는 다섯 승지와 사관이 따라서 경회루로 돌아갔다. 아무도 무슨 말을 하는 사람도 없고 기침 소리 하나 안 들렸다.

이제 무슨 일이 벌어질지는 의정부 관원과 내관 전균이 알다뿐, 어보를 받든 성삼문도 무슨 까닭으로 어보를 받들고 정승들과 경회루로 가는지 몰랐다.

이들이 경회루 앞에까지 이르매, 그때야 왕은 소련에 몸을 싣고 내관 몇 명을 거느리고 나오는 것이었다.

걸핏 우러르매 용안 놀랍게도 초췌하고 창백하였다. 사람 한 개의 요마한 장난감도 버릴 때는 애석하거든, 하물며 만승의 존귀한 자리를 내놓으렴에 어찌 마음 편하랴?

그 심경 수양은 짐작이 갔다. 아직 정식으로 공포한 바가 아니니, 조카님이 아까운 생각이 과하여 이 자리의 이 부름은 무슨 딴 일로 어름거리고 그냥 도로 들어 줍소사—가슴에 고통까지 느끼면서 수양은 이렇게 말없이 빌었다.

왕은 연에서 내렸다. 내관의 부액扶腋으로 누하樓下 밑에 들었다.

누하에 든 왕은 수양을 가까이 오라고 불렀다.

수양은 허리를 굽히고 들어갔다. 그 뒤로는 보를 받든 승지와 붓을 든 사관이 따랐다.

수양이 가까이 오매 왕은 호상에서 일어섰다. 그 앞에 수양은 부복^{고개를 숙이고 엎드림} 하였다.

"숙부님, 돌연히 놀라시겠지만, 내 어리고 약한 몸이 도저히 임금의 존위를 보전할 수가 없습니다. 숙부님께 이 대보를 부탁합니다."

"전하!"

"······."

또다시 울음이 터졌다.

"신께 너무 큰 짐이로소이다. 종신宗臣과 도당에 묻고 결정하시옵소서."

"내 굳게 작정한 바니 받아 주셔요."

영문은 모르고 뒤따라왔던 성삼문은 어보를 받든 채 와들와들 떨기만 했다.

왕이 어보를 이리 보내라고 손을 폈지만, 삼문은 당황하여 전혀 인식치 못하였다.

드디어 왕이 손을 내밀어 어보를 삼문의 손에서 받았다.

"어보, 숙부님 받으셔요."

"전하!"

"어서 받으셔요."

그리고는 내관을 돌아보았다.

"영의정을 부액해 드려라."

내관이 좌우로 부액하였다. 한 명은 어보를 받들었다.

수양은 대군청으로 나왔다.

잠시 머리가 휑하여 아무것도 인식치를 못하였다. 뜰에 어수선한 소리가 나므로 내다보매, 어느덧 백관이 열을 지어 뜰에 시립하고^{웃어른을 모시고 서서} 시위병까지 기다리고 있었다.

상의원에서는 수양에게 맞을 만한 익선관과 곤룡포를 벌써 등대하였다.

왕이 수양에게 약속하였던바, 집현전 제학에게 교서를 짓게 하마 한 것은, 집현전 부제학 김내몽의 솜씨로 벌써 작성되는 즈음이었다.

즉위식을 위한 헌가^{대례나 대제 때에 대청 아래에서 연주하는 아악 편성}도 근정전에 설치되는 중이었다. 대체 즉위식이라 하는 것은 대행왕의 구^柩 앞에서 거행되는 것이라, 경사보다도 비극에 가까우매, 식의 절차에 그때그때의 편법으로 거행되었다. 예조와 선공감에서 나와서 지휘하였다.

익선관과 곤룡포로 몸을 장식한 수양―이제 진정에 나가서 수선의 절차와 즉위의 절차만 거행하면 이제는 신왕이었다. 그 뒤에는 조카님께 뵙고 받았습니다는 말씀을 여쭙고, 종묘에 봉고하고^{삼가 아뢰고}, 선위와 즉위의 교서를 반포하면 완전히 이 강산의 새 주인이 된다.

수양―이제부터는 신왕―은 아까 조카님의 용안의 초췌한 양이 눈앞에 어릿거려 마음이 뒤숭숭하기 짝이 없었다. 이렇게 넓게 벌어지지만 않았으면 도로 모두 물시해 버리고 싶었다.

지금 뜰에 하례^{賀禮 축하하여 예를 차림}를 하러 시립한 백관들의 얼굴도 한결같이 모두 당황하였다. 너무 돌연한 일이요, 또한 괴상한 풍설을 들은 그들이라, 오늘의 일이 어떻게 된 일인지 갈피를 못 차리는 모양이었다. 의혹의 눈, 혹은 기쁨의 눈, 경악의 눈, 비통의 눈, 가지각색의 눈이 몰래 신왕의 용안을 엿보고 한다.

내가 못 할 일을 했는가? 신왕은 몇 번을 속으로 질문하였다.

그러나 거기 대한 대답은 명료히 그의 마음에 일었다.

―아니로다. 천상천하 아무 데를 내놓을지라도 추호 부끄러운 데 없다. 다만 조카님의 부탁과 같이 이 백성을 내 힘으로 넉넉히 안락되게 하며, 이 땅을 기름지게 키우는 데 성공하겠느냐 못 하겠느냐 하는 문제뿐이로다.

온 힘을 다 쓰자. 뼈를 부수고 몸을 갈아서라도 조카님의 뜻에 봉답하고, 또 어린 마음에 고통을 받으시며 물러서신 조카님을 이후 마음과 몸이 아울러 평안하시도록 온 힘을 다 쓰자.

신왕은 굳게 마음에 결심하였다.

신왕은 조카님이 보내 주신 옥련에 몸을 싣고 백관과 강병의 장위로서 근정전으로 돌아갔다. 거기 가설된 헌가에서 수선의 절차를 밟고, 이 새로 당신의 품 안으로 들어온 백관에게 하례의 숙배를 받았다.

그리고는 지금 조카님이 좌어하신 사정전으로 들어가서 조카님께 '임금'과 '신하'로서의 최후의 배알을 하였다.

여기서 근정전으로 나가서 '즉위식'이라는 간단한 식만 거행하면 조카님께 대해서도 이제는 왕이었다. 그 조카님은 신왕인 당신이 '상왕'으로 높여 드리지 않으면 한낱 '전' 왕인 '신위 遜位'에 지나지 못한다. 이 삽시간에 달라지는 신분을 생각할 때에, 신왕은 이러한 지위에서 떠나신 조카님을 어떻게든 위로해 드려야겠다는 생각이 더욱 커 갔다.

조카님께 뵙고 인사의 말씀 몇 마디 더 드리고, 신왕은 근정전으로 나와 정식으로 즉위의 절차를 밟았다.

이리하여 새 임금은 이 나라에 군림하게 되었다.

 만화로 읽는 '대수양'

발단 세자가 수양 대군을 질투함

전개 어린 세자가 왕위에 올라 단종이 됨

위기 수양 대군이 반역 세력을 모두 제거함

절정 단종이 국정에 관심을 보이지 않음

결말 단종이 수양 대군에게 정권을 넘김

🔭 생각해 볼까요?

📖 **선생님** 김동인의 「대수양」은 단종이 수양 대군에게 왕위를 넘겨주고 수양 대군이 세조가 되는 역사를 담은 소설이에요. 그러나 우리가 알고 있는 역사와는 전개가 다르죠. 한국사를 배울 때는 어떤 내용이었는지 말해볼까요?

💬 2   🤍 2

↳ **학생 1** 세종의 뒤를 이어 즉위한 문종이 2년 만에 죽자 어린 단종이 왕위에 올라요. 문종은 죽기 전 김종서와 황보인에게 단종을 잘 보위해 달라는 유언을 남겼어요. 하지만 수양 대군은 김종서가 정치를 좌지우지하는 것을 그냥 보고만 있을 수 없었어요. 한명회의 부추김을 받은 수양 대군은 김종서를 철퇴로 쳐 죽인 뒤 궁궐로 난입해 입궐하는 신하들을 차례로 죽였어요. 이것이 바로 계유정난(癸酉靖難)이에요. 무력으로 정권을 장악한 수양 대군은 실질적인 왕 노릇을 하다가 1455년 단종에게 왕위를 넘겨받아요.

↳ **학생 2** 단종은 수양 대군에게 자리를 빼앗기고 영월에 유배되었다가 1457년 17세에 사약을 받고 숨을 거두어요.

📖 **선생님** 「대수양」은 이광수의 「단종애사」와 자주 비교돼요. 같은 시기의 역사를 서술한 소설이지만, 완전히 다른 내용으로 전개되기 때문이에요. 두 작품을 비교해 볼까요?

💬 2   🤍 2

↳ **학생 1** 「대수양」은 허구적 구성에 의존하여 창작된 작품이에요. 역사를 재해석하려 했던 김동인은 수양 대군을 뛰어난 정치적 역량을 지닌 통치자로, 정치 이념이 확고한 영웅으로까지 형상화하고 있어요.

↳ **학생 2** 반면 「단종애사」는 역사적 자료에 의존하여 창작되었어요. 통설을 충실히 따랐던 이광수는 단종을 정통 왕권으로 보고, 수양 대군의 찬탈로 왕권 교체가 이루어진 것을 비판적으로 묘사했어요.

📖 **선생님** 「대수양」의 창작 의두와 문학사적 의의를 생각해 볼까요?

💬 2   🤍 2

↳ **학생 1** 작품이 창작된 1940년대는 일제의 횡포가 절정에 달았을 때예요. 특히 1941년 태평양 전쟁이 일어나면서 우리나라 소설은 암흑기로 접어들었어요. 우리 민족사를 기초로 하여 작품을 만들었다는 점을 감안할 때, 민족 주체성의 의식을 제기하고 각성하려는 의도가 숨어 있었다고 판명돼요.

↳ **학생 2** 또 작가의 허구적 상상력을 기반으로 정설과는 다른 내용을 전개해 나가요. 이러한 자세는 단종의 비극적 운명과 사육신의 충정만을 중시하는 전래의 통설에 대한 과감한 도전이라고 할 수 있어요.

수양 대군이 합법적으로 왕위를 계승한 단종을 무력으로 몰아내고, 적장자 계승의 원칙을 파기한 일은 많은 신하의 반발을 일으켰다. 사육신(死六臣)은 세조 2년에 단종의 복위를 꾀하다가 처형된 여섯 명의 충신으로 이개, 하위지, 유성원, 성삼문, 유응부, 박팽년을 이른다. 생육신(生六臣)은 세조가 단종으로부터 왕위를 빼앗자 벼슬을 버리고 절개를 지킨 여섯 신하로 이맹전, 조여, 원호, 김시습, 성담수, 남효온 또는 권절을 이른다.

세조가 즉위한 이듬해인 1456년에 성삼문, 유성원, 하위지 등 집현전 학사 출신의 관료들과 무인이 세조 일파를 처치하기로 계획했으나 실패하였다. 그해 6월 본국으로 떠나는 명 사신의 환송연에서 거사를 벌이기로 했는데, 이 사실이 사전에 누설된 것이다. 그러자 동지이자 집현전 출신인 김질은 뒷일이 두려워 세조에게 단종 복위 음모의 모든 내용을 밀고하였다.

세조는 연루자들을 모두 잡아들여 문초한 후 사육신을 처형하였다. 성삼문은 시뻘겋게 달군 쇠로 다리를 꿰고 팔을 질라 내는 잔학한 고문에도 굴하지 않고 세조를 '진하'가 아닌 '나리'로 불렀다. 다른 사람들도 진상을 자백하면 용서한다는 말을 거부하고 형벌을 받았다. 성삼문과 박팽년, 유응부, 이개는 낙형(불에 달군 쇠로 몸을 지지는 형벌)을 당했고 후에 거열형(죄인의 다리를 두 대의 수레에 한쪽씩 묶어서 몸을 두 갈래로 찢어 죽이던 형벌)에 처해졌다. 하위지는 참살되었고, 유성원은 잡히기 전에 자신의 집에서 아내와 함께 자살하였다. 이후 생육신은 세조의 조정에 출사하지 않고 야인으로 일생을 보냈다.

이태준
(1904~?)

✉ 작가에 대하여

호는 상허(尙虛). 강원도 철원 출생. 휘문고등보통학교를 나와 일본 조치(上智)대학에서 수학하였다. 〈시대일보〉에 「오몽녀」를 발표하면서 문단에 등단하였다. 〈문장〉을 주관하다 8·15 광복 직전 철원에서 칩거하였다. 광복 이후에는 조선문학가동맹에 포섭되어 활약하다 월북하였는데, 「해방 전후」에서 이러한 문학적 변모를 확인할 수 있다.

이태준은 「까마귀」, 「달밤」, 「복덕방」 등의 단편 소설에서 선보인 내관적(內觀的) 인물 묘사, 완결된 구성법에 힘입어 한국 현대 소설의 기법적인 바탕을 이룩한 작가로 평가된다. 작중 인물들은 회의적·감상적·패배적인 성격을 띠고 있지만 허무와 서정의 세계 속에서도 현실과 밀착된 시대정신을 추구한다.

서정적인 문장을 쓰는 이태준은 예술적 정취가 짙은 단편에 탁월한 면모를 보여 주었다. 그는 예술 지상주의적인 이효석, 현실 개혁과 거리를 둔 박태원과는 달리 허무와 서정 속에서도 시대정신을 지니고 있었다.

해방 전후

#8·15광복   #이념대립   #신탁통치   #갈등

⚓ 작품 길잡이

갈래: 중편 소설
배경: 시간 – 해방을 전후한 1~2년 / 공간 – 서울과 철원
시점: 3인칭 전지적 작가 시점
주제: 해방 후 지식인의 이념적 갈등
출전: 〈문학〉(1946)

📷 인물 관계도

현	소심한 성격의 소설가로 순수 문학가에서 해방 후 좌익 계열로 전향한다.
김 직원	철원에 사는 유학자로 조선 왕조의 복귀를 바라며 끝까지 지조를 굽히지 않는 노인이다.

📋 구성과 줄거리

발단   현은 시국을 위해 일할 것을 강요당함

일제 강점기 말기, 일제의 식민 정책을 소극적으로 거부하고 있던 현은 호출장을 받고 서에 출두한다. 시국을 위해 일할 것을 강요당한 현은 대동아전기를 번역한다.

전개   시골로 내려간 현은 김 직원을 만나게 됨

일제의 감시를 피해 시골로 내려가 낚시로 소일하던 현은 그곳에서 김 직원을 만나 교우한다. 현은 시골 향교를 지키며 시국에 대해 자신보다 한층 더 저항적인 김 직원을 '상종한다기보다 모시어 볼수록 깨끗한 노인이요, 이 고을에선 엄격히 존경을 받아야 옳은 유일한 인격자요, 지사'로 인식한다. 현은 일제의 강요로 문인보국회에서 주최하는 문인 궐기 대회에 참석하지만 자신이 연설할 차례가 다가오자 대회장을 빠져 나온다. 주재소는 현에게 각종 시국 집회에 참석하지 않음을 경고한다.

위기   현은 해방 직후 친구의 연락을 받고 서울로 옴

전국유도대회에 참여하지 않은 김 직원은 구금된다. 서울 친구의 전보를 받고 상경하던 현은 일제의 패망과 조선의 독립 소식을 듣는다.

절정   현이 좌익 계열의 조선문화건설 중앙협의회에 관여함

현은 '조선문화건설 중앙협의회'의 선언문에 서명하고 좌익 문인 단체에서 활동한다. 그는 '조선인민공화국 절대지지'라는 현수막 사건을 통해 자기 비판과 함께 정세를 판단하고 그들과 함께 '프롤레타리아예술연맹'과의 통합을 계획한다.

결말   현은 김 직원과 이념적으로 화해할 수 없음을 확인함

어느 날 김 직원이 서울에 와서 현을 만난다. 현은 김 직원과의 대화를 통해 그를 '놀과 같이 완강한 머리' 혹은 '이 세계사의 대사조 속에 헌 조각 디끌처럼 이득히 기리 앉아 가는 모습'으로 인식한다. 김 직원이 다시 나타나 서울을 떠난다고 말한다.

해방 전후

・ 앞부분 줄거리

현은 일제에 소극적으로 대항하는 문인이었다. 호출장을 받고 서에 출두한 현은 시국을 위해 일할 것을 강요당한다. 이 때문에 대동아전기를 번역한 현은 시국의 혼란을 피하고자 낙향한다.

현은 집을 팔지는 않았다. 구라파'유럽'의 음역어에서 제이전선적의 전투력을 분산하기 위하여 주 전선 이외에 설치하는 또 하나의 전선이 아직 전개되지 않았고 태평양에서 일본군이 아직 라바울서남태평양, 멜라네시아의 뉴브리튼섬 동북부에 있는 항구 도시을 지킨다고는 하나 멀어야 이삼 년이겠지 하는 심산으로 집을 최대한도로 잡혀만 가지고 서울을 떠난 것이다. 그곳 공의公醫 의료법에 따라 의사가 없는 지역에 배치되어 공공 의료 업무에 종사하던 의사를 아는 것이 발연으로 강원도 어느 산읍이었다. 철도에서 팔십 리를 버스로 들어오는 곳이요, 예전엔 현감縣監이 있던 곳이나 지금은 면소와 주재소뿐의 한적한 구읍이다. 어느 시골서나 공의는 관리들과 무관하니 무엇보다 그 덕으로 징용이나 면할까 함이요, 다음으로 잡곡의 소산지니 식량 해결을 위해서요, 그리고는 가까이 임진강 상류가 있어 낚시질로 세월을 기다릴 수 있음도 현이 그곳을 택한 이유의 하나였다.

그러나 와서 실정에 부딪쳐 보니 이 세 가지는 하나도 탐탁한 것은 아니었다. 면사무소엔 상장賞狀이 십여 개나 걸려 있는 모범 면장으로 나라에선 상을 타, 백성에겐 그만치 원망을 사는 이 시대의 모순을 이 면장이라고 예외일 리 없어 성미가 강직해 바른말을 잘 쏘는 공의와는 사이가 일찍부터 틀린데다가, 공의는 육 개월이나 장기간 강습으로 이내 서울 가버리고 말았으니 징용 면할 길이 보장되지 못했고 그 외에 아는 사람이라고는 공의의 소개로 처음 지면한 향교 직원鄕校直員으로 있는 분인데 일 년에 단 두 번 춘추 제향祭享 나라에서 지내는 제사때나 고을 사람들의 기억에서 살아나는 '김 직원님'으로는 친구네 양식은커녕 자기 식구 때문에도 손이 휜, 현실적으로는 현이나 마찬가지의, 아직도 상투가 있는 구식 노인인 선비였다.

낚시터도 처음 와볼 때는 지척 같더니 자주 다니기엔 거의 십 리나 되는 고달픈 길일 뿐 아니라 하필 주재소 앞을 지나야 나가게 되었고 부장님이나 순사 나리의 눈을 피하려면 길도 없는 산등성이 하나를 넘어야 되는데 하루는 우편국 모퉁이에서 넌지시 살펴보니 가네무라라는 조선 순사가 눈에 띄었다. 현은 낚시 도구부터 질겁을 해 뒤로 감추며 한 걸음 물러서 바라보니 촌사람들이 무슨 나무껍질 벗겨 온 것을 면서기들과 함께 점검하는 모양이다. 웃통은 속옷 바람이나 다리는 각반^{脚絆 발목에서부터 무릎 아래까지 돌려 감거나 싸는 띠}을 치고 칼을 차고 회초리를 들고 이 사람 저 사람에게 거드름을 부리고 있었다.[1] 날래^{'빨리'의 방언} 끝날 것 같지 않아 현은 이번도 다시 돌아서 뒷산 등을 넘기로 하였다.

길도 없는 가닥숲을 젖히며 비 뒤의 미끄러운 비탈을 한참이나 헤매어서 비로소 펑퍼짐한 중턱에 올라설 때다. 멀지 않은 시야에 곰처럼 시커먼 것이 우뚝 마주 서는 것은 순사부장이다. 현은 산짐승에게보다 더 놀라 들었던 두 손의 낚시 도구를 이번에는 펄쩍 놓아 버리었다.

"당신 어데 가오?"

현의 눈에 부장은 눈까지 부릅뜨는 것으로 보였다.

"네, 바람 좀 쐬려요."

그제야 현은 대팻밥모자를 벗으며 인사를 하였으나 부장은 이미 딴쪽을 바라보는 때였다. 부장이 바라보는 쪽에는 면장도 서 있었고 자세히 보니 남향하여 큰 정구^{테니스} 코트만치 장방형^{직사각형}으로 새끼줄이 치어져 있는데 부장과 면장의 대화로 보아 신사^{神社}터를 잡는 눈치였다. 현은 말뚝처럼 우뚝이 섰을 뿐 어찌해야 좋을지 몰랐다. 놓아 버린 낚시 도구를 집어 올릴 용기도 없거니와 집어 올린댔자 새끼줄을 두 번이나 넘으면서 신사터를 지나갈 용기는 더욱 없었다. 게다가 부장도 면장도 무어라고 쑥덕거리며 가끔 현을 돌아다본다. 꽃이라도 있으면 한 가지 꺾어 드는 체하겠는데 패랭이꽃 한 송이 눈에 띄지 않는다. 얼마 만에야 부장과 면장이 일시에 딴 쪽을 향하는 틈을 타서 수갑에 채였던 것 같던 현의 손은 날쌔게 그 시국에 태만한 증거물들을 집어 들고 허둥지둥 그만 집으로 내려오고 만 것이다.

"아버지 왜 낚시질 안 가구 도루 오슈?"

현은 아이들에게 대답할 말이 미처 생각나지도 않았거니와 그보다 먼저 현의 뒤를 따라온 듯한 이웃집 아이 한 녀석이,

---

[1] 현이 일제의 감시와 시국의 혼란을 피하기 위해 들어온 강원도 산읍도 서울과 상황이 별반 다를 바 없음을 알 수 있다.

“너이 아버지 부장헌테 들켜서 도루 온단다.”

하는 것이었다.

낚시질을 못 가는 날은 현은 책을 보거나 그렇지 않으면 김 직원을 찾아갔고 김 직원도 현이 강에 나가지 않았음직한 날은 으레 찾아왔다. 상종한다기보다 모시어 볼수록 깨끗한 노인이요, 이 고을에선 엄연히 존경을 받아야 옳을 유일한 인격자요 지사였다. 현은 가끔 기인여옥其人如玉 인품이 옥과 같이 맑고 깨끗한 사람이란 이런 이를 가리킴이라 느끼었다. 기미년 삼일운동 때 감옥살이로 서울에 끌려 왔을 뿐 조선이 망한 이후 한 번도 자의로는 총독부가 생긴 서울엔 오기를 피한 이다.2) 창씨를 안 하고 견디는 것은 물론, 감옥에서 나오는 날부터 다시 상투요 갓이었다. 현과는 워낙 수십 년 연장年長 서로 비교하여 보아 나이가 많음. 또는 그런 사람인데다 현이 한문이 부치어 그분이 지은 시를 알지 못하고, 그분이 신문학에 무관심하여 현대 문학을 논담論談 사물의 옳고 그름 따위를 논하여 말함하지 못하는 것엔 서로 유감일 뿐, 불행한 족속으로서 억천 암흑 속에 일루一縷 한 오리의 실이라는 뜻으로, 몹시 미약하거나 불확실하게 유지되는 상태를 이르는 말의 광명을 향해 남몰래 더듬는 그 간곡한 심정의 촉수만은 말하지 않아도 서로 굳게 잡히고도 남아 한두 번 만남으로 서로 간담肝膽 속마음을 비유적으로 이르는 말을 비추는 사이가 되었다.

하루 저녁은 주름 잡히었으나 정채精彩 생기가 넘치는 활발한 기상 돋는 두 눈에 눈물이 마르지 않은 채 찾아왔다. 현은 아끼는 촛불을 켜고 맞았다.

“내 오늘 다 큰 조카자식을 행길에서 매질을 했소.”

김 직원은 그저 손이 부들부들 떨리고 있었다. 조카 하나가 면서기로 다니는데 그의 매부, 즉 이분의 조카사위 되는 청년이 일본으로 징용당해 가던 도중에 도망해 왔다. 몸을 피해 처가에 온 것을 이곳 면장이 알고 그 처남더러 잡아오라 했다. 이 기미를 안 매부 청년은 산으로 뛰어올라갔다. 처남 청년은 경방단日帝 강점기 말기에 치안을 강화하기 위하여 소방대와 방호단을 통합한 단체의 응원을 얻어 산을 에워싸고 토끼 잡듯 붙들어다 주재소로 넘기었다는 것이다.

“강박한매우 딱딱하고 인정이 없는 처남이로군!”

현도 탄식하였다.

“잡아오지 못하면 네가 대신 가야 한다고 다짐을 받었답디다만 대신 가기

2) 일세에 소극적인 저항밖에 하지 못한 현과 대비되는 김 직원의 모습을 알 수 있다.

루서 제 집으로 피해 온 명색이 매부 녀석을 경방단들을 끌구 올라가 돌풀 매질을 하면서꺼정 붙들어다 함정에 넣어야 옳소? 지금 젊은 놈들은 쓸개가 없습넨다!"

"그러니 지금 세상에 부모기로니 그걸 어떻게 공공연히 책망하십니까?"

"분해 견딜 수가 있소! 면소서 나오는 놈을 노상^{路上} 길거리나 길의 위이면 어떻소. 잠자코 한참 대설대가 끊어져 나가도록 패주었지요. 맞는 제 놈도 까닭을 알겠고 보는 사람들도 아는 놈은 알았겠지만 알면 대사요."

이날은 현도 우울한 일이 있었다. 서울 문인보국회^{文人報國會}에서 문인궐기대회가 있으니 올라오라는 전보가 온 것이다. 현에게는 엽서 한 장이 와도 먼저 알고 있는 주재소에서 장문 전보가 온 것을 모를 리 없고 일본제국의 흥망이 절박한 이때 문인들의 궐기대회에 밤낮 낚시질만 다니는 이 자가 응하느냐 안 응하느냐는 주재소뿐 아니라 일본인이요 방공 감시초장인 우편 국장까지도 흥미를 가진 듯, 현의 딸아이가 저녁 때 편지 부치러 나갔더니, 너희 아버지 내일 서울 가느냐 묻더라는 것이다.

김 직원은 처음엔 현더러 문인궐기대회에 가지 말라 하였다. 가지 말라는 말을 들으니 현은 가지 않기가 도리어 겁이 났다. 그랬는데 다음날 두 번째 또 그 다음날 세 번째의 좌우간 답전^{答電} 전보로 회답함. 또는 그 전보을 하라는 독촉 전보를 받았다. 이것을 안 김 직원은 그날 일찍이 현을 찾아왔다.

"우리 따위 노혼한^{늙어서 정신이 흐린} 것들이야 새 세상을 만난들 무슨 소용이리까만 현공 같은 젊은이는 어떡하든 부지했다가 그예 한몫 맡아 주시오. 그러자면 웬만한 일이건 과히 뻗대지 맙시다. 징용만 면헐 도리를 해요."

그리고 이날은 가네무라 순사가 나타나서, 이틀밖에 안 남았는데 언제 떠나느냐, 떠나며 여행증명을 해가지고 가야 하지 않느냐, 만일 안 떠나면 참석 안 하는 이유는 무엇이냐, 나중에는, 서울 가면 자기의 회중시계 수선을 좀 부탁하겠다 하고 갔다. 현은 역시,

'살고 싶다!'

또 한 번 비명을 하고 하루를 앞두고 가네무라 순사의 수선할 시계를 맡아 가지고 궂은비 뿌리는 날 서울 문인보국회로 올라온 것이다.³⁾

---

3) 현은 일제의 강요로 대동아전기 번역을 하면서도 '살고 싶어 하는 일'이라고 변명했다. 문인궐기대회에 참석한 것 또한 생존을 위해 택한 친일이라고 변명하고 있다.

현에게 전보를 세 번씩이나 친 것을 까닭이 있었다. 얼마 전에 시국 협력을 달갑게 여기지 않는 중견층 칠팔 인을 문인보국회 간부급 몇 사람이 정보 과장과 하루 저녁의 합석을 알선한 일이 있었는데 그날 저녁에 현만은 참석하지 못했으므로 이번 대회에 특히 순서 하나를 맡기게 되면 현을 위해서도 생색이려니와 그 간부급 몇 사람의 성의도 드러나는 것이었다. 현더러 소설부를 대표해 무슨 진언 進言 윗사람에게 자기의 의견을 말함. 또는 그런 말 을 하라는 것이었다. 현은 얼마 앙탈해 보았으나 나타난 이상 끝까지 뻗대지 못하고 이튿날 대회 회장으로 따라 나왔다. 부민관인 회장의 광경은 어마어마하였다. 모두 국민복 일제 강점기에 제작되어 남성들에게 강요되었던 전시용 복식 에 예장 禮章 을 찼고 총독부 무슨 각하, 조선군 무슨 각하, 예복에, 군복에 서슬이 푸르렀고 권세나 기세 따위가 아주 대단했고 일본 작가에 누구, 만주국 작가에 누구, 조선 문단 생긴 이후 첫 어마어마한 집회였다. 현은 시골서 낚시질 다니던 진흙 묻은 저고리에 바지만은 플란넬 털실, 면, 레이온의 혼방사로 짠 능직 또는 평직물. 털이 보풀보풀 일어나고 촉감이 부드러우며, 셔츠나 양복감으로 많이 쓰임 을 입었으나 국방색 카키색이나 어두운 녹갈색 도 아니요, 각반도 치지 않아 자기의 복장은 시국 색조에 너무나 무감각했음이 변명할 여지가 없게 되었다. 그러나 갑자기 변장할 도리도 없어 그대로 진행되는 절차를 바라보는 동안 현은 차차 이 대회에 일종 흥미도 없지 않았다. 현이 한동안 시골서 붕어나 보고 꾀꼬리나 듣던 단순해진 눈과 귀가 이 대회에서 다시 한 번 선명하게 느낀 것은 파쇼국가 파시즘 국가 의 문화행정의 야만성이었다. 어떤 각하짜리는 심지어 히틀러의 말 그대로 문화란 일단 중지했다가도 필요한 때엔 일조일석에 부활시킬 수 있는 것이니 문학이건 예술이건 전쟁 도구가 못 되는 것은 아낌없이 박멸하여도 좋다 하였고, 문화의 생산자인 시인이며 평론가며 소설가들도 이런 무장각하 武裝閣下 들의 웅변에 박수갈채할 뿐 아니라 다투어 일어서, 쓰러져 가는 문화의 옹호이기보다는 관리와 군인의 저속한 비위를 핥기에만 혓바닥의 침을 말리었다. 그리고 현의 마음을 측은케 한 것은 그 핏기 없고 살 여윈 만주국 작가의 서투른 일본말로의 축사였다. 그 익지 않은 외국어에 부자연하게 움직이는 얼굴은 작고 슬프게만 보였다. 조선 문인들의 일본말은 대개 유창하였다. 서투른 것을 보다 유창한 것을 보니 유쾌해야 할 터인데 도리어 얄미운 것은 무슨 까닭일까? 차라리 제 소리 이외에는 옮길 줄 모르는 개나 도야지가 얼마나 명예스러우랴 싶었다. 약소민족은 강대민족의 말을 배우기 시작하는 것부터가 비극의 감수 甘受 책망이나 괴로움 따위를 달갑게 받아들임 였던 것이다. 그렇다고 해서, 그러면 일본 작가들의 축사나 주장은 자연스럽게 보이고 옳게 생각되었느냐 하면 그것도 아니었다. 현의 생각엔 일본인 작가들의 행동이야말로 이해하기에 곤란하였다. 한때는 유종렬 같은 사람은,

"동포여 군국주의를 버리라. 약한 자를 학대하는 것은 일본의 명예가 아니다. 끝까지 이 인륜을 유린할 때는 세계가 일본의 적이 될 것이니 그때는 망하는 것이 조선이 아니라 일본이 아닐 것인가?"

하고 외쳤고, 한때는 히틀러가 조국이 없는 유태인들을 추방하고, 진시황처럼 번문욕례繁文縟禮 번거롭고 까다로운 규칙과 예절를 빙자해 철학, 문학을 불지를 때 이것에 제법 항의를 결의한 문화인들이 일본에도 있지 않았는가? 그들은 지금 무엇을 하고 찍소리도 없는 것인가? 조선인이나 만주인의 경우보다는 그래도 조국이나 저희 동족에의 진정한 사랑과 의견을 외칠 만한 자유와 의무는 남아 있지 않을 것인가? 진정한 문화인의 양심이 아직 일본에 있다면 조선인과 만주인의 불평을 해결은커녕 위로조차 아니라 불평할 줄 아는 그 본능까지 마비시키려는 사이비 종교가만이 쏟아져 나오고, 저희 민족문화의 한 발원지라고도 할 수 있는 조선의 문화나 예술을 보호는 못할망정, 야만적 관료의 앞잡이가 되어 조선어의 말살과 긴치 않은 동조론同祖論이나 국민극國民劇의 앞잡이 따위로나 나와 돌아다니는 꼴들은 반세기의 일본 문화란 너무나 허무한 것이 아닌가? 물론 그네들도 양심 있는 문화인은 상당한 수난일 줄은 안다. 그러나 너무나 태평무사하지 않은가? 이런 생각에서 펀뜻 박수 소리에 놀라는 현은, 차츰 자기도 등단해야 될, 그 만주국 작가보다 더 비극적으로 얼굴의 근육을 경련시키면서 내용이 더 구린 일본어를 배설해야 될 것을 깨달을 때, 또 여태껏 일본 문화인들을 비난하며 있던 제 속을 들여다볼 때 '네 자신은 무어냐? 네 자신은 무엇 허러 여기 와 앉아 있는 거냐?' 현은 무서운 꿈속이었다. 뛰어도 뛰어도 그 자리에만 있는 꿈속에서처럼 현은 기를 쓰고 뛰듯 해서 겨우 자리를 일어섰다. 일어서고 보니 걸음은 꿈과는 달라 옮겨지었다. 모자가 남아 있는 것도 의식 못 하고 현은 모든 시선이 올가미를 던지는 것 같은 회장을 슬그머니 빠져나오고 말았다.

'어찌 될 것인가? 의장 가야마 선생은 곧 내가 나설 순서를 지적할 것이다. 문인보국회 간부들은 그 어마어마한 고급관리와 고급군인들의 앞에서 창씨 안한 내 이름을 외치면서 찾을 것이다!'

위에서 누가 내려오는 소리가 난다. 우선 현은 변소로 들어섰다. 내려오는

사람은 절거덕절거덕 칼소리가 났다. 바로 이 부민관 식당에서 언젠가 한 번 우리 문인들에게, 너희가 황국 신민으로서 충성하지 않을 때는 이 칼이 너희 목을 용서하지 않을 것이다 하던, 그도 우리 동포인 무슨 중좌인가 그자인지도 모르는데 절거덕 소리는 변소로 들어오는 눈치다. 현은 얼른 대변소 속으로 들어섰다. 한참 만에야 소변을 끝낸 칼소리의 주인공은 나가 버리었다. 그러나 그 뒤를 이어 이내 다른 구두 소리가 들어선다. 누구이든 이 속을 엿볼 리는 없을 것이나, 현은, 그 시골서 낚시질을 가던 길 산등성이에서 순사부장과 닥뜨리었을 때처럼 꼼짝 못 하겠다. 변기는 씻겨 내려가는 식이나 상당한 무더위로 독하도록 불결한 내다. 현은 담배를 꺼내 피워 물었다. 아무리 유치장이나 감방 속이기로 이다지 좁고 이다지 더러운 공기는 아니리라 싶어 사람이 드나드는 곳치고 용무 이외에 머무르기 힘든 곳은 변소 속이라 느낄 때, 현은 쓴웃음도 나왔다. 먼 삼층 위에선 박수 소리가 울려왔다. 그리고는 조용하다. 조용해진 지 얼마 만에야 현은 밖으로 나왔다. 그리고 맨머릿바람인 채, 다시 한 번 될 대로 되어라 하고 시내에서 그중 동뜬 성북동에 있는 친구에게로 달려오고 만 것이다.

• 중간 부분 줄거리

전국유도대회에 참여하지 않은 김 직원은 구금된다. 한편, 친구의 전보를 받고 상경하던 현은 일제의 패망과 조선의 독립 소식을 듣는다. 현은 좌익 문인 단체인 '조선문화건설 중앙협의회'에서 활동을 한다. 그는 '조선인민공화국 절대지지'라는 현수막 사건을 통해 자기 비판과 함께 정세를 판단하고 그들의 지도자가 되어 '프롤레타리아예술연맹'과의 통합을 계획한다.

현서껀 회관에서 이런 이야기들을 하고 앉았을 때다. 이런 데는 얼리지 않는 웬 갓 쓴 노인이 들어선 것이다.

"오!"

현은 뛰어 마주 나갔다. 해방 이후, 현의 뜻 속에 있어 무시로 생각나던 김 직원의 상경이었다.

"직원님!"

"현 선생!"

"근력 좋으셨습니까?"

"좋아서 이렇게 서울 구경 왔소이다."

그러나 삼팔 이북에서라 보행과 화물자동차에 시달리어 그런지 몹시 피로하고 쇠약해 보였다.

"언제 오셨습니까?"

"어제 왔지요."

"어디서 유허셨습니까?"

"참, 오는 길에 철원 들러, 댁에서들 무고허신 것 뵈왔지요. 매우 오시구 싶어들 합디다."

현의 가족들은 그간 철원으로 나왔을 뿐, 아직 서울엔 돌아오지 못하고 있는 것이었다.

"잘들 있으면 그만이죠."

"현공이 그저 객지시게 다른 데 유헐 곳부터 정하고 오늘 찾아왔지요. 그래 얼마나들 수고허시오?"

"저이야 무슨 수고랄 게 있습니까? 이번에 누구보다도 직원님께서 얼마나 기쁘실까 허구 늘 한 번 뵙구 싶었습니다. 그리구 그때 읍에 가셔선 과히 욕보시지나 않으셨습니까?"

"하마트면 상투가 잘릴 뻔했는데 다행히 모면했소이다."

"참 반갑습니다."

마침 점심때도 되고 조용히 서로 술회述懷 마음속에 품고 있는 여러 가지 생각을 말함. 또는 그런 말 도 하고 싶어, 현은 김 직원을 모시고 어느 구석진 음식점으로 나왔다.

"현공, 그간 많이 변허셨다구요?"

"제가요?"

"소문이 매우 변허셨다구들."

"글쎄요……."

현은 약간 우울했다. 현은 벌써 이런 경험이 한두 번째 아니기 때문이다. 해방 이전에는 막역한 지기知己여서 일조유사한 때는 물을 것도 없이 동지일 것 같던 사람들이 해방 후, 특히 정치적 동향이 보수적인 것과 진보적인 것이 뚜렷이 갈리면서부터는, 말 한두 마디에 벌써 딴사람처럼 서로 경원敬遠 겉으로는 공경하는 체하면서 실제로는 꺼리어 멀리함이 생기고 그것이 대뜸 우정에까지 거리감을 자아내는 것을 이미 누차 맛보는 것이었다.

"현공?"

"네?"

"조선 민족이 대한 독립을 얼마나 갈망했소? 임시정부 들어서길 얼마나 연연절절히 고대했소?"

"잘 압니다."

"그런데 어쩌자구 우리 현공은 공산당으로 가셨소?"

"제가 공산당으로 갔다고들 그럽니까?"

"자자합니다. 현공이 아모래도 이용당허는 거라구."

"직원님께서도 절 그렇게 생각허십니까?"

"현공이 자진해 변했을진 몰라, 그래두 남헌테 넘어갈 양반 아닌 건 난 알지요."

"감사헙니다. 또 변했단 것도 그렇습니다. 지금 내가 변했느니, 안 변했느니 하리만치 해방 전에 내가 제법 무슨 뚜렷한 태도를 가졌던 것도 아니구요, 원인은 해방 전엔 내 친구가 대부분이 소극적인 처세가들인 때문입니다. 나는 해방 후에도 의연히 처세만 하고 일하지 않는 덴 반댑니다."

"해방 후라고 사람의 도리야 어디 가겠소? 군자는 불처혐의간不處嫌疑間 군자는 의심스러운 곳에 머물지 않는다는 뜻 입넨다."

"전 그렇진 않습니다. 지금 이 시대에선 이하李下 자두나무 밑에서 갓을 바루지 않는다는 뜻에 서라고 비뚤어진 갓을 바로잡지 못하는 것은 현명이기보단 어리석음입니다. 처세주의는 저 하나만 생각하는 태돕니다. 혐의는커녕 위험이라도 무릅쓰고 일해야 될, 민족의 가장 긴박한 시기라고 생각합니다."

"아모튼 사람이란 명분을 지켜야 헙니다. 우리가 무슨 공뢰空雷 '공중 어뢰'를 줄여 이르는 말 있소. 해외에서 일생을 우리 민족 위해 혈투해 온 그분들께 그냥 순종해 틀릴 게 조곰도 없습넨다."

"직원님 의향 잘 알겠습니다. 그리고 저도 그분들께 감사하고 감격하는 건 누구헌테 지지 않습니다. 그러나 지금 조선 형편은 대외, 대내가 다 그렇게 단순치가 않답니다. 명분을 말씀허시니 말이지, 광해조 때 일을 생각해 보십시오. 임진란에 명의 구원을 받았지만, 명이 청태조에게 시달리게 될 때, 이번엔 명이 조선에 구원군을 요구허지 않았습니까?"

"그게 바루 우리 조선서 대의명분론大義名分論이 일어난 시초요구려."

"임진란 직후라 조선은 명을 도와 참전할 실력은 전혀 없는데 신하들의 대의명분상, 조선이 명과 함께 망해 버리는 한이라도 그냥 있을 순 없다는 것이 택민파澤民派 요, 택민론의 주창主唱 주의나 사상을 앞장서서 주장함 으로 몸소 폐위廢位 까지 한 것이 광해군 아닙니까? 나라들과 임군들 노름에 불쌍한 백성들만 시달려선 안 된다고 자기가 왕위를 폐리敝履 헌 신 같이 버리면서까지 택민론을 주장한 광해군이, 나는, 백성들은 어찌 됐든지 지배자들의 명분만 찾던 그 신하들보다 몇 배 훌륭했고, 정말 옳은 지도자였다고 생각합니다. 그리고 또 의리와 명분이라 하드라도 꼭 해외에서 온 이들에게만 편향하는 이유는 어디 있습니까?"

"거야 멀리 해외에서 다년간 조국 광복을 위해 싸웠고 이십칠팔 년이나 지켜 온 고절孤節 홀로 깨끗하게 지키는 절개 이 있지 않소?"

"저는 그분들의 풍상風尙 거룩한 모습 을 굳이 혈하게 알려는 것도 결코 아닙니다. 지역은 해외든, 해내든, 진심으로 우리를 위해 꾸준히 싸워 온 이면 모두가 다 같이 우리 민족의 공경을 받어 옳을 것이고, 풍상風霜 바람과 서리를 아울러 이르는 말 이라 혈투라 하나, 제 생각엔 실상 악형에 피가 흐르고, 추위에 손발이 얼어 빠지고 한 것은 오히려 해내나라 안 에서 유치장으로 감방으로 끌려 다니며 싸워 온 분들이 몇 배 더했으리라고 생각합니다. 육체적 고초뿐이 아니었습니다. 정신적으로 매수하는 가지가지 유인과 협박도 한두 번이 아니어서, 해내에서 열 번을 찍히어도 넘어가지 않고 싸워 낸 투사라면 나는 그런 어른이 제일 용타고 생각합니다."

"현공은 그저 공산파만 두둔하시는군!"

"해내엔 어디 공산파만 있었습니까? 그리고 이번에 공산당이 무산계급 혁명으로가 아니라 민족의 자본주의적 민주혁몁으로 이내 노선을 밝혀 논 것은 무엇보다 현명했고, 그랬기 때문에 좌우익의 극단적 대립이 원칙상 용허되지 않어서 동포의 분열과 상쟁相爭 서로 다툼 을 최소한으로 제지할 수 있는 것은 조선 민족을 위해 무엇보다 다행한 일이라고 저는 생각합니다."

"난 그게 무슨 말씀인지 잘 못 알어듣겠소만 그저 공산당 잘못입넨다."

"어서 약주나 드십시다."

"우리야 늙은 게 뭘 아오만……."

김 직원은 술이 약한 편이었다. 이내 얼굴에 취기가 돌며,

"어째 우리 같은 늙은 거기로 꿈이 없었겠소? 공산파만 가만있어 주면

곧 독립이 될 거구, 임시정부 요인要人 중요한 자리에 있는 사람. 또는 윗자리에 있는 사람들이 다 고생
허신 보람 있게 제자리에 턱턱 앉어 좀 잘 다스려 주겠소? 공연히 서로 싸우는
바람에 신탁통치 문제가 생긴 것이오. 안 그렇고 무어요?”

하고 적이 노기를 띤다. 김 직원은, 밖에서는 소련이, 안에서는 공산당이
조선 독립을 방해하는 것이라 하였다. 이렇게 역사적, 또는 국제적인 견해가
없이 단순하게, 독립전쟁을 해 얻은 해방으로 착각하는 사람에겐 여간 기술
로는 계몽이 불가능하고, 현 자신에겐 그런 기술이 없음을 깨닫자 그저 웃는
낯으로 음식을 권했을 뿐이다.

김 직원은 그 이튿날도 현을 찾아왔고 현도 그 다음날은 그의 숙소로 찾아
갔다. 현이 찾아간 날은,

“어째 당신넨 탁치 받기를 즐기시오?”

하였다.

“즐기는 게 아닙니다.”

“그러면 즐겁지 않은 것도 임정‘임시 정부’를 줄여 이르는 말에서 반탁反託 신탁 통치를 반대함을
허니 임정에서 허는 건 덮어놓고 반대하기 위해서 나중엔 탁치꺼지를 지지
헌단 말이지요?”

“직원님께서도 상당히 과격허십니다그려.”

“아니, 다 산 목숨이 그러면 삼국 외상헌테 매수돼서 탁치 지지에 잠자코
끌려가야 옳소?”

“건 좀 과허신 말씀이구! 저는 그럼, 장래가 많어서 무엇에 팔려서 삼상
회담을 지지허는 걸로 보십니까?”

그 말에는 대답이 없으나 김 직원은 현의 태도에 그저 못마땅한 눈치만은
노골화하면서 있었다. 현은 되도록 흥분을 피하며, 우리 민족의 해방은 우리
힘으로가 아니라 국제 사정의 영향으로 되는 것이니까 조선 독립은 국제성의
지배를 벗어날 수 없는 것, 삼상회담의 지지는 탁치 자청이나 만족이 아니라
하나는 자본주의 국가요 하나는 사회주의 국가인 미국과 소련이 그 세력의
선봉들을 맞댄 데가 조선이라 국제간에 공개적으로 조선의 독립과 중립성이
보장되어야지, 급히 이름만 좋은 독립을 주어 놓고 소련은 소련대로, 미국은
미국대로, 중국은 중국대로 정치·경제 모두가 미약한 조선에 지하 외교를
시작하는 날은, 다시 이조말의 아관파천俄館播遷 식의 골육상쟁骨肉相爭 가까운 혈족끼리
서로 싸움과 멸망의 길밖에 없다는 것, 그러니까 모처럼 얻은 자유를 완진 독립

에까지 국제적으로 보장되는 길을 택할 수밖에 없다는 것, 이왕조의 대한大韓이 독립전쟁을 해서 이긴 것이 아닌 이상, '대한' '대한' 하고 전제제국專制帝國 시대의 회고감懷古感으로 민중을 현혹시키는 것은 조선 민족을 현실적으로 행복되게 지도하는 태도가 아니라는 것, 지금 조선을 남북으로 갈라 진주해 있는군대가 쳐들어가거나 파견되어 가서 주둔해 있는 미국과 소련은 무엇으로 보나 세계에서 가장 실제적인 국가들인만치, 조선 민족은 비실제적인 환상이나 감상으로가 아니라 가장 과학적이요, 세계사적인 확실한 견해와 준비가 없이는 그들에게 적정한 응수를 할 수 없다는 것, 현은 재주껏 역설해 보았으나 해방 이전에는, 현 자신이 기인여옥이라 예찬한 김 직원은, 지금에 와서는, 돌과 같은 완강한 머리로 조금도 현의 말을 이해하려 하지 않고,4) 다만, 같은 조선 사람인데 '대한'을 비판하는 것만 탐탁지 않았고, 그것은 반드시 공산주의의 농간이라 자가류自家流 객관적 사실에 의거하지 아니하고 자기 주관이나 관습, 취미대로 하는 방식의 해석을 고집할 뿐이었다.

　그 후 한동안 김 직원은 현에게 나타나지 않았다. 현도 바쁘기도 했지만 더 김 직원에게 성의도 나지 않아 다시는 찾아가지도 못하였다.
　탁치 문제는 조선 민족에게 정치적 시련으로 너무 심각한 것이었다. 오늘 '반탁' 시위가 있으면 내일 '삼상회담 지지' 시위가 일어났다. 그만 군중을 충돌하고, 지도자들 가운데는 이것을 미끼로 정권싸움이 악랄해 갔다. 결국, 해방 전에 있어 민족 수난의 십자가를 졌던 학병學兵학도병들이, 요행 죽지 않고 살아온 그들 속에서, 이번에도 이 불행한 민족 시련의 십자가를 지고 말았다.
　이런 우울한 하루였다. 현의 회관으로 김 직원이 나타났다. 오늘 시골로 떠난다는 것이었다. 점심이나 같이 자시러 나가자 하니 그는 전과 달리 굳게 사양하였고, 아래층까지 따라 내려오는 것도 굳게 막았다. 전날 정리로 보아 작별만은 하러 들렀을 뿐, 현의 대접이나 인사는 긴치 않게 여기는 듯하였다.
　"언제 서울 또 오시렵니까?"
　"이런 서울 오고 싶지 않소이다. 시골 가서도 그 두문동 구석으로나 들어 가겠소."

4) 국수주의자를 대표하는 김 직원을 '돌과 같은 완강한 머리'라고 비판함으로써 국수주의적인 임시정부 세력을 비판 하고자 한 작가의 의도를 파악할 수 있다.

하고 뒤도 돌아다보지 않고 분연히 층계를 내려가고 마는 것이었다. 현은 잠깐 멍청히 섰다가 바람도 쏘일 겸 옥상으로 올라왔다. 미국군의 지프가 물매미떼처럼 서물거리는^{어리숭한 것이 눈앞에 떠올라 자꾸 어른거리는} 사이에 김 직원의 흰 두루마기와 검은 갓은 그 영자影子 그림자 너무나 표표함^{사람의 생김새나 풍채, 옷차림 따위가 눈에 띄게 두드러짐}이 있었다. 현은 문득 청조말淸朝末의 학자 왕국유의 생각이 났다. 그가 일본에 와서 명곡朙曲에 대한 강연이 있을 때, 현도 들으러 간 일이 있는데, 그는 청나라식으로 도야지 꼬리 같은 편발辮髮을 그냥 드리우고 있었다. 일본 학생들은 킬킬 웃었으나, 그의 전조前朝에 대한 충의를 생각하고 나라 없는 현은 눈물이 날 지경으로 왕국유의 인격을 우러러보았다. 그 뒤에 들으니, 왕국유는 상해로 갔다가, 북경으로 갔다가, 아무리 헤매어도 자기가 그리는 청조의 그림자는 스러만 갈 뿐이므로, '녹수청산부증개綠水靑山不曾改, 우세창태석수간雨洗蒼苔石獸間'을 읊조리고는 편발 그대로 곤명호昆明湖에 빠져 죽었다는 것이었다. 이제 생각하면, 청나라를 깨트린 것은 외적이 아니라 저희 민족, 저희 인민의 행복과 진리를 위한 혁명으로였다. 한 사람 군주에게 연연히 바치는 뜻갈도 갸륵한 바 없지 않으나 왕국유가 그 정성, 그 목숨을 혁명을 위해 돌리었던들, 그것은 더 큰 인생의 뜻이요 더 큰 진리의 존엄한 목숨일 수 있었을 것 아닌가? 일제 강점기에 그처럼 구박과 멸시를 받으면서도 끝내 부지해 온 상투 그대로, '대한'을 찾아 삼팔선을 모험해 한양성漢陽城에 올라왔다가 오늘, 이 세계사의 대사조 속에 한 조각 티끌처럼 아득히 가라앉아 가는 김 직원의 표표한 뒷모양을 바라볼 때, 현은 왕국유의 애틋한 최후를 연상하지 않을 수 없었다.

바람이 아직 차나 어딘지 부드러운 벌써 봄바람이다. 현은 담배를 한 대 피우고 회관으로 내려왔다. 친구들은 '프로예맹'과의 합동도 끝나고 이번엔 '전국문학자대회' 준비로 바쁘고들 있었다.

발단   현은 시국을 위해 일할 것을 강요당함

전개   시골로 내려간 현은 김 직원을 만나게 됨

위기   현은 해방 직후 친구의 연락을 받고 서울로 옴

절정   현이 좌익 계열의 조선문화건설 중앙협의회에 관여함

결말 현은 김 직원과 이념적으로 화해할 수 없음을 확인함

🔭 생각해 볼까요?

 선생님 「해방 전후」는 현이 고향 철원으로 낙향해 있을 때 선비 김 직원을 만나고 헤어지는 이야기가 중심이에요. 김 직원과의 만남과 이별이 어떤 의의를 가지는지 이야기해 볼까요?

💬 2 🤍 2

↳ **학생 1** 김 직원은 이태준이 극복하여야 할 구시대적 가치를 추앙하는 인물에 해당돼요. 그는 임금에 대한 충성을 중요하게 여기니까요. 그런 김 직원과의 이별은 새로운 가치를 향해 떠나가는 것을 의미해요.

↳ **학생 2** 이 작품을 끝으로 이태준은 월북하고, 이후 그의 문학은 이전의 작품 경향과는 전혀 다른 목적 문학으로 바뀌고 말았다는 점을 생각할 때, 이 작품의 의미는 의미심장해요.

 선생님 작품 속에서 현은 '조선문화건설 중앙협의회'의 선언문에 서명하고 활동해요. 실제로 작가 이태준은 조선문학건설본부와 프롤레타리아예술연맹이 통합해 결성된 단체인 '조선문학가동맹'의 부위원장을 지내고 좌익 활동을 해요. 그 당시 문학계의 상황에 대하여 알아봐요.

💬 2 🤍 2

↳ **학생 1** 제2차 세계 대전 이후 미국과 소련이 대립하는 냉전 체제에서 우리 국토는 분단되고, 남북한에 각각 정부가 수립되었어요.

↳ **학생 2** 문학계에서는 민족 문학의 건설이라는 공동 목표가 정해졌지만, 좌익과 우익의 갈등 상황이 지속되었어요. 이는 계급 이념 문학을 주도하던 '조선문학가동맹'과 민족주의 이념을 내세운 '전조선 문필가 협회' 사이의 대립으로 표면화되었어요. 이 대립은 1947년 이태준을 포함한 조선문학가동맹 작가들이 월북하면서 끝나요.

🔍 **자전 소설** ▾

연관 검색어 사서선 소설

자전 소설은 작가가 자신의 생애나 생활 체험을 소재로 삼아 쓴 소설로 자서전 소설이라고도 한다. 소재를 있는 그대로 표현하지 않고 작가의 의도대로 꾸며서 기술할 수 있다는 점, 3인칭을 사용해도 무방하다는 점에서 전기나 자서전과 다르다. 대표적인 자전 소설로 이태준의 「해방 전후」, 박완서의 「그 많던 싱아는 누가 다 먹었을까」, 「엄마의 말뚝」을 꼽을 수 있다.

이미륵
(1899~1950)

✉ 작가에 대하여

   본명 이의경, 미륵은 아명이다. 황해도 해주 출생. 1917년 경성의학전문학교에 입학하였으며, 1919년 3·1 운동에 가담해 일본 경찰의 수배를 받은 뒤, 고향 집에 피신했다가 상하이를 거쳐 1920년 독일에 도착하였다.

   1921년 3월부터 뷔르츠부르크대학교에서 의학 공부를 계속하였으나 건강 때문에 휴학하였다. 1923년 하이델베르크대학교, 1925년부터는 뮌헨대학교에서 동물학과 철학을 전공해 1928년 동 대학원에서 박사 학위를 취득하였다.

   1931년 「하늘의 천사」를 처음으로 발표한 후 민족적인 경향이 짙은 단편 문학 작품을 녹일어로 독일 신문과 잡지에 수시로 발표하였다. 1946년 대표작인 「압록강은 흐른다」가 독일에서 발간되어 전후 독일 문단에서 베스트셀러가 되었다. 이 소설은 영문 및 국문으로 번역되었는데, 그 일부는 독일 고등학교 교과서에 실렸다.

   1947년부터 뮌헨대학교 동양학부 강사로 있다가 1950년 3월 위암으로 타계하였다. 「압록강은 흐른다」의 속편인 「그래도 압록강은 흐른다」가 분도출판사에서 출간됐다. 이미륵은 독일에서 독일어로 작품 활동을 한 한국 작가이며 독일 땅에 한국을 소개한 첫 번째 작가라는 점에서 중요한 의의를 갖는다.

압록강은 흐른다

#변혁기 #3·1운동 #신문명 #성장

⚓ 작품 길잡이

갈래: 장편 소설, 성장 소설
배경: 시간 - 일제 강점기 전후 / 공간 - 미륵의 고향 집, 서울, 상하이, 유럽
시점: 1인칭 주인공 시점
주제: 조선 개화기 소년의 성장과 새로운 세계에 대한 동경
출전: 독일 피퍼 출판사[(1946년, 독일어로 출간)]

📷 인물 관계도

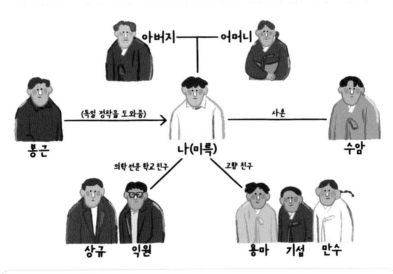

아버지 ━ 어머니

봉근 ━(독일 정착을 도와줌)━▶ 나(미륵) ━ 사촌 ━ 수암

의학 전문 학교 친구 / 고향 친구

상규 익원 / 용마 기섭 만수

나(미륵) 서구 문명에 대한 꿈과 동경을 키우다가 3·1 운동 참여를 계기로 유럽으로 유학을 떠난다.
수암 '나'와 어린 시절을 함께 보낸 사촌이자 친구이다.
아버지 '나'에게 한학을 직접 가르쳐 주고 신학문을 배우도록 함으로써 아들이 더 넓은 세계로 나아가도록 도와 준다.

📖 구성과 줄거리

발단 **'나'는 사촌이자 단짝 친구인 수암과 어린 시절을 함께함**

'나'는 하루의 대부분을 사촌이자 단짝 친구인 수암과 지낸다. 교육을 중시하는 아버지는 이들에게 어려운 한문을 일찍부터 가르친다. 그러나 '나'와 수암은 집 안팎에서 여러 가지 흥미로운 일을 하는 것을 좋아한다.

전개 **'나'와 수암은 서당에서 공부도 하고 놀이도 하며 성장해 감**

'나'와 수암은 집안에 세운 서당에서 같이 공부를 한다. 가끔 종각에 있는 놀이터에 가 놀기도 하며 둘은 성장해 나간다.

위기 **수암은 이사를 가고 아버지가 돌아가심**

수암은 자기 어머니와 함께 먼 시골 동네로 이사를 간다. '나'는 아버지와 함께 많은 시간을 보낸다. 아버지는 '나'를 새 학교로 보내 신학문을 배우게 한다. 어느 날 아버지는 갑자기 쓰러져 돌아가신다.

절정 **3·1 운동에 참여한 '나'는 신변에 위협을 느껴 망명길을 떠남**

아버지가 돌아가신 후 '나'는 송림 마을로 가게 된다. '나'는 의학 전문학교에 합격하여 열심히 공부하지만 만세 운동에 가담해 수배를 받게 된다. '나'는 고향 집으로 피신하였다가 유럽으로 유학을 가기로 결심하고, 압록강 국경 지대에서 어부의 도움으로 강을 건너 중국 땅으로 들어가게 된다.

결말 **'나'는 유럽으로 유학을 떠나 독일에 정착함**

상하이에 도착한 '나'는 오랜 기다림 끝에 유럽으로 향한다. 수에즈 운하를 통과하여 유럽 해안 가까이 이르렀을 때 갑자기 태풍을 만나 위기를 겪지만 무사히 프랑스에 도착한다. '나'는 봉근의 도움으로 한 독일 부인의 십에서 지내게 된다. 한국에 대한 추억에 잠겨 하루하루를 보내던 중 고향의 맏누이에게서 어머니의 부고를 받는다.

압록강은 흐른다

수암과 함께 놀던 시절

수암은 나와 함께 자란 사촌 형의 이름이다.

나는 지금도 우리가 함께 지냈던 시절, 그리 즐겁지 않았던 일들을 생생하게 기억한다. 그 무렵 우리가 몇 살이었는지는 정확히 생각나지 않는다. 아마 나는 다섯 살이었고, 수암은 그보다 조금 더 되었던 것 같다.

어느 날 저녁, 우리는 아버지 앞에 함께 앉아 있었다. 아버지는 우리가 배우고 있던 한문책을 펼쳐 놓고 가느다란 회초리로 글자 하나를 짚고 계셨다. 그 글자의 뜻을 수암은 설명해야 했다. 수암은 아침나절에 배웠던 것을 벌써 까맣게 잊어버린 것 같았다. 그는 아버지가 거듭 묻는데도 꿀 먹은 벙어리처럼 잠자코 있었다.

아버지는 먼저 세상을 뜬 자기 아우의 아들에게 그처럼 어려운 한문을 일찍부터 가르치기 시작하셨다.

"이 글자는 채소를 뜻한다. 어떻게 읽지?"

아버지가 조급한 표정으로 물었다.

"채!"

수암이 재빨리 대답했다.

"잘했다."

아버지는 수암을 칭찬한 뒤 다시 물었다.

"다음 글자는 어떻게 읽지?"

이번 것은 첫 번 글자보다 훨씬 어려운 것 같았다.

수암은 입을 꼭 다문 채 눈을 내리깔고 방구석을 여기저기 곁눈질하면서 난처한 듯 나를 힐끔거렸다. 그러나 나는 아무런 도움도 줄 수 없었다.

그때까지만 해도 나는 아직 그 글자를 읽을 수가 없었기 때문이다.

"이런 바보 같은 녀석!"

아버지는 버럭 소리를 지르셨다. 그러자 수암의 작은 눈에 눈물이 고이더니 이내 주르르 뺨을 타고 흘러내려 그 어려운 글자 위로 뚝 떨어졌다. 그 모습은 무척 안쓰러웠다.

수암은 어린 시절 둘도 없는 나의 친구였다. 우리는 늘 함께 놀았으며, 아침

저녁을 같이 먹었고, 어디든지 항상 붙어 다녔다.

우리 집은 아이들이 많았다. 나에게는 누이가 셋 있었고, 수암도 누이가 둘 있었다. 그렇게 모두 일곱 명이었다. 또 구월이란 아이가 있었는데, 그 애는 방 치우는 일이며 아기 보는 일이며 온갖 집안일을 도맡아 했다. 그 애 역시 우리 또래였다.

그런데 모두 다 우리보다 나이가 많았다. 더구나 우리와 함께 어울려 놀 수 없는 여자애들이었다. 그래서 수암과 나, 우리 둘만이 늘 어울려 다녔다.

내 기억으로는, 우리 둘은 옷도 똑같이 입었다. 짙은 갈색 옷고름이 달린 분홍 저고리와 회색 바지도 똑같았고, 신고 있던 검정 가죽 신발도 같은 것이었다. 수암의 나이가 나보다 반년 정도밖에 많지 않아서 우리가 달리 생기지만 않았다면 사람들은 아마도 우리를 쌍둥이처럼 보았을 것이다.

수암은 조금 뚱뚱하고 작았지만 힘이 셌다. 볼은 도톰하게 살이 올라 있었다. 또 눈에 띌 정도로 유난히 눈이 작고 가늘었으며, 입은 너무 작아서 거의 입술이 없어 보였지만 코는 아주 예쁘장했다. 그와 반대로 나는 바짝 마른 큰 키에 눈과 코도 제법 큼지막했다.

우리는 따로 떼어 놓을 수 없는 단짝이었다. 우리는 거의 웃을 때도 같이 웃었고, 울 때도 같이 울었다.

다행히도 그때 어머니가 방으로 들어오셔서 우리를 바깥으로 데리고 나갔다.

"아이들을 너무 꾸짖지 마세요."

어머니는 또 이렇게 말씀하셨다.

"학교에 가면 곧 배울 것 아니에요?"

우리는 어머니 덕분에 겨우 방에서 풀려나올 수 있었다.

우리가 날마다 뛰노는 뒤뜰에는 언제나 맑은 햇살이 들었다. 우리는 이 조용하고 넓은 뜰에서 아무런 방해도 받지 않고 재미있게 놀고는 했다. 낮에는 아무도 이곳을 찾지 않았다. 그뿐 아니라 무더운 날에는 옷을 훌렁 벗고 알몸으로 뛰어다니기도 했다. 뒤뜰은 높은 담장이 둘러쳐져 있어서 이웃 사람 아무도 우리를 볼 수 없었다. 가끔은 누이들이나 구월이가 채소를 뜯으러 오기는 했지만, 부끄럽다는 생각은 들지 않았다.

수암은 길고 곧은 호濠 도랑처럼 파서 물이 괴게 한 곳를 파고는 내가 주워 온 평평한 돌로 그 위를 덮었다. 그러고는 호의 한쪽을 더 파서 아궁이를 만들고, 다른 쪽에는 굴뚝을 만들었다. 우리는 아궁이에 마른 가지를 때서 연기가 굴뚝으로 빠져나가는지 지켜보았다. 그리고 연기가 굴뚝을 통해서만 빠져나가도록 돌 사이의 틈을 흙으로 단단히 메웠다. 이것은 수암이 내게 가르쳐 준 정말 재미있는 놀이였다.

수암은 결코 아버지가 말씀하신 것처럼 바보는 아니었다. 그는 착하고 영리한 아이였다.

한번은 수암이 잠자리채 만드는 법을 가르쳐 주었다. 그것은 우리 마을의 아이들이라면 모두가 알아야만 하는 것이었다.

수암은 가느다란 버들가지를 동그랗게 휜 다음 기다란 장대에 동여맸다. 우리는 그 채를 들고 거미줄을 찾아다녔고, 마침내 그 채에 거미줄을 꽉 채우곤 했다. 예쁜 잠자리가 날아다니는 것을 보면 곧장 잠자리채를 들고 쫓아가 잽싸게 휘둘렀다.

수암은 운 좋게도 잠자리를 곧잘 잡았다. 잠자리를 잡으면 수암은 조심스럽게 잠자리를 채에서 떼어 냈다. 그리고 엄지와 집게손가락으로 잠자리의 두툼한 허리를 꼭 잡으면 잠자리는 제 꼬리를 동그랗게 말아올려 입으로 물었다. 수암은 또 풍뎅이를 잡으면 넓고 반들반들한 돌 위에 거꾸로 뉘어 한참 동안 날개를 치며 뱅글뱅글 춤추게 만들었다. 그건 정말 재미있는 놀이였다.

싸돌아다니다가 지치면 우리는 짚단을 깔고 앉아서 따뜻한 햇볕을 쪼였다. 뒤뜰에는 우리의 놀이터 외에도 채소밭과 물이 말라 버린 얕은 우물과 큼직한 창고가 있었다. 울타리 밑으로는 빨간 봉선화가 붉게 피었고, 채소밭에는 오이며 호박이며 참외의 희고 노란 꽃이 피어 있었다. 또 수많은 붉은 열매가 열리는 큰 석류나무도 있었지만 우리는 열매가 너무 시어서 따 먹지 않았다.

우리 집에는 뜰이 여러 군데 있었다. 뒤뜰은 집 뒤에 있어서 그렇게 불렀다. 원형으로 지어진 본채에는 방 여섯에 부엌과 마루가 있었고, 한가운데에는 뜰과 함께 여자들이 생활하는 안마당이 있었다. 그곳에는 화분 몇 개와 오리집, 그리고 비둘기장이 있었다. 본채 앞에는 중문이 있는, 낮은 담으로 분리된 두 개의 뜰이 있었다. 아버지 방에 이르는 오른쪽 뜰은 우물이 있다고 해서 '샘뜰'이라 불렀다. 그리고 높은 문과 손님을 모시는 사랑채로 둘러싸인 왼쪽 뜰은 '바깥뜰'이라 불렀다. 우리는 이 바깥뜰에서만 놀 수 있었다.

날씨 좋은 어느 날 오후, 수암은 놀이를 멈추고 나를 안뜰로 데리고 가서는 우리가 좀처럼 들어가지 않았던 어둠침침한 식모 방으로 이끌었다. 나는 수암이 언제나 신나는 일을 궁리하고 있다는 것을 잘 알았기에 기쁜 마음으로 따라갔다. 식모 방에서 수암은 한참 동안이나 장롱 앞에 서서 그 위에 놓인 반짝이는 갈색 단지를 유심히 쳐다보았다.

나는 그 단지를 본 적은 있지만 거기에 무엇이 들어 있는지는 몰랐다. 그런데 수암이 베개를 여러 개 쌓아 올리고는 장롱 위로 올라가려는 것이었다. 나는 밑에서 수암을 거들었다. 수암은 장롱에 오르다가 몇 번이나 나동그라졌다. 베개가 평평하지 않고 길고 둥글어서 딛고 오르기가 여간 힘들지 않았던 것이다. 하지만 수암은 포기하지 않았고, 마침내 장롱 위로 올라갔다. 수암은 한참을 그 위에 올라가 있었는데, 입맛을 다시는 듯한 소리도 들렸다. 내가 무엇을 먹느냐고 물었지만 수암은 아무런 대꾸도 없이 계속 입맛만 다셨다. 그러고는 한참 있다가 꿀을 좀 내려 주겠다고 했다.

수암은 오른손을 단지 속에 넣은 다음 왼손으로는 장롱 모서리를 단단히 잡고는 조심스럽게 내려오기 시작했다. 그러나 위태위태하게 쌓아놓은 베개가 무너지는 바람에 그만 방바닥으로 굴러떨어지고 말았다. 그 와중에 꿀 묻은 손으로 여기저기를 더듬고 허우적거려서 먹음직스런 누런 빛깔의 꿀은 얼마 남지도 않게 되었다. 그런데도 나는 수암의 손을 말끔히 핥고는 앞으로 어떤 일이 닥쳐올지 알지도 못한 채 마냥 좋아서 방을 나왔다.

그날 저녁 우리는 그 일로 벌을 받아야만 했다. 우리는 일찌감치 이불속에 들어가 누워 있었다. 수암은 자기 어머니 방에, 나는 우리 어머니 방에 누워 있었다. 그러다가 우리는 갑자기 불려 나갔다. 우리는 참외나 배나 무슨 맛있는 것을 주려나 잔뜩 기대하며 큰방으로 갔다. 방에는 집안 여인들이 못마땅한 얼굴들을 하고 앉아 있었다. 구월이는 베개를 조심스레 하나하나 살펴보면서 혀를 찼고, 두 어머니는 우리를 유심히 살펴보았다. 수암은 풀이 죽어 시무룩해진 눈으로 나를 보며 베개에 묻은 꿀이 우리의 비밀을 드러냈다는 것을 눈짓으로 알려 주었다.

수암의 어머니인 숙모가 우리에게 장롱에 올라갔느냐고 물었다. 수암은 입을 꼭 다문 채 아무 대꾸도 없이 회초리를 들고 있는 숙모를 쌀쌀맞게 흘겨보았다.

숙모는 회초리로 우리 둘의 볼기를 때렸다. 나는 너무 아파서 소리를 내며 울어 버렸지만, 수암은 용감하게 참고 견뎌냈다. 그는 매를 맞는 게 당연하다고 생각하고 있는 것 같았다. 수암은 울지도 반항하지도 않고 그저 말없이 나를 데리고 밖으로 나왔다.

• 중간 부분 줄거리

수암과 나는 집 안에 세운 서당에서 함께 공부를 하고 가끔 종각에 있는 놀이터에 가 놀기도 하며 성장해 나간다. 어느 날, 수암은 숙모와 함께 고전을 잘 가르쳐 주는 시골 동네로 이사를 간다. 나는 아버지와 함께 시를 읊고 고전을 이야기하며 많은 시간을 보낸다. 건강이 좋지 않던 아버지는 어느 날 갑자기 쓰러져 돌아가시고 나는 거처를 송림 마을로 옮긴다. 그 후 나는 의학 전문학교에 합격하여 열심히 공부한다.

작별

3학년 때 일이었다. 어느 날 오후, 나는 안과 강의가 끝나고 강의실에서 나오다가 상규에게 붙들렸다. 상규와는 꽤 친하게 지내는 사이였다. 그는 나지막한 목소리로 내일 저녁 중요한 회의가 있으니 남운헌이라는 식당으로 오라고 했다. 나는 그러마고 약속을 하고 무슨 일이냐고 물었다. 그러자 상규는 나를 으슥한 곳으로 데리고 가더니 속삭이듯이 이유를 설명했다. 그는 한국 전문학교의 많은 학생들에게서 어떤 이야기를 들었는데, 그 문제에 대해 토론할 거라고 했다. 우리 민족이 곧 부정한 일본 정책에 대항하여 시위 운동을 감행할 것이며, 모든 한국인 학교 학생들이 참여할 예정이라는 것이었다. 그래서 우선 우리 학교의 믿을 만한 몇몇 한국 학생들에게 시위에 참여할 것인지 의사를 타진해 보는 중이라고 했다.

익원도 역시 상규의 초대를 받았다. 그런데 그는 매우 신중하게 고민하는 것 같았다. 집으로 가는 내내 그는 한마디 말도 없었다. 우리는 저녁 과제를 급히 마치고는 우리 민족이 일본 정부에 무엇을 요구할 것인가에 대해 의견을 나누었다. 선거권? 아니면 자국의 군대 문제? 그것도 아니면 자치 문제?

"어쨌든 정치적인 문제일 거야."

익원이 말했다.

"그렇겠지."

"우리가 참가한 사실이 드러나면 처벌을 받게 된다는 것도 생각해 봤니?"

"물론 생각하고 있어."

"우리는 더욱 심할 거야. 정부 직속 학교에서 공부를 하고 있는 우리가 그 고마움 때문에라도 결코 정치적 시위에 참여해서는 안 된다는 것이겠지."

우리는 비로소 시위에 참여해야 되는지 말아야 되는지 현실적인 문제에 직면했다. 우리는 아무런 의무도 바라지 않고 고상한 학문을 가르쳐 주는 학교에 감사하고 있었다. 학교는 우리에게 국비로 여러 명소를 관광시켜 주었고, 또 유명한 학자와 승려, 정치인들과도 만나게 해 주었다.

익원은 오랫동안 입을 다물고 싶은 생각에 잠겼다.

"우리가 어떻게 해야 한다고 생각하니?"

익원이 물었다.

"나도 모르겠어."

"하지만 우리도 우리 민족에 관계되는 일이라면 동참해야지."

"물론 그렇긴 해."

"네 의견은 어때?"

나는 잠자코 있었다.

"제기랄. 어쩌면 좋지?"

그는 난감한 얼굴로 중얼거렸다. 그러나 익원은 어떤 일이 있더라도 함께 행동하자고 말했다.

"아무튼 우리 함께 행동하자."

"그야 말할 필요 있나."

이튿날 저녁, 우리가 남운헌 식당에 도착했을 때는 약 열 명 가까운 학생이 모여 있었다. 시위 운동은 이미 상당히 준비되어 있었고, 국립학교 학생들만 모르고 있다고 상규가 설명해 주었다. 그들은 우리를 '반왜놈'이라고 하며 믿지 않기 때문이라고 했다. 우리는 모두 잔뜩 긴장한 얼굴로 상규 이야기를 들었다. 그리고 한 명도 빠짐없이 시위에 참여하기로 의견을 모았다. 그러나 어느 누구도 이 시위가 어떻게 조직되었는지, 또 일본 정부에 무엇을 요구할 것인지는 몰랐다. 그럼에도 우리는 모두 시위에 참여해야 한다고 생각했다.

의견이 모아진 뒤 우리는 긴 시간 동안 우리의 유구한 문화와 우리 조상의 찬란한 문화유산에 대해 이야기를 나누었다. 또 일본 놈들은 얼간이일 뿐 아무것도 아니라고 비난했다. 세계 최초로 발명한 인쇄 활자와 거북선, 도자기 기술, 한지와 우리 조상들이 그 어떤 다른 나라보다 먼저 발명해 냈던 여러 가지 유산에 대해 우리는 자랑스럽게 이야기했다. 비교적 말이 없고 조용한 성격인 익원도 다른 사람들의 이야기를 다 듣고 난 다음,

"그래, 우리도 하자!"

이렇게 결론을 내렸다.

그것은 마치 우리 의과 전문학교 학생들의 시위 참여를 최종적으로 결정하는 것처럼 느껴졌다. 운동에 참여할 대중들은 머지않아 있을 시위를 기다리며 차근차근 비밀리에 전진하고 있었다. 상규는 우리에게 시위에 대한 새로운 준비며 국기, 선전물, 행진 질서 등에 관한 소식을 전해 주었다. 첫 시위는 3월 1일 오후 2시에 종로의 탑골 공원에서 있을 거라는 중요한 소식도 전해 주었다.

그날은 이루 말할 수 없이 따뜻하고 아름다운 봄날이었다. 내가 잠에서 깼을 때 익원은 벌써 일어나 제복을 입고 서 있었다. 그즈음 나는 며칠 전부터 전염성 피부염 때문에 결석을 하고 있었는데, 그날도 강의에 나가지 못하고 있었다.

"정오에 공원으로 와."

그는 내게 악수를 청하면서 힘주어 말했다.

"그래야지, 거기서 만나 함께 시위를 해야지."

"그렇고말고."

그는 방을 나가면서 빙그레 웃어 보였다.

우리는 밤새 거의 잠을 이루지 못했다. 그래서 납덩어리처럼 무거운 고단함이 나를 이불 속에 파묻혀 있게 하여 몸을 일으키기가 매우 힘들었다.

공원에 도착하였을 때는 이미 경관들이 공원을 포위하고 있었다. 공원 안은 열 발짝도 걷지 못할 정도로 사람들로 꽉 들어차 있었다. 나는 익원을 찾아보았다. 그러나 익원도 다른 어떤 학생도 눈에 띄지 않았다. 나는 한쪽 담장 구석에 서서 점점 더 많은 학생들이 입구로 몰려 들어오는 것을 지켜보았다. 그때 갑자기 깊은 정적이 감돌며 장내가 고요해졌다. 그리고 이 고요함을 뚫고 누군가가 한가운데 연단에 서서 독립선언서를 낭독하기 시작

했다. 그러나 나는 너무 멀리 떨어져 있어서 거의 알아들을 수가 없었다. 낭독이 끝나자 잠깐 동안 침묵이 흘렀다. 그리고 잠시 후, 그칠 줄 모르는 만세 소리가 하늘을 찌를 듯이 울려 퍼졌다. 좁은 공원은 전율하며 마치 폭발해 버릴 것만 같았다. 공중에는 각양각색의 유인물이 뿌려지며 휘날렸고, 군중들은 공원을 박차고 나와 시가행진을 시작했다. 군중들은 우레 같은 만세 소리와 함께 사방에 유인물을 뿌리며 힘차게 행진을 했다.

나는 유인물을 한 장 받아서 선언문을 읽었다.[1] 일본이 한민족을 합병한 것은 부당한 일이며 앞으로는 효력이 없다고 쓰여 있었다. 그리고 우리 한국인은 자유로운 민족으로서 자기 운명을 스스로 결정할 권리가 있으니, 그 권리를 반환하라고 일본에 요구하였다. 나는 몇 번이나 되풀이하여 선언서를 읽었다. 그리고 행진 대열에 합류했다.

"뿌려라!"

길은 이미 인산인해를 이루고 있었다. 나는 놀란 얼굴로 서 있다가 엉겁결에 그것을 받아 들었다. 몇 사람이 부르짖었다.

"학생들이여! 청년들이여! 이제 때가 왔다!"

그것을 신호로 다른 사람들도 크게 외쳤다. 감격한 여자들은 울면서 마실 것과 먹을 것을 사람들에게 날라다 주었다.

경관들은 개입하지 않았다. 그들은 시내로 통하는 길을 완전히 개방하고 있었다. 다만 관청과 영사관에만 중무장을 한 경관들이 배치되어 혹시 모를 폭력 행위에 대비하여 날카롭게 주시하고 있었다.

시위행진은 저녁때부터 제지를 받기 시작했다. 시위대의 자유는 점점 줄어들었다. 우리가 행진을 했던 구역은 이미 경관과 병정들이 점령하고 있었고, 어느새 우리는 점점 폐쇄당하고 있었다. 프랑스 영사관 앞에서 '자유 민족'임을 거리낌 없이 선언한 뒤 총독부로 행진하려 할 때는 완전히 포위당해 있었다. 도로는 차단되었고, 모든 도로의 양쪽에는 중무장한 경관이, 한가운데에는 병정들이 네 줄로 도열 堵列 많은 사람들이 죽 늘어섬. 또는 그런 대열 해 있었다. 양편은 잠시 어찌할 바를 모르고 대치했다. 그러나 곧 병정들의 앞줄에서 하얗게 번쩍이는 총검이 군중을 향해 돌진해 들어왔다. 시위대의 맨 앞줄 군중들은 용감하게 저항을 했다. 그러나 뒷줄은 공포에 휩싸여 후퇴하기 시작했다.

---

1) 3·1 독립선언서를 가리킨다.

결국 우리는 대치 상태에서 굴복하고 말았다. 이제 비탄의 소리와 흐느껴 우는 소리가 울려 퍼질 뿐 더이상 만세 소리는 울리지 않았다. 병정들은 그때를 놓치지 않고 군중들을 도로에서 내몰기 시작했다. 그리고 밀려난 군중들을 다른 부대가 기다리고 있다가 또 몰아냈다.

다행히도 나는 조금도 다치지 않고 집으로 돌아올 수 있었다. 집에 돌아온 나는 곧 잠에 빠져들었다. 눈을 뜨고 일어났을 때는 밖은 이미 어두워져 있었다. 그런데 익원은 그때까지도 집에 돌아오지 않고 있었다. 나는 불길한 생각이 들어 그를 찾으러 다시 밖으로 나갔다. 바깥 분위기는 삼엄하기 그지없었다. 행인도 거의 없었다. 어두컴컴한 길 양쪽에는 기관총을 든 병정들이 서 있었고, 잇달아 검은 장갑차가 쉬지 않고 지나갔다. 나는 조심스럽게 샛길로 돌아서 친구들을 하나씩 찾아 나섰다. 그러나 익원이 어떻게 되었는지는 아무도 모르고 있었다. 나는 아무런 소득도 없이 하숙집을 한 집 한 집 들러보았다. 그러다가 어느 길모퉁이에서 상규를 만났다. 그는 거의 모든 친구 집을 찾아다닌 끝에 익원을 비롯하여 다섯 명의 친구가 행방불명이 되었다는 것을 확인하였다고 했다.

밤 열두 시가 지나서야 나는 집으로 돌아왔다. 방은 여전히 비어 있었다. 그렇게 밤은 처량하게 더디 지나갔다.

이튿날 아침, 상규가 익원을 비롯한 다른 네 명의 학우가 가벼운 부상을 입고 감방에 갇혀 있다는 사실을 알려주었다. 그는 감금된 친구들에게 식사를 넣어 주자고 하였다.

민족 봉기는 바람을 타듯 대도시에서 소도시로, 시장과 장터, 마을에 이르기까지 빠르게 전파되었다. 고향에서는 다른 친구들과 함께 기섭과 만수가 감옥에 갇혔다는 소식이 들려왔다. 대학생과 중학생 다음에는 상인들이 들고 일어나기 시작했고, 그다음에는 노동자와 농부들이, 마지막으로 한국인 관리들까지도 시위 운동에 참여했다. 곤경에 빠진 총독부는 결국 군대의 파견을 요청했다. 군대는 십 년 전 우리나라가 합병될 때와 같이 낮이고 밤이고 가리지 않고 행군을 했다. 잔인한 살상으로 거리마다 붉은 피로 물들었다. 대부분이 기독교인이었던 어느 마을은 모든 주민이 교회에 갇힌 채 산 채로 불타 죽고 말았다. 낡은 감옥과 유치장이 확장되고 새로 지어졌으며, 경관들은 종일토록 고문을 멈추지 않았다.

서울의 학생들은 네 번째 시위를 마지막으로 지하로 잠복하여 비밀 운동에 들어갔다. 나는 유인물을 만드는 일을 맡았다. 일본 정부는 시위 운동을 군사적으로 진압해 나갔다. 그리고 한편으로는 하세가와 총독을 해임하고 그 후임으로 사이토 해군 제독을 임명하여 유화 정책을 폈다.[2] 그는 먼저 세무원과 교사, 통역관, 의사를 막론하고 제복을 입고 일본 칼을 차고 다니던 모든 관리를 무장 해제시켰다. 민중이 두려움에 떠는 대상이었던 헌병은 해체되었고, 경관들의 고문도 금지되었다. 한국인의 봉급도 일본인과 똑같이 조정되었고, 언론의 자유가 선포되었다. 또한 한국인 학교는 일본인 학교와 동등한 지위로 승격되었으며, 서울에는 제국 대학이 설립되었다.

그러나 이 유화 정책과는 반대로 삼일운동에 가담했던 사람들에게는 모두 중형이 내려졌다. 재판소는 운동 주모자에게 형을 선고하기에 바빴고, 경찰은 모든 운동 참가자를 적발하고 체포하는 데 혈안이었다. 결국 일경에 쫓기는 사람들은 외국으로 도망을 가야 했고, 나 역시 학생복을 벗고 고향으로 내려갔다.

이 불안한 시기에 나는 서울에서 무슨 일이 일어나고 있는지 어머니에게 몰래 소식을 몇 차례 전했다. 그 때문에 어머니는 몹시 걱정이셨다. 내가 직접 행동하고 겪은 모든 것을 상세히 설명드렸더니 어머니는 얼굴이 그만 파랗게 질려서는 아무런 말도 하지 않고 방을 나가 버리셨다.

고향에 돌아온 나는 깊은 잠에 빠졌다. 지난 한 달 동안은 거의 잠을 제대로 이루지 못했기 때문에 피곤이 한꺼번에 밀려왔다.

어머니는 저녁때 내 방으로 들어오셔서 침울한 얼굴로 말씀하셨다.

"너는 도망을 쳐야 한다."

"도망이라니요?"

나는 무슨 뜻인지 전혀 알지 못한 채 되물었다. 가눌 수 없을 만큼 엄청난 피로가 쌓여 있었던 나는 무엇을 깊이 생각할 겨를도 없었던 것이다.

"그래. 너는 곧 이곳을 빠져나가야 한다."

어머니는 거듭 말씀하셨다.

"국경인 압록강 상류는 아직 경계가 그렇게 심하지 않다고 들었다. 거기

---

2) 3·1 운동 이후 일제는 무단 통치로는 한국을 통치할 수 없다는 사실을 깨닫고 문화 통치를 실시하였다. 또한 3·1 운동은 대한민국 임시 정부가 수립되는 계기가 되었다.

서는 북쪽으로 도망칠 수가 있을 게다.”

나는 아무런 말씀도 드리지 못했다. 그 많은 학생들이 도망을 치다가 체포되었고, 또 사살당한 것을 알고 있는 나는 차마 도망칠 용기가 나지 않았다.

그러나 어머니는 그다지 위험하게 생각하지 않는 것 같았다. 어머니는 이미 많은 학생들이 국경을 넘는 데 성공했고, 또 그곳에서 편하게 지낼 수 있을 거라고 말씀하셨다. 그러므로 나 역시 국경을 넘어 어디에서든지 여권을 만들어 유럽으로 가 학문을 계속해야 한다고 말씀하셨다.

그러나 ‘유럽’이란 말부터가 나의 용기를 돋우지 못했다. 나는 유럽에서 공부한다는 것이 모든 면에서 얼마나 어려우며, 또 언어 한 가지만 하더라도 대부분의 아시아 학생에게는 만만치 않은 장애라는 것을 잘 알고 있었다.

어머니는 계속 나를 설득하셨다. 그래서 나는 어머니를 안심시켜 드리기 위해서라도 어쩔 수 없이 어머니의 말씀대로 고향을 떠나야겠다고 결심했다. 언젠가는 닥쳐올 위험을 두려워하며 사는 것보다 차라리 어머니와 멀리 떨어져 있는 것이 걱정을 덜어드리는 길이라고 생각한 것이다. 급기야는 시위 운동에 참여한 것을 후회하기도 했다.

다음 날 저녁, 나는 어머니와 이별을 해야만 했다. 어머니는 내가 더이상 집에 머물러 있지 않기를 바라셨다. 그리고 내가 국경을 넘을 때까지는 아무도 내가 집을 떠난 사실을 알아서는 안 되었다.

어머니는 가벼운 양복과 은으로 된 회중시계, 돈 보따리가 든 조그마한 버드나무 바구니를 나에게 주셨다. 그것이 내가 어릴 때부터 그토록 꿈꾸었던 다른 세계로의 여행에 가져갈 수 있는 전부였다.

어머니는 안개와 어둠을 무릅쓰고 마을에서 빠져나가는 길 멀리까지 나를 바래다 주셨다.

“넌 결코 겁쟁이가 아니야.”

한참을 말없이 걷기만 하시던 어머니가 말씀하셨다.

“너는 가끔 낙심을 하기는 했지만, 그래도 충실하게 너의 길을 걸어갔다. 나는 너를 믿고 있단다. 용기를 내거라! 국경은 쉽게 넘을 수 있을 것이야. 또 결국에는 유럽에 가고 말 거야. 이 에미 걱정은 말거라. 나는 네가 돌아오기를 조용히 기다리마. 세월은 빠르게 간단다. 비록 우리가 다시 못 만나는 한이 있더라도 결코 슬퍼하지는 말거라. 너는 정말 나에게 많은 기쁨을 안겨 주었단다. 자, 내 아들아, 이젠 네 길을 가거라.”

- **뒷부분 줄거리**

　어머니의 희망대로 유럽을 향해 떠난 '나'는 어부의 도움으로 압록강을 건너 중국 땅으로 들어가게 된다. 상하이에 도착한 '나'는 오랜 기다림 끝에 유럽으로 향한다. 수에즈 운하를 통과하여 유럽 해안 가까이 이르렀을 때 갑자기 태풍을 만나 위기를 겪지만 무사히 프랑스에 도착한다. '나'는 봉근의 친절한 도움으로 그와 함께 기차를 타고 독일로 가서 봉근이 주선해 준 한 독일 부인의 집에서 지내게 된다. 한국에 대한 추억에 잠겨 하루하루를 보내던 중 고향의 맏누이에게서 어머니의 부고를 받는다.

 만화로 읽는 '압록강은 흐른다'

발단　'나'는 사촌이자 단짝 친구인 수암과 어린 시절을 함께함

전개 '나'와 수암은 서당에서 공부도 하고 놀이도 하며 성장해 감

아버지······

위기 수암은 이사를 가고 아버지가 돌아가심

절정 3·1 운동에 참여한 '나'는 신변에 위협을 느껴 망명길을 떠남

결말 '나'는 유럽으로 유학을 떠나 독일에 정착함

선생님 이미륵의 작품에서 일관되게 나타나는 주제는 무엇일까요?
💬 2 ♥ 2

↳ **학생 1** 그의 대표작인 「압록강은 흐른다」와 「무던이」, 「이야기」 등은 모두 한국을 중심으로 한 동양의 전통문화와 민족성을 다루고 있어요. 즉 동양 문화에 내재한 윤리적이고 도덕적인 인간성을 기저에 깔고 있는 것이죠.

↳ **학생 2** 그래서 독일의 빌헬름 하우젠슈타인(Wilhelm Hausenstein) 같은 작가는 이미륵의 작품에 나타난 동서양의 만남이 전형적인 동양 철학에 바탕을 둔 작가의 지적인 배경에서 기인한다고 보았어요.

선생님 이 작품의 문체가 지닌 특성을 설명해 봐요.
💬 3 ♥ 3

↳ **학생 1** 「압록강은 흐른다」에서 가장 두드러지는 문체적 특성은 바로 '간결성'이에요. 장황한 설명이나 과장된 묘사를 배제하고 사건의 흐름만을 간결하게 써 내려가고 있기 때문이지요.

↳ **학생 2** 독자는 이렇게 중요한 사건을 압축적으로 표현한 문장을 읽으면서 마치 3인칭 소설에서 화자가 자신의 감정을 전혀 개입시키지 않고 객관적으로 상황을 서술하는 것처럼 느끼게 돼요.

↳ **학생 3** 그러나 이러한 절제 문체는 역설적으로 작용하여 더 큰 감정적 효과를 자아내게 돼요. 아버지의 죽음이나 어머니와 이별하는 장면에서도 별다른 감정의 복받침 없이 담담히 회상하는데, 이러한 문체가 오히려 더 큰 정서적 효과를 불러일으켜요.

이민 문학　　　　　　　　　　　　　　　　　　　▽ 🔍

연관 검색어　　망명 문학　압록강은 흐른다　가네시로 카즈키

이민 문학은 정치적 탄압을 피해 다른 나라로 망명한 사람이 망명지의 낯선 현실에서 일구어낸 문학적 성과로서 망명 문학이라고도 불린다. 우리나라는 일제 강점기에 주민들의 강제 이주나 독립운동가들의 정치적 망명이 많았기에 이러한 이민 문학이 생기게 되었다. 대표적으로 이미륵과 일본의 재일 동포 3세 작가인 가네시로 카즈키의 작품이 이민 문학의 범주에 든다고 할 수 있다. 카즈키의 소설에는 재일 동포로서 겪는 차별, 자신의 뿌리와 현실 사회와의 괴리로 인해 생기는 정체성 혼란과 그에 따른 고민 등이 담겨 있다.

황순원
(1915~2000)

✉ 작가에 대하여

평안남도 대동군 출생. 평양 숭실중학교를 거쳐 일본 와세다대학교 영문과를 졸업하였다. 이 무렵 도쿄에서 이해랑·김동원 등과 함께 극예술 연구 단체인 '학생예술좌'를 창립하고 초기의 소박한 서정시들을 모아 첫 시집 『방가』를 출간하였다. 첫 단편집 『늪』의 발간을 계기로 소설 창작에 열중하기 시작하였다. 이후 「별」, 「그늘」 등의 환상적이고 심리적인 경향이 짙은 단편을 발표하였다. 난편 「기러기」, 「황노인」, ' 독 짓는 늙은이」 등과 시 「그날」 등 많은 작품을 쓴 상태에서 8·15 광복을 맞았다.

1946년 서울중학교 교사로 취임한 이후 「목넘이 마을의 개」, 「별과 같이 살다」를 발표하였다. 주요 장편 소설로 「카인의 후예」, 「인간접목」, 「나무들 비탈에 서다」, 「일월」 등이 있다.

황순원의 소설은 서정적 아름다움과 예술성을 추구한다. 간결하고 세련된 문체, 다양한 기법, 휴머니즘의 정신, 전통에 대한 애정 등을 갖추고 있어 한국 현대 소설의 모범으로 평가받는다.

나무들 비탈에 서다

#6·25전쟁 #방황과갈등 #인간구원 #실존주의

🏵 작품 길잡이

갈래: 장편 소설, 전후 소설
배경: 시간 – 6·25 전쟁 말기부터 몇 년간 / 공간 – 최전방의 서울, 인천 등
시점: 3인칭 전지적 작가 시점
주제: 전쟁이라는 극한 상황을 겪은 젊은이들의 정신적 방황과 갈등을 통해 본 인간
　　　구원의 문제
출전: 〈사상계〉(1960)

📷 인물 관계도

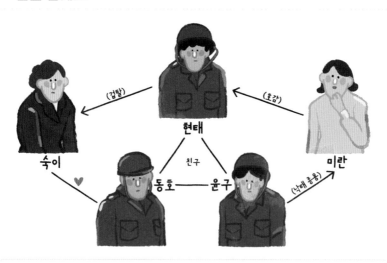

숙이　　　(검탈)　　　현태　　　(호감)　　　미란
　　　♥　　　동호――윤구　　　(낙해 충용)
　　　　　　　　친구

동호　전쟁이라는 극단적인 상황 속에서 괴로워하다가 끝내 자살한다.
현태　용기와 결단력이 있는 인물이지만 전쟁 후 의욕없이 살아간다.
윤구　현실적이고 이기적인 인물로 전쟁 후에도 자신의 욕망을 위해 살아간다.
숙이　동호의 애인으로 자신을 겁탈한 현태의 아이를 낳기로 결심한다.

🏛 구성과 줄거리

발단   동호, 현태, 윤구가 최전방을 수색함

6·25 전쟁이 끝날 무렵, 수색을 나간 동호는 두꺼운 유리벽이 가로막고 있는 듯한 갑갑함을 느낀다. 수색대 조장인 현태는 평상시에는 여유만만한 모습을 보이다가도 전투태세에 들어가면 야무지고 민첩해진다. 수색 작전 중인 동호, 현태, 윤구가 겪는 최전방의 상황은 무고한 사람을 살해할 정도로 비참하다.

전개   전쟁의 후유증으로 순수성을 상실한 동호가 자살함

동호는 전쟁의 후유증으로 방황하다가 술집 작부인 옥주를 만난다. 동호는 애인인 숙이에게 죄책감을 느끼다가 옥주를 죽이고 자신도 따라 죽는다.

위기   전쟁 후 현태와 윤구, 숙이는 위태롭게 살아감

시간이 흘러 윤구와 현태는 제대를 한다. 윤구는 가정 교사로 있는 집의 딸 미란에게 낙태를 종용했다가 무리한 수술로 미란이 죽자 일하던 은행에서도 쫓겨 난다. 그 뒤 윤구는 현태의 도움으로 양계장을 시작한다. 현태는 무질서하고 무계획적인 생활을 계속하며 술집 작부인 계향과 가깝게 지낸다. 숙이는 동호가 자살한 이유를 찾아 다닌다.

절정   숙이는 동호가 자살한 이유를 알게 됨

숙이는 현태에게서 동호가 술집 작부와 만나고 사람을 죽였다는 얘기를 듣고 충격을 받는다. 숙이는 현태에게 겁탈당하여 결국 그의 아이를 갖게 된다.

결말   현태는 감옥에 가고 숙이는 아이를 낳기로 결심함

현태는 자신이 드니들던 술집 직부인 계향이 자살하는 것을 방조한 혐의로 감옥에 가게 된다. 숙이는 윤구를 만나 자신과 현태를 포함한 젊은 사람들 모두가 동란의 피해자라고 말한다. 그리고 현태의 아이를 낳기로 결심한다.

나무들 비탈에 서다

　이건 마치 두꺼운 유리 속을 뚫고 간신히 걸음을 옮기는 것 같은 느낌이로군. 문득 동호는 생각했다. 산 밑이 가까워지자 낮 기운 여름 햇볕이 빈틈없이 내리부어지고 있었다. 시야는 어디까지나 투명했다. 그 속에 초가집 일여덟 채가 무거운 지붕을 감당하기 힘든 것처럼 납작하게 엎드려있었다. 전혀 전화^{전쟁으로 말미암아 입는 재앙}를 안 입어 보이는데 사람은 고사하고 생물이라곤 무엇 하나 살고 있지 않는 성싶게 주위가 너무 고요했다. 이 고요하고 거침새 없이 투명한 공간이 왜 이다지도 숨막히게 앞을 막아서는 것일까. 정말 이건 두껍디두꺼운 유리 속을 뚫고 간신히 걸음을 옮기고 있는 느낌인데. 다시 한 번 동호는 생각했다. 부리를 앞으로 향한 총을 꽉 옆구리에 끼고 한 발자국씩 조심조심 걸음을 내어디딜 때마다 그 거창한 유리는 꼭 동호 자신의 순간순간 짓는 몸 자세만큼씩만 겨우 자리를 내어줄 뿐, 한결같이 몸에 밀착된 위치에서 앞을 막아서는 것이었다. 절로 동호는 숨이 가빠지고 이마에서 땀이 흘렀다.

　2미터쯤 간격을 두고 역시 총대를 옆구리에 낀 채 앞을 주시하며 걸음을 옮기고 있던 현태가 이리로 고개를 돌리는 것이 느껴졌다. 무슨 농말^{농담}이라도 한마디 건네려는지 모른다. 그러나 동호는 모른 체했다. 잠시나마 한눈을 팔았다가는 지금 자기가 가까스로 헤치고 나가는 이 밀도 짙은 유리가 그대로 아주 굳어버려, 영 옴쭉달싹 못 하게 될 것만 같았다.

　첫 집에 도달하기까지 불과 40미터 안팎의 거리건만 한껏 멀어만 보였다.

　수색이 시작되자 관심과 주의가 그리 옮겨지면서 동호는 지금까지 받아오던 압박감에서 적이^{꽤 어지간한 정도로} 풀려났다. 수색대 조장인 현태가 손짓으로 대원 세 명에게는 집 둘레를 경비하게 하고, 자신은 병사 한 명을 데리고 집으로 들어갔다. 보통 때는 느리고 곧잘 익살을 부리던 현태가 전투태세로 들어가면 동작이 일변하여^{아주 달라져} 야무져지고 민첩해지는 것이다. 어느새 바람벽^{방이나 칸살의 옆을 둘러막은 둘레의 벽}에 등을 바짝 붙이고는 문을 홱 열어젖히면서,

　"꼼짝 말어!"

　나지막하나 속힘이 들어있는 목소리다.

　몇 해나 묵은 창호지인지 검누르게 얼룩이 지고, 군데군데 낡은 헝겊조각

<u>으로 땜질</u> ^{금이 가거나 뚫어진 데를 때우는 일}을 한 문짝이 열려진 곳에 드러난 컴컴한 방 안.

"손 들구 나와!"

밖에서 경비하던 세 사람까지 한순간 숨을 죽인다. 그러나 컴컴한 방에서는 아무런 반응도 없다.

현태가 총구를 들이밀며 재빨리 방 안을 살핀다. 빈 집이다. 그렇건만 부엌과 뒷간까지 뒤진다. 그전 살던 사람들이 가난한 살림살이나마 급작스레 꾸려가지고 간 흔적만이 남아있다.

다음 집들도 마찬가지였다. 그런데도 현태는 번번이 바람벽에 등을 붙이고 문짝을 잡아 젖히면서, 꼼짝 말어! 손 들구 나와!를 빠짐없이 외치곤 했다. 그러는 동안 밖에서 경비를 보던 동호는 점점 긴장이 풀리면서 어쩐지 현태가 지금 하고 있는 짓이 자기와는 아무런 상관도 없는 어떤 딴 세계의 일 같이 생각됐다. 그리고 자기 자신이 비현실적인 시간 속에 서있는 것만 같이 느껴졌다. 병사 하나가 안마당에 떨어져있는 감자알을 주워 얼른 호주머니에 넣는다. 그것이 더 가까운 현실 같았다.[1]

그러나 이들 수색대의 신경을 긴장시킬 만한 일이 하나 생겼다. 무전기를 메고 경비를 보고 있던 윤구가 어떤 집 뒷간 옆 잿더미에서 낯설은 통발이 한 짝을 발견한 것이었다. 바닥이 닳아 구멍이 나고 운두 ^{그릇이나 신 따위의 둘레나 높이}가 해진 신발짝이었다. 첫눈에도 그것은 마을사람의 것이 아니라는 걸 알 수 있었다.

그리고 보니 이집 저집 잿간에서 닭털이며 돼지털이며 개털들이 발견되었다. 그리고 그것들의 뼈만은 그 중 넓은 한 집 마당에 아무렇게나 내버려져 있는 것이다. 많은 사람이 모여 음식을 먹고 간 자리임에 틀림없었다. 게다가 마을 사람들이 아닌 외부 사람들이 단시간에 어지럽히고 간 어수선함이 아직 남아있었다. 쉬파리가 들끓는 뼈다귀의 빛깔이 그다지 검게 변색되지 않은 걸로 미루어 시간이 그리 오래 지나지 않았다는 것도 알 수 있었다.

대원 다섯 명은 누가 먼저랄 것 없이 사면을 한번 둘러보았다. 앞은 골짜기를 따라 옥수수와 고구마밭이 있는 길쭘한 ^{'길쭉한'의 방언} 벌을 사이에 두고 높고 낮은 구릉 ^{땅이 비탈지고 조금 높은 곳}이 가로질렀고, 뒤는 좀전에 자기네가 넘어온

---

1) 전쟁이라는 극한 상황에서 배고픔이나 목마름과 같은 생존 욕구가 강해진다는 것을 감자알을 줍는 병사의 모습에서 확인할 수 있다. 동호는 이 모습을 보고 현실 감각을 되찾고 있다.

중허리 산이나 고개, 바위 따위의 중간쯤 되는 곳 위쪽에 희뿌연 바위로 뒤덮인 산이 올려다보였다. 그러는 그들의 눈앞에는 변함없이 낮 기운 여름 햇살이 내리부어지고 있었다. 그들은 새삼스레 주위가 너무 고요하다는 걸 느꼈다. 이 괴괴한 어느 지점에서 혹시 누가 자기네를 줄곧 감시나 하고 있지 않나 하는 생각에 어떤 말 못 할 압박감이 엄습해왔다. 동호는 다시금 엄청나게 두꺼운 유리 속에 자신이 들어가 있다는 느낌에 억눌려야만 했다. 이 유리가 저쪽 어느 한 귀퉁이에서 부서져 들어오기 시작하면 걷잡을 새 없이 몽땅 조각이 나고 말테지. 그리고 무수히 날이 선 유릿조각이 모조리 몸에 들어박힐 거라. 동호는 전신에 소름이 끼쳐 몸을 한 번 떨었다.

어떤 새로운 움직임만이 이 벅찬 중압감에서 벗어날 수 있다고 생각됐다. 남은 집을 마저 수색하기 시작했다. 그런데 여섯째 집에서 그들의 긴장을 한층 자극시키는 일이 생겼다. 현태가 역시 바람벽에 바짝 등을 붙이고 문짝을 휙 잡아젖히면서, 꼼짝 말어! 했을 때 방 안에서 사람의 기척이 났던 것이다.

눈에 확 빛을 띤 현태가 고갯짓으로 이쪽에 신호를 하고 나서 단호한 목소리로,

"손 들구 이리 나와!"

밖에서 경비하던 사람들도 일제히 문이 젖혀진 컴컴한 구멍으로 총부리를 돌려대고 좌우에서 죄어들어갔다.

"얼른 못 나와?"

그러고도 잠시 후에야 파랗게 질린 여인의 얼굴이 어두운 문가에 나타났다가 흠칫 뒤로 물러나는 것이었다.

"이게, 빨랑 못 나와?"

현태의 음성이 더 모질어졌다.

그러고도 다시 잠시 후에야 여인이 질린 얼굴에 입술을 호들호들 떨면서 **맨발째 토방** 방에 들어가는 문 앞에 좀 높이 편평하게 다진 흙바닥 으로 내려섰다. 서른이 좀 넘어 보였다.

"방 안에 있는 사람 모두 나와!"

여인이 뾰족한 턱을 가늘게 떨면서 두어 번 머리를 가로저었다.

재빨리 현태가 방 안을 살폈다. 어두운 방 안 아랫목에 어린 것이 때문은 포대기를 덮고 잠이 들었는지 꼼짝 않고 누워있을 뿐이었다.

"여기 왔던 군인이 **뙤놈**^{되놈. 오랑캐 또는 중국 사람을 낮춰 부르는 말}들야? 인민군 새끼들야?"

"조선 사람들예요……."

"언제 왔다 언제 갔지?"

"어제 밤중에 왔다…… 오늘 새벽 어둬서 갔어요."

"얼루?"

여인이 가늘게 떨리는 턱으로 앞쪽을 가리켰다.

"몇 놈이나 되지?"

여인은 잠시 머뭇거리다가,

"쉰 명…… 백 명……."

이런 산골 여인의 수에 대한 관념이란 종잡을 수 없는 것이다.

"동네 사람들은?"

"젊은 남정네들은 그 사람들이 데리구 가구…… 다른 사람들은 여기 있다간 죽는다는 바람에 죄다 피하구……."

"왜 같이 안 갔소?"

현태의 음성이 약간 부드러워졌으나 시선만은 그냥 날카롭게 여인의 눈속을 쏘아보고 있었다.

여인이 몇 번이고 눈을 깜박여 현태의 시선을 피하면서 떨리는 고개를 방 안으로 돌렸다. 거기에는 어린 것이 말라비틀어진 팔을 포대기 밖에 내놓은 채 여전히 꼼짝 않고 누워있었다. 그 입과 코와 눈 언저리에 파리가 까맣게 붙어있었다.

"저런 걸 업구 나갔다간…… 길에서 죽일 것 같아서……."

여인의 말소리는 목 안으로 기어들었다.

• 중간 부분 줄거리

전쟁 직후, 동호는 숙이를 생각하면서도 술집 작부인 옥주와의 만남을 끊지 못하는 것에 죄책감을 느끼다 옥주를 죽이고 자살한다. 윤구는 제대한 뒤 미란과 결혼하여 앞날을 개척하고자 하였으나 무리한 낙태로 미란이 죽자 미란의 집안이 운영하던 은행에서도 쫓겨난다. 그 뒤 현태의 도움을 받아 양계장을 차린다. 현태는 제대 후에 부친의 회사에서 일하면서 사업가로의 발판을 다지지만, 전쟁 중에 무고한 사람을 죽인 일이 트라우마로 남아 다시 무질서한 생활을 반복한다. 그러던 중 동호가 자살한 이유를 알기 위해 자신을 찾아온 숙이를 겁탈한다. 이후 현태는 만나던 작부 계향의 자살을 방관한 죄로 감옥에 가게 되고, 숙이는 자신이 현태의 아이를 가졌음을 알아차린다.

　이때 대문 쪽으로 눈을 준 닭장수가 손님 오셨다고 하여 윤구가 계사에서 나와보았으나 그것이 숙이라는 것을 첫눈에는 알아보지 못했다. 하늘빛 오빠루_{오팔. 얇고 투명한 바탕에 큰 무늬를 놓은 고급 비단} 통치마 저고리에 흰 평화_{굽이 없이 바닥이 평평한 신}를 신고 있는 그네_{듣는 이에게 가까이 있거나 듣는 이가 생각하고 있는 사람들을 가리키는 삼인칭 대명사}를 지난겨울 처음 여기 왔을 때의 숙이론 볼 수 없었다. 옷차림이 다른 때문만이 아니었다.

　"안녕하셨어요?"

　들고 있던 핸드백을 앞으로 가져다 거기 두 손을 모으면서 힘없이 웃음을 지어 보이는 그네의 화장기 없는 얼굴이 몰라보게 까칠해 있어 본래의 인상과는 영 달라져 뵈는 것이었다.

　윤구는 이 여자가 무슨 일로 자기를 찾아왔을까 하는 생각부터 앞서 채 인사도 못 하고 있는데,

　"늘 바쁘시군요. 절 상관 마시구 어서 하시던 일 마저 하세요."

　윤구는 광_{세간이나 그 밖의 여러 가지 물건을 넣어 두는 곳}으로 가 걸상을 들고 나왔다.

　"그럼 잠깐 여기 앉아 계실까요."

　"네, 괜찮아요. 닭 구경을 좀 하겠어요."

　숙이는 백을 걸상 위에 놓고 한 계사 앞으로 갔다. 별안간 눈앞이 환히 트이는 느낌이었다. 맑은 햇살을 받아 윤이 흐르는 새하얀 털과 거기 선명한 대조를 이루며 떠 있는 선혈빛 볏들. 숙이는 눈을 크게 떠 이 빛들을 받아들였다.

　한 일 분가량이나 그러고 서 있었을까. 그동안이 굉장히 오랜 것처럼 느껴졌다. 좀 전에 서울역에서 합승을 타고 온 일이, 그리고 합승을 내려 여기까지 걸어온 일이 사뭇 까마득히 먼 옛날 일처럼 생각됐다. 순간 눈앞의 흰 빛과 빨간빛이 차츰 뒤범벅이 되어 흔들리기 시작하더니 그것이 온통 검정으로 변했다. 쓰러져서는 안 된다고 생각했다. 두 손으로 계사 철망을 그러쥐고 눈을 감았다.

좀 만에 그네는 걸상 놓인 데로 와 아무렇게나 걸터앉았다. 그리고 두 손으로 이마를 괴었다. 귀에서 윙윙거리던 윤구와 닭주인의 주고받는 말소리가 차차 똑똑해졌다.

그 소리가 멎고 주위가 조용해졌다 싶자,

"어디 편찮으신가요?"

하는 윤구의 말소리가 들렸다.

숙이가 이마를 들었다. 땀이 촉촉이 배어있었다.

"안색이 좋잖으신데요?"

"아뇨, 괜찮어요. ……먹을 물이 어디 있죠?"

윤구가 부엌으로 가 대접에 물을 떠가지고 왔다. 이날 집에는 윤구 혼자 뿐이었다. 심부름하는 소년과 노인은 닭 줄 아카시아잎을 치러 나가고 없었다.

냉수를 마시고 난 숙이는,

"닭털이 하두 눈에 부셔서 그만…… 그동안 많이 확장을 하셨네요."

백에서 손수건을 꺼내어 입과 이마의 땀을 찍어냈다.

윤구는 다시 한 번 이 여자가 자기를 찾아온 용건이 무엇일까 생각해보았다. 그러나 현태가 술집 색시와의 사건으로 형무소에 수감된 지가 이미 석 달이나 지난 이제 그네가 자기를 찾아온 까닭을 짐작할 도리가 없었다. 혹 그동안의 현태의 소식을 알까 해서 온 것일까. 공판 때 방청석에서 바라본 현태는 전에 없이 이발을 깨끗이 하고, 안색도 수감되기 이전보다 오히려 건강한 빛을 띠고 있었다. 그리고 검사의 공소 사실을 그는 일일이 시인했다. 나중 검사는 피고의 심리 상태로 보아 타인의 자살행위에 대한 방조나 교사를 넘어서 하나의 부작위에 의한 살인 행위로 간주한다고 하면서, 더구나 앞으로 청소년 간에 만연돼가고 있는 이러한 사회 독소를 엄중히 방지하는 의미에서라도 중형에 처해야 한다는 논고 끝에 무기징역의 구형을 했던 것이다.

"주위가 참 조용해 좋네요."

"그렇지두 않습니다. 요샌 주위에 집들이 많이 들어서서."

이렇게 겉도는 말만 주고받았다.

그네가 이날 윤구를 찾아오기까지는 실로 오랫동안 여러 가지 생각과 싸운 끝에 겨우 결심을 하게 된 것이었다. 그리고 이제 더 이상 집에나 직장에 있을 수 없게 되어 찾아 나선 길이긴 하나, 그러나 정작 와놓고 보니 좀체로 마음에 먹었던 말이 입 밖에 나오지 않는 것이었다.

마침내 숙이는 다시 손수건으로 얼굴의 땀을 꼭꼭 누르고 나서 마음을 다져먹은 듯,

"사실은 선생님께 부탁이 있어서 왔어요."

그리고 눈을 내리깔며,

"얼마 동안만 여기 좀 와 있을 수 없을까요?"

윤구는 숙이의 말 내용을 도무지 이해할 수가 없었다.

눈을 내리깐 숙이의 얼굴에서 약간 핏기가 걷히는 듯하더니 두 손으로 백을 꼭 쥐면서,

"지금 저 임신 중이에요."

그제서야 윤구는 모든 걸 알아차릴 수 있었다. 저도 모르게 숙이의 몸을 한번 훑어보았다. 그러고 보니 어딘가 앉음새가 거북해 뵈는 것도 같았다.

윤구의 시선을 느낀 숙이는 백을 안는 듯 앞을 가리면서 나지막하나 똑똑한 음성으로,

"첨엔 몇 번이나 처리해 버리려구 맘먹었는지 몰라요."

윤구는 숙이가 안고 있는 백에 시선을 주며,

"잘 알겠습니다. 그렇지만 여기야 거처할 만한 데가 돼야지요."

"무리한 부탁인 줄은 알아요. 그저 해산 때까지만 있게 해주시면 더는 폐를 안 끼치겠어요. 여기 있는 동안 제가 할 수 있는 일은 무어든 돕겠어요. 밥 짓는 일 같은 거라두…… 남는 방이 없으면 헛간 구석에라두 아무렇게나 하나 들면 안 될까요? 고만한 돈은 갖구 있어요."

윤구는 주머니에서 담배를 꺼내어 물부리에 꽂았다.

"왜 그 친구한테 잠자쿠 계셨나요?"

"그땐 그일 저주했어요. 그렇다구 이제와서 그이와 타협하겠다는 뜻은 아녜요."

"네에……"

윤구는 생각했다. 그리고 말했다.

"그럼 이왕 이렇게 된 바엔 그 친구네 집에 알리는 것이 어떻습니까? 그래가지구 조처를 받으시는 게."

"아뇨."

숙이가 고개를 들었다.

"그럴 생각은 꿈에두 없어요. 어떻게든 제 힘으루 할 수 있는데까지 해보겠어요."

"네, 그건 이해합니다. 그렇지만 역시 알리는 편이 낫지 않을까요. 사정을 말하면 저편에서두 모른다구는 하지 않을 겝니다."

"그 말씀은 더 말아주세요. 이미 제 맘에 작정이 된 거니까요."

윤구는 담배에 불을 붙였다.

"글쎄요, 그 심정을 모르는 바는 아니지만…… 그렇지만 만약 이 일을 그 친구 집에서 알게 된다면 되레 여기 계신 게 피차 곤란해지지 않을까요. 솔직히 말씀드리면…… 그동안 저는 남모를 피해를 받아온 사람입니다.[2] 더 이상 누구 일로 해서 말썽을 내구 싶지는 않습니다."

지금까지도 윤구는 마음 한구석으로 미란의 일이 현태와 전연 무관하다고는 생각하지 않고 있는 것이었다.

"그러니 이참에 그 친구 집에 직접……."

"알겠어요."

잠시 숙이는 숨을 가누고 나서 조용히 일어섰다. 그리고 비로소 윤구를 정면으로 바라보며,

"선생님이 받으신 피해가 어떤 종류의 것인지는 모르겠습니다. 그렇지만 큰 의미에서 이번 동란에 젊은 사람치구 어느 모로나 상처를 받지 않은 사람이 있을까요. 현태씨두 그 중의 한 사람이라구 봅니다. 그리구 저두 또 그 중의 한 사람인지 모르구요."

"네…… 그런 생각에서 그 친구의 애를 낳아 기르시겠다는 겁니까?"

그네는 윤구에게 주던 시선을 한옆으로 비키면서,

"모르겠어요. …… 어쨌든 제가 이 일을 마지막까지 감당해야 한다는 것 외에는[3] ……그럼 실례했습니다."

숙이는 가만히 대문께로 몸을 돌렸다.

---

2) 윤구는 애인인 미란의 배 속에 있는 아이가 현태의 아이일 수도 있다는 의심을 하였다. 의심이 사실이라면 미란은 현태의 아이를 지우다가 죽은 것이므로 현태로부터 남모를 피해를 받았다고 말한 것이다.

3) 숙이는 현태 역시 전쟁의 피해자라고 말한다. 이런 현태의 아이를 낳겠다고 결심하는 것은 다음 세대에 대한 희망을 상징한다.

발단   동호, 현태, 윤구가 최전방을 수색함

전개   전쟁의 후유증으로 순수성을 상실한 동호가 자살함

위기 전쟁 후 현태와 윤구, 숙이는 위태롭게 살아감

절정 숙이는 동호가 자살한 이유를 알게 됨

결말 현태는 감옥에 가고 숙이는 아이를 낳기로 결심함

생각해 볼까요?

 선생님 「나무들 비탈에 서다」라는 작품의 제목은 무엇을 의미할까요?

 2 ♥ 2

↳ **학생 1** '나무'는 동호와 현태를 포함한 젊은이들을 상징해요. 비탈에 뿌리를 내리고 있는 나무들이 위태로워 보이는 것처럼 시대의 불행을 짊어진 그들은 불안하고 고독한 삶을 살아가요.

↳ **학생 2** 이 작품은 6·25 전쟁이 가져온 폐해와 불행을 젊은이들의 방황과 좌절을 통해 사실적으로 드러내고 있어요.

 선생님 작품 첫 부분에서 동호는 "이건 마치 두꺼운 유리 속을 뚫고 간신히 걸음을 옮기는 것 같은 느낌이로군."이라고 생각해요. 유리는 작품 전반부의 분위기를 지배하는 상징물이죠. 유리가 상징하는 것은 무엇일까요?

 2 ♥ 2

↳ **학생 1** '유리'는 전쟁에 참여한 젊은이들이 느끼는 압박감과 불안감을 상징해요.

↳ **학생 2** 후에 동호는 "이 유리가 저쪽 어느 한 귀퉁이에서 부서져 들어오기 시작하면 걷잡을 새 없이 몽땅 조각이 나고 말 테지. 그리고 무수히 날이 선 유릿조각이 모조리 몸에 들어박힐 거라."라고 생각해요. 유리가 깨져 살을 파고드는 것은 전쟁 중에 생긴 심리적 트라우마가 해결되지 못하고 남아있는 것을 의미해요.

 선생님 「나무들 비탈에 서다」의 문체는 어떤 특징을 가지고 있나요?

2 ♥ 2

↳ **학생 1** 함축적이고 서정적이에요. 황순원 작가답게 간결하고 감각적인 필치이지만 심리나 의식의 묘사에서 밀도 높은 함축성을 보여 주고 있어요. 동시에 서정적인 표현이 전쟁의 극한 상황과 대비되면서 신선함마저 느끼게 해요.

↳ **학생 2** 특히 작가는 인물의 심리를 때로는 감각적인 묘사로, 때로는 고도의 비유와 상징으로 드러내고 있어요. 심리를 직접적으로 제시하기보다는 우회적, 암시적으로 제시하는 거예요.

선생님 '실존주의'란 합리주의적 관념론이나 실증주의에 반대하고 개인으로서 인간의 주체적 존재성을 강조하는 철학이에요. 광복 이후의 혼란스러운 사회와 6·25 전쟁이 끝난 뒤에 널리 퍼진 좌절감은 실존주의가 한국 문학에 퍼지는 데 큰 역할을 했어요. 이 작품에서 전후 실존주의 철학이 드러난 부분을 찾아볼까요?

💬 3   🤍 3

↳ 학생 1 작가가 인물을 형상화하는 기본 태도나 방식이 실존주의와 밀접한 연관이 있어요. 작가는 인물의 내면에 나타나는 지극히 개인적이고 존재론적인 느낌과 의식을 드러내는 데 주력하고 있기 때문이에요.

↳ 학생 2 이로 인해 전후 젊은이들의 정신적 외상을 실감나게 파헤쳤다는 평가를 받아요. 그러나 전쟁의 역사적·민족적 의미에 대한 고찰이 부족하다는 지적 또한 받고 있어요.

↳ 학생 3 물론 이러한 정서적 상황 자체가 전후 풍경이라는 면에서 그 나름의 현실성·역사성을 반영한다는 해석도 있어요.

소설의 분장 구조   ▾ 🔍

연관 검색어   연극   시간적 공백   새로운 사건

연극에서 막을 나눔으로써 사건과 사건 사이에 시간이 흘렀음을 암시하거나 새로운 사건의 시작을 알리는 것처럼, 소설에서는 분장 구조가 동일한 역할을 한다.
「나무들 비탈에 서다」는 1부와 2부로 나뉜다. 1부와 2부 사이에는 작중 시간으로 3년이라는 시간적 공백이 존재하며, 1부는 전쟁 소설이지만 2부는 전후 소설의 성격을 띤다는 차이가 있다. 또 1부의 주인공은 동호였으나 2부에서는 현태를 주인공으로 이야기가 전개된다.

이문구
(1941~2003)

✉ 작가에 대하여

충청남도 보령 출생. 서라벌예술대학 문예창작과를 졸업하였다. 1966년 〈현대문학〉에 「다갈라 불망비」와 「백결」이 추천되면서 등단하였다. 1978년 한국문학작가상, 1993년 만해문학상, 2000년 동인문학상, 2001년 대한민국문화예술상 등을 수상하였고, 2003년 사후에 은관문화 훈장이 추서되었다. 주요 작품으로 「관촌수필」, 「매월당 김시습」, 「내 몸은 너무 오래 서 있거나 걸어왔다」 등이 있다.

초기에는 도시 빈민의 문제를 다루었고, 후기에는 농촌과 농민의 문제에 천착해 농민 소설의 새로운 장을 개척하였다. 그는 산업화의 물결 속에서 무너져 가는 농촌 공동체의 모습을 사실적으로 그려내며 토속적 정감을 잃어 가는 농민들의 슬픔과 불행, 그것을 초래한 사회적 모순을 담담한 어조로 토로하였다. 그러나 이러한 현실을 비극적으로만 묘사하지 않고, 농촌 사람들의 삶에 내재되어 있는 인간적인 정감을 걸쭉한 입담과 해학으로 드러내는 데 주력하였다.

우리말 특유의 가락을 잘 살렸다는 평가를 받는다. 한자어와 토속어의 빈번한 사용과 비유와 속담의 삽입, 만연체 문장 등은 이문구 소설의 문체를 특징짓는 요소들로 작용한다.

관촌수필

#농촌마을　　　#산업화　　　#인간애　　　#자전적

🍵 작품 길잡이

갈래: 연작 소설, 현대 소설, 자전 소설, 농촌 소설
배경: 시간 – 1940~1970년대 어느 겨울 / 공간 – 관촌이라는 한 농촌 마을
시점: 1인칭 주인공 시점
주제: 도시화, 산업화로 인한 농촌 공동체의 파괴와 진정한 인간애 촉구
출전: 〈현대문학〉⁽¹⁹⁷²⁾

📷 인물 관계도

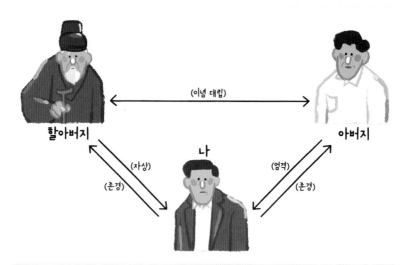

나	작중 서술자로 아버지를 존경하고 할아버지를 그리워한다.
할아버지	봉건적 인물로 엄격하지만 자상한 면모를 지니고 있다.
아버지	좌익 사상에 심취한 공산주의자로 성격이 대범하고 포용력 있는 사람이지만 자식들에 대한 훈육만큼은 냉엄하다.

📋 구성과 줄거리

발단   오랜만에 고향을 찾은 '나'는 고향을 잃어버렸다는 상실감을 느낌

'나'는 설을 맞아 할아버지 산소에 성묘를 하러 오랜만에 고향을 찾아간다. '나'는 마을 입구를 지키고 있던 왕소나무가 이미 사라져 버렸다는 사실과 할아버지와 함께 살았던 옛집이 제 모습을 잃어버린 것에 마치 실향민이 된 듯한 느낌을 받는다.

전개   '나'는 산소에서 할아버지에 대한 기억을 떠올림

'나'는 할아버지 산소를 찾아가 성묘를 한다. 할아버지는 조선 시대의 관습과 양반으로 누렸던 삶에 대한 향수를 버리지 못한 분이었다. 어린 시절의 '나'에게 한자를 가르친 것도 향수를 달래기 위한 방편의 하나였다.

위기   '나'는 고향 사람들을 만날까 봐 마을에 들어가지 않음

'나'는 일가 손윗사람이 아닌 마을 사람들에게 존칭을 써 본 적이 없다. 어렸을 때 할아버지로부터 동네 사람들을 행랑아범이나 아전붙이로 대해야 한다고 배웠기 때문이다. 마을 사람들과 마주치고 싶지 않았던 '나'는 결국 마을에 들어가지 않기로 결심한다.

절정   '나'는 유년 시절의 추억과 할아버지와 아버지의 훈육 방식을 떠올림

할아버지와 달리 아버지는 계급 차별을 악습으로 간주하고 인민의 사회적 지위를 높이려는 활동에 앞장섰다. 삼촌 역시 좌익 사상에 깊이 빠져들었고, 두 사람이 남로당에 가입하면서 집안은 몰락하게 된다. '나'는 외로웠던 유년 시절에 대한 추억과 할아버지와 아버지의 훈육 방식을 떠올린다.

결말   옛집을 돌아보며 할아버지의 넋을 느낌

'나'는 읍내로 나가는 길에 과수원의 탱자나무 울타리 옆을 걷다가 잠시 발걸음을 멈추고 다시 한번 고향집을 돌아본다. 고향 마을을 벗어나며 또 옛집을 되돌아보았을 때 서산마루에는 이미 해가 넘어가고 있었다.

관촌수필

일락서산(日落西山)

시골을 다녀오되 성묘가 목적이기는 근년^{近年 요 몇 해 사이}으로 드문 일이었다. 더욱이 양력 정초에 몸소 그런 예모^{禮貌 예절에 맞는 몸가짐}를 찾고 스스로 치름은, 낯고 첫 겪음이기도 했다. 물론 귀성열차를 끊어 앉고부터

"승헌…… 뉘라 양력슬^{양력설}두 슬이라 이른다더냐. 상것들이나 왜놈 세력^{歲歷}을 아는 벱여……."

세모^{歲暮 한 해가 끝날 무렵}가 되면 한두 군데서 들어오던 세찬^{歲饌 설에 차리는 음식}을 놓고 으레껀 꾸중이시던 할아버지 말씀이 자주 되살아나 마음 한켠이 걸리지 않은 바도 아니었지만, 시절이 이러매 신정 연휴를 빌미할 수밖에 없음을 달리 어쩌랴 하며 견딘 거였다. 그러나 할아버지한테 결례를 저지르고 있다는 느낌을 나 자신에게까지 속일 수는 없었다.[1] 아주 어려서부터 이렇게 되기까지, 우리 가문을 지킨 모든 선인^{先人 조상}들의 심상은 오로지 단 한 분, 할아버지 그분의 인상밖에는 없었기 때문이었다.

그것은 내가 그리워해 온 선대인은 어머니나 아버지, 그리고 동기간들이 아니었다는 뜻이기도 하다. 고색창연^{古色蒼然 오래되어 예스러운 풍치나 모습이 그윽함}한 이조인^{李朝人}이었던 할아버지, 오직 그분 한 분만이 진실로 육친이요 조상의 얼이란 느낌을 지워 버릴 수 없는 거였고, 또 앞으로도 길래^{오래도록 길게} 그럴 것같이 여겨진다는 것이다. 받은 사랑이며 가는 정으로야 어찌 어머니 위에 다시 있다 감히 장담할 수 있을까마는, 그럼에도 삼가 할아버지 한 분만으로 조상의 넋을 가늠하되, 당신 생전에 받은 가르침이야말로 진실로 받들고 싶도록 값지게 여겨지는 터임에, 거듭 할아버지의 존재와 추억의 조각들을 모든 것의 으뜸으로 믿을 수밖에 없었던 것이다.

초사흗날, 기중^{其中 그 가운데}붐비지 않을 듯싶던 열차로 가려 탄 것이 불찰이라 하게 피곤하고도 고달픈 고향길이었다. 한내읍에 닿았을 때는 이미 3시도 겨워^{때가 지나}머잖아 해거름을 만나게 될 그런 어름이었다. 열차가 한내읍

---

1) 전통적인 예도를 중시했던 할아버지의 뜻을 따른다면 음력설에 성묘를 가는 것이 맞는데, 그러지 못한 데에 '나'는 죄책감을 느끼고 있다.

머리맡이기도 한 갈머리^{관촌 부락} 모퉁이를 돌아설 즈음엔 차창에 빗방울까지 그어지고 있었다. 예년에 없던 푹한 날씨기에 눈을 비로 뿌리던 모양이었다. 겨울비를 맞으며 고향을 찾아보기도 난생 처음인데다 정 두고 떠났던 옛 산천들이 돌아보이자, 나는 설레기 시작한 가슴을 부접할^{남에게 의지할} 길이 없었다.

나는 한동안 두 눈을 지릅뜨고 빗발 무늬가 잦아가던 창가에 서서, 뒷동산 부엉재를 감싸며 돌아가는 갈머리 부락을 지켜보고 있었다. 마음이 들뜬 것과는 별도로 정말 썰렁하고 울적한 기분이었다. 내 살과 뼈가 여문 마을이었건만, 옛 모습을 제대로 지키고 있는 것이라곤 아무것도 없던 것이다. 옛 모습으로 남아난 것이 저토록 귀할 수 있을까.

그중에서도 맨 먼저 가슴을 후려친 것은 왕소나무가 사라져 버린 사실이었다. 분명 왕소나무가 서 있던 자리엔 외양간만 한 슬레이트 지붕의 구멍가게 굴뚝만이 꼴불견으로 뻗질러 서 있던 것이다.

그 왕소나무 잎새에 누렁물이 들고 가지에 삭정이가 끼는 걸 보며 고향을 뜨고 13년 만이니 그럴 만도 하겠다 싶긴 했지만, 언제 베어다 켜 썼는지 흔적조차 남아 있지 않은 현장을 목격하니 오장에서 부레가 끓어오르지 않을 수 없던 것이다. 4백여 년에 걸친 그 허구헌 풍상을 다 부대껴 내고도 어느 솔보다 푸르던, 십장생^{十長生}의 아름다운 풍모로 마을을 지켜 온 왕소나무가 아니었던가. 내가 일곱 살 나 천자문을 떼고 책씻이^{글방에서 책 한 권을 다 뗀 학생이 선생과 동료들에게 한턱내는 일}도 마친 어느 여름날 해 설핀^{햇빛이 옅은} 석양으로 잊지 않고 있지만, 나는 갯가 제방둑까지 할아버지를 모시고 나와 온 마을을 쓸어 삼킬 듯이 쳐들어오던 바다 밀물을 구경한 적이 있었다. 댕기물떼새와 갈매기들의 울음소리가 석양 놀에 가득 떠 있던 눈부신 바다를 구경했던 것이다. 방파제 곁으로 장항선 철로가 끝간 데 없고, 철로와 나란히 자갈마다 뽀얀 신작로는 모퉁이를 돌았는데, 그 왕소나무는 철로와 신작로가 가장 가까이로 다가선, 잡목 한 그루 없이 잔디만 펼쳐진 펑퍼짐한 버덩^{풀만 우거진 거친 들} 위에서 4백여 년이나 버티어 왔던 것이다.

그날 할아버지는 장정 두 팔로 꼭 네 아름이라던 왕소나무 밑동을 조심스레 어루만지면서,

"이애야, 이 왕솔은 토정^{조선 중기 때의 도참서인 「토정비결」의 저자 이지함} 할아버지께서 짚고 가시던 지팡이를 꽂아 놓으셨는디 이냥 자란 게란다. 그쩍에 그 할아버지

말씀은, 요 지팽이 앞으루 철마가 지나가거들랑 우리 한산 이 씨 자손들은 이 고을에서 뜨야 허리라구 허셨다는 게여……. 그 말씀을 새겨들어 진작 타관살이를 했더라면 요로큼 모진 세상은 안 만났을지두 모르는 것을……"

하던 말을 나는 여태껏 기억하고 있는 것이다. 그것은 내가 왕소나무의 내력에 대해서 최초로 들은 지식이었다. 짚고 다니던 지팡이가 왕소나무로 되다니. 토정이 이인異人 재주가 신통하고 비범한 사람이며 기행이 많았다던 것은 『토정비결』을 보는 자리 옆에서 이따금 들었으므로, 할아버지가 외경畏敬 공경하면서 두려워함 스러워하던 모습이나 개탄이 무엇을 뜻하는지 알 듯도 했지만, 그러나 솔직히 말해 그런 구전된 전설 따위는 곧이듣고 싶지 않았던 것이 사실이었다. 그 왕소나무는 군내에선 겨룰 데가 없던 백수百樹 모든 나무의 우두머리였고, 그 나무는 이제 자취도 없이 사라져 버렸으며, 나는 우리 가문의 선조 한 분이 그토록 우려하고 경계했다던, 그러나 이미 40여 년 전부터 장항선 철로를 핥아 온 철마를 탄 몸으로 창가에 서서, 지호지간指呼之間 손짓하여 부를 만한 가까운 거리의 그 유적지를 비껴 가고 있었던 것이다.

이젠 완전히 타락한 동네구나―나는 은연중 그렇게 중얼거리고 있음을 스스로 깨달았다. 마을의 주인―왕소나무―이 세상 뜬 지 오래라니 오죽해졌으랴 싶기도 했다. 하루에도 몇 차례씩, 더욱이 피서지로 한몫해 온 탓에, 해수욕장이 개장된 여름이면 밤낮 기적 소리가 잘 틈 없던 철로가에 서서, 그 숱한 소음과 매연을 마시다 지쳐, 영물靈物 신령스러운 물건이나 짐승의 예우도 내던지고 고사枯死 나무나 풀 따위가 말라 죽음해 버린 왕소나무의 운명은, 되새기면 되새길수록 가슴이 쓰리고 아파 견딜 수가 없었다. 물론 왕소나무의 비운에 대한 조상弔喪 조문만으로 비감悲感 슬픈 느낌에 젖어 있었다고는 말할 수 없겠지만―.

사실이 그랬다. 내가 살았던 옛집의 추레한겉모양이 깨끗하지 못하고 생기가 없는 주제꼴에 한결 더 가슴이 미어지는 비감으로 뼈저려하고 있었으니까. 비록 얼핏 지나치는 차창 너머로 눈결에 온 것이긴 했지만, 간살'칸살'의 북한어. 일정한 간격으로 건물에 사이를 갈라서 나누는 살이 넉넉히 열다섯 칸짜리 꽃패집의 풍채는커녕, 읍내 어디서라도 갈머리 쪽을 바라볼 적마다 온 마을의 종가宗家나 되는 양 한눈에 알겠던 집이 그렇게 변모할 수가 있을까 싶던 것이다.

그것은 왕소나무의 비운 버금으뜸 바로 아래으로 가슴을 저미는 아픔이었다. 이제는 가로세로 들쑥날쑥, 꼴값하는 난봉 난 집들이 들어서며 마을을 어질러 놓아, 겨우 초가 안채 용마루만이 그럴듯할 뿐이었으며, 좌우에서 하늘

자락을 치켜들며 함석지붕 날개와 담장을 뒤덮었던 담쟁이덩굴, 사철 푸르게 밭마당의 방풍림으로 늘어섰던 들충나무의 가지런한 맵시 따위는 찾아볼 엄두도 못 내게 구차스런 동네로 변해 버렸던 것이다.

실향민. 나는 어느덧 실향민이 돼 버리고 말았다는 느낌을 덜어 버릴 수가 없었다.[2] 고향이랬자 무덤들밖에 남겨 둔 게 없던 터라 어차피 무심하게 여겨온 셈이긴 했지만, 막상 퇴락해 버린 고향 풍경을 대하니, 나 자신이 그토록 처연하고 협협하며 외로울 수가 없던 것이다.

· 중간 부분 줄거리

'나'는 할아버지 산소에 찾아가 성묘를 한다. 할아버지는 '나'에게 천자문을 비롯해 유교적 관습에 관한 모든 것을 가르쳤고 이것은 지금까지도 '나'의 삶의 바탕에 자리 잡고 있다. '나'는 사람들과 마주치고 싶지 않아 마을에 들어가지 않는다.

앞서 내가 태어났을 때 할아버지는 이미 팔순의 고령이었음을 밝힌 바 있다. 때문에 앞서 말한 것들은 철부지의 어린 눈에 잠깐 동안 스친, 인생에서 은퇴하다시피 왕조의 유민으로 은둔 자적한 한 노인의 조그마한 편모^{片貌 단편적}^{인 모습}에 그칠 것임은 두말할 나위가 없다. 그런데도 그분은 내가 살아가면서 잠시도 잊을 수 없도록, 내 심신의 통치자로서 변함이 없으리라 믿어지는 것은 무엇에 연유하는지 모르고 있다. 할아버지의 가훈을 받들고자 노력하다 만 유일한 손자였기 때문일까. 그 고색창연했던 가훈들은, 내가 태어나기 ㄱ. 훨씬 전부터 아버지가 이미 앞장서서 깨뜨리고 어겨, 전혀 반대 방향의 풍물을 받아들이고 있었음이 사실이었다.

아버지의 그런 사상은, 할아버지가 주장한 전근대적인 가풍에 반발하기 위해서 싹튼 것은 물론 아니었다. 흔히 '죽으라면 그럴 시늉까지 할' 사람이라는 소리를 듣고 있었으니까. 아버지의 노선은 당신 스스로 선택한 것이었다.

---

2) 고향을 잃고 타향에서 지낸다는 사전적 의미가 아니라, 마음속에 깊이 간직한 그립고 정든 곳인 고향을 잃어버린 사람이란 의미다.

아버지는 대대로 공경대부를 배출한 사대부가의 후예임을 조금도 대견해하지 않는 것 같았다. 다만 청백리淸白吏 재물에 대한 욕심이 없이 곧고 깨끗한 관리가 몇 분 있었다는 기록만을 인정한 정도일 뿐. 따라서 양반 가계의 족보를 우려먹거나 선대로부터 물려받은 전장田莊 자기가 소유한 논밭이 없음을 한하지도 않았다. 그러기는 할아버지도 마찬가지였으나 그것은 필경 할아버지 자신이 탕진해 버린 자책감에서 그랬을 것으로 여겨진다. 강릉 부사 시대부터 물림한 부동산들을 할아버지는 일제 때 군산群山 미두米荳 쌀의 시세 변동을 이용하여 현물 없이 약속으로만 거래하는 일종의 투기 행위 시장에 맛들인 후로 조금씩 조금씩 올려세우고 말았던 것이다. 그러나 내가 태어나기 수삼 년 전만 해도 사법 대서司法代書 위촉을 받아 법원, 경찰청에 제출하는 서류를 대신 작성해 주는 일를 개업했던 아버지는 미두로 기운 가세를 되살리기 위해 몇 척의 어선을 가진 선주였으며, 여러 두락의 염전을 소유하여 상당한 수입을 보고 있었다. 그것만으로도 이재理財 재산을 잘 관리함에 어둡지 않았던 사람이었음을 짐작할 수 있다. 그러나 해방을 전후해서, 아니 내가 태어난 그해부터, 아버지는 종래 회고조의 가풍이나 실속 없는 사상을 스스로 뒤집어엎는 데에 서슴지 않았다. 사농공상의 서열을 망국적 퇴폐풍조로 지적했고 '무산 계급의 옹화와 인민 대중의 사회적인 위치를 쟁취한다.'는 구호와 함께 그것의 실천을 위해 앞장서서 주도하기 시작한 거였다. 아버지는 장날마다 한내천 모래사장에서, 또는 쇠전우시장이나 싸전쌀가게 마당에서 강연회를 열었으니 그것은 힘없는 농민과 노동자들의 감동과 지지를 얻는 데에 조금도 부족함이 없는 웅변이었다고 들었다. 그것이 변형되어 남로당으로 발전했던 것은 그로부터 다시 많은 시일이 흐른 뒤의 일이었지만. 그리고 그 결과는 뻔한 것이 돼버렸다. 그러나 할아버지는 아들과 당신 사이에 금이 벌기 시작하고, 그것이 점점 두꺼운 장벽으로 굳어 가는 것을 한탄하지 않았다고 한다. 스스로 이방인임을 자인하며 인간사에서의 은퇴와 함께 변천하는 시대와 세월을 방관하기로 작정한 까닭이었으리라.

그렇게 세월하기 몇 해 만이었을까. 내가 할아버지에게 천자를 떼어 책씻이한 뒤, 이어『동몽선습』을 읽기 시작한 무렵은, 아버지는 집에서 가사를 돌보기보다 예비 검속豫備檢束 공공의 안전을 해롭게 하거나 죄를 지을 염려가 있는 사람을 잠시 잡아 가둠으로 영어圇圄 감옥 생활하는 날이 더 많아졌고, 더불어 대서사도 선주도 아니었으며 토지 개혁으로 분배받은 상환 농지 몇 필지로 겨우 식량 걱정이나 안 할 정도의 영세한 농민이었다. 어린 내가 보고 느끼기에도 그 얼마나 모순된 사랑방

풍경이었던가.

사랑은 커다란 장지들을 가운데로 하여 널찍한 방이 둘이었다. 안방은 그 엿 단지를 비롯한 온갖 군입거리들이 들어찬 벽장을 뒤로하고 정좌한 할아버지의 은둔처였다. 그 방은 때를 기리지 않고 검버섯 속에 고색이 찌들어 가는 시대의 고아 이조옹李朝翁들이 집산장集散場 집산지. 사람이 모여들기도 하고 흩어져 나가기도 하는 곳으로서 난세 성토장 겸 소일터였으며, 윗방은 아버지의 응접실이었다. 안방은 이 군수 아우, 윤 참의 아들, 조 진사, 홍 참봉, 도총관 조카 등등으로 불리던, 지팡이 없이는 나들이도 못할 초라한 행색의 상투쟁이들이 늘 단골로 붐볐다. 노인들이 풍기는 특유한 체취로 하여 여간 사람이 아니고서는 코도 들이밀 수 없으리라고, 어머니는 빨래를 할 적마다 웃으며 말했다.

아버지가 쓰는 윗방 손님들은 안방의 고로古老들 행색보다 훨씬 더 누추한 사람들이었다. 그리고 그들의 대부분이 할아버지로서는 이름도 기억할 필요조차 없는 농사꾼들이었던 것이다. 그들은 저녁밥만 먹으면 사랑으로 마을 이웃에 놀러다니는 일을 왔다. 나무장수 창호, 대장간 풀무쟁이 장지랄, 뱃사공 하다가 장터에서 새우젓 도가를 하는 마 씨, 염간鹽干으로 늙은 쌍례 아버지, 목수 정당나귀, 땜장이 황가, 매갈잇간왕겨만 벗기고 속겨는 벗기지 아니한 쌀을 만드는 곳 말몰이 최, 말감고곡물 시장에서 되질이나 마질을 전문으로 하는 사람 전가⋯⋯. 그네들은 하루도 거르지 않던 단골 마을꾼이었다. 단골이 아닌 사람도 흔히 숙식을 하고 나갔다. 단지 집이 크다는 이유만으로 저물어 찾아와 하룻밤 머슴방 신세 지기를 원하던 그 숱한 길손먼 길을 가는 나그네들. 날 굳어 해가 짧은 날이면 도부到付 장사치가 물건을 가지고 이리저리 돌아다니며 팖 나섰던 소금 장수며 엿목판을 진 엿장수, 사주 관상쟁이⋯⋯. 이따금 총을 멘 순사나 형사들이 불시에 들이닥쳐 가택 수색만 하지 않는다면 문경 새재 따로 없이 온갖 둥우리 없는 인간들로 앉고 설 자리가 없었을 것이었다.

• 뒷부분 줄거리

아버지와 삼촌은 좌익 사상에 깊이 빠져들었고, 두 사람이 남로당에 가입하면서 집안은 몰락한다. '나'는 외로웠던 유년 시절의 추억과 할아버지와 아버지의 달랐던 훈육 방식에 대해서 떠올린다. '나'가 고향 마을을 벗어나며 옛집을 되돌아보았을 때 서산마루에는 이미 해가 넘어가고 있었다.

만화로 읽는 '관촌수필'

발단 오랜만에 고향을 찾은 '나'는 고향을 잃어버렸다는 상실감을 느낌

전개 '나'는 산소에서 할아버지에 대한 기억을 떠올림

'나'는 고향 사람들을 만날까 봐 마을에 들어가지 않음

'나'는 유년 시절의 추억과 할아버지와 아버지의 훈육 방식을 떠올림

결말 옛집을 돌아보며 할아버지의 넋을 느낌

🔭 생각해 볼까요?

📖 **선생님** 이 장의 제목인 '일락서산(日落西山)'에는 어떤 의미가 담겨 있을까요?
💬 2 🤍 2

↳ **학생 1** 이 작품의 배경인 1970년대는 산업화가 진행되면서 사회 구조의 여러 가지 모순이 드러나던 시기로, 서구 문화가 전통문화를 대체하는 격변기였어요. 공동체적 삶이 파괴되어 가던 이 시기의 고향은 이전의 의미를 상실했어요.

↳ **학생 2** 작가는 '해가 서쪽으로 기울어짐'을 뜻하는 '일락서산'이라는 제목을 통해 전통 문화가 사라져 가는 것에 대한 아쉬움을 나타냈어요.

📖 **선생님** 「관촌수필」의 독특한 문체에 대해서 얘기해 볼까요?
💬 2 🤍 2

↳ **학생 1** 「관촌수필」이 문학작품으로 특별한 찬사를 받는 중요한 이유 중의 하나는 서정적이고 미학적인 문체 때문이에요. 고풍스러운 어투에 한문학적 교양 없이는 이해하기 힘든 어구, 명문가의 후예만이 알 수 있는 풍습에 관련된 말들도 독특한 매력을 풍겨요.

↳ **학생 2** 작가는 어릴 적부터 전통적이고 토속적인 삶을 몸소 경험했기에 문체의 아름다움을 유지하면서 동시에 토속적 언어를 능란하게 구사할 수 있었어요.

📖 **선생님** 소설 제목에 쓴 '수필'의 의미는 무엇일까요?
💬 3 🤍 3

↳ **학생 1** 「관촌수필」은 작가의 체험을 바탕으로 자신이 성장했던 고향 마을 '관촌'의 생활상을 사실적으로 그려 낸 자전 소설이에요.

↳ **학생 2** 작가는 자신의 정신적 지주였던 할아버지와 아버지, 그리고 고향 어른들의 이야기와 유년 시절을 함께 보낸 친구들의 이야기를 작품 안에 그려냈어요. 이 작품을 두고 차마 소설이라고 할 수 없었던 이유는 그들의 삶에 대한 존중의 표현이자, 자신의 글에 대한 진실성을 강조한 것이라고 볼 수 있어요.

↳ **학생 3** 실제로 이 작품에서는 현대 소설의 전반적인 특징인 사건 전개의 필연성을 강조하기보다는 수필처럼 화자가 자신의 삶을 식섭 말하고 있어요. 또한 일상 어와 향토색 짙은 고유어를 즐겨 사용한 것도 작가의 의도를 한층 더 살려요.

선생님 자전 소설인 이 작품을 더 깊이 이해하기 위해 작가의 가족사에 대해 더 알아봐요.

💬 3   ♥ 3

↳ **학생 1** 작가 이문구의 아버지는 충남 보령의 남로당 총책을 맡았다가 전쟁이 터지자 체포되어 사형당했어요. 큰형은 일제 강점기에 강제 징용되어 전쟁에 나갔다가 실종되었고, 둘째 형과 셋째 형도 좌익으로 몰려 처형되었고요.

↳ **학생 2** 막내아들이었던 이문구는 이런 일들을 겪은 후 '어린 마음에도 맨 먼저 다짐한 것이, 나만은 절대로 형무소나 유치장 출입을 하지 않아야 한다는 것이었다.'라고 생각했다고 말해요.

↳ **학생 3** 자기만이라도 살아남아서 가문의 대를 이어야 한다는 생존 본능이 그를 압박했고, 결국 시대에 순응해 살아가는 한편 문학을 통해 사회의 억압에 조용히 저항했던 거예요.

관촌 마을 ▾ 🔍

연관 검색어   충남 보령   갈머리   대천동

「관촌수필」은 이문구 작가가 관촌 마을을 배경으로 하여 그의 자전적 이야기를 소설로 풀어낸 연작 소설집으로, 1972년부터 1977년까지 발표된 8편의 중·단편소설을 엮은 것이다.

관촌 마을은 충청남도 보령에 위치하며, 이문구 작가가 태어나 자란 곳이다. 예전에는 '갈머리'라고 불렸으며, 지금은 '대천동'이라고 불린다. 마을 이름을 딴 소설까지 있으니 고향에 작가의 이름을 기리기 위한 문학비나 문학상 등이 있을 법하나 안타깝게도 찾아볼 수 없다. 이문구 작가가 자신을 기리기 위한 비나 상징물을 만들지 말라고 유언했기 때문이다. 그는 고향에 무덤조차 남기지 않고 한 줌의 재가 되길 원했고, 자신의 바람대로 관촌 마을 뒷산 부엉재 솔숲에 뿌려졌다.

충청남도 보령시 대천동 관촌2길은 소설 「관촌수필」의 주 무대이며, 옛날 관촌의 흔적을 찾기는 쉽지 않다. 높은 언덕에 자리 잡은 작은 동네로, 최근에는 벽화마을로 새롭게 단장하여 한적하고 조용한 골목길을 감상하기 좋다.

윤흥길
(1942~)

✉ 작가에 대하여

　전라북도 정읍 출신. 원광대학교 국문과를 졸업하고, 숭신여자중고등학교 교사와 일조각 편집위원으로 근무하였다. 1968년 〈한국일보〉 신춘문예에서 「회색 면류관의 계절」로 등단하였다. 문단의 주목을 받기 시작한 것은 1973년에 발표한 「장마」를 통해서이다. 1977년 「아홉 켤레의 구두로 남은 사내」로 제4회 한국문학작가상, 1983년 「꿈꾸는 자의 나성」으로 제15회 한국창작문학상, 1983년 「완장」으로 제28회 현대문학상 등을 수상하였다. 이외의 주요 작품으로는 「황혼의 집」 등이 있다.

　윤흥길은 우리 민족 고유의 정한을 6·25 전쟁과 같은 역사적 격동기 속에서 다루거나, 고난에 찬 민중의 삶을 지식인의 입장에서 다루었다. 또한 전쟁과 이데올로기 대립, 급격한 산업화와 도시화 등 한국 현대사의 질곡들을 날카롭게 파헤치며 중산층과 소시민의 의식 각성, 샤머니즘과 모성애를 통한 상처 회복 등을 사실주의적 수법으로 그려 내었다. 그의 작품은 현실의 부조리를 고발하는 동시에 이를 넘어서려는 인간의 노력을 그린다.

장마

#6·25전쟁　　　#가정갈등　　　#화해　　　#사실적

🥄 작품 길잡이

갈래: 중편 소설, 전후 소설, 사실주의 소설
배경: 시간 – 6·25 전쟁 중 / 공간 – 어느 농촌
시점: 1인칭 관찰자 시점
주제: 전쟁으로 빚어진 한 가정의 비극과 극복
출전: 〈문학과 지성〉(1973)

📷 인물 관계도

나	친할머니와 외할머니의 갈등과 화해를 어린 소년의 시선으로 바라본다.
할머니	6·25 전쟁에 참전한 인민군 아들이 '아무 날 아무 시'에 돌아온다는 점쟁이의 말을 믿고 아들을 기다린다.
외할머니	6·25 전쟁에서 국군인 아들이 전사했다는 소식을 듣고 공산주의를 저주한다. 이때부터 친할머니와 갈등을 겪는다.

📋 구성과 줄거리

발단   **6·25 전쟁에 참전한 외삼촌이 죽음**

외할머니의 아들은 국군 소위로, 할머니의 아들은 인민군이 되어 각각 6·25 전쟁에 참전한다. 장마가 계속되던 어느 날, 외삼촌이 전사했다는 통지가 날아든다.

전개   **두 할머니의 갈등이 시작됨**

외할머니는 아들이 전사했다는 통지를 받고 빨갱이들을 저주하는 말을 퍼붓는다. 이 말을 들은 할머니는 분노하고 이때부터 두 할머니의 갈등이 표면화된다.

위기   **점쟁이의 점괘를 들고 온 할머니가 아들을 간절히 기다림**

할머니는 '아무 날 아무 시'에 아들이 살아서 돌아올 것이라는 점쟁이의 말을 믿고 서둘러 잔치를 준비한다. 마을 사람들은 '나'의 가족을 호기심 어린 얼굴로 지켜본다.

절정   **구렁이가 나타남**

점쟁이가 예언한 바로 그날, 삼촌은 오지 않고 구렁이 한 마리가 갑자기 나타난다. 할머니는 구렁이를 보고 기절하고, 외할머니는 침착하게 구렁이를 삼촌이라고 생각하고 대접한 뒤 돌려보낸다.

결말   **두 할머니가 화해함**

정신이 든 할머니가 외할머니에게 고마움을 표시하고 두 할머니는 앙금을 풀고 화해한다. 얼마 지나지 않아 할머니는 세상을 떠난다.

장마

- 앞부분 줄거리

'나'의 외가 식구들은 전란을 피해 '나'의 집으로 피난을 온다. 사돈댁에서 신세를 질 수밖에 없는 외할머니와 외가 식구들에게 베푸는 입장인 친할머니는 삼촌이 빨치산, 외삼촌이 국군 소위라는 거북한 상황 속에서도 말다툼 없이 의좋게 지낸다. 그러던 어느 날 '나'는 낯선 사람의 꾐에 빠져 빨치산인 삼촌이 밤에 몰래 집에 왔다고 실토한다. 이 때문에 할머니는 '나'를 '과자 한 조각에 삼촌을 팔아먹은 천하의 무지막지한 사람 백정'으로 여기는 데 반해 외할머니는 은근히 '나'를 감싸면서 서서히 두 사람 사이에 금이 가기 시작한다. 외할머니는 아들이 전사했다는 통지를 받고 빨갱이들을 저주하고, 이 말을 들은 할머니가 분노하며 갈등이 표면화된다. 할머니는 소경 점쟁이에게 삼촌이 '아무 날 아무 시'에 돌아올 것이라는 예언을 듣고 그를 맞이할 준비를 한다.

6

할머니가 대문간에 서서 호통을 치는 바람에 혼곤한 잠에서 깨었다. 날은 부옇게 밝았으나 아직도 꼭두새벽이었다. 가뜩이나 짧은 여름밤인데 그런 정도는 자나 마나였다. 잠을 설친 탓으로 머릿속이 띠잉 울리고 눈꺼풀은 슬슬 감겼다. 그러나 나는 아무렇지도 않은 편이었다. 여러 날 겹치는 피로와 긴장 때문에 얼굴 모양들이 모두 말이 아니었다. 아버지는 부황^{浮黃 오래 굶주려서 살가죽이 들떠서 붓고 누렇게 되는 병} 이 든 사람처럼 얼굴이 누렇게 떠 부석부석했고, 어머니는 숫제 강마른^{살이 없어 몹시 수척한} 대꼬챙이였다. 외가 식구들이라 해서 특별히 나은 사람도 없었다. 그런데 우리 할머니만이 청청해 가지고 첫새벽부터 기진맥진한 사람들을 게으른 소 잡도리하듯^{아주 요란스럽게 닦달하거나 족치듯} 했다. 아버지와 어머니를 대문간에 나란히 불러 놓고 무섭게 닦아세우는^{꼼짝 못하게 휘몰아 나무라는} 중이었다. 장명등이 꺼져 있었다. 기름이 아직 반나마 들어 있는데도 어느 바람이 언제 끄고 갔는지 유리갓에 물기가 촉촉했다. 장명등 일로 할머니는 몹시 심정이 상해 버렸다. 하느님이 간밤에 몰래 들어와서 아버지와 어머니의 정성을 시험하고 간 증거로 삼아 버렸다. 할머니의 노여움은 거기에서 그치지 않았다. 그것 한 가지만으로도 하나밖에 없는 동생 시동생을 끝까지 돌봐줄 의사가 있는지 없는지 알 수 있다면서 정성의 기미가 보일 때까지 광과 장롱의 열쇠를 당신이 직접 맡아 관리하겠다고 선언해 버렸다.

"경사시런 날 아적부텀 여편네가 집안에서 큰소리를 하면 될 일도 안 되는 법이니께 이만침 혀 두고 참는다만, 후사는 느덜이 알아서들 혀라. 나는 손구락 하나 깐닥 않고 뒷전에서 귀경만 허고 있을란다."

말을 마치고 돌아서면서 할머니는 거듭 혀를 찼다.

"큰자석이라고 있다는 것이 저 모양이니 원, 쯧쯧."

할머니는 양쪽 팔을 회회 나저으며 부리나케 안채로 향했다.

"지지리 복도 못 타고난 년이지. 나만침 아딜 메누릿복이 없는 년도 드물 것이여."

사랑채 앞을 지나면서 또 혼잣말을 했다. 말이 혼잣말이지 실상은 이웃에까지 들릴 고함에 가까운 소리였다.

할머니는 정말로 손가락 한 개도 까딱하지 않았다. 방문을 꽝 닫고 들어앉은 후로 밖에서 일어나는 일은 죽이 끓든 밥이 끓든 일절 상관하지 않았다. 그런 대신 봉창에 달린 작은 유리 너머로 늘 마당을 감시하면서 일일이 못마땅한 표정을 지어 보였다. 우리는 수대로 하나씩 빗자루나 연장 같은 걸 들고 나와 감시의 눈초리를 뒤통수에 느껴 가면서 마당도 쓸고 마루도 닦고 집 안팎의 거미줄도 걷었다. 고모도 나오고 이모까지 합세하여 모두들 바삐 움직인 보람이 있어 장마로 어지럽혀진 집 안이 말끔히 청소되었다. 이모와 고모는 어머니를 도우러 부엌으로 들어가고 나는 아버지와 함께 대문에서 마당에 이르는 소로_{小路 작고 매우 좁다란 길}와 텃밭 사이에 깊은 도랑을 내어 물기를 빼느라고 식전부터 구슬땀을 흘렸다.

하늘은 아직도 흐렸다. 오랜만에 햇빛을 볼 수 있을지 모른다고 기대했던 날씨가 아무래도 신통치 않았다. 그러나 서녘 하늘 한 귀퉁이가 빠끔히 열려 있었고, 구름을 몰아가는 서늘한 바람이 불었다. 다시 비가 내릴 기미 같은 건 어디에도 안 보였다. 그것만도 우리에겐 참으로 다행스런 일이었다. 우리뿐만 아니라 모든 사람이 다 그러했다. 이른 아침부터 우리 집에 찾아오는 동네 사람들이 내미는 첫마디가 한결같이 날씨에 관한 얘기였다. 그리고 그다음 차례가 삼촌 얘기였다. 그들은 날씨부터 시작해 가지고 아주 자연스럽게 아버지한테 접근했으며 아낙네들은 부엌을 무시로 드나들었다. 우리 집은 완전히 잔칫집답게 동네 사람들로 북적거렸고, 저마다 연줄을 찾아 말을 걸어 보려는 사람들 때문에 식구들은 도무지 정신을 못 차릴 정도였다. 그들이 가장 궁금해하는 것은, 우리 식구들이 어느 정도 미신을 믿고 있는 가였다. 물론 그들은 미신이란 말은 입밖에 비치지도 않았다. 점쟁이의 말한마디가 이만큼 일을 크게 벌여 놓을 수 있었던 데 대해 놀라움을 표시하면서도 속셈이 빤히 보일 만큼 노골적이지는 않았다. 이야기 끝에 그들은, 가족들 정성에 끌려서라도 삼촌이 틀림없이 돌아올 거라는 격려의 말을 잊지 않았다. 아버지는 그저 웃고만 있었다. 그런 말을 하는 몇 사람의 태도에서 아버지는 그들이 우리 일을 가지고 자기네 나름으로 한창 즐기고 있다는 사실을 충분히 눈치챘을 것이다. 마치 죽어 가는 환자 앞에서 금방 나을 병이니 아무 염려 말라고 위로하는 의사와 흡사한 태도를 취하는 사람이 더러 있었기 때문이다. 시간이 진시 오전 일곱 시부터 아홉 시까지 에 가까워질수록 사람이 늘어 우리 집은 더욱더 붐볐다. 마을 안에서 성한 발을 가진 사람은 하나도 안 빠지고 다 모인 성싶었다. 혼자 진구네 집 마루에 앉아 담배를 피우는 낯선 사내의 모습도 보였다. 장터처럼 북적거리는 속에서 우리는 아직 아침밥도 먹지 못했다. 삼촌이 오면 같이 먹는다고 할머니가 상을 못 차리게 했던 것이다. 아주 굶는 건 아니니까 진득이 참는 도리밖에 없지만, 그러자니 배가 굉장히 고팠다.

마침내 진시였다. 진시가 시작되는 여덟 시였다. 모두들 흥분에 싸여 초조하게 기다리는 가운데 자꾸만 시간이 흘렀다. 아홉 시가 지나고 어느덧 열 시가 다 되었다. 그런데도 우리 집엔 아무 일도 일어나지 않았다.

사람들이 죄다 흩어진 다음에야 비로소 우리는 점심이나 다름없는 아침을 먹을 수 있었다. 구장 어른과 진구네 식구들만이 나중까지 남아 실의에 잠긴 우리 일가의 말동무가 되어 주었다. 안방에 혼자 남은 할머니를 제외하고 모두들 침통한 표정으로 건넌방에 차려진 상머리에 둘러앉았다. 뜨적뜨적 수저를 놀리는 심란한 얼굴들에 비해 반찬만은 명절날만큼이나 걸었다. 기왕 해 놓은 밥이니까 먼저들 들라고 말하면서도 할머니 자신은 한사코 조반상을 거부해 버렸다. 진시가 벌써 지났는데도 할머니는 여전히 태평이었다. 적어도 겉으로는 그렇게 보였다. 애당초 말이 났을 때부터 자기는 시간 같은 건 그리 염두에 두지 않았다는 것이다. 중요한 것은 '아무 날'이지 그까짓 '아무 시' 따위는 별 게 아니라는 것이었다. 하늘이 주관하는 일에도 간혹 실수가 있는 법인데 하물며 사람이 하는 일이야 따져 무얼 하겠냐는 것이었다. 아무리 점쟁이가 용하다고는 해도 시간만큼은 이쪽에서 너그럽게 받아들여야 된다는 주장이었다. 할머니한테는 아직도 그날 하루가 창창히 남아 있었던 것이다. 어느 때 와도 기필코 올 사람이니까 그때까지 더 두고 기다렸다가 모처럼 한번 모자 겸상을 받겠다면서 할머니는 추호도 지친 기색을 나타내지 않았다.

　마루 위에 발돋움을 하고 자꾸만 입맛을 다시면서 근천^{어렵고 궁한 상태}을 떨던 워리란 놈이 갑자기 토방으로 내려섰다. 우리는 워리가 대문 쪽을 향해 으르렁거리는 소리를 들었다. 그리고 이내 함성을 들었다. 수저질을 하던 아버지의 손이 허공에서 정지하는 걸 계기로 우리는 일시에 모든 동작을 멈추었다. 아이들이 일제히 올리는 함성이 매우 빠른 속도로 가까이 오는 중이었다. 숟가락을 아무 데나 팽개치면서 나는 밖으로 뛰어나갔다. 우리 집 대문간이 왁자지껄하는 소리로 금방 요란해졌다. 마당 한복판에서 나는 다시 기세를 올리는 아이들의 아우성과 정면으로 맞닥뜨렸다. 우선 눈에 뜨이는 것이 저마다 입을 크게 벌리고 있는 한 떼의 조무래기패였다. 그들의 손엔 돌멩이 아니면 기다란 나뭇개비 같은 것들이 골고루 들려 있었다. 우리 집 대문 안으로 짓쳐들어오는^{세게 몰아쳐 들어오는} 걸 잠시 망설이는 동안 아이들은 무기를 든 손을 흔들면서 거푸 기세만 올렸다. 그중의 한 아이가 힘껏 돌팔매질을 했다. 돌멩이가 날아와 푹 꽂히는 땅바닥에서 나는 끝내 못 볼 것을 보고야 말았다. 꿈틀꿈틀 기어오는 기다란 것이 거기에 있었다. 눈어림만으로도 사람 키보다 훨씬 큰 한 마리의 구렁이였다. 꿈틀거림에 따라 누런 비늘 가죽이 이리저리 번들거리는 그 끔찍스런 몸뚱어리를 보는 순간, 그것의 울음소리를 듣던 간밤의 기억이 얼핏 되살아나면서 오금쟁이가 대번에 뻣뻣이 굳어져 버렸다. 그러나 나는 별 수 없는 어린애였다. 한순간의 공포를 견디고 나서 나는 고함을 지르며 돌팔매질을 해 대는 패거리들과 조금도 다를 바 없는 하나의 어린애로 재빨리 되돌아왔다. 모든 꿈틀거리는 것들에 대해서 소년들이 거의 본능적으로 품는 적의와 파괴욕을 주체할 수가 없었다. 지겟작대기를 양손으로 힘껏 거머쥐었다. 내 쪽으로 가까이 오기만 하면 단매^{단 한 번 때리는 매}에 요절을 낼 요량으로 작대기를 쥔 양쪽 팔을 높이 들었다. 그러자 억센 힘으로 내 팔을 움켜잡는 누군가의 손이 있었다. 돌아다보니 외할머니였다. 동시에 째지는 듯한 비명이 등 뒤에서 들렸다.

"아악!"

외마디 비명을 지르면서 마치 헌 옷가지가 구겨져 흘러내리듯 그렇게 마루 위로 고꾸라지는 할머니의 모습을 나는 목격했다. 외할머니가 내 손에서 작대기를 빼앗아 버렸다. 말은 없어도 외할머니의 부릅뜬 두 눈이 나한테 엄한 꾸지람을 던지고 있었다.

난데없는 구렁이의 출현으로 말미암아 우리 집은 삽시에 엉망진창이 되어 버렸다. 무엇보다 큰 걱정이 할머니의 졸도였다. 식구들이 모두 안방에만 매달려 수족을 주무르고 얼굴에 찬물을 뿜어 대는 등 야단법석을 떨어 가며 할머니가 어서 깨어나기를 빌었다. 그 바람에 일단 물러갔던 동네 사람들이 재차 모여들기 시작했고, 제멋대로 떼뭉쳐 서서 떠들어 대는 소리 때문에 혼란은 가중되었다. 모두가 제정신이 아닌 그 북새 속에서도 끝까지 냉정을 잃지 않는 사람은 애오라지^{오로지} 외할머니 혼자뿐이었다. 미리서 정해 놓은 순서라도 밟듯 외할머니는 놀라우리만큼 침착한 태도로 하나씩 하나씩 혼란을 수습해 나갔다. 맨 먼저, 사람들을 몰아내는 일부터 서둘러 했다. 외할머니는 구장 어른과 진구네 아버지 등의 도움을 받아 집 안에 들어온 사람들을 모조리 밖으로 내쫓은 다음 대문을 단단히 걸어 잠갔다. 대문 밖에 내쫓긴 아이들과 어른들이 감나무가 있는 울바자 쪽으로 우르르 몰려갔다. 고비에 다다른 혼란의 사이를 틈탄 구렁이는 아욱과 상추가 자라고 있는 이랑을 지나 어느새 감나무에 올라앉아 있었다. 감나무 가지에 누런 몸뚱이를 둘둘 감고서는 철사처럼 가늘고 긴 혓바닥을 대고 날름거렸다. 무엇이 되알지게^{매우 힘차고 야무지게} 얻어맞아 꼬리 부분이 거지반^{거의 절반} 동강 날 정도로 상해서 몸뚱이의 움직임과는 겉놀고 있었다. 아이들의 극성이 감나무에까지 따라와 아직도 돌멩이나 나뭇개비들이 날아들고 있었다.

"돌멩이를 땡기는 게 어떤 놈이냐!"

외할머니 고함은 서릿발 같았다. 팔매질이 뚝 멎었다. 그러자 외할머니는 천천히 감나무 아래로 걸어가기 시작했다. 외할머니의 몸이 구렁이가 친친 감긴 늙은 감나무 바로 밑에 똑바로 서 있는데도 아무 일도 일어나지 않자, 그때까지 숨을 죽여 가며 지켜보던 많은 사람들 입에서 저절로 한숨이 새어 나왔다. 바로 머리 위에서 불티처럼 박힌 앙증스런 눈깔을 요모조모로 빛내면서 자꾸 대가리를 숙여 꺼뜩꺼뜩 위협을 주는 커다란 구렁이를 보고도 외할머니는 조금도 두려워하지 않았다. 외할머니는 두 손을 천천히 가슴 앞으로 모아 합장했다.

"에구 이 사람아, 집안일이 못 잊어서 이렇게 먼 질을 찾어 왔능가?"

꼭 울어 보채는 아이한테 자장가라도 불러 주는 투로 조용히 속삭이는 그 말을 듣고 누군가가 큰 소리로 웃는 사람이 있었다. 그러자 외할머니는 눈이 단박에 세모꼴로 변했다.

"어떤 창사구°'창자'의 방언 빠진 잡놈이 그렇게 히득거리고 섰냐. 누구냐, 어서 이리 썩 나오니라. 주리 댈 놈!"

외할머니의 대갈 호령에 사람들은 쥐 죽은 소리도 못했다. 외할머니는 몸을 돌려 다시 구렁이를 상대했다.

"자네 보다시피 노친께서는 기력이 여전허시고 따른 식구덜도 모다덜 잘 지내고 있네. 그러니께 집안일일랑 아모 염려 말고 어서어서 자네 가야 헐 디로 가소."

구렁이는 움쩍도 하지 않았다. 철사 토막 같은 혓바닥을 날름거리면서 대가리만 두어 번 들었다 놓았다 했다.

"가야 헐 디가 보통 먼 질이 아닌디 여그서 이러고 충그리고만°머물러서 웅크리고 있거나 머뭇거리고만 있어서야 되겠능가. 자꼬 이러면은 못 쓰네, 못 써. 자네 심정은 내 짐작을 허겄네만 집안 식구덜 생각도 혀야지. 자네 노친 양반께서 자네가 이러고 있는 꼴을 보면 얼매나 가슴이 미여지겠능가."

외할머니는 꼭 산 사람을 대하듯 위를 올려다보면서 조용조용히 말을 건네고 있었다. 하지만 아무리 간곡한 말씨로 거듭 타일러 봐도 구렁이는 좀처럼 움직일 기척을 안 보였다. 이때 울바자 너머에서 어떤 아낙네가 뱀을 쫓는 묘방을 일러 주었다. 모습은 안 보이고 목소리만 들리는 그 여자는 머리카락을 태워 냄새를 피우면 된다고 소리쳤다. 외할머니의 지시에 따라 나는 할머니의 머리카락을 얻으러 안방으로 달려갔다.

할머니는 거의 시체나 다름이 없는 뻣뻣한 자세로 자리에 누워 있었다. 숨은 겨우 쉬고 있다 해도 아직은 의식을 되찾지 못한 채였다. 할머니의 주변을 둘러싸고 속수무책으로 앉아서 사색이 다 되어 그저 의원이 도착하기만을 기다리는 식구들을 향해 나는 다급한 소리로 용건을 말했다. 누구에게 랄 것 없이 아무한테나 던진 내 말이 무척 엉뚱한 소리로 들렸던 모양이다. 할머니의 머리카락이 이런 때 대체 어디에 소용될 것인지를 이해가 가도록 설명하기엔 꽤 시간이 걸렸다. 그리고 고모가 인사불성이 된 할머니의 머리를 참빗으로 빗기는 덴 더 많은 시간이 걸렸다. 빗질을 여러 차례 거듭해서 얻어진 한 줌의 흰 머리카락이 내 손에 쥐어졌다. 언제 그렇게 준비를 해 왔는지 외할머니는 도래^{토긔} 소반 위에다 간단한 음식 몇 가지를 차리는 중이었다. 호박전과 고사리나물이 보이고 대접에 그득 담긴 냉수도 있었다. 내가 건네주는 머리카락을 받아 땅에 내려놓은 다음, 외할머니는 천천히 고개를 들어 늙은 감나무를 올려다보았다.

"자네 오면 줄라고 노친께서 여러 날 들여 장만헌 것일세. 먹지는 못헐망정 눈요구^{눈요기}라도 허고 가소. 다아 자네 노친 정성 아닌가. 내가 자네를 쫓을라고 이러는 건 아니네. 그것만은 자네도 알어야 되네. 남새가 나드라도 너무 섭섭타 생각 말고, 집안일일랑 아모 걱정 말고 머언 걸음 부데 펜안히 가소."

이야기를 다 마치고 외할머니는 불씨가 담긴 그릇을 헤집었다. 그 위에 할머니의 흰머리를 올려놓자 지글지글 끓는 소리를 내면서 타오르기 시작했다. 단백질을 태우는 노린내가 멀리까지 진동했다. 그러자 눈앞에서 벌어지는 그야말로 희한한 광경에 놀라 사람들은 저마다 탄성을 올렸다.

외할머니가 아무리 타일러도 그때까지 움쩍도 하지 않고 그토록 오랜 시간을 버티던 그것이 서서히 움직이기 시작한 것이다. 감나무 가지를 친친 감았던 몸뚱이가 스르르 풀리면서 구렁이는 땅바닥으로 툭 떨어졌다. 떨어진 자리에서 잠시 머뭇거린 다음, 구렁이는 꿈틀꿈틀 기어 외할머니 앞으로 다가왔다. 외할머니가 한쪽으로 비켜서면서 길을 터 주었다. 이지러지 움직이는 대로 뒤를 따라가며 외할머니는 연신^{연방} 소리를 질렀다. 새박^{새를 쫓기} ^{위해 논밭가에 지어 놓은 움막}에서 참새 떼를 쫓을 때처럼 "쉬이! 쉬이!" 하고 소리를 지르면서 손뼉까지 쳤다. 누런 비늘 가죽을 번들번들 뒤틀면서 그것은 소리 없이 땅바닥을 기었다. 안방에 있던 식구들도 마루로 몰려나와 마당 한복판을 가로질러 오는 기다란 그것을 모두 질린 표정으로 내려다보고 있었다. 꼬리를 잔뜩 사려 가랑이 사이에 감춘 워리란 놈이 그래도 꼴값을 하느라고 마루 밑에서 다 죽어가는 소리로 짖어 대고 있었다. 몸뚱이의 움직임과는 여전히 따로 노는 꼬리 부분을 왼쪽으로 삐딱하게 흔들거리면서 그것은 방향을 바꾸어 헛간과 부엌 사이 공지를 천천히 지나갔다.

"쉬이! 쉬어이!"

외할머니의 쉰 목청을 뒤로 받으며 그것은 우물곁을 거쳐 넓은 뒤란을 어느덧 완전히 통과했다. 다음은 숲이 우거진 대밭이었다.

"고맙네, 이 사람! 집안일은 죄다 성님한티 맽기고 자네 몸뗑이나 지발 성혀서 먼 걸음 펜안히 가소. 뒷일은 아모 염려 말고 그저 펜안히 가소. 증말 고맙네, 이 사람아!"

장마철에 무성히 돋아난 죽순과 대나무 사이로 모습을 완전히 감추기까지 외할머니는 우물곁에 서서 마지막 당부의 말로 구렁이를 배웅하고 있었다.

이웃 마을 용상리까지 가서 진구네 아버지가 의원을 모시고 왔다. 졸도한 지 서너 시간 만에야 겨우 할머니는 의식을 회복할 수 있었다. 그 서너 시간이 무의식의 세계에서는 서너 달에 해당되는 먼 여행이었던 듯 할머니는 방 안을 휘이 둘러보면서 정말 오래간만에 집에 돌아온 사람 같은 표정을 지었다.

"갔냐?"

이것이 맑은 정신을 되찾고 나서 맨 처음 할머니가 꺼낸 말이었다. 고모가 말뜻을 재빨리 알아듣고 고개를 끄덕거렸다. 인제는 안심했다는 듯이 할머니는 눈을 지그시 내리깔았다. 할머니가 까무러친 후에 일어났던 일들을 고모가 조용히 설명해 주었다. 외할머니가 사람들을 내쫓고 감나무 밑에 가서 타이른 이야기, 할머니의 머리카락을 태워 감나무에서 내려오게 한 이야기, 대밭 속으로 사라질 때까지 시종일관 행동을 같이하면서 바래다 준 이야기……, 간혹가다 한 대목씩 빠지거나 약간 모자란다 싶은 이야기는 어머니가 옆에서 상세히 설명을 보충해 놓았다. 할머니는 소리 없이 울고 있었다. 두 눈에서 하염없이 솟는 눈물방울이 홀쭉한 볼 고랑을 타고 베갯잇으로 줄줄 흘러내렸다. 이야기를 다 듣고 나서 할머니는 사돈을 큰방으로 모셔 오도록 아버지한테 분부했다. 사랑채에서 쉬고 있던 외할머니가 아버지 뒤를 따라 큰방으로 건너왔다. 외할머니로서는 벌써 오래전에 할머니하고 한 다래끼 ^{'한 판'의 방언} 단단히 벌인 이후로 처음 있는 큰방 출입이었다.

"고맙소."

정기가 꺼진 우묵한 눈을 치켜 간신히 외할머니를 올려다보면서 할머니는 목이 꽉 메었다.

"사분도 별시런 말씀을 다……."

외할머니도 말끝을 마무르지 못했다.

"야한티서 이얘기는 다 들었소. 내가 당혀야 헐 일을 사분이 대신 맡았구랴. 그 험헌 일을 다 치르노라고 얼매나 수고시렀으꼬."

"인자는 다 지나간 일이닝게 그런 말씀 고만두시고 어서어서 묌이나 잘 추시리기라우."

"고맙소, 참말로 고맙구랴."

할머니가 손을 내밀었다. 외할머니가 그 손을 잡았다.[1] 손을 맞잡은 채 두 할머니는 한동안 말을 잇지 못했다. 그러다가 할머니 쪽에서 먼저 입을 열어 아직도 남아 있는 근심을 털어놓았다.

"탈 없이 잘 가기나 혔는지 몰라라우."

"염려 마시랑게요. 지금쯤 어디 가서 펜안히 거처험시나 사분댁 터주 노릇을 퇵퇵히 하고 있을 것이오."

그만한 이야기를 나누는 데도 대번에 기운이 까라져 할머니는 가쁜 숨을 몰아쉬었다. 가까스로 할머니가 잠들기를 기다려 구완 ^{아픈 사람이나 해산한 사람을 간호함}을 맡은 고모만을 남기고 모두들 큰방을 물러 나왔다.

그날 저녁에 할머니는 또 까무러쳤다. 의식이 없는 중에도 댓 숟갈 흘려 넣은 미음과 탕약을 입 밖으로 죄다 토해 버렸다. 그리고 이튿날부터는 마치 육체의 운동장에서 정신이란 이름의 장난꾸러기가 들어왔다 나갔다 숨바꼭질하기를 수없이 되풀이하는 것 같은 고통의 시간의 연속이었다. 대소변을 일일이 받아 내는 고역을 치러 가면서 할머니는 꼬박 한 주일을 더 버티었다. 안에 있는 아들보다 밖에 있는 아들을 언제나 더 생각했던 할머니는 마지막 날 밤에 다 타 버린 촛불이 스러지듯 그렇게 눈을 감았다. 할머니의 긴 일생 가운데서, 어떻게 생각하면, 잠도 안 자고 먹지도 않고 그러고도 놀라운 기력으로 며칠 동안이나 식구들을 들볶아대면서 삼촌을 기다리던 그 짤막한 기간이 사실은 꺼지기 직전에 마지막 한순간을 확 타오르는 촛불의 찬란함과 맞먹는, 할머니에겐 가장 자랑스럽고 행복에 넘치던 순간이었나 보다. 임종의 자리에서 할머니는 내 손을 잡고 내 지난날을 모두 용서해 주었다. 나도 마음속으로 할머니의 모든 걸 용서했다.[2]

정말 지루한 장마였다.

---

1) 외할머니와 할머니 사이의 오랜 갈등이 해결되었음을 의미한다.

2) 할머니는 낯선 사람의 꾐에 넘어가 삼촌과 아버지가 고초를 겪게 만든 '나'를 '과자 한 조각에 제 삼촌을 팔아먹은 천하에 무지막지한 사람 백정'이라 비난하였다. 이 일에 대한 앙금을 풀었다는 것을 의미한다.

발단　6·25 전쟁에 참전한 외삼촌이 죽음

전개　두 할머니의 갈등이 시작됨

위기 점쟁이의 점괘를 들고 온 할머니가 아들을 간절히 기다림

절정 구렁이가 나타남

결말 두 할머니가 화해함

🔭 생각해 볼까요?

선생님 이 작품은 '정말 지루한 장마였다.'라는 문장으로 끝나요. 이러한 결말 처리 방식에서 얻을 수 있는 효과는 무엇일까요?

💬 3 ❤️ 3

↳ **학생 1** 독자들이 여운을 느낄 수 있어요.

↳ **학생 2** '지루한'이라는 표현에서 장마가 실제보다 더 길게 느껴진 힘든 시간이었음을 암시해요.

↳ **학생 3** 또한 과거형 문장을 통해 장마가 끝났으며, 이념의 대립으로 인한 전쟁도 종결되었음을 나타내요.

선생님 이 작품의 배경인 '장마'의 상징적 의미는 무엇일까요?

💬 2 ❤️ 2

↳ **학생 1** '장마'는 6·25 전쟁으로 인해 한 가족이 겪게 되는 아픔과 극복을 상징해요. 장마가 시작되면서 두 명의 삼촌이 전쟁에 참전하고, 장마가 지루하게 지속되면서 두 할머니의 갈등도 절정으로 치달아요. 그리고 두 할머니의 갈등이 화해로 막을 내리자 비로소 지루했던 장마가 끝나요.

↳ **학생 2** 이처럼 작가는 천재(天災)인 장마와 인재(人災)인 전쟁을 나란히 두어 작품의 주제를 강조하고 있어요. 즉 지루한 장마가 언젠가는 끝나듯이 지루한 우리 민족의 대립 상황도 언젠가는 끝날 것임을 상징적으로 보여 주고 있어요.

선생님 '구렁이'의 의미와 역할에 대해 알아볼까요?

💬 2 ❤️ 2

↳ **학생 1** 무속 신앙에는 한을 품은 사람이 죽으면 구렁이가 된다는 이야기가 있어요. 이러한 신앙을 바탕으로 볼 때 구렁이는 삼촌의 현신인 동시에 상처 입은 우리 민족을 의미하는 것으로 볼 수 있어요.

↳ **학생 2** 또한 구렁이는 민족 동질성 회복의 매개체라고도 할 수 있어요. 할머니 사이의 갈등은 우리 민족끼리의 다툼, 곧 6·25 전쟁을 상징해요. 구렁이를 계기로 두 할머니가 화해한 것은 우리 민족이 대립 상황을 끝내고 동질성을 회복하는 것에 대한 가능성을 제시한 것으로 볼 수 있어요.

선생님 작가는 왜 어린아이를 서술자로 설정했을까요?
💬 2　❤️ 2

↳ **학생 1** 이 작품은 어린아이가 할머니와 외할머니의 갈등과 화해를 지켜보는 1인칭 관찰자 시점으로 전개돼요. 시점이란 작중 인물의 생각이나 행동, 배경, 사건 등을 독자에게 제시하기 위해 작가가 설정한 관점이에요. 시점은 소설 안에서 매우 중요한 역할을 해요.

↳ **학생 2** 작가는 이 작품에서 내부 시점과 객관적인 시점을 취하되 서술자를 어린아이로 설정했어요. 이는 어린아이의 시선을 통해 어른들의 세상을 묘사함으로써 전쟁과 대립, 화해로 이어지는 일련의 과정을 객관적으로 전달하기 위한 작가의 의도라 볼 수 있어요.

1970년대 전후 소설　▽ 🔍

연관 검색어　6·25전쟁　화해　동질성

1970년대 전후 소설은 1950년대와 1960년대의 전후 소설과는 다른 특징을 지니고 있다. 대표적인 1950년대 전후 소설에는 손창섭의 「비 오는 날」과 오상원의 「유예」 등이 있으며, 1960년대 전후 소설에는 최인훈의 「광장」 등이 있다. 이 시기 전후 소설에는 전쟁의 원인이나 전개 과정이 구체적으로 묘사되어 있다. 하지만 1970년대 전후 소설에서는 전쟁으로 말미암은 대립보다는 화해 쪽에 좀 더 비중을 두는 경향을 보인다.

「장마」는 1973년에 〈문학과 지성〉에 발표된 전후 소설이다. 작가 윤흥길은 어린 시절에 겪었던 6·25 전쟁 경험을 바탕으로 이 소설을 썼으며 외국에서 들어온 이데올로기, 즉 이념의 대립을 우리 민족 고유의 정서를 통해 해결하고자 하였다. 특히 현재까지도 이어지고 있는 남북의 이질화 현상 역시 우리 민족이 공유하고 있는 동질성을 통해 극복할 수 있다고 생각하였다. 이러한 점은 「장마」 외의 다른 1970년대 전후 소설에서도 발견할 수 있는 특징이다. 대표적인 작품으로 박완서의 「나목」, 전상국의 「동행」 등을 예로 들 수 있다.

아홉 켤레의 구두로 남은 사내

#노동자　　　　#소시민　　　　#산업사회　　　　#민중문학

🍵 작품 길잡이

갈래: 중편 소설, 세태 소설
배경: 시간 - 1970년대 / 공간 - 재개발이 진행 중이던 성남시
시점: 1인칭 관찰자 시점
주제: 산업사회에서 소외된 변두리 인생의 삶
출전: 〈창작과 비평〉[(1977)]

📷 인물 관계도

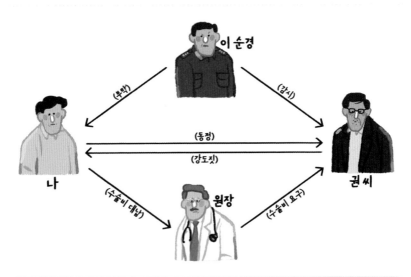

나　　사정이 어려운 권 씨를 딱하게 여기면서도 적극적으로 도와주지는 못하는 소시민이다.
권 씨　일용직 막노동을 뛰며 가족을 부양해야 할 만큼 궁핍한 상황에도 아홉 켤레의 구두를
　　　　닦는 일만은 게을리하지 않는다.
원장　　산부인과 의사로, 이해타산적이고 탐욕스러운 인물이다.

📋 구성과 줄거리

발단   권 씨가 '나'의 집 문간방에 세를 얻어 들어옴

초등학교 교사인 '나'는 셋방을 전전하다가 집 한 채를 장만한다. 그리고 문간방을 권 씨에게 세놓는다. 그는 시위 주동자였다는 이유로 감옥에 다녀온 후 경찰의 주목을 받는 사람이다.

전개   전과자인 권 씨는 구두에 대한 정성이 지극함

일자리를 구하지 못해 공사판에 나가 막일을 하는 권 씨는 구두만은 윤이 나게 닦아 신고 다닌다. '나'는 권 씨가 전과자가 된 사연을 듣는다.

위기   '나'는 아내의 입원비를 빌리려는 권 씨를 몰래 도와줌

어느 날 갑자기 권 씨가 학교로 찾아와 아내의 입원비를 빌려 달라는 부탁을 한다. '나'는 돈을 마련할 수 없다고 거절하지만 찜찜한 마음에 돈을 마련해 병원으로 찾아가 입원 수속을 해 준다.

절정   권 씨는 '나'의 집에 강도로 침입했다가 자존심만 상한 채 나감

돈을 마련하러 나간 권 씨는 그날 저녁 강도가 되어 들어온다. '나'가 강도에게 경력이 일천하다고 하자 그는 도둑맞을 물건도 없는 주제에 이죽거린다고 말하며 나가 버린다.

결말   아홉 켤레의 구두만 남기고 권 씨가 행방불명됨

'나'는 권 씨가 쉽사리 돌아오지 않을 것임을 잘 안다. '나'는 권 씨의 행방불명을 알리기 위해 이 순경에게 전화를 건다.

아홉 켤레의 구두로 남은 사내

· 앞부분 줄거리

　초등학교 교사인 '나'는 셋방을 전전하다가 성남의 주택가에 집 한 채를 장만하여 세를 놓는다. 권 씨 가족이 셋방에 이사를 오지만 '나'와 아내는 권 씨 가족을 탐탁치 않게 생각한다. '나'는 권 씨가 전과자가 된 사연을 듣는다. 권 씨는 출판사에 다니던 평범한 소시민이었는데 성남에 택지 개발이 시작될 무렵, 집을 마련하고자 빚을 내어 철거민의 딱지를 산다. 이후 당국의 불합리한 요구에 빚은 점점 늘어나고 같은 처지의 사람들과 시위를 하다가 주동자로 몰려 전과자가 되고 만다. 이런 권 씨에게 유일한 낙이 있다면 아홉 켤레의 구두를 애지중지하며 관리하는 것이다.

　아내가 권 씨네에 대해서 갑자기 관심을 보이기 시작했다. 좀 더 정확히 얘기해서 권 씨 부인의 그 금방 쏟아질 것 같은 아랫배에 관한 관심이었다. 말투로 볼 때 남자들이 집을 비우는 낮 동안이면 더러 접촉도 가지는 모양이었다. 예정일도 모르더라면서 아내는 낄낄낄 웃었다. 임산부가 자기 분만 예정일도 몰라서야 말이 되느냐고 핀잔했더니, 까짓것 알아도 그만 몰라도 그만, 어차피 때가 되면 배 아프며 낳기는 마찬가지라면서 태평으로 있더라는 것이었다.

　권 씨는 여전히 일자리를 구하지 못한 채였다. 일정한 직장이 없으면서도 아침만 되면 출근 복장을 차리고 뻔질나게 밖으로 나가곤 했다. 몸에 붙인 기술도, 그렇다고 타고난 뚝심도 없으면서 계속해서 공사판 같은 데 나가 막일을 하는 눈치였다. "동주운아, 노올자아!" 하고 둘이 합창하듯이 길게 외치면서 일단 안방까지 들어오는 데 성공한 권 씨의 아이들은 끼니때가 되어도 막무가내로 버티면서 문간방으로 돌아가지 않는 적이 자주 있게 되었다. 문간방의 사정이 심상치 않다는 징조였다. 그렇다고 권 씨나 권 씨 부인이 우리에게 터놓고 도움을 청한 적은 한 번도 없었다. 다만 우리로 하여금 그런 꼴을 목격하고도 도울 마음을 먹지 않으면 도무지 인간이 아니게끔 상황을 최악의 선까지 잠자코 몰고 갈 뿐이었다. 애당초 이 순경이 기대했던 그대로 산타클로스 비슷한 꼴이 되어 쌀이나 연탄 따위를 슬그머니 문간방 부엌에다 넣어 주고 온 날 저녁이면 아내는 분하고 억울해서 밥도 제대로 못 먹었다. 임부나 철부지 애들을 생각한다면 그까짓 알량한 선심쯤 아무렇지도 않다는 주장이었다. 하지만 제게 딸린 처자식조차 변변히 건사 못하는 한 얼간이 사내한테까지 자기 선심의 일부나마 미칠 일을 생각하면 괘씸해서 잠이 안 올 지경이라고 생병^{生病 자기 스스로 공연히 앓는 병}을 앓았다. 권 씨가 여간내기 아니라고 속삭이던 게 엊그제인 걸 벌써 잊고 아내는 셋방 잘못 내줬다고 두고두고 자탄^{自歎 자기의 일에 대하여 탄식함}하는 것이었다.

남편이 여전히 벌이가 시원찮은 상태에서 권 씨 부인은 어언 해산의 날을 맞게 되었다. 진통이 시작된 지 꽤 오래되는 모양이었다. 아내의 귀띔으로는 점심 무렵이 지나서부터 그런다고 했다. 학교에서 돌아와 저녁을 먹다가 나는 문간방에서 울리는 괴상한 소리를 들었다. 처음에는 되게 몸살을 하듯이 끙끙 앓는 소리로 시작되었다. 이 몸의 어딘가에 깊숙이 칼이라도 받는 양 한 차례 처절하게 부르짖고는 이내 도로 잠잠해지곤 하면서 이러기를 몇 번이고 되풀이하는 것이었다. 나로서는 그것이 방을 세내 준 이후로 처음 듣는 권 씨 부인의 목소리였다.

"당신이 한번 권 씰 설득해 보세요. 제가 서너 번 애길 했는데두 무슨 남자가 실실 웃기만 하믄서 그저 염려 없다구만 그러네요."

병원 얘기였다.

"권 씨가 거절하는 게 아니고 돈이 거절하는 거겠지."

아내는 진즉부터 해산 준비가 전혀 되어 있지 않음을 더러는 흉보고 또 더러는 우려해 왔다.

"남산만이나 한 배를 갖구서 요즘 세상에 그래 앨 집에서, 그것도 산모 혼자 힘으로 낳겠다니, 아무래두 꼭 무슨 일이 터질 것만 같애요. 달이 다 차도록 기저귀감 하나 장만 않는 여편네나 조산원 하나 부를 돈도 마련이 없는 사내나 어쩜 그리 짝짜꿍인지!"

서둘러 식사를 끝내고 나서 나는 권 씨를 마당으로 불러냈다. 듣던 대로 권 씨는 대뜸 아무 염려 말라면서 실실 웃었다. 마치 곤경에 빠진 나를 극진히 위로해 주는 투였다.

"둘째 때도 마누라 혼자서 거뜬히 해치웠거든요."

"우리가 염려하는 건 권 선생네가 아니라 바로 우리를 위해서요. 물론 그럴 리야 없겠지만 만에 일이라도 일이 잘못될 경우 난 권 선생을 원망하겠소."

작자가 정도 이상으로 느물거린다 싶어 나는 엔간히^{대중으로 보아 정도가 표준에 꽤 가깝게} 모진 소리를 남기고는 방으로 들어와 버렸다. 정히나 어려우면 분만비를 빌려줄 수도 있음을 넌지시 비쳤는데도 작자가 끝내 거절한 것은, 까짓것 변두리 병원에서 얼마 들지도 않을 비용을 빌려 쓴 다음 나중에 갚는 그 알량한 수고를 겁낸 나머지 두 목숨을 건 모험 쪽을 택한 계산속일 거라고 나는 단정해 버렸다.

그러나 한결같은 상태로 자정을 넘기고 나더니 사정이 달라졌다. 경산經産치고는 진통이 너무 길고 악착스러운 데 겁이 났던지 권 씨는 통금이 해제되기도 전에 부인을 업고 비탈길을 내려가느라고 한바탕 북새를 떨었다. 북이 북채 위에 업힌 모양으로 권 씨 내외가 우리 집 문간방을 빠져나가는 걸 보는 것만으로도 한 근심 더는 기분이었다. 미역 근이나 사 놓고 기다리다가 소식이 오면 병원에 가 보라고 아내에게 이르고는 출근했다.

오후 수업이 시작된 바로 뒤에 뜻밖에도 권 씨가 나를 찾아왔다. 때마침 나는 수업이 없어 교무실에서 잡담이나 하고 있는 중이어서 수위로부터 연락을 받자 곧장 학교 정문으로 나갈 수가 있었다.

"바쁘실 텐데 이거 죄송합니다."

권 씨는 애써 웃는 낯이었고 왠지 사람이 전에 없이 퍽 수줍어 보였다. 나는 그 수줍음이 세 번째 아이의 아버지가 된 데서 오는 것일 거라고 좋은 쪽으로만 해석함으로써 연락을 받는 그 순간에 느낀 불길한 예감을 떨쳐 버리려 했다.

"잘됐습니까?"

"뒤늦게나마 오 선생 말씀대로 했기 망정이지 끝까지 집에서 버텼다간 큰일날 뻔했습니다. 녀석인지 년인지 모르지만 못난 애비 혼 좀 나보라고 여엉 애를 멕이는 군요."

권 씨는 수줍게 웃으며 길바닥 위에다 발부리로 뜻 모를 글씬지 그림인지를 자꾸만 그렸다. 먼지가 풀풀 이는 언덕길을 터벌터벌 올라왔을 터인데도 그의 구두는 놀랄 만큼 반짝거렸다. 나를 기다리는 동안 틀림없이 바짓가랑이 뒤쪽에다 양쪽 발을 번갈아 가며 문지르고 있었을 것이다.

"10만 원 가까이 빌릴 수 없을까요!"

밑도 끝도 없이 그는 이제까지의 수줍음이 싹 가시고 대신 도발적인 감정 같은 걸로 그득 채워진 얼굴을 들어 내 면전에 대고 부르짖었다. 담배 한 대만 꾸자는 식으로 10만 원 소리가 허망히도 나왔다. 내가 잠시 어리둥절해 있는 사이에 그는 매우 사나운 기세로 말을 보태는 것이었다.

"수술을 해야 된답니다. 엑스레이도 찍어 봤는데 아무 이상이 없답니다. 모든 게 다 정상이래요. 모체 골반두 넉넉허구요. 조기 파수早期破水 자궁이 완전히 열리기 전에 양막이 터져 양수가 흘러나오는 일도 아니구 전치태반前置胎盤 태반이 정상 위치보다 아래쪽에 자리 잡아 자궁 안 구멍을 막은 상태도 아니구요. 쌍둥이는 더더욱 아니구요. 이렇게 정상적인데도 24시간이 넘도록 배가 위에 달라붙는 경우는 태아가 돌다가 탯줄을 목에 감았을 때 뿐이랍니다. 제기랄, 탯줄을 목에 감았다는군요. 빨리 손을 쓰지 않으면 산모나 태아나 모두 위험하대요."

어색하게 들린 것은 그가 '제기랄'이라고 씹어뱉은아무렇게나 되는대로 지껄인 그 대목뿐이었다. 평상시의 권 씨답지 않은 그 말만 빼고는 그럴 수 없이 진지한 이야기였다. 아니다. 그가 처음으로 점잖지 못한 그 말을 사용했기 때문에 내 귀엔 더욱더 진지하게 들렸을지도 모른다. 나는 한동안 망설이지 않을 수 없었다. 그의 진지함 앞에서 '아아, 그거 참 안됐군요.'라든가 '그래서 어떡하죠.'하는 상투적인 말로 섣불리 이쪽의 감정을 전달하기엔 사실 말이지 '10만 원 가까이'는 내게 너무나 큰 부담이었다. 집을 살 때 학교에다 진 빚을 아직 절반도 못 가린 처지였다. 정상 분만비 1, 2만원 정도라면 또 모르지만 단순히 권 씨를 도울 작정으로 나로서는 거금에 해당하는 10만 원 가까이를 또 빚진다는 건 무리도 이만저만이 아니었다. 뿐만 아니라 집안에서 경제권을 장악하고 있는 아내의 양해도 없이 멋대로 그런 큰일을 저질러도 괜찮을 만큼 나는 자유롭지도 못했다.

"빌려만 주신다면 무슨 짓을, 정말 무슨 짓을 해서라도 반드시 갚겠습니다."

반드시 갚는 조건임을 강조하면서 그는 마치 성경책 위에다 오른손을 얹고 말하듯이 엄숙한 표정을 했다. 하마터면 나는 잊을 뻔했다. 그가 적시에 일깨워 주었기 망정이지 안 그랬더라면 빌려주는 어려움에만 골똘한 나머지 빌려줬다 나중에 돌려받는 어려움이 더 클 거라는 사실은 생각도 못할 뻔했다. 그렇다. 끼니조차 감당 못하는 주제에 막벌이 아니면 어쩌다 간간이 얻어걸리는 출판사 싸구려 번역 일 가지고 어느 하가겼에 빚을 갚을 것인가. 책임이 따르는 동정은 피하는 게 상책이었다. 그리고 기왕 피할 바엔 저쪽에서 감히 두말을 못하도록 야멸치게 굴 필요가 있다.[1]

---

[1] 권 씨에게 연민을 가지고 있었으나 직접적으로 도움을 주지 못하는 '나' 역시도 어렵게 살아가는 소시민이라는 것을 알 수 있다.

“병원 이름이 뭐죠?”

“원 산부인괍니다.”

“지금 내 형편에 현금은 어렵군요. 원장한테 바로 전화 걸어서 내가 보증을 서마고 약속할 테니까 권 선생도 다시 한번 매달려 보세요. 의사도 사람인데 설마 사람을 생으로 죽게야 하겠습니까. 달리 변통할 구멍이 없으시다면 그렇게 해 보세요.”

내 대답이 지나치게 더디 나올 때 이미 눈치를 챈 모양이었다. 도전적이던 기색이 슬그머니 죽으면서 그의 착하디착한 눈에 다시 수줍음이 돌아왔다. 그는 고개를 좌우로 흔들어 보였다.

“원장이 어리석은 사람이길 바라고 거기다 희망을 걸기엔 너무 늦었습니다. 그 사람은 나한테서 수술 비용을 받아 내기가 수월치 않다는 걸 입원시키는 그 순간에 벌써 알아차렸어요.”

얼굴에 흐르는 진땀을 훔치는 대신 그는 오른발을 들어 왼쪽 바짓가랑이 뒤에다 두어 번 문질렀다. 발을 바꾸어 같은 동작을 반복했다.

“바쁘실 텐데 실례 많았습니다.”

‘썰면 '나'의 학교 동료의 별명’처럼 두툼한 입술이 선잠에서 깬 어린애같이 움씰거리더니 겨우 인사말이 나왔다. 무슨 말이 더 있을 듯싶었는데 그는 이내 돌아서서 휘적휘적 걷기 시작했다. 나는 내심 그의 입에서 끈끈한 가래가 묻은 소리가, 이를테면, 오 선생 너무하다든가 잘 먹고 잘 살라든가 하는 말이 날아와 내 이마에 탁 늘어 붙는 순간을 대비하고 있었는지도 모른다. 그래서 그가 갑자기 돌아서면서 나를 똑바로 올려다봤을 때 그처럼 흠칫 놀랐을 것이다.

“오 선생, 이래 봬도 나 대학 나온 사람이오.”

그것뿐이었다. 내 호주머니에 촌지를 밀어 넣던 어느 학부형 같이 그는 수줍게 그 말만 건네고는 언덕을 내려갔다. 별로 휘청거릴 것도 없는 작달막한 체구를 연방 휘청거리면서 내딛는 한 걸음마다 땅을 저주하고 하늘을 저주하는 동작으로 내 눈에 그는 비쳤다. 산 고팽이 비탈진 길의 가장 높은 곳 또는 굽은 길의 모퉁이 를 돌아 그의 모습이 벌거벗은 황토의 언덕 저쪽으로 사라지는 찰나, 나는 뛰어가서 그를 부르고 싶은 충동을 느꼈다. 돌팔매질을 하다 말고 뒤집혀진 삼륜차로 달려들어 아귀아귀 참외를 깨물어 먹는 군중을 목격했을 당시의 권 씨처럼, 이건 완전히 나체구나 하는 느낌이 팍 들었다. 그리고 내가 그에게 암만의 빚을 지고 있음을 퍼뜩 깨달았다. 전셋돈도 일종의 빚이라면 빚이었다.

왜 더 좀 일찍이 그 생각을 못했는지 모른다.

원 산부인과에서는 만단의 수술 준비를 갖추고 보증금이 도착되기만을 기다리고 있었다. 학교에서 우격다짐으로 후려낸 가불에다 가까운 동료들 주머니를 닥치는 대로 떨어 간신히 마련한 일금 10만 원을 건네자 금테의 마비쯔 안경을 쓴 원장이 바로 마취사를 부르도록 간호원에게 지시했다. 원장은 내가 권 씨하고 아무 척분戚分 성이 다르면서 일가가 되는 관계도 없으며 다만 그의 셋방 주인일 따름인 걸 알고는 혀를 찼다.

"아버지가 되는 방법도 정말 여러 질이군요. 보증금을 마련해 오랬더니 오전 중에 나가서는 여태껏 얼굴 한번 안비치지 뭡니까."

"맞습니다. 의사가 애를 꺼내는 방법도 여러 질이듯이 아버지 노릇하는 것도 아마 여러 질일 겁니다."

나는 내 말이 제발 의사의 귀에 농담으로 들리지 않기를 바랐으나 유감스럽게도 금테 안경의 상대방은 한 차례의 너털웃음으로 그걸 간단히 눙쳐버렸다. 나는 이미 죽은 게 아닌가 싶게 사색이 완연한 권 씨 부인이 들것에 실려 수술실로 들어가는 걸 거들었다.

생명을 꺼내고 그 생명을 수용했던 다른 생명까지 암냥 '압령'의 변한말. 죄인을 맡아서 데리고 옴 해서 건지는 요란한 수술치곤 너무도 쉽게 끝났다. 보호자 대기석에 앉아서 우리 집 동준이 놈을 얻을 때처럼 줄담배질로 네 댄가 다섯 대째 붙이고 나니까 울음소리가 들렸다.

"고추예요, 고추!"

수술을 돕던 원장 부인이 나오면서 처음 울음을 듣는 순간에 내가 점쳤던 큰 소리로 확인해 주었다. 진짜 보호자를 상대하듯이 원장 부인이 내게 축하를 보내왔으므로 나 역시 진짜 보호자 입장에서 수고를 치하하지 않을 수 없었다. 잠시 후에 나는 강보에 싸여 밖으로 나오는 권기용 씨의 차남을 대면할 수 있었다. 제 어미 배를 가르고 나온 놈답지 않게 얼굴이 두툼한 것이 속없이 잘도 생겼다. 제왕절개라는 말이 풍기는 선입감에 딱 어울리게끔 목청이 크고 우렁찼다. 병원 건물을 온통 들었다 놓는 억세디억센 놈의 울음소리를 듣는 동안 나는 동준이 놈을 낳던 날의 감격 속으로 고스란히 빠져들어갔다.

우리 집에 강도가 든 것은 공교롭게도 그날 밤이었다. 난생 처음 당해보는 강도였다. 자꾸만 누군가 내 어깨를 흔들어대고 있었다. 귀찮다고 뿌리쳐도 잠자코 계속 흔들었다. 나를 깨우려는 손의 감촉이 내 식구의 그것이 아님을 퍼뜩 깨닫고 눈을 떴을 때 나는 빨간 꼬마전구 불빛 속에서 복면의 사내를 보았다. 그리고 똑바로 내 멱을 겨누고 있는 식칼의 서슬도 보았다. 술 냄새가 확 풍겼다. 조명 빛깔을 감안해서 붉은빛을 띤 검정 계통의 보자기일 복면 위로 드러난 코의 일부와 눈자위가 나우(조금많이) 취해 있음을 나는 재빨리 간파했다.

"일어나, 얼른 일어나라니까."

나 외엔 더 깨우고 싶지 않은지 강도의 목소리는 무척 낮고 조심스러웠다. 나는 일어나고 싶었지만 도무지 일어날 수가 없었다. 멱을 겨눈 식칼이 덜덜덜 위아래로 춤을 추었다. 만약 강도가 내 목통이라도 찌르게 된다면 그것은 고의에서가 아니라 지나친 떨림으로 인한 우발적인 상해일 것이었다. 무척 모자라는 강도였다. 나는 복면 위의 눈을 보는 순간에 상대가 그 방면의 전문가가 못 됨을 금방 알아차렸던 것이다. 딴에 진탕 마신 술로 한껏 용기를 돋웠을 텐데도 보기 좋을 만큼 큰 눈이 착하게만 타고난 제 정신을 어쩌지 못한 채 나를 퍽 두려워하고 있었다. 술로 간을 키우지 않고는 남의 집 담을 못 넘을 정도라면 강력 범행을 도모하는 사람으로서는 처음부터 미역국이었다.

"일어날 테니까 칼을 약간만 뒤로 물러 주시오."

강도는 내가 시키는 대로 했다.

"내놔, 얼른 내놓으라니까."

내가 다 일어나 앉기를 기다려 강도가 속삭였다.

"하라는 대로 하죠. 허지만 당신도 내가 하라는 대로 해야만 일이 수월할 거요."

잔뜩 의심을 품고 쏘아보는 강도를 향해 나는 덧붙여 말했다.

"집 안에 현금은 변변찮소. 화장대 위에 돼지 저금통하고 장롱 서랍 속에 아마 마누라가 쓰다 남은 돈이 약간 있을 거요. 그 밖에 돈이 될 만한 건 당신이 알아서 챙겨 가시오."

강도가 더욱 의심을 두고 경거히(말이나 행동이 가볍게) 움직이려 하지 않았으므로 나는 시험 삼아 조금 신경질을 부려 보았다.

"마누라가 깨서 한바탕 소동을 벌여야만 시원하겠소? 난처해지기 전에 나를 믿고 일러주는 대로 하는 게 당신한테 이로울 거요."

한 차례 길게 심호흡을 뽑은 다음 강도는 마침내 결심했다는 듯이 이부자리를 돌아 화장대 쪽으로 향했다. 얌전히 구두까지 벗고 양말 바람으로 들어온 강도의 발을 나는 그때 비로소 볼 수 있었다. 내가 그렇게 염려를 했는데도 강도는 와들와들 떨리는 다리를 옮기다가 그만 부주의하게 동준이의 발을 밟은 모양이었다. 동준이가 갑자기 칭얼거리자 그는 질겁을 하고 엎드리더니 녀석의 어깨를 토닥거리는 것이었다. 녀석이 도로 잠들기를 기다려 그는 복면 위로 칙칙하게 땀이 밴 얼굴을 들고 일어나서 내 위치를 힐끗 확인한 다음 본격적인 작업에 들어갔다. 터지려는 웃음을 꾹 참은 채 강도의 애교스런 행각을 시종 주목하고 있던 나는 슬그머니 상체를 움직여 동준이를 잠재울 때 이부자리 위에 떨어뜨린 식칼을 집어 들었다.

"연장을 이렇게 함부로 굴리는 걸 보니 당신 경력이 얼마나 되는지 알만합니다."

내가 내미는 칼을 보고 그는 기절할 만큼 놀랐다. 나는 사람 좋게 웃어 보이면서 칼을 받아가라는 눈짓을 보냈다. 그는 겁에 질려 잠시 망설이다가 내 재촉을 받고 후다닥 달려들어 칼자루를 낚아채 가지고 다시 내 멱을 겨누었다. 그가 고의로 사람을 찌를 만한 위인이 못 되는 줄 일찍 간파했기 때문에 나는 칼을 되돌려준 걸 조금도 후회하지 않았다. 아니나 다를까, 그는 식칼을 옆구리 쪽 허리띠에 차더니만 몹시 자존심이 상한 표정이 되었다.

"도둑맞을 물건 하나 제대로 없는 주제에 이죽거리긴!"

"그래서 경험 많은 친구들은 우리 집을 거들떠도 안 보고 그냥 지나치죠."

"누군 뭐 들어오고 싶어서 들어왔나? 피치 못할 사정 땜에 어쩔 수 없이……."

나는 강도를 안심시켜 편안한 맘으로 돌아가게 만들 절호의 기회라고 판단했다.

"그 피치 못할 사정이란 게 대개 그렇습니다. 가령 식구 중에 누군가가 몹시 아프다든가 빚에 몰려서……."

그 순간 강도의 눈이 의심의 빛으로 가득 찼다. 분개한 나머지 이가 딱딱 마주칠 정도로 떨면서 그는 대청마루를 향해 나갔다. 내 옆을 지나쳐 갈 때 그의 몸에서는 역겨울 만큼 술 냄새가 확 풍겼다. 그가 허둥지둥 끌어안고 나가는 건 틀림없이 갈기갈기 찢어진 한 줌의 자존심일 것이었다. 애당초 의도했던 바와는 달리 내 방법이 결국 그를 편안케 하긴커녕 외려 더욱더 낭패케 만들었음을 깨닫고 나는 그의 등을 향해 말했다.

"어렵다고 꼭 외로우란 법은 없어요. 혹 누가 압니까, 당신도 모르는 사이에 당신을 아끼는 어떤 이웃이 당신의 어려움을 덜어 주었을지?"

"개수작 마! 그 따위 이웃은 없다는 걸 난 똑똑히 봤어! 난 이제 아무도 안 믿어!"

그는 현관에 벗어 놓은 구두를 신고 있었다. 그 구두를 보기 위해 전등을 켜고 싶은 충동이 불현듯 일었으나 나는 꾹 눌러 참았다.[2] 현관문을 열고 마당으로 내려선 다음 부주의하게도 그는 식칼을 들고 왔던 자기 본문을 망각하고 엉겁결에 문간방으로 들어가려 했다. 그의 실수를 지적하는 일은 훗날을 위해 나로서는 부득이한 조처였다.

"대문은 저쪽입니다."

문간방 부엌 앞에서 한동안 망연해 있다가 이윽고 그는 대문 쪽을 향해 느릿느릿 걷기 시작했다. 비틀비틀 걷기 시작했다. 대문에 다다르자 그는 상체를 뒤틀어 이쪽을 보았다.

"이래 봬도 나 대학까지 나온 사람이오."[3]

누가 뭐라고 그랬나. 느닷없이 그는 자기 학력을 밝히더니만 대문을 열고는 보안등 하나 없는 칠흑의 어둠 저편으로 자진해서 삼켜져 버렸다.

나는 대문을 잠그지 않았다. 그냥 지쳐 _{문을 잠그지 않고 닫아만 두어} 놓기만 하고 들어오면서 문간방에 들러 권 씨가 아직도 귀가하지 않았음과 깜깜한 방 안에서 어미 아비 없이 오뉘만이 새우잠을 자고 있음을 아울러 확인하고 나왔다. 아내는 잠옷 바람으로 팔짱을 끼고 현관 앞에 서 있었다.

"무슨 일이라도 있었나요?"

"아무것도 아냐."

잃은 물건이 하나도 없다. 돼지 저금통도 화장대 위에 고대로 있다. 아무것도 아닐 수밖에. 다시 잠이 들기 전에 나는 아내에게 수술 보증금을 대납해 준 사실을 비로소 얘기했다. 한참 말이 없다가 아내는 벽 쪽으로 슬그머니 돌아누웠다.

"뗄 염려는 없어. 전셋돈이 있으니까."

2) 강도의 정체가 권 씨임을 눈치채고 확인하고 싶은 충동을 느끼고 있다.

3) 자신의 정체가 탄로 난 것을 알고 자포자기한 상태에서 마지막 자존심을 내세우고 있다. 또한 자신의 무능함에 대한 열등감의 표현이기도 하다.

"무슨 일이 있었군요?"

아내가 다시 이쪽으로 돌아누웠다. 우리 집에 들어왔던 한 어리숙한 강도에 관해 나는 끝내 한마디도 내비치지 않았다.

이튿날 아침까지 권 씨는 귀가해 있지 않았다. 출근하는 길에 병원에 들러 보았다. 수술 보증금을 구하러 병원 문밖을 나선 이후로 권 씨가 거기에 재차 발걸음한 흔적은 어디에서도 찾아볼 수 없었다.

그다음 날, 그다음 다음 날도 권 씨는 귀가하지 않았다. 그가 행방불명이 된 것이 이제 분명해졌다. 그리고 본의는 그게 아니었다 해도 결과적으로 내 방법이 매우 졸렬 옹졸하고 천하여 서툴 했음도 이제 확연히 밝혀진 셈이었다. 복면 위로 드러난 두 눈을 보고 나는 그가 다름 아닌 권 씨임을 대뜸 알아차릴 수 있었다. 밝은 아침에 술이 깬 권 씨가 전처럼 나를 떳떳이 대할 수 있게 하자면 복면의 사내를 끝까지 강도로 대우하는 그 길뿐이라고 판단했었다. 그래서 아무 일도 없었던 듯이 병원에 찾아가서 죽지 않은 아내와 새로 얻은 세 번째 아이를 만날 수 있게 되기를 기대했던 것이다. 현관에서 그의 구두를 확인해 보지 않은 것이 뒤늦게 후회되었다. 문간방으로 들어가려는 그를 차갑게 일깨워 준 것이 영 마음에 걸렸다. 어떤 근거인지는 몰라도 구두의 손질의 정도에 따라 그의 운명을 예측할 수도 있지 않았을까 하는 생각이 드는 것이다. 구두코가 유리알처럼 반짝반짝 닦여져 있는 한 자존심은 그 이상으로 광발이 올려져 있었을 것이며, 그러면 나는 안심해도 좋았던 것이다. 그때 그가 만약 마지막이란 걸 염두에 두고 있었다면 새끼들이 자는 방으로 들어가려는 길을 가로막는 그것이 그에게는 대체 무엇으로 느껴졌을 터인가.

아내가 병원을 다니러 가는 편에 아이들을 죄다 딸려 보낸 다음 나는 문간방을 산산이 뒤졌다. 방을 내준 후로 밝은 낮에 내부를 둘러보긴 처음인 셈이었다. 이사올 때 본 그대로 세간이라곤 깔고 덮는 데 쓰이는 것과 쌀을 익혀서 담는 몇 점 도구들이 전부였다. 별다른 이상은 눈에 띄지 않았다. 구태여 꼭 단서가 될 만한 흔적을 찾자면 그것은 구두일 것이었다. 가장 값나가는 세간의 자격으로 장롱 따위가 자리 잡고 있을 꼭 그런 자리에 아홉 켤레나 되는 구두들이 사열받는 병정들 모양으로 가지런히 놓여 있었다. 정갈하게 닦인 것이 여섯 켤레, 그리고 먼지를 덮어쓴 게 세 켤레였다. 모두 해서 열 켤레 가운데 마음에 드는 일곱 켤레를 골라 한꺼번에 손질을 해서 매일매일 갈아 신을 한 주일의 소용^{小用}_{작은 일}에 당해 온 모양이었다. 잘 닦아진 일곱 중에서 비어 있는 하나를 생각하던 중 나는 한 켤레의 그 구두가 그렇게 쉽사리 돌아오지 않으리란 걸 알딸딸하게 깨달았다.

권 씨의 행방불명을 알리지 않으면 안 될 때였다. 내 쪽에서 먼저 전화를 걸기는 그것이 처음이자 마지막이었다. 나는 되도록 침착해지려 노력하면서 내게 이웃을 사랑하게 될 거라고 누차 장담한 바 있는 이 순경을 전화로 불렀다.

 만화로 읽는 '아홉 켤레의 구두로 남은 사내'

발단 권 씨가 '나'의 집 문간방에 세를 얻어 들어옴

전개 전과자인 권 씨는 구두에 대한 정성이 지극함

위기 '나'는 아내의 입원비를 빌리려는 권 씨를 몰래 도와줌

권 씨는 '나'의 집에 강도로 침입했다가 자존심만 상한 채 나감

아홉 컬레의 구두만 남기고 권 씨가 행방불명됨

생각해 볼까요?

 선생님 권 씨에게 아홉 켤레의 구두는 무엇을 의미할까요?
💬 2 🤍 2

↳ **학생 1** 유리알처럼 반짝반짝 닦여 있는 구두는 그의 자존심을 상징해요. 입에 풀칠조차 제대로 못하는 가난한 권 씨가 구두를 애지중지한 까닭은 자신이 대학을 나왔고 안동 권씨의 후손이라는 사실을 내세우기 위해서였어요. 실제로 그의 셋방에는 장롱이 있어야 할 자리에 구두 아홉 켤레가 놓여 있었죠.

↳ **학생 2** 그러나 아내의 수술비가 없어서 강도짓을 하게 된 권 씨는 '나'가 자신의 정체를 눈치챘음을 알아차리고 자존심에 상처를 입어요. 이 사건으로 그는 마지막 자존심의 상징인 구두를 남겨 둔 채 집을 나가게 돼요.

 선생님 「아홉 켤레의 구두로 남은 사내」의 문학사적 의의는 무엇일까요?
💬 2 🤍 2

↳ **학생 1** 1930년대에 박태원의 「천변풍경」, 채만식의 「태평천하」 등의 작품이 근대화 과정의 빈부 문제를 다루기 시작한 이래, 1950년대에는 염상섭의 「두 파산」에서 사회적 격변기에 경제적 파산의 문제를 다루었어요.

↳ **학생 2** 이후 1970년대에 조세희의 『난장이가 쏘아 올린 작은 공』과 윤흥길의 「아홉 켤레의 구두로 남은 사내」가 '민중 문학'의 길을 열었어요. 비로소 노동자의 고단한 삶과 노동 현실에 대한 진지한 성찰이 이루어진 거예요.

광주 대단지 사건 ▼ 🔍

연관 검색어   빈민항거운동   철거민 이주 정책   70년대 사회 상황

1960년대 서울시는 도시 빈민 문제 해결을 위해 철거민들을 경기도 광주 대단지(지금의 경기도 성남시)로 이주시키는 정책을 시행하였는데 생활에 필요한 기반 시설을 전혀 조성하지 않은 채 땅을 분양하였다. 서울시는 1971년 총선이 끝나자 광주 대단지에 대해 분양증 전매 금지와 함께 토지 대금 일시상환 조치를 발표하였고, 이주민들은 순식간에 빚더미 위에 올라앉게 되었다. 이러한 상황 속에서 1971년 8월 10일 주민 5만여 명이 대규모 시위를 일으켰는데, 이것이 광주 대단지 사건이다.

완장

#권력의식　　　#부조리　　　#해학　　　#비판적

🍶 작품 길잡이

갈래: 장편 소설, 세태 소설
배경: 시간 – 1970~1980년대 / 공간 – 전라북도 농촌 마을
시점: 3인칭 전지적 작가 시점
주제: 권력에 대한 허황된 집착과 부조리한 현실 비판
출전: 〈현대문학〉(1983)

📷 인물 관계도

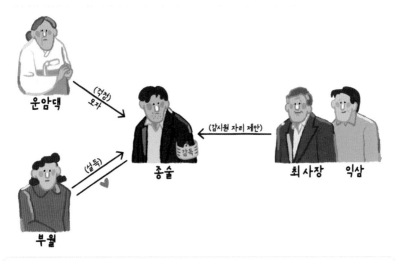

종술	완장에 현혹되어 저수지 감시원 자리를 맡고, 과도한 권력과 행패를 부리다 감시원 자리에서 쫓겨난다.
운암댁	완장에 대한 두려움을 갖고 있어 완장에 현혹된 종술을 걱정한다.
부월	종술이 완장의 허황에서 벗어나도록 설득하여 함께 마을을 떠난다.

🗒 구성과 줄거리

발단   종술이 감시원으로 일하게 됨

종술은 아내가 바람이 나 떠난 후 노모, 어린 딸과 함께 살고 있다. 어느 날 익삼이 최 사장을 소개하며 종술에게 판금저수지 감시원으로 일할 것을 제안한다. 종술은 팔에 완장을 채워 준다는 말에 감시원 자리를 수락한다. 종술의 어머니 운암댁은 취직하여 완장을 차게 됐다는 아들의 말에 죽은 남편을 떠올리며 불안함을 느낀다.

전개   완장을 찬 종술이 마을 사람들에게 횡포를 부림

종술은 완장을 찬 후 저수지 안팎에서 과도한 권력을 내세우며 사람들에게 횡포를 부린다. 버스를 공짜로 타고, 저수지에 낚시를 하러 온 젊은이들에게 기합을 주고, 초등학교 동창 부자를 심하게 폭행하기도 한다. 종술은 점점 저수지에 집착한다.

위기   종술이 감시원 직을 박탈당함

어느 날 최 사장이 저수지에 낚시를 하러 온다. 종술은 최 사장 일행을 막고 물고기를 잡지 못하게 하며 행패를 부렸다가 감시원 직을 박탈당한다. 그러나 종술은 저수지를 떠나지 않고 완장을 차고 나와 계속 저수지를 지킨다.

절정   저수지 물을 빼지 못하게 막던 종술이 쫓기는 신세가 됨

가뭄이 길어지며 저수지 물을 빼서 농업용수로 쓰기로 결정된다. 그러나 종술은 물을 빼려 하는 수리 조합 직원, 경찰을 막다 쫓기는 신세가 된다. 한편 운암댁은 종술이 좋아하는 부월을 찾아가 종술 부녀를 데리고 떠날 것을 부탁한다.

결말   종술이 완장에 대한 집착을 버리고 부월과 함께 떠남

부월은 종술에게 완장의 허황됨을 알려 주고, 완장을 저수지에 버린다. 충고를 받아 들인 종술은 부월과 함께 고향을 떠나고, 운암댁은 물이 빠진 저수지에서 종술이 차고 있던 완장이 떠오르는 것을 바라본다.

완장

익삼의 딸이 집에 있던 종술을 만나러 와서 자신의 아버지가 종술을 찾는다고 말한다. 종술은 할 말이 있는 사람이 오라며 호통을 쳤지만 이내 익삼의 집에 가 보기로 한다.

5
(중략)

가지 않겠다는 뜻을 분명히 했으면서도 종술이는 좀이 쑤셔서 더 참을 수가 없었다. 그러잖아도 심심해서 주먹하고 입이 근질거리던 참이었다. 이쪽에서 먼저 걸어도 시원찮은 판인데 저쪽에서 자진해서 걸어오는 시비를 안 받는다는 건 그로서는 도무지 사람의 도리가 아니었다. 집어갈 만한 물건도, 또 업어갈 만한 여편네도 없는 살림이었으므로 그는 집을 비워둔 채 밖으로 나섰다.

해동解凍 얼었던 것이 녹아서 풀림 머리의 푸릇푸릇한 보리밭에 오도카니 서 있는 까마귀 한 마리가 눈에 띄었다. 겨울 들판에 새까맣게 머물면서 까옥거려쌓던 까마귀 떼도 이젠 어디론지 멀리 떠나버리고 없는 마당에 그놈 한 마리만 외돌토리로 남아 있었다. 한 차례의 팔매질만으로는 꼼짝도 않는 그놈을 향해 종술은 돌멩이를 여러 개 날려서 멀리 쫓아 버렸다.

"와따, 이 집 성님은 이장 노릇 혀서 자가용 사는 재주도 다 있구만잉!"

이장댁 앞마당으로 들어서면서 종술은 냅다 이렇게 소리부터 질렀다. 기다렸다는 듯이 안방문이 열리면서 익삼 씨의 웃는 낯꽃이 네모꼴 테두리 안으로 쏙 불가졌다.

"예끼 사람, 성님이라고를 말든지 물구뎅이에다 꼬나박지를 말든지 양단간에 한쪽으로 나갈 일이지."

그 말을 제꺽 들어오라는 뜻으로 해석하고 종술은 성큼 방안으로 들어섰다. 아랫목에 버티고 앉아 있는 오종종한 얼굴이 작고 옹졸한 데가 있는 이목구비의 늙은이를 보긴 했으나 그는 그쪽은 거들떠도 안 보는 척하면서 다짜고짜로 익삼 씨를 집적거리기 시작했다.

"떡 줄라고 불렀소오, 엿 줄라고 불렀소오?"

"씨잘디없는 소리 말고 어서 인사부터 디리게. 자네도 아다시피 저수지를 관리허시는 최 사장님이시라네."

"나 종술이, 지금은 끈 떨어진 가오리연 같어도 왕년에 서울 동대문 시장서 험악하게 놀 적에는 방구깨나 뀐다는 진짜배기 사장님들 여러 뭇놈 조져본 솜씨요, 시시허게 복덕방 사장, 담뱃집 사장, 잉어동네 붕어동네 사장 따우는 영 우습게 아는 놈이요, 나 종술이가!"

"이 사람아, 이분은 그런 사장이 아니라 솜리^{이리}에서 제일 큰 운수회사를 경영허시는⋯⋯."

"암만 그리봤자 성님 사장이지 내 사장은 아니니께!"

피차간^{양편 서로의 사이}의 입장을 분명히 가르고 나서 종술은 책상다리의 앉음 새 속에 두 손을 넣어 사타구니를 감싸고는 고개를 삐딱하니 치켜들었다. 천장 구석을 올려다보면서 그는 휘파람이라도 불고 싶은 표정이었다. 익삼 씨가 민망해서 어쩔 줄 모르는 동안에 최 사장이 두어 번 헛기침을 놓았다. 헛기침에 이은 헛웃음과 함께 그는 처음으로 입을 열었다.

"젊은 사람 혈기가 과시 듣던 대로 똑같구만."

"솔직히 얘기혀서 나는 요 멧 달 동안에 붕어는 그만두고 물강구새끼 한 마리도 건진 적 없구만이라우."

종술은 입찬소리^{자기의 지위나 능력을 믿고 지나치게 장담하는 말}로 계속 뻣세게만 나갈 작정이었다.

"누가 자네더러 고걸 탓허는가?"

최 사장은 농사꾼 경력의 과거가 남긴 주류살 투성이의 검붉은 얼굴에 깊은 볼고랑을 지어 가며 한바탕 호탕하게 껄껄거렸다. 집장사로 돌면서부터 서서히 익혀 나온 웃음인데, 아직도 약간 공부가 부족한 감이 없지 않아 오 종종한 그 얼굴하고는 별로 안 어울린다는 평판을 주위에서 듣고 있었다.

"자네만 같으면 저수지를 통째로 다 맥겨도 상관없겠네. 날만 풀리거든 나가서 맘대로 잡으소. 자네, 노느니 염불헐 생각은 없는가?"

늙은이가 속임수를 쓰려 한다고 생각했다. 그래서 종술은 그 속임수에 넘어가지 않으려고 바짝 긴장하면서 최씨 숙질간^{叔姪間 아저씨와 조카 사이}을 번갈아 돌아다보았다.

"종술이 자네는 인자 잉어회 먹고 잡으면 잉어만 잡고 붕어찌개 먹고 잡으면은 붕어만 잡고, 이렇게 맘대로 골라잡게 생겼네."

익삼 씨가 비죽비죽 웃으면서 하는 말이었다.

"자네 혼자만 맘대로 잡고 다른 내기꾼들은 일절 범접을 못허게코롬 막아준다는 조건으로 말이네. 자네 저수지 감시원 맡을 생각은 혹 없는가?"

"저수지 감시원이라니!"

그제서야 종술은 두 숙질간의 술책을 간파했다.

"사람을 무시혀도 유분수지!"

그는 퍼르르 소가지'심성'을 속되게 이르는 말를 부리면서 발딱 일어섰다. 익삼 씨가 기급을 하고 그의 다리를 양 팔로 껴안았다.

"와따매, 이 사람 숫달 그믐날 장개 가놓고는 정월 초하룻날 칠거지악 들먹거릴 신랑이네. 어서 앉으소. 부애를 내도 무신 말인지나 다 듣고 나서 부애를 내든지 어쩌든지 혀야지."

익삼 씨가 이수일을 붙잡으려는 심순애의 동작으로 바짓가랑이를 끌어당겼다.[1]

"공으로 일봐 달라는 소리는 아니네. 자네가 감시를 맡아준다면 매달 오만 원썩 월급까장 주기로 내 약조험세."

땅딸막한 체구하고는 담력이 여간 아니어서 최 사장은 눈썹 하나 까딱 않고 차근차근 조건을 제시하는 것이었다. 그러나 그 말이 종술의 가슴에 더욱 불을 질렀다. 그는 걷어찰 듯한 기세로 발을 휘둘러 익삼 씨의 팔을 뿌리쳤다.

"청룡이 개천에 빠져서 가만히 엎뎌 있응깨 당신들 눈에는 비암장어뱀장어로뿐이 안 보이요?"

"그리고 그것만이 아니네. 근년이나 내후년쯤에 정식으로 유료 낚시터가 개장된 연후에는 자네를 수금원으로 채용허신다는 말씸까장 기셨다네."

익삼 씨가 허겁지겁 설명을 서둘렀다.

"모든 게 죄다 자네 한 사람 마음먹기에 달린 일이지."

최 사장은 여전히 차분한 말씨로 자신있게 나왔다. 십 리 길을 한달음에

---

1) 〈이수일과 심순애〉는 돈 때문에 연인이었던 이수일을 버린 심순애가 과오를 뉘우치고 재결합한다는 내용의 통속적인 신파극이다. 당시 폭발적인 인기를 끌었던 영화의 대사를 패러디한 것으로, 시대를 추측할 수 있다.

뛰어온 사람처럼 종술은 씨근벌떡 가쁜 숨을 몰아쉬면서 마침내 삿대질까지 곁들이기 시작했다.

"사람이 운수 불길혀서 잠시 잠깐 이런 촌구석에 처백혀 있다고 그렇게 호락호락 시삐 보들 마시오! 에이 여보쇼들, 저수지 감시가 뭐요, 감시가! 내가 게우 오만 원짜리 꼴머심 푼수배끼 안 되는 것 같소? 나 임종술이, 이래 뵈야도 왕년에는 사장님 소리까장 들어본 사람이오!"

그것은 공연한 허풍 아닌 사실이었다. 동대문의 시장바닥에서 처음에는 목판부터 시작해서 나중에 포장마차를 할 때라든지, 마지막으로 양키 물건에 손을 대기까지 종술은 그를 상대하는 사람들로부터 좋은 의미로든 나쁜 의미로든 좌우간 사장님 소리를 곧잘 듣곤 했었다. 딸 하나를 낳아 놓고는 호남지방의 야산개발 사업이 한창일 무렵에 마을에 가끔 나타나던 측량기사 보조원인지 뭔지 하고 눈이 맞어서 달아나버린 마누라까지도 처음에는 자기를 사장님이라고 불렀었다. 식도 안 올리고 살림부터 차린 그녀를 처음 만난 곳은 그가 한때 단골로 드나들던 맥주홀이었다.

"무작정 화를 낼 일만은 아니네. 사람이 과거는 어쨌을 망정 시방은 사세事勢 일이 되어 가는 형세에 따를 줄도 알어야 장차 또 늘품수늘품. 앞으로 좋게 발전할 품질이나 품성가 생기는 벱이지. 안 그런가? 한번 자알 생각혀보소."

지칠 줄 모르는 최 사장의 끈기에 힘입어 익삼 씨도 다시 설득에 나섰다.

"내가 자네라면은 나는 기왕 낚시질허는 김에 비단잉어에다 월급 봉투를 암냥혀서 한목에 같이 낚어올리겄네. 삽자루 들고 땅띠기허는 배도 아니고 그냥 소일 삼어서 감시원 완장 차고 물 가상으로 왔다리갔다리 허면서……."

"완장요!"

그렇다. 완장 바로 그것이었다. 그것이 순간적으로 종술이 흥분한 머리를 무섭게 때려서 갑자기 멍한 상태로 만들어놓는 것이었다.

"팔에다 차는 그 완장 말입니까?"

종술의 천치스런 질문에 최 사장은 또다시 그 어울리지 않는 너털웃음을 호탕하게 터뜨렸다.

"이 사람아, 팔 완장 말고 기저구맨치로 사추리에다 차는 완장이라도 봤는가?"

완장이란다! 왼쪽 팔에다 끼고 다니는 그 완장 말이다!

본래 잽싼 데가 있는 최 사장이었다. 그는 우연히 튀어나온 완장이란 말에 놀랍게도 민감한 반응을 보이는 종술의 허점을 간파하고는 쥐란 놈이 곳간 벽에 구멍을 뚫듯 거기를 집중적으로 공격하기로 마음먹었다.

"종술이 자네가 원헌다면 하얀 완장에다가 뻘건 글씨로 감시원이라고 크막허게 써서 멋들어지게 채워줄 작정이네."

고단했던 생애를 통하여 직접으로 간접으로 인연을 맺어 온 숱한 완장들의 기억이 주마등처럼 종술의 뇌리를 스쳤다. 완장의 나라, 완장에 얽힌 무수한 사연들로 점철된 완장의 역사가 너훌거리는 치맛자락의 한끝을 슬쩍 벌려 바야흐로 흔들리기 시작하는 종술의 가슴을 유혹하고 있었다.

시장 경비나 방범들의 눈을 피해 전재산이나 다름없는 목판을 들고 이 골목 저 골목으로 끝없이 쫓겨다니던 시절, 도로교통법 위반이다 뭐다 해서 걸핏하면 포장마차에 걸려오던 시비와 단속들, 암거래 조직에 끼어들어 미군 부대나 양색시들로부터 흘러나오는 물건을 상인들한테 중계하던 시절, 그리고 똑같이 전매법과 관세법의 위반을 전문으로 하는 다른 조직과의 피나는 세력 다툼 끝에 상대편의 밀고로 뒤가 구린 미제 컬러 텔레비전을 운반하다가 체포되어 특정범죄의 가중처벌을 몸으로 때우던 시절…….

어느 시기나 다 마찬가지로 돈을 벌어 보려고 몸부림치는 그의 노력 앞에는 언제나 완장들이 도사리고 있었던 셈이다.[2] 완장 앞에서는 선천적으로 약한 체질이었다. 완장 때문에 녹아나는 건 늘 제 쪽이었다. 제각각 색깔 다르고 글씨도 다른 그 숱한 완장들에 그간 얼마나 많은 한을 품어왔던가. 그리고 다른 한편으로는 그 완장들을 얼마나 또 많이 선망해 왔던가.

완장이란 말 한마디에 허망하게 무너지는 자신을 종술은 속수무책으로 방관만 하고 있었다.

아들한테서 저수지의 감시원으로 취직했다는 이야기를 듣고 육순이 내일 모레인 운암댁은 삼년 묵은 체증이 내려앉는 듯한 상쾌함을 맛보았다. 동네 강부잣집 유채밭에 날품으로 웃거름^{씨앗을 뿌린 뒤나 모종을 옮겨 심은 뒤에 주는 거름}을 주고 오는 길인데, 쌓이고 쌓인 하루의 피곤이 말끔히 가시는 기분이었다. 월급 오만 원의 많고 적음이 문제가 아니었다. 삭신이 뒤틀리지 않는 한은 늙어 죽는 날까지 무슨 짓을 해서라도 손녀 하나 있는 것 자기 손으로 거두기로 이미

---

2) 종술의 생계유지를 위한 시도가 번번이 공권력에 의해 제지당한 일을 말한다.

각오가 되어 있었다. 설령 무보수로 일한다 하더라도 상관은 없었다. 문제는 사람의 됨됨이에 있었다.

사대육신 나무랄 데 없는 장정이 반거충이 _{무엇을 배우다가 중도에 그만두어 다 이루지 못한 사람}로 펀둥펀둥 '먹고대학' 다니면서 사시장청 말썽이나 질러 쌓는 통에 동네 안에서 그나마 밥줄 이어나가기도 차츰 점직해지는 _{부끄럽고 미안해지는} 판국이었다. 남들한테 손가락질만 안 받고 살아도 감지덕지 황감 ^{惶感 황송하고 감격스러움} 할 지경인데 거기에다 또 취직까지 했단다. 망나니 외아들한테서 삼십 년 만에 처음 받아보는 효도인 셈이었다. 지지리도 홀어미의 속을 썩여온 자식이 아니던가.

"월급이 많들 않은 만침 허는 일도 별로 없구만요. 그저 감시원 완장이나 차고 슬슬 바람쐬기 겸 대봇둑 _{대보. 큰 물둑}이나……."

어머니가 느끼는 기쁨이 여간만 큰 것이 아닌 줄 익히 아는지라 종술은 그 기쁨을 더욱 배가시킬 요량으로 대수롭지 않은 척 무심히 지껄임으로써 극적인 효과를 노렸다.

그러나 운암댁의 귀에는 그 말이 결코 무심하게 들리지가 않았다. 결국 애당초 의도했던 그대로 극적인 효과가 나타나고 만 셈이었다.

"뭣이여야? 완장이여?"

"예. 여그 요짝 왼팔에다 감시원 완장을 처억허니 둘르고 순시를 돌기로 혔구만요. 그냥 맨몸띵이로 단속에 나서면 권위가 없어서 낚시꾼들이 시삐 보고 말을 잘 안 들어먹으니깨요."

그제서야 종술은 자라 콧구녕을 벌름거리고 메기주둥이를 히죽거려가며 구태여 자랑스러움을 감추려 하지 않았다.

"오매 시상에나, 니가 완장을 다 둘러야?"

"그깟놈의 것, 쇠고랑 채울 권한도 없고 그냥 명예뿐인디요, 뭐."

너무도 놀란 나머지 운암댁은 눈앞이 다 캄캄해왔다. 처음 맛본 기쁨이 마을 회관 옆 공동 수도 푼수에 지나지 않는 것이라면 나중에 느낀 놀라움은 널금 저수지하고도 맞먹을 정도로 그 규모가 대단한 것이었다. 대체나 이 노릇을 어째야 옳단 말이냐.

"너 그것 안 둘르고 감시원 혈 수는 없었냐?"

당치도 않은 말씀이었다. 순전히 완장의 매력 한 가지에 이끌려 맡기로 한 감시원이었다. 그런데 그걸 두르지 말라는 이야기는 결과적으로 아들더러 언제까지고 개망나니 먹고대학생으로 그냥 세월을 보내라는 이야기나 마찬 가지였다.

"에이 참, 엄니도! 엄니는 동네서 사람 대접 조깨 받고 살라고 그러는 아들이 그렇게도 여엉 못마땅허요?"

"돌아가신 냥반 생각이 나서 안 그러냐."

아버지 말이 나오는 바람에 종술은 갑자기 말문이 막혔다. 어머니의 심정을 대강은 이해할 것 같았다. 하지만…….

"완장이라면 사죽을 못 쓰는 것도 다아 지 핏줄 탓인갑다."

"그 완장허고 이 완장은 엄연히 승질부터가 달르단 말이요!"

홧김에 종술은 그예 또 몽니 받고자 하는 대우를 받지 못할 때 내는 심술 를 부리고 말았다. 새 출발이 약속된 날, 그 삼삼한 기분에 걸맞게 모처럼 어머니 앞에서 고분고분 한 태도를 보이자고 단단히 작정한 바 있었으나 케케묵은 생각으로 아들의 홍을 산산조각내는 데는 달리 도리가 없었다.

"알았다, 알았어. 너 허고 잡은 대로 허거라, 언지는 니가 이 에미 말 듣고 일판 꾸미는 자식이더냐."

늘상 하던 버릇으로 눈자위가 또 허옇게 뒤집히려는 아들을 보고 운암댁은 황망히 막설 莫說 말을 그만둠 을 했다.

때를 맞추어 마을 나갔던 손녀가 들어서고 있었다. 일곱 살배기 정옥이는 운암댁의 허전한 심사를 달래주는 유일한 부접거리였다. 지아비가 교도소 에서 징역살이 하는 동안에 샛서방을 보아 단봇짐 아주 간단하게 꾸린 하나의 봇짐 을 싸버린 제 어미를 닮아서 얼굴이 여간만 반반하게 생기지 않은 그 점이 더러 마음에 걸렸지만, 오히려 그런 사위스런 불길한 느낌이 들고 꺼림칙한 생각이 들면 들수록 운암 댁은 더욱더 소녀를 늙은 팔로 끌어안는 것이었다.

그도 그럴 것이 살아생전에 다시 며느리가 지어올리는 밥 얻어먹기는 일 찌감치 글러먹은 일이라고 나름대로 판단을 내린 때문이었다. 늙은 어미에 전실 소생까지 딸린 개차반 아들을 보고 어떤 눈알 바로 박힌 여편네가 선 뜻 재취 아내를 여의었거나 아내와 이혼한 사람이 다시 장가가서 아내를 맞이함 로 들어앉으려 할 것인가. 새 며느리 얻기 틀렸다면 살아생전 손자를 품에 안아보고 싶다는 꿈도 자연 물거품이 될 수밖에 없는 노릇이었다.

"어디 갔다가 인자 오냐?"

'어화둥둥 내 새끼야'라도 부르려는 기세로 종술은 모처럼 딸년을 살갑게 대했다. 아비가 생전 않던 짓을 하는지라 정옥이는 잔뜩 겁부터 집어먹고는 비실비실 눈길을 피하려 했다. 도망친 계집에 대한 감정을 여태껏 딸년한테 덮어씌워 나온 가늠은 있어서 종술은 그 정도는 너그럽게 참아줄 수가 있었다.

"어디 우리 정옥이 손 조깨 보자."

그러자 딸년은 손을 얼른 등뒤로 감추면서 떡메 치는 의붓아비 곁을 피하듯이 슬금슬금 뒷걸음질을 치려 했다. 언제 또 갑자기 머리통을 쥐어박으려고 저러나 하고 전전긍긍하는 표정이 역력했다.

그러나 종술은 아직도 더 참을 수 있었다.

"아부지 첫 월급 타서 우리 정옥이 뭘 사줄꼬오?"

그 정도로 귀띔을 했으면 당연히 무슨 말이, 이를테면 아버지가 참말로 취직을 했냐든지 아버지한테 선물을 받게 돼서 신이 난다든지, 좌우간 뭔가 반응을 보여올 법도 한데 딸년은 여전히 눈치만 흘끔흘끔 살피고 있었다. 마지막으로 한 번 더 아비의 사랑을 차지할 수 있는 기회가 주어졌다.

"정옥이 너는 아부지가 날이면 날마다 집 안에만 틀어백혀 있는 게 낫겄냐아, 안 그러면 팔에다 완장을 차고 이곡리만이 아니고 법계리, 앙죽리까장 돌아댕기는 게 낫겄냐?"

그러나 딸년은 구원을 청하는 눈빛으로 제 할머니 쪽을 애처롭게 돌아다보았다.

"순심이네 큰오빠맨치로 울아부지도 방위병 되얏어, 할머니?"

그 순간 종술의 인내심은 마침내 한계를 넘어버렸다. 제대로 된 아들, 제대로 된 아비 노릇 한번 본때 있게 해보이겠다던, 실로 오랜만의 가상스런 각오가 와그르르 무너짐과 동시에 그의 입에서는 벽력같은 고함이 뻗어나오고 말았다.

"이년아, 느그 애비가 나이가 얼맨디 인자사 새똥빠지게 방위병이냐?"

서로 약속이나 한 듯이 조손간에 난짝 _{답삭. 왈칵 달려들어 냉큼 물거나 움켜잡는 모양} 끌어안는 걸 보고 종술은 씨엉씨엉 _{걸음걸이나 행동 따위가 기운차고 활기 있는 모양} 집을 나와버렸다. 있으나 마나 녹슬고 찌그러진 양철 문짝만 한쪽으로 밀쳐놓은 대문간을 벗어나면서 그는 소리 내어 투덜거렸다.

"집구석이라고 붙어 있어봤자 맨날 열불 터지는 일배끼 없으니, 에잇, 빌어먹을!"

한 파수 또 위험한 고비를 그럭저럭 넘긴 다음 운암댁은 품안의 손녀를 풀어주면서 방바닥에 다리를 길게 뻗었다. 늙은 품안에서 새처럼 가슴이 뛰던 어린것을 보고 있노라니 절로 한숨이 흘러나왔다. 어린 손녀한테 위로를 주기보다 오히려 그 손녀로부터 위로를 받고만 싶은 심정이었다.

완장이란 말이 툭 불거지는 순간에 받았던 충격에서 운암댁은 아직도 헤어나지 못하고 있었다. 충격은 곧 똑같은 크기의 슬픔을 몰아왔다. 혀를 깨물어가며 기를 쓰고 눌러온, 그래서 어찌어찌 잊은 채로 넘어가는 듯하던 슬픔이었다. 그 슬픔이 아들의 입에서 나온 한 마디 말로 다시 생생하게 도지기 시작한 것이다. 지금 있는 식구들간에 겪는 풍파야 매일같이 치르다시피 하는 거니까 예사로 넘길 수도 있지만, 벌써 죽어서 세상에 없는 사람이 일으키는 그 풍파만큼은 참으로 견디기 어려운 것이었다.

남편이 죽던 바로 그해에 큰아들을 홍역으로 잃었다. 그때 세 살이던 둘째 아들이 자라서 꼭 죽을 당시의 남편만큼 어른이 되었다. 삼십 년을 격한 긴 세월이었다. 삼십 년 전의 슬픔이 완장에 꺼묻어 다시 찾아왔다. 완장이 남편을 앗아가버렸다. 남편만 앗아간 게 아니라 완장은 고향마저도 앗아가버렸다.

남편이 행방불명되고 나서 시댁의 고향을 멀리 도망쳐 우여곡절 끝에 지금의 이곡리로 숨어들었다. 그래서 그 이상의 보복은 다행히도 피할 수가 있었다. 하지만 남편이 죽었어도 저승하고 이승 사이에 홀맺혀진^{풀리지 않도록 단단히 옭아매진} 팔자의 질긴 끈은 그 후로도 줄창^{줄곧} 따라붙어 이곡리에서의 두 모자를 끈덕지게 괴롭히는 구실이 되었다. 역시 그놈의 완장 때문이었다.

일생을 통해서 운암댁이 맨 처음 완장하고 맞닥뜨린 것은 왜정 말기의 남원에서였다. 그 전에도 더러 완장을 구경하긴 했으나 그것이 그렇게도 어마어마하고 무시무시한 것인 줄은 그 무렵에야 비로소 뼈저리게 절감할 수가 있었다. 일본군 헌병들이었다. 그들이 차고 다니는, 하얀 바탕에 빨간 글씨로 '憲兵^{헌병}'이라고 적힌 완장이었다.

식구들의 일 년 양식을 공출로 거저 빼앗길 수는 없다며 남편은 쓰지 않고 비워두던 건넌방의 구들장 밑에다 깊은 굴을 파고 그 속에 나락 가마들을 감춰두었다. 그것이 누군가의 고자질로 발각되어 곡식은 곡식대로 압수당하고 운암댁은 남편과 함께 헌병대로 끌려갔다. 운암댁은 그래도 여자의 몸이라서 귀싸대기 몇 대 얻어맞고 구둣발길로 몇 번 걷어차인 다음 풀려날 수 있었으나 남편의 경우는 그게 아니었다. 해마다 얻은 소출로 보아 감춘 나락이 그것뿐일 리가 없다며 다른 곳도 마저 대라고 계속 족치는 바람에 그는 아주 혼뜸^{정신을 잃을 정도로 몹시 놀람}을 당했다. 콧구멍으로 고춧가루물도 마시고 꽁꽁 묶인 다리 사이에 끼운 각목으로 주리도 틀리고 하는 사이에 그는 누가 헌병대의 밀정인지를 비로소 알게 되었다. 다름 아닌 박가였다. 전에 언젠가 몹시 가뭄이 들었던 해에 박가하고 험악하게 물꼬싸움을 벌인 적이 있었는데, 그때 그는 박가의 허벅지를 삽날로 찍어서 싸움을 끝냈다.

며칠간의 닦달질로 남편은 초벌 주검이 되어 헌병대에서 경찰서로 넘겨졌다. 그리고 경찰에서 구류^{拘留}를 산 다음 거의 한 달 만에 풀려났다. 헌병대에서 손가락 사이에 굵은 막대기를 끼우고 마구 비트는 고문을 받아 남편의 오른손은 불구가 되어 있었다. 그 때문에 남편은 박가한테 더욱 이를 갈았다. 복수심에 불타는 남편을 운암댁은 극구 말렸다. 완장을 찬 일본군 헌병이라면 생각만 해도 몸서리가 쳐지기 때문이었다. 특히 헌병대에서 보조원으로 일하는 조선 사람들이 같은 조선 사람한테 심하게 굴었었는데, 운암댁은 그들이 일본 헌병 앞에서 꼼짝도 못하고 손발처럼 시키는 대로 움직이는 걸 직접 눈으로 보았기 때문에 완장에 대한 공포심이 더욱 커졌던 것이다.

해방이 되자 남편은 눈에다 불을 켜고 박가를 잡으러 나섰다. 그러나 박가는 어느 구멍으로 숨어버렸는지 종적이 묘연했다. 운암댁은 제때에 알아서 피해준 박가한테 차라리 감사하고 싶은 마음이었다. 남편이 꼭 무슨 일을 저지르고야 말 사람 같았기 때문이다.

해방을 맞아 세상이 완전히 뒤바뀌었는데도 운암댁의 뇌리에서는 완장의 악몽이 떠나지 않았다. 운암댁은 여전히 완장이란 물건을 절대적인 권세의 상징으로 치부하고 있었다. 이유야 어찌 됐든지 간에 남편이 꾀하고자 하는 피의 보복은 남편을 또 다른 완장한테 내맡기는 결과가 될 것 같았고, 그것은 곧바로 한 집안의 운명을 좌우할 새로운 불행이 될 것만 같았다.

첫아들하고 네 살 터울로 운암댁은 둘째아들 종술이를 얻었다. 떡두꺼비 같은 아들 둘을 나란히 낳았으니까 그것만으로도 운암댁은 임씨 가문의 며느리로서 이제 구실을 다한 셈이라고 생각했다. 그러고는 그것이 얼마나 건방진 생각인가를 깨달으면서 자신의 자발머리없음^{행동이 가볍고 참을성이 없음}에 금방 후회를 느꼈다. 자신의 행복한 처지를 시샘하는 어떤 강력한 힘이 있을 것만 같아 늘 자식 자랑을 삼가고 스스로 근신하는 생활을 했다.

다행히도 남편은 다시 마음을 잡고 불구의 오른손일 망정 열심히 놀려 자작농으로서의 살림을 실속 있게 꾸려나갔다. 적어도 전쟁이 터지기 전까지는 집안에서 아무런 불길한 일도 일어나지 않았다. 그러나 6·25 사변……. 그것은 두 번 다시 떠올리기조차 끔찍한 체험이었다. 그것이 결국 운암댁한테서 소중한 것의 전부를 말짱 휩쓸어가버렸다. 완장과 함께 찾아와서 완장과 함께 물러간 운암댁의 6·25는 그것이 한 번 떠오를 적마다 반드시 침을 세 번씩 뱉고 발로 땅을 구르지 않으면 안 될 만큼 엄청난 재앙이었다. 그때의 기억을 또다시 되살리게 만드는 것보다 더 큰 형벌은 운암댁에게 없었다.

- **중간 부분 줄거리**

저수지 감시원이 된 종술은 저수지 안팎에서 완장을 차고 다니며 안하무인으로 군다. 또한 종술은 자신의 저수지에 낚시하러 온 최 사장에게까지 행패를 부렸다가 감시원 자격을 박탈당하지만, 그는 완장을 찬 채 계속 저수지를 지킨다. 한편 가뭄이 길어지며 저수지의 물을 빼 전답에 붓기로 결정된다. 종술은 저수지를 지킨다고 완강히 버티다가 경찰에 쫓기는 처지가 된다. 종술의 어머니인 운암댁은 부월을 찾아가 종술과 정옥을 데리고 마을을 떠나 살 것을 부탁한다. 부월은 종술과 함께 저수지에서 뗏목을 타며 함께 떠나자고 설득하다가 종술의 완장을 저수지에 몰래 버린다. 종술이 떠난 날 물이 빠지는 저수지에 완장이 떠오르고 운암댁은 아들의 완장을 바라본다.

11

(중략)

"야아, 저것 조깨 봐라, 저것!"

물문 물의 흐름을 막거나 유량을 조절하기 위하여 설치한 문 주변에 잔뜩 모여선 구경꾼들 가운데서 누군가 고함을 꽥 지르는 자가 있었다. 짧은 웅성거림에 이어 사람들은 어른 아이 가릴 것 없이 일제히 떠들어대기 시작했다.

"저게 뭣이디야?"

"위매, 완장 아니드라고?"

"종술이 완장이 틀림없구만!"

"이야아, 완장이다, 완자앙!"

익삼 씨도 완장을 보았다. 사람들의 손가락질이 엇비슷이 떨어져내리는 저수지 수면 위에 알록달록 빛깔도 요란한 그것이 동동 떠 있었다.

운암댁의 눈에도 그것은 어김없이 보였다. 그니 '그네'의 방언. 듣는 이에게 가까이 있거나 듣는 이가 생각하고 있는 사람들을 가리키는 삼인칭 대명사 는 물문에서 멀리 외따로 떨어져 있었다. 요 며칠 사이에 많이 수척해진 모습이었다.

그니가 기진맥진한 노구老軀 늙은 몸 를 이끌고 굳이 대봇둑까지 나온 것은 그토록 아들이 막무가내로 지키고자 날뛰던 저수지가 바닥나는 광경을 끝까지 조용히 지켜보기 위함이었다. 어쩐지 꼭 그래야만 될 것 같다는 생각 때문이었다.

그리고 그니는 물이 빠진 다음에 일당을 받고 바닥에 들어가서 물고기 건지는 패거리에 끼어들 작정이었다. 아들이 한을 남긴 채 떠난 자리에 뛰어들어 날품을 판다는 게 어미로서 차마 몹쓸 짓거리 같기도 했다. 아들의 넋을 팔아서 뒷박쌀을 사는 것 같은 기분이었다. 하지만 다들 떠나보내고 혼자 남은 늙은 입에도 밥술은 들어가야 된다는 점을 스스로 인정하고 나니까 그니의 마음은 자못 엄숙해지기마저 했다.

운암댁은 물문 근처로 천천히 다가갔다. 수많은 구경꾼들이 돌팔매처럼 집어던지는 경멸에 찬 눈초리, 낄낄거리는 웃음을 홈빡 뒤집어쓴 채로 완장은 물문을 향해서 흘러오고 있었다. 물문에 가까이 이를수록 점점 빠르고 거세지는 물살에 실려 완장 또한 걸음을 재우치고 있었다.

운암댁은 물문의 소용돌이 속으로 휩쓸려들 때까지 아들의 완장에서 한시도 눈을 떼지 않았다. 뗄 수가 없었다.

일단 소용돌이에 먹혀 시야에서 사라지는 듯싶던 그것은 물고기떼의 탈출을 막으려고 물문 주위에 둘러친 촘촘한 철망에 걸려서 제자리를 맴돌기 시작했다. 그것은 소용돌이를 타고 언제까지나 맴돌이를 계속할 작정인 듯했다. 그것이 눈앞에서 없어지지 않는 한 운암댁 역시 언제까지고 물문 근처를 떠나지 않고 지켜볼 작정이었다. 마치 너무도 한이 맺혀서 아직도 저수지를 떠나지 못하고 물문 주위를 맴도는 얼굴이라도 대하듯이 그니는 끝끝내 완장의 행방을 주시하고 있을 작정이었다.

만화로 읽는 '완장'

발단 종술이 감시원으로 일하게 됨

전개 완장을 찬 종술이 마을 사람들에게 횡포를 부림

위기 종술이 감시원 직을 박탈당함

절정 저수지 물을 빼지 못하게 막던 종술이 쫓기는 신세가 됨

결말 종술이 완장에 대한 집착을 버리고 부월과 함께 떠남

🔭 생각해 볼까요?

 선생님 작품 속 주인공인 종술은 어떤 인물인가요?
💬 2 🤍 2

↳ **학생 1** 종술은 적은 급료이지만 완장을 채워 준다는 최 사장의 계략에 바로 넘어가 감시원 직을 맡아요. 완장만을 믿고서 낚시를 하는 사람들에게 기합을 주기도 하고, 고기를 잡던 초등학교 동창 부자를 폭행하기도 하는 등 안하무인으로 행동해요.

↳ **학생 2** 작가는 어리석은 종술의 행동을 해학적으로 묘사함으로써 권력자의 횡포와 권력의 덧없음을 풍자하고 있어요.

 선생님 인물들은 완장을 어떤 시선으로 바라보고 있나요?
💬 2 🤍 2

↳ **학생 1** 과거에 종술은 돈을 벌어 보려고 몸부림치며 노력할 때마다 완장을 찬 사람들의 단속과 시비에 시달렸어요. 완장은 종술을 주눅 들게 하였고 종술은 완장에 대한 한과 선망을 품게 되었지요. 저수지 감시원으로 일하며 완장을 차게 된 종술은 그동안의 한을 풀고자 '공유수면관리법'을 들며 제 마음대로 권력을 휘둘러요. 점점 더 완장에 집착하던 종술은 결국 파멸의 길에 빠지게 돼요.

↳ **학생 2** 반면 운암댁에게 완장은 남편을 잃은 과거를 떠올리게 하는 재앙의 대상이에요. 운암댁은 아들 종술이 완장에 현혹된 모습을 보며 불안해해요.

 선생님 '완장의 나라'라는 말에는 어떤 의미가 담겨 있을까요?
💬 2 🤍 2

↳ **학생 1** 윤흥길의 「완장」에서 '완장'이 상징하는 바는 권력이에요. 이 소설은 종술이라는 인물과 완장을 통해 인간의 권력욕과 허구성을 보여 줘요.

↳ **학생 2** 이는 개인에게만 국한된 것이 아니라, 당시 우리 민족이 처한 상황을 상징적으로 보여 주는 것이기도 해요. 6·25 전쟁으로 인한 이념의 대립, 빈부 격차, 지배자와 피지배자의 갈등, 권력에 대한 집착 등으로 인해 혼란스러운 세상을 '완장의 나라'라고 표현한 거예요.

선생님 작가 윤흥길은 작품 속에서 권력의 허구성을 폭로하고 비판해요. 「완장」 속에서 어떻게 드러나고 있는지 살펴 볼까요?

💬 2 🤍 2

↳ **학생 1** "눈에 뵈는 완장은 기중 벨볼일 없는 하빠리들이나 차는 게여! 진짜배기 완장은 눈에 뵈지도 않어!"라는 부월의 말과, 더 큰 권력에 의해 한순간에 감시원의 지위를 상실한 종술의 모습을 통해 권력의 허구성이 드러나요.

↳ **학생 2** 독자들은 권위 의식으로 다른 사람들을 지배하고 이용하려는 생각을 가진 사람들에게 권력이 주어져서는 안 된다는 사실과 함께, 권력이 겉보기에는 좋아 보이지만 실상은 허무한 것임을 깨달아요.

「완장」에 드러난 군사 정권 비판 의식   ▼ 🔍

연관 검색어   7080 정치 상황   신군부   세태소설

1970년대의 유신 체제부터 1980년대 신군부까지, 대한민국 국민은 정부의 감시 속에서 언론과 표현의 자유를 잃는 등 큰 수모를 겪었다. 특히 신군부는 광주 대학살, 삼청 교육대와 같은 사건으로 한국 사회를 공포 분위기로 몰아갔다.

작가의 말에서 윤흥길은 "지난 80년대 초, 불행한 정치 현실을 지켜보면서 잘못된 권력을 향해 마구 야유를 퍼붓고 싶은 충동에 붙잡혀 지내던 때가 있었다."라며 신군부의 폭력적인 정치에 대한 비판 의식을 토로한 바 있다.

「완장」에서 '완장'이란 권력의 상징이다. 운암댁, 준환 부자처럼 완장이 휘두르는 폭력에 상처 입은 인물들은 폭력적인 정치로 인해 주눅 든 채 살아가야 했던 7080 우리 국민을 떠올리게 한다. 1970년대의 유신 체제와 1980년대 신군부를 모두 겪은 작가로서, 윤흥길은 「완장」을 통해 잘못된 권력이 지니는 폭력성을 비판하고 나아가 암담했던 정치 현실을 비판하고자 하였다.

조세희
(1942~)

경기도 가평군 출생. 1963년 서라벌예술대학교 문예창작과를 졸업하고 1965년 경희대학교 국문과를 졸업하였다. 1965년 〈경향신문〉에 「돛대 없는 장선」이 당선되어 등단하였으며, 1979년 '난장이' 연작으로 동인문학상을 수상하였다. 1975년 '난장이' 연작의 첫 작품인 「칼날」을 발표하면서 문단의 각광을 받기 시작하였다. 『난장이가 쏘아 올린 작은 공』 연작 외에 대표작으로는 「오늘 쓰러진 네모」, 「긴팽이 모자」 등이 있다.

조세희는 1970년대 한국 사회의 최대 과제였던 빈부와 노사의 대립을 극적으로 제시하였다. 그는 '난장이' 연작에 환상적 기법을 도입함으로써 계급적인 대립과 갈등이 마치 동화의 세계에 존재하는 것처럼 묘사하였다. 이는 현실의 냉혹함을 더욱 강조하는 역할을 한다. '난장이' 연작 형식은 소설 양식을 확대해 종래의 단편과 장편이 보여 줄 수 없는 현실 대응 방식을 보여 주었다.

은강 노동 가족의 생계비

#연작소설   #산업화   #노동자   #도시빈민

⚓ 작품 길잡이

갈래: 연작 소설, 사회 소설
배경: 시간 – 1970년대 / 공간 – 은강 지역
시점: 1인칭 주인공 시점
주제: 도시 빈민이 겪는 삶의 고통과 좌절
출전: 〈문학사상〉(1977)

📷 인물 관계도

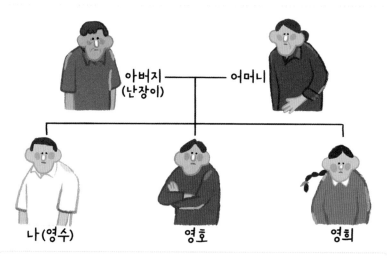

나(영수)	자동차 공장에서 일하는 노동자로, 부당 해고 문제와 부적절한 임금 지급에 대해 지부장에게 항의한다.
영희	방직 공장에서 일하는 노동자이자 '나'의 동생으로, 릴리푸트읍에 대한 이야기를 한다.
어머니	아버지가 돌아가신 뒤 남매들이 벌어오는 돈으로 생계를 유지한다. 가장으로서 부담을 느끼는 '나'를 위로해 준다.

📖 구성과 줄거리

발단 **영희가 릴리푸트읍에 관한 이야기를 함**

영희가 '나'에게 독일에 있는 난장이 마을인 릴리푸트읍에 관한 이야기를 하고, '나'는 아버지를 떠올린다.

전개 **'나'와 남매들이 생활비를 벌기 위해 공장에서 일함**

'나'와 영호, 영희는 은강의 공장에서 일하고 있다. '나'의 가족은 그곳에서도 제일 낮은 계급에 속했으며, 어머니는 남매가 버는 돈으로 겨우 생계를 유지한다. '나'와 남매들은 열악한 노동 환경에도 불구하고 생활비를 벌기 위해 공장 일을 계속한다.

위기 **'나'가 노동자에 대한 부당한 대우를 항의함**

'나'는 월급을 받은 날 지부장을 만나 시간 외 근무 수당의 부적절한 지급과 동료의 부당 해고 문제에 대해 항의한다. 그는 '나'의 말에 동의하지만 아무런 조치를 취하지 않는다.

절정 **'나'가 은강방직 공장으로 일자리를 옮김**

지부장과 면담 후 '나'를 대하는 공장 사람들의 태도가 돌변한다. '나'는 해고자 명단에 오르기 전에 은강자동차에서 나와 은강방직 공장으로 옮겨 그곳에서 일만 하게 된다.

결말 **어머니의 가계부를 확인한 '나'가 릴리푸트읍을 생각함**

'나'와 영호, 영희는 열악한 노동 환경에서 제대로 쉬지도 못한 채 일하지만 4인 가족의 최저 이론 생계비에도 미치지 못하는 돈을 번다. 최소한의 생존 비용만이 적힌 어머니의 가계부를 덮으며 '나'는 릴리푸트읍에 대해 생각한다.

은강 노동 가족의 생계비

영희의 이야기를 나는 들으려고 하지 않았다. 영희는 독일 하스트로 호수 근처에 있다는 릴리푸트읍 이야기를 했다.[1] 자세히 듣지 않아도 슬픈 이야기였다. 돌아간 아버지를 생각하면 언제나 눈물이 나려고 했다. 릴리푸트읍은 국제 난장이 마을이다. 여러 나라의 난장이들이 그곳에 모여 살고 있다. 키가 칠십팔 센티미터로 세계에서 제일 작은 사나이인 터키인 난장이도 최근에 그곳으로 이주했다. 릴리푸트읍의 난장이 인구는 늘어만 간다. 릴리푸트읍을 제외한 곳은 난장이들이 살기에 모든 것의 규모가 너무 커서 불편하고 또 위험하다.

난장이들에게 릴리푸트읍처럼 안전한 곳은 없다. 집과 가구는 물론이고, 일상 생활용품의 크기가 난장이들에게 맞도록 만들어져 있다. 그곳에는 난장이의 생활을 위협하는 어떤 종류의 억압·공포·불공평·폭력도 없다. 권력을 추종자에게 조금씩 나누어 주고 무서운 법을 만드는 사람도 없다. 릴리푸트읍에는 전제자專制者 국가의 권력을 장악하고 자신의 의사에 따라 모든 일을 처리하는 사람가 없다. 큰 기업도 없고, 공장도 없고, 경영자도 없다. 여러 나라에서 모인 난장이들은 세계를 자기들에게 맞도록 축소시켰다. 그들은 투표를 했다. 그들은 국적 따위는 무시했다. 모두 열심히 투표에 참가하여 마리안느 사르를 읍장으로 뽑았다. 여자 읍장의 키는 일 미터이다. 독자적인 마을을 열망한 작은 힘들이 난장이 마을을 세웠다. 영희는 흥분된 목소리로 말했다. 나는 그곳 난장이들은 혁명가라고 생각했다. 그들은 이제 자녀들의 출산에 대해서도 걱정하지 않는다. 거인들이 사는 곳에서는 너무 불행했었다.

지금 릴리푸트읍의 난장이들은 자기들의 특수 의료 문제, 사회 심리적인 문제, 그리고 재정 문제 등을 토의하고 있다. 해결해야 될 몇 가지 문제점이 있지만 '우리는 극히 행복하다.'라고 마리안느 사르 읍장은 말했다.

'행복'이라고 영희는 썼다. 영희는 돌아간 아버지를 생각했다. 나는 영희의 눈에 눈물이 괴는 것을 보았다. 릴리푸트읍 같은 곳에서 아버지는 살았어야

---

1) 『걸리버 여행기』에 나오는 소인국의 이름으로, 난장이로 대표되는 사회적 약자들이 사는 가상의 마을이다. 소설 속 인물들이 거주하는 '은강'과 대립된다.

했다. 아무도 "난장이가 간다."라고 말하지 않았을 것이다. 하스트로 호수 근처에 살았다면 아버지는 일찍 돌아가지 않았을 것이다. '타살당한 아버지' 라는 말을 영호가 했었다. 나는 영호의 말을 막을 수 없었다. 깊고 캄캄한 벽돌 공장 굴뚝 안을 생각하면 숨이 막혔다. 아버지의 몸은 작았지만 아버지의 고통은 컸었다. 아버지의 키는 백십칠 센티미터, 몸무게는 삼십이 킬로그램이었다. 은강 생활 초기에 나는 아버지의 꿈을 자주 꾸었다. 아버지의 키는 오십 센티미터밖에 안 되어 보였다. 작은 아버지가 아주 큰 수저를 끌어가고 있었다. 푸른 녹이 낀 놋수저를 아버지는 끌고 갔다. 머리 위에서는 해가 불볕을 내렸다. 아버지에게 그 놋수저는 너무 무거웠다. 그래서 불볕 속에서 땀을 흘리며 숨을 몰아쉬었다. 지친 아버지는 키보다 큰 수저를 놓고 쉬었다. 쉬다가 그 수저 안으로 들어가 누웠다. 아버지는 불볕을 받아 뜨거워진 놋수저 안에 누워 잠을 잤다. 나는 수저 끝을 들어 아버지를 흔들었다. 아버지는 눈을 뜨지 않았다. 아버지의 몸은 놋수저 안에서 오므라들었다. 나는 울면서 아버지의 놋수저를 잡아 흔들었다.

어머니는 나에게 말했다.

"걱정할 것 없다."

어머니는 나의 머리숱에 손가락을 넣었다.

"가장이라는 생각을 하지 마라. 그러면 꿈을 꾸지 않을 거다. 아버지가 돌아가셔서 네 책임이 무거워졌다는 생각은 아예 하지 마라."

"전 한 번도 가장이라는 생각을 해 본 적이 없어요."

내가 말했다.

"아니다."

어머니가 말했다.

"너노 모르는 일이다. 네 마음속 어디에 그런 생각이 들어 있는 거야"

어머니의 말내로 나의 마음속 어느 구석에 그런 생각이 들어 있었을 것이다. 아버지는 항상 나에게 말했었다.

"애야, 너는 장남이다."

아버지는 나를 올려다보며 말했었다.

"나에게 무슨 일이 생기면, 네가 집안의 기둥이다."

"영수야."

어머니는 말했다.

"나도 아직 일을 할 수 있고, 영호와 영희도 자랄 만큼 자랐다. 네가 어떤 결정을 내리면 우리는 너를 믿고 따라갈 거야."

은강은 릴리푸트읍과는 전혀 다른 도시였다. 영희는 그것을 가슴 아파했다. 모든 생명체가 고통을 받는 땅이었다. 우리는 살기 위해 은강에 왔다. 아버지가 돌아가고, 얼마 동안 정지했던 생명 활동을 우리는 은강에서 다시 시작했다.

나는 생명처럼 추상적인 것이 없다고 생각하고는 했다. 그것은 만질 수도 없고 볼 수도 없는 것이었다. 그것은 아버지가 우리에게 준 것이었다. 중학교 때의 생물책 용어를 빌려 쓴다면 아버지는 자기와 똑같은 것을 복제하여 종족을 늘려 놓고 돌아갔다.[2] 어머니에 의하면 아버지는 생명의 다른 모임터로 돌아갔다. 아버지의 몸은 화장터에서 반 줌의 재로 분해되었다. 그 반 줌의 재를 받아 들고도 어머니는 믿으려고 하지 않았다. 누구나 죽으면 완전히 없어져 버린다는 사실을 믿지 않았다. 우리는 반 줌의 재를 흐르는 물 위에 뿌려 넣었다. 영호와 나는 눈물을 주먹으로 씻어 내리며 울었다.

"숙제 다 했니?"

아버지가 물었었다.

"아뇨."

나는 자를 대고 끝이 뾰족한 삼각형을 그렸다.

"숙제를 해."

"이게 숙제야요."

아버지는 내가 그린 그림을 들여다보았다.

"먹이 피라미드야요."

내가 말했다.

"그 효용이 뭐냐?"

"생태계를 설명하는 그림야요."

"설명을 해 봐라."

"이 맨 밑이 녹색식물로 일 단계야요. 이 식물들을 먹는 동물이 이 단계이고, 식물을 먹는 동물을 잡아먹는 작은 육식 동물이 삼 단계, 또 이것을 잡아먹는 큰 육식 동물이 맨 위의 사 단계야요."

---

2) 자식들의 삶이 지독하게 가난했던 아버지의 삶과 크게 다르지 않을 것임을 의미한다.

"영호야."

아버지는 말했었다.

"너도 형처럼 설명할 수 있겠니?"

"못 해요."

영호가 말했다.

"형처럼은 못 해요. 그래도 전 알아요. 우리는 이 맨 밑야요. 우리에겐 잡아먹을 게 없어요. 그런데, 우리 위에는 우리를 잡으려는 무엇이 세 층이나 있어요."

"아버지도 쉬셔야지!"

어머니가 말했다.

"그동안 힘든 일을 너무 많이 하셨어. 이제는 편히 쉬실 수 있을 게다."

"쉬셔야 할 분은 어머니예요."

내가 말했다. 어머니는 반 줌의 재를 쌌던 흰 종이를 물 위에 띄웠다. 우리는 물가에 앉아 흐르는 물을 바라보았다. 아버지는 없어졌다. 바람이 불었다. 햇볕이 따뜻했다. 몇 마리의 새가 어머니 옆에서 날았다. 나는 사태沙汰 산비탈이나 언덕 또는 쌓인 눈 따위가 비바람이나 충격 따위로 무너져 내려앉는 일 로 내려앉은 언덕을 보았다. 영호와 나는 거의 동시에 울음을 그쳤다. 아버지의 죽음이 우리 생명 활동의 양식에 변화를 주었다. 은강으로 온 우리는 호흡까지 조심스럽게 했다. 처음에 우리는 바싹 마른 콩알처럼 아주 약한 호흡을 했다.[3]

- **중간 부분 줄거리**

'나'는 은강자동차, 영호는 은강전기, 영희는 은강방직 공장에서 일을 한다. '나'와 동생들은 그곳에서도 제일 낮은 계급에 속했다. '나'와 영호, 영희는 열악한 노동 환경에서 점심 식사도 제대로 못 하면서 생활비를 벌기 위해 공장 일을 계속한다. 영희는 노동조합 사무실에서 노동수첩을 받고 노동자 교회에 다닌다.

---

3) 호흡은 생명 활동의 기본이다. '나'와 가족들이 호흡조차 버겁게 하는 것은 생계가 크게 흔들리고 있음을 의미한다.

어머니는 두 아들이 위험한 일에 말려들지나 않을까 항상 걱정했다. 서울 행복동에 살 때 너무 많은 고생을 했다. 두 아들이 공장에서 쫓겨나며 받은 고통을 잊지 못했다. 아버지는 시멘트 다리 위에 앉아 술을 마시고 있었다.

"애들이 오늘 다른 아이들이 못 한 일을 했어."

술을 마시며 아버지는 말했었다.

"사장에게 당신이 당하고 싶지 않은 일을 노동자들에게 강요하지 말라고 했대."

"걱정할 거 없어요."

어머니가 말했다.

"애들은 어느 공장에 가든 돈을 벌 수 있어요."

"모르는 소리 하지 마."

아버지가 말했다.

"벌써 공장끼리 연락이 돼 있어. 애들을 받아줄 공장이 없다구. 애들이 오늘 무슨 일을 했는지 당신이 알아야 돼."

"그만두세요!"

참을 수 없다는 듯 어머니는 말했다.

"애들이 못된 일을 했나요? 왜 반역죄라도 지은 것처럼 야단야요. 죄를 지은 건 그들요."

어머니의 말이 옳았다. 아버지도 잘 알고 있었다. 그러나 고통을 받은 것은 우리였다. 어머니는 같은 일이 다시는 일어나지 않기를 바랐다.

영호와 나는 어머니의 말을 잘 듣기로 했다. 어머니는 영희 걱정은 하지 않았다. 영희가 저희 노동조합 지부장이 실종되었다고 다른 조합원과 몰려 다녀도 걱정하지 않았다. 영희의 의식이 눈에 띄게 달라지고, 사용자들을 비판하는 격렬한 문구의 유인물을 싸들고 다녀도 어머니는 걱정하지 않았다. 문제는 나에게 있었다. 나는 어머니의 말을 잘 듣기로 한 영호와의 약속을 지킬 수 없었다.

두 번째 월급을 탄 날 나는 노동조합 사무실로 지부장을 만나러 갔다.

"이게 제 월급 봉투입니다."

내가 말했다.

"왜 그래?"

지부장이 물었다. 마흔 살쯤 되어 보였다.

"전 지난 두 달 동안 매일 아홉 시간 삼십 분씩 일해왔습니다."

"그런데?"

"한 시간 반의 시간외 근무 수당이 빠졌습니다."

"자네만 빠졌나?"

"아닙니다."

"그럼 됐어."

지부장은 담배를 피우며 말했다.

"가보게."

"지부장님."

나는 말했다.

"지부 운영 규정을 봐주십시오. 9조 2항에 의해 사용자의 부당 행위에 대한 보호 요청을 할 권리를 저는 갖습니다."

"무엇이 사용자의 부당 행위인가?"

"연장 근로 수당을 안 주는 것은 근로기준법 46조 위반입니다. 지부 협약 29조에도 여덟 시간 외의 연장 근로에 대해서는 근로기준법에 따라 통상 임금의 백분의 오십을 가산하여 지급하게 되어 있습니다."

"고마운 일야."

지부장이 말했다.

"아무도 나에게 와서 말해주는 사람이 없었어. 할 말은 그것뿐인가?"

"저는 지금 원공으로서 일하고 있습니다. 손드릴 일을 하지만 원공입니다."

"그런데?"

"조역^{일을 거들어 주는 역할. 또는 그런 역할을 하는 사람}이 받는 월급을 받았습니다."

"그리고, 할 얘기가 또 있나?"

"회사는 근로기준법 27조와 단체협약 21조를 어겼습니다."

"부당 해고를 했단 말이지?"

"조립 라인에서만 일곱 명이 정당한 이유 없이 해고당했습니다."

"그럴 수가 있나!"

지부장은 손가락으로 책상 끝을 톡톡 두들겼다.

"부당 해고는 있을 수가 없어."

"그런데, 있었습니다. 조합에서 가만있으면 이런 일은 계속 일어납니다."

"회사에서 해명 통지가 올 거야."

"그리고."

나는 또 말했다.

"이건 제가 신문 기사를 오려두었던 것입니다."

"나도 그 기사를 봤어."

지부장이 상체를 바로하며 말했다.

"회장님이 사회 복지를 위해 해마다 이십억 원을 내놓으시겠다는 기사지? 불우한 사람들을 위해 해마다 거액을 희사하시겠다는 거야. 이미 복지 재단의 이사진이 결정됐을걸. 그건 훌륭한 일이 아닌가?"

"하지만 노사 협의 때 회사측에 상기시켜주실 게 있습니다."

"그게 뭐지?"

"그 돈은 조합원들의 것입니다."

"어째서?"

"아무도 일한 만큼 받지 못하고 있습니다. 임금은 너무 쌉니다. 제가 받아야 할 정당한 액수에서 깎인 돈도 그 이십억 원에 포함됩니다."

"좋은 걸 지적해줬네."

"정작 받을 권리가 있는 노동자들에게 주지 않은 돈을 이제 어떤 사람들을 위해 쓰겠다는 건지 전 이해할 수가 없습니다."

"자네 말이 맞아. 기만欺瞞 남을 속여 넘김 행위를 하고 있어."

"조합에서 그 돈을 지켜 조합원들에게 돌아가게 해야 합니다."

"그래야지."

지부장은 말했다.

"또 할 얘기는 뭔가?"

"없습니다."

그리고, 나는 사흘이나 더 은강자동차에서 '쌍권총의 사나이'로 일했다. 그 사흘 동안의 일이 고되어 나는 잠자리에서까지 코피를 흘렸다. 나의 작은 공구들이 자주 고장을 일으켰다. 절삭 칩이 막히고, 날은 부러졌다.[4] 공구실로 달려가 다른 드릴로 바꾸어와도 결과는 같았다.

내가 남은 밥을 밀어줄 때마다 웃던 공구실 조역은 이제 웃지 않았다. 작업

---

4) 작은 공구들이 고장 나는 것은 노동을 힘겨워하는 '나'와 연결된다. 이를 통해 '작은 공구들'이 가난한 노동자를 상징하는 사물임을 알 수 있다.

반장은 나를 무섭게 다그쳤다. 기계에 의한 연속 작업 속도를 따라갈 수 없었다. 나는 파르르 떠는 몸을 곧추세운 채 바라보고는 했다. 손도 못 댄 작업물이 앞으로 밀려가고 있었다. 가까스로 해낸 것도 검사 과정에서 불량 작업으로 체크를 당했다. 잘 되어가던 일이 갑자기 막혀버렸다. 사흘 만에야 나는 이 사회의 음모를 알아차렸다. 힘을 합치려는 가난한 사람들의 노력을 부유한 사람들은 깨뜨리려고 했다. 지부장은 회사 사람이었다. 그는 노동자를 위해서는 아무 일도 하지 않았다.

나는 해고자 명단에 이름이 오르기 직전에 은강자동차에서 나왔다. 블랙리스트에도 나의 이름은 오르지 않았다. 나는 은강방직으로 옮겼다. 은강방직 공장에서 나는 잡역부^{여러 가지 자질구레한 일에 종사하는 사람} 로 일했다. 어머니는 아무 말도 하지 않았다. 영호도 아무 말 안 했다. 영희는 노동자 교회에서 만난 저희 상집 대의원에게 나의 이야기를 해주고 있었다. 그 시간에 나는 어머니의 가계부를 보았다.

콩나물 50원
왜간장 120원
고등어 자반 150원
통일 밀쌀 3,800원
영희 티셔츠 900원
앞집 아이 교통 사고 문병 230원
새우젓 50원
방세 15,000원
영호 직장 동료 퇴직 송별비 500원
길 잃은 할머니 140원
방범비 50원
정부미 6,100원
영수 용돈 450원
두통약 100원
배추 220원
감자와 닭 내장 110원
치통약 120원

꽁치 180원

소금 100원

연탄 2,320원

밀가루 3,820원

영희 공장 친구들 와서 380원

라디오 수리 500원

불우 이웃 돕기 150원

두부 80원

어머니의 가계부는 이런 내역들로 꽉 찼다. 나는 은강에서의 생존비를 생각했다. 생활비가 아니라 살아 남기 위한 생존비였다. 우리 삼남매는 죽어라 공장 일을 했다. 우리는 우리의 생산 공헌도에 못 미치는 돈을 받았다. 네 명의 가족을 둔 그해 도시 근로자의 최저 이론 생계비는 팔만 삼천사백팔십 원이었다. 어머니가 확인한 삼남매의 수입 총액은 팔만 이백삼십일 원이었다. 그러나 보험료·국민저축·상조회비·노동조합비·후생비·식비 등을 제하고 어머니 손에 들어온 돈은 육만 이천삼백오십일 원밖에 안 되었다. 이 돈을 벌어오기 위해 우리는 죽어라 일했고 어머니는 늘 불안해했다.

오른쪽 어금니 1,500원

왼쪽 어금니 1,500원

나는 가계부를 덮었다. 어머니가 두 개의 어금니만 뽑지 않았다면 우리는 그 달에 삼천 원의 돈을 문화비로 지출할 뻔했다—가계부대로라면. 결국 나는 영희의 이야기에 귀를 기울이기로 했다. 릴리푸트읍에서는 이런 일이 절대 일어나지 않을 것이다. 그래서 나는 또 하나의 릴리푸트읍을 생각하기 시작했다.

만화로 읽는 '은강 노동 가족의 생계비'

발단 영희가 릴리푸트읍에 관한 이야기를 함

전개 '나'와 남매들이 생활비를 벌기 위해 공장에서 일함

위기 '나'가 노동자에 대한 부당한 대우를 항의함

절정 '나'가 은강방직 공장으로 일자리를 옮김

결말 어머니의 가계부를 확인한 '나'가 릴리푸트읍을 생각함

🔭 생각해 볼까요?

📖 **선생님** 이 작품에서 영호는 '타살당한 아버지'라고 해요. 그러나 연작 소설집의 다른 소설인 「난장이가 쏘아 올린 작은 공」에서는 아버지가 자살하는 것으로 나와요. 영호는 왜 아버지가 타살당했다고 한 걸까요?

💬 3　🤍 3

↳ **학생 1** 아버지가 자살한 이유가 개인적인 요인이 아니라 이 사회의 억압, 불평등, 착취 등 사회적인 문제에 있다고 보기 때문이에요.

↳ **학생 2** 아버지가 자살한 표면적인 이유는 경제적 어려움 때문이지만 심층적인 이유는 빈민들의 삶을 고려하지 않는 도시 개발로 인한 것이에요. 즉 사회적인 모순으로 인한 죽음이자, 사회의 권력에 의한 타살이라는 거예요.

↳ **학생 3** 영호의 대사에는 노동자를 죽음으로 내모는 당시 사회에 대한 부정적 인식이 담겨있어요.

📖 **선생님** 생태계를 설명하는 먹이 피라미드를 보고 영호는 "우리는 이 맨 밑이요. 우리에겐 잡아먹을 게 없어요. 그런데, 우리 위에는 우리를 잡으려는 무엇이 세 층이나 있어요."라고 말해요. 먹이 피라미드의 의미는 무엇일까요?

💬 3　🤍 3

↳ **학생 1** 먹이 피라미드는 약육강식의 자연 현상을 인간 사회에 적용한 것으로, 강한 자가 약한 자를 지배하는 냉혹한 현실을 나타내요.

↳ **학생 2** 맞아요. 상층의 소수에게 권력과 부가 집중되어 하층에 있는 다수의 약자들을 수탈하는 불평등한 사회임을 단적으로 드러내요.

↳ **학생 3** 아직 어린 영호도 자신들이 가장 낮은 계층에 속한다는 것을 알고 있어요. 즉 이들의 삶이 언제나 위협받고 있음을 드러내요.

📖 **선생님** 「은강 노동 가족의 생계비」를 포함한 『난장이가 쏘아 올린 작은 공』의 문체적 특징과 그 효과에 대해서 알아볼까요?

💬 2　🤍 2

↳ **학생 1** 접속어가 없는 짧은 문장이 나열되고, 과거와 현재가 뚜렷한 구분 없이 서술되고 있어요. 또한 외부 세계에 대한 묘사와 주인공의 내면 묘사를 구분하지 않아요.

↳ **학생 2** 작가는 이런 문체를 사용하여 대립적 세계 인식에서 비롯한 단절감을 표현해요. 또한 설명을 제한하여 몽타주 효과를 얻음으로써 의문을 유발해요.

선생님 이 작품은 경제 개발 계획이 한창 추진되던 1970년대의 노동 현실을 고발하고 있어요. 1970년대 한국 사회에는 어떤 변화가 있었을까요?

💬 3 🤍 3

↳ **학생 1** 1960년대 중반 이후 산업화가 본격화되면서 한국은 비로소 산업 사회를 맞았어요. 이와 함께 추진되었던 경제 개발 계획은 온 민족의 오랜 굶주림을 해결해 주리라는 기대를 받았지만, 급격한 산업화로 인한 부작용을 초래하기도 했어요.

↳ **학생 2** 대표적인 부작용으로 농촌 공동체의 붕괴와 배금주의 풍조의 확산, 빈민촌 형성, 노동자의 과로 문제를 들 수 있어요.

↳ **학생 3** 특히 노동자들은 경제 성장이라는 명분으로 이루어진 폭력적인 노동 통제로 인해 저임금과 초과 노동, 비인간적인 대우에 시달려야 했어요. 「은강 노동 가족의 생계비」는 노동자들의 이러했던 현실을 고발한 작품이에요.

몽타주 기법

연관 검색어　꺼삐딴 리　소설가 구보 씨의 일일　천변 풍경

'몽타주(Montage)'란 본래 조립을 의미하는 프랑스어로, 따로따로 촬영한 화면을 효과적으로 떼어 붙여 화면 전체를 유기적으로 구성하는 영화의 편집 기법을 말한다. 영화는 촬영된 그대로 상영되는 것이 아니라 각각 따로 촬영된 필름들을 창조적으로 묶어서 현실과 다른 영화적 시공간을 창출한다. 이렇게 만들어진 영화적 시공간에서 예술성이 생긴다고 보는 이론이 몽타주 이론이다.

문학에서 '몽타주 구성'이라고 하는 것은 독립될 수 있는 심상들을 결합하여 전체적으로 하나의 통일된 주제를 이루도록 하는 구성 방식을 말한다. 시간의 흐름에 따른 장면은 객관적인 인식을 제공하지만, 몽타주 조각의 접합은 특정한 감정과 자기 인식을 제공하게 된다. 몽타주 구성을 사용하고 있는 대표적인 소설로 전광용의 「꺼삐딴 리」, 박태원의 「소설가 구보 씨의 일일」과 「천변 풍경」 등이 있다.

내 그물로 오는 가시고기

#산업화   #개발독재   #빈부격차   #노사대립

⚓ 작품 길잡이

갈래: 연작 소설, 사회 소설
배경: 시간 - 1970년대 산업화 시기 / 공간 - 서울 화자의 집, 공판정
시점: 1인칭 주인공 시점
주제: 자본가 계급의 비윤리성과 노동자들의 비참한 현실
출전: 〈창작과 비평〉(1978)

📷 인물 관계도

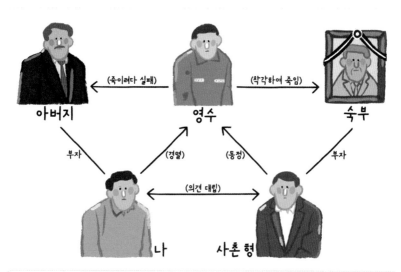

나	은강 그룹 회장의 세 아들 중 막내아들로 살인범인 난장이의 아들 영수를 경멸하고 공장 노동자들을 무시한다.
사촌 형	자신의 아버지를 살해한 난장이 아들의 입장을 이해하려고 한다.
영수	산업화 시기에 갖은 고생을 하며 희생당하는 노동자 계급의 대표적 인물이다.

🗓 구성과 줄거리

발단 사촌 형이 장례식에 참여하기 위해 귀국함

자신의 아버지가 죽었다는 소식을 듣고 장례식에 참석하기 위해 사촌 형이 귀국한다. 숙부를 죽인 범인은 은강 그룹에서 일하던 난장이 가족의 큰아들이다. '나'의 아버지는 사촌 형에게 미국으로 돌아가 공부할 것을 강조한다.

전개 사촌 형은 젊은 노동자가 살인을 저지른 까닭을 궁금해함

선량한 사촌 형은 그 노동자가 살인을 저지른 이유를 궁금해한다. 살인범이 노린 사람이 자신의 아버지가 아닌 '나'의 아버지였다는 사실을 알고 형은 침묵한다.

위기 공판정에서 '나'는 노동자들의 태도를 보고 그들을 경멸함

'나'는 공판정을 향해 걸어가다가 공원들이 부르는 '우리 회장님은 마음도 좋지. 거스름돈을 쓸어 임금을 준대.'라는 노래를 듣는다. '나'는 공원들이 터무니없는 오해와 증오로 똘똘 뭉쳐 있다고 생각한다.

절정 변호인 측 증인은 노동자가 아닌 기업주에 잘못이 있다고 주장함

공판정에서 범인은 모든 것을 순순히 자백한다. 피의자의 변호인 측은 은강 그룹 회장이 노동자를 억압하고 착취했기에 죽어야 했다는, 부정한 사회를 바로잡기 위해 어쩔 수 없었다는 투쟁적 논리까지 내세워 변호를 한다. 사촌 형은 그들의 주장을 귀 기울여 듣는다.

결말 공판은 끝나고 '나'는 가시고기가 나오는 꿈을 꿈

재판 결과 난장이 큰아들에게는 사형이 선고된다. 낮잠을 자다가 꾼 꿈속에서 '나'는 그물을 드리워 놓았으나 앙상한 가시고기들만이 걸려 나오는 것을 보고 놀란다. 아버지의 차가 들어오자 '나'는 회장인 아버지에게 잘 보일 방법을 생각하며 맞이하러 나간다.

내 그물로 오는 가시고기

· 앞부분 줄거리

자신의 아버지가 죽었다는 소식을 듣고 장례식에 참석하기 위해 사촌 형이 미국에서 귀국한다. 숙부를 죽인 범인은 은강 그룹에서 일하던 난장이 가족의 큰아들이었다. 선량한 사촌 형은 그 노동자가 무슨 이유로 살인까지 하게 되었을까 궁금해한다. 살인범이 노린 사람은 자신의 아버지가 아닌 '나'의 아버지였다는 사실을 알고 그는 침묵한다. '나'는 공판에 참여하기 위해 공판정을 향해 걸어간다.

나는 매점 공중전화기 앞에 서 있는 두 여공女工 공장에서 일하는 여자에게 다가가 피고인의 아버지가 난장이라는 말을 들었는데 그것이 사실이냐고 물었다. 계속 조업 공장에서 밤일을 하느라고 잠을 못 잔 듯한 두 여공은 핏발이 선 눈으로 나를 쳐다보았다. 머뭇거리던 한 아이가 모른다고 말했다. 그 옆의 여자아이는 달랐다. 그 아이는 내가 누구인지도 모르겠고, 그것을 왜 알려고 하는지도 몰라 말해 주고 싶지 않지만, 꼭 알고 싶어 하는 것 같아 말해 주는데, 잠시 후에 판결을 받을 피고인의 아버지는 사실은 굉장히 큰 거인이었다고 단숨에 말했다. 내가 그 아이의 말을 듣고 있을 때 줄에서 나온 몇 명의 남자아이들이 나를 향해 걸어왔다. 줄 밖 그늘에 있던 아이들까지 왔다. 그중의 한 아이가 형씨, 나 좀 봅시다, 했다. 뭐요, 내가 묻자, 당신이 우리 회장님 아들이라고 아이들이 그러는데 사실이오, 건방진 말투로 물었다. 내 안에서 무엇이 욱 치밀었지만 참을 수밖에 없었다. 나는 할 말을 잃었다. 누렇고 모가 진 얼굴에 유난히 눈만 살아 움직이는 듯한 아이들이 나를 둘러쌌다. 그리고, 적의와 반감을 나타내는 짧은 노랫소리를 나는 들었다.

우리 회장님은
마음도 좋지.
거스름돈을 쓸어
임금을 준대.

아주 짧았지만 상상도 못했던 노래였다. 나는 이 노래를 부른 공원工員 공장에서 노동에 종사하는 사람을 돌아볼 수 없었다. 보나 마나 나이보다 작은 몸뚱이에 감춘 적의敵意 적대하는 마음와 오해 때문에 제대로 자라지 못한 아이라고 나는 생각했다. 그런데, 이번에는 앞에서 나를 둘러싼 아이들이 나의 표정을 뜯어보면서, 우·리·회·장·님·은·마·음·도·좋·지·거·스·름·돈·을·쓸·어·임·금·을·준·대, 같이 입을 벌렸다. 웃지도 않고. 나무 위 매미의 울음소리보다 작게. 그래서, 법정 경고판 앞쪽 줄에 선 사람들은 뒤에서 무슨 일이 일어나고 있는지 몰랐지만, 그래도, 회사 비서실 사람들이 어디서 보고 있는 것은 아닐까 조마조마했다. 우리의 명예와 상관이 있는 일이었다. 아버지의 명예는 물론 나 자신의 명예도 지킬 수 없었다. 두 형이라면 달랐을 것이라는 생각이 나를 참담한 기분으로 몰아넣었다. 마음이 집으로 달려갔다. 내 마음은 아버지의 22 소구경小口徑 총포의 구경이 작은 것 권총을 주머니에 넣은 다음 연발 엽총에 작렬탄을 장전해 들고 뛰어왔다. 나는 그들을 겨냥했다. 쏠 필요는 없었다. 나를 둘러 쌌던 공원들이 아들의 판결을 보기 위해 막 도착한 부인에게로 달려갔다. 숙부를 죽인 살인범이 부인의 큰아들이었다. 둘째 아들과 딸이 부인 옆에서 있었다. 작지 않은 그 여자가 난장이와 어떤 성생활을 했을까 나는 상상했다. 공원들이 부인을 법정 문 앞으로 안내해 갔다. 숙모와 사촌은 아직도 보이지 않았다. 조금씩 차이가 있겠지만 독재적인 아버지는 항상 그의 가족을 괴롭히고, 가장으로서의 책임을 다 못한 사람들일수록 명령하기를 좋아하며 복종을 요구한다. 나는 모르는 난장이를 생각했다. 그는 자식들의 작은 잘못도 결코 용서하지 않았을 것이다. 잘 때리고, 벌도 심한 것으로 골라 주었을 것이다. 아이들에게 그는 잠을 안 자는 독재자였을 것이다. 그의 권력은 사랑·존경·믿음을 모르는 그 자신의 성격적 결함이 사용하게 한 무서운 매아벌 때문에 바른 것이 못 되었을 것이다. 그가 죽었기 때문에 그의 큰아들은 공격 목표를 잃었다. 그러나 사회생활을 잘할 수 없게 길들여진 큰아들의 그 불확실한 공격성은 그대로 남아 있다 결국 숙부를 죽였다. 그때 법원에 닿아 비탈길을 올라오는 사촌을 잡고 나의 생각을 말했는데 사촌은 제대로 듣지도 않고 손을 들어 저었다.

"아냐."

사촌은 간단히 말했다.

"네가 틀렸어. 그가 공판정에서 한 말을 그대로 믿어야 돼. 아버지가 큰

아버지를 도와 한 일을 난 알아.”

아버지가 돌아가기 전이라도 두 형이 사촌을 몰아낼 음모를 꾸민다면 나는 기꺼이 형들 편에 가담하겠다고 속으로 다짐했다. 사촌은 불볕 속에서 땀을 닦았다. 닫혔던 법정 문이 열리자 공원들은 안으로 밀려 들어갔다. 우리는 다른 문으로 들어갔다. 법정 안은 시원했다.

“우리 아버지들이 뭘 어떻게 했다고 그랬지?”

내가 물었다.

“이들을 괴롭혔어.”

방청석 공원들을 돌아보며 사촌이 속삭였다.

“인간을 위해 일한다면서 인간을 소외시켰어.”[1]

“형이 말하는 걸 들어보면 참 근사해.”

내가 말했다.

“사실은, 공장을 지어 일을 주고 돈을 주었지. 제일 많은 혜택을 입은 게 바로 이들야.”

사촌이 웃었다. 그 시간에 그 법정에서 웃은 사람은 사촌밖에 없었다. 피살자의 아들이 살해범의 선고 공판을 기다리며 웃는다는 것은 이유가 어디에 있든 쉬운 일이 아니었다. 은강 공장 노동조합 간부인 듯한 여자아이가 내가 모르는 그 난장이의 부인과 아들딸을 피고석 뒤쪽 나무 의자로 이끌어 앉혔다. 방청석은 이미 꽉 차버렸는데도 계속 들어오려는 바깥 사람들로 문쪽은 어수선했다. 정리廷吏 법원에서 법정 내의 잡무나 소송 서류의 송달 등을 맡아 하는 직원 가 방청인들을 헤치고 가 더 이상 들어오지 못하도록 문을 닫았다. 숙모는 오지 않았다. 한집에 사는 사촌도 사흘 동안 얼굴 한번 못 보았다고 말했다. 우리는 공판 결과를 아버지에게 보고하기 위해 나온 그룹 본부 이사와 비서실 사람들 사이에 앉았다. 뒤쪽 벽 밑에 놓여 있는 냉방기가 찬 공기를 내뿜었다. 방청인을 입정入廷 재판을 하는 법정에 들어감 시키면서 화가 난 듯한 정리가 공원들에게 옷을 바로 입고 조용히 해 달라고 당부했다.

“저 뒷분, 웃옷 단추 좀 끼우세요.”

정리가 말했다.

“그리고, 지난번에 몇 사람이 소리를 내어 울었는데 오늘은 제발 그러지

<hr>

1) 작품의 주제가 드러난 문장이다. 산업화에 따른 인간 소외 현상을 비판하고 있다.

마세요."

"울 수도 없나요?"

쉰 목소리로 한 여공이 물었다.

"운다고 누가 뭐랍니까. 소리 내 울지 말라는 거죠. 극장 구경을 온 것도 아니고, 울고불고하면 서로 곤란해요."

"극장 구경이나 가 울 사람은 여기 없어요."

"그럼 늘 울어요?"

"그래요. 분해서 날마다 울어요."

정리가 알 수 없는 표정을 지으며 돌아섰다. 나는 쉰 목소리의 여공을 찾아보았다. 아주 못생긴 계집아이가 서 있었다. 대부분의 공장 작업자들이 그렇듯이 그 계집아이도 유난히 누런 피부에 평면적인 얼굴, 낮은 코, 튀어나온 광대뼈, 넓은 어깨, 굵은 팔, 큰 손, 짧은 하반신의 특징을 갖고 있었다. 열아홉 아니면 스무 살 정도였는데 여자로 보이지 않았다. 천 날을 고도에서 함께 보낸다고 해도 자고 싶은 생각이 안 날 아이였다. 공장 노동이 생명 유지를 위한 그 계집아이의 생업生業 살아가기 위하여 하는 일이었다. 우리가 필요로 하는 것은 그 아이의 근육 활동뿐이었다. 공장 노동이 방청석을 메운 공원들에게 고통이 아닌 즐거움이 된다면 아버지도 아버지의 의지대로 움직일 수 있었던 것들을 모두 잃게 될 것이다. 나는 지루했다. 장내 정리가 되고 시간도 되었지만 아무 움직임이 없었다. 그러나 내가 초조해야 할 이유는 없었다. 서류 봉투를 든 변호사가 제일 먼저 들어왔다. 그는 내가 모르는 그 난장이의 부인에게로 다가가 몇 마디 말을 하고 손을 잡아 주었다. 부인이 일어나 허리를 굽혔다. 변호사는 방청석을 한번 돌아본 다음 법대 아래 바른쪽 그의 자리로 가 앉았다. 안경을 쓴 젊은 변호사였다. 그는 방청인들이 자기에게 호의와 존경심을 갖고 있는 것으로 믿는 모양이었다. 그를 본 순간 나의 속 밑바닥에서부터 부글부글 울화鬱火 마음속이 답답하여 일어나는 화가 끓어올랐다. 중죄 재판에 변호인이 끼어들어 죄인을 싸고도는 법 제도를 왜 그대로 두고 있는지 나는 알 수가 없었다. 그는 처음부터 숙부 살해범에게 죄가 없는 것처럼 감싸면서 사건 성격을 아주 바꾸어 버리려고 했다. 담당 검사가 사태 파악을 잘못했더라면 그의 음모에 휘말려 들 뻔했다. 검사는 훌륭한 사람이었다. 공익을 대표할 자질을 완전히 갖춘 사람으로 인상과 옷차림까지 깨끗했다. 재판장이 숙부 살해범인 난장이 큰아들의 이름·나이·본적·주소·직업을 확인해 인정신문人定訊問 실질적인 심리에 들어가기 전에 피고인으로 출석한 사람이 공소장에 기재된 피고인과 동일한 사람인가를 확인하는 절차 을 끝내자 검사가 공소장에 의한 기소起訴 검사가 특정한 형사 사건에 대하여 법원에 심판을 요구하는 일 요지를 진술했는데, 그는 거기서 살인·소요·특수 협박·특수 손괴· 폭발물 예비·음모 등의 죄명을 들고 범죄의 일시·장소와 방법까지 정확히 밝혔다. 직접 신문訊問 법원이나 기타 국가 기관이 어떤 사건에 관하여 증인, 당사자, 피고인 등에게 말로 물어 조사하는 일 으로 들어가기 전에 재판장이 피고인은 각개의 신문에 대하여 진술을 거부할 수 있다고 피고인 진술 거부권을 일깨워 주었지만 난장이의 큰아들은 검사의 모든 물음에 순순히 답했다.

"피고는 은강방직 공장 보전반 기사 조수로 있으면서 열다섯 개의 서클^{같은} 이해관계나 같은 직업, 취미 따위로 모인 사람들의 단체 을 만든 것으로 밝혀졌는데 사실입니까?"

"사실입니다."

"서클 회원은 같은 공장 근로자들이었고, 그 회원 수는 백오십 명 정도였죠?"

"그렇습니다."

"그 백오십 명이 공장에서 동료 공원 열 명씩을 설득해 대화를 할 수 있었고, 피고는 각 서클 책임자에게 전달 사항을 말하면 천오백여 명의 공장 종업원들은 짧은 시간 안에 그것을 알 수 있었죠?"

"그것이 무엇을 뜻하는지는 모르겠습니다."

"좋아요. 피고는 197x년 x월 x일 전 종업원은 작업을 중단하고 밖으로 나오라고 지시하지 않으셨습니까?"

"했습니다."

"모두 그대로 움직였죠?"

"네."

"피고는 전 종업원의 단식을 종용했고, 나중엔 과격한 공원들과 함께 작업 장으로 들어가 기계들을 파괴했습니다. 사실입니까?"

"사실과 다릅니다. 흥분한 몇 명이 직포과로 들어가 기계를 망가뜨리려고 한다는 조합 지부장의 말을 듣고 달려가 말렸습니다. 그중의 한 명이 틀에 약간의 손상을 입혔습니다만 간단히 수리해 계속 가동한 것으로 알고 있습니다."

"피고의 방에서 질산나트륨과 황, 그리고 목탄을 발견했는데 그것을 누가 구입한 것입니까?"

"제가 구입했습니다."

"왜 필요했죠?"

"화약을 만들려고 했습니다."

"그래 만들었습니까?"

"중간에 포기했습니다."

"그러니까, 질산나트륨·황·목탄을 이용하면 동일 조성에서 강도가 세어지고 흡수성이 있어 폭발물을 자가 제조하여 즉시 사용할 수 있다는 걸 알았던 것 아닙니까?"

"알았습니다. 그러나, 그것을 만들어 시험해 볼 장소가 마땅치 않았고 제조에 성공한다고 하더라도 그 폭발로 엉뚱한 사람들이 피해를 입을 것 같아 포기했습니다."

"그래서 폭발물 제조를 포기하고 칼을 샀습니까?"

"네."

"이것이 그 칼이죠?"

"그 칼입니다."

"이제 197x년 x월 x일 오후 여섯 시 십삼 분, 은강 그룹 본부빌딩에서 한 일을 말해 주겠습니까?"

"사람을 죽였습니다."

"이 칼로?"

"네."

재판은 더 이상 계속할 필요가 없었다. 무서운 악당, 그 난장이의 큰아들은 뉘우치는 빛 하나 없이 모든 것을 털어놓았다. 그는 아버지를 살해할 마음으로 와 아버지를 너무 닮았던 숙부를 아버지로 잘못 알고 살해했다고 진술했다. 그 시간에 아버지는 그의 방에서 각 회사별 매출 실적을 확인하는 중이었고, 경제인들과의 간담회에 참석하기 위해 엘리베이터를 타고 내려온 숙부는 경비원들이 경비를 소홀히 한 틈을 이용, 대리석 기둥 뒤쪽에 몸을 숨기고 있다 튀어나온 범인의 칼을 심장에 맞고 쓰러졌다. 찔린 부위가 너무나 치명적인 곳이어서, 사촌이 알고 싶어한 것이지만, 숙부는 아픔을 느낄 사이도 없었을 것이다. 그런데, 재판은 그것이 시작이었다. 우리는 악한 중죄인에게까지 관대한 법을 가지고 있었다. 내 식으로 하라면 자백과 증거가 일치하는 순간 사람들이 많이 모이는 장소에서 살해범의 목을 매어 달았을 것이다. 뼈를 부러뜨린 자의 뼈를 똑같이 부러뜨리지 않는다면 이 세상 사람들은 모두 뼈가 부러진 불구자로 앓다 죽게 될 것이다. 숙부는 이미 땅속에 묻혔는데, 공원들이 일을 하러 공장으로 갈 때 볼 수 있도록 은강 공장 지대에 달았어야 했을 난장이의 큰아들은 교도관의 보호를 받아가며, 계속 법정에 나와 섰다. 변호인의 반대 신문에 의한 피고인의 진술을 들어보면 은강 공장 근로자들의 이마에서 땀을 짜낸 사람, 그들의 심신을 피로하게 한 사람, 결국 그들을 불행하게 한 사람은 바로 우리였다. 변호인의 물음 하나하나가 피고의 행동을 정당화시켜주기 위해 던져지는 것으로 나에게는 들렸다. 그들은 마치 발기발기 찢어 해부할 부정한 사회를 발견한 사람들처럼, 소송과 직접 관계없는 사항까지 끌어들여 검사의 이의, 재판장의 이의 인정과 제한을 받아 가면서 신문·진술을 계속했다. 변호인은, 자기가 알아본 바에 의하면 피고인은 집에서는 한 집안을 이끌어 가는 장남, 좋은 형, 좋은 오빠였고, 공장에서는 책임감 강한 산업 전사, 이해심 많은 동료, 어려운 사람들을 앞장서 도와 고통을 나누어지는 신의信義 믿음과 의리를 아울러 이르는 말의 동지였고, 노동 문제를 연구·토론하는 모임에서는 언제나 서로 간의 이해와 화해, 사랑을 주장한 학도요, 지도자였는데 이러한 피고인이 어느 날 갑자기 저 끔찍한 살인을 생각한 데는 그만한 이유가 있었을 것으로 본다고 말하고, 그러니까 임금·휴가·부당 해고자 복직 문제들을 놓고 회사와 개선점을 찾으려고 노력했으나 합의를 보지 못한 외에, 노조 대의원 및 임원 선거를 평화적으로 실시하려는 조합원들의 노력을 사용자가 힘으로 짓밟아 노·사 협조를 일방적으로 파기함은 물론, 산업 평화까지 스스로 깨뜨려 노·사의 불이익을 초래함을 묵도하는 순간 은강 그룹을 이끌어 가는 총책임자, 즉 회장을 살해하겠다는 우발적인 살의를 품게 된 것이 아니냐고 물었다. 난장이의 큰아들은 밭은기침 병이나 버릇으로 소리도 크지 아니하고 힘도 그다지 들이지 않으며 자주 하는 기침을 했다. 밭은기침을 하며 머리를 떨어뜨렸다. 그가 머리를 떨어뜨린 것을 나는 처음 보았다. 그의 여동생이 울음을 참기 위해 입에 손수건을 대었다. 그의 여동생은 참았는데 뒤쪽의 몇 명이 못 참고 소리를 내었다. 정리가 여공들을 말렸다.

난장이의 큰아들이 고개를 들었다. 그것은 우발적인 살의가 아니었다고 그가 말했다.

"미안합니다."

변호인이 말했다.

"방금 한 말을 다시 해주시겠습니까?"

"우발적인 살의가 아니었다고 말했습니다."

변호인은 난처한 표정을 지었다.

"그렇다면 말입니다. 그 당시의 심적 상태를 말해 줄 수 있습니까?"

"이미 철도 들고, 고생도 많이 해 본 공장 동료들이 울음을 터뜨려, 엉엉 소리 내어 우는 현장에 저는 서 있어 보았습니다. 웬만한 고생에는 이미 면역이 된 천오백 명이, 그것도 일제히 말입니다. 교육도 받고, 사물에 대한 이해도 깊은 공장 밖 사람들에게 그 이야기를 해본 적이 있는데, 그럴 수 있을까 좀처럼 믿어지지 않는다는 말들이었습니다. 제가 말해도 사람들은 믿지 않았습니다."

"아뇨. 내가 믿겠습니다."

"그분은, 인간을 생각하지 않았습니다."

"그것이 살해 동기입니까?"

"개새끼!"

나는 외쳤다. 내가 외치는 소리를 옆자리의 사촌도 듣지 못했다. 아버지가 왜 그 따월 생각해야 된단 말인가. 아버지가 바쁜 사람이라는 것, 그리고 아버지에게는 그런 것 말고도 계획하고, 결정하고, 지시하고, 확인할 게 수도 없이 많다는 것을 작은 악당은 몰랐다. 발육이 좋지 못해 우리보다 작고 약하지만 그 작은 몸속에 모진 생각들만 처넣고 사는, 이런 부류들을 나는 잘 알고 있었다. 그들은 우리가 남다른 노력과 자본·경영·경쟁·독점을 통해 누리는 생존을 공박하고, 저희들은 무서운 독물에 중독되어 서서히 죽어 간다고 단정했다. 그 중독 독물이 설혹 가난이라 하고 그들 모두가 아버지의 공장에서 일했다고 해도 아버지에게 그 책임을 물어서는 안 되었다. 그들은 저희 자유의사에 따라 은강 공장에 들어가 일할 기회를 잡았던 것과 마찬가지로 언제나 마음대로 공장일을 놓고 떠날 수가 있었다.[2]

공장일을 하면서 생활도 나아졌다. 그런데도 찡그린 얼굴을 펴 본 적이 없다. 머릿속에는 소위 의미 있는 세계, 모든 사람이 함께 웃는 불가능한 이상 사회가 들어 있었다. 그래서 늘 욕망을 억누르고, 비판적이며, 향락과 행복을 거부하는 입장을 취하고는 했다. 이상에 현실을 대어 보는 이런 종류의 엄숙

[2] 노동자들은 생계를 유지하기 위해 반드시 일을 해야만 하며, 부당한 대우를 당하더라도 함부로 직장을 그만둘 수 없다. '나'가 노동자들의 현실을 전혀 모르고 있음이 드러난 문장이다.

주의자들은 생각만 해도 넌더리가 났다. 그중의 하나가 이제 살인까지 했는데 변호인은 그를 살려내기 위해 그와 같은 종류의 인간을 증인으로 불러냈다. 한지섭이었다. 그가 증언대로 올라가 양심에 따라 숨김과 보탬이 없이 사실 그대로 말하고 만일 거짓이 있으면 위증의 벌을 받기로 맹세한다고 했을 때, 나는 그가 조금 큰 악당이라는 것을 직감으로 알았다. 남쪽 공장에서 올라왔다는 그는 손가락이 여덟 개밖에 안 되었다. 아버지의 공장에서 두 개를 잃었을 것이다. 콧등도 다쳐 납작하게 내려앉았고, 눈 밑에도 상처가 있었다. 나는 처음부터 그의 말을 듣지 않기로 했다. 증인으로 나온 사람에게 손가락이 여덟 개밖에 없다는 것 자체가 기분 나빴다. 잃은 두 개가 사물에 대한 그의 이해에 끼쳤을 영향을 나는 생각했다. 그는 개관적인^{전체를 대강 살펴보는} 눈까지 잃었다. 나는 눈을 감았다.

· **중간 부분 줄거리**

변호인 측 증인으로 출두한 지섭은 난장이의 큰아들이 나쁜 사람을 죽이려다 실수한 것이기에 죄가 없다고 말한다. 그들의 주장에 따르면 이 세상 최고의 악당은 그들이 아니라 기업주들이다. 재판 결과 난장이 큰아들에게는 사형이 선고된다. 무죄를 기대했던 공원들은 슬픔과 혼란에 빠지고 변호인은 낙담한다.

나는 책을 읽다가 잠이 들었고, 깨기 직전에 꿈을 꾸었다. 꿈속에서 그물을 쳤다. 나는 물안경을 쓰고 물속으로 들어가 내 그물로 오는 살찐 고기들이 그물코에 걸리는 것을 보려고 했다. 한 떼의 고기들이 내 그물을 향해 왔다. 그러나 그것은 살찐 고기들이 아니었다. 앙상한 뼈와 가시에 두 눈과 가슴 지느러미만 단 큰 가시고기들이었다. 수백 수천 마리의 큰 가시고기들이 뼈와 가시 소리를 내며 와 내 그물에 걸렸다. 나는 무서웠다. 밖으로 나와 그물을 걷어 올렸다. 큰 가시고기들이 수없이 걸려 올라왔다. 그것들이 그물코에서 빠져나와 수천 수만 줄기의 인광을 뿜어내며 나에게 뛰어올랐다. 가시가 몸에 닿을 때마다 나의 살갗은 찢어졌다. 그렇게 가리가리 찢기는 아픔 속에서 살려 달라고 외치다 깼다. 서쪽 유리창에 황적색 저녁놀이 와 닿았다. 그것이 아름답게 느껴져 창가로 가 내다보았다. 대기 속 물질의 아주 작은 알갱이들이 빛을 운반해 오는 것을 나는 볼 수 있었다. 흰 벽이 저녁 놀빛을 숲 쪽으로 받아 던졌다. 돌아간 할아버지의 늙은 개가 그 숲에서 기어 나왔다. 달아오른 몸으로 나를 받아들이려고 했던 여자아이가 늙은 개를 불렀다. 개 밥그릇을 개집 앞에 놓아 준 여자아이가 늙은 개의 목을 껴안았다. 난장이의 큰아들이 끌려 나갈 때 난장이의 부인이 그런 몸짓을 했었다. 공원들은 밖으로 나가 울었다. 지섭은 올라올 수가 없었다. 사람들의 사랑이 나를 슬프게 했다. 그때 수위가 철문을 밀어붙이는 것이 보였다. 이팝나무 숲을 끼고 돌아온 아버지의 승용차가 미끄러지듯 들어와 섰다. 내일 아무도 모르게 정신과 의사를 찾아가 보자고 나는 생각했다. 내가 약하다는 것을 알면 아버지는 제일 먼저 나를 제쳐놓을 것이다. 사랑으로 얻을 것은 하나도 없었다. 나는 밝고 큰 목소리로 떠들 말들을 떠올리며 방문을 열고 나갔다.

 만화로 읽는 '내 그물로 오는 가시고기'

발단 사촌 형이 장례식에 참여하기 위해 귀국함

전개 사촌 형은 젊은 노동자가 살인을 저지른 까닭을 궁금해함

위기 공판정에서 '나'는 노동자들의 태도를 보고 그들을 경멸함

절정 변호인 측 증인은 노동자가 아닌 기업주에 잘못이 있다고 주장함

결말 공판은 끝나고 '나'는 가시고기가 나오는 꿈을 꿈

🔭 생각해 볼까요?

선생님 이 작품에서 이야기를 이끌어 가는 주인공 경훈은 어떤 성격을 가진 인물로 표현되어 있나요?

💬 3 🤍 3

↳ **학생 1** 경훈은 은강 그룹 회장의 세 아들 중 막내로 후계자 경쟁에서 형들에게 뒤처질까 늘 노심초사하는 인물이에요. 그는 아버지의 신임을 얻고자 노력하지만, 자기 주체성을 확립하지 못하고 흔들리는 삶을 살아요.

↳ **학생 2** 경훈은 냉혹한 부유층 사이에서 인간적인 정 따위를 얘기하는 사촌 형을 어리석다고 생각해요.

↳ **학생 3** 재판정에서는 증인으로 나온 지섭의 말을 듣지 않으려 애쓰는 모습을 보여요. 이 점에서 경훈은 사촌 형과 달리 노동자와 인간적인 교류의 가능성을 차단하고 노동자에 대한 경멸과 증오를 키우는 인물이에요. 경훈은 철저히 자본가 편에 선 인물로 그려진다고 볼 수 있어요.

선생님 경훈은 꿈속에서 통통하게 살찐 고기를 잡을 것을 기대하며 그물을 쳐 놓지만 뜻밖에도 앙상하게 마른 가시고기를 보게 돼요. 작품의 제목에도 등장하는 '그물'과 '가시고기'는 무엇을 의미할까요?

💬 2 🤍 2

↳ **학생 1** 그물과 가시고기는 자본가와 노동자의 관계를 독특한 상징으로 보여 줘요. 둘은 먹고 먹히는 관계이며, 생존과 이익을 위해서는 서로 대립하고 투쟁할 수밖에 없는 현실에 처해 있어요.

↳ **학생 2** 여기서 말하는 가시고기는 앙상하게 뼈만 남은, 아무것도 가진 것 없는 비참한 노동자들을 뜻해요. 부유한 기득권층이 쳐 놓은 그물, 처절한 생존 경쟁 속에서 혹사당해 피폐해진 노동자들의 삶이 가시고기로 형상화된 것이에요.

산업화의 폐단 ▽ 🔍

연관 검색어   도시화   불평등   양극화

1960년대 이후 진행된 급속한 산업화는 각종 문제를 야기하였다. 도시화가 급속히 진행되어 농촌은 고령화되었으며 도시의 주거 환경은 악화되었다. 정부가 '수출입국(輸出立國)'을 지향하여 중소기업보다 대기업을 우대하면서 경제 양극화가 고착되었다. 산업화 정책으로 인해 경제적 효율성과 시장 경쟁력이 우선시되는 분위기 속에서 불평등한 계층 구조가 심화되었다.

김원일
(1942~)

✉ 작가에 대하여

경상남도 김해 출생. 영남대학교 국문학과를 졸업하였다. 1966년 〈대구매일신문〉 신춘문예에 「1961·알제리아」가 당선되었고, 1967년 〈현대문학〉 제1회 장편 소설 공모에 「어둠의 축제」가 당선되면서 등단하였다. 자신의 가족사를 재구성한 「어둠의 혼」을 발표하면서 문단의 주목을 받기 시작하였다. 분단의 상처를 다룬 「노을」, 「불의 제전」, 「미망」, 「겨울 골짜기」, 「마당 깊은 집」 등을 발표하면서 대표적인 분단 문학 작가로 위상을 확립하였다.

김원일의 작품은 소외된 민중의 삶을 다룬 초기 소설을 제외하고는 대체로 남북의 분단을 제재로 다루고 있다. 그는 광복 직후부터 한국 전쟁에 이르는 시기를 재현하거나, 전쟁과 분단의 피해자들이 타인에 대한 사랑과 이해를 통해 그 상처를 극복해 내는 소설을 창작하였다.

1974년 현대문학상, 1978년 대한민국문학상 대통령상, 1984년 동인문학상, 1990년 이상문학상 등을 수상하였다. 주요 작품으로 「마음의 감옥」, 「늘 푸른 소나무」, 「사랑아 길을 묻는다」, 「가족」, 「전갈」 등이 있다.

도요새에 관한 명상

#실향민   #산업화   #자유의상징   #현실비판적

작품 길잡이

갈래: 중편 소설, 현대 소설, 생태 소설, 분단 소설
배경: 시간 - 1970년대 후반 / 공간 - 동진강 유역
시점: 1인칭 주인공 시점
주제: 타락한 삶에 대한 비판과 순수한 인간성의 회복
출전: 〈한국문학〉(1979)

인물 관계도

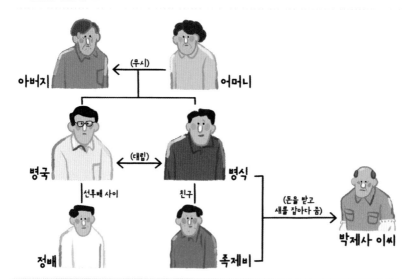

아버지	실향민으로 고향에 대한 그리움을 도요새를 보며 달래곤 한다.
병국	학생 운동에 참여한 일로 퇴학당한 후 환경 운동을 시작한다.
병식	환경 문제나 통일 문제에는 관심이 없는 인물로, 자신의 유흥비를 마련하기 위해 조류 박제품을 만드는 일에 동참한다.

📅 구성과 줄거리

발단   병국은 환경 운동에 관심을 보임

재수생인 병식은 동진강 하구에서 친구들과 새를 밀렵하는 일을 한다. 병식의 형 병국은 서울의 명문 국립 대학에 입학했으나 시국 사건에 연루되어 퇴학당한 후, 환경 운동을 하고 있다.

전개   어머니가 실향민 출신의 아버지를 무시함

생활력이 강한 어머니는 오로지 돈만 밝히는 매사 적극적인 인물이다. 어머니와 아버지는 서로의 일에 신경쓰지 않고 어머니는 실향민 출신의 아버지를 무시한다.

위기   병국은 동진강 하구의 오염 원인을 조사함

병국은 도요새의 도래지로 유명한 동진강 하구가 오염되는 것을 이상하게 생각해 이것저것 조사하다가 동생 병식과 마주친다.

절정   병국은 군사 통제 구역에 들어갔다가 군인들에게 붙잡힘

새들이 떼죽음을 당한 것을 조사하러 군사 통제 구역에 들어갔던 병국은 붙잡히고, 아버지는 집으로 들이닥친 군인들과 함께 군부대로 향한다.

결말   병국은 유흥비를 마련하기 위해 새를 죽이는 동생을 타이름

병국은 유흥비를 마련하기 위해 새를 밀렵하는 동생 병식을 나무란다. 병국은 실향민의 아픔을 간직한 아버지를 보면서 도요새를 생각한다.

도요새에 관한 명상

　'나(병식)'는 서울의 명문 국립 대학에 입학한 형(병국)과 달리 지방 대학 입시를 준비하는 수험생이다. '나'는 한때 자신의 우상이었던 형이 학교에서 제적당한 뒤 새나 공해 문제에 몰두하는 것이 못마땅하다. 중학교 서무과장이었던 아버지가 공금을 횡령해 권고사직을 당한 뒤 무기력하게 지내는 것도 불만이다. 아버지와 형처럼 통일 문제에 적극적이지 않은 '나'는 박제품 수거에 동참하기로 결심한다.

　'나(병국)'는 학교에서 제적을 당한 뒤 환경 문제에 더욱 관심을 쏟는다. 어느 날 '나'는 동진강 제방 둑길을 걸으며 그 일대의 오염 실태를 조사하던 중에 동생 일행을 만난다.

　남한에는 친척 한 명 없는 '나(아버지)'는 상이군경 재활원에서 아내를 만나 연애를 하고 결혼한다. 아내는 전쟁 중 피란길에 가족을 잃은 뒤 홀로 생활했을 정도로 생활력이 강하고 당찬 여자이다. '나'는 언젠가 휴전선을 넘어 고향에 돌아갈 생각으로 하루하루 살아가고 있지만 아내는 그런 '나'를 무시하고 조롱한다.

3
(중략)

　내가 신문의 바둑란을 꼼꼼히 들여다보고 있을 때였다.[1] 대문의 초인종이 세 번 길게 울렸다. 마루 끝에 앉아 껌을 소리 나게 씹으며 라디오의 유행가를 듣고 있던 종옥이가 쪼르르 대문께로 달려갔다. 초인종 소리로 보아 두 아들 녀석 같지는 않았고, 여편네가 또 뭘 빠뜨리고 나갔다 황망히 _{마음이 몹시 급하여 당황하고} _{허둥지둥하는 면이 있게} 되돌아왔으려니 생각했다.

　"누구세요?"

　종옥이가 철문의 쇠빗장을 달그랑거리며 물었다.

　"김병국이라고, 이 집에 살지요?"

　바깥의 무뚝뚝한 목소리였다.

　"그런데……." 하며 종옥이가 문을 열자, 장교 한 명과 사병 한 명이 집안

---

1) 이 소설은 장마다 시점이 달라진다. 3장에서 '나'는 아버지이다.

으로 들어섰다. 장교는 중위였고 사병은 상등병이었다. 둘의 거동이 당당한 데다 사병은 총을 메고 위장망을 씌운 철모를 쓰고 있었다. 두 명이 마당 가운데 서자 금세 마당을 꽉 채운 듯했다. 가슴이 철렁 내려앉았다. 그러자 오른쪽 턱에 경련이 왔다. 육이오 때 철원 전투에서 왼쪽 다리에 중상을 당한 후부터 놀랄 때나 흥분이 차오를 때면 언제나 있게 마련인 부교감 신경의 실조증_{자율 신경의 균형이 깨져서 나타나는 증상}이었다. 병국이가 제 어미에게 돈을 못 타 내다 보니 나한테 오천 원을 돌려 달라던 것이 그저께였다. 내가 강 회장한테 돈을 빌려 건네주었는데 녀석이 그 돈으로 무슨 큰 말썽을 피웠구나, 하는 생각이 들었다. 나는 엉거주춤 마루로 나섰다. 이런 종류의 일은 올여름 들고 벌써 두 차례였다. 지난여름, 한창 더위가 찔 무렵이었다. 비^B공단 성창 비료 석교 공장의 노무 과장_{노동자의 인사, 복리, 후생, 교육 등을 관리하는 부서의 과장}이 어깨가 딱 벌어진 젊은 이 셋을 거느리고 느닷없이 집으로 들이닥친 일이 있었다. 그날은 종옥이까지 시장으로 나가고 없어 홀로 집을 지키던 참이었다.

"김병국이란 작자가 누구요? 도대체 어떤 위인인가 상판이나 좀 봅시다."

젊은이 하나가 불끈 쥔 주먹을 내두르며 기세등등하게 말했다.

"내, 내 아들놈인데 당신네들은 누, 누구요?"

그 기세에 눌려 내 목소리가 더욱 더듬거렸다.

"그럼 아직 마빡이 새파란 놈이겠군. 그 새끼 좀 꺼내 주시오!"

다른 젊은이가 윽박질렀다.

"아들은 지, 지금 집에 없소. 무슨 일인데 이러는 거요?"

"그 자식 간 데를 불어요. 당장 작살을 내고 말 테니. 암모니아 가스가 아니라 진짜 똥물을 아가리에 퍼 넣어야 정신을 차릴 개새끼 같으니라구."

또 다른 젊은이가 방문이 열린 큰방과 건너방을 기웃거리며 말했다. 그러자 마흔쯤 되어 보이는 노무 과장이란 자가 내게 정중하게 인사를 했다. 그리고 젊은이들을 제지시키곤 말했다.

"이거 소란을 피워 죄송합니다만, 병국이란 자제분을 좀 만날 수가 없겠습니까?"

옳거니, 이 사람을 상대로 해야 되겠구나, 하고 생각하곤 노무 과장에게 말했다.

"자, 우선 마루에라도 조, 좀 앉으십시오."

"앉구 자시구 할 시간이 없단 말이오!"

한 젊은이가 말했다.

"가만있자, 병국일 차, 찾자면…… 아무래도 힘들겠네요. 자정이나 돼야 돌아오니 나, 난들 행선지를 알 수가 있어야죠."

노무 과장이 병국이를 찾아온 이유를 설명했다.

"사실을 말씀드리자면 선생님 자제분이 우리 회사를 상대로 관계 요로^{要路}_{영향력이 있는 중요한 자리나 지위}에 진정서를 보냈습니다. 자, 여기 시 보건과에서 접수한 진정서 사본을 좀 보십시오."

노무 과장은 마루에 걸터앉아 주머니에서 복사판 서류 한 장을 꺼냈다. 그것을 받아 든 내 손이 떨렸다. 방 안으로 들어가 돋보기 안경을 찾아 낄 틈도 없이 어릿어릿한 글자들을 대충 훑어보았다.

……성창 비료 석교 공장은 연간 사십 억 규모의 흑자를 내고 있으면서도 폐기^{廢棄} 처리 과정에 대한 근본적인 개선책이 전혀 없음이 입증되었다.

지난 팔월 사 일 새벽 두 시 이십 분, 당 공장은 야음^{夜陰 밤의 어둠}을 틈타 암모니아 가스를 다량으로 배출하여 그 가스가 폐수천—석교천—을 따라 안개처럼 덮쳐 와 동진강 하류로 확산된 바 있다. 이로 인하여 새벽 네 시 십 분 동진강 하류에서 오징어잡이에 출어하려던 어민 십팔 명이 심한 두통과 구토증으로 실신한 사건이 있었다. 당사는 기계의 밸브가 고장 나서 가스가 샜다고 변명하고 있지만 이런 사건은 일주일을 주기로 이미 수십 차 반복되었음을 입증하며—관계 자료 별첨—, 이로 미루어 당사는 일부러 밸브를 틀어 못 쓰게 된 가스를 배출하고 있음이 객관적으로 입증됨으로써…….

"정신병자가 쓴 낙선 뭐 더 읽을 필요도 없소."

하며 한 젊은이는 내가 읽던 진정서를 낚아채 갔다.

"저게 제 아, 아들놈이 낸 진정서가 틀림없습니까?"

노무 과장을 보고 내가 물었다.

"예, 분명합니다. 알고 보니 자제분은 이런 방면에 상습범이더군요. 지난 유월에는 풍천 화학을 상대로 또 진정서를 낸 바 있었습니다. 풍천 화학 역시 야음을 틈타 카드뮴, 수은 등 중금속 물질을 다량으로 배출시켜 동진강 하류 삼각주 지대의 각종 새 삼백여 마리와 물고기들이 떼죽음을 했다나요. 사람이 아닌 한갓 새나 물고기가 말입니다."

노무 과장의 목소리가 비로소 열을 띠더니 '새나 물고기'라는 말을 힘주어 강조했다.

"내 참, 기가 막혀서, 뭐 제 놈이 실신을 했다거나 가족이 떼죽음 당했다면 또 몰라."

한 젊은이가 가소롭다는 듯 시큰둥 말했다.

"국민 소득 일천 달러 달성에, 오늘날 조국 근대화가 다 무엇으로 이루어진지는 선생도 잘 알지요?"[2]

다른 젊은이가 내 눈을 찌를 듯 손가락질했다.

"빈대 잡겠다고 초가삼간 태우겠다는 미친놈의 짓거리는 이번으로 뿌릴 뽑아야 해!"

또 다른 젊은이가 말했다. 그리고 다시 한차례 병국이 소재를 대라고 이구동성 삿대질을 하고, 그놈이 돌아올 자정까지라도 기다리겠다며 세 젊은이가 우르르 마루로 올라왔다.

"선생님, 진정도 진정 나름입니다. 그러니 이번 문제는 순전히 명예 훼손으로밖에 볼 수가 없어요. 간혹 기계 고장으로 가스가 새는 수가 있긴 합니다. 그러나 그걸 고의로 몰아붙이는 이런 진정에는 우리가 오히려 명예 훼손으로 자제분을 고발할 수도 있어요. 선생님도 지난번 반상회엘 나갔다면 우리 비 공단에서 돌린 공문을 받아 보셨을 겁니다. 공단 측에서도 공해 문제에 관심을 가지고 아황산가스·일산화탄소·폐수 풍속 측정 등 8대 공해 검증 기구를 사들이기 위해 예산을 책정했다는 것 말입니다. 또 오염 가능 지역을 삼 단계로 분류하여 오백여 가구의 이주 계획을 세워 놓았다는 점도 읽으셨겠죠."

노무 과장은 잠시 숨을 돌리더니 담배를 꺼내어 한 개비를 자기가 물고 한 개비를 나에게 권했다. 그로부터 한 시간 낚짓 집에 머물러 있었다. 그동안 노무 과장은 이론을 앞세운 설득으로, 세 젊은이는 힘을 과시한 위협으로 나를 곤비케^{몹시 고단하게} 했다. 그동안 병국이는 용케 집으로 돌아오지 않았다. 그때도 그는 이틀째 집을 비우고 있었다. 동진강 하류에서 텐트를 치고 야영을 하거나, 아니면 해줏집 토방 구석에서 잠을 잤음이 틀림없었다.

"선생님이 김병국의 부친 되십니까?"

---

2) 대한민국의 빠른 경제발전은 실향민 문제, 노동자 인권 문제, 환경 오염 문제를 묻어놓은 채 맹목적이고 급격한 산업화를 진행함으로써 얻어낸 결과임을 말하고 있다.

중위가 정중한 목소리로 물었다.

"예, 예, 그렇습니다만……."

"보호자로서 저희 부대까지 동행을 좀 해 주서야겠어요."

"병국이는 지금 어, 어디 있습니까?"

"부대에서 보호 중입니다."

"보호 중이라니. 녀석이 무, 무슨 사건을 저질렀나요?"

"아드님이 통금 시간에 우리 통제 구역 안으로 무단출입을 했어요. 선생님도 아시겠지만 그 시간에 무단출입자는 발포까지 할 권한이 있습니다."

"그, 그럼 발포를 해서 병국이가 다쳤나요?"

"그런 정도는 아닙니다만, 하여간 잠시 시간을 내서야겠어요."

"부대가 어딘데요?"

"동남만 일대의 경비를 담당하고 있는 ○○ 부댑니다."

나는 방으로 들어가 외출복으로 갈아입었다. 해석을 달리하면 까다로운 사건일 수도 있으나 병국이의 경우를 따져 볼 때는 그리 큰 걱정은 안해도 좋을 듯했다. 병국이가 해안선을 따라 남하해 온 간첩도 아니요, 부대 경계 배치 상황을 탐지하려는 첩자도 아닌 이상 무사히 풀려나올 것임이 분명했다. 녀석은 새에 대한 무슨 조사를 목적으로, 아니면 공해와 관련하여 경계 지구 안으로 잠입했음이 틀림없을 것이기 때문이다. 대문 밖으로 나오니 군용 지프차 한 대가 대기하고 있었다. 사병이 운전수 옆자리에 타고 중위와 나는 뒷좌석에 앉았다. 차가 시내로 빠져나올 동안 중위가 굳게 입을 다물고 있어 무료한 시간을 쪼개느라고 내가 자기소개를 했다. 나는 스물여섯 해 전에 전역된 대위 출신이다. 52년 정월, 철원 전투에서 중상을 입어 현재도 상이 장교로서 연금의 혜택을 받고 있다. 현역 시절 세 개의 무공 훈장을 받은 바 있다. 그러므로 지금도 나는 늘 반 군인의 잠재의식을 떨치지 못하고 있다. 이런 이야기를 더듬더듬 엮자 비로소 중위는 동지적 친근감을 보이며, 그럼 상사님 되시는군요, 하고는 굳었던 안면 근육이 한결 부드러워졌다.

"파견 대장님의 소관이라 저는 그저 심부름을 왔습니다만."

하고 중위는 서두를 뗀 뒤,

"아드님이 성인이기 때문에 군이 보호자를 대동할 필요는 없지만, 아마 그 언행의 진부眞否 참됨과 거짓됨와 가족 관계를 파악하기 위해 부르는 것 같아요."

하고 말했다.

"그럼 혹 제 아들놈이 철새의 수, 수면 장소나 그 은신처를 찾기 위해 통제 구역 안으로 들어간 게 아닌가요?"

"글쎄요……."

"아, 아니면 동진강 하류의 폐수 오염도를 조사할 목적으로?"

"둘 중의 하나겠죠."

중위는 알 만하다는 얼굴로 나를 보고 빙긋 웃었다.

"그럼 경찰서로 이첩移牒 받은 공문이나 통첩을 다른 부서로 다시 보내어 알림 되는 건가요?"

"가 보시면 만나겠지만 저희 파견 대장님은 무척 인간적이십니다."

나는 더 이상 물을 말이 없었다. 그리고 중위의 어투로 보아 크게 걱정하지 않아도 되겠다고 나 스스로에게 안심을 심었다. 담배를 피워 물었다. 어느덧 차는 시내를 빠져나와 석교천을 끼고 사면이 확 트인 해안 지대를 달리는 참이었다. 지프의 차창으로 밖을 내다보았다. 황량한 공한지空閑地 아무것도 심지 않고 놀리는 땅 멀리로 비 공단의 공장 굴뚝들이 보였다. 바다에서 불어오는 바람에 밀려 연기들이 시내 쪽으로 날아가고 있었다. 그중 삼영 정유 공장으로 짐작되는 굴뚝엔 가스를 태우는 중동의 유전 지대처럼 붉은 불꽃이 혀를 날름거리고 있었다. 그 불꽃을 휩싼 검은 연기가 분진을 날리며 미친 여자의 머리칼처럼 서쪽 하늘로 흩어져 날려 갔다. 삼각주 갈대밭과 해안 구릉 사이로 바다가 보이자, 지프는 휘어진 길을 따라 남쪽으로 꺾어 들었다. 나는 차창을 열었다. 소금내 섞인 바닷바람을 마시자 눙쳐 누웠던 희열이 서서히 내 몸을 달아올렸다. 나는 바다에다 시선을 주었다. 가을 햇살 아래 푸른 바다의 잔물결이 반짝반짝 빛났다. 나는 마음껏 바닷바람을 마시며 심호흡을 했다.

"어릴 적부터 병국이 그, 그놈은 바다를 무척이나 좋아했더랬지요."

중위를 돌아보며 내가 말했다.

"저도 고향이 인천입니다만, 소년들에게 바다는 늘 큰 꿈을 키워 주지요."

큰 꿈, 그렇다, 병국이는 어릴 적부터 바다를 보며 큰 꿈을 키웠더랬다. 두 녀석이 국민학교에 다닐 무렵, 일요일이면 자전거 앞에다 병식일 태워 나는 곧잘 동진강 삼각주나, 동남만 남쪽 돌기에 자리 잡은 장진포까지 바다 구경을 나갔었다. 병식은 그저 평범한 소년으로 그때의 일이 별로 기억에 남아 있지 않지만, 병국이는 바다로 나오면 기선汽船 증기 기관의 동력으로 움직이는 배를 통틀어 이르는 말을 보는 것이 소원이었다. 이 동남만이 공업화의 거센 물결을 타자 한갓 고기잡이의 기지였던 장진포가 항만 준설 공사를 마쳐 이제 몇만 톤급의 배까지 들어오게 되었지만, 그 당시는 정박한 배 중 발동선發動船 모터로 움직이는 보트 정도가 큰 배에 속했다.

"아버지, 저는 외국 깃발을 단 큰 기선이 보고 싶어요."

병국이는 곧잘 이렇게 말했다. 노를 젓거나 돛대를 치는 바람의 힘으로 움직이는 거룻배돛이 없는 작은 배나, 통통배라 부르던 발동선은 그의 안중에 차지 않았다. 노랑머리의 코 큰 선원이 마도로스파이프를 물고 알아들을 수 없는 말로 인사를 하는 기선이 한적한 개펄에 닿을 리는 없었지만, 그는 난바다육지에서 멀리 떨어진 바다에 기선이 지나가 주기를 바랐다.

"너는 큰 배가 그, 그렇게 타 보고 싶니?"

내가 물었다.

"예, 그래요. 아버지는 기선을 타 보셨나요?"

하며 병국이는 조갑지'조가비'의 방언 하나를 주워 파도 위로 힘껏 내던졌다. 작은 조갑지를 삼킨 큰 파도가 해안 쪽으로 밀려왔다. 빠져나가는 썰물이 그 파도의 뿌리를 밀쳤다. 큰 파도는 작은 파도로 허물어져 발밑까지 따라왔다.

"나야 물론 여러 번 타 보았지. 부산서 일본 시, 시모노세키란 곳까지."

내 목소리가 시무룩했다. 해방 전 나는 오사카에서 전문학교에 적을 두고 있었다. 대동아 전쟁의 말기 때 강제 학병이 실시되지 않았다면 나는 종전을 그곳에서 맞을 뻔했다. 44년 여름, 나는 고향으로 돌아왔던 것이다. 해방은 금강산 유점사의 말사末寺 본사에서 갈라져 나온 절인 매하연에서 맞이했다. 이듬해 봄, 나는 대학 입시를 위해 서울로 내려갔다.

"아버지, 기선을 타면 거룻배보다야 훨씬 기분이 좋겠죠?"

"배가 크니까, 요동도 없구 꼭 방 속에 있는 것과 비슷하지."

"갑판이 학교 운동장만 하다면서요?"

"그래, 병국아. 통일이 되면 우리 그런 배를 타고 아버지 고향으로 가자구. 거기도 바닷가니깐 금강산 구경도 하고. 내가 원산서 중학교를 다닐 때 금강산에 수학여행을 갔더랬지. 또 해방이 되던 해는 일 년 가까이나 징용을 피하느라고 금강산의 기, 깊은 암자에서만 숨어 살았어."

"금강산은 정말 세계에서 제일 아름다운 산이라면서요?"

"무, 물론. 그림으로도 나는 금강산만큼 아름다운 산을 본 적이 없어. 너도 들었지, 삐죽삐죽한 보, 봉우리가 일만이천 개나 된다는 것 말야. 차, 참 볼만하지. 내금강만 하더라도 젤 높은 비로봉이며 며, 명경대 동석동 망군대 백

만봉 조양봉 시, 십이 폭포 진주담이며, 외, 외금강은 또 어떻구. 만물상 비봉 폭포 연주담 집선봉 오, 오류동 구룡천의 구룡연 폭포……."

"그만하세요. 아버진 언제 그걸 다 외웠나요?"

"어디 그, 그뿐인가. 해금강 신금강은 또 어떡하구. 장안사, 표, 표훈사, 유점사, 그 말고도 절은 또 얼마라구."

나는 신이 나서 입술에 침을 튀겨 가며 지껄였다. 금강산을 일주하듯 눈 앞에 기암절벽의 산봉우리와 청청한 폭포와 짙은 숲의 타는 듯한 단풍이 원색 영화장면처럼 스쳐갔다. 나는 정말 언제 그곳에 다시 발을 닿으랴. 두 눈에 흙이 들기 전에 그 산을 오를 수 있으랴. 만약 내가 한 번 더 그 산에 오를 수 있다면 나는 거기서 눈을 감아도 좋으리라, 하고 생각하자 더운 눈 물이 핑글 고이고 코끝이 찡해 왔다.

"야, 정말 멋지겠구나. 아버지, 저 바다를 따라 북쪽으로 올라가면 금강산에 닿겠네요?"

병국이가 나를 올려다보았다. 천진난만한 그 눈동자가 기쁨으로 차 있었다.

"그럼, 아버지의 고향 통천에도 다, 닿지. 두백리라구, 참 경치 좋은 어촌 이란다. 해방 전에 네 할아버진 그곳에서 큰 어장을 가지고 계셨어. 지금 사, 살아 계신담 연세가 쉰아홉, 내년이 회갑이로구나."

마침 갈매기 두 마리가 해안선을 따라 북쪽으로 날아가고 있었다. 나의 시선과 함께 병국이의 시선이 그 갈매기를 따라갔다.

"저 갈매기를 타고 갈 수 있다면 내, 내일 아침쯤 그곳에 도착할 수 있을 거야."

내가 긴 한숨 끝에 풀 죽은 목소리로 말했다.

"아버지, 「닐스의 이상한 여행」이라는 동화책을 읽은 적이 있어요?"

병국이가 물었다.

"아니."

"그 책을 보면 닐스가 꼬마 요정 톰테를 못살게 굴다가 요술에 걸려 키가 십 센티도 안 되는 난쟁이로 변하지요. 그래서 큰 거위를 타고 기러기 떼를 따라 정처 없는 여행을 떠나요."

"참 재, 재미있는 동화책이로구나. 나도 꼬마 요정의 요술에나 걸렸으면 좋겠구나."

"그럼 아버지만 거위를 타고 고향으로 가 버리면 어떡해요?"

"아니지. 너들을 태워 고향으로 떠, 떠나야지."

"야, 신난다. 정말 그런 요술이 동화가 아님 얼마나 좋을까."

병국이가 까르르 웃었다.

지프는 부대 정문 안으로 들어섰다. 본부 막사 앞에 차가 멎자, 우리는 내렸다. 중위는 나를 본부 막사의 파견 대장실로 안내했다. 대장은 자기 책상에서 서류철을 뒤적이다 우리를 맞았다. 그의 계급은 소령이었다.

"김병국의 부친 되십니다."

중위가 나를 소개했다. 그리고 덧붙여, 내가 예편된 대위 출신으로 육이오에 참전한 영예의 상이용사 傷痍勇士 군에서 복무하다가 부상을 입고 제대한 병사 라고 말했다.

"예, 그렇습니까. 저는 윤영굽니다. 자, 좀 앉으십시오."

윤 소령은 나를 회의용 책상 쪽으로 안내해 철제 의자를 당겨 내어 권했다. 서른댓쯤 되어 보이는 그는 나이에 비해 이마가 넓었고 체격이 당당했다. 목소리도 시원시원하여, 중위의 인간적이란 말에 한결 신뢰감을 주었다.

"불비 不備 제대로 다 갖추어져 있지 아니함 한 자식을 둬서 죄송합니다. 얘기를 해보셨다면 아, 알겠지만 천성은 착한 놈입니다."

의자에 앉으며 내가 말했다.

"어젯밤 마침 제가 부대에서 숙식할 일이 있어 장시간 그 친구와 얘기를 나눠 봤지요. 별난 데는 있지만 똑똑한 젊은이더군요."

"요즘 제 딴에는 뭐 조류와 공해 관계를 여, 연구한답시고…… 모르긴 하지만 그 일 때문에 시, 심려를 끼치지 않았나 하는데요?"

"그렇습니다. 그러나 자제분은 군 통제 구역의 출입이 어떤 처벌을 받게 되냐를 알 만한 식견의 소유자임에도 불구하고 무모한 행동을 했어요. 설령 그 일이 어떤 정당성을 가졌다면 사전에 부대의 양해나 협조를 요청해야지요."

"물론입니다. 야영을 하다 자신도 모르는 사이에 위, 월경 越境 국경이나 경계선을 넘는 일 을 했겠죠. 어떻게 한번 용서를 바랍니다. 아비 된 제가 주의는 단단히 시키겠습니다."

윤 소령은 내게 담배를 권하고 사병 한 명을 불러 차를 끓여 내오라고 일렀다. 그리고 68년 11월 울산 삼척 지구의 무장 공비 전투 장비를 갖춘 공산당의 유격대 출현으로 그들이 저지른 만행을 예로 들었다.

"……그들은 야음을 틈타 쾌속정 快速艇 속도가 매우 빠른 작은 배 을 이용하여 동해안을 따라 남하했던 것입니다."

하고 윤 소령은 말했다. 아울러 국내 유수의 공업 단지 보안과 경비가 얼마나 중요함을 강조했다. 최후로

"선생님, 우리는 실전[實戰 실제의 싸움]이 없달 뿐 아직도 전쟁 중임을 알아야 합니다.[3] 평화를 원하고 그 평화를 확보하기 위해서는 한시도 경각심을 풀 수가 없어요. 기실 국민 복지와 제반 산업의 향상이란 것도 안보의 확립 위에서만 이루어지는 것입니다."

하고 말했다.

차를 마시고 나자 윤 소령은 사병을 불러, 김병국 군을 데리고 오라고 말했다. 한참 뒤, 그 사병과 함께 병국이가 파견 대장실로 돌아왔다. 쑥대같이 엉킨 머리칼에 땟국 앉은 꾀죄죄한 그의 몰골이 한눈에 보아도 중병 환자 같았다. 잠바와 검정 바지도 뻘투성이어서 하수도 공사라도 하다 나온 듯했다. 움푹 꺼진 눈자위에 번들거리는 눈만이 살아, 나를 건너다보았다.

"넌 이놈아. 도대체 어, 어떻게 돼먹은 놈인가! 통금 시간에 허가증 없이는 해안 일대에 모, 못 다니는 줄 뻔히 알면서."

내가 노기를 띠고 아들에게 소리쳤다.

"본의는 아니었어요. 사흘 사이에 동진강 하구 삼각주에서 갑자기 새들이 집단으로 죽기에, 그 이유를 좀 캐내 보려던 게……."

병국이는 머리를 떨구었다.

"그래도 변명은!"

"그만들 하십시오. 자제분의 의도나 진심은 충분히 파악을 했으니깐요."

윤 소령이 말했다.

병국이는 간밤에 쓴 진술서에 손도장을 찍고, 각서 한 장을 썼다. 그리고 내가 그 각서에 연대 보증을 섬으로써 우리 부자가 파견대 정문을 나온 시간은 정오가 가까울 무렵이었다. 부대를 나올 때 집으로 찾아왔던 중위가 병국이의 물건을 인계했다. 닭 털 침낭이 묶인 배가 부른 등산 배낭 한 개, 이인용 천막 일 구, 손전등 하나, 그리고 걸레 조각처럼 축 늘어진 바다오리와 꼬마물떼새의 시체가 각 일 구씩이었다.

---

3) 휴전(休戰)이란 교전국 간 합의 하에 전쟁을 얼마 동안 멈추는 일이다. 전쟁이 완전히 종결된 상태인 종전(終戰)과는 엄연히 다르다.

"죽은 새는 뭘 하게?"

웅포리 쪽으로 걸으며 내가 물었다.

"해부를 해서 사인을 캐 보려구요."

"폐, 폐수 탓일까?"

"글쎄요……."

"너도 시장할 테니 해줏집으로 가서 저, 점심 요기나 하자."

나는 웅포리 장 마담을 만나 이잣돈을 받아 오라는 아내 말을 생각하던 중이었다. 그러나 병국이는 식사 따위에 아무런 관심도 없어 보였다.

"아버지, 아무래도 새를 밀살密殺 당국의 허가 없이 몰래 잡음 하는 치들이 따로 있는 것 같아요."

"그걸 어떻게 아니?"

"갑자기 떼죽음을 하는 게 이상하잖아요? 물론 그전에도 새나 물고기가 떼죽음을 하는 경우가 더러 있었지만 이번은 뭔가 좀 다른 것 같아요."

"물 탓이야. 이제 동진강은 강물이 아니고 도, 독물이야. 조만간 이곳에서 새 떼들이 자취를 감추고 말 게야."

지난여름에 해줏집에서 본 물고기가 생각났다. 중금속에 오염된 이른바 꼽추붕어였다.

"저런 물고기가 잡히다니 참 세상도 희한해졌어."

해주댁의 말이었다.

"할멈, 당장 버려요. 그걸 끓여 먹었다간 내 등뼈도 휘어지겠어."

강 회장이 말했다. 해주댁이 등이 휘어진 꼽추붕어의 꼬리를 포개어 쥐자 가운데에 묘한 타원이 생겼다.

"설마 이걸 먹었다구 죽기야 하겠어. 아까운걸."

해주댁이 말했다.

"허허, 먹으면 안 된대도 그러네. 할멈, 내장 안 딴 복을 국 끓여 먹어 보슈. 그 꼴이라니깐."

강 회장이 해주댁으로부터 꼽추붕어를 빼앗아 땅바닥에 패기장패대기을 쳤다.

"늙었다구 사람 속이네. 지난봄에도 이런 놈이 걸려 손주놈과 끓여 먹었는데도 멀쩡합디다그려."

하며 해주댁이 꼽추붕어를 다시 집어 들었다.

"해주댁도 이젠 어, 얼마 못 살겠어."

내가 웃으며 말했다.

"더 살아 무슨 단재밀^{단재미, 달콤한 재미} 보겠다구. 어차피 내 생전에 고향 땅 밟기는 글렀는데……."

・ **뒷부분 줄거리**

병국은 새 떼의 죽음이 병식과 관련 있다고 생각한다. 한편 병식은 새를 잡아 박제하는 과정에 동참하고 칠천 원을 받는다. 병식을 만난 병국은 새의 죽음과 병식이 관련이 있다는 말에 병식을 나무란다. 자연 훼손으로 고발하겠다는 병국의 말을 들은 병식이 화를 내고 결국 둘은 몸싸움을 벌인다. 병식과 헤어져 바다 쪽으로 향하던 병국의 눈에 홀연히 한 마리의 도요새가 날아오른다. 병국은 도요새를 향해 "도요새야, 너는 동진강 하구를 떠나 어디에다 새로운 도래지를 개척했느냐?"라고 중얼거린다.

 만화로 읽는 '도요새에 관한 명상'

발단 병국은 환경 운동에 관심을 보임

전개 어머니가 실향민 출신의 아버지를 무시함

위기 병국은 동진강 하구의 오염 원인을 조사함

절정 병국은 군사 통제 구역에 들어갔다가 군인들에게 붙잡힘

결말 병국은 유흥비를 마련하기 위해 새를 죽이는 동생을 타이름

🔭 생각해 볼까요?

 선생님 형 병국과 동생 병식이 가는 길이 다르다는 것은 어떤 의미일까요?
💬 2 🤍 2

↳ **학생 1** 병국은 서울에 있는 명문 국립대에 합격한 수재지만 병식은 재수생이에요. 또한 병국은 시국 사건에 연루되어 퇴학을 당한 뒤에도 환경 문제에 관심을 갖고 활동하지만, 병식은 단순히 유흥비를 마련하기 위해 새를 밀렵해 박제하는 일을 도와요. 작가는 동생 병식의 삶을 형 병국과 대조해 자본주의적 욕망의 허상을 드러내고 있어요.

↳ **학생 2** 이는 학교 서무 과장으로 일하던 아버지에게 공금 횡령을 요구해 실직까지 당하게 만든 어머니를 통해서도 드러나요. 환경 파괴의 문제를 인간성이 황폐화되는 문제와 연결해 다루고 있는 거예요.

 선생님 「도요새에 관한 명상」에서 '도요새'의 상징적 의미는 무엇일까요?
💬 2 🤍 2

↳ **학생 1** 병국에게 도요새는 자유를 상징해요. 병국은 새가 되어 현실의 모든 억압으로부터 벗어나고자 해요. 도요새가 환경 오염에 시달리고 있듯이 병국도 시련을 겪고 있다는 점에서 도요새는 곧 병국이기도 해요.

↳ **학생 2** 반면 아버지에게 도요새는 고향을 상징해요. 아버지는 도요새를 보면서 고향인 통천으로 돌아가는 꿈을 꿔요. 하지만 매의 공격으로 도요새가 목숨을 잃듯이 아버지는 실직을 당하고 어머니의 등쌀 때문에 방황해요. 이처럼 도요새는 병국과 아버지가 처해 있는 상황을 비유한 소재로 볼 수 있어요.

생태 문학

연관 검색어 산업화 환경 오염 인간 소외

생태 문학이란 생태학적 인식을 바탕으로 자연과 인간의 문제를 성찰하고, 나아가 환경친화적인 세계를 지향하는 문학이다. 한국 문단이 생태 문학에 주목하기 시작한 것은 1990년대지만 생태 문학 자체는 산업화로 인한 환경 오염 문제가 표면적으로 드러나기 시작한 1970년대부터 창작되었다. 한국에서 초기의 생태 문학은 급격한 산업화로 인해 벌어진 환경 오염 및 그에 따른 인간 소외 문제를 다루었다.
「도요새에 관한 명상」은 대표적인 초기 생태 문학 작품으로, 환경 문제뿐만 아니라 실향민 문제와 학생 운동 문제까지 함께 다루어 냈다는 점에서 호평을 받는다.

박완서
(1931~2011)

✉ 작가에 대하여

경기도(현 황해북도) 개풍군 출생. 어린 시절을 조부모와 숙부모 밑에서 보냈다. 1944년 숙명여자고등학교, 1950년 서울대학교 국문과에 입학하였으나 전쟁으로 중퇴하였다. 1970년 마흔이 되던 해에 〈여성동아〉 장편 소설 공모전에 「나목」이 당선되어 등단하였다. 「그 가을의 사흘 동안」으로 한국문학작가상, 「엄마의 말뚝」으로 이상문학상 등을 수상하였다. 1998년 문화관광부에서 수여하는 보관 문화 훈상에 이어 2011년 사후에 금관 문화 훈장이 추서되었다.

박완서는 데뷔작 「나목」을 비롯해 「세모」, 「부처님 근처」, 「카메라와 워커」, 「엄마의 말뚝」 등 여러 작품을 통해 6·25 전쟁으로 인한 작가 자신의 혹독한 시련을 냉철한 리얼리즘에 입각하여 형상화하였다. 1980년대에 들어서는 「살아있는 날의 시작」, 「서 있는 여자」, 「그대 아직도 꿈꾸고 있는가」 등의 장편 소설을 통해 여성의 억압 문제를 다루었다. 박완서는 유려한 문체와 여성 특유의 섬세한 감각으로 물질 중심주의와 가부장제에 대한 비판적 의식을 보여 주어 여성 문학의 대표적 작가로 주목받았다.

#청춘의사랑　　　#예술가의성숙　　　#전쟁의상흔과극복　　　#나무와두여인

⚓ 작품 길잡이

갈래: 장편 소설, 성장 소설, 전후 소설
배경: 시간 - 6·25 전쟁 중, 10년 후 / 공간 - 서울
시점: 1인칭 주인공 시점
주제: 청춘의 성숙과 삶에 대한 깨달음
출전: 〈여성동아〉(1970)

📷 인물 관계도

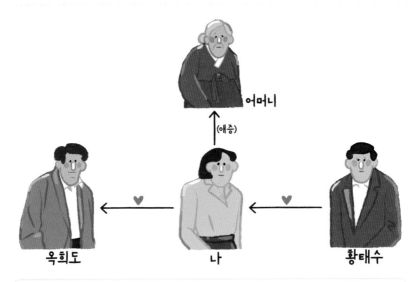

나	두 오빠를 잃고 어머니와 둘이 살아간다. 옥희도의 강렬한 예술 정신에 이끌려 그를 사랑하게 된다.
옥희도	미군 PX 초상화부에서 일하고 있지만 진정한 예술가가 되려는 꿈을 지니고 있다.
황태수	'나'를 좋아하여 따라다니는 인물로 일상적 삶을 살아가는 평범한 인물이다.

📋 구성과 줄거리

발단 　'나'는 미군 PX 초상화부에서 일함

'나'는 서울 명동의 미군 PX 초상화부에서 일하고 있다. 전쟁으로 두 아들을 잃은 후 그리움으로 고통스러워하는 어머니와 우울한 집안 분위기로부터 '나'는 늘 벗어나고 싶어한다.

전개 　초상화부에 일하러 온 옥희도와 처음 만남

어느 날 최 사장이 초상화부에서 일할 새 화가를 데리고 온다. 그의 이름은 옥희도로 체격이 큰 중년의 남성이다. '나'는 어딘지 쓸쓸해 보이는 옥희도를 다른 화가들과 다른 사람이라고 느낀다.

위기 　'나'는 옥희도를 사랑하게 됨

'나'는 이미 결혼해 가족이 있는 옥희도를 사랑하게 된다. '나'는 옥희도의 부인을 보고 호감을 느끼는 자신에게 화가 난다. '나'와 옥희도는 매일 완구점 앞에서 만난다. '나'는 황태수와도 데이트를 하지만 황태수를 좋아하지는 않는다.

절정 　'나'는 옥희도와 이별하고 황태수와 결혼함

'나'는 옥희도에게 고백하지만 옥희도는 황태수와 잘해보라고 한다. 이후 옥희도의 집에 찾아간 '나'는 그가 캔버스에 그린 황량한 고목 그림을 본다. '나'는 옥희도의 아내에게 당신은 화가의 아내가 될 자격이 없는 사람이라며 쏘아붙인다. 옥희도는 아버지와 오빠의 환상으로부터 자유로워지라고 하며 '나'를 떠난다. 얼마 후 '나'는 황태수와 결혼한다.

결말 　'나'는 남편과 함께 옥희도의 유작전에 감

오랜 시간이 흐른다. '나'는 황태수와 함께 두 아이를 낳고 살아간다. 어느 날 신문에서 옥희도의 유작전 기사를 읽고 '나'는 황태수와 함께 전시를 보러 간다. 그곳에서 지난날 보았던 그림이 고목(枯木)이 아닌 나목(裸木)이었음을 깨닫는다.

나목

1

갈색 털이 무성한 손이 불쑥 내 코앞까지 뻗어와 멈추었다. 그의 손아귀에 펴든 패스포트^{여권} 속에서 긴 머리의 아가씨가 활짝 웃고 있었다.

"예쁘군요."

그들에게는 좀 허풍스런 찬사를 보내야 하는 법인데 오후의 피곤 때문일까 나도 모르게 나른한 소리를 내고 말았다.

내 앞에 선 우람한 GI^{미군 이름}는 몸집보다는 민감한 듯했다. 금방 씰쭉해지더니 사진을 나꿔채듯 제 눈앞에 가져다가 새삼스럽게 찬찬히 훑어보았다. 이윽고 제풀에 안심이 되는지 다시 입을 헤벌렸다.

나도 이때를 놓칠세라 재빨리 직업의식을 발휘했다.

"내가 본 어떤 여자보다도 아름답군요. 당신은 행운아예요. 물론 그녀를 위해 초상화를 그리셔야죠. 어때요? 이 고운 실크 스카프에다 그리면."

나는 우선 한 귀퉁이에 용의 모양을 날염한 번들한 인조 스카프를 권해 보았다. 그게 우리 화부로서는 제일 수지가 맞는 품목이었다.

"노."

그는 입을 삐쭉하고 고개를 젓더니 쇼케이스로 다가가 초상화 바탕으로 진열된 여러 가지 치수의 액자용 실크, 스카프, 손수건 따위 중에서 서슴지 않고 손바닥만 한 손수건을 가리켰다.

'이 구두쇠……'

나는 그림값까지 통틀어야 3달러밖에 안 되는 약소한 주문에 다시 새침해지며, 흑백사진의 경우 으레 알아두어야 할 모발이나 눈, 또는 의상의 색깔 등을 좀 쌀쌀맞게 사무적으로 물어 카드에 기입하고 나서,

"언제쯤 찾으러 오실 수 있죠?"

"빠를수록……. 늦어도 모레까지는 일선^{一線 적과 맞서는 맨 앞의 전선}으로 돌아가야 하니까."

'또 골칫거리군……'

나는 내 책상 서랍에 밀린 일거리들을 생각하고 살짝 눈웃음을 치며 화

제를 돌렸다.

"짧은 휴가를 마음껏 즐겨야겠군요. 일선이면 어디쯤?"

"갓댐 양구."[1]

그는 마치 저주를 내뱉듯이 안면을 크게 일그러뜨렸다.

"안됐어요. 그런데 요샌 전황^{戰況 전쟁의 실제 상황}이 좀 어때요?"

겸연쩍은 김에 나는 또 한 번 어리석은 질문을 하고 말았다.

그는 입을 삐쭉하더니 어깨를 추스르고 두 팔을 펴 보이는, 양키들 특유의 알 게 뭐냐는 듯한 시늉을 한다. 나는 아주 난처해졌지만 여전히 교태를 잃지 않고,

"좋은 그림은 시간이 걸리는 법이에요. 당신같이 바쁜 사람들을 위해 우리는 찾으러 오는 수고를 덜어드릴 수도 있어요. 저희가 부쳐드릴 테니까요. 그녀의 주소와 송료만 따로 주신다면."

"노, 부칠 필요는 없어요. 그 그림은 나를 위한 거니까……."

"왜 그녀에게 부치지 않나요? 누구나 다들 그렇게 하는데……. 당신은 당신의 걸프렌드를 기쁘게 해주고 싶지 않아요?"

그는 별안간 몸 전체에 야릇한 육감을 풍기더니,

"난 그 그림을 그녀 대신 내 품에 품고 싶단 말요. 될 수 있는 대로 빨리. 이제 좀 알아들었소?"

그 꼬깃한 1달러짜리 석 장을 내던지고,

"씨 어게인 데이 애프터 투머로."

경쾌한 리듬을 붙여 읊조리고 떠나갔다.

부옇게 흐린 날씨에 정전까지 겹쳐 네 명의 환쟁이^{'화가'를 낮잡아 이르는 말}들은 한결같이 능률을 못 내고 있었다. 나는 방금 주문받은 것을 급한 일 쪽 서랍에 떨어뜨리고 환쟁이들 사이를 뒷짐지고 돌아다니며 뾰족한 목소리로 재촉도 히다가 또 적당히 짜증을 부리기도 하다가 마침내는 은근히 공갈^{恐喝 공포를 느끼도록 옥박지르며 올러댐}을 치고 말았다.

"암만해도 안 되겠어요. 맨날 시달려서 살 수가 있어야죠. 환쟁이를 몇 명 더 쓰자고 최 사장이 나오면 의논을 해봐야알 봐요."

---

1) 양구는 현재 철원, 파주 등과 함께 DMZ(비무장 지대)가 위치한 곳이다. 6·25 전쟁 당시에는 북한군과 격하게 접전이 벌어지던 곳이었다.

일제히 그들이 움찔하는 것을 나는 손아귀에 쥔 작은 생선의 할딱임을 감지하듯 내 피부로 느낄 수 있었다.

그도 그럴 것이 네 명의 환쟁이들이 밥벌이로 하고 있는 이 초상화 그리기가 실상 이만치라도 바쁜 것은 고작해야 미군들 봉급날인 월말을 전후해서 일주일쯤이지 그 밖의 날은 그저 심심풀이나 면할 정도였다. 그림 그린 만큼 보수를 따져 받는 그들은 놀지 않고 한 장이라도 더 맡아 그리려고 비굴하도록 내 눈치만 살피는 처지였다.

실은 나도 환쟁이가 더 필요하다고 생각하고 있는 것은 아니었다. 짜증 비슷한 감정이 뱃속에서 보깨고 ^{먹은 것이 소화가 잘 안되어 속이 답답하고 거북하게 느껴지고} 있어서 좀 심술맞게 굴었다 뿐이지 그들에게 특별한 악의가 있는 것도 아니었다.

그들을 통틀어 환쟁이라 부른대서 가끔 최 사장은 그렇게 사람 깔보면 못쓴다고 나를 나무라지만 부르기 편할뿐더러 그 이상 그들에게 어울릴 만한 호칭을 아직 생각 못 해냈다 뿐이지 털끝만큼도 그들을 경멸할 생각이 있어서는 더군다나 아니었다.

내가 누굴 조금이라도 경멸한다면 아마 내가 깍듯이 최 사장이라 부르고 있는 최만길이었을지도 모른다. 내가 일하고 있는 이곳 미8군 PX 아래층은 서쪽으로 3분의 1쯤이 한국물산 매장으로 되어 있어 그 경영은 한국인 위탁업자들이 맡아 하고 있었다. 너 나 할 것 없이 해먹을 것이 궁색한 전쟁 중이라 그 위탁 판매장 맡아 하기도 웬만한 백이나 수완 없인 어림없다는 게 최 사장의 말이었고, 앞을 다투어 갖가지 업종—수예품, 유기그릇, 대그릇, 고무신, 피혁제품, 귀금속—이 다 들어앉은 뒤에 엉뚱하게도 밑천 한 푼 안 드는 초상화 간판을 들고 들어 올릴 수 있었던 것은 보통 상술이 아니라는 게 최 사장의 자부였다.

아무튼 휘황한 PX 아래층 중앙부에 화부를 차리고 간판쟁이들을 모아다가 밥벌이를 시켜줍네 자기도 그 덕에 약간의 치부도 하고 내 월급도 주고 또 사장이라 불리기를 한없이 갈망하고 즐기는 최만길에게 난 가끔, 그가 너무 궁금하지 않을 만큼 가끔 최 사장이라든가 사장님이라든가 불러주고, 불러준 것만큼 그를 경멸해줌으로써 비겼다고 생각하려 들었다.

다시 전기가 들어왔을 때는 셔터를 서서히 내릴 무렵이었다.

"제기랄, 오늘은 잡쳤는걸."

먼저 환쟁이 김 씨가 신경질적으로 붓을 부옇고 꺼룩해진 액체에 흔들어

빨자 다른 환쟁이들도 꿈틀거리듯이 서서히 화구를 챙기기 시작했다.

갑자기 환한 조명 속에 펼쳐진 건너편 미국 물품매장 쪽을 나는 마치 객석에서 무대를 바라보듯 설레는, 좀 황홀하기조차 한 기분으로 바라봤다.

언제 보아도 싫지 않은 '메이드 인 유에스에이'의 화사하고 매력적인 상품들, 그 풍요한 상품들을 후광처럼 등지고 서서 저녁 화장에 여념이 없는 세일즈 걸들. 나는 이런 것들 바라보기를 즐겼다.

특히 폐점 후 이맘때 온종일 시야를 가로막던 누런 군복들이 썰물처럼 빠지고 청소부 아줌마들이 물뿌리개로 타일 바닥을 축여가며 비질을 할 무렵이면 공기가 어찌나 투명해지는지 나는 그녀들이 날렵한 솜씨로 비틀어 올린 립스틱의 빤들한 대가리의 빛깔들이 제각기 조금씩 다르다는 것까지도 식별해낼 수가 있었다.

다이아나 김, 린다 조, 수잔 정 따위의 이그조틱한 이름을 가진 그 어여쁜 아가씨들이 쓰고 있는 립스틱의 조금씩 다른 빛깔까지 알고 있으면서도 나는 그녀들 중의 아무하고도 아직 친하지는 못했다.

나는 항상 집 근처까지라도 동행할 만한 친구를 아쉬워했지만 친구는 생길 듯 생길 듯하면서도 좀처럼 생기지 않았다. 특히 퇴근할 때 종업원 출입문으로 통하는 어둑하고 긴 복도에서 서로 체온을 나눌 수 있을 만큼 빽빽이 붐비며 보초 순경들의 몸수색 차례를 기다리노라면 불쾌한 몸수색에 대한 공통의 피해 의식으로 제법 서로 다정해져서 흉허물 없는 대화를 나누기도 하지만 이런 종류의 유대 의식이란 고작 고무풍선 속에 압축된 공기 같은 것이어서 풍선의 좁은 주둥이인 출입문만 벗어나면 그만이었다.

모두 바쁘게 어둠 속으로 인사도 없이 사라졌다. 김장철을 앞둔 을씨년스러운 날은 황혼을 생략하고 벌써 두터운 어둠에 싸여 있었다.

출입문이 면한 뒷골목은 외등 하나 없고 단 하나 맞은편 냄비우동집의 희미한 유리문이 오히려 주위의 어둠을 한층 칠흑으로 만들고 있었다.

나는 종종걸음으로 어두운 모퉁이를 재빨리 벗어나 환한 상가로 나섰다. PX를 중심으로 갑자기 발달한 미군 상대의 잡다한 선물 가게들—사단이나 군단의 마크를 수놓은 빨갛고 노란 인조 머플러, 담뱃대, 소쿠리, 놋그릇, 별로 신기할 것도 없는 그런 가게 앞에서 나는 기웃거리며 될 수 있는 대로 늑장을 부리다가 어두운 모퉁이에서는 숨이 가쁘도록 뜀박질을 했다.

그러나 번화가인 충무로조차도 어두운 모퉁이, 불빛 없이 우뚝 선 거대한 괴물 같은 건물들 천지였다. 주인 없는 집이 아니면 중앙우체국처럼 다 타버리고 윗구멍이 뻥 뚫린 채 벽만 서 있는 집들, 이런 어두운 모퉁이에서 나는 문득문득 무섬을 탔다.

어둡다는 생각에 아직도 전쟁 중이라는 생각이 겹쳐오면 양키들 말마따나 갓댐 양구, 갓댐 철원, 문산 그런 곳이 지금 내가 있는 곳에서 너무도 가까운 것 같아 나는 진저리를 치며 무서워했다.

나는 그런 곳에서 좀 더 멀리 있고 싶었다. 적어도 대구나 부산쯤, 전쟁에서 멀고 집집마다 불빛이 있고 거리마다 사람이 넘치는 곳에 있고 싶었다.

나의 빨랐다 느렸다 하는 걸음은 을지로를 지나 화신 앞에서부터는 줄창 뜀박질이 되고 말았다.

외등이라든가 구멍가게라든가 그런 아무런 표적도 없는 죽은 듯이 어두운 비슷한 한식 기와집 사이로 미로처럼 꼬불탕한 골목길을 무섭다는 생각에 가위눌리면서 달음박질쳤다.

드디어 집이 가까워지면서 어둠만이 보이던 나의 눈에 별이 박힌 부연 하늘이 들어오고, 그 부연 하늘을 이고 서서 한쪽이 보기 싫게 일그러져나 간 채인 우리 집의 지붕이 이상하리만큼 선명하게 보인다.

그러면 내 무서움증은 드디어 절정에 달해 금세 심장이 멎을 것 같아진다.

"엄마, 엄마."

나는 빗장이 부러져라 하고 어머니가 문을 열 때까지 계속해서 흔들어댄다.

"나간다, 나가. 웬 수선일까? 쯧쯧."

딸의 다급함에 도무지 아랑곳없는 느리고 가라앉은 어머니의 음성이 들리고 삐이걱 하고 대문이 둔중하게 열렸다.

"엄마두 참, 불 좀 켜놓으시래두. 온통…… 안채구 바깥채구 온통……."

"전깃값은 무얼로 당하려구."

"내가 돈 벌지 않우?"

"그래그래. 내일부턴 골목이 환하도록 방마다 전깃불을 켜놓으마."

그러나 나는 그것을 믿지는 않았다. 우리 모녀는 거의 매일 이와 똑같은 대화를 되풀이하고 있으니까.

나는 어머니의 손을 잡고 긴 대문간을 지나 중문을 넘고 해묵은 오동나무가 한 그루 서 있는 마당으로 들어섰다. 그래도 안채는 보이지 않고 돌담이 가로막혀 있다. 돌담에 달린 쪽문을 들어서야 휑하니 넓은 안마당이 나오게 돼 있었다.

오동나무가 서 있는 뜰은 중정 中庭 집 안의 건물과 건물 사이에 있는 마당 이라고나 불러야 할지 집을 지은 선조가 무슨 멋으로 그렇게 설계했는지 짐작할 수 없는 쓸모없는 여백이었다.

나는 이 중정에서 다시 한 번 행랑채의 이지러진 한쪽을 돌아보고 쫓기듯이 쪽문을 지나 어머니의 손을 잡고 단 하나 불이 켜진 안방으로 뛰어들게 마련이었다.

어머니는 까닭 없이 혀를 두어 번 차곤 내 가쁜 숨결이 채 가라앉기도 전에 밥상을 들여오고 이내 구뜰한 찌개 냄새라도 풍기면 나는 쉽사리 마음이 놓였다.

"먼저 잡수시지 않고……."

나는 내가 밥그릇을 반쯤 비울 때까지 맞은편에 우두커니 앉았다가 수저를 들기 시작하는 어머니에게 왠지 짜증 비슷한 걸 느꼈다.

어머니가 별로 소리도 내지 않고 한껏 느릿느릿 수저를 놀리면서 의치 義齒 이가 빠진 자리에 만들어 박은 가짜 이 를 빼놓은 호물때기 '오무래미'의 방언. 이가 다 빠진 입으로 늘 오물거리는 늙은이를 낮잡아 이르는 말 입을 이상한 모양으로 우물거리는 것을 보고 있으면 먹는다는 것이 무슨 저주받은 의무로 느껴져 나는 미처 배가 부르기도 전에 식욕부터 가셨다.

나는 먼저 수저를 놓고 어머니의 식사하는 모습을 지켜보며 왈칵왈칵 치미는 혐오감을 되새김질했다.

나는 어머니가 싫고 미웠다. 우선 어머니를 이루고 있는 그 부연 회색이 미웠다. 백발에 듬성듬성 검은 머리가 궁상맞게 섞여서 머리도 회색으로 보였고 입은 옷도 늘 찌들은 행주처럼 지쳐 빠진 회색이었다.

그러나 무엇보다도 견딜 수 없는 것은 그 회색빛 고집이었다. 마지못해 죽지 못해 살고 있노라는 생활 태도에서 추호도 물러서려 들지 않는 그 무섭도록 딴딴한 고집. 나의 내부에서 꿈틀대는, 사는 것을 재미나 하고픈, 다채로운 욕망들은 이 완강한 고집 앞에 지쳐가고 있었다.[2]

회색빛 벽지에 몸을 기대듯이 앉은 어머니의 부영고도 고집스러운 모습, 의치를 빼놓은 입의 보기 싫은 다뭄새, 이런 것들을 피하듯이 나는 건넌방으로 건너와 불을 켰다.

---

2) 우울한 집안 분위기로부터 벗어나 화려하고 재미있는 삶을 살고 싶어 하는 '나'의 욕망이 드러난 부분이다.

혁이 오빠와 욱이 오빠가 같이 쓰던 장방형^{직사각형}의 드넓은 방은 전압이 낮은 30촉의 전등으로 고루 비추기에는 너무 넓었다. 네 귀퉁이가 어두운 채 남겨진 불그죽죽한 밝음 속에서 나는 세차게 몸서리를 쳤다. 나는 나를 둘러싼 이 우울한 외로움에 좀처럼 익숙해질 수 없었다.

내가 겨우 사람을 알아보기 시작할 때부터 검은 양복을 입은 남자만 보면 몹시 낯을 가리던 버릇이 거의 네댓 살까지 계속되어서 애를 먹었노라고 어머니에게 들은 적이 있었다. 그때 검은 양복이 내 어린 눈에 어떻게 비쳤길래 그랬는지 지금 생각해낼 수는 없어도 나는 아직도 그때만큼이나 쬐그매져서 고독이란 검은 거인 앞에서 측은하도록 심한 낯가림을 하며 두려워하고 있었다.

어떤 이는 숫제 고독을 천성처럼 타고나서 남보다 신비스럽게 돋보이기도 하고 그렇지는 못할망정 액세서리처럼 달고 다닌다거나 또는 가끔 알사탕을 꺼내 핥듯이 기호품의 일종처럼 음미하기도 하는데 나에게는 그런 편리한 재간이 없었다.

나는 한꺼번에 여러 사람, 여러 가지를 좋아하며 그중 한 사람 한 가지에 열중하며 끊임없이 여러 가지를 재미나 하고팠고 실상 나는 그런 속에서 태어나 그렇게 살아왔던 것이다.

"그때는 좋았었지……."

늙은이처럼 푸듯이 뇌까리며 벽에 걸린 기타의 젤 굵은 줄을 엄지와 집게로 잡았다 놓으니 음산한 저음이 둔중하게 울렸다. 욱이 오빠 손에서 갖가지 재미나는 가락을 내던 것—기타 소리뿐이었을까? 그때의 생활은 온통 소란스럽고도 신나는 음향으로 가득 차 있었던 것 같다. 음향뿐이 아니다. 여러 가지 색채, 위태롭도록 다채롭고 현란한 색채가 있었던 것 같다.

벽면을 가득히 메운 잡다한 것들—압정으로 가로세로 혹은 비스듬히 눌러놓은 각종 기념사진, 배우들의 브로마이드, 서툰 데생, 제법 그럴듯한 수채화, 그림엽서, 괴물처럼 늘어진 야구 글러브, 때 묻은 유도복—어떤 용한 무당도 아마 이 방 주인들의 취미나 생활을 점칠 수는 없으리라.

그들은 늘 몹시 바빴고, 난 또 얼마나 바빴었을까. 세상에는 재미난 일들이 너무나 많았고 좋아할 것이 연달아 널려 있어서 혁이 오빠도 욱이 오빠도 눈이 돌 지경이었고, 난 또 그것을 덩달아 하느라 신이 났다.

우리 집에 무상출입하는 오빠들의 유쾌한 친구들을 좋아했고, 그들이 즐기는 스포츠와 유행 음악에 덩달아 열중했고, 그들이 반한 영화배우에 나도 반했고, 그리고 부드럽고 말랑한 손과 구수한 음식 솜씨를 가진 우리들의 어머니를 또한 얼마나 사랑했던가.

나는 벽면의 난잡한 진열품들을 샅샅이 훑어보고 나서 다시 한번 기타 줄을 퉁기고 자리에 엎드렸다. 가슴 밑 명치께가 요사이 늘 그렇듯이 체증 비슷한 거북함으로 보깨기 시작했다. 나는 엎드린 채 그 밑 베개를 괴고 지그시 눌렀다. 난 알고 있었다. 그 속에서 사랑하고픈 마음이 얼마나 세차게 꿈틀대고 있는지를. 그러나 도대체 누구를 덩달아, 누구를, 무엇을 좋아할 수 있을 것인가?

사랑할 만한 가치, 열중할 만한 대상을 찾아내는 데 실로 혁이나 욱이 오빠만 한 날쌘 재주꾼이 또 있을까?

보잘것없어 보이는 친구도 "그치, 그래 봬도 이것 하난 국보적이지." 하며 공 차는 폼을 지어 보인다든가 "그 새낀 꼴은 꺼벙해도 _{모양이나 차림새가 거칠고 터부룩하여 엉성해도} 속이야 꽉 찼거든." 어쩌구 단언을 할라치면 난 금세 그들이 그렇게 보였고 그들을 좋아할 수 있었다. 난 오빠들을 통해서만 모든 사물을 받아들였고 이해하려 들었다.

그들이 없는 지금 우리들이 함께 그렇게도 사랑하던 어머니까지도 어쩌면 그렇게 보기 싫게 퇴색해 버리는 것일까?

혁이나 욱이 오빠가 있었더라면 하다못해 그 병신상스러운 환쟁이 김 씨에게서 세잔이나 고흐와의 공통점쯤은 쉽사리 찾아내었으리라.

나는 다시 한번 명치께를, 괴어놓은 베개에 세차게 누르니 그 속에 고였다 밀려 나오는 듯싶은 미적지근한 눈물이 왈칵 올라왔다.

그러고는 환쟁이들, 최 사장, 어머니, 다이아나 김, 린다 주—이런 것들이 심한 근시안이 안경을 잃은 후처럼 부연 혼돈 속에서 부유하다가 아슬아슬하게 멀어져가고, 나는 잠이 들었다.

2

"하아이."
"하아이."
"굿모닝."
"굿모닝."

아침 인사들이 탄력 있게 튀는 매장을 가로지르는데 초상화부 쪽에서 최 사장이 번쩍 손을 들어 나를 반기고 있었다. 나는 어정쩡한 채로 우선 꾸벅 머리부터 숙여 보이고,

"일찍 나오셨군요. 오늘이 벌써 토요일이던가요?"

내가 아직도 미심쩍은 채 어물거리고 있으려니까,

"난 뭐 간조오^{월급 혹은 주급} 날만 나오는 줄 알아? 가끔 기습을 해서 사무 감사를 해야지. 안 그래?"

그는 매주 한 번 우리가 일주일 동안 벌어들인 달러가 사무실로부터 매장 사용료로 이 할을 제하고도, 마치 요술처럼 놀라운 부피의 원화로 둔갑하여 지불되는 토요일에나 싱글거리며 나타나게 마련이었다.

분명 오늘은 토요일이 아닌데도 그는 기분이 유난히 좋아 보였고 그가 기분이 좋을 때면 늘 그렇듯이 몹시 우쭐대고 싶은 모양이었다. 들은 풍월^{風月 얻어들은 짧은 지식}은 있어서 사무 감사다 뭐다 하는 꼴이…….

최 사장 옆에는 그와는 대조적으로 우람하게 큰 중년의 사나이가 겸연쩍은 듯이 웃고 있었다.

염색한 군복을 비좁은 듯이 입고 있는 그의 얼굴은 일종의 선량함, 어리석지 않은 선량함으로 의젓해 보였다.

그의 늠름한 체구와 구겨지지 않은 표정으로 해서 옆의 최만길이 한결 왜소하게, 그리고 말쑥한 양복과 붉은 타이가 갑자기 천박하게 보였다.

나는 그런 묘한 대조가 유쾌해서 그를 향해 마주 웃어주고는 책상 서랍에서 일거리를 꺼내 기한을 봐가며 급한 것부터 네 사람의 환쟁이들의 오늘의 일거리를 대충대충 몫을 지어봤다.

"잠깐, 미스 리."

"네?"

"오늘부터 화가 한 사람 더 쓰기로 했어."

나는 흠칫 놀라 두 사람을 다시 돌아다봤다.

(저치도 저 나이에 기껏 환쟁이였군.)

"옥희도 씨라구……."

최만길은 제법 대수롭지 않게 굴려는 듯 그 우람한 사나이의 등허리를 가볍게 툭툭 쳐 보였으나 최 사장의 체구가 원체 작은 탓에 우습도록 채신머리^{'처신'을 속되게 이르는 말} 없어 보였다.

나는 마침 어제 환쟁이들에게 환쟁이를 더 써야겠다고 엄포^{실속 없이 호령이나 위협}_{으로 으르는 짓}를 떤 것이 본의 아니게 들어맞게 되어 묘하고 난처해지지 않을 수 없었다.

네 명의 환쟁이들의 여덟 개의 눈동자가 일제히 나의 옆얼굴을 아프게 쏘아왔다.

"요새 일거리가 그렇게 많지도 않은데…… 네 명만 가지고도…… 너끈히……."

나는 실상은 환쟁이들이 들으라는 듯이 좀 큰소리로 항의를 하려는데 최 사장이 잽싸게,

"아아 무슨 소리. 이 초상화부 주인은 내가 아닌가. 처음부터 내 취지는 불우한 예술가들을 한 사람이라도 더, 에…… 또 불우한 예술가들에게……."

"훗후후……."

난 그만 불우한 예술가 소리에 실소를 터뜨리고 말았다.

그는 환쟁이를 새로 데려올 때는 으레 비장하도록 '불우한 예술가'를 내세우다가 갈아치울 때면 '형편없는 칠쟁이 놈들'로 둔갑을 시키는 것이 상투적인 말버릇이었다.

"웃긴…… 에…… 또 그러니까 미스 리도 그쯤 알고 내 뜻을 받들어 불우한 예술가들을 위해 사업 실적을 올리도록 힘써 줘야지. 일거리야 미스 리 수완에 달린 게 아닌가."

그야 환쟁이가 열 명으로 불어난대도 최 사장이야 뜨끔할 것도 없고 결국 한 그릇의 밥에 식구만 느는 격이니 환쟁이들만 손해요, 그런 환쟁이들이 딱해서 한 장이라도 주문을 더 맡으려고 아득바득하는 사이에 나는 나도 모르게 미군을 다루는 솜씨 같은 것이 늘어갔다.

최만길이 슬금슬금 환쟁이 수효를 늘리는 속셈도 바로 그런 데 있었다. 어떻든 환쟁이가 느는 대로 조금씩 사업이 번창해 가고 최만길이 수입도 덩달아 늘어만 갔으니 말이다.

새로 온 환쟁이에 대한 약간의 호감은 우습게 사그라져 버렸다. 결국 이 우람한 사나이도 내 어깨에 매달린 또 하나의 짐에 불과했으니까.

"미스 리."

최 사장은 별안간 속삭이듯 나직이 나를 부르더니,

"미스 리도 이제 그만하면 멋을 좀 낼 줄 알아야지. 좀 야하게끔 말야. 잘 가꾸면 이 매장에서 눈에 확 띌 수도 있을 텐데."

도대체 이 남자는 나에게 어쩌라는 것일까. 그러고 보니 이 조그만 남자야말로 나에게 매달린 얼마나 끈덕지고도 다부진 짐일까?

"그럼 미스 리, 난 바빠서 가봐야겠는데, 에…… 또 어쩐다. 참 우선 의자 하나만 새로 마련해 주고, 싸진한테 말해서 임시 패스라도 하나 내주도록. 그럼 부탁해."

나는 걸레니 깡통이니 대야니 하는 우리 초상화부의 독특한 너절한 것들을 감추기 위한 칸막이 뒤에서 우선 낡은 의자를 찾아내어 그에게 권했다.

삐이걱 하고 그의 육중한 궁둥이 밑에서 의자가 위태롭게 뒤뚱대자 그는 몸을 약간 들었다 다시 고쳐 앉으며 편히 몸의 중심을 잡았다.

"에이 썅."

바로 그의 옆자리가 된 김 씨가 뭐가 잘못됐는지 노랗게 칠했던 머리를 붉은빛 나는 갈색으로 세차게 뭉개는가 하면, 맞은편의 '돈 씨'—실은 그도 같은 김 씨지만 늘 '돈', '돈' 한 대서, 또 김 씨끼리 구별하기 위해서 그런 별명이 붙었다—는,

"미스 리. 이건 뭐라는 소리요? 원 잡것들은 원체가 잡것들이라…… 망측한 머리 빛깔도 다 있다."

투덜대며, 내가 사진 뒤에 첨부한 메모를 퉁명스럽게 내민다.

"네…… 이리 줘보세요."

나는 내가 한참 바쁠 때 급히 받아쓰느라 흘려놓은 글씨를 더듬거리며 읽어줬다.

"네…… 머리는 은빛 도는 회색, 눈은 회색빛 도는 푸른색…… 그리고 옷은……."

"에이 망측한 잡것들 같으니라구."

환쟁이들은 좀 시무룩하고들 있었다. 필시 새로 온 옥희도 씨 때문에 나를 못마땅해하고들 있는 눈치였다.

돈 씨가 에이 잡것들 하자 김 씨가 다시,

"에이 썅 기분 잡쳐, 손속 노름할 때에 힘들이지 아니하여도 손대는 대로 잘 맞아 나오는 운수 이 나야 뭘 해먹지."

하며 그리다 만 얼굴을 뭉개버리고 새 스카프를 갖다가 다시 스케치를

시작했다.

홧김에 스카프를 망쳐봤댔자 결국은 환쟁이들의 손해일 뿐이었다. 나는 그들이 망쳐놓은 스카프라든가 액자용 화폭, 하다못해 손수건까지도 깔축없이 _{조금도 축나거나 버릴 것 없이} 셈하여 두어야 했으니 말이다.

새로 온 옥희도 씨는 환쟁이들한테 이렇게 환영받지 못하고 있다는 걸 아는지 모르는지 듬직한 등을 이쪽으로 돌린 채 아무것도 진열돼 있지 않은 쇼윈도를 가려놓은 부연 휘장을 물끄러미 바라보고 있었다.

나는 그가 그릴 것을 마련하기 위해 서랍 속의 사진들을 모조리 꺼내었다. 기한에 관계없이 그리기 쉬운 것, 까다롭지 않은 주문을 찾아내기 위해서였다.

숱한 얼굴, 얼굴들. 이국의 아가씨들은 한 번도 전쟁이 머리 위를 왔다갔다 하는 일을 겪어보지 않았기 때문일까. 그늘진 데가 조금도 없어 오히려 인간적이 아닌, 동물이라기보다는 화사한 식물에 가까운―만개한 꽃 같은 얼굴들이었다.

그중에서 특징을 잡기 쉽고 모발이나 눈빛이 복잡하지 않은 것을 몇 장 골라 가지고 옥희도 씨한테로 갔다.

"시작해 보시겠어요?"

그는 조용히 시선을 창에게서 나에게로 돌리더니,

"고마워."

하고는 누런 종이봉투에서 가늘고 굵고, 납작하고 둥근 각종의 붓을 우르르 쏟았다.

"어머나, 붓까지 준비하셨어요. 붓은 여기도 있는데……."

나는 빈 깡통에 꽂힌 별로 쓸모 있어 보이지 않는 몽톡한 붓들을 눈으로 가리키며 몇 가지 필요한 일을 일렀다.

"붓이나 물감은 제공하기로 돼 있어요. 헝겊도 제공하기는 하지만 망쳐놓으면 배상하셔야 되구요. 스카프 하나 망쳐놓으면 그림 두 장 값이 날아가게 되니까 까딱 잘못하면 하루 종일 헛수고하게 되죠. 그래도 망쳐놓은 만큼의 물감값은 따지지 않으니 후하다고 봐야겠죠. 그리고 참 손님이 마땅치 않아 하면 몇 번이라도 고치든지 뭣하면 아주 새로 그려줘야 되구요. 아무튼 제일 중요한 건 닮게 그리는 거예요. 아시겠어요?"

그는 대답 대신 어린애처럼 깊게 고개를 끄덕였다. 그리고 잠시 그와 나의 눈길이 마주쳤다. 내가 먼저 섬뜩해져서 눈을 피했다. 아주 황량한 풍경의 일각 같은 것이 그의 눈 속에 깊이 잠겨 있는 것 같아서였다.

그는 연방 고개를 기우뚱거려가며 밑그림을 그리면서 가끔 주문처럼 나직이 "아주 닮게 아주 닮게." 하는 것이었다.

나는 암만해도 그가 못 미더워 손님이 없는 사이사이마다 그의 곁에 가서 그림이 돼가는 것을 지켜보고 내 돼먹지 않은 글씨도 읽어주며 하였다.

"너무 닮게에만 신경을 쓰실 필요는 없어요. 조금쯤 달라도 뭐…… 이를테면 사진보다 조금 예쁘게 닮을 수 있으면 그것도 괜찮으니까요. 요령이 있어야 해요."

"흥 그런 요령이 하루아침에 생길 줄 아나베. 남은 몇 년 두고 익힌 거라구."

평소 말수 적은 진 씨까지 오늘은 조금 빈정댄다.

"저…… 이런 그림에 경험이 좀 있으신지?"

"그야 난 본시가 환쟁인걸."

"그럼 전직도 역시……. 극장 같은 데도 계셔봤겠군요."[3]

"아—니. 직장은 여기가 처음이고, 난 그냥 환쟁이였소."

(그냥 환쟁이라? 그냥 환쟁이……)

나는 잠시 속으로 '그냥 환쟁이'를 풀이하다가 양키들이 밀어닥치는 바람에 바쁜 일과 속으로 휘말려 들어갔다.

"좀 봐주겠어?"

그가 최초의 작품을 들고 섰는 모습은 수줍으면서도 조마조마해 보였다. 마치 여선생 앞에 선 착하디착한 초등학교 학생 같았다.

그림은 쓸만했다. 나는 좋다고 말하는 대신,

"싸진한테 패스를 부탁해야겠군요."

하며 너그럽게 웃었다.

---

3) 당시 초상화를 그릴 줄 아는 화가들은 다수가 극장에 소속되어 극을 홍보하는 포스터 따위를 그리며 생계를 유지하였다.

'나'는 옥희도가 다른 '환쟁이'들과 다르다고 믿으며 그를 사랑하게 되고, 두 사람은 장난감 침팬지를 파는 완구점과 명동성당이 있는 거리에서 자주 만난다. '나'는 그의 아내에게 질투와 호감을 동시에 느끼며 혼란스러워한다. 어느 날 옥희도는 그림을 그린다며 초상화부에 나오지 않는다. 이후 옥희도의 집에 찾아간 '나'는 그가 캔버스에 그린 황량한 고목 그림을 본다. '나'는 옥희도와의 만남을 끝내고 '나'를 좋아하던 황태수와 결혼한다. 세월이 흐른 후 '나'는 남편과 함께 옥희도의 유작전을 찾는다.

S회관 화랑은 삼 층이었다. 숨차게 계단을 오르자마자 화랑 입구였고 나는 미처 화랑을 들어서기도 전에 입구를 통해 한 그루의 커다란 나목裸木 잎이 지고 가지만 앙상히 남은 나무을 보았다.

나는 좌우에 걸린 그림들을 제쳐놓고 빨려들 듯이 곧장 나무 앞으로 다가갔다.

나무 옆을 두 여인이, 아기를 업은 한 여인은 서성대고 짐을 인 한 여인은 총총히 지나가고 있었다.

내가 지난날, 어두운 단칸방에서 본 한발 속의 고목枯木 말라서 죽어 버린 나무, 그러나 지금의 나에겐 웬일인지 그게 고목이 아니라 나목이었다.[4] 그것은 비슷하면서도 아주 달랐다.

김장철 소스리바람'회오리바람'의 방언에 떠는 나목, 이제 막 마지막 낙엽을 끝낸 김장철 나목이기에 봄은 아직 멀건만 그의 수심엔 봄에의 향기가 애닯도록 절실하다.

그러나 보채지 않고 늠름하게, 여러 가지들이 빈틈없이 완전한 조화를 이룬 채 서 있는 나목, 그 옆을 지나는 춥디추운 김장철 여인들.

여인들의 눈앞엔 겨울에 있고, 나목에겐 아직 멀지만 봄에의 믿음이 있다.

봄에의 믿음. 나목을 저리도 의연하게 함이 바로 저 봄에의 믿음이리라.

나는 홀연히 옥희도 씨가 바로 저 나목이었음을 안다. 그가 불우했던 시절, 온 민족이 암담했던 시절, 그 시절을 그는 바로 저 김장철의 나목처럼

---

4) 고목은 이미 죽은 나무지만, 나목은 살아 있는 나무라는 차이점이 있다.

살았음을 나는 알고 있다.

나는 또한 내가 그 나목 곁을 잠깐 스쳐 간 여인이었을 뿐임을, 부질없이 피곤한 심신을 달랠 녹음을 기대하며 그 옆을 서성댄 철없는 여인이었을 뿐임을 깨닫는다. 〈나무와 여인〉 그 그림은 벌써 한 외국인의 소장으로 돼 있었다.

나는 S회관을 나와 잠깐 망연했다^{아무 생각이 없이 멍하다}. 오랜 여행 끝에 낯선 역에 내린 듯한 피곤인지 절망인지 모를 망연함, 그런 망연함에서 남편이 나를 구했다.

"어디서 차라도 한잔하고 쉬었다 갈까?"

"저기가 어때요?"

나는 턱으로 바로 눈앞에 보이는 덕수궁을 가리켰다.

덕수궁 속에 은행의 낙엽은 한층 더 찬란했다.

우리는 은행나무 밑 벤치에 앉아서 황금빛 세례에 몸을 맡겼다.

아이들이 뛰고 연인들이 거닐고, 퇴색한 잔디에 쏟아지는 가을의 양광^{陽光} _{태양의 빛. 또는 따뜻한 햇빛}은 차라리 봄보다 따습다.

"아이들을 데려올걸."

남편이 다시 나를 상식적인 세계로 끌어들인다.

빨간 풍선을 놓친 계집아이가 자지러지게 운다.[5] 구름 한 점 없는 하늘로 빠져들 듯이 풍선이 멀어져 간다. 드디어 빨간 점을 놓치고 만 나는 눈물이 솟도록 하늘의 푸르름이 눈부시다. 옆에 앉은 남편도 풍선을 좇았던가 고개를 젖힌 채 눈이 함빡 하늘을 담고 있다. 그러나 그뿐, 이미 그의 눈엔 10년 전의 앳된 갈망은 없다. 그뿐이랴. 여자를 소유하고 가정을 갖고 싶다는 세속적인 소망 외에는 한 번도 야망이나 고뇌가 깃들어 보지 않은 눈. 부스스한 머리가 늘어진 이마에 어느새 굵은 주름이 자리 잡기 시작한 중년의 그가 나는 또다시 낯설다.

나는 충동적으로 그의 이마의 주름진 곳에 그런 키스를 퍼부었다.

그가 낯선 게 견딜 수 없어서였다. 그가 아주 타인처럼 낯선 게 견딜 수 없어서였다.

---

5) '빨간 풍선'은 젊은 날의 꿈과 이상을 상징한다. 풍선이 멀리 날아가 버리는 것은 젊은 시절에 품었던 열정이 사라지고 있음을 보여 준다.

나무들의 그림자가 길어지고 우수수 바람이 온다. 이미 낙엽을 끝낸 분숫가의 어린나무들이 벌거숭이 몸을 애처롭게 떨며 서로의 가지를 비빈다. 그러나 그뿐, 어린나무들은 서로의 거리를 조금도 좁히지 못한 채 바람이 간 후에도 마냥 떨고 있었다.

 만화로 읽는 '나목'

발단 나는 미군 PX 초상화부에서 일함

전개 초상화부에 일하러 온 옥희도와 처음 만남

위기 '나'는 옥희도를 사랑하게 됨

절정 '나'는 옥희도와 이별하고 황태수와 결혼함

결말 '나'는 남편과 함께 옥희도의 유작전에 감

🔭 생각해 볼까요?

선생님 이 소설은 "그러나 그뿐, 어린나무들은 서로의 거리를 조금도 좁히지 못한 채 바람이 간 후에도 마냥 떨고 있었다."라는 문장으로 끝나요. '어린나무들'은 무엇을 의미할까요?

💬 2 ♥ 2

학생 1 서로 호감이 있으면서도 헤어질 수밖에 없었던 이경과 옥희도를 의미해요.

학생 2 또한 어린나무들이 거리를 좁히지 못하고 떨고 있는 것은, 인간은 근본적으로 외로운 존재이기 때문에 근원적인 고독은 해결될 수 없다는 의미가 담겨 있어요.

선생님 「나목」에서 드러나는 갈등은 무엇이 있을까요?

💬 4 ♥ 4

학생 1 「나목」은 옥희도와 '나(이경)'의 사랑 이야기가 주를 이루고 있어요. 하지만 그 이면에는 복잡한 갈등 양상이 나타나요. 옥희도에 대한 '나'의 사랑은 근본적으로 아버지와 오빠, 즉 남자의 부재로 인한 상실감에서 비롯된 것이에요.

학생 2 남성들이 부재한 상태에서 '나'는 어머니와 깊은 갈등에 빠져요. 어머니에 대한 '나'의 환멸에서 알 수 있듯이 '나'는 기존 가족 관계의 의미에 대해 근본적으로 회의하고 있어요.

학생 3 전쟁이라는 극한 상황에서 생존을 위해 몸부림치는 사람들의 모습을 통해 사회적 환경과 인간 사이의 갈등도 발견할 수 있어요.

학생 4 또한 초상화를 주문하는 미군들과 그들에게 품을 팔아 생계를 이어가는 한국인 사이에서 민족적 갈등 역시 나타나요.

선생님 '나'는 옥희도의 단칸방에서 그림을 보았을 때는 '고목'이라고 생각하다가 유작 전시회에서는 '나목'이라고 생각하게 돼요. 고목과 나목의 차이는 무엇일까요?

💬 3 ♥ 3

학생 1 단칸방에서 보았던 '고목'은 메말라 생명이 고갈된 나무로 죽음의 이미지를 보여 줘요. 이는 현실에서 벗어나고자 애쓰는 '나'의 모습을 상징하기도 해요.

학생 2 반면 유작 전시회에서 본 '나목'은 꽃과 잎이 다 졌지만 생명력을 갖고 있어 봄을 기다리는 나무로 희망의 이미지예요. 예술가로서 진정한 삶을 산 옥희도의 모습과 정신적 성숙을 이룬 '나'의 모습을 상징해요.

학생 3 '나'는 옥희도의 그림을 통해 그가 나목처럼 1950년대 황량하고 메마른 겨울을 견디며 내면의 희망을 키웠으며, 자신은 그에 기대어 삶의 좌절을 견디었음을 알게 돼요.

선생님 작품의 제목이기도 한 '나목'이 상징하는 바를 자세히 알아볼까요?
💬 3 🤍 3

 학생 1 '나목'은 예술가의 삶과 관련이 있어요. 고통스러운 현실 속에서도 예술에 대한 열정을 버리지 않고 고유의 세계를 만들어가는 예술혼을 상징해요.

 학생 2 민족의 혼란기에도 미래에 대한 희망을 버리지 않고 살아가는 인물들의 강한 의지를 반영해요.

 학생 3 또한 시대적 상황과 관련해서 전쟁으로 인해 정신적·물질적으로 황폐한 삶을 살 수밖에 없었던 민족의 모습을 보여 주기도 해요.

〈나무와 두 여인〉 ▽ 🔍

연관 검색어　박수근　풍속화　나목

〈나무와 두 여인〉은 박수근 화백의 작품이다. 겨울을 앞둔 나목 한 그루, 머리 위에 짐을 진 채 나목 옆을 지나가는 여인, 아이를 업고서 나목 근처를 서성이는 여인을 단순한 구도로 그린 이 작품은 화강암처럼 질박한 질감을 표현하는 마티에르 기법을 잘 활용한 작품으로 평가받는다. 또한 〈나무와 두 여인〉은 박완서의 소설 「나목」의 모티브가 된 작품이다.

박완서는 「나목」에서 실존 회가 박수근을 모델로 '옥희도'라는 가상의 인물을 실정하여 이야기를 전개하였다. 박수근과 박완서는 6·25 전쟁 이후 미군 부대에서 함께 일한 적이 있다. 박완서는 그때의 경험과 박수근의 그림에서 얻은 영감을 바탕으로 「나목」을 창작하였다. 이 작품 역시 박수근의 실제 그림에 작가의 체험과 상상력을 덧붙여 새로운 의미를 부여하고 있다.

박수근은 서민들의 일상적인 삶을 그림에 담아내는 데 주목하였다. 〈나무와 두 여인〉은 그의 다른 작품들인 〈빨래터〉, 〈시장의 여인들〉, 〈아기보는 소녀〉 등과 함께 옛날 우리나라 여인들의 일상을 고스란히 그려낸 작품이다.

엄마의 말뚝2

#6·25전쟁   #전쟁의상처   #어머니의한   #분단극복의지

📋 작품 길잡이

갈래: 중편 소설, 연작 소설, 전후 소설
배경: 시간 – 6·25 전쟁 당시와 현재 / 공간 - 서울
시점: 1인칭 주인공 시점
주제: 전쟁이 남긴 상처와 분단의 비극
출전: 〈문학사상〉(1981)

📷 인물 관계도

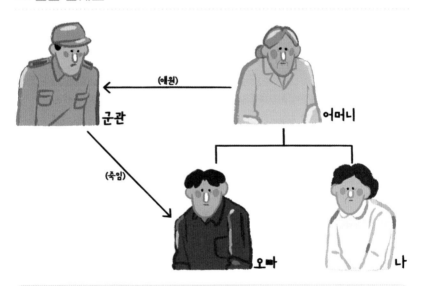

나	6·25 전쟁으로 오빠를 잃고 어머니를 돌보며 살아간다. 환각 속에서 군관과 오빠를 보며 힘들어하는 어머니를 보고 마음 아파한다.
어머니	겉으로는 남은 자식과 손자들을 사랑하며 평온하게 살아가지만 마음속 깊이 아들을 잃은 상처가 남아 있다.

📋 구성과 줄거리

발단 **친구를 만나기 위해 외출한 '나'는 불길한 예감이 듦**

과거에 '나'가 집을 비운 사이 첫째 아이가 화상을 입는 사고를 당하였다. '나'는 '나'의 몸과 마음이 집에서 떠나 있을 때 크고 작은 문제들이 일어난다고 생각하며 마음 아파한다. 오랜만에 친구를 만난 '나'는 또다시 불길한 예감을 느낀다.

전개 **친정어머니가 다치셨다는 소식을 듣고 병원에 감**

'나'는 집으로 돌아오자마자 친정어머니가 눈길에서 넘어져 다치셨다는 소식을 듣는다. '나'는 놀란 마음으로 어머니가 입원해 있는 병원으로 간다.

위기 **수술을 마친 어머니가 환각 증세를 보임**

수술 후 마취가 풀리자 어머니는 헛것을 보며 허공을 향해 소리를 지르고 몸부림을 치는 등 이상 행동을 보인다. 어머니는 깁스한 자신의 다리를 아들이라고 생각하며 보호하려 하는데, 이러한 모습을 본 '나'는 어머니가 환각에 빠져 6·25 전쟁 중 자신의 아들을 죽인 군관을 보고 있음을 알게 된다.

절정 **오빠가 군관의 총에 맞아 죽었던 과거를 회상함**

'나'는 어머니를 진정시키며 눈물을 흘린다. '나'의 오빠는 인민군 치하에서 어쩔 수 없이 의용군에 지원하였다가 몸과 마음이 망가진 채로 집으로 돌아왔지만, 곧 군관에게 발각되어 죽임을 당하였다. 어머니와 '나'는 오빠를 화장하여 고향 개풍군이 보이는 곳에서 유골을 뿌렸다.

결말 **어머니가 자신의 뼛가루를 고향이 보이는 곳에 뿌려 달라고 부탁함**

정신을 차린 어머니는 자신이 죽으면 화장하여 오빠의 유골을 뿌린 곳에 뿌려줄 것을 부탁한다.

엄마의 말뚝2 [1]

• 앞부분 줄거리

'나'는 친정어머니가 넘어져 다리를 크게 다쳤다는 소식을 듣고 급히 병원으로 간다. 이 일로 아흔에 가까운 어머니는 수술을 받는다. 수술을 마친 어머니는 헛것을 보며 허공을 향해 소리를 지르고 몸부림을 치는 등 이상 행동을 보인다.

"그놈 또 왔다. 뭘 하고 있냐! 느이 오래빌 숨겨야지, 어서."

"엄마, 제발 이러시지 좀 마세요. 오빠가 어디 있다고 숨겨요?"

"그럼 느이 오래빌 벌써 잡아갔냐."

"엄마 제발."

어머니의 손이 사방을 더듬었다. 그러다가 붕대 감긴 자기의 다리에 손이 닿자 날카롭게 속삭였다.

"가엾은 내 새끼 여기 있었구나. 꼼짝 말아. 다 내가 당할 테니."

어머니의 떨리는 손이 다리를 감싸는 시늉을 했다. 그때부터 어머니의 다리는 어머니의 아들이었다. 어머니는 온몸으로 그 다리를 엄호하면서 어머니의 적을 노려보았다. 어머니의 적은 저승의 사자가 아니었다.

"군관 동무, 군관 선생님, 우리 집엔 여자들만 산다니까요."

어머니의 눈의 푸른 기가 애처롭게 흔들리면서 입가에 비굴한 웃음이 감돌았다. 나는 어머니가 환각으로 보고 있는 게 무엇이라는 걸 알아차렸다. 가엾은 어머니, 차라리 저승의 사자를 보시는 게 나았을 것을……. 어머니는 그 다리를 어디다 숨기려는지 몸부림쳤다. 그러나 어머니의 다리는 요지부동搖之不動 흔들어도 꼼짝하지 아니함 이었다.

"군관 나으리, 우리 집엔 여자들만 산다니까요. 찾아보실 것도 없다니까요. 군관 나으리."

그러나 절체절명의 위기가 어머니에게 육박해오고 있음을 난들 어쩌랴. 공포와 아직도 한 가닥 기대를 건 비굴이 어머니의 얼굴을 뒤죽박죽으로

---

1) 박완서의 「엄마의 말뚝」은 3부작으로 구성되어 있다. 이 소설은 2부에 해당한다.

일그러뜨리고 이마에선 구슬 같은 땀이 송글송글 솟아오르고 다리를 감싼 손과 앙상한 어깨는 사시나무 떨듯 떨고 있었다.

가엾은 어머니, 하늘도 무심하시지, 차라리 죽게 하시지, 그 몹쓸 일을 두 번 겪게 하시다니…….

"어머니, 어머니, 이러시지 말고 제발 정신 차리세요."

나는 어머니의 어깨를 흔들면서 울부짖었다. 어머니는 어디서 그런 힘이 솟는지 나를 검부러기 가느다란 나뭇가지, 마른 풀, 낙엽 따위의 부스러기 처럼 가볍게 털어내면서 격렬하게 몸부림쳤다.

"안된다. 안돼. 이 노옴. 안돼. 너도 사람이냐? 이 노옴, 이 노옴."

나는 벽까지 떠다 밀린 채 와들와들 떨면서 점점 심해가는 어머니의 광란을 지켜볼 수밖에 없었다. 어머니의 몸에서 수술한 다리만 빼고는 온몸이 노한 파도처럼 출렁였다. 그래서 더욱 그 다리는 어머니의 몸이 아닌 이물질처럼 괴기스러워 보였다. 어머니의 그 다리와 아들과의 동일시가 나한테까지 옮아붙은 것처럼 나는 그 다리가 무서웠다.

"안된다 이 노옴."이라는 호통과 "군관 나으리, 군관 선생님, 군관 동무."라는 아부를 번갈아 하며 몸부림치는 서슬 강하고 날카로운 기세 에 마침내 링거줄이 주삿바늘에서 빠져 버렸다. 혈관에 꽂힌 채인 주삿바늘을 통해 피가 역류해 환자복과 시트를 점점 물들였다. 피를 보자 어머니의 광란은 극에 달했다.

"이 노옴, 게 섯거라. 이 노옴, 나도 죽이고 가거라 이 노옴."

어머니는 눈물이 범벅된 얼굴로 이를 갈았다. 틀니를 빼놓아 잇몸만으로 이를 가는 시늉을 하는 게 얼마나 처참한 것인지 나 말고 누가 또 본 사람이 있을까. 이게 꿈이었으면, 꿈이었으면. 어머니는 이 세상 소리가 아닌 기성奇聲 기이한 소리 을 지르며 머리카락을 부득부득 쥐어뜯다가 오줌을 받아 내는 호스도 다 뜯어버렸다. 피비린내가 내 정신을 혼미케 했다. 퍼뜩 정신이 나서 구원을 청하려 나가려는데 어머니의 기성이 바깥까지 들렸던지 간호원이 뛰어왔다. 뒤미처 나이 지긋한 수간호원도 달려왔다. 어머니의 몸에 부착시켰던 의료기구들을 원상복구 시키기 위해선 여러 사람의 힘이 필요했다. 어머니는 힘이 장사였다. 내가 수간호원과 다른 간호원과 함께 어머니를 힘껏 찍어 누르는 동안 담당 간호원이 어머니가 뽑아 낸 것들을 다시 삽입했다. 링거는 숫제 발등으로 옮겨 꽂았다.

"세상에 이런 일도 있습니까?"

나는 수간호원에게 원망스럽게 말했다.

"너무 심려 마세요. 흔하진 않지만 이런 특이 체질이 아주 드문 것도 아니니까요. 곧 나아지실 겁니다."

수간호원이 이렇게 나를 위로했다. 어머니의 악몽이 특이 체질 탓이라구? 하긴 타인의 꿈에 대해 누가 감히 안다고 할 수 있으랴?

이제 "너 죽고 나 죽자."는 발악으로 변한 어머니의 몸부림은 지칠 줄 몰랐다. 수간호원이 간호원에게 지시해서 침대 양쪽 난간을 올리고 끈을 가져다가 어머니의 사지를 꽁꽁 묶게 했다.

"따님 된 마음에 좀 안됐다 싶으셔도 참으세요. 이런 경우는 이 수밖에 없으니까요. 이제 안심하고 눈 좀 붙이세요. 지레 병 나시겠어요. 곧 정상으로 돌아오실 테니 염려 마시고……."

그들은 어머니를 묶어놓고 나를 위로하고 병실을 나갔다. 나는 지칠 대로 지쳐서 신 신은 채 보조 침대에 상반신을 꺾었다. 그러나 웬걸, 원한 맺힌 맹수처럼 으르렁대던 어머니가 에잇 하고 한번 기압을 넣자 사지를 묶은 끈은 우지직 끊어지기도 하고 혹은 풀리기도 했다. 어머니는 다시 길길이 뛰기 시작했다. 참으로 불가사의한 괴력이었다. 목소리도 뜻이 통하는 말이 아니라 원한의 울부짖음과 독한 악담이 섞인 소름 끼치는 기성이었다. 조금도 과장 없이 간장을 도려내는 아픔과 함께 내 속에서도 불가사의한 괴력이 솟았다. 나는 이를 악물고 어머니에게로 돌진했다. 다시는 아무의 도움도 청하지 않고 어머니와 맞서리라 마음먹었다. 이건 아무의 도움도 간섭도 필요 없는 우리 모녀만의 것이다.

• **중간 부분 줄거리**

어머니를 말리며 눈물을 흘리던 '나'는 과거를 회상한다. 오빠는 해방 후 한때 좌익 운동에 가담했다가 전향한 적이 있다. 인민군 치하에서 어쩔 수 없이 의용군에 지원한 오빠 덕분에 가족들은 혜택을 입었으나 석 달 만에 세상이 바뀌고 이웃들에게 고초를 겪는다. 어느 날 오빠가 의용군에서 도망쳐 돌아왔지만 이미 몸과 정신이 망가져 있었다. 검문을 피해서 피난을 가던 우리에게 어머니는 처음 서울에서 지냈던 곳인 현저동으로 가자고 제안한다.

"얘들아, 우리 현저동으로 가자꾸나."

어머니로부터 현저동 소리를 듣자, 나는 마치 오랜 방탕 끝에 고향으로 돌아가기로 결심한 탕아蕩兒 방탕한 사나이처럼 겸손하고 유순해졌다. 번들거리는 불안한 빛을 빼면 텅 빈 오빠의 눈에도 일순 기쁨 같은 게 어렸다.

"그 처녑소나 양 따위의 반추 동물의 겹주름위 속처럼 구질구질한 동네는 우리가 숨어 지내기 알맞을 거다."

어머니는 이제 마음이 놓이는지 편안한 목소리로 이렇게 덧붙였다. 처녑 속처럼 구질구질하다는 어머니의 표현이 경멸보다는 그리움으로 다가오고 있었다.

"그 동네도 텅 비었겠지. 아무 집에서나 숨어 지내다가 우리 국군이 돌아오거든 우리 집으로 가자꾸나. 내 생전에 이렇게 사람이 무서워 보기도 처음인가보다. 내 마음이 고약한지 세상인심이 고약한지. 그렇지만 그 동네 사람은 한두 사람 만난대도 덜 무서울 것 같다. 워낙 진국들이니까."

내로라고 뽐내는 사람들의 인심에 초개쓸모없고 하찮은 것을 비유적으로 이르는 말처럼 농락당하고 상처받은 우리는 처음 서울 와서 가장 고난의 시절을 보냈던 빈촌에 아직도 남아 있는 고전적인 가난과 진국스러운 인심을 생각하고 마치 구원의 실마리를 찾아낸 것처럼 마음이 밝아지고 있었다. 오빠의 망가진 정신이 어쩌면 치유될지 모른다는 희망까지 생겼다. 우리는 마치 귀향처럼 아니, 크고 너그러운 품으로의 귀의歸依 돌아가거나 돌아와 몸을 의지함처럼 조용한 희열에 넘쳐 허위단심허우적거리며 무척 애를 씀 현저동 꼭대기를 기어올랐다. 골목마다 낯익고 정다워서 우리를 감싸 안는 듯했다. 작전상 후퇴의 마지막 날 저녁나절이라 동네는 움직이는 거라곤 개미 새끼 한 마리 못 만나게 완전히 비어 있었다. 내려다본 시가지도 불빛 하나 없이 황혼에 잠긴 게 갯벌처럼 공허해 보였다. 어머니가 나직하게 한숨을 쉬며 속삭였다.

"빨갱이란 사람들도 참 딱한 사람들이지. 여기 사는 가난뱅이들 인심도 못 얻고 무슨 명분으로 빨갱이 정치를 할 셈인고."

어머니가 그때까지 알고 지낸 몇 집을 찾아갔으나 물론 다 비어 있었다. 우린 그중에 우물이 있는 집을 골라 문을 따고 들어갔다. 집이 허술하니깐 문도 수월하게 딸 수가 있었다. 모든 집이 비어 있어서 어차피 무단침입할 바엔 좀 더 나은 집을 차지할 수도 있었지만 어머니는 어디까지나 나중에 사과하고 신세를 갚은 걸 전제로 하려 했기 때문에 아는 집 중에서 골라잡을 수밖에 없었다.

　그 후 며칠 동안 우린 사람이라곤 못 만났고 세상이 바뀐 건지 안 바뀐 건지 알아낼 수도 없었다. 우린 한 달 가량의 양식을 가지고 있었고 그 집엔 잡곡과 김장김치와 장작과 우물이 있었다. 우린 그 생활에 만족했다. 오빠가 먼 길을 도망쳐 오며 꿈꾸던 것도 바로 그런 만족한 생활이 아니었을까? 나는 문득 생각하곤 했다. 무엇보다도 자기가 어떠어떠한 사람이라는 걸 나타내 보이려고 말씨나 행동을 꾸밀 필요가 없다는 게 오빠의 치유에 도움이 되리라는 희망이 생겼다. 벌써 조금씩이나마 그런 조짐이 보이고 있었다. 오빠는 남쪽 친정에 가서 몸을 푼 아내와 아들에 대해 비록 불확실하게나마 염려하고 궁금해 하는 눈치를 보일 때가 가끔 있었다. 여지껏 없던 일이었다. 우선 가장 가까운 사람을 향한 마음으로부터 열릴 가능성이 뵈는 것 같아 반가웠다.

　우린 우리의 완벽한 은신을 감지덕지할 줄만 알았지 그 허점을 모르고 있었다. 어느 날 우리는 흰 홑이불을 망토처럼 뒤집어쓴 일단의 인민군에 의해 발각되었다. 그들은 서대문 형무소에 주둔하고 있는데 거기서 산동네를 쳐다보면 매일 아침저녁 굴뚝으로 연기가 오르는 집이 몇 집 있더라는 것이었다. 연기 나는 집을 하나하나 다 뒤져봐도 재수 없게 다 죽게 된 늙은이 아니면 병자가 고작이더니 이 집엔 웬 젊은 여자가 다 있냐고 마침 문을 열어준 나를 호시탐탐 노려보았다.

　“네 그러문요. 이 집엔 여자들만 산다니까요. 찾아보실 것도 없다니까요.”

　어머니가 급히 뒤따라 나오면서 안 해도 될 소리를 두서없이 지껄였다. 그들이 어머니를 밀치고 안으로 들어갔다.

　“동무도 여자요?”

　앞장선 군관이 싸늘하게 웃으면서 오빠에게 물었다. 인민군을 본 오빠가 갑자기 실어증에 걸렸는지 으, 으, 으, 하고 신음할 뿐 뜻이 통하는 소리는 한마디도 못 했다.

　“갸안 여자는 아니지만서두 병신이에요. 사람값에 못 가는 병신이니까 여자만도 못하죠. 웬수죠. 병신 자식은 평생 웬수죠.”

　어머니의 얼굴에 공포와 비굴이 처참하게 엇갈렸다. 어머니가 그렇게까지 강조할 것도 없이 오빠는 누가 보기에도 성한 사람은 아니었다. 우락부락 거친 그들과 비교되어 더욱 그랬다. 몸은 파리하고 여위고 눈은 공허하고 입에선 알아들을 수 없는 외마디 소리가 새어 나올 뿐이었다. 어머니가 병신 자식이라는 걸 너무 강조하지 말았으면 좋았을 것을.

그 후 그들은 겨끔내기 ^{겨끔내기. 서로 번갈아 하기}로 자주 우리 집에 드나들었다. 그 중엔 보위부 ^{국가보위성. 비밀경찰들이 소속된 북한의 정보기관} 군관도 있었는데 오빠에 대해 뭔가를 눈치채고 있는 것 같았다. 우리들하고 천연덕스럽게 고향 얘기나 처자식 얘기를 하다가도 갑자기 오빠를 노려보면서 딴사람같이 카랑카랑한 목소리로 동무 혹시 인민군대에서 도주하지 않았소? 한다든가 동무, 혹시 국방군에서 낙오한 게 아니오? 하면 간이 콩알만큼 오그라들었다. 그러나 오빠는 그들만 나타나면 사색이 되어 떠는 증이 그런 소리로 더해지거나 덜해지지 않았고, 인민군복을 보자마자 새로 생긴 실어증도 끝내 그대로여서 병신 노릇에 빈틈이 없었다. 문제는 우리였는데 우리도 오빠가 병신이 된 걸 연기로서가 아니라 실제로 받아들이고 있었다. 슬프고 원통할 일이었지만 오빠가 치유될 가망성은 없어 보였다.

그러나 그 보위부 군관은 남달리 집요한 데가 있었다. 위협도 하고 회유도 하고 때론 애원까지 하면서 진상을 알고 싶어 했다.

"어머니, 어머니를 보면 딱해 죽갔어. 아들 하나가 어쩌다 저 꼴이 됐을까? 그렇지만 배 안의 병신은 아니지? 그치? 배 안의 병신만 아니면 고칠 수 있어. 우리 북반부 의술은 세계적이거든. 그러고도 가난한 사람 우선이야. 내가 얼마든지 좋은 의사 보내줄 수 있으니까 바른대로만 말해. 언제부터 왜 저렇게 됐나."

자주 드나들면서 언제부터인지 우리 어머니를 어머니라고 부르면서 이렇게 응석 섞인 반말지거리까지 했다. 차고 모질게 굴 때보다도 그럴 때는 어머니도 벌벌 떨면서 횡설수설하기가 일쑤여서 곁에서 지켜보는 나를 불안하게 했다. 그러나 그가 돌아가면 어머니는 눈을 찡긋하면서 일부러 그랬다고 말해서 나를 어이없게 했다.

사람이 살기 위해선 못 익숙해질 게 없었다. 독사와 더불어 춤을 추는 것 같은 섬뜩하고 아슬아슬한 곡예로 하루하루를 넘겼다.

다시 포성이 가까워지고 그들의 눈에 핏발이 서기 시작했다. 어머니는 앉으나 서나 그들이 곱게 물러가기만을 축수 ^{祝手 두 손바닥을 마주 대고 빎}했다.

"그저 내 자식 해코저만 마소서. 불쌍한 내 자식 해코저만 마소서."

마침내 보위군관이 작별하러 왔다. 그의 작별 방법은 특이했다.

"내가 동무들같이 간사한 무리들한테 끝까지 속을 것 같소. 지금이라도 바른대로 대시오. 이래도 바른 소리를 못 하겠소?"

그가 허리에 찬 권총을 빼 오빠에게 겨누며 말했다.

"안된다. 안돼. 이 노옴 너도 사람이냐? 이 노옴."

어머니가 외마디 소리를 지르며 그의 팔에 매달렸다. 오빠는 으, 으, 으, 으, 짐승 같은 소리로 신음하는 게 고작이었다. 그가 어머니를 획 뿌리쳤다.

"이래도 이래도 바른 말을 안할 테냐? 이래도."

총성이 울렸다. 다리였다. 오빠는 으, 으, 으, 으, 같은 소리밖에 못 냈다.

"좋다. 이래도 바른 말을 안할 테냐? 이래도."

또 총성이 울렸다. 같은 말과 총성이 서너 번이나 되풀이됐다. 잔혹하게도 그 당장 목숨이 끊어지지 않게 하체만 겨냥하고 쏴댔다.

오빠는 유혈이 낭자한 가운데 기절해 꼬꾸라지고 어머니도 그가 뿌리쳐 나동그라진 자리에서 처절한 외마디 소리만 지르다가 까무러쳤다.

"죽기 전에 바른말 할 기회를 주기 위해 당장 죽이진 않겠다."

그 후 군관은 다시 나타나지 않았다. 며칠 만에 세상은 또 바뀌었다.

오빠의 총상은 다 치명상이 아니었는데도 며칠 만에 운명했다. 출혈이 심한데다 적절한 치료를 받을 수가 없었기 때문이다. 그 며칠 동안에도 오빠의 실어증은 회복되지 않았다. 그 며칠 동안의 낭자한 유혈과 하늘에 맺힌 원한을 어찌 잊으랴. 그러나 덮어둘 순 있었다. 나는 남자를 만나 사랑을 하고 자식을 낳아 또 사랑하는 걸로, 어머니는 손자를 거두어 기르며 부처님께 귀의하는 걸로.

마취가 깨어날 때 부린 난동으로 어머니는 어찌나 많은 힘을 소모하였는지 그 후 오랫동안 탈진상태가 계속됐다. 부피도 무게도 호흡도 없이 불면 날아갈 듯한 장의 백지장이 되어 누워 있었다. 간혹 문병을 와주는 친척이나 친구 보기에도 도저히 회복될 가망이 없어 보였던지 모두 심각하게 고개를 저었다. 그들 중에는 어머니가 아예 의식이 없는 줄 알고 서슴지 않고 장례 절차 얘기를 하는 이가 있는가 하면 상갓집에 온 줄 착각을 하는지 천수를 누리셨으니 너무 서러워 말라고 우리를 위로하는 이도 있었다. 우리 역시 그런 그들을 말리거나 언짢게 생각하지 않았다. 한두 숟갈 유동식을 받아 넘긴다든가 주삿바늘을 찌를 때 찡그리는 것 외엔 어머니에게 의식이 남아 있다는 표시는 참으로 미미했다.

어느 날, 문병을 와준 내 친구도 이런 어머니를 일별 —뻘한번흘낏볼하더니 대뜸 이렇게 말했다.

"수의는 장만해 놨니?"

"아니, 뭐 그런 끔찍한 걸 미리 장만을 하니?"

"얘 좀 봐, 그럼 묘지는?"

"묘지? 그런 것도 미리 장만하는 거니?"

"얘 좀 봐, 그것도 안 해놨구나. 넌 하여튼 알아줘야 해."

"뭘?"

"너 나이롱 딸인 거, 말야."

"나이롱 딸?"

"그래 나이롱 딸, 이런 엉터리. 아들도 없는데 딸까지 이런 순 엉터리니……"

나는 내가 나일론에다 순 엉터리인 건 상관없었지만 어머니를 위해선 좀 안 된 것 같아 변명할 마음이 생겼다.

"우린 고향에 선영^{조상의 무덤과 그 근처의 땅}이 있지 않니?"

"느이 고향이 어딘데?"

"몰라서 묻니? 개성 쪽, 개풍군이야."

"거기 있는 선영이 무슨 소용이 있어?"

"그래도."

"그래도라니? 변명치곤 너무 구차스럽다 얘. 이북에 두고 온 논밭 저당 잡고 돈도 꿔 달랠라."

입이 험한 친구는 사정없이 나를 몰아세웠다.

"그게 아니라 일종의 묵계^{말 없는 가운데 뜻이 서로 맞아 성립된 약속} 같은 거지. 어머니는 비록 살아생전에 못 가셨더라도 돌아가신 후에만은 어머님이 선영 곁에 누우시길 바라실 거 아니니? 말씀은 안 하셔도 속으로 간절히 바라시는 걸 빤히 알면서 어떻게 딴 데다 묘지를 사놓니? 그야 막상 돌아가시면 문제가 달라지겠지? 그때 가서 묘지를 사도 늦을 거 없잖아. 묘지란 어차피 사후의 집이니까."

이때 어머니가 눈을 떴다. 백지장 같은 모습과는 딴판으로 또렷하고 생기있는 눈이어서 친구는 앉은자리에서 에그머니나 비명을 지르며 내 옷소매에 매달렸다.

"호숙 에미 나 좀 보자."

어머니가 정정한 목소리로 나를 곁으로 불렀다.

"네 어머니."

나는 어머니에게로 조심스럽게 다가갔다. 어머니의 손이 내 손을 잡았다. 알맞은 온기와 악력^{握力}이 나를 놀라게도 서럽게도 했다.

"나 죽거든 행여 묘지 쓰지 말거라."

어머니의 목소리는 평상시처럼 잔잔하고 만만치 않았다.

"네? 다 들으셨군요?"

"그래 마침 듣기 잘했다. 그러잖아도 언제고 꼭 일러두려 했는데. 유언 삼아 일러두는 게니 잘 들어뒀다 어김없이 시행토록 해라. 나 죽거든 내가 느이 오래비한테 해준 것처럼 해다오. 누가 뭐래도 그렇게 해다오. 누가 뭐라든 상관하지 않고 그럴 수 있는 건 너밖에 없기에 부탁하는 거다."

"오빠처럼요?"

"그래, 꼭 그대로, 그걸 설마 잊고 있진 않겠지?"

"잊다니요. 그걸 어떻게 잊을 수가……."

어머니의 손의 악력은 정정했을 때처럼 아니, 나를 끌고 농바위 고개를 넘을 때처럼 강한 줏대와 고집을 느끼게 했다.

오빠의 시신은 처음엔 무악재 고개 너머 벌판의 밭머리에 가매장했다. 행려병사자^{떠돌아다니다가 타향에서 병들어 죽은 사람} 취급하듯이 형식과 절차 없는 매장이었지만 무정부상태의 텅 빈 도시에서 우리 모녀의 가냘픈 힘만으로 그것 이상은 가능한 일이 아니었다.

서울이 수복되고 화장장이 정상화되자마자 어머니는 오빠를 화장할 것을 의논해 왔다. 그때 우리와 합하게 된 올케는 아비 없는 아들들에게 무덤이라도 남겨줘야 한다고 공동묘지로라도 이장할 것을 주장했다. 어머니는 오빠를 죽게 한 것이 자기 죄처럼, 젊어 과부된 며느리한테 기가 죽어 지냈었는데 그때만은 조금도 양보할 기세가 아니었다. 남편의 임종도 못 보고 과부가 된 것도 억울한데 그 무덤까지 말살하려는 시어머니의 모진 마음이 야속하고 정떨어졌으련만 그런 기세 속엔 거역할 수 없는 위엄과 비통한 의지가 담겨 있어 종당^{일의 마지막}엔 올케도 순종을 하고 말았다.

오빠의 살은 연기가 되고 뼈는 한 줌의 가루가 되었다. 어머니는 앞장서서 강화로 가는 시외버스 정류장으로 갔다. 우린 묵묵히 뒤따랐다. 강화도에서 내린 어머니는 사람들에게 묻고 물어서 멀리 개풍군 땅이 보이는 바닷가에 섰다. 그리고 지적으로 보이되 갈 수 없는 땅을 향해 그 한 줌의 먼지를 훨훨 날렸다. 개풍군 땅은 우리 가족의 선영이 있는 땅이었지만 선영에 못 묻히는 한恨을 그런 방법으로 풀고 있다곤 생각되지 않았다. 어머니의 모습엔 운명에 순종하고 한을 지그시 품고 삭이는 약하고 다소곳한 여자 티는 조금도 없었다. 방금 출전하려는 용사처럼 씩씩하고 도전적이었다.

어머니는 한 줌의 먼지와 바람으로써 너무도 엄청난 것과의 싸움을 시도하고 있었다. 어머니에게 그 한 줌의 먼지와 바람은 결코 미약한 게 아니었다. 그야말로 어머니를 짓밟고 모든 것을 빼앗아 간, 어머니가 도저히 이해할 수 없는 분단分斷이란 괴물을 홀로 거역할 수 있는 유일한 수단이었다.

어머니는 나더러 그때 그 자리에서 또 그 짓을 하란다. 이젠 자기가 몸소 그 먼지와 바람이 될 테니 나더러 그 짓을 하란다. 그 후 삼십 년이란 세월이 흘렀건만 그 괴물을 무화無化시키는 길은 정녕 그 짓밖에 없는가?

"너한테 미안하구나, 그렇지만 부탁한다."

어머니도 그 짓밖에 물려줄 수 없는 게 진정으로 미안한 양 표정이 애달프게 이지러졌다.

아아, 나는 그 짓을 또 한 번 할 수밖에 없을 것 같다.

어머니는 아직도 투병 중이시다.

 만화로 읽는 '엄마의 말뚝2'

발단 친구를 만나기 위해 외출한 '나'는 불길한 예감이 듦

전개 친정어머니가 다치셨다는 소식을 듣고 병원에 감

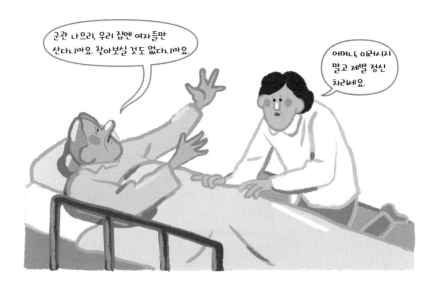

위기 수술을 마친 어머니가 환각 증세를 보임

절정 오빠가 군관의 총에 맞아 죽었던 과거를 회상함

결말 어머니가 자신의 뼛가루를 고향이 보이는 곳에 뿌려 달라고 부탁함

🔭 생각해 볼까요?

선생님 「엄마의 말뚝2」의 역사적 배경과 서술 방식은 어떤가요?

💬 2 🤍 2

↳ **학생 1** 이 작품은 6·25 전쟁을 배경으로 하고 있어요. '나'의 어머니는 전쟁 중 인민 군 군관이 아들을 죽이는 사건을 겪으며 큰 충격을 받았어요. 오랜 세월이 흐른 후 어머니는 수술을 받게 되는데 마취가 풀리면서 군관이 아들을 죽이 려는 환각을 보고 고통스러워해요.

↳ **학생 2** 이처럼 작가는 역순행적 구성을 취하여 사건을 구체적으로 제시하고 1인칭 주인공 시점에서 어머니의 말과 행동, 감정을 세밀하게 서술함으로써 주제 를 효과적으로 드러내고 있어요.

선생님 이 소설은 3부작으로 구성되어 있어요. 각 편의 내용은 무엇인지 알아볼까요?

💬 4 🤍 4

↳ **학생 1** 「엄마의 말뚝1」(1980)은 남편을 잃은 한 여성이 삶의 터전인 고향을 떠나 어 린 오누이와 함께 객지인 서울에서 집념과 의지로써 집 한 채를 마련하기까 지의 과정을 그리고 있어요.

↳ **학생 2** 「엄마의 말뚝2」(1982)는 6·25 전쟁의 비극과 오빠의 불행한 죽음을 다루고 있어요.

↳ **학생 3** 「엄마의 말뚝3」(1991)은 과거의 회한에서 벗어나지 못하던 엄마가 임종을 맞이하며 아들처럼 자신도 화장해 달라고 하지만 결국 손자의 의지대로 서 울 근교의 공원묘지에 묻히기까지의 이야기예요.

↳ **학생 4** 연작이기는 하지만 각각의 단편은 독립된 완결성을 지니고 있어요. 작가는 이 일련의 세 작품을 통해 엄마의 삶을 개인사 및 가족사의 수준에서 한 단 계 드높여 보편적인 민족사의 차원으로 승화시키고 있어요.

선생님 제목인 '엄마의 말뚝'이 의미하는 것은 무엇일까요?

💬 3 🤍 3

↳ **학생 1** 1편에서는 '나'와 오빠를 데리고 상경하여 홀로 자식들을 잘 키워 내려 한 어 머니의 강인함을 의미해요.

↳ **학생 2** 2편에서는 전쟁 중 사랑하는 아들을 잃은 후 받은 충격과 깊게 박힌 상처를 의미해요.

↳ **학생 3** 3편에서는 아들의 유골이 뿌려진 곳에 자신도 뿌려지고자 함으로써 비극적 상황에 맞서고 아들의 곁을 지키려 하는 어머니의 의지를 보여 줘요.

선생님 「엄마의 말뚝2」에서 나타난 '나'와 어머니의 관계는 어떠한가요?
 2 ♥ 2

↳ **학생 1** 어머니는 '나'를 자신의 임종과 유언을 지켜 줄 만한 유일한 존재로 믿고 있으면서도, 약한 모습을 보이지 않으려고 해요.

↳ **학생 2** '나'는 어머니를 비판적으로 보고 있음에도, 모진 시대를 살아오는 동안 '말뚝'에 매인 어머니에 대해 연민의 감정을 가져요.

 선생님 이 작품은 분단 문제를 어떻게 다루고 있나요?
2 ♥ 2

↳ **학생 1** 어머니의 말과 행동을 통해 전쟁과 분단이 일으킨 상처가 소멸하거나 잊힐 수 있는 것이 아님을 강조하고 있어요.

↳ **학생 2** 오랜 세월이 흘렀음에도 전쟁과 분단이 일으킨 상처에서 벗어나지 못하는 어머니의 모습은 전쟁과 분단이 개인의 실제적인 삶에 영향을 미치는 문제임을 보여 줘요.

역순행적 구성 ▾ 🔍

연관 검색어   순행적 구성   입체적 구성

순행적 구성온 시간의 흐름이 '괴기-현재-미레'외 같이 흘리기는 구성을 말한디. 평면적 구성이라고도 한다. 역순행적 구성은 자연적인 시간의 흐름과는 달리 현재에서 과거로 거슬러 가는 구성, 혹은 과거로 갔다가 다시 현재로 돌아오는 구성을 의미한다. 입체적 구성이라고도 한다.
「엄마의 말뚝2」는 자연적인 시간의 흐름에 따른 구성이 아닌 현재의 시점에서 과거 전쟁 당시를 회상하는 역순행적 구성을 취하고 있다. 역순행적 구성을 통해 현재의 시점에서 과거를 돌아보게 함으로써 사건의 비극성을 더 부각하고 있다.

그해 겨울은 따뜻했네

#전쟁의비극 #이산가족의아픔 #죄의식 #빈부격차

⚓ 작품 길잡이

갈래: 장편 소설, 가정 소설
배경: 시간 - 1951년~1980년대 / 공간 - 서울
시점: 3인칭 전지적 작가 시점
주제: 전쟁의 비극과 이산가족의 고통, 인간의 허위의식과 이기심 비판
출전: 〈한국일보〉(1982)

📷 인물 관계도

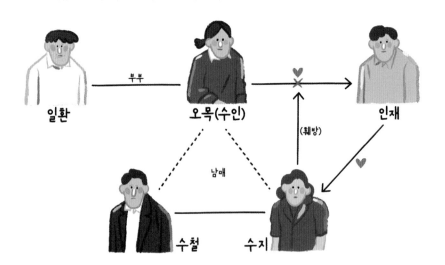

일환 —— 부부 —— 오목(수인) ✕→ 인재
오목(수인) ⋯ 남매 ⋯ 수철 —— 수지
(훼방) ↑ ♥ ↓ 인재

오목(수인)	피란길에 고아가 된다. 힘들게 살다가 결핵에 걸려 일찍 삶을 마감한다.
수철	오목의 존재를 알고 있지만 자신의 평온한 삶을 위해 오목을 외면한다.
수지	피란길에서 일부러 동생의 손을 놓는다. 이로 인해 죄책감을 느끼며 살아간다.

📖 구성과 줄거리

발단   수지는 피란길에서 동생 오목을 버림

수철, 수지, 오목(수인)은 삼 남매다. 아버지가 6·25 전쟁 중 끌려가자 수지네 삼 남매와 어머니는 외갓집에서 생활한다. 일곱 살의 어린 수지는 어려운 생활 속에서 조금 받은 자신의 먹을 것마저 빼앗고 떼를 부리는 오목에게 미운 마음을 갖는다. 1·4 후퇴의 피란길에서 수지는 일부러 오목의 손을 놓치고 혼자 가족들에게로 돌아온다.

전개   수지는 고아원에서 오목을 다시 만나지만 모르는 척함

수지는 동생을 버렸다는 죄책감을 안고 살아간다. 어느 날 한 고아원에 자신이 버렸던 동생과 이름이 같은 소녀가 있다는 것을 알게 되고 고아원을 찾아간다. 그러나 진실을 밝히지 못한 채 오목과 인연을 이어간다. 수철도 오목을 익명의 후원자로서만 돕는다.

위기   수지와 오목은 대비되는 삶을 살아감

아버지의 유산을 물려받은 수철과 수지는 평온하게 살아간다. 수지는 자신의 옛 애인이었던 인재가 오목과 만난다는 사실을 알고 둘을 헤어지게 만든다. 이후 오목은 같은 고아원에 있었던 보일러공 일환과 결혼한다.

절정   오목이 결핵으로 쓰러짐

수지는 부유한 남자와 결혼하여 자선 사업을 하며 살아가고, 오목은 힘들고 가난한 삶을 살아간다. 죄책감을 느낀 수지는 일환이 중동의 건설 현장에서 일할 수 있도록 도와준다. 오목은 일환이 중동으로 떠나던 날 심한 결핵으로 쓰러진다.

결말   오목이는 죽음을 맞이하고, 수지는 마음의 용서를 구함

오목의 마지막을 지키기 위해 찾아온 수지는 뒤늦게 눈물을 흘리며 오목에게 사실을 고백하지만 이미 오목은 숨을 거둔 후다.

그해 겨울은 따뜻했네

• 앞부분 줄거리

수지는 다섯 살, 일곱 살의 두 아들을 키우고 있다. 어느 날 수지는 큰아들과 작은아들이 다투는 것을 보고 심하게 화를 내며 큰아들에게 매를 든다. 남편이 이를 말리자, 일곱 살이라도 악을 저지를 수 있다고 따지다가 갑자기 자신의 행동에 수치심을 느끼며 어린 시절을 떠올린다.

한수지의 일곱 살은 배고픔과 함께 시작됐다. 그녀의 일곱 살은 끔찍했다.

수지는 은행원 한남석 씨의 1남 2녀 중 가운데였다. 오빠 수철이는 한참 위였지만 동생 수인과는 두 살 터울이었다. 수인은 수인이란 이름보다는 '오목'이란 별명으로 더 많이 불렸다. 삼대독자인 한남석 씨는 맞선볼 때 여자의 얼굴보다는 엉덩이에 먼저 눈독을 들일 정도로 다산성의 아내를 원했다.

자기 대에서 자손을 크게 번창시켜야 한다는 특별한 사명감에 불타고 있었다. 첫아들을 낳고 8년 만에 얻은 수지는 그런대로 반가웠지만 한 해 걸러 또 딸인 데는 실망이 컸다. 이름도 안 짓고 출생 신고도 안 하고 내버려 두면서 다음에 아들 낳으면 둘을 함께 신고하면 된다고만 말했다. 이름 없는 딸은 오목조목 예쁘게 자라 엄마가 먼저 오목이라고 불렀고 어느 틈에 식구들이 다 그렇게 부르게 되었다.

오목이는 네 살 때 비로소 수인이란 이름을 얻어가지고 한남석 씨의 2녀 호적에 올랐다. 한남석 씨가 그의 호적에 2남 대신 2녀를 올리는 치욕을 감수할 수밖에 없었던 것은 오목이가 네 살이 되도록 아우를 못 본 까닭도 있었지만 가족수당이 빠져 그만큼 봉급에서 손해를 보기 때문이었다. 대대로 검약儉約 돈이나 물건, 자원 따위를 낭비하지 않고 아껴 씀한 가풍에 이재理財 재산을 잘 관리함에도 밝아 한남석 씨는 알부자로 소문나 있었다. 한남석 씨는 이런 소문을 매우 못마땅하게 여겨서 남 보기에 어렵게 살려고 애를 많이 썼다.

한남석 씨가 자신이 알부자로 소문나는 데 속수무책이었던 것처럼 6·25가 나 세상이 살벌해지면서 알부자가 반동분자反動分子 진보적이거나 발전적인 움직임을 반대하여 강압적으로 가로막는 행위를 하는 자로 둔갑하는 것에도 속수무책이었다. 그 나이에 은행 대리라면 사회적 지위로 봐서 결코 남을 앞질렀다고는 볼 수 없었다. 한남석 씨로서는 오히려 남에게 여러 번 양보하고 밀려났다는 남모르는 열등감마저 품고 있었다.

그러나 알부자라는 건 그 세상에선 곧 악질적인 착취 행위의 결과임을 면할 수 없었다. 그는 그들이 부드러운 미소의 가면을 쓰고 있던 동란 초기에 벌써 악질반동의 낙인이 찍혀 붙들려가서 매 맞고 풀려나기를 여러 번 되풀이했다. 다만 연명延命 목숨을 겨우 이어 살아감 만이 기적 같은 나날이었다. 그러다가 전세가 결정적으로 그들에게 불리해지고 그들이 드러내놓고 그악스러워지면서 사납고 모질어지면서 또다시 붙들려간 한남석 씨는 돌아오지 않았다. 알아볼 만한 그들의 기관은 이미 불타거나 철수해서 없어진 뒤였다. 그럴듯한 소문도 없이 한남석 씨는 감쪽같이 없어졌다. 세상의 종말처럼 시뻘겋게 불타는 하늘을 우러러 탄식하는 게 남은 식구들이 고작 할 수 있는 일이었다.

(중략)

자연히 어린 수지와 오목이가 서로 의지할 수밖에 없었다. 그러나 허기증을 다스리는 방법은 둘이 전혀 달랐다. 수지는 밥이나 군것질을 될 수 있는 대로 아껴가며 오래 먹음으로써 먹는 즐거움을 오래도록 즐기려 들었고 오목이는 눈을 까뒤집고 먹이를 한꺼번에 삼키고 나서 남의 것까지 빼앗아 자기 배속에 양적으로 많이 처넣는 것을 수로 삼았다. 오목이의 이런 그악스러운 허기증에 가장 많이 당하는 건 수지였다. 눈 깜짝할 새 제 밥그릇을 비운 오목이는 수지의 밥그릇에 코를 박았고 하나씩 나누어준 찐 고구마도 막무가내 둘을 먹으려고 들었다.

어른들은 자기나 자기 아이가 오목이에게 빼앗기지 않기 위해서 수지가 빼앗기도록 부추기었다.[1]

"세상에 수진 착하기도 하지. 동생하고 나눠 먹는 것 좀 봐."

어른들은 이렇게 수지가 오목이한테 빼앗기는 것을 신통한 재롱 보듯이 즐겼다. 또,

"수지 좀 봐라. 두 살 터울밖에 안 되는 동생한테 언니 노릇을 얼마나 잘

---

1) 전쟁이라는 극한적 상황 속에서 어른들의 이기적이고 위선적인 면모가 드러나고 있다.

하나. 기특하고 앙증맞기도 하지."

　이렇게 자기 자식을 타이르는 데 수지를 본보기로 삼기도 했다. 수지는 보통 아이였다. 갑작스러운 애정의 공백 상태에서 오목이와 마찬가지로 심한 허기증을 앓고 있는 보통 아이지 어른들이 추켜세우는 것처럼 특별히 착한 아이가 아니었다. 보통 아이이기 때문에 어른들이 만들어준 착한 아이 노릇을 그만둘 수도 없었다. 수지는 마치 몰이꾼에게 몰리듯이 착한 아이 노릇에 몰리고 있을 뿐이었다.

　오목이만 없으면 얼마나 좋을까? 착한 아이 노릇에 지친 수지는 문득 이렇게 생각했다. 그런 방정맞은 생각은 한번 떠오르기가 잘못이었다.

　뒷간에까지 졸졸 따라다니며 온갖 시중을 다 시키고, 얻어맞고는 역성을 들어달라고 _{누가 옳고 그른지는 상관하지 아니하고 무조건 한쪽 편만 들어달라고} 보채고, 빼앗기고는 빼앗아 달라고 들들 볶아먹고도 부족해 언니의 먹을 거란 먹을 것은 당연한 권리처럼 약탈해 가는 동생으로부터 해방된다는 것은 상상만으로도 날아갈 듯한 기쁨을 느꼈다. 수지는 그 기쁨에서 본능적으로 어둡고 두려운 것, 죄의 냄새 같은 걸 맡았기 때문에 그 기쁨을 자제하려 들었다. 그러나 일곱 살 먹은 계집애가 스스로 억제하기엔 벅찰 만큼 격렬하고 매혹적인 게 그 기쁨 속엔 있었다.

　수지는 자주자주 그 기쁨을 맛보았다. 아니 기쁨에 휘둘렸다.

　아무리 좋은 소리 아름다운 노래도 거듭해서 들으면 싫어진다고 한다. 아무리 기발한 상상도 되풀이하는 사이에 시들해지게 마련이다.

　그러나 오목이만 없었으면 하는 공상에 따르는 기쁨은 거듭될수록 새로워졌다. 그 속에 감추어진 죄의 냄새 때문이었다. 마치 음식에 섞인 알맞은 향신료가 입맛을 새롭게 하듯이.

　남 보기에 수지는 변함없이 오목이의 착하고 어른스러운 언니였다. 제 몫까지 오목이에게 먹이고 오목이를 역성들고, 오목이의 온갖 생떼와 응석을 받아주었다. 어른들은 이런 수지를 칭찬하고 부추기는 것만 갖고는 미안했던지 오목이를 미워하기 시작했다. 착한 것을 괴롭히는 것을 미워하는 것으로 착한 것에 대한 거룩한 의리를 지킨 것처럼 자위하려는 것 같았다. 어른들은 오목이를 징그러운 짐승 보듯이 노골적으로 싫어하는 시선으로 바라보았고 으슥한 곳에서 오목이를 주먹질하거나 모질게 알밤을 먹이기도 했다.

그러다가 만일 수지한테 들키면 일대 소동이 벌어졌고 어른들은 크게 망신을 당해야 했다. 오목이한테 순하고 착한 언니일 뿐 아니라 오목이를 괴롭히거나 해치려는 어떤 힘에도 수지는 가차 없이 용감했다.

오목이에게 눈 흘긴 어른의 눈을 더욱 불타는 눈으로 노려보았고, 오목이를 주먹질한 어른의 손을 앙칼지게 할퀴거나 물어뜯기도 했다. 그럴수록 오목이는 나쁜 아이가 되고 수지는 착한 아이가 되었다.

아무도 수지가 그런 방법으로 오목이만 없었으면 하는 자신의 마음과 싸우고 있다는 걸 알지 못했다. 수지의 싸움은 여의치 않았다. 어린 마음에 결코 그런 계산까지 한 게 아니었건만 결과적으로 자신의 나쁜 마음을 교묘하게 은폐하고 오히려 남들의 동의를 얻어내고 있었다. 수지는 남들도 다 오목이를 미워하고 오목이가 없기를 바라고 있다는 걸 알아내고 싶었던 것이다.

엄마의 무관심과 여러 사람의 미움 속에서 오목이는 더욱 먹어도 먹어도 허기가 지는 아귀가 돼갔다. 외할머니까지도 오목이의 맹꽁이처럼 부른 배를 마치 자귀^{너무 많이 먹어서 생기는 병}가 난 짐승의 배 보듯이 징그럽게 바라보며 진저리를 치는 게 고작이었다.

작전상 서울까지 내놓았다는 소식과 함께 마을이 술렁거리기 시작했다.[2] 수지네 외가에 머물고 있던 사람들은 더 남쪽으로 내려가기 위해 보따리를 싸고, 마지막으로 서울을 뜬 피난민들이 대량으로 마을을 통과했다. 날씨는 표독하리만치 추운데 어느새 해가 바뀌어 수지는 일곱 살, 오목이도 다섯 살이 돼 있었다.

수지네 외가에 머물러 있던 친척들은 더 남쪽으로 내려가기 위해 모조리 떠났다. 외가 식구들 중에는 젊은이는 미리 떠나고 외할머니와 수지네 네 식구만이 남게 되었다. 그렇다고 집이 빈 건 아니었다. 막판에 서울을 비운 피난민들이 물밀듯이 밀려와 날 저물면 빈방, 헛간, 추녀 끝 가리지 않고 드새고 날 밝으면 떠났다. 외할머니가 끝까지 집에 남아 있던 것도 그들 마지막 피난민들로부터 가산과 양식을 지켜보려는 집념 때문이었다.

이런 북새통에 수지는 오목이 손목을 잡고 외갓집을 빠져나왔다. 어디나

---

2) 1951년 중공군의 공세에 따라 압록강·두만강 유역까지 진출하였던 국군과 유엔군이 서울 이남 지역까지 철수한 1·4후퇴를 가리킨다.

사람들이 넘치고 있었다. 이고 지고 손수레를 끄는 사람들이 모두 같은 방향으로 끝없이 이동하고 있었다. 마치 격류처럼 더불어 흐르는 방향을 감히 거스르는 사람은 아무도 없었다. 빈사의 늙은이를 남의 집 추녀 끝에 남겨놓고 떠난 식구들도 있었다. 엄마의 치마꼬리를 놓친 아이가 목이 쉬게 울부짖어도 한 번 간 엄마는 돌아오지 않았다. 아이를 업고 보따리를 인 여자가 보따리만 이고 진 여자를 보고 무자식 상팔자라고 부러워하기도 했다.

수지는 이 모든 것을 눈여겨보며 오목이 손목을 잡고 자꾸만 집에서 멀어졌다.

"언니야, 그만 집에 가자. 배고프다."

오목이가 불안한지 보채기 시작했다.

"조금만 참아. 언니가 떡도 사주고 엿도 사줄게."

수지는 오목이에게 살짝 돈까지 보여주며 달랬다. 먹을 것을 사준다는 바람에 마지못해 끌려오던 오목이의 발길이 씩씩해졌다. 그러나 곧 다시 보채기 시작했다.

"흥, 배고파, 떡 어딨어? 엿장수도 없잖아?"

"조금만 참아. 그런 건 다 시장에 가야 있으니까. 곧 시장이 나올 거야."

오목이의 발걸음이 다시 씩씩해졌다. 그러나 곧 또 보채기 시작했다.

"언니야, 집에 가자. 배고프고 춥다."

수지는 말없이 자기가 입고 있던 윗도리를 하나 벗어서 오목이에게 더 입히고 장갑까지 벗어서 덧끼워줬다. 그러면서 농촌을 벗어나 그들이 살던 서울처럼 길이 넓고 집들이 붙어 있는 대처大處 도회지로 들어서게 됐다. 대처는 그 대처가 생긴 이래 그렇게 많은 사람을 받아들여 보기가 처음인 듯 무질서와 아비규환에 속수무책인 채였지만 그런 혼란과 아우성은 어딘지 내리막길이었다. 왜냐하면 몰려든 피난민들은 잠시도 거기서 머물러 있으려 들지 않고 앞을 다투어 그곳을 벗어나 더 남쪽으로 내려가려 들었고 빠져나가는 수에 비해 몰려드는 수가 현저히 줄어들고 있었으니 말이다.

남쪽으로 내닫는 피난민들이 발길은 마치 사신의 차가운 손이 곧 덜미를 잡을 것처럼 황망해져 어떤 일에도 망설이거나 뒤돌아보지 않았다. 설사 피난 보따리 중 가장 귀한 거, 자기 자식을 빠뜨렸대도 뒤돌아보지 않았다.

수지는 그 난리통에 식구들을 잃은 아이를 여럿 눈여겨보았다. 대처는 대처답게 그 난리통에도 떡장수도 있고 엿장수도 있었다. 수지는 떡과 엿을 사서 동생에게 주었다. 오목이는 그것을 아귀아귀 먹어 치웠다.

수지는 속주머니에서 작은 노리개를 하나 꺼냈다. 은으로 된 작은 표주박 모양에다 칠보를 입힌 것으로 수지가 돌 때 찬 수염낭_{아가리에 잔주름을 잡고 끈 두 개를 좌우} _{로 꿰어서 여닫게 된, 수를 놓은 작은 주머니}에 할머니가 달아준 서너 가지의 노리개 중 그때까지 남아 있는 단 하나의 것이었다.

할머니는 그 노리개들을 수지의 염낭에 달아주면서 느이 고모 돌 때 달아주었던 거란 감상 어린 말을 부언했지만 수지가 돌 때 일을 기억하고 있을 리는 만무했다. 세상이 평화로울 때의 한 씨댁 역시 대수롭지 않은 물건도 유래를 따져 소중히 간직할 만큼 섬세한 성품은 못 되었다. 아무렇게나 굴려서 다 없어지고 은 표주박 하나가 경대 서랍에 굴러다니던 걸 수지가 소꿉장난할 때 가지고 놀게 되었다. 수지 역시 피난길에까지 그것을 가지고 다닌 건 그것이 무슨 보물이라고 생각해서가 아니라 오목이가 그것을 몹시 갖고 싶어 하기 때문이었다. 그 은 표주박은 오목이가 먹을 거 외에 탐낸 단 하나의 것이었고, 수지가 오목이에게 끝내 양보하지 않은 단 하나의 것이었다.

실상 일곱 살이란 나이는, 어른도 먹을 것이라면 덮어놓고 치사스러워질 수밖에 없는 난리통에 두 살 터울밖에 안 되는 동생에게 먹을 것을 모조리 양보하고 의젓하기엔 가당치도 않은 나이였다. 겉으로 착한 언니 노릇을 제아무리 훌륭하게 연기했다고 해도 속으로 상처까지 없을 수 없었다. 수지는 오목이가 먹을 것 외에 갖고 싶어 하는 단 하나의 것을 양보하지 않음으로써 스스로의 상처를 달래려 들었다.

수지가 그것만은 내주지 않을 거라는 게 너무도 확실하기 때문에 오목이도 그것을 갖고 싶은 것만은 잘 참아냈다. 참을수록 그거 대단한 보물이 돼 갔다. 두 계집애의 미묘한 갈등이 꼭 은행알만 한 은 표주박에게 값으로 따질 수 없는 진귀한 보물 노릇을 시키고 있었다. 오목이는 그걸 한 번 만져보는 꿈을 자주 꾸었고 수지는 그걸 잃어버리는 꿈을 꾸었다. 오목이에게 길몽이 수지에겐 흉몽이었다.

그 대단한 은 표주박 노리개를 꺼내 보는 수지의 얼굴에 마음이 얼음장 같은 어른의 미소가 감돌았다. 그게 보물이 아니란 극비를 실은 진작부터 알고 있었다는 듯이 노련한 표정이었다.

그러나 곧 먹을 것을 빼앗길 때 같은 애처로운 체념과 언니다운 양보심을 최대한으로 발휘한 착하디착한 얼굴로 그것을 오목이 손아귀에 쥐어 주었다.

"너 가져."

오목이는 악착같이 휘어잡았던 언니의 옷자락을 스르르 놓고 두 손으로 그것을 받았다. 그게 뭐라는 걸 확인하자 그걸 가지라는 말이 믿기지 않아 언니를 쳐다보았다.

"언니야, 뭐라구?"

"너 가지라니까."

"정말?"

오목이는 그 꿈같은 사실에 도취해서 청홍의 칠보 무늬가 신비하게 반짝이는 은 표주박을 두 손으로 애무했다. 오목조목한 예쁜 얼굴이 기쁨으로 빛난다.

마지막 피난민의 물결이 격랑激浪 거센 파도 처럼 드센 한가운데에서의 일이었다.

수지는 자연스럽게 오목이의 손목을 놓쳤다. 혼자가 된 수지는 허둥지둥 사람 사이에 휩싸여 오목이로부터 멀어졌다. 너무 서둘다가 하마터면 고꾸라져서 어른들의 발길에 짓밟힐 뻔하기도 했다.

동생의 손목을 놓치고 따로따로가 된 지 얼마 만인지 문득 수지는 동생을 부르기 시작했다.

"수인아, 수인아."

이미 동생과는 멀어질 대로 멀어진 뒤였지만 동생이 가까이에 있대도 알아듣지 못했을 것이다. 수인은 동생의 본명이었지만 호적에만 그렇게 올라왔을 뿐, 식구들 사이에서도 그 이름으로 동생을 부른 적이 거의 없었기 때문이다.

"수인아, 수인아."

수지는 거의 울상이 되어 목멘 소리로 동생을 찾아 헤맸다. 오목이란 입에 오른 호칭 대신 호적상의 이름이 왜 하필 그때 떠올랐는지 모를 일이었다. 그 이름은 황망 중 생급스럽게 하는 일이나 행동 따위가 뜻밖이고 갑작스럽게 떠오른 이름 같기도 하고 미리미리 계획된 용의주도한 음모의 일환 같기도 했다.

뜨거운 피가 흐르는 심장에 차가운 비수가 꽂히듯이 무참하게 간교한 지혜가 자신을 관통하는 것을 수지는 어린 마음에도 분명히 느끼고 있었다.

"수인아, 수인아."

수지의 목멘 목소리는 슬픈 울음으로 바뀌었지만 끝내 수인을 오목으로 바꾸어 부르진 않았다.

수지는 동생을 버렸다는 죄책감에 괴로워하지만 고아원에서 지내는 오목에게 진실은 털어놓지 않는다. 수철도 익명의 후원자로서 오목을 돕는 정도에 그친다.

아버지의 유산을 받은 수지와 수철 남매는 평온하게 살아간다. 오목은 예전에 수지와 연인 사이였던 인재와 만나지만, 수지는 질투심 때문에 두 사람을 헤어지게 만든다. 이후 오목은 고아원 친구인 일환과 결혼하고 경제적으로 어렵게 살아간다. 이후 수지는 부유한 남자와 결혼한다.

시간이 흘러 수지는 오목과 일환 가족을 다시 만나게 된다. 죄책감을 씻기 위해 수지는 일환이 중동의 건설 현장에서 일할 수 있도록 도와준다. 그러나 일환이 중동으로 떠나는 날 오목이 심한 결핵으로 쓰러지고 만다. 수지는 수철에게 오목의 아이들을 같이 돌보자고 말하기 위해 파티가 한창인 수철의 집에 찾아간다.

파티를 즐기는 사람들과 동화될 수 없는 차이점은 이제 그녀 내부에 있었고 그건 근심이었다. 한 번도 근심이라곤 깃들어 보지 않은 것처럼 오로지 즐겁기만 한 사람들 속에서 그녀 혼자 크나큰 근심을 지니고 있었다.

수지는 오빠를 찾아온 게 바로 그 근심을 나누기 위해서였다는 걸 잊어버린 양 그 근심에 강한 애착을 느꼈다. 그 근심을 수철에게 나누어 준다는 건 돼지에게 진주를 던져 주는 것처럼 어리석은 짓이라는 극단적인 격정激情 강렬하고 갑작스러워 누르기 어려운 감정이 그녀를 사로잡았다.

그녀는 속으로 허둥지둥 그녀의 근심을 부둥켜안았다. 자신이 품고 있는 근심에 대한 이런 돌발적인 애착은 근심 없는 사람들을 경멸하는 마음까지 불러일으켰다. 근심 없는 사람들이 허깨비처럼 텅 비어 보였다. 즐거운 파티도 사람들이 몽땅 비워 놓은 자리에 아름다운 비단과 현란한 보석과 이국적인 훈향과 감각적인 소문만이 한데 어울려 들끓고 있는 것처럼 헛되고 허전해 보였다.

너덧 패로 나누어져 있던 사람들이 여자 남자 두 패로 갈라져서 웃고 떠들기 시작했다. 여자들 사이에선 지압이 과연 기적의 회춘 요법인가에 대해 의견이 분분했고, 남자들은 그들이 현재 속한 신분보다 한층 높은 곳을 움직이는 인맥에 대해 아는 체하고 분석하느라 점차 목청이 높아졌다.

남자들의 화제는 단연 수철이, 여자들의 화제는 영란이 리드하고 있었다.

수지는 수철의 점잖고 정력적인 뒤통수를 바라보면서 생각했다. 그는 기억할까? 1951년의 겨울을. 그 겨울의 추위와 그 이상한 허기를.

그 생각은 수철이 낯설게 느껴질 때마다 수지에게 문득문득 떠오르던 의문이었다. 그리고 그 대답은 늘 부정적이었다. 그에게 그것을 기억하게 하는 것은 불가능하리라고 생각했다. 그러나 알고도 모르는 척할 것이라는 음흉한 의심까지 없었던 건 아니었다. 수철을 자신에게 이로울 게 없는 기억에 대해선 얼마든지 시치미를 뗄 수 있는 위인이라고만 생각했지 그것을 정말 잊었다고 생각진 않았다.

그러나 파티의 사람들을 보고 있는 사이에 수지는 수철이 그것을 정말 잊었다는 것을 스스로 알아차렸다. 수철이뿐 아니라 거기 모인 모든 사람들에게 1951년의 겨울은 있지도 않았다는 걸 수지는 다소곳이 인정했다.

그 겨울은 나만의 것이었어. 그 겨울이 없었던 사람하고 어찌 그 겨울의 죄과를 나눌 수 있기를 바랐던고.[3]

수지는 처음으로 그 겨울에 저지른 죄와 그 죄의식 때문에 떠맡게 된 온갖 근심을 자기만의 것으로 받아들였다. 그것이 자기만의 것이라고 생각되자 근심조차 소중했다. 마치 자기만의 진실인 양 그것을 조금만 덜어 내도 단박 삶이 떳떳지 못해질 것 같았다. 그녀는 그 순간 뼈가 시리게 고독했지만 떳떳했고, 떳떳하다는 느낌은 그지없이 좋았다. 파티의 즐거움이나 그녀가 여태껏 살아오면서 맛본 어떤 행복감보다도.

화장실 쪽으로 가던 흰머리가 수지를 보자 깜짝 놀라면서 한마디 했다.

"충격입니다. 참으로 충격입니다."

"뭐가요?"

"글쎄요, 거기까지밖에 생각이 안 나네요."

흰머리가 어릿광대처럼 얼굴을 우스꽝스럽게 쭈그러뜨리고 말했다. 수지는 너그럽게 웃어줬다. 흰머리는 화장실 쪽으로 비틀대며 달려갔다.

수지는 흐느적대는 파티의 환락을 바라보면서 거기 충격을 줄 수 있는 방법은 이미 없다고 생각했다. 그들의 건망증은 그렇게 확고해 보였고 순간의 환락은 기승스러웠다._{역척스럽고 굳세어 좀처럼 굽히지 않으려는 데가 있다.}

수지는 더운 음식이 있는 테이블로 살금살금 걸어가 검고 윤기 나게 졸

3) 수지가 오목에 대한 잘못과 죄의식이 자신의 몫임을 시인하고, 더 이상 오목을 외면하지 않기로 결심하는 부분이다.

아붙은 갈비를 듬뿍 덜어 왔다.

"먹어 둬야 돼. 곧 어려운 일이 닥쳐올 테니까."

수지는 부드럽게 익은 갈비를 손가락으로 쥐고 뜯으며 이렇게 중얼댔다.

무언가 부족한 걸 발견하고 부엌 쪽으로 가던 영란이 한쪽 구석에서 갈비를 아귀아귀 뜯고 있는 수지를 보고 소스라치게 놀라며 멈춰 섰다. 그러거나 말거나 수지는 천천히 양념이 묻은 손가락을 깨끗이 핥았다.

"고모, 도대체 뭐 하는 거예요? 고모답지 않게 그게 무슨 청승이에요, 창피하게시리……. 파티에 참석하고 싶으면 샤워하고 옷 갈아입고 나와요. 내 옷 빌려줄 테니까. 옷장에서 마음대로 골라 입어요. 참석하기 싫으면……."

영란이 말끝을 흐리며 눈썹을 우아하게 찡그렸다.

"갈게요, 언니."

수지는 오목이의 다섯 아이 중 둘이나 셋쯤을 나눌 수 있기를 기대했던 자신의 마음이 부끄러워 얼굴이 화끈했다. 수철이가 맡는다고 해도 실질적으로 떠맡아 양육할 사람은 영란인데 영란에게 그 아이들을 돌보게 한다는 건 생각만 해도 치가 떨리는 일이었다.

맡기고 돌보게 하는 건 고사하고 그 아이들을 천인이나 거지 대하듯 바라다볼 영란의 교만하고 정 없는 시선 앞에 그 아이들을 잠시 내보이는 것조차 단연코 허락할 수 없다고 생각했다. 생각만으로도 그것은 그 아이들에 대한 최악의 모독이었다.

"하마터면 큰일 날 뻔했지 뭐야."

수지는 속으로 이렇게 중얼대며 마치 그 아이들이 그 앞에 있는 양 허둥지둥 영란의 시선을 피해 그 아이들을 치마폭 가득, 품속 가득 껴안았다. 마음속으로 껴안은 그 애들의 체온은 생생하게 따뜻했고 가슴이 찐하도록 사랑스러웠다. 남의 자식을 그렇게 찐한 마음으로 안아 보긴 처음이었다.

영란의 시선을 그 아이들에 대한 참을 수 없는 모독이라고 느낀 순간부터 수지는 더 이상 그 아이들에 대한 자신의 마음을 속일 수가 없었다. 사랑하고 예뻐하고 책임까지 지고 싶은 마음은 아직도 좀 생소했지만 이기利己 자기 자신의 이익만을 꾀함의 껍질로 더 이상 싸 놓을 수 없을 만큼 싱싱하고 힘센 용틀임 이리저리 비틀거나 꼬면서 움직임을 하고 있었다. 그 계집애들을 지켜본 것조차 사랑이었다고 감히 말할 수 있을 것 같았다.

친정집에다 다섯 아이 중 몇을 덜기는커녕 행여나 하나라도 놓칠세라 치마폭 가득 품속 가득 껴안고 수지는 병원으로 달음질쳤다. 더 늦기 전에 오목이에게 자신의 모습을 자랑하고 싶었다. 용서를 빌기 전에 자랑 먼저 하고 싶었다. 베풀어진 은총처럼 마음속의 다섯 아이가 그녀를 기쁨으로 가득 채웠다.

병원에선 오목이의 임종이 임박해 가족을 찾고 있었다. 주사로 임종을 잠시 유예하고 있는 상태라고는 믿어지지 않을 만큼 오목이의 의식은 또렷했고 표정은 해맑았다.

"아아, 언니! 언니, 어디 갔었어? 못 보고 죽을까 봐 얼마나 조바심했는 줄 알아. 죽기 전에 꼭 하고 싶은 말이 있었거든. 진작 할 걸 왜 여태 참았나 몰라. 죽을 때까지 나 미련한 건 하여튼 알아줘야 한다니까."

오목이는 마지막으로 재미있는 농담이라도 한 것처럼 장난스러운 미소를 띠고 이렇게 말했다. 그러나 그녀의 목소리는 숲속 길을 거닐 때 문득 옷소매를 스치고 나무들 사이로 도망치는 미풍이나 환청처럼 인간적인 애증과 갈등이 남김없이 걸러진 고요하고 무심한 것이었다.

그런 오목이의 목소리는 죽음에 끝까지 따라다니는 설마 하는 비현실감을 단숨에 몰아냈다. 그리고 죽음을 직시해야 하는 일을 피할 수 없게 됐다는 크나큰 두려움이 수지를 엄습했다. 수지는 떨리는 소리로 말했다.

"오! 오목아, 나야말로 할 얘기가 있었는데, 진작 했어야 하는 얘긴데 왜 여태껏 못 했나 몰라. 미련하게끔……."

"언니, 내가 먼저야."

오목이가 섬뜩하도록 강경한 목소리로 말하면서 믿을 수 없을 만큼 바싹 마른 팔로 허공을 휘저었다.

"언니, 내가 언니를 얼마나 싫어했는지 언니는 아마 모르고 있었을 거야. 고아원에서 처음 언니를 만났을 때부터 난 언니가 싫었어. 왜 그렇게 미웠는지, 아마 질투였나 봐. 언니 제발 용서해 줘. 일생에 누굴 그렇게 미워해 보긴 언니가 처음이자 마지막이었어."

"난 미움받아 싸단다. 난 널 용서해 줄 자격도 없어. 아아, 내 죄를 네가 안다면……."

"언니, 내 말 안 끝났어. 내 말 먼저 할 테야. 나에겐 시간이 없으니까. 근데 언니, 내 미움은 참 이상해. 내가 남을 내 마음처럼 믿고 의지하기도 언니가 처음이었으니. 언니를 다시 만나기 전에 난 이미 죽었어야 했어. 막내

낳을 때 안 죽은 걸 의사는 기적이라고 말했지만 그 때 난 죽을래야 죽을 수가 없었어. 아이들을 어떡하구 죽냐 말야. 언니도 알다시피 우린 두 내외가 다 고아 아뉴? 다 망가진 몸을 정신력 하나로 살아 있다는 게 얼마나 고달픈 일인지 언니는 아마 모를 거야. 그때 언니를 다시 만난 거야. 언니를 만나고부터는 정신력으로 살아 있는 그 지겹고 고된 일로부터 놓여날 때가 됐다 싶은 생각이 왜 그렇게 분명히 떠올랐을까. 참 이상해. 아무튼 자기가 죽은 후 자기 어린 자식들을 마음 놓고 맡길 수 있다고 생각할 만큼 누구를 믿는다는 건 동기간에도 여간 우애 있는 동기간 아니면 있을 수 없는 일인데 난 하필 죽도록 미워하고 있다고 생각한 언니에게 그런 걸 느낀 거야. 언니, 언니에게 힘든 짐을 지워 주려고 일부러 꾸민 얘기가 아냐. 꾸민 것처럼 이상한 얘기지만 정말이야. 자기 자식을 안심하고 맡길 수 있을 만큼 남을 믿을 수 있다는 건 너무도 큰 은총이야. 언니, 정말 고마워. 언니에 대한 내 믿음과 사랑과 감사의 표시로 언니에게 이걸 주고 싶었어. 이건 내 전 재산이자 내 모든 거야. 내가 죽는 날까지 알기를 그렇게 원했지만 결국 못 알아내고 만 나의 정체까지도 아마 이 속에 포함되었을 거야. 내가 고아가 되기 전부터 내가 지녀 온 유일한 물건이거든. 난 이걸로 내 정체를 어떻게든 건져 올려 보려고 무진 애썼지만 허사였어. 아아, 내 아이들……."

오목이가 천 근의 무게처럼 힘겹게 건네준 건 은 표주박이었다. 은행알만 하고 청홍의 칠보 무늬가 아직도 영롱한 은 노리개였다. 수지는 벼락을 맞은 것처럼 공구해서_{몹시 두려워서} 풀썩 바닥에 무릎을 꺾고 그것을 받았다. 어쩌면 수지가 지금 꺾은 것은 무릎이 아니라 이기로만 일관해 온 그녀의 삶의 축이었다. 마침내 그것을 꺾으니 한없이 겸허하고 편안해지면서 걷잡을 수 없이 슬픔이 밀려왔다.

"오목아, 아니 수인아, 넌 오목이가 아니라 수인이야. 내 동생 수인이야. 내가 버린 수인이야. 내가 너를 몇 번이나 버린 줄 아니……?"

이렇게 목멘 소리로 시작해서 길고 긴 참회를 끝냈을 때 수인이는 이미 죽어 있었다. 그러나 수지는 용서받은 것을 믿었다. 수인의 죽은 얼굴엔 남을 용서한 자만의 무한한 평화가 깃들어 있었으므로.

발단 수지는 피란길에서 동생 오목을 버림

전개 수지는 고아원에서 오목을 다시 만나지만 모르는 척함

위기 수지와 오목은 대비되는 삶을 살아감

절정 오목이 결핵으로 쓰러짐

결말 오목이는 죽음을 맞이하고, 수지는 마음의 용서를 구함

생각해 볼까요?

 선생님 오목에 대한 수지의 감정 변화 과정을 설명해 볼까요?

 3 ♥ 3

⤷ **학생 1** 어린 시절 헤어질 때는 오목이에게 양보하는 것이 싫어 일부러 피란길에서 오목이의 손을 놓아요.

⤷ **학생 2** 고아원에서 만났을 때는 자신의 잘못이 들통날까 전전긍긍해요. 수지는 그 것이 두려워서 오목이를 외면하기도 해요.

⤷ **학생 3** 오목이와 다시 만났을 때는 자신 때문에 힘든 삶을 사는 오목이를 보고 죄책 감을 느껴요.

 선생님 수지와 오목에게 '은 표주박'은 어떤 의미일까요?

⤷ 3 ♥ 3

⤷ **학생 1** 수지에게 은 표주박은 죄책감과 후회를 상징해요. 1·4 후퇴 때 피란민이 가 득한 길거리에서 수지는 오목이 갖고 싶어하던 은 표주박을 오목에게 준 뒤 일부러 오목의 손을 놓아 버렸어요.

⤷ **학생 2** 어른이 된 후 두 사람은 다시 만나게 되지만 수지는 과거의 일을 외면해요. 오목이 세상을 떠날 때 수지에게 은 표주박을 주는데, 이로써 수지는 그동안 외면해 왔던 자신의 죄를 마주하게 돼요.

⤷ **학생 3** 오목에게 은 표주박은 자신의 정체성과 관련되어 있어요. 어릴 때 고아가 된 자신이 지니고 있던 유일한 물건이기 때문이에요. 이렇듯 소중한 물건을 수 지에게 주는 것은 수지에 대한 애정과 신뢰를 보여 주기도 해요.

 선생님 이 작품의 제목은 '그해 겨울은 따뜻했네'예요. 제목에 담긴 의미는 무엇일 까요?

⤷ 1 ♥ 1

⤷ **학생 1** 1951년 겨울은 6·25 전쟁 속에서 우리 민족이 큰 고통을 겪은 시기예요. 등 장인물인 수지는 어린 시절이었던 1·4 후퇴 때 굶주림 때문에 동생 오목을 버리고 말아요. 이후 오목은 고아가 되어 힘겨운 삶을 살아가게 돼요. 이러 한 상황과 대조되는 제목에는 반어적 의미가 담겨 있음을 알 수 있어요.

선생님 「그해 겨울은 따뜻했네」는 가족 공동체를 어떻게 다루고 있나요?
💬 3 ❤️ 3

↳ **학생 1** 수철과 수지는 피를 나눈 남매임에도 오목을 외면해요. 이 작품은 혈연으로 맺어진 끈끈한 정이나 절대적인 사랑에 기반한 운명공동체 같은 가족에 대한 일반적인 인식을 완전히 부정하고 있어요.

↳ **학생 2** 그러나 일환은 오목의 첫째 아이인 일남이 자신의 아이가 아니라는 사실에 괴로워하면서도 일남을 내치지 못하다가, 오목이 죽을 뻔한 일을 계기로 일남을 가족으로 받아들여요. 작가는 이러한 갈등 구조를 통해 가족 공동체가 진정한 사랑과 연대감에 기반하여 만들어져야 함을 강조하고 있어요.

↳ **학생 3** 또 결말에서 수지가 오목을 향한 진심에서 우러나는 사랑으로 오목의 아이들을 책임지기로 결심하는 것은 올바른 가족주의의 회복에 대한 희망을 제시한 것으로 볼 수 있어요.

1·4 후퇴 🔍

연관 검색어   6·25 전쟁   중공군   유엔군

6·25 전쟁 중 국군과 유엔군에 의한 통일이 이루어지려고 하자 김일성은 마오쩌둥을 만나 지원을 요청하였다. 이로써 중공군이 사단급의 병력으로 전쟁에 개입하였다. 중공군의 예상치 못한 반격에 국군과 유엔군은 38선 이북에서 대대적인 철수를 계획하였다. 12월 14일부터 24일 사이에 동부 전선의 국군 12만 명과 피난민 10만 명이 흥남 부두에서 해상으로 철수했고, 1951년 1월 4일에는 서울을 다시 내주었다. '1·4 후퇴'라는 명칭은 북한군이 서울을 다시 점령한 1월 4일의 날짜에서 비롯되었다. 1월 7일에는 수원마저 함락되고 말았다.

이문열
(1948~)

작가에 대하여

서울 출생. 1979년 〈동아일보〉 신춘문예에 중편 〈새하곡〉이 당선되어 등단하였다. 주요 작품으로는 「사람의 아들」, 「변경」, 「타오르는 추억」, 「필론의 돼지」, 「익명의 섬」 등이 있다.

이문열의 작품 세계는 크게 두 가지로 나눌 수 있다. 하나는 「황제를 위하여」, 「우리가 행복해지기까지」, 「우리들의 일그러진 영웅」 등과 같이 사회 현실을 대상으로 부조리한 삶과 그 문제의식을 우화적으로 재구성하면서 새로운 대안의 가능성을 추구하는 작품이다. 이 작품들은 추상적 관념을 드러내기 위하여 구체적인 사물에 비유하여 표현하는 알레고리 기법을 사용하여 다양한 인물의 삶의 방식을 추적하면서, 한국 사회의 현실을 지배하는 이데올로기를 드러낸다.

다른 하나는 「젊은 날의 초상」, 「그대 다시는 고향에 가지 못하리」 등과 같이 작가의 자전적 경험을 바탕으로 삶의 문제에 대한 고민을 자아 상실과 공동체의 붕괴라는 문제와 연결해 형상화한 작품이다. 이 작품들은 작가의 내면을 그려내면서 작가 자신의 사유 체계를 형성하게 된 유년기와 성장기의 체험을 극적으로 재구성한다.

사람의 아들

#종교   #피살사건   #추리   #액자소설

⚓ 작품 길잡이

갈래: 장편 소설, 액자 소설
배경: 시간 - 현대 / 공간 - 서울, 부산, 대전
시점: 3인칭 전지적 작가 시점
주제: 종교에 대한 인간의 갈등과 의미 추구
출전: 〈세계의문학〉 (1979)

📷 인물 관계도

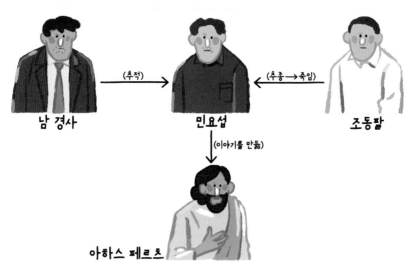

남 경사 ──(추적)──▶ 민요섭 ◀──(추종 → 죽임)── 조동팔

민요섭 ──(이야기를 만듦)──▶ 아하스 페르츠

남 경사 피살된 채 발견된 민요섭의 죽음에 대한 수사를 맡는다.
민요섭 신학도였다가 기독교에 회의를 느껴 떠난다. 자신의 새로운 신을 만들었지만 후에 다시 기독교로 돌아가려다 피살된다.
조동팔 성적이 우수한 모범생이었으나 민요섭을 만난 후 그를 추종하여 따라간다.

📋 구성과 줄거리

발단   남 경사는 민요섭 피살 사건의 수사를 담당하게 됨

어느 날 한 기도원 근처에서 민요섭이라는 33세 남성의 시신이 발견된다. 이 사건의 수사를 맡게 된 남 경사는 민요섭이 지냈다는 영생기도원과 신학교에 방문한다. 민요섭을 아끼던 교수를 만나 이야기를 들은 후 그는 민요섭의 옛집에서 그의 일기장을 가져온다.

전개   조동팔의 아버지를 만나 민요섭에 대한 이야기를 들음

남 경사는 한때 민요섭이 머문 적이 있는 부산의 하숙집에 찾아간다. 하숙집 주인은 고교 우등생이었던 자신의 아들 조동팔이 민요섭을 만난 후 일탈을 일삼다 결국 그를 따라 집을 나가버렸다고 말한다. 한편 남 경사는 신에 대한 고민과 갈등이 적힌 민요섭의 일기를 읽고 흥미를 느낀다.

위기   남 경사가 민요섭의 글에서 아하스 페르츠의 이야기를 읽음

민요섭의 글에 등장하는 아하스 페르츠는 신에 대한 의문을 품고 새로운 진리를 찾기 위해 집을 떠난다. 오랫동안 떠돌이 생활을 하며 그는 여러 신을 보지만 의문에 대한 답을 찾지 못하다가 예수를 만난다. 그러나 아하스 페르츠는 예수 또한 의심한다. 예수의 제자들은 훗날 아하스 페르츠를 사탄이라 표현한다.

절정   남 경사와 조동팔이 만나 대화를 나눔

남 경사는 조동팔의 주소를 알아내 경산으로 그를 찾아간다. 조동팔은 자신은 민요섭이 만든 믿음과 실천을 위한 싸움을 존경했고 그를 위해 도둑질과 감옥살이까지 하며 추종하였다고 한다. 그러나 어느 순간 민요섭이 자신들의 신을 배반하고 옛날의 하나님에게 돌아가러 히였다고 말한디.

결말   조동팔이 민요섭을 살해하였음을 고백하고 스스로 목숨을 끊음

조동팔은 남 경사에게 자신이 민요섭을 찾아가 돌아오라고 애원해도 소용이 없자 그를 살해하였음을 고백한다. 잠시 후 조동팔은 이미 몇 시간 전에 마신 독물로 인해 목숨을 잃는다.

사람의 아들

· 앞부분 줄거리

남경호는 대학 법학부를 중퇴하고 경찰서에서 경사로 재직하고 있다. 어느 날 한 기도원 근처에서 민요섭이라는 33세 남성의 시신이 발견된다. 남 경사는 민요섭의 피살 사건 수사를 맡게 된다. 남 경사는 민요섭이 지냈다는 영생기도원으로 가보지만 별다른 정보를 얻지 못하자 민요섭이 다니다 중퇴하였다는 신학교에 가보기로 한다.

2

이튿날 서울로 올라간 남 경사가 찾아간 신학대학은 어울리지 않게 도심에 자리 잡은 작고 오래된 구식 건물이었다. 처음에는 사대문 밖 이름 없는 산비탈에 삼층으로 조그맣게 지었던 것이 서울의 팽창과 더불어 그렇게 도심으로 들어앉게 된 듯했다. 잘해야 초등학교 교실 만한 강의실이 서른 개나 될까, 교정도 도심의 어느 중등학교보다 넓은 것 같지는 않았다. 그러나 잎 진 담쟁이넝쿨로 덮인 붉은 벽돌의 본관 건물이며, 이곳저곳에 선 아름드리 고목은 만만찮은 전통의 무게와 아울러 알 수 없는 경건과 정숙을 강요하는 어떤 고색창연 古色蒼然 오래되어 예스러운 풍치나 모습이 그윽함 함이 있었다.

마침 겨울방학 중이어서 교정은 조용하다 못해 침울한 느낌마저 들었다. 비어 있는 수위실을 지나 교정을 가로지른 남 경사는 본관 앞의 뒤틀린 고목 앞에서 학생인지 조교인지 모를 청년을 만나 학생과를 물었다. 청년은 친절하게도 당직으로 보이는 직원 서넛만이 커다란 석유난롯가에서 잡담을 나누고 있는 방까지 안내해 주었다. 문을 들어서던 남 경사에게 잠깐, 과연 여기서 내가 무언가를 얻어낼 수 있을까, 싶은 생각이 들었을 만큼 비품이 허술한 사무실이었다. 그러나 당직인 학생과 직원들의 협조로 찾아낸 민요섭의 기록은 기대 이상으로 잘 보존되어 있었을 뿐만 아니라 몇 가지 흥미로운 사실까지 알려주었다.

나이로 미루어 어릴 적에 전쟁고아가 된 것으로 보이는 민요섭은 토마스 D. 알렌이라는 외국 선교사의 양자로 되어 있었다. 중고등학교는 모두가 이름만 들어도 금세 알 만한 당시의 일류들이었고, 또 신학교로 오기 전에는 중고등학교 못지않은 명문 대학교에서 이 년인가 철학을 공부한 경력이 있었다. 신학대학에서의 성적도 아주 뛰어난 편이었다. 특히 일학년 때의 성적은 그것을 찾아낸 교직원조차도 놀랄 만큼이었다. 자기가 아는 한 그만한 기록은 아직 깨뜨려지지 않았으리란 게 그 교직원의 단언에 가까운 추정이었다. 그런데 그렇게 뛰어난 성적은 이학년 둘째 학기를 고비로 뚝 떨어지더니 삼학년에 올라가자 이내 휴학, 그리고 퇴교로 끝이 나고 있었다.

수사에 필요해 보이는 것만 대강 수첩에 적은 남 경사는 이번에는 민요섭이 그 학교에 다닐 때부터 재직해온 교수를 한 사람쯤 만나 볼 수 없는가 알아보았다. 그런 교수는 여럿 있었으나 그날 연구실에 나와 있는 이는 몇 안 되었다. 남 경사는 그중에 연구실이 가장 가까운 교수 한 사람을 찾아보기로 하고 학생과를 나섰다.

같은 건물이기는 하나 워낙 구석진 곳이어서 남 경사는 한참을 헤맨 뒤에야 그 연구실을 찾을 수가 있었다. 문을 두드리자 중년의 교수 한 사람이 별로 달갑지 않은 눈치로 남 경사를 맞아들였다. 그러나 그는 민요섭을 간신히 알아보기는 해도 수사에 도움이 될 만한 기억은 아무것도 가진 게 없었다. 좀 이상한 게 있다면, 애초부터 그런 기억이 없었다기보다는, 흔히 사람들이 불쾌하거나 괴로운 추억에 대해서 그러하듯, 애써 지워버린 듯한 흔적이 느껴지는 정도일까. 그러다가 남 경사가 실망스런 기색을 짓는 게 안됐던지 지나가는 말로 한마디 일러주었다.

"그 학생이라면 배 교수님이 더 잘 아실 거요. 그분은 그 학생을 끔찍이 위했으니까."

"그 배 교수님은 어디 가면 만나 뵐 수 있겠습니까?"

"그분도 지금 연구실에 나와 있을 겁니다. 이 복도를 돌아서 나가면 끝에서 두 번째 방이 그분의 연구실이오."

남 경사는 그가 일러준 대로 배 교수의 연구실을 찾아갔다. 이미 정년을 훨씬 지났음직한, 백발이 성성한 노교수가 조용히 문을 열어주었다. 느낌으로는 신학대학의 교수 외에 목사로도 오래 봉직한 사람 같았다. 낡았으나 단정한 검은색 양복 정장이며, 목소리는 되도록 부드럽게, 그리고 몸가짐은 과장의 혐의가 들 만큼 겸손해 보이는 것 등에서 풍기는 독특한 분위기 때문이었다.

"요섭이 죽었다고⋯⋯?"

남 경사가 민요섭의 죽음과 그때까지의 수사 과정을 요약해 들려주자 배 교수는 한동안 무거운 침묵에 빠져들었다. 그러다가 남 경사가 이것저것 되풀이해 묻자 천천히 입을 열었다. 민요섭의 죽음이 준 충격 때문인지 이상하게 떨리는 목소리였다.

"물론 내가 그를 아낀 것은 틀림없어요. 그의 양부養父는 내가 젊었을 때 존경해오던 분이었고, 또 내가 유학한 대학으로 보면 아득한 선배가 되기도 했지요. 그 아이도 내가 여기서 가르친 십여 년 동안에 만났던 학생들 가운데 가장 우수한 학생이었고…… 하지만 당신네 경찰이 필요한 것은 나도 별로 알고 있는 것 같지는 않군요."

"그래도 한 가지만 들려주십시오. 민요섭이 학교를 그만둔 이유는 뭡니까?"

말꼬리를 잡고 늘어지듯 묻는 남 경사를 그가 잠깐 훑어보았다. 무언가를—상대의 지식 수준을, 또는 신앙이나 경건 같은 개념에 대한 이해의 수준을 그윽하게 살펴보는 느낌으로—보는 것 같았다. 그러다가 이윽고 마음이 정해졌는지 쓸쓸함이 밴 목소리로 대답했다.

"신앙이 언제나 지식과 일치하는 것은 아니지요. 신앙보다 지식을 추구하는 데 더 몰두했던 그는 곧 지쳐버리고 말았소. 그리하여…… 가가와와 함께 나가더니 오피테파의 꼬리를 달고 돌아온 거요. 우리는 그런 그를 받아들일 수 없었소. 그가 지적으로는 아무리 우수한 학생일지라도 교의敎義의 근간을 흔들어대는 것은 용납할 수 없었기 때문이지요. 그러자 그는 화를 내며 이곳을 떠난 뒤 다시는 돌아오지 않았소."

남 경사로서는 절반도 알아듣기 힘든 말이었다. 수사에 필요하리라는 것보다는 민요섭이란 인간을 향해 갑작스레 인 묘한 흥미로 남 경사가 다시 물었다.

"가가와는 뭡니까? 오피테파는요?"

"쉽게 말해 급진과 이단이라 할 수 있을까…… 아무튼 그 비슷한 거요."

"제가 좀 알아듣기 쉽게 설명해주셨으면 좋겠습니다만……."

"가가와 도요히코는 일본의 실천신학자이자 사회개혁가, 노동운동가, 복음 전도사에 작가이기도 한 사람이오. 화족和族 가문에서 태어나 크리스천이 된 까닭에 가문으로부터 절연당하기까지 했으나 굴하지 않고 자신의 신앙을 지켰지요. 고학으로 고베 신학대학을 나오고 프린스턴 신학대학에 유학하기도 했어요. 스물한 살 때 유학에서 돌아온 뒤에는 신가와의 빈민굴로 들어가 노동운동을 시작했으며, 고베항만 파업을 지도하기도 하고, 농민조합운동과 협동조합운동을 주도한 적도 있소. 2차 대전 때는 일본의 대륙침략을 중국에 사과하다 헌병대에 의해 투옥되는가 하면, 「사선死線을 넘어서」란 소설로 문명을 떨친 일까지 있어요. 여러 가지로 놀라운 사람인데—그 무렵 민요섭은 아마도 그의 실천신학에 깊이 빠져들었던 것 같소. 어디서 가가와를 듣고 배웠는지는 모르지만……."

그리고 피로한 듯 눈을 감더니 이내 천천히 덧붙였다.

"오피테파는—서양 책에는 오피테스로 나올 텐데—뱀을, 인간을 타락시킨 사탄의 심부름꾼으로 보지 않고 오히려 지혜의 사도로 숭배해 사도 바울이 '흉악한 이리들'이라고 정죄定罪 죄가 있다고 단정함했던 고대 영지주의靈地主義 계통의 이단이었소. 다시 돌아온 민요섭의 사상이 반드시 그들과 일치하는 것은 아니었지만, 사탄을 지혜의 영靈 또는 신의 또 다른 속성으로 파악하려는 태도는 도저히 용납할 수 없는 것이었지요.[1] 이해하시겠습니까?"

"네, 조금……."

온 신경을 끌어모아 한마디 한마디에 귀를 기울이고 있던 남 경사가 얼떨떨하게 대답했다. 앞서 한 말보다는 나았지만, 배 교수의 말을 온전히 알아듣기에는 하급 수사 경찰로 바쁘게 내몰린 여남은 해 세월이 여전히 넘기에 수월찮은 장애가 되었다. 하지만 배 교수는 그렇다면 됐다는 투로 조용히 얘기를 끝냈다.

"자, 그럼 이만 돌아가 주시오. 나는 지금 몹시 피로합니다. 더 알려드릴 것도 있을 성싶지 않고……."

기분을 해치지 않고 손님을 돌려보내는 말로는 더할 나위 없이 완강한 것이었다. 남 경사는 아직도 좀 미진한아직 다하지 못한 데가 있었지만 어쩔 수 없는 일이었다. 말을 마친 배 교수는 다시 지그시 눈을 감으며 무거운 침묵에 빠져들었다. 어떤 격렬한 말로도 깨뜨려낼 수 있을 것 같지 않은 침묵이었다. 그러다가 남 경사가 방문을 나설 때쯤 해서야 혼잣말처럼 중얼거렸다.

"알렌 목사님. 참으로 안됐습니다. 그러나 그 아이는 돌아오는 중이었다고 합니다……."

---

1) 정통 기독교에서는 사탄을 절대악으로 파악한다. 민요섭은 사탄을 신의 일종으로 보는 오피테파의 사상을 수용하려 했으므로 기독교를 믿는 신학교로부터 배척당한 것이다.

남 경사는 민요섭이 팔 년 전 머물렀던 주소로 찾아가 그의 일기장을 가져온다. 남 경사는 민요섭과 알고 지냈다는 교회 집사를 찾아가지만, 그는 민요섭이 그 교회 장로의 젊은 후처와 간음을 저지른 사탄의 자식이라고 비난한다. 남 경사는 신에 대한 고민과 갈등이 적힌 민요섭의 일기를 읽는다.

6

이틀간의 출장이 몹시 피로했던지 전날 초저녁부터 곯아떨어졌던 남 경사는 아침 여덟 시가 다 돼서야 일어났다. 머리맡에는 읽으려고 꺼내두었다가 퍼붓는 졸음에 첫 장도 못 읽고 던져둔 민요섭의 원고 꼭지들이 아무렇게나 흩어져 있었다. 서둘러 세수를 하고 아침식사를 끝낸 남 경사는 읽다 만 원고를 간추려 둘 틈도 없이 기차역으로 달려갔다.

항도 부산에는 때아닌 겨울비가 내리고 있었다. 목적지는 2부두 가까운 곳이었는데, 관할 파출소 직원의 몇 마디 안내로 쉽게 찾을 수 있었다. 도시계획 덕분에 4차선 도롯가로 나앉게 된 조그만 여인숙이었다. 남 경사가 칠이 벗겨진 철대문을 열고 들어서니 오래된 일본식 건물의 가운데 마루에 부두 노동자 풍의 남자 둘이 걸터앉아 소주를 마시고 있었다. 남 경사가 주인을 찾자 그중에 하나가 안방 쪽에다 대고 무어라고 혀 꼬부라진 소리를 질러댔다. 그 소리에 불려나왔는지 아니면 남 경사의 목소리를 들었는지 평생 웃어본 일이 없는 듯한 중늙은이_{젊지도 아니하고 아주 늙지도 아니한 사람}가 만사 귀찮다는 얼굴로 안방 미닫이를 열고 나왔다.

남 경사는 간단히 자신의 신분을 밝히고 민요섭의 사진을 꺼냈다. 찌푸린 얼굴이 한층 더 심하게 찌푸려지는 것으로 미루어 그 늙은이는 한눈에 민요섭을 알아보는 것 같았다.

"그놈이군……."

이윽고 그 늙은이는 신음처럼 한마디 내뱉었다. 그의 목소리에는 어딘가 깊은 원한이 서려 있는 듯했다.

"기억하시겠습니까?"

늙은이의 기분이야 어떻든 민요섭을 알아보는 게 반가워 다가들며 물었다. 복받치는 감정을 억누르고 있는 빛이 역력한 얼굴로 늙은이가 대답했다.

"기억하다마다. 내 눈에 흙이 들어가도 잊어버릴 수 없는 놈이오."

"어째서요?"

그러자 늙은이는 잠시 입을 다물고 불그레해진 눈매로 방금도 빗방울이 듣고 있는 검은 하늘을 올려다보았다. 더욱 격해지는 감정을 힘을 다해 추스르고 있는 것 같았다.

"내 아들을…… 하나뿐인 내 아들을 꾀어간 놈이오."

전혀 예상 못한 대답이었다. 남 경사는 자신도 모르게 긴장했다.

"그게 언젭니까?"

"한 육 년 됐소."

"그때 아드님은 몇 살이었는데요?"

"다녔으면 고등학교 졸업반이었으니까—열아홉 때였소."

늙은이의 고뇌 어린 표정에도 불구하고 거기서 남 경사는 긴장이 풀어짐과 함께 오히려 그 늙은이 쪽이 의심스러워졌다. 집 나간 지 오래된 아들딸을 둔 사람들 중에 때로 고의적인 거짓 신고나 거짓 진술을 하는 이들이 더러 있었다. 예를 들면, 오래되어 부패했거나 얼굴이 짓이겨져 신원을 알 수 없는 피살자의 시체가 발견된 것 같은 때, 그들은 무턱대고 그게 자기들의 아들딸이라고 신고를 해버린다. 그러나 경찰이 전 수사력을 동원하여 확인해보면 그들의 아들딸은 대개 멀쩡히 살아 있었다. 결국 그들은 후끈 단 경찰의 수사력을 빌려 오래전에 잃어버린 아들딸을 찾는 셈이었다. 엄격히 따져 '위계에 의한 공무집행 방해죄' 같은 것으로 처벌할 수도 있고, 또 실제 그 때문에 빚어지는 수사의 혼선이나 낭비도 적지 않았다. 그러나 막상 몇 년 만에 부모 자식이 서로 만나 부둥켜안고 줄줄 눈물을 쏟고 있는 걸 보면 경범으로조차 처벌하기 어려웠다. 남 경사가 지금 의심하고 있는 것도 바로 그 같은 거짓 신고 또는 거짓 진술의 경우였다.

"영감님 바른대로 말씀해 주셔야겠습니다. 잃어버린 아드님을 찾기 위해서라면 따로 신고를 해주십시오. 저희들이 성의껏 찾아봐 드리겠습니다."

"아니, 그게 무슨 소리요?"

"생각해 보십시오. 어린애도 아니고, 열아홉씩이나 먹은 사람을 꾀어갔다니 어째 좀 이상하지 않습니까?"

그러자 늙은이는 벌컥 화를 냈다. 그냥 화만 내는 게 아니라 몸까지 부르르 떨며 목소리를 높였다.

"허엇, 그 참. 그럼 내가 그 잘난 아들놈을 찾으려고 거짓말을 하고 있단 말이오? 너무 그러지 마시오. 이래 봬도 나 역시 한때나마 경찰 물을 먹은 적이 있소. 그런 짓을 해서는 안 된다는 것쯤은 아는 사람이란 말이오."

"그래도 열아홉이면 청년인데……."

"글쎄 틀림없이 꾀어 갔단 말이오. 그놈이 떠나고 하루 만에 아들놈도 떠났으니까. 그것도 그놈을 내쫓듯이 보낸 우리를 원망, 원망해가며…… 그뿐만이 아니오. 그 뒤 아들놈이 그놈과 어울려 다니는 걸 제 눈으로 똑똑히 보았다는 사람까지 있소."

그제야 남 경사는 의심을 풀었다. 영감의 당당한 태도나 강경하면서도 주저 없는 말투로 보아 거짓은 아닌 것 같았다.

"알겠습니다, 영감님. 믿어드리지요. 다시 이 사람 얘긴데요—혹 이 사람이 영감님 댁에 틀림없이 왔다는 무슨 증거라도 있습니까?"

남 경사는 늙은이의 감정도 누그러뜨릴 겸 화제를 다시 민요섭에게 끌어갔다. 늙은이가 잠깐 생각에 잠겼다가 대답했다.

"있지. 그놈이 한밤중에 달아나며 떨구고 간 보따리가 있단 말이오. 불이라도 확 싸질러 버리려다가 놔둔 것이지만."

하기야 민요섭이 주민등록을 이 집으로 옮긴 이상 그 일은 확인할 필요도 없는 것이었다. 거기다가 늙은이가 다시 그렇게 확인하자 남 경사는 처음부터 궁금하던 것을 묻기 시작했다.

"그럼 영감님, 차근차근 얘기를 좀 해주세요. 이 사람이 어떻게 영감님 댁에 오게 됐으며, 아드님과는 어떤 관계였고 또 아드님은 왜 그를 따라 집을 나갔는지, 그리고 그 뒤는 어찌 됐는지……."

거기서 늙은이는 잠시 마음을 가다듬고 옛 기억을 되살리려는 것 같았다. 주머니에서 꺼멓게 금간 부분으로 댓진^{담뱃대 속에 낀 진}이 새어 나오는 인조 상아 파이프를 꺼내더니 궐련 토막을 끼우고 불을 붙였다.

"생각하기조차 싫지만 여편네를 위해 내 얘기하리다. 대신 행여라도 아들놈의 소식을 알게 되거든 밤낮 울고 짜고 하는 저 여편네에게 꼭 전해주어야 하오."

궐련 토막이 인조 상아 파이프에서 완전히 재로 변한 뒤에야 늙은이는 가슴 깊은 곳에서 우러나는 한숨과 함께 얘기를 시작했다.

…… 칠 년 전만 해도 아직 도시계획이 시행되지 않았던 그 동네는 부두

노동자나 하급 선원들을 상대로 하는 싸구려 술집들과 윤락가로 이루어져 있었다. 조 영감 내외는 그때도 그 자리에서 무허가 하숙집을 하고 있었는데, 어느 늦은 봄날 초라한 행색의 민요섭이 묵직한 가방 하나를 들고 찾아왔다. 부두에서 하역 작업을 한다며 인근에 하숙을 구하다가 소문을 듣고 찾아온 길이라 했다.

(중략)

그런데 조 영감에게는 그때 고등학교 이학년인 아들이 하나 있었다. 위로 두 딸을 시집보낸 조 영감으로서는 외아들인 동시에 하나 남은 자식이었다. 그 아들이 언제부터인가 민요섭의 방을 드나들더니 어느 날 불쑥 조 영감에게 매달리듯 졸랐다. 대학입시 준비를 위해 다니던 학관^{學館}을 그만두고 민요섭에게 배울 터이니 그에게 하숙비를 받지 말아 달라는 요청이었다.

외아들의 청인 데다 민요섭이 아들을 가르칠 만한 능력이 있다는 걸 믿고는 있었으나, 조 영감은 왠지 선뜻 마음이 내키지 않았다. 꼬집어 말할 수는 없어도 아들과 민요섭의 그 같은 엮임은 조 영감에게 피할 수 있는 한 피해야 할 악연이란 느낌까지 들게 했다고 한다.

민요섭도 그 점에서는 조 영감과 기분이 비슷했던 듯했다. 우러르고 따르니 매정하게 떼어놓지 못한 것일 뿐 그 아이가 앞뒤 없이 열정으로 다가드는 게 까닭 없이 불안한 눈치였다. 아들에게 졸리다 못한 조 영감이 마지못해 아들을 맡아 가르쳐달라고 청했을 때도 마찬가지였다. 자기는 그럴 만한 자격이 없다고 잘라 말했을 뿐만 아니라, 그 아이가 자기와 가까워지는 것은 그 아이를 위해서도 결코 이롭지 못하리라는 걸 넌지시 일러주기까지 했다.

하지만 조 영감은 물론 민요섭도 조 영감의 아들이 더 이상 자신에게 다가오지 못하도록 하는 데는 끝내 성공하지 못했다. 꼭 무엇에 홀린 사람처럼 아버지와 민요섭을 번갈아 졸라대던 그 소년은 결국 양쪽 모두의 승낙을 얻어내고 마침내는 자신의 책상까지 아예 민요섭의 방으로 옮겨갔다.

일이 그렇게 되자 조 영감도 되도록 좋게 생각하려고 애썼다. 그렇게 보아서 그런지 아들은 민요섭의 방으로 옮아간 뒤부터 부쩍 더 공부에 열심인 것 같았다. 그 방의 불은 언제나 늦도록 켜져 있었고, 때로는 새벽까지 민요섭이 아들에게 무언가를 가르치는 말소리가 두런두런 울려 나오기도 했다. 그리하여 아무것도 모르는 조 영감은 결국 아들과 민요섭의 그 같은 만남을 다행으로 여기게끔 되었다. 다른 것은 몰라도 대학만은 아들이 민요섭 덕분에 이전의 기대보다 훨씬 더 좋은 데로 갈 수 있으리라고 믿었기 때문이었다.

그런데 조 영감이 다시 민요섭을 의심하게 된 것은 그해 늦가을의 부두 파업 때였다. 전에 없이 격렬하게 진행된 그 파업에서 어떤 역할을 했는지는 알 수 없었지만 어쨌든 민요섭은 그 파업과 관련돼 보름 이상이나 경찰의 엄한 조사를 받고 파김치가 되어 돌아왔다. 친하게 지내던 파출소장은 그가 파업을 주동한 노동자들 가운데 하나였을 뿐만 아니라 사상적으로도 의심스런 데가 있는 사람이라고 귀띔해주었다. 해방 뒤 혼란기의 체험을 통해 파업이니 노동쟁의니 하는 것은 빨갱이들이나 하는 것으로만 알아 온 조 영감이라 그 같은 파출소장의 귀띔은 자못 충격적이었다.

그 뒤 조 영감은 전과는 달리 아들과 민요섭을 세밀하게 살펴보게 되었다. 그 파출소장의 귀띔으로 얻게 된 새로운 경계와 의심 때문이었다. 정말로 하나둘 이상한 게 보이기 시작했다.

첫째는 아들의 공부하는 책이었다. 별로 배운 게 없어 책만 읽으면 공부하는 것으로 알고 있었던 조 영감이었지만 적어도 아들이 민요섭의 방에서 읽고 있는 책들이 교과서나 참고서만이 아니라는 것쯤은 알아볼 만했다. 둘째는 민요섭의 가르치는 태도와 내용이었다. 여러 번 문틈으로 훔쳐보았으나 조 영감은 한 번도 민요섭이 정색을 하고 아들과 책상에 마주 앉아 있는 것을 보지 못했다. 언제나 비스듬히 누운 채거나 벽에 기대 제 일이나 하다가 아들이 물으면 대답하는 식이었고, 때로 엄숙하게 가르치는 경우에도 조금만 들으면 그 내용이 대학입시 준비와는 무관한 것임을 확인할 수 있었다. 어떤 때는 영어 공부를 하고 있는 것 같아 보이면서도 민요섭이 천천히 번역해 가는 걸 유심히 들어보면 교과서에는 결코 실릴 리 없는 불온한 내용인 경우까지 있었다.

그러다가 조 영감의 불안이 단순한 의구疑懼가 아니라 눈에 보이는 조짐으로 나타난 것은 아들이 고등학교 삼학년으로 올라가면서부터였다. 그 무렵에야 조 영감이 알아본 변화 가운데 하나는 아들이 그때껏 열심히 다니던 교회를 언제부터인가 나가지 않는 일이었다. 무슨 바람에선지 중학교

때부터 교회에 나가기 시작한 아들은 민요섭이 나타나기 전만 해도 신학대학을 가겠다고 우겨 조 영감 내외를 속 썩인 적이 있을 만큼 교회에 미쳐 있었다.

하나뿐인 아들이 목사가 되겠다고 나설 때는 펄쩍 뛰며 말렸지만 믿음 그 자체에 대해서는 조 영감 내외도 구태여 말리려 들지 않았다. 자신들이 믿지는 않아도 예수 같은 성인의 가르침을 믿어 나쁠 리는 없으리란 게 단순한 그들 내외의 생각이었다. 그런데 그 아들이 교회에 나가지 않게 되었을 뿐만 아니라, 찾아온 목사와 청년회 회장까지 얼굴이 시뻘겋도록 화를 내며 쫓아버렸다. '하나님을 교회에다 가둔 자들'이라든가 '예수님과 가난하고 버림받은 이들 사이를 이간시킨 자들' 따위, 조 영감으로서는 도무지 이해할 수 없는 욕설과 함께였다.

그 다음으로 나타난 변화는 아들의 학교 성적이었다. 원래 조 영감의 아들은 당시 부산에서도 첫째 둘째를 다툰다는 고등학교에서도 열 손가락 밖으로 밀려난 적이 없을 만큼 성적이 우수했다. 그런데 삼학년 초에 조 영감을 부른 담임선생은 아들이 간신히 낙제를 면할 성적으로 진급했음을 알리며 애석한 표정을 감추지 못했다.

놀라 돌아온 조 영감은 아들과 민요섭에게 차례로 따져 물었다. 민요섭은 약간 움찔하는 기색으로 처음부터 자신이 가르치지 않으려 했음을 상기시키며 언제든 그 일을 그만두겠노라고 나왔다. 그러나 아들은 달랐다. 어떤 사정으로 학기말 시험을 몇 과목 빼먹어 그리됐을 뿐이라며 태연한 표정으로 조 영감을 안심시켰다. 그러다가 조 영감이 민요섭을 내보내야겠다고 하자 오히려 위협조로 나왔다. 민 선생과 함께라면 자신은 곧 이전의 성적을 회복할 것이며 틀림없이 좋은 대학으로 진학하게 되겠지만, 만약 그를 내보낸다면 학교고 뭐고 다 때려치우겠다며 이까지 악물었다.

이미 일이 잘못돼도 많이 잘못된 걸 알았으나 아들이 그렇게 나오니 조 영감으로서는 달리 어찌하는 수가 없었다. 하나뿐인 아들인 데다, 설령 잘못됐다 해도 한때의 바람일 뿐 철이 들면 나아지려니 생각한 까닭이었다. 그때껏 교육에 좋을 것이라고는 하나도 없는 환경 속에 자라나면서도 신통하리만큼 아들이 그들 내외를 속 썩인 적이 없었다는 것도 조 영감이 사태를 낙관樂觀 앞으로의 일 따위가 잘되어 갈 것으로 여김한 또 다른 이유가 되었다.

하지만 끝내 일은 벌어지고 말았다. 다시 석 달도 안 돼 조 영감은 학교로부터 아들의 퇴학을 알리는 쪽지 한 장을 받고 헐레벌떡 학교로 달려갔다. 아들은 새 학년에 들어서만 벌써 76일째 결석을 하고 있었는데, 더욱 속 터질 일은 그날 아침에도 아들이 버젓이 교복 차림으로 가방을 들고 등교한다고 집을 나선 것이었다. 따로 알아보지 않아도 학교에서 여러 길로 보낸 대여섯 번의 가정통신문이며 경고장이 모두 도중에서 사라져버린 까닭을 짐작할 만했다.

그래서 곰곰 돌이켜보니 조 영감에게도 짚이는 일이 전혀 없지는 않았다. 우선 언제부터인가 아들의 곱던 얼굴이 햇볕에 그을어 거무튀튀해지고 여자 같던 두 손도 거칠어졌다. 뿐만 아니라 어두워서야 학교에서 돌아오는 뒷모습을 보면 무언가 힘겨운 노동에 시달리다 돌아온 사람처럼 축 처지고 맥 빠져 있었다. 하루 종일 공부에 시달리다 돌아오는 길이라 그러려니 여기기는 해도 무언가 이상한 느낌이 든 조 영감은 몇 번인가 아들을 잡고 다그쳐 물어보았다. 그러나 역시 공부 핑계에다 이따금씩 개교 기념 체육대회며 농번기 노력봉사 또는 어떤 이유로 두 시간 겹친 체육 시간 따위를 대면 아들의 일반적인 피로는 물론 햇볕에 그을은 얼굴이나 손바닥의 물집까지도 그럴듯해져 버리고 말았다.

거기다가 그 무렵 들어 두드러진 것은 아들과 민요섭의 잦아진 의견 충돌이었다. 내막은 모르겠지만 아들은 민요섭이 싫어하는 일을 억지로 해나가고, 민요섭은 화를 내며 그걸 말리는 듯했다. 어떤 때 무심코 방문을 열면, 소리 죽여 아들을 나무라다 얼른 입을 다무는 민요섭과 역시 소리 죽여 민요섭의 나무람에 항의하다 놀라 돌아보는 아들의 벌겋게 상기된 얼굴을 한꺼번에 보게 되기도 했다.

이 일 저 일 앞뒤를 맞춰본 조 영감은 드디어 결단을 내렸다. 그리하여 한바탕 동네가 시끄러운 소동 끝에 아들과 민요섭을 떼놓는 데까지는 성공했으나, 모든 것은 이미 늦은 뒤였다. 졸업 석 달을 앞두고 퇴학당한 아들은 민요섭과 관계를 끊은 것과 마찬가지로 조 영감의 품도 떠났다. 아직은 몇 달 모자라는 스무 살인데도 스스로 성년임을 내세우고 자기의 삶은 자신이 살아갈 것임을 선언한 일이 그랬다.

· 뒷부분 줄거리

민요섭의 글 속 등장하는 아하스 페르츠는 신에 대한 의문을 품고 새로운 진리를 찾기 위해 집을 떠난다. 오랫동안 떠돌이 생활을 하며 사제의 시동侍童으로 일하기도 하고, 신이 보낸 대리 왕으로 숭배되다가 죽음의 위기에 처하기도 한다. 아하스 페르츠는 다른 종족들이 믿는 많은 신을 보지만 의문에 대한 답을 찾지 못하다가 예수를 만난다. 아하스 페르츠는 예수에게 여러 가지 질문을 하며 의심한다. 예수의 제자들은 훗날 아하스 페르츠를 사탄이라 표현한다.

남 경사는 조동팔의 주소를 알아내 경산으로 그를 찾아간다. 조동팔은 자신은 민요섭이 만든 믿음과 실천을 위한 싸움을 존경했고 그를 위해 도둑질과 감옥살이까지 하며 추종했다고 한다. 그러나 어느 순간 민요섭이 자신들의 신을 배반하고 옛날의 하나님과 교회로 돌아가려 하였기에 살해하였음을 고백한다. 잠시 후 조동팔은 이미 몇 시간 전에 마신 독물로 인해 목숨을 잃는다.

 만화로 읽는 '사람의 아들' ·

발단 남 경사는 민요섭 피살 사건의 수사를 담당하게 됨

전개 조동팔의 아버지를 만나 민요섭에 대한 이야기를 들음

위기 남 경사가 민요섭의 글에서 아하스 페르츠의 이야기를 읽음

절정 남 경사와 조동팔이 만나 대화를 나눔

결말 조동팔이 민요섭을 살해하였음을 고백하고 스스로 목숨을 끊음

📖 **선생님** 「사람의 아들」은 액자 소설이에요. 이 소설을 외화와 내화로 구분해 볼까요?

💬 3 ♥ 3

↳ **학생 1** 외화는 남 경사와 민요섭, 조동팔 이야기이고, 내화는 민요섭이 쓴 글의 등장 인물인 아하스 페르츠 이야기예요.

↳ **학생 2** 민요섭은 독실한 기독교 신자였으나 기독교의 모순에 의문을 품고 자신이 생각하는 이상적인 신을 찾아 헤매게 돼요. 그러나 선악의 관념이나 가치 판 단에서 유리된 신은 공허하다고 느껴 다시 예수에게 귀의하려 해요.

↳ **학생 3** 이러한 과정은 민요섭이 쓴 글 중 기독교에서 사탄의 아들이라 일컬어지는 아하스 페르츠의 일대기를 통해 드러나요.

📖 **선생님** 「사람의 아들」에서는 탐정 소설적인 면도도 확인할 수 있어요. 이를 통해 얻 는 효과에 대해서 알아볼까요?

💬 3 ♥ 3

↳ **학생 1** 이 소설의 외화는 남 경사가 민요섭의 행적을 추적하는 내용으로 탐정 소설 의 형식을 띠고 있어요. 이러한 형식은 '신에 대한 인간의 갈등'이라는 무거 운 주제를 박진감 있게 전달하는 역할을 해요.

↳ **학생 2** 특히 「사람의 아들」의 내화와 외화는 서로 교차하며 전개돼요. 남 경사가 수 사 도중에 민요섭의 원고를 꺼내 읽으면서 내화가 시작되고, 남 경사가 수사 에 집중하면 다시 외화가 진행되죠. 이러한 구조는 외화와 내화가 평행하게 진행되도록 함으로써 독자가 아하스 페르츠의 일대기를 통해 민요섭의 행 적과 사상을 추론하게끔 유도해요.

↳ **학생 3** 또 작품의 주제를 전달하기 위해 외화의 등장인물인 민요섭과 조동팔의 입 이 아니라, 내화라는 간접적인 수단을 활용한 것도 작품의 완성도와 재미를 높여요.

📖 **선생님** 민요섭이 기독교를 떠난 이유는 무엇이고, 이런 행동에는 어떤 의미가 있을 까요?

💬 2 ♥ 2

↳ **학생 1** 민요섭은 신학교 2학년에 재학하던 중, 고아원과 나환자촌에서 생활하게 돼 요. 고아들과 나환자들을 돌보면서 민요섭은 부유한 자, 힘 있는 자는 무(無) 라는 예수의 말씀을 의심하게 돼요. 현실에서는 돈과 권력이 전부고 가난한 사람이나 병든 사람들은 소외의 대상이라는 걸 깨달았기 때문이죠.

↳ **학생 2** 민요섭의 이러한 행보는 종교에 대한 인간의 갈등뿐만 아니라 약자를 소외 시키는 인간 사회의 모순에 대한 비판까지 담고 있어요.

선생님　조동팔이 민요섭을 살해한 이유는 무엇일까요?

💬 2　🖤 2

↳　**학생 1**　조동팔은 민요섭을 따르며 그의 사상에 깊숙이 빠져들어 과격한 실천을 했던 사람이었어요. 하지만 민요섭은 그들이 따르던 사상을 버리고 예수에게 귀의하자고 해요. 조동팔의 말에 따르면 민요섭은 '선악의 관념이나 가치 판단에서 유리된 행위, 징벌 없는 악(惡)과 보상 없는 선(善)도 마찬가지로 공허하다'고 생각했기 때문이죠.

↳　**학생 2**　조동팔은 그동안 자신이 의지해왔던 세계를 배반하려 한다고 생각했기 때문에 민요섭을 살해했던 거예요.

성경 속 사탄의 세 가지 시험　▾ 🔍

연관 검색어　광야의 유혹　그리스도의 유혹

성경에는 예수가 세례를 받은 후 광야에서 사탄이 나타나 세 가지 유혹을 한다는 내용이 나온다. 첫 번째 유혹은 금식하는 예수에게 사탄이 "당신이 하느님의 아들이라면, 이 돌들을 빵으로 바꿔보시오."라고 하는 것이다. 예수는 "성서에 '사람이 빵으로만 사는 것이 아니라 하느님의 입에서 나오는 모든 말씀으로 살리라.' 하지 않았느냐?"라고 말하며 유혹을 물리친다.

두 번째 유혹은 사탄이 예수를 예루살렘 성전 꼭대기에 세워 놓고 "당신이 하느님의 아들이라면 여기서 뛰어내려 보시오."라고 말한 것이다. 그러나 예수는 "주 너의 하느님을 시험하지 말라."라고 반박하며 두 번째 유혹을 이겨낸다.

마지막 유혹은 사탄이 세상 모든 나라의 영광을 보여 주며 "온 세상이 다 보인다. 네가 나에게 경배한다면 이 세계를 다스리는 왕으로 만들어 주겠다."라고 한 것이다. 예수는 "사탄아, 물러가라! 성서에 '주님이신 너희 하느님을 경배하고 그분만을 섬겨라.' 하시지 않았느냐?"고 반박한다. 이에 사탄은 예수를 떠나고 천사가 와서 수종을 들었다고 한다.

우리들의 일그러진 영웅

#권력　　　#독재　　　#부조리　　　#소시민

⚓ 작품 길잡이

갈래: 중편 소설, 우화 소설, 풍자 소설
배경: 시간 - 1960년대 / 공간 - 시골의 한 초등학교
시점: 1인칭 관찰자 시점
주제: 절대 권력의 폐해와 불합리에 이기적으로 대응하는 소시민 비판
출전: 〈세계의문학〉(1987)

📷 인물 관계도

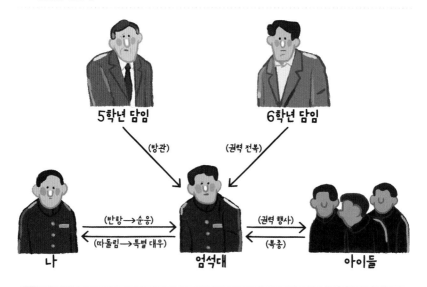

나	엄석대의 절대 권력에 저항하다 결국 항복한 후 엄석대의 특별 대우를 받는다.
엄석대	학급의 급장으로 또래 아이들 사이에서 절대 권력을 행사한다.

📋 구성과 줄거리

발단 **엄석대가 학급 아이들에게 절대 권력을 행사함**

서울에 살던 '나'는 아버지의 좌천으로 시골 학교에 전학을 가게 된다. 그곳의 급장은 엄석대인데, 그는 동급생들보다 나이가 두세 살 많으며 체격이 크고 싸움을 잘하여 학급 아이들에게 절대 권력을 행사한다. 엄석대는 다른 아이들을 이용해 '나'의 기를 죽이려 한다.

전개 **담임은 엄석대의 권력 행사를 방관함**

'나'는 엄석대와 그에게 복종하는 아이들에게 반감을 느끼고 저항한다. 그러자 아이들의 괴롭힘이 시작되고, 엄석대는 힘들어하는 나를 도와주는 척하며 자신의 권력을 보인다. '나'는 담임에게 도움을 청하지만 담임은 오히려 이곳의 새로운 방식에 적응하라고 한다.

위기 **'나'는 엄석대에게 항복하고 엄석대와 함께 어울림**

엄석대의 끈질김에 '나'는 결국 항복한다. 이후 엄석대는 다른 아이들보다 '나'를 특별 대우하며 함께 어울린다. 어느 날 '나'는 엄석대가 늘 전교 1등을 하는 이유가 공부를 잘하는 아이들이 돌아가면서 엄석대의 시험을 대신 봐주기 때문이라는 것을 알게 된다.

절정 **새로운 담임이 오고 엄석대의 권력이 무너짐**

6학년이 되어 담임이 바뀐다. 새로운 담임은 엄석대의 절대 권력과 아이들의 대리 시험을 눈감아주지 않는다. 아이들은 호된 꾸지람을 듣고 매를 맞은 뒤 차례대로 일어나 엄석대의 악행을 선생님께 고자질한다. '나'는 그 모습에 회의감을 느끼고 엄석대의 잘못에 대해 자신은 아는 것이 없다고 한다. 학교를 뛰쳐나간 엄석대는 결국 자취를 감춘다.

결말 **시간이 흘러 '나'는 범죄자가 된 엄석대를 만남**

어른이 되어 엄석대를 잊고 살아가던 '나'는 수갑을 찬 채 형사에게 잡혀가는 엄석대를 보게 된다.

우리들의 일그러진 영웅

· 앞부분 줄거리

초등학교 5학년인 '나'는 아버지의 좌천座遷 낮은 관직이나 지위로 떨어지거나 외직으로 전근됨을 이르는 말으로 시골 학교로 전학을 가게 된다. 그곳의 급장은 엄석대이다. 엄석대는 동급생들보다 나이가 두세 살 많으며 체격이 크고 싸움을 잘하여 절대 권력을 가지고 군림한다. '나'는 첫날부터 나의 기를 죽이려는 엄석대에게 분노한다. '나'는 엄석대의 절대 권력을 고발하기 위해 고군분투한다.

하지만 기다리고 기다린 보람이 있어 끝내는 내게도 때가 왔다. 학교 둑길에 아카시아꽃이 하얗게 피었던 걸로 미루어 그해 유월 초순의 어느 날이었다. 윤병조란 세탁소집 아이가 신기한 물건을 학교로 가지고 와 교실에서 아이들에게 자랑을 했다. 우리가 '둥글라이타'라고 부르던 원형의 금도금된 고급 라이터였다. 그 라이터가 이 손 저 손 옮아다니며 작은 소동을 일으키고 있는데, 어딘가 잠시 나갔다 돌아온 석대가 그걸 보고 불쑥 손을 내밀었다.

"어디 봐."

그때껏 낄낄거리기도 하고 감탄의 소리를 내기도 하며 시끌벅적하던 아이들이 이내 조용해지며 라이터가 석대의 손바닥에 놓였다. 한참을 들여다보던 석대가 표정 없이 병조에게 물었다.

"누구 거냐?"

"울 아버지 거."

병조가 문득 기어들어가는 목소리로 그렇게 대답했다. 석대도 약간 소리를 낮춰서 물었다.

"얻었어?"

"아니, 그냥 가져왔어."

"네가 가져온 걸 누가 알아?"

"내 동생밖에 몰라."

그러자 석대가 희미한 웃음을 머금으며 새삼 그 라이터를 이모저모 뜯어

보았다.

"야, 이거 좋은데."

이윽고 석대가 그 라이터를 쥔 채 가만히 윤병조를 바라보며 그렇게 말했다. 진작부터 유심히 그쪽을 바라보고 있던 나는 그 말에 갑자기 긴장이 되었다. 그동안 살펴본 바로는 석대가 방금 한 그 말은 보통 사람들이 쓸 때와 뜻이 달랐다. 석대는 아이들의 가진 것 중에 탐나는 물건이 있으면 "야, 거 좋은데."로 달라는 말을 대신했다. 아이들은 대개 그 말 한마디에 손에 든 것을 석대에게 넘겼으나, 그래도 버티는 아이가 있으면 다음번 석대의 말은 "것 좀 빌려줘."였다. 그 바른 뜻은 "내놔, 인마."쯤 될까. 그리되면 누구도 그걸 내놓지 않고는 못 배겼다. 그것이 석대가 언제나 아이들로부터 '뺏는' 게 아니라 '얻음' 뿐인 일의 진상이었다. 그렇지만 묵시적默示的 직접적으로 말이나 행동으로 드러내지 않고 은연중에 뜻을 나타내 보이는 강요나 비진의非眞意의 의사 표시 의사를 표현하는 자가 의사와 표시가 일치하지 않는다는 것을 스스로 알면서 하는 의사 표시의 개념을 알 길이 없는 나는 그것이 아무런 흠 없는 증여贈與 물품 따위를 선물로 줌 로만 알아 왔는데, 그날은 그런 최소한의 형식도 갖출 수 있을 것 같지 않았다.

예상대로 병조는 아무래도 그것만은 안 되겠다는 듯 울상을 지으면서도 강경하게 말했다.

"이리 줘, 울 아버지 돌아오시기 전에 제자리에 갖다 놔야 돼."

"너희 아버지 어디 가셨는데?"

병조의 내민 손을 본체만체 석대가 은근하게 물었다.

"서울. 내일이면 돌아오셔."

"그래애……"

석대가 그렇게 말꼬리를 끌며 다시 한번 라이터를 쳐다보다가 갑자기 무슨 생각이 났는지 힐끗 내 쪽을 돌아보았다. 그가 결정적인 약점을 보여 주기를 기대하며 유심히 그쪽을 살펴보고 있던 나는 그의 갑작스런 눈길이 찔끔했다. 그 눈길 어디엔가 성가시다는 듯하기도 하고 화난 듯하기도 한 빛이 숨겨져 있어 더욱 그랬는지도 모를 일이었다. 하지만 그건 그야말로 일순이었다. 석대는 곧 아무렇지 않은 표정으로 라이터를 병조에게 돌려주며 말했다.

"그럼 안 되겠구나. 좀 빌렸으면 했는데……"

나는 석대가 너무도 쉽게 그 라이터를 포기하는 데 적이 꽤 어지간한 정도로 실망했다. 그걸 만지작거리며 들여다보던 그 끈끈한 눈길은 분명 예사 아닌 그의 탐심貪心을 내비치고 있었는데, 간단히 절제하고 돌아설 줄 아는 그가 새삼 두렵기까지 했다.

그렇지만 결국 그에게도 한계가 있었다. 그날 수업을 끝내고 집으로 돌아가는 길이었다. 병조가 아침과는 달리 걱정 가득한 얼굴로 어깨를 축 늘어뜨린 채 왁자하게 교문을 나서는 아이들에게서 몇 발자국 떨어져 걷고 있는 게 보였다. 그걸 보자 나는 대뜸 짚이는 게 있었다.

마침 사는 동네가 비슷해서 그와 함께 걸어도 괜찮을 듯했지만 나는 굳이 제법 거리를 두고 뒤따랐다. 어디선가 숨어서 보고 있는 것만 같은 석대의 눈을 의식해서였다. 그러다가 아이들이 이길 저길 흩어져 제 동네에 가버리고 병조만 터덜터덜 걷고 있는 걸 보고서야 나는 걸음을 빨리했다.

"어이, 윤병조."

금세 그 곁에 바짝 따라붙은 내가 그렇게 이름을 부르자 무언가 골똘한 생각에 잠겨 느릿느릿 걷고 있던 병조가 화들짝 놀라 돌아보았다.

"너 석대에게 라이터 뺏겼지?"

나는 틈을 주지 않고 대뜸 그렇게 물었다. 병조가 재빨리 주위를 돌아본 뒤 풀죽은 소리로 말했다.

"뺏기지는 않았지만…… 빌려줬어."

"그게 바로 뺏긴 거 아냐? 더구나 너희 아버지가 낼 돌아오신다며?"

"동생보고 아무 말 못 하게 하지 뭐."

"그럼 넌 아버지의 라이터를 훔쳐 석대에게 바치겠단 말이니? 너희 아버지가 그 귀한 걸 잃어버리고 가만있을까?"

그러자 병조의 얼굴이 한층 어둡게 일그러졌다.

"실은 나도 그게 걱정이야. 그 라이터는 일본 계신 삼촌이 아버지께 선물로 주신 거거든."

이윽고 병조는 그렇게 털어놓았으나 이어 아이답지 않은 한숨을 푹 내쉬며 덧붙였다.

"그렇지만 어떻게 해? 석대가 달라는데."

"빌려준 거라며? 빌려줬음 돌려받으면 되잖아?"

나는 병조의 그 어이없는 체념이 밉살스러워 그렇게 빈정거려 보았다. 그러나 녀석은 제 걱정에 빠져 내가 빈정거리고 있다는 것조차 느끼지 못하고 곧이곧대로 내 말을 받았다.

"안 돌려줄 거야."

"그래? 그럼 그게 어디 빌려준 거야? 뺏긴 거지."

"……."

"그러지 말고……. 차라리 선생님께 이르지 그래? 아버지한테 혼나는 것보담은 낫잖아?"

"그건 안돼!"

병조의 목소리가 갑자기 높아졌다. 고개까지 세차게 흔드는 게 여간 강경하지 않았다. 그곳 아이들의 심리 중에서 아무래도 내가 잘 알 수 없는 부분에 다시 부딪치게 된 것이었다.

"석대가 그렇게 무서워?"

나는 이번에야말로 그걸 확실히 알아낼 기회라 생각하고 슬쩍 녀석의 자존심부터 건드려 보았다. 소용없는 일이었다. 눈은 갑작스러운 굴욕감으로 새파란 불길이 이는 듯했지만, 대답은 단호하기 그지없었다.

"넌 몰라. 모르면 가만있어."

그렇지만 소득이 전혀 없었던 것은 아니었다. 나는 그 말을 끝으로 조개처럼 입을 다물고 걷기만 하는 그를 뒤따라가며 부추겨, 적어도 그가 그 라이터를 석대에게 준 것이 아니라 빼앗긴 것이라는 부분만은 명백히 하게 했다. 실은 그거야말로 석대의 증거 있는 비행을 찾고 있는 내게는 더할 나위 없는 호재好材 좋은 재료였다.

다음 날 아침 나는 학교에 가기 바쁘게 교무실로 담임 선생님을 찾아갔다. 그리고 별로 비겁한 짓을 하고 있다는 느낌 없이 윤병조의 일을 일러바침과 아울러 그동안 내가 보고 들은 그 비슷한 사례들을 모조리 얘기했다. 서울서 온 아이의 똑똑함을 여지없이 보여 준 셈이었지만 담임 선생님의 반응은 뜻밖이었다.

"무슨 소리야? 너 분명히 알고 하는 말이야?"

그렇게 묻는 담임 선생님의 표정에서 내가 먼저 읽을 수 있었던 것은 귀찮음이었다.[1] 나는 그게 안타까워 그때까지 짐작일 뿐인 석대의 다른 잘못들까지 늘어놓기 시작했다. 그러나 담임 선생님은 귀담아들으려고도 않고

---

1) 담임 선생님이 아이들을 올바르게 지도하는 데에 관심이 없다는 것을 알 수 있다.

짜증 난 목소리로 나를 쫓아냈다.

"알았어. 돌아가. 내 이따가 알아보지."

나는 그런 담임 선생님의 반응이 못 미덥긴 했지만, 어쨌든 조사해 보겠다는 말에 한 가닥 기대를 가지고 수업 시작을 기다렸다. 그런데 조회 시간이 얼마 안 남은 자습 시간의 일이었다. 급사給仕 관청이나 회사, 가게 따위에서 잔심부름을 시키기 위하여 부리는 사람 아이가 뒷문께로 와 석대를 손짓해 부르더니 무언가를 작은 소리로 알려주었다. 한 이태頭年 전에 그 학교를 졸업하고 급사로 눌러앉은 아이였는데, 그를 보자 나는 갑자기 불안해졌다. 내가 담임 선생님께 석대의 잘못들을 일러바칠 때 그가 멀지 않은 등사기謄寫機 간단한 인쇄기의 하나 앞에서 무언가를 등사하고 있던 게 떠올랐기 때문이었다.

아니나 다를까, 제자리로 돌아온 석대는 잠깐 무언가를 생각하다가 주머니에서 라이터를 꺼내 들고 윤병조 앞으로 갔다.

"니네 아버지 오늘 돌아오신댔지? 자, 이거 아버지께 돌려드려."

그렇게 말하며 라이터를 병조에게 돌려준 석대는 이어 한층 소리를 높여 덧붙였다.

"혹시 네가 잘못해 불이라도 낼까 봐 잠시 맡아 뒀지. 애들은 그런 거 가지고 노는 게 아니야."[2]

반 아이들은 다 들을 수 있을 만큼 큰소리였다. 처음 어리둥절해 하던 병조의 얼굴이 활짝 펴졌다.

담임 선생이 여느 때보다 굳은 교실로 들어선 것은 그로부터 채 오 분도 안 돼서였다.

"엄석대."

담임 선생은 교탁에 올라서기 바쁘게 엄석대를 불렀다. 그리고 태연한 얼굴로 대답과 함께 일어난 그에게 손을 내밀며 말했다.

"라이터 이리 가져와."

"네?"

"윤병조 아버님 것 말이야."

그러자 엄석대는 안색 하나 변함없이 대꾸했다.

"벌써 윤병조에게 돌려줬습니다. 혹시 불장난이라도 할까 봐 맡아 두었

---

2) 병조로부터 라이터를 빼앗은 게 아니라 학급의 안전을 위해 라이터를 가져간 것처럼 연기하고 있다.

다가."

"뭐라고?"

담임 선생이 힐끗 나를 쏘아보더니 그래도 확인한답시고 다시 윤병조를 불렀다.

"엄석대 말이 맞아? 라이터 어딨어?"

"네, 여기 있습니다."

윤병조가 얼른 그렇게 대답했다. 나는 그 말에 그저 아득했다. 어디서부터 어떻게 돌변한 그 상황을 설명해야 될지 몰라 멍청해 있는데 담임 선생이 내 이름을 부르는 소리가 들렸다.

"어떻게 된 거야?"

담임 선생은 이미 묻고 있다기보다는 나무라는 투였다.

"아침에 돌려줬습니다. 조금 전에……."

나는 펄쩍 뛰듯 일어나 그렇게 소리쳤다. 선생님이 나를 믿지 않고 있다고 생각하자 자신도 모르게 목소리가 떨렸다.

"시끄러. 아무것도 아닌 걸 가지고……."

담임 선생이 그렇게 내 말을 끊었다. 그 바람에 나는 급사 아이가 와서 석대에게 알려 줬다는 중요한 말을 덧붙일 수 없었다. 하기는 급사 아이가 석대에게 꼭 그 말을 일러주었다는 증거도 없었지만.

그때 담임 선생이 나를 버려두고 반 아이 모두를 향해 물었다.

"엄석대가 너희들을 괴롭힌다는데 정말이야? 너희들 중 그런 일 당한 적 없어?"

말이 난 김이니 짚고 넘어가자는 투였다. 아이들의 얼굴이 일순 묘하게 굳었다. 그걸 본 담임 선생은 이번에는 제법 신경 써 주는 척 목소리를 부드럽게 해 물었다.

"여기서는 무슨 말을 해도 괜찮다. 엄석대를 겁낼 건 없어. 말해 봐, 어디. 무얼 빼앗기거나 잘못 없이 얻어맞은 사람, 누구든 좋아."

하지만 손을 들거나 일어나는 아이는커녕 그럴까 망설이는 아이도 보이지 않았다. 이상한 안도 같은 걸 엿보이며 한동안 그런 아이들을 살펴보던 담임 선생이 한 번 더 물었다.

"아무도 없어? 들리기에는 적잖은 모양이던데."

"없습니다."

석대 곁에 있는 아이들 몇을 중심으로 반 아이들의 절반가량이 얼른 그렇게 소리쳤다. 담임 선생이 한층 더 밝아진 얼굴로 다짐받듯 물음을 되풀이했다.

"정말이야? 정말로 그런 일 없어?"

"예에— 없습니다아—."

이번에는 나와 석대를 뺀 아이들 전체가 목청껏 소리쳤다.

"알았어. 그럼 조회 시작한다."

담임 선생은 처음부터 그런 결과를 짐작했다는 듯이 그렇게 일을 매듭짓고 출석부를 폈다. 나를 여럿 앞에 불러내 꾸중하지 않는 게 오히려 다행이다 싶을 만큼 석대 아이들 쪽만을 믿어 버리는 것이었다.

뒤이어 수업이 시작되었지만 그 어이없는 역전逆轉 일이 잘못되어 좋지 아니하게 벌어져 감 에 망연해져 있는 내 귀에 담임 선생의 말소리가 들어올 리 없었다. 다만 전에 없이 의기양양해서 담임 선생의 질문마다 도맡아 대답하고 있는 석대의 목소리만이 이상한 웅웅거림으로 머릿속을 울려 왔다. 그러다가 겨우 담임 선생의 목소리를 알아듣게 된 것은 첫 시간 수업이 끝난 뒤였다.

"한병태, 잠깐 교무실로 와."

담임 선생은 애써 평온한 표정을 지으며 그렇게 말하고 나갔으나 뒷모습은 어딘가 성나 있는 듯했다. 기계적으로 자리에서 일어나 그 뒤를 따랐다.

"새끼, 알고 보니 순 고자질쟁이로구나."

누군가의 적의에 찬 말이 후비듯 내 고막을 파고들었다.

"남의 잘못을 윗사람에게 일러바치는 것은 좋지 못한 짓이다. 거기다가 너는 거짓말까지 했어."

담임 선생은 화를 삭이느라 거푸 담배를 빨아들이고 있다가 내가 들어가자 그렇게 나무랐다. 그리고 내가 하도 기가 막혀 얼른 대꾸하지 못하는 걸 스스로의 잘못을 승인하는 것으로 알았는지 한 마디 덧붙였다.

"네가 서울에서 오고 공부도 잘한다기에 기대했는데 솔직히 실망했다. 나는 이 년째 이 반 담임을 맡아 왔지만 아직 이런 일은 없었어. 순진한 아이들이 너를 닮을까 겁난다."

그러잖아도 교실을 나올 때 들은 적의에 찬 빈정거림도 은근히 악에 받쳐 있던 나는 담임 선생의 그 같은 단정적인 말에 하마터면 고함이라도 지를 뻔했다. 하지만 갑작스런 위기 위식이 오히려 그런 앞뒤 없는 흥분에서

나를 건져냈다. 어떻게든 이 일을 바로 잡지 못하면 이제는 정말 끝장이다
—그런 절박감에 사로잡혀 나는 거의 필사적으로 정신을 가다듬었다.

"내가 선생님께 말씀드린 걸 급사가 석대에게 일러주었습니다. 석대는
그 말을 듣고—바로 선생님께서 들어오시기 직전에……"

내가 겨우 교실에서 못했던 그 말을 생각해 내고 그에게 더듬거렸다.

"그럼 아이들은 어찌 된 거야? 육십 명 모두가 입을 모아 그런 일은 없다
고 했잖아?"

선생이 그래도 아직, 하는 투로 그렇게 나를 몰아세웠다. 하지만 이미 말
한 대로 나도 필사적이었다.

"아이들이 엄석대를 겁내 그렇습니다."

"나도 그럴지 모른다고 생각해서 두 번 세 번 물어보았어."

"그렇지만 엄석대가 보고 있는 데서……"

"그럼 아이들이 나보다 엄석대를 더 겁낸단 말이지?"

그때 내 머릿속이 번쩍하듯 한 가지 좋은 생각이 떠올랐다.

"엄석대가 없는 곳에서 하나씩 불러 물어보시거나 자기 이름을 밝히지
않고 적어 내게 해보십시오. 그러면 틀림없이 엄석대가 한 나쁜 일들이 쏟
아져 나올 것입니다."

나는 확신에 차서 소리 지르듯 말했다. 곁에 있던 다른 선생님들이 이상
하다는 눈길로 나와 담임 선생을 힐끗 훔쳐보았다. 내가 확신에 차게 된 것
은 서울에 있을 때 선생님들이 종종 그 방법을 써서 도저히 해결될 수 없는
문제들까지 해결하는 걸 보았기 때문이었다. 이를테면 언제 어디서 잃어버
렸는지 모르는 물건까지 그 방법으로 찾아내곤 했다.

"이제는 육십 명 모두를 밀고자密告者로 만들라는 뜻이군."

담임 선생이 어이없다는 듯 곁의 선생을 돌아보고 한숨 쉬듯 말했다. 곁
의 선생도 나를 흘겨보며 맞장구를 쳤다.

"서울 선생들이 애들 상대로 못 할 짓을 자주 했나 보군요. 그 참……"

나는 내가 생각해 낸 방법이 그렇게도 풀이될 수 있다는 게 도무지 이해
할 수 없었다. 그저 모두가 석대만을 편들고 있으며, 그래서 내 말은 무엇이
든 나쁘게만 받아들이고 있다는 게 속상하고 분하기 그지없었다.

갑자기 숨이 꽉 막히고 걷잡을 수 없이 눈물이 쏟아졌다. 전혀 기대한 적은
없지만 그 눈물이 의외의 효과를 냈다. 내가 갑자기 숨을 헉헉거리며 줄줄

눈물만 쏟아내고 있자 담임 선생이 약간 놀란 듯한 기색으로 그런 나를 올려 보았다. 그러다가 한참 뒤 책상 모서리에 담배를 비벼 끄며 조용히 말했다.

"좋아, 한병태. 네 말대로 다시 해 보자. 돌아가 있어."

드디어 어느 정도는 그도 문제의 심각성을 인식한 것 같은 표정이었다.

그래도 얕보이기는 싫어 내가 눈물 자국을 깨끗이 씻고 교실로 돌아가니 분위기가 이상했다. 아이들은 쿵쾅거리고 뛰어다닐 쉬는 시간인데도 교실 안은 연구 수업이라도 받고 있는 듯 조용했다. 그게 이상해 아이들이 눈길을 모으고 있는 탁자 쪽을 보니 거기 엄석대가 나와 서 있었다. 조금 전까지 무슨 얘기를 했는지 내가 들어서자 아이들을 보며 주먹만 높이 흔들어 보였다. 너희들 알았지―꼭 그렇게 말하고 있는 것 같았다.

다음 시간 담임 선생은 아예 수업을 포기한 듯 시험지 크기의 백지만 한 뭉치 달랑 들고 교실로 들어왔다. 그리고 엄석대가 차렷, 경례의 구령을 마치기 바쁘게 그를 불러 말했다.

"급장은 교무실로 가봐, 거기 내 책상 위에 그리다 온 학급 저축 실적 도표를 마저 그리도록. 다른 것은 해 두었으니까 막대만 붉은색으로 그려 세우면 돼."

엄석대가 나간 뒤 아이들에게 말하는 태도도 그전 시간과는 사뭇 달랐다.

"이번 시간에 여러분과 처리할 것은 엄석대 문제인데……. 지난 시간에 선생님이 묻는 방법에 잘못이 있었다. 이제 다시 묻는다. 여러분과 엄석대 사이에 아무런 문제가 없나? 단, 이번에는 팔을 들고 일어나거나 큰 소리로 말할 필요는 없다. 이름도 적지 말고 여기 이 시험지에 여러분이 당한 일만 쓰면 된다. 선생님이 알기로는 여러분 중에 엄석대에게 죄 없이 얻어맞은 사람도 많고 학용품이나 돈을 뺏긴 사람도 많다. 아무리 작더라도 그런 일이 있으면 모두 여기에 써라. 이것은 무슨 고자질이나 뒤돌아서서 흉을 보는 것과는 다르다. 학급을 위해서 그리고 여러분을 위해서 하는 일인 만큼 어느 누구의 눈치도 볼 것 없고 의논하거나 간섭받아서도 안 된다. 모든 일은 이 선생님이 책임지고 여러분을 지켜 주겠다."

그리고는 스스로 백지를 아이들에게 한 장 한 장 나누어주었다. 나는 그동안 그에게 품었던 야속함이나 원망이 눈 녹듯 스러짐을 느꼈다. 그리고 이번에야, 하는 기분으로 내가 아는 엄석대의 잘못을 모두 썼다.

그런데 여전히 알 수 없는 것은 아이들이었다. 한참 쓰다가 문득 주위를 둘러보니 열심히 쓰고 있는 것은 오직 나뿐이었다. 다른 아이들은 모두 서로서로를 흘금거릴 뿐 연필조차 잡고 있지 않았다. 오래잖아 담임 선생도 그 눈치를 알아차린 듯했다. 무언가를 잠시 생각하더니 아이들을 얽고 있는 마지막 굴레를 풀어 주었다. 그들 틈에 섞여 있는 눈에 보이지 않는 석대 편의 감시자들을 무력하게 만든 것이었는데—내가 보기에도 옳은 듯했다.

"아마도 내가 또 잘못한 것 같다. 내가 알고 싶은 것은 엄석대 개인의 잘못이 아니다. 나는 우리 반 모두가 안고 있는 문제를 알고 싶을 뿐이다. 따라서 하필 엄석대가 아니라도 좋다. 누구든, 무엇이든 잘못이 있는 사람은 모두 적어 내도록. 급우의 잘못을 알고도 숨겨주는 사람은 잘못한 그 사람보다 더 나쁠 수도 있다."

선생님이 다시 그렇게 말하자 이번에는 여저저기서 연필을 잡는 아이들이 생겨났다. 그걸 보고 나도 적이 마음이 놓였다. 이제는 그동안 감춰져 왔던 석대의 나쁜 짓들이 모두 드러날 것이다—나는 그렇게 믿으며, 그때껏 망설이던 짐작까지도 분명한 것인 양해서 석대의 죄상으로 백지의 나머지를 채워 나갔다.

이윽고 수업 시간이 끝난 걸 알리는 종이 울리자 담임 선생은 아이들에게 나눠 주었던 백지들을 도로 거두어 말없이 교실을 나갔다. 아무런 선입견이 없음을 보여 주려는 듯 어느 누구에게도 눈길 한 번 주는 법이 없었다.

나는 은근히 기대하면서 그 결과가 나오기를 기다렸다. 내가 교무실로 불러간 사이 석대가 아이들을 상대로 어떤 짓을 했는지 몰라도 이번만은 그의 모든 죄상이 어김없이 백일하에 드러날 줄 나는 굳게 믿었다.

우리들의 그 무기명^{無記名} 고발장을 다 읽고 오느라 그랬는지, 다음 시간 선생님은 한 십 분쯤 늦게 교실로 돌아왔다. 그러나 내 기대와는 달리 그는 자신이 읽은 것에 대해서는 한 마디 내비치지도 않고 수업에 들어갔다.

다음 시간, 다음 시간도 마찬가지였다. 선생님은 마치 아무 일도 없었던 것처럼 수업만 해 나갈 뿐이었다. 수업 중 이따금 나와 눈길이 마주칠 때도 있었으나 그때조차도 특별한 조짐은 아무것도 느껴지지 않았다. 그러다가 종례까지 끝난 뒤에야 비로소 담임 선생은 날 불렀다.

그때 나는 이미 까닭 모를 불안에 두어 시간이나 시달린 뒤였다. 처음 아이들로부터 자신이 없는 동안 교실에서 일어난 일을 들을 때만 해도 석대의 얼굴은 드러나게 어두웠다. 셋째 넷째 시간만 해도 여전히 풀이 죽어 있었는데—점심시간이 지나자 갑자기 달라졌다. 전처럼 오만하고 자신에 찬 태도로 되돌아가 이따끔씩 내게 가엾다는 듯한 눈길을 보내는 것이었다. 내가 까닭 모를 불안에 시달리기 시작한 것은 바로 그 때문이었다.

"우선 이걸 봐라."

내가 주뼛거리며 교무실로 들어서자 담임 선생은 먼저 그 무기명無記名 고발장 뭉치부터 내게 내밀었다. 나는 떨리는 손으로 그걸 받아 하나씩 들춰 보았다. 담임 선생의 거듭된 당부에도 불구하고 절반은 백지였는데, 놀라운 것은 무언가가 쓰인 그 나머지 절반의 내용이었다.

정확히 헤아 서른 두 장 중에 열다섯 장이 나의 이런저런 잘못들을 들추고 있었다. 등하굣길에서의 군것질, 만화 가게 출입 같은 것에서 교문 아닌 뒤쪽 철조망으로 학교를 빠져나간 것이며 남의 오이밭에서 대나무 지주를 걷어찬 것, 다리 밑에 묶어 둔 말 엉덩이에서 말총 뺀 것 따위 그 시절에 저지를 법한 자질구레한 비행非行 잘못되거나 그릇된 행위들이 내 기억 속보다 더 가지런하게 거기 나열되어 있는 것이었다. 담임 선생이 서울의 선생보다 추하고 멍청하다고 한 말을 몇 배나 튀겨 적어 놓았는가 하면, 이웃집에 사는 윤희라는 6학년 여자아이와 몇 번 논 걸 내가 그 여자애와 '삐꾸쳤다'는 상스러운 말로 일러바치고 있기도 했다.

내 다음으로 많은 것은 약간 저능 기미가 있는 김영기란 아이의, 악성惡性에 따른 못된 짓이라기보다는 머리가 나빠 저지른 실수 대여섯 개였다. 그 다음이 고아원생인 이희도란 아이의 나쁜 짓 서넛에 또 누구 두어 명 하는 식이었는데, 기막힌 것은 엄석대였다. 그의 비행이 적힌 시험지는 단 한 장, 내가 쓴 것뿐이었다.

(중략)

만약 싸움이란 게 공격 정신이나 적극적인 방어 개념으로만 되어 있다면 석대와의 싸움은 그날로 끝이었다. 그러나 불복종이나 비타협도 싸움의 한 형태로 볼 수 있으면 내 외롭고 고단한 싸움은 그 뒤로도 두어 달은 더 이어진다. 어른들 식으로 표현한다면, 어리석은 다수 혹은 비겁한 다수에 의해 짓밟힌 내 진실이 무슨 모진 한처럼 나를 버텨나가게 해 준 것이었다.

이미 내 수단이 다하고 궁리가 막힌 게 다 드러난 셈이건만 신중한 석대는 그날 이후도 직접으로는 나와의 싸움에 나서지 않았다. 그러나 그 공격은 전보다 몇 갑절이나 더 집요하고 엄중했고, 따라서 내게는 그때부터 전보다 몇 갑절이나 더 괴롭고 고단한 학교생활이 시작되었다.

· 뒷부분 줄거리

'나'는 긴 저항 끝에 엄석대에게 굴복하고, 그 대가로 엄석대로부터 특별 대우를 받으며 아이들과 어울릴 수 있게 된다. 그러나 6학년이 되면서 바뀐 젊은 담임은 엄석대와 아이들의 이상한 질서를 의심하고, 결국 엄석대의 권력은 그에 의해 무너지게 된다. 어른이 되어 엄석대를 잊고 살던 '나'는 어느 날 수갑을 찬 채 형사에게 끌려가는 엄석대를 보게 된다. 집에 돌아온 '나'는 엄석대를 생각하며 술잔을 비운다.

 만화로 읽는 '우리들의 일그러진 영웅'

발단   엄석대가 학급 아이들에게 절대 권력을 행사함

전개 담임은 엄석대의 권력 행사를 방관함

위기 '나'는 엄석대에게 항복하고 엄석대와 함께 어울림

절정 새로운 담임이 오고 엄석대의 권력이 무너짐

결말 시간이 흘러 '나'는 범죄자가 된 엄석대를 만남

생각해 볼까요?

 선생님 이 작품에는 작가가 현실 세계를 바라보는 관점이 투영되어 있어요. 어떤 부분인지 말해볼까요?
💬 2　♥ 2

↳ **학생 1** 병태는 일류 대학을 거쳐 사회에 나오지만, 그곳도 엄석대가 지배하던 학급과 다를 바 없음을 깨달아요. 작가가 세상을 교활하고 기회주의가 넘치는 곳으로 파악하고 있음을 드러내요.

↳ **학생 2** 작품의 결말에서 엄석대는 범죄자가 되는데, 이는 이 세상을 지배하는 것이 악은 아니라는 점을 시사해요.

 선생님 「우리들의 일그러진 영웅」이 우의적인 이유는 무엇일까요?
💬 2　♥ 2

↳ **학생 1** 독재 정권이라는 당시의 상황을 초등학교 교실이라는 상징적 장소에 빗대어 비판하였기 때문이에요.

↳ **학생 2** 자신의 힘을 과시하며 절대 권력을 휘두르는 급장 엄석대는 독재자를, 이에 굴복하고 엄석대의 손발 노릇을 하는 아이들은 권력에 복종하는 보통 사람들을, 석대의 횡포에 항거하지만 결국 현실에 순응하고 마는 한병태는 나약한 지식인의 모습을 나타내요. 이런 모습은 4·19 혁명 전후 시대에 일어난 권력의 형성과 몰락을 압축적으로 보여 줘요.

「우리들의 일그러진 영웅」의 또다른 결말　▽ 🔍

연관 검색어　리얼리티　악의 승리　권력에 순응

「우리들의 일그러진 영웅」의 작가 이문열은 세 가지 다른 내용의 결말을 준비해 놓고 있었다고 밝혔다. 다음은 작가가 쓰지 않은 결말이다.

강릉에 도착한 한병태는 숙소를 예약하지 않아 곤란을 겪고 있던 차에 외제 승용차를 타고 있는 엄석대를 만난다. 엄석대는 병태에게 고급 호텔을 예약해주고 병태의 가족들을 특별 뷔페에 데려다준다. 엄석대는 6학년 반장 선거 때 무효표가 단 두 개 나왔던 사건을 언급한다. 그 한 표는 병태 너의 것이었을 거라고 짐작하였다고 말하며 귀중한 한 표를 잊을 수 없었다고 말한다. 그러면서 같이 일해볼 것을 제안한다. 성공한 엄석대가 또다시 권력을 행사하고 이런 석대에게 점차 순응하는 한병태의 모습은 원작의 결말과는 다른 점에서 생각할 바를 제시한다.

권정생
(1937~2007)

일본 도쿄 출생. 혼마치의 빈민가에서 태어난 권정생은 청소부였던 아버지가 주워 온 헌책 더미에서 오가와 미메이의 동화, 오스카 와일드의 작품을 읽으며 성장하였다. 해방 직후 한국으로 돌아와 나무장수, 고구마 장수, 담배 장수, 재봉 기상회의 점원, 일직 교회의 종지기로 일하였다. 평생 작은 오두막에서 병고에 시달리는 삶을 살았으나 200편에 가까운 단편·장편 동화와 동시, 산문, 소설을 남겼다.

제2차 세계 대전과 6·25 전쟁이라는 두 번의 전쟁에서 겪은 고통스러운 경험은 그의 작품에서 반전·반폭력이라는 주제로 나타났다. 또한 그는 타령과 민요, 많은 이야기를 들려주었던 어머니로부터 강한 모성과 생명력, 타인에 대한 헌신과 같은 정신적 기질을 물려받았다. 동화 「강아지똥」, 「몽실언니」, 소설 「한티재 마을」, 동시집 「어머니 사시는 그 나라에는」 등 그의 작품에는 주로 힘없고 약한 존재들에 대한 깊은 사랑과 자기희생, 그리고 한국 현대사가 남긴 상처와 구원이 그려져 있다. 권정생은 철저한 무소유와 나눔의 자세를 흩뜨리지 않고 걸어간 작가로서 자발적 가난과 평화, 그리고 마을 공동체의 회복을 역설하는 사상가로도 자리매김되고 있다.

몽실언니

#모성   #인간애   #전쟁의비극   #구원

⚓ 작품 길잡이

갈래: 현대 소설, 성장 소설
배경: 시간 - 6·25 전쟁 시기 / 공간 - 서울
시점: 3인칭 전지적 작가 시점
주제: 전쟁과 가난의 비극과 자기희생적 모성의 위대함
출전: 『몽실언니』[1984]

📷 인물 관계도

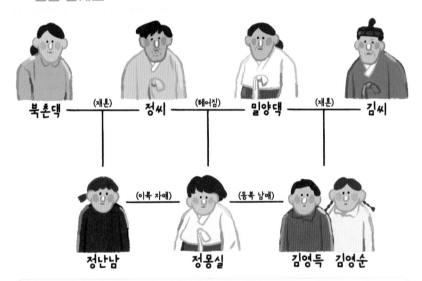

정몽실 새아버지의 폭력으로 절름발이가 되고 전쟁과 가난으로 부모를 잃지만 따뜻한 모성
과 희망을 가지고 살아간다.
정씨 몽실의 친아버지로 전쟁으로 얻은 상처 때문에 죽게 된다.
밀양댁 몽실의 친어머니로 가난 때문에 김씨와 재혼한다.

📑 구성과 줄거리

발단   해방 후 고향으로 돌아온 몽실 가족이 해체됨

몽실네는 해방 후 외국에서 돌아온 가난한 가족이다. 어머니 밀양댁은 가난 때문에 남편을 버리고 댓골마을 김씨와 재혼한다. 새아버지의 폭력으로 다리를 절게 된 몽실은 친아버지 정씨에게 돌아간다. 전쟁이 터지고, 정씨는 군대로 끌려간다. 몽실은 새어머니 북촌댁과 서로 의지하며 지내지만 북촌댁은 난남을 낳고 죽는다.

전개   몽실은 6·25 전쟁을 겪으며 성장함

마을에 인민군이 들어와 사람들을 무자비하게 죽이지만, 인민군 중에는 마을 사람들을 보호해 주는 착한 사람들도 있다. 전쟁 속에서 마을 처녀들은 양공주가 된다. 몽실은 양공주들이 낳은 죽은 아기들을 끌어안고 쓰레기 더미 틈새에서 운다.

위기   전쟁이 끝난 후 몽실은 가족을 돌보며 지냄

전쟁이 끝난 후 아버지는 다리를 심하게 다친 채 돌아온다. 몽실은 깡통을 차고 장터거리에 나가서 구걸한다. 친어머니 밀양댁은 아기를 사산한 후 심장병으로 죽는다. 몽실은 어머니가 다른 동생 난남이와 아버지가 다른 동생 영득, 영순을 모두 보살피며 살아간다.

절정   아버지가 죽고 동생들과 흩어짐

전쟁에서 다친 아버지의 상처가 점점 깊어지자 자선 병원에 가지만, 아버지는 병원 문 앞에서 차례를 기다리다가 죽는다. 동생들은 뿔뿔이 흩어지고, 몽실은 동생들을 찾아 나선다.

결말   30년 후 몽실은 가족과 함께함

몽실은 구두 수선장이인 남편과 결혼해 남매의 어머니가 되고, 영득, 영순과 의좋게 연락을 주고받는다. 몽실은 폐결핵으로 요양소에 입원해 있는 난남이를 한 달에 한 번씩 찾아간다.

몽실언니

몽실네는 해방 후 외국에서 돌아온 가난한 가족이다. 아버지 정씨는 날품을 팔고 어머니 밀양댁은 구걸을 한다. 밀양댁은 가난 때문에 남편 정씨를 버리고 댓골마을 김씨한테 시집을 간다. 밀양댁은 새 남편한테서 동생 영득이를 낳고 새아버지 김씨는 몽실을 구박한다. 몽실은 새아버지의 폭력으로 다리를 절게 된다. 몽실은 남의 집에서 머슴으로 얹혀살고 있는 친아버지 정씨에게 돌아간다. 정씨는 몸이 약하고 착한 북촌댁에게 새장가를 들고, 몽실은 북촌댁과 서로 의지하며 지낸다.

동생 난남이

칠월 중순 북촌댁은 아기를 낳았다.

그러나 그때는 아주 어려운 시기였다. 전쟁이 일어난 지 스무날이 되었고, 이웃들은 모두 피난 짐을 싸고 있었다.

사흘 전에 청년들은 일선一線 적과 맞서는 맨 앞의 전선 으로 끌려갔다. 그 가운데 서른 살이 넘는 장년들도 몇 있었다. 몽실네 아버지 정씨도 그들과 함께 싸움터로 불려간 것이다.

"몽실아, 어떡하지? 아버지가 가시면……."

북촌댁은 면장이 갖다 준 입대 통지서를 들고 바들바들 떨고 있었다.

"싸움터에 가면 오래 있다 와요?"

몽실은 잘 알 수 없어서 그렇게 물었다.

"싸움터에 가면 살아 돌아오기 어렵단다. 총으로 서로 쏘아 죽이는 곳이야."

"공비共匪 공산당의 유격대 들하고 총싸움하듯이 그렇게 싸우는 곳이어요?"

"그것보다 몇 갑절 더 위험한 곳이야."

몽실의 가슴이 방망이질했다. 아버지가 그런 위험한 곳에 끌려간다니 소름이 끼치도록 무서웠다.

"가지 않으면 안 돼요, 어머니?"

"안 가도 된다면 오죽 좋겠니? 그러나 가야 된단다. 그건 아버지 마음대로 할 수 없는 일이니까."

정씨는 면사무소 앞에서 트럭에 실려 일선으로 그렇게 가 버린 것이다.

지난 6월 25일 새벽에 일어난 전쟁은 북한의 인민군이 더 강했는지, 국군은 남으로 남으로 후퇴만 하고 있다고 했다.

"노루실 _{경상북도 안동시 서후면 성곡리} 까지 피난민이 내려온대요. 어떡하면 좋지요?"

"우리도 봇짐 _{등에 지기 위하여 물건을 보자기에 싸서 꾸린 짐} 을 싸야겠어요. 전쟁이 밀어닥치면 쫓겨 가야 하지 않겠어요?"

마을 사람들은 어떻게 되나 가슴을 죄면서 일손조차 잡지 못했다. 모내기를 끝내고 어머니들은 삼밭의 삼을 거두려고 계획하고 있었다. 생전 처음 보는 비행기가 무서운 소리로 날아가고 있었다.

"어머니, 전쟁이 닥치면 어떻게 되어요?"

몽실은 떠돌아다니는 소문만 듣고는 궁금하기 그지없었다.

"아버지가 전에 얘기하셨잖니? 일본에서 폭격으로 고생했다고 하던데……."

"그랬어요. 살던 집이 불타고 사람들이 폭탄에 맞아 죽었다고요."

"그런 일 나는 겪어 보지 않았지만, 얘기만 들어도 무섭더라."

"왜 그렇게 무서운 전쟁을 하는 거여요?"

"서로 남의 나라 땅을 빼앗으려고 그런단다."

몽실은 그때까지 전쟁의 무서움, 슬픔 같은 것을 몰랐다.

정씨가 떠나고 난 다음 날부터 북촌댁은 몹시 괴로워했다. 아기를 낳는 일이 얼마나 어려운 일이라는 것도 몽실은 처음 알았다. 댓골 밀양댁이 영득이를 낳을 때 그냥 쉽게 낳아 버린 것으로 알고 있었다. 어느 날, 자고 났더니 어머니가 아기를 낳았다고 할머니가 기뻐하던 것만 기억하고 있었기 때문이다.

북촌댁은 하루 종일 밤새도록 몸부림을 친 끝에 정말 가까스로 아기를 낳았다. 남주네 어머니가 오고 이웃집 장골 할머니가 와서 아기 낳은 뒤의 바라지 _{음식이나 옷을 대어 주거나 온갖 일을 돌보아 주는 일} 를 했다.

몽실은 장골 할머니가 시키는 대로 하루 종일 들락날락거렸다. 북촌댁은 몇 번이나 까무러쳤다. 식은땀이 온 얼굴을 세수한 것처럼 흘러내렸다.

그렇게 애써 낳은 아기가 예쁜 계집애였다.

"아버진 아들 낳기를 소원하셨는데……."

북촌댁은 몹시 섭섭한 듯이 멀거니 천장을 바라보며 중얼거렸다.

"딸이라도 괜찮아. 이렇게 무사히 낳아 준 것만도 얼마나 고마운지 삼신

할매한테 감사해야지."

장골 할머니도 남주네 어머니도 한숨 돌리며 기뻐했다.

"먹을 쌀이 있나?"

장골 할머니가 방 안을 둘러보며 물었다.

"우리 몽실이가 쌀하고 미역 사 놓았어요."

북촌댁이 말했다.

"몽실이가?"

남주네 어머니와 장골 할머니가 함께 몽실을 바라보았다.

"아버지 계실 때 여쭈었더니 주인집 쌀을 얻어 주셨어요."

몽실은 보퉁이에 깊이 감춰 뒀던 쌀과 미역을 내놓았다.

"에그, 기특도 하구나, 정말 기특하구나."

남주네 어머니가 쌀을 씻어 안치고 미역을 안쳐 첫국밥을 지어 왔다.

그러나 북촌댁은 그것을 먹지 못했다. 어느 사이엔지 북촌댁의 얼굴에 핏기가 가셔 가고 있었다. 백지장처럼 하얗다가 파아랗게 질렸다가 숨이 끊어졌다가 다시 이어지면서 점점 정신을 잃고 있었다.

어떤 일이 일어나도 몽실은 울지 않기로 했으면서도 몽실은 자꾸 눈물이 나오려고 했다.

"북촌댁, 정신 차려요. 그리고 얼른 밥을 먹어야지. 애기한테 젖을 먹여야 하는데, 먹지 않으면 젖이 안 나와요."

남주네 어머니가 밥그릇을 머리맡에 놓고 한사코 권했다. 그러나 북촌댁은 실눈만큼 눈을 떴다간 다시 감아 버리는 것이었다.

하루가 지나고 이틀이 지났다.

아기에게 젖꼭지를 물렸지만 나오지 않았다. 남주네 어머니가 젖꼭지를 비틀어 짜 보니 조그만 하얀 물방울이 몇 방울 흘러나왔다. 아기에게 그 젖 꼭지를 물렸더니 몇 모금 빨았다.

사흘 만에 북촌댁은 눈을 떴다.

"어머니!"

몽실은 저도 모르게 목이 메면서 눈물이 나와 버렸다.

북촌댁은 몽실을 멀거니 쳐다보았다.

"몽실아……"

힘없이 몽실을 불렀다.

"어머니, 어서 일어나 밥하고 국하고 잡수셔요, 네. 어머니……."

"몽실아……."

"왜 그러셔요, 어머니……?"

"몽실아, 아기 업고 고모네…… 고모네 집에 찾아가거라…… 응…… 몽실아…… 몽실…… 아……."

북촌댁은 그 이상 말을 못 했다. 간신히 말끝을 흐리면서 그대로 숨을 거두어 버린 것이다. 앞산 너머 양지쪽에 북촌댁은 아무렇게나 묻혔다.

그리고 그날 밤, 마을은 발칵 뒤집혔다. 국군이 쫓겨 가면서 낯선 인민군들이 탱크를 타고 건너편 신작로로 유유히 나타났기 때문이다.

미리 보퉁이를 싸 놓은 마을 사람들은 밤을 타서 피난을 나갔다. 몽실은 갓난아기를 안고 어떻게 할 줄을 몰랐다.

"할머니, 어떻게 해요? 이 아기는 아무것도 먹지도 않았어요."

장골 할머니한테 몽실은 애원하듯 말했다.

"에그, 불쌍한 것들……."

할머니는 아기를 받아 안았다.

"몽실아."

"예."

"쌀이 아직 있지?"

"예."

"그걸 한 줌만 갖고 오너라."

몽실은 달려가서 쌀을 가지고 왔다. 장골 할머니는 그 쌀을 입에 넣어 오래오래 꼭꼭 씹었다. 그러고는 씹은 쌀을 가지고 죽을 끓였다.

"몽실아, 이걸 아기에게 조금씩 떠먹여라."

몽실은 그 암죽^{곡식이나 밤의 가루로 묽게 쑨 죽}을 조금씩 조금씩 아기 입에 떠넣었다. 이기는 먹을 것이 입으로 늘어가자 힘이 나는지 신통하게 그것을 받아 삼키는 것이었다.

"난남아, 죽지 말고 살아라, 너희 애비 돌아오면 만나 봐야지."

장골 할머니가 아기를 안고 기도하듯이 중얼거렸다.

"할머니, 난남이가 뭐여요?"

몽실이 물었다.

"난리 통에 태어났으니 난남이지 뭐니? 아기 이름이야. 너희 아버지가 오시면 좋은 이름 지어 줄 테니 그때까지 그렇게 부르자꾸나.”

“난남이……."

몽실은 아기 얼굴을 가만히 들여다봤다.

그날 밤으로 피난을 나갔던 사람들 가운데에서 얼마의 사람들은 길이 막혀 되돌아오고 있었다. 그 가운덴 을순이네와 남주네도 섞여 있었다. 몽실은 기뻤다. 온 마을이 텅텅 비었다가 이렇게 다시 찾아와서 마음을 놓게 된 것이다.

인민군들이 동네 창고로 몰려와서 머물렀다. 마을에 남아 있던 남자들이 인민군 부대에 나가 부역을 했다. 장골 할아버지도 남주네 아버지도 나갔다. 무거운 탄알 상자도 나르고 음식도 날랐다.

부인들은 인민군들이 먹을 음식을 준비하느라 무척 고생을 했다. 마침 보리와 감자는 거둬들였기 때문에 보리밥은 먹을 수 있었지만, 그 많은 밥을 짓기가 힘이 들었다.

인민군들은 자꾸 산으로 몰려왔다. 비행기가 날아와 쉴 새 없이 폭격을 했다. 산 너머 어디쯤엔가 밤이면 불길이 솟으면서 대포 쏘는 소리가 쿵쿵 울렸다. 인민군 부상자들이 들것에 들려 왔다. 빈집마다 부상 입은 군인들로 가득 찼다.

아이들은 전에 최 선생이 한글을 가르치던 동네 창고에 모여 인민 교육을 받았다. 인민군 노래도 배우고 혁명 얘기도 들었다.

몽실은 난남이를 안고 아무 데도 갈 수 없었다. 뙤약볕이 내리쬐는 한낮이면 이곳저곳 처마 밑 그늘을 찾아 난남이를 보호해야 했다. 쌀을 씹어 암죽을 끓여 먹이지만, 난남이는 자꾸 보채고 울었다. 조그만 손은 병아리 발가락처럼 뼈만 남았다.

“장골 할머니, 아무래도 난남이는 죽으려나 봐요.”

몽실은 장골 할머니에게 구원을 받아야겠다는 생각에서 난남이를 안고 갔다.

“몽실아, 난남이 이리 다오. 저기 한번 가 보자.”

장골 할머니는 난남이를 안고 갓난아기가 있는 집을 찾아 나섰다. 감나무집 종구네 어머니한테 제일 먼저 갔다.

“어머나! 가엾게도 젖을 못 먹어 이렇게 되었군요.”

종구네 어머니는 난남이를 안고 가슴을 헤쳐 젖을 물렸다. 난남이는 매달리듯 젖꼭지를 물고 정신없이 빨았다. 한참 동안 젖을 빨자, 종구네 어머니 얼굴에 놀라는 표정이 나타났다. 그러더니 난남이를 매정하게 떼어 놓았다.

"그만 먹여도 되겠죠? 우리 종구 먹을 걸 남겨야 하니까요."

"종구 엄니, 조금만 더 빨려요. 조금만 더 먹여 주구려."

장골 할머니가 간곡히 부탁했다. 그러나 종구네 어머니는 새침하게 고개를 돌렸다.

"싫어요!"

장골 할머니는 가만히 한숨을 쉬었다. 곁에서 보고 있던 몽실은 미안하기도 하고, 섭섭하기도 했다. 난남이가 자꾸 불쌍해졌다.

"몽실아, 이만해도 고맙지. 안고 가거라."

장골 할머니가 난남이를 몽실의 가슴에 안겨 줬다. 그런데 난남이는 젖을 먹었기 때문인지 어느새 새근새근 잠이 들어 있었다.

몽실은 난남이를 안고 비탈길을 올라갔다.

'어머니…… 어머니…….'

죽은 북촌댁의 얼굴이 자꾸 앞을 가렸다.

'사람은 왜 죽지 않으면 안 되는 걸까?'

몽실은 싸움터에 간 아버지를 생각했다. 아버지는 지금쯤 어디서 어떻게 싸우고 있는 것일까? 인민군들의 세상이 되어 버린 마을은 앞으로 어떻게 되는 것일까?

'댓골 엄마는, 그리고 영득이는?'

몽실은 난남이를 들여다봤다.

"난남아, 인민군이 떠나거든 우리 둘이 고모한테 가자, 응?"

어디서 대포 소리가 쿵쿵 울려 왔다.

이상한 인민군

"어이쿠어이쿠, 잘 먹는다. 난남아, 많이 먹고 얼른얼른 크거라."

몽실은 난남이에게 암죽을 먹인다. 난남이는 언니가 먹여 주는 죽을 꼴딱 꼴딱 잘 받아먹었다. 몽실은 즐거웠다. 난남이가 죽을 먹는 것이 무엇보다 기뻤다.

몽실은 무더위를 피해 그늘을 찾아다니며 난남이를 안고 보살폈다. 마을엔 인민군 부대가 자꾸 내려와 며칠씩 머물렀다가 떠나곤 했다.

"몽실아, 국기 달아라. 높이높이 달아야 한다."

남주네 아버지 박씨 아저씨가 집집마다 다니며 알려 주고 있었다. 박씨 아저씨는 인민군 대장이 시키는 대로 일하느라 하루 종일 바빴다.

아이들은 동네 창고에서 배운 인민 국가를 부르고 다녔다.

"아아 위대한 수령님 김×× 장군……."

몽실은 기를 끄집어내었다. 그건 지난번 삼일절에 내다 걸었던 빛바랜 태극기였다.

"난남아, 조금만 기다려라. 언니가 국기 달아 놓고 올게. 조금만, 응?"

기다란 장대 끝에 태극기의 귀 쪽에 붙은 끈을 비끄러매었다. 그리고 돌담 옆으로 비스듬히 세웠다.

난남이가 그새 방바닥에서 앙앙 울기 시작했다. 두 주먹을 꼭꼭 쥐고 우는 난남이 목소리는 비단을 찢는 듯한 애끊는 울음소리였다.

몽실은 장대를 세워 두고 다시 안으로 뛰어 들어갔다.

"난남아, 언니 여깄다. 울지 마, 울지 마."

신통하게도 난남이는 울음을 금방 그쳤다. 몽실은 난남이를 업었다. 띠를 꼭꼭 묶고는 밖으로 나왔다. 옹배기^{둥글넓적하고 아가리가 쩍 벌어진 아주 작은 질그릇}로 물을 길러 가려고 부엌으로 갔다.

그때 비탈길로 누가 달려오는 기척이 났다. 헐떡거리며 뛰어오는 사람은 인민군 청년이었다. 청년은 방금 몽실이 달아 놓은 태극기가 걸린 장대를 낚아채듯이 쓰러뜨렸다.

"아저씨……."

몽실이 질겁을 하면서 인민군 청년을 부르는데, 청년은 들은 척 만 척했다. 장대 끝에 달린 태극기를 잡아떼더니 그대로 북북 찢어 버린다.

"그건 박씨 아저씨가 달라고 한 거여요. 찢으면 안 돼요!"

몽실은 무서운 것도 잊어버리고 인민군 청년 앞으로 뛰어갔다. 절뚝거리며 다가가는 몽실이의 모습을 본 청년은 찢어진 국기를 둘둘 뭉쳐 손에 움켜 쥐었다.

"박씨 아저씨가 달라고 한 국기는 이게 아니고 인민 국기인 거야."

"……."

몽실은 그때서야 정신이 번쩍 들었다. 그저께 박씨 아저씨가 갖다준 붉은 인민 국기를 깜빡 잊고 태극기를 달았던 것이다.

"너, 큰일 날 짓을 했어. 이런 짓 하면 끌려가서 죽는다. 아니?"

몽실은 새파랗게 질렸다.

"어서 성냥 갖고 오너라. 이건 집 안에 두면 안 돼! 태워 버려야 한다."

몽실은 부엌으로 가서 아궁이를 헤쳤다. 거기 묻어 둔 불씨를 꺼내어 솔가지 잎에 대고 훌훌 불었다. 불이 잘 붙지 않으니까 인민군 청년이 빼앗아 힘껏 불었다. 불은 이내 후드득 붙어 타올랐다. 솔가지를 우둑우둑 분질러 우악스럽게 아궁이에 넣고 찢어진 태극기를 처넣었다. 매캐한 연기가 나면서 국기는 깨끗이 탔다.

까맣게 탄 국기가 하얀 재가 되어 가는 것을 본 몽실은 그제야 청년에게 물었다.

"아저씨, 태극기는 이제 우리나라 국기가 아니어요?"

청년은 몽실의 물음에 잠시 밖을 두리번두리번 살폈다. 아직도 겁먹은 듯한 모습이었다.

"그래, 이젠 인민의 나라가 되었어. 그래서 국기도 달라진 거지."

"그럼 우리 아버진 어떻게 되는 거여요?"

"너희 아버지가 어쨌는데?"

"싸움터에 갔어요. 공산군을 쳐부순대요."

"입 다물어!"

청년이 황급히 몽실의 입을 큰 손으로 막았다.

"누가 묻거든 그렇게 말해선 안 돼! 아버진 어디 갔는지 모른다고 해."

청년은 몽실의 입에서 손을 떼었다. 둘은 부엌 바닥에 그냥 퍼질러 앉았다. 몽실은 난남이를 등에서 내려 안았다.

"동생이냐?"

청년이 물었다.

"예."

"엄마는 밖에 나갔니?"

"죽었어요."

몽실은 눈물이 왈칵 솟았다. 그러나 꾹 참았다. 북촌댁과 울지 않기로 약속했던 것을 기억했기 때문이다.

"그럼 넌 이 아기랑 혼자 사니?"

"예, 아니어요. 댓골 가면 우리 엄마가 있어요."

"방금 엄마는 죽었다고 했잖니?"

"······."

몽실은 대답을 못 했다.

"너, 이름이 뭐냐?"

청년이 물었다.

"몽실이어요."

"몽실이! 이쁜 이름이구나."

"앤 난남이어요."

"난남이?"

청년은 빙그레 웃었다.

"나, 시간 있으면 이담에 올게. 지금은 가 봐야 한단다."

청년은 몽실의 가슴에 안긴 난남이의 조그만 손을 꼭 쥐었다가는 놓고 황급히 달려 나갔다. 몽실은 왠지 갑자기 외로움이 가슴 안으로 몰려왔다. 인민군 청년이 잠깐 동안 남기고 간 사람의 정이 몽실을 외롭게 한 것이다.

사람은 누구나 사랑을 느꼈을 때만이 외로움도 느끼는 것이다. 그것이 친구든, 부모님이든, 형제든, 낯모르는 사람이든, 사람끼리만이 통하는 따뜻한 정을 받았을 땐 더 큰 외로움을 갖게 되는 것이다.

그날 해 질 녘이었다.

몽실은 난남이 때문에 하루 종일 지쳤다. 봉당 옆 그늘에 거적을 깔고 잠깐 누웠다가 잠이 들었다.

갑자기 누가 부르는 소리에 잠이 깨 보니 곁에 남주가 와 있었다.

"몽실아, 나랑 구경 가자."

"무슨 구경이 있니?"

몽실은 아직 잠이 덜 깬 눈을 비비며 물었다.

"앞 냇가에 사람들이 모였단다. 삼거리 사람이랑 까치바윗골 사람이랑 모두 모인댔어."

"왜, 무엇 하러 모두 모이니?"

남주는 잠깐 망설이다가 몽실의 귀에 입을 갖다 대었다.

"사람을 죽인대."

"뭐라고?"

몽실이 놀라 남주를 쳐다봤다.

"인민 해방에 방해한 사람들을 죽인단다. 모조리······."

몽실은 난남이를 업었다.

남주를 따라 앞 냇가 둑으로 나갔다. 사람들이 북적거렸다.

"남주야, 너무 가까이 가지 말자."

"그래, 여기서 보자꾸나."

둘은 냇둑 가장자리에 겁먹은 채 서 있었다. 해가 서산으로 점점 기울고 붉은 노을이 온 강변을 뒤덮었다.

따발총을 둘러멘 인민군이 저벅저벅 줄지어 사람들 사이를 뚫고 나타났다. 그리고 조금 떨어져서 어떤 할아버지 한 분이 몹시 야윈 모습으로 따라왔다.

"까치바윗골 앵두나무집 할아버지야. 전에 공비였던 아들한테 떡 해 주었다고 지서_{호롯 경찰 지서}에 끌려갔던 할아버지야."

남주가 조용조용 속삭였다.

앵두나무집 할아버지는 인민군 대장에게 두 손을 모아 빌고 있었다.

"목숨만은 살려 주시구려. 죽이지는 마시구려."

인민군 대장은 아무런 대답도 하지 않았다.

곧 밧줄로 묶인 사람들이 나타났다. 장터 면사무소의 면장님과 지서 순경도 있었다. 앵두나무집 할아버지는 두 손을 모아 빌고 있었다.

"이러면 안 됩니다. 사람을, 사람을 죽여서는 안 됩니다."

노을이 온통 핏빛이 되어 사람들의 얼굴을 물들였다. 새빨간 얼굴이 흡사 도깨비처럼 이상야릇해진 사람들은 짐승들만 같았다.

"남주야, 그만 집에 가자. 무섭다."

"그래, 가자. 보지 말자."

몽실이 오두막집으로 돌아와 마당에 들어서는데, 따따따따…… 하는 총소리가 났다.

몽실은 난남이를 안고 귀를 꼭 막았다. 아까 낮에 태극기를 찢어 불태우던 인민군 청년이 생각났다.

'앵두나무집 할아버지는 그토록 살려 달라고 했는데도 저렇게 죽이는구나. 인민군 아저씨도 나 때문에 위험을 무릅쓰고 태극기를 내려 주었어.'

몽실은 난남이를 보듬어 안고 줄곧 떨었다.

'아버지, 어디서 무얼 하세요? 공산군을 쏘아 죽이러 갔는데 공산군은 이렇게 쳐들어와서 사람을 죽이고 있잖아요. 어머니, 난남이가 불쌍하지 않으셔요? 왜 죽었어요? 그리고 댓골 엄마, 엄마는 지금도 부자여요? 거긴 공산군이 안 왔어요? 지금 난 이렇게 엄마도 아버지도 없는 아기를 안고 혼자 무섭게 떨고 있어요. 먹을 것도 없어요. 난남이한테 죽을 쑤어줄 쌀도 떨어졌어요. 엄마, 엄마⋯⋯.'

방 안이 캄캄해졌다. 어느새 문밖으로 보이는 하늘에 별이 반짝이고 있었다. 앞 냇가에서 울리던 총소리도 그쳤는데, 동네 골목길로 인민군들이 군가를 요란하게 울려 퍼뜨리며 걸어가고 있었다.

인민군들은 요즘 비행기 폭격을 피해 낮에는 숲속이나 집 안에서 잠을 자고, 밤에는 싸움터로 나갔다. 인민군이 시키는 부역도 밤에 더 많았다.

군가 소리가 사라지고 골목길이 조용해졌다. 안겨 있던 난남이가 칭얼거렸다. 낮에 끓여 준 암죽이 이젠 다 사그러져 ^{기운이나 현상 따위가 가라앉거나 없어져} 얼마나 배가 고플까. 쌀은 다 먹고 없다.

몽실은 조용하고 어두운 골목길로 나갔다. 난남이를 업고 장골 할머니한테 가 보기로 한 것이다. 할머니네 오두막에 불이 켜져 있었다.

"할머니!"

"누구얏!"

날카로운 젊은 여자 목소리였다.

"할머니, 안 계셔요?"

몽실은 좀 무서운 생각이 들었다.

"할머니를 왜 찾니?"

군인 하나가 나왔다. 몽실은 자세히 봤다. 틀림없는 인민군인데 모습이 달랐다.

'여자 인민군?'

몽실은 좀 이상한 생각이 들었다.

"할머니 안 계시면 가겠어요."

"아니야, 할머닌 곧 오신다. 들어와 기다려라."

예쁘고 상냥한 여자 목소리가 아까 날카롭게 묻던 그 여자인지 알 수 없었다.[1] 몽실이 어떻게 할까 망설이니까, 여자는 몽실의 손을 잡고 안으로 들어갔다.

---

1) 노을 아래에서 마을 사람들을 쏘아 죽이던 인민군과는 상반되는 모습이다. 태극기를 불태워 준 인민군 청년처럼 어린아이를 다정하게 대하고 있다.

"아기를 업었구나. 동생이니?"

방 안에는 다른 몇 사람의 여자 인민군이 커다란 지도를 펼쳐 놓고 둘러앉아 무언가 의논을 하고 있었다.

"누군데 함부로 방 안에 들여놓는 거야?"

한가운데 앉은, 목소리가 좀 거친 여자 인민군이 말했다.

"어린애입니다. 괜찮아요."

"볼일이 끝나면 곧 내보내도록 해."

"예."

구석 쪽에 마주 앉은 여자 인민군은 몽실의 머리를 쓰다듬었다.

"저녁 먹었니?"

몽실은 그냥 고개만 저었다.

"왜 못 먹었니?"

"할머니한테 식량을 얻으러 왔어요. 난남이 죽을 끓여 줘야 해요."

"난남이라니, 아기 이름이니?"

"예."

"어머니와 아버진?"

"어머닌 돌아가셨어요. 그리고 아버진 어디론지 가 버렸어요."

몽실은 낮에 인민군 청년이 가르쳐 준 대로 그렇게 대답했다.

"그러니? 좀 기다려라."

여자 인민군은 구석에 놓인 배낭에서 무언가 꺼내었다. 쌀과 미숫가루가 나왔다. 그걸 얼마쯤 덜어 가지고 바가지에 담았다.

"너희 집으로 가자. 여긴 지금 긴한 의논을 하고 있으니까 더 있을 수 없단다."

여자 인민군은 골목길에 나오자 몽실의 손을 살며시 잡았다. 그러고는 나란히 비탈길을 올라갔다.

착한 사람, 나쁜 사람

캄캄한 몽실의 집 마당에 와서 둘은 거적을 깔고 앉았다.

"불을 켜야죠."

몽실이 일어서려니까 인민군 여자가 잡아 앉혔다.

"아냐, 비행기가 올지 모르니까 불은 켜지 말자."

몽실은 자리에 앉았다.

"물이 어디 있니? 미숫가루 좀 타서 먹고 아기도 먹이자."

"내가 떠올게요."

몽실이 물을 떠 오자 인민군 여자는 재빨리 미숫가루를 탔다. 어두운데도 손놀림이 무척 익숙했다.

난남이는 미숫가루 물이 입에 잘 맞지 않는지 몇 번 고개를 저으며 받아 먹지 않았다.

"아가야, 조금만 먹고 기다리면 죽을 끓여 줄게."

인민군 여자가 달래면서 몇 숟갈 더 떠넣으니 난남이는 흡사 알아듣기라도 한 것처럼 받아 먹었다. 그동안 몽실은 난남이의 죽을 끓이기 위해 쌀을 부지런히 씹었다.

한 시간 뒤 난남이는 암죽을 먹고 잠이 들었다.

인민군 여자도 몽실이와 함께 거적에 누웠다. 몽실은 어느샌지 곁에 있는 인민군 여자가 죽은 북촌댁인 것 같은 생각이 들었다.

"저어, 아줌만 어디서 왔어요?"

몽실이 누워서 물었다.

"아줌마라 하지 말고 언니라고 불러라. 네 나이 몇 살이니?"

"열 살이어요."

"우리 옥순이보다 한 살 적구나. 우리 집은 북쪽에 있지. 저 멀리 압록강 근처야. 아주아주 멀단다."

인민군 여자는 손을 더듬어 몽실의 손을 잡았다.

"언니도 국군들과 싸우러 왔어요?"

"으응…… 그래."

좀 더듬듯이 인민군 여자가 대답했다.

"인민군은 왜 사람을 죽여요?"

"언제 죽이는 걸 봤니?"

"아까 해 질 녘에 앞 냇가에서 죽였잖아요. 면장 아저씨랑 순경 아저씨랑 더 많이 죽였잖아요. 앵두나무집 할아버지가 그토록 죽이지 말라고 말렸는데……."

"앵두나무집 할아버지가 누구니?"

"까치바위골에 살고 계셔요, 아들이 공비였어요."

"뭐라고? 공비라니…… 그렇게 말하면 큰일 나요. 인민 해방군이라 해야 한다. 그런데……."

"그 할아버지가 묶여 있는 사람들을 살려 달라고 대장 아저씨한테 애원을 했어요. 죽이지 말아 달라고요. 언니는 못 보셨어요?"

"못 봤어. 정말 그랬니?"

인민군 여자는 잠시 말이 없었다.

"앵두나무집 할아버지는 전에 산속에 숨어 있는 아들에게 떡을 해 주고 닭을 잡아 주었다고 지서에 끌려가서 여태 소식이 없었어요. 인민군 언니……."

몽실은 벌떡 일어나 앉아 인민군 여자의 얼굴을 내려다봤다. 어둠 속에 희미하게 보였지만 인민군 여자는 몹시 슬픈 표정이었다.

"왜 그러니?"

"국군하고 인민군하고 누가 더 나쁜 거여요? 그리고 누가 더 착한 거여요?"

"……."

"왜 인민군은 국군을 죽이고, 국군은 인민군을 죽이는 거여요?"

인민군 여자가 누운 채 말했다.

"몽실아, 정말은 다 나쁘고 다 착하다."[2]

"그런 대답이 어디 있어요?"

"국군 중에서도 나쁜 국군이 있고 착한 국군이 있지. 그리고 역시 인민군도 나쁜 사람이 있고 착한 사람이 있어."

"그래요, 아까 낮에 태극기를 불태워 준 인민군 아저씨는 착한 분이셨어요."

몽실은 낮에 있었던 얘기를 들려주었다.

"그런 거야, 몽실아. 사람은 누구나 처음 본 사람도 사람으로 만났을 땐 다 착하게 사귈 수 있어. 그러나 너에겐 좀 어려운 말이지만, 신분이나 지위나 이득을 생각해서 만나면 나쁘게 된단다. 국군이나 인민군이 서로 만나면 적이기 때문에 죽이려 하지만 사람으로 만나면 죽일 수 없단다."

몽실은 무슨 말인지 잘 알아듣지 못했다. 다만 사람으로 만나면 착하게 사귈 수 있다는 것만 얼마쯤 알 수 있었다.

"알아듣겠니?"

"조금밖에 모르겠어요."

---

2) 인민군 여자는 몽실에게 사람이 온전히 착하거나 나쁠 수만은 없음을 가르쳐 주고 있다.

"그럴 거야."

인민군 여자는 조그맣게 한숨을 쉬었다.

몽실이 잠깐 있다가 말했다.

"언니도 인민군인데 조금도 무섭지 않아요. 돌아가신 우리 어머니 같아요."

"어머니가 무척 좋으셨니?"

"예, 새어머니였는데 참 착하셨어요. 그런데 너무 많이 아팠어요. 그래서 난남이를 낳고 그만 죽은 거여요."

"돌아가신 어머니가 새어머니셨니?"

"예, 우리 엄마가 아버지 버리고 딴 데 시집갔기 때문에 새어머니가 들어온 거여요."

"그랬니? 어머니가 왜 시집가셨을까? 무슨 사정이 있었겠지."

"하도 굶어서 배가 고파 가셨대요."

"쯧쯧, 오죽했으면 아버지를 버리고 가셨겠니?"

"우리 엄마가 나쁘죠?"

"넌 어떻게 생각하니?"

인민군 여자가 되물었다.

"나쁜 것 같기도 하고 나쁘지 않은 것 같기도 해요."

"그래, 엄마는 틀림없이 나쁘지 않을 거야."

별이 너무도 많이 나와서 하늘이 온통 꽃밭 같았다.

둘은 잠시 조용히 그 하늘의 별을 바라보았다.

한참 뒤 인민군 여자가 맑고 아름다운 목소리로 노래를 불렀다.

"찔레꽃 붉게 피는 남쪽 나라 내 고향, 언덕 위에 초가삼간 그립습니다……."

노랫소리가 구슬퍼서 그런지, 별빛이 아롱아롱 물기를 가득 머금고 몽실의 눈으로 흔들리며 내려왔다. 몽실은 인민군 언니의 손을 꼭 쥐었다.

한밤중이 되어 몽실이 잠이 든 걸 누가 흔들어 깨웠다. 인민군 언니였다.

"몽실아, 언니는 지금 떠나야 한단다. 자는 걸 깨워서 미안하구나."

"어디로 가셔요? 또 오셔요?"

"그건 모른다. 내가 장골 할머니 집에 식량을 좀 두고 갈 테니까 난남이 잘 키우고 꿋꿋하게 살아라."

"언니, 언니 이름이 뭔지 가르쳐 주셔요."

"최금순이야. 뒤에 또 만날지도 모르니까 잘 있어."

최금수우 몽실의 얼굴을 끌어다가 가만히 뺨을 비볐다. 그러고는 어두운 비탈길을 총총 걸어 내려갔다.

몽실은 아까 낮에 인민군 청년과 헤어졌을 때보다 더 아프게 외로워졌다.

'어머니, 용서해 주세요. 참을 수 없어서 울음이 나와요.'

몽실은 멍하니 어둠 속에 서서 울었다.

최금순이 들어 있던 여자 인민군이 남쪽으로 떠나고 다른 인민군이 또 왔다.

전쟁은 국군 쪽이 지고 인민군 쪽이 자꾸 이기고 있었다. 그들은 이야기하고 있었다. 이제는 가난한 사람도 가슴 펴고 살며, 못 배운 사람도 낮은 사람 높은 사람 없이 평등하게 잘살게 된다고 했다.

초등학교에 다니던 아이들은 인민군 학교에 들어가 그들이 나누어 준 책으로 공부했다.

"장백산 굽이굽이……."

아이들은 이런 노래도 배워서 불렀다.

그러나 아무도 정말 기뻐하거나 즐거워할 수가 없었다. 불안하고 두렵고 고달팠다.

남쪽으로 피난을 간 사람들은 어떻게 되었을까? 몽실은 최 선생님을 생각했다. 동사무소 창고에서 야학을 열어 놓고 인생의 길에 대한 것을 가르쳐 주던 그 선생님은 지금 피난을 가고 마을에 없었다.

남주가 몽실에게 말했다.

"몽실아, 남으로 피난 간 사람들은 모두 죽었대. 그리고 국군으로 간 사람도……."

"국군으로 간 사람도 죽었다구?"

몽실의 얼굴이 파랗게 질렸다. 남주는 자기도 모르게 지껄인 것을 깨닫고 흠칫했다.

"아니야, 그게 아니고 조금 고생을 한대."

몽실은 짐작했다.

"우리 아버진 못 돌아오실 거야."

등에 업힌 난남이가 그때 울음을 터뜨리지 않았더라면 몽실은 소리 내어 제가 울 뻔했다.

"난남아, 울지 마. 울지 마."

몽실은 몸을 흔들었다. 난남이는 몽실의 등에서 좀처럼 떨어지지 않으려 했다. 잘 때도 내려놓지 못하고 등에 업은 채 엎드려서 잤다. 난남이는 암죽을 먹고 있었지만 해골이 드러날 만큼 여위었다. 사람들은 그런 난남이를 보고 혀를 찼다.

"쯧쯧, 저 어린 것이 젖을 못 먹으니 저 모양이구나. 보자, 숨은 쉬고 있니?"

몽실은 등에 업힌 난남이를 일부러 건드려 보고 턱을 젖혀 보기도 했다. 그러나 난남이는 질기게도 숨을 쉬면서 하루하루 버티며 살아 주었다.

칠월 그믐께부터 비행기 폭격이 심해졌다. 쌕쌕이 'F-86 전투기'의 별명 가 날아오면 소리가 귀청이 떨어질 듯 요란했다. 그 요란한 소리가 바로 머리 위에 지나가는 듯싶어 쳐다보면 비행기는 벌써 훨씬 앞에서 산을 넘어가고 있었다.

아이들은 이젠 별로 겁을 내지 않았다. 기차 정거장이 있는 마을에 폭격을 퍼부었다. 학교가 타고 정미소가 불에 탔다.

그러나 전쟁에 익숙해진 아이들은 재미있게 구경을 하고 흉내를 냈다. 총 쏘는 시늉, 쓰러져 죽는 시늉, 칼로 찌르고 자빠뜨리고, 몽둥이로 패고 함성을 질렀다. 노루실 비탈마을을 돌아가는 건너편 신작로로 탱크가 지나가고, 그것도 모자라 이상하게 생긴 전쟁 마차도 지나갔다.

이기고 있다는 인민군들이 자꾸 죽어 가고 부상자도 잇따라 생겨났다. 학생 의용군이라고 하는 까까머리 어린 인민군이 마을 앞으로 지나갔다. 새까맣게 탄 얼굴, 움푹 들어간 눈자위랑 기다란 모가지가 가엾게도 지쳐 있었다.

"주인 양반! 주인 양반!"

몽실이 뒤란에서 멍하니 서 있는데 앞마당 쪽에서 누가 부르는 소리가 났다.

"누구셔요?"

모퉁이를 돌아 나오니 마당에 거지 하나가 서 있었다. 누더기처럼 해진 커다란 군복을 입은 열대여섯 되어 보이는 조그만 아이였다.

"나, 물 좀 줘."

"넌 누구야?"

"의용군이야."

"의용군?"

"어서 물 좀 줘."

몽실은 부엌으로 갔다. 바가지에 가득 물을 떠서 의용군 아이에게 갖다

줬다.

금순 언니 생각이 났다. 사람이 사람으로 대하면 모두 착하게 사귈 수 있다고 했었다.

의용군 아이는 바가지의 물을 벌컥벌컥 마셨다.

"고맙다."

의용군 아이는 돌아서서 나가려고 했다.

"지금 어디 가니?"

"싸움터로 가는 거야."

뒤로 돌아서는 것을 보니 오른쪽 어깨에 총을 메고 있었다.

"너도 싸울 줄 아니?"

"그럼, 인민을 위해 싸우는 거야."

"사람을 죽일 줄도 아니?"

몽실은 팔을 뒤로 돌려 손깍지로 업힌 난남이를 꽉 옥죄면서 다부지게 물었다.

"……."

"정말 죽일 줄 아니?"

몽실은 의용군 아이한테 바짝 다가가 섰다.

"왜 그런 걸 묻니?"

"사람을 죽이는 건 인민을 위한 게 아니야."

"인민을 못살게 하는 반동분자는 죽여야 해!"

의용군 아이도 지지 않고 분명하게 말했다.

"사람을 죽이는 인민군도 같은 반동이야!"

"뭐야?"

의용군 아이가 어깨에 멘 총을 벗었다. 그리곤 돌아서서 총구멍을 겨누었다.

"왜? 넌 나 같은 아이도 죽일 줄 아니?"

"그래, 죽일 줄 안다."

몽실의 눈에 파아랗게 불길이 올랐다.

"죽여 봐! 어서 죽여 봐!"

"……."

의용군 아이와 몽실의 눈이 마주쳐서 움직일 줄 몰랐다. 둘은 그렇게 마주 노려보고 있었다. 그러다가 갑자기 의용군 아이가 고개를 떨구었다.

"어머니이……."

의용군 아이는 돌아서서 어깨를 들먹이며 흐느꼈다. 몽실의 눈에도 물기가 가득 괴어 들었다. 몽실은 울음을 삼켰다.[3]

그러고는 조용히 물었다.

"네 이름이 뭐니?"

의용군 아이는 잠깐 들먹이던 어깨를 추스르면서 대답했다.

"이순철이야."

그러고는 총을 움켜잡고 달아나듯 사립문 밖으로 달려 나갔다. 몽실은 뒤따라 쫓아갔다.

"순철아아……."

그러나 의용군 아이는 비탈길을 쏜살처럼 빠르게 내려가고 있었다. 어느새 모퉁이를 돌아섰는지 보이지도 않았다.

"순철아아……!"

몽실의 여윈 뺨으로 눈물이 흘러내리고 있었다.

- **뒷부분 줄거리**

전쟁이 끝나자 포로로 잡혀 있던 아버지는 다리를 다친 채 돌아온다. 몽실은 어떤 일이 있어도 살아야 한다고 결심하고, 깡통을 차고 장터거리에 나가서 구걸한다. 댓골마을로 시집간 친어머니 밀양댁은 아기를 사산한 후 심장병으로 죽는다. 몽실은 어머니가 다른 동생과 아버지가 다른 동생들을 모두 보살피며 살아간다. 몽실은 아픈 아버지를 데리고 자선 병원에 가지만, 전쟁에서 다친 상처가 깊어진 아버지는 병원 문 앞에서 차례를 기다리다가 죽는다. 동생들은 뿔뿔이 흩어지고, 몽실은 동생들을 찾아 나선다. 몽실은 구두 수선장이인 남편과 결혼해서 남매의 어머니가 되고 영득, 영순과 의좋게 연락을 주고받는다. 몽실은 폐결핵으로 요양소에 입원한 난남이를 한 달에 한 번씩 찾아간다.

---

3) 순철과 몽실은 모두 어머니에 대한 그리움을 가슴에 안고 있는 아이들이다. 몽실은 순철의 그리움에 공감하여 눈물을 흘리고 있다.

만화로 읽는 '몽실언니'

발단 해방 후 고향으로 돌아온 몽실 가족이 해체됨

전개 몽실은 6·25 전쟁을 겪으며 성장함

위기 전쟁이 끝난 후 몽실은 가족을 돌보며 지냄

절정 아버지가 죽고 동생들과 흩어짐

언니, 그동안 몸 성히 계셨어요? … 난남이 병세는 어떤지요? 한 번 가보려고 준비하고 있어요. … 이번 겨울엔 언니를 만나러 꼭 갈 거예요. 그럼 그때까지 기다려 주세요. 언니의 동생 영순 올림

결말 30년 후 몽실은 가족과 함께함

🔭 생각해 볼까요?

 선생님 권정생의 작품에 등장하는 주인공들의 특성과 그 의의를 설명해 볼까요?
💬 2 ❤️ 2

↳ **학생 1** 권정생의 작품에는 주인공들이 대부분 벙어리, 바보, 거지, 장애인, 외로운 노인, 지렁이, 구렁이, 심지어 똥과 같이 멸시받거나 상처 입은 존재들이에요. 아동 문학가 이오덕이 지적했듯이 '동화라면 으레 천사 같은 아이들이 나오고, 그 아이들이 꿈꾸는 무지개가 펼쳐지는 것으로만' 알고 있었던 통념에 대한 충격이라고 할 수 있어요.

↳ **학생 2** 권정생은 이들 힘없고 상처 입은 존재들에게서 구원의 궁극적인 진리를 발견할 수 있다는 역설을 제시해요. 「몽실언니」에서도 가난한 주인공 몽실이 전쟁과 가난, 가족의 붕괴 속에서도 모두를 끌어안는 따뜻한 모성을 베푸는 인물로 등장해요.

 선생님 권정생의 작품을 통해 오늘날 우리의 삶을 되돌아보면 무엇을 느낄 수 있나요?
💬 2 ❤️ 2

↳ **학생 1** 오늘날은 경쟁심과 이기심이 자연스러운 인간의 욕구로 여겨져요. 교육, 철학, 종교도 삶에 대한 외경과 사랑을 일깨워 주는 역할을 제대로 하지 못하고 있어요. 그것은 결국 예술의 몫으로 남을 수밖에 없어요. 그러나 안타깝게도 현대의 예술은 돈벌이 논리에 사로잡혀 있고, 근대적 자아라는 어두운 세계 속에 스스로 갇혀 있어요.

↳ **학생 2** 그러므로 종교성과 사랑의 원리를 역설하고 있는 권정생의 삶과 문학은 오늘날 우리에게 특별한 메시지를 줘요.

🔍 아동 문학 ▼

연관 검색어   동화 동요 동시

어린이를 즐겁게 하거나 가르치기 위해 창작한 문학으로, 동요·동시·동화·아동극 등이 있다. 서양에서 아동 문학은 18세기 후반에 독자적인 형태로 등장하였다. 우리나라는 근대에 들어 아동 문학이 발전하기 시작하였다. 최남선이 '소년 문학'이라는 말을 처음 썼는데, 방정환에 이르러 '동화', '아동 문학', '어린이'의 개념이 정립되었다. 대표 작가로는 윤석중, 마해송, 이원수, 이주홍, 현덕, 이오덕, 권정생, 정채봉 등이 있다.

강석경
(1951~)

✉ 작가에 대하여

  본명 강성애(姜聖愛). 대구 출생. 이화여자대학교 조소과를 졸업하였다. 1974년에 단편 「근」과 「오픈게임」으로 〈문학사상〉 제1회 신인문학상을 받으면서 등단하였다. 「숲속의 방」으로 오늘의작가상과 녹원문학상을 수상했고, 단편 「나는 너무 멀리 왔을까」로 21세기문학상을 수상하였다. 예술가들과 인터뷰한 내용을 모은 수필집 「일하는 예술가들」을 출판하였으며, 인도에서 체류한 경험을 바탕으로 장편 소설 「세상의 별은 다 라사에 뜬다」를 집필하기도 하였다.

  강석경의 소설은 강한 자아의식을 가진 예술가형 인물들이 현실을 살아가면서 겪는 삶의 고통을 주세로 한다. 예술 세계와 현실 세계의 경계에 놓인 위태로운 인물을 통해 긴장감을 유발하는 것이 특징이다. 「밤과 요람」에서는 모델 생활을 하는 주인공의 삶을 묘사했으며, 「거미의 집」에서는 화가의 집을 묘사하였다. 또 장편 소설 「미불」에서는 늙은 화가의 삶과 예술혼을 그렸다. 「숲속의 방」은 1980년대 중산층 가정에서 성장한 세 자매의 삶을 통해 당시 사회에 존재했던 이념적 대립, 가치의 혼동과 갈등을 섬세하게 다루어 내 호평받았다.

#방황   #자아찾기   #1980년대   #학생운동

⚓ 작품 길잡이

갈래: 중편 소설, 도시 소설
배경: 시간 – 1980년대 / 공간 – 서울
시점: 1인칭 관찰자 시점
주제: 젊은 시절의 방황과 삶의 진실에 대한 진지한 탐색
출전: 〈세계의문학〉(1985)

📷 인물 관계도

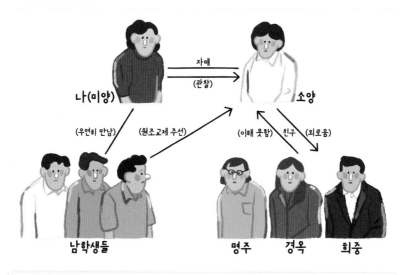

나(미양)	소양의 언니로 작품의 서술자이다. 기성세대의 눈으로 대학생들을 바라본다.
소양	삶의 진실을 찾기 위해 방황하는 대학생으로 결국 현실에 낙담하여 자살한다.
명주	소양의 학교 친구로 80년대 운동권 대학생의 전형이다.

📋 구성과 줄거리

발단   소양이 몰래 학교를 휴학함

결혼을 앞두고 다니던 은행에 사표를 낸 '나(미양)'는 동생 소양이 다니던 학교를 휴학했음을 알게 된다. 소양은 자신이 방황하는 이유를 뚜렷이 설명하지 못하고, 가족들도 소양의 방황을 이해하지 못한다.

전개   '나'는 소양의 삶을 추적함

'나'는 소양의 행동을 추적하기로 마음먹는다. '나'는 명주, 경옥 등 소양의 친구들을 만나고 소양의 일기장을 보기도 한다. 일기장을 통해 '나'는 소양이 술집에서 호스티스로 일한 적이 있다는 사실, 가족들을 부정적으로 바라보고 있다는 사실을 알게 된다. 또 소양이 내면적 갈등을 겪고 있음을 알아차린다.

위기   '나'는 동시대 젊은이들의 삶을 알게 됨

'나'는 동생 혜양과 같이 소양이 잘 간다는 카페를 갔다가 세 명의 남학생들과 합석하게 된다. 그들을 통해 젊은이들의 방황 어린 즉흥적인 삶을 엿본다. 그 뒤 다시 명주를 만나고, 소양의 남자 친구인 희중을 만나서 소양에 대한 이야기를 듣는다.

절정   외박을 한 소양이 한바탕 소동을 벌임

외박했던 소양은 아버지에게 야단을 맞고 한바탕 소동을 벌인다. 결혼식 전날 밤, 소양을 걱정하던 '나'는 가족들 몰래 종로로 외출하고 그곳에서 원조 교제를 하려는 소양을 급하게 붙잡는다. 소양은 어딘가로 도망치고, 소양을 쫓는 데 실패한 '나'는 한 남자아이를 만나서 시간을 보낸다.

결말   소양이 자신의 방에서 자살함

'나'는 결혼식을 올리고 신혼여행까지 마친 후 집으로 돌아온다. 악몽으로 잠을 깬 '나'는 자기 방에서 자살한 소양을 발견하게 된다. '나'는 소양이 끝내 스스로를 찾지 못한 것을 슬퍼하며 청춘은 쇠사슬이 아니라 날개일 터라고 한다.

숲속의 방

• 앞부분 줄거리

결혼을 앞두고 다니던 은행에 사표를 낸 '나^(미영)'는 동생 소양이 다니던 학교를 휴학하였음을 알게 된다. 아버지는 그동안 가족들을 속여 온 소양을 야단친다. '나'는 소양의 행동을 추적하기로 마음먹는다.

나는 그날 오전 서둘러 소양의 학교로 갔다. 교문으로 들어서자 숲속에 솟아 있는 고풍스런 석조 건물이 한눈에 들어왔다. 그것은 바깥세상 것과는 다른 신성한 위용^{威容 위엄찬 모양이나 모습}을 보여서 성역과도 같았고 몇 년 만에 대학 교정을 걸어가노라니 야릇한 감회가 살아났다.

명주가 다니는 사학과 사무실엔 열한 시가 넘어 도착했다. 수업 시간표부터 알아보니 마침 열한 시에 사학과의 전공 수업이 있어서 끝날 때까지 기다리기로 했다.

마이크 소리가 울리는 어둑한 강의실 복도를 빠져나와 밖으로 나서자 사루비아 화단이 눈부시게 다가섰다. 갑자기 쏟아지는 햇빛과 함께 그것은 핏물처럼 시야에 번졌고 나는 거의 현기증을 느꼈다.

건물 어귀인 화단 왼편에 벤치가 놓여 있는 것이 눈에 띄었다. 플라타너스 아래로 걸어가니 각종 포스터와 공문들이 빈틈없이 붙어 있는 두 개의 게시판이 보였다.

날조된 가치관, 집단의 횡포, 양심에의 경종, 아서 밀러의 「시련」 예매 중

기술 자립인가 기술 종속인가 주제 논문 발표

××대학교 대동제 개교 30주년

민주 민중 민족 해방을 위한 통일굿

학도여! 첫새벽이 열리는 소리가 들리지 않는가.

경고! 떼지 마시오. 우리의 광장을 침입하는 자 철저히 감시합시다.

굵은 고딕체의 글씨들이 다투어 눈에 들어왔다. 자유의 회오리 바람이 잠들지 않는 대학 광장은 신성했지만 그것은 왠지 선혈 같아서 전율과 연민을 동시에 느끼게 했다. 신문 지상엔 일 단짜리 학원 기사가 시대의 밑반찬처럼 연일 오르내리고 오늘도 누군가가 희생양으로 구속되고 제적^{除籍 학적, 당적}_{따위에서 이름을 지워 버림} 될지 모른다. 그들의 광장은 잠시 주어진 유예된 특권의 땅이었다. 세상 밖으로 한 발짝만 나오면 젊음의 숨을 꺾을 방패가 복병^{伏兵 적을 기습}_{하기 위하여 적이 지날 만한 길목에 숨은 군사} 처럼 숨어 기다리고 있을 테니까.

벤치에 앉아 있노라니 어디선가 기타 소리가 들려왔다. 스페인풍의 무곡 같았으나 감정이 깃들여 있지 않아 권태롭게 들렸다.

숲에서 남녀 학생들의 잔잔한 웃음소리가 들려왔고 내 앞으로 껑충한 통바지에 뾰족구두를 신은 한 여학생이 귀고리를 흔들며 바삐 걸어갔다. 어깨에 닿을 정도의 긴 금속 줄에 삼각형까지 달린 귀고리가 우스꽝스러웠지만 그것도 젊음의 모습인지 모른다.

기타 소리를 들으며 망연히 앉아 있으려니 풍경을 관조^{觀照 고요한 마음으로 사물이나}_{현상을 관찰하거나 비추어 봄} 하고 있는 자신이 문득 늙은이 같은 생각이 들었다. 결혼을 앞두고 있어서일까. 아니 청춘을 상해^{傷害 남의 몸에 상처를 내어 해를 끼침} 받지 않았더라면 나는 영원히 그것을 누리고 싶어 했을 것이다. 그리워할 것이며 투명한 초록색 공 같은 청춘을 추억 속에서 한없이 부풀렸을 거다.

강의가 끝날 즈음부터 강의실 밖에서 기다렸던 나는 명주를 어렵지 않게 만날 수 있었다. 명주는 처음에 어리둥절해했지만 내가 일부러 찾아온 것을 알자 그래요? 하고 혼자 짐작하는 듯했다. 점심시간이었으므로 나는 명주를 데리고 교정을 빠져나왔다.

경양식 집에 자리 잡자 명주가 먼저 소양이 안부를 물었다. 소양이를 만난 지 얼마나 돼? 그간 명주 전화번호가 바뀐 것을 상기하며 나는 그것부터 되물었다.

"학기말 시험 전이니까 두어 달 돼요."

"아, 그때 소양이가 니네 집에 갔지. 전화했잖아."

소양의 말이 거짓말이 아니었다는 안도감으로 나는 알은체를 했다. 명주는 네, 하곤 네 시에 갔어요. 통금 해제 기다렸다는 듯이, 라고 덧붙였다.

"통금? 요즘 통금이 어디 있어."

"어떤 행동을 할 때 가장 극적이고 효과적인 타임이 있잖아요. 그날 우리는 밤새워 이야기했지만 의견이 자꾸 빗나갔어요. 네 시 종이 치자 소양인 더 이상 있을 필요가 없다는 듯이 발딱 일어났어요. 나 간다, 하곤 뒤도 돌아보지 않고 나가요. 걔, 심통이잖아요."

맹랑한 아이들이라고 생각하는데 명주는 떨떠름하게 웃었다. 내 기억으론 그날 소양인 내가 출근할 때까지도 집에 들어오지 않았다. 캄캄한 새벽 거리로 나가서 소양인 어디로 갔을까.

나는 그날 둘이 무슨 얘기를 했는지 듣고 싶었다.

"우리들의 진실에 관한 얘기죠, 뭐."

명주는 이렇게 운을 떼곤 요즘 자기는 사회의 불평등에 관심이 많다고 서두를 꺼냈다. 우리 같은 과도적 산업사회의 구조상으로는 권력이나 경제에서 한 집단의 승리는 다른 집단을 희생시켜 얻어진 것이고 그래서 모든 사회 계층 체계는 그 원칙에 대한 저항을 자아내며 그 자체가 억압의 씨앗을 낳는다. 사회에서 불리한 위치를 가진 사람들이 그들 스스로에게 보다 나은 소득을 약속해 주는 규범 체계를 세우려고 노력하는 것은 당연하다. 이런 말 끝에 명주는 학생 운동으로 대화를 끌고 갔다. 대학생이란 어쨌든 선택받은 환경의 사람들인데 그러니만큼 사회 진보를 위해 앞장서야 한다. 기성인들은 안락한 자기 울타리를 지키기 위한 소시민_{小市民 노동자와 자본가의 중간 계급에 속하는 사람들} 으로 타락해서 현실에 순응하고 타협하므로 자신들이야말로 순수하게 싸울 수 있노라 했다.

"그것도 엘리트 의식 아냐?"

나의 반문에 명주는 전위_{前衛 계급 투쟁 따위에서 무리의 선두에 서서 지도하는 사람이나 집단} 의식이죠, 수정했다. 자기들이 알고 있는 구조적 모순을 억압받는 계층에게 일깨워 주는 중간 역할을 할 뿐 노동운동의 주체자는 어디까지나 노동자들이라는 것도 알고 있노라 힘주어 말했다.

명주는 이어, 알고 있는 이론이나 관념을 경험으로 다시 터득하기 위해 자기를 포함한 대학생들이 공장에 직접 들어가 일하면서 현장을 체험한다. 명주 자신은 방학 동안 보세공장의 시다_{일하는 사람의 옆에서 그 일을 거들어 주는 사람} 로 들어가서 월급 팔만 원을 받고 칼라 다림질이며 시접 접기 등을 했다. 공장에 들어가서도 일을 못하면 동료들에게도 말발이 안 서기 때문에 지금은 개인 하청업자에게 미싱을 배우러 다니노라 했다.

나는 접시를 다 비웠으나 명주는 불평등에 관해 열변을 토하느라 밥을 거의 먹지 못했다. 시골 처녀처럼 긴 머리를 하나로 묶고 다니던 재수생 때의 명주를 떠올리며, 나는 점심부터 빨리 들라고 권했다. 명주는, 사실 이런 데 들어와서 부르주아처럼 칼질하는 것도 우습죠 뭐, 하곤 끊어졌던 소양이 얘기를 또 계속했다.

"나는 주로 이런 얘기를 했죠. 그랬더니 소양이가 그것이 그토록 너에게 절실하냐, 겉멋 든 엘리트 의식이다. 자기 자신도 잘 모르면서 어떻게 남을 깨우치고 민중운동을 한다고 나서느냐 해요. 또 운동하는 건 좋은데 다른 고통, 갈등도 포용하고 인정해야 한다, 너희들만 의식 있는 인간이고 진실하다고 생각하는 건 오만이고 너희들이 대항하려는 체제만큼 비인간적이라고 공박했어요 남의 잘못을 몹시 따지고 공격하다 "[1]

그 정도로 그날의 상황을 알 듯했다. 데모하다 잘려서 휴학한 건 아니냐 물었던 어머니에게 그런 뚜렷한 명분이 있으면 행복하겠다고 답했다는 소양이다. 나는 순간 소양의 휴학보다 명주의 변모에 더 호기심을 느꼈다. 일 년 사이에 이토록 변한 너와 마주 앉아 있으니 격세지감隔世之感 오래지 않은 동안에 몰라보게 변하여 아주 다른 세상이 된 것 같은 느낌 을 느낀다고 늙은이처럼 말하려다 자기 가치관이 그토록 빨리 확립됐다면 넌 행운아구나, 했다. 명주는 남은 고기를 썰다 말고 정색을 했다.

"복권같이 굴러 떨어진 행운이 아니라 내가 절실히 찾았기 때문에 길이 나타난 거예요."

그러면서 한순간 침묵을 지키더니, 재수생 때 좌절감, 소외감이 커서 피 흘리는 방황을 많이 했고, 그런 과정을 극복하여 대학에 들어오니까 자의 식 같은 문제에서 떠나 큰 사회현상에 눈뜨게 됐다고 나름대로 조리 있게 말했다.

나는 대견하다는 표정을 지으며 그제야 소양이 휴학한 거 알지? 말을 꺼냈다.

"그럼요. 나한테 휴학하겠다고 얘기하고 바로 그다음 날 휴학계 냈던데요."

"그때가 언제야?"

"목련이 질 때니까 사월 중순이네, 그날 꽃샘추위로 바람이 몹시 불었는데

---

1) 소양은 운동권 학생들의 오만과 독선을 견디지 못한다. 소양이 명주와 같은 운동권 학생이 되지 못하는 이유다.

이틀간 연이어 데모를 한 뒤라 어수선했어요. 소양인 추운지 파리한 얼굴로 목련나무 아래 앉아 나를 기다리고 있었어요. 조그만 아이가—물론 꽃송이보다야 크지만 그날따라 작아 보였어요—크고 누렇게 시든 목련꽃 아래 앉아 있는 걸 보니까 왠지 측은한 생각이 들었어요. 바로 그날이에요. 휴학하겠다는 얘기를 한 게."

소양이 명주에게 한 얘기도 우리에게 했던 것과 다를 바 없었다. 자기가 가짜로 살고 있는 것 같다고. 학교도 껍데기고 자기도 껍데기라는 것. 또 아무것도 잡을 것이 없다고 했다.

그 말은 여전히 추상적으로 들려서 선명하게 닿아오지 않았다. 나는 고개를 갸웃하다가 무엇을 잡으려고? 물었다.

"진실 같은 거겠죠."

그 말에 나도 모르게 헛웃음이 나왔다. 명주는 처음에도 우리들의 진실 운운했다. 그것이 저희들끼리 공통분모 격인 낱말인지는 모르지만 진실이라니, 얼마나 애매모호한 관념어인가. 진실을 잡겠다는 것은 공기를 잡겠다는 말과 같지 않은가.

나는 가만 한숨을 내쉬었다. 명주 앞에 놓인 접시도 비어 있어서 종업원을 불러 커피를 시켰다. 종업원은 무슨 커피를 시키겠느냐 되물으면서 비엔나, 모카 등의 이름을 댔다. 커피 전문점인 모양이었다.

나는 비엔나를 주문했다. 명주는 이름도 사치스럽게, 하더니 모카를 시켰다. 그런 명주를 물끄러미 바라보노라니 문득 소양이 왜 캄캄한 새벽에 명주 집에서 나섰는지 알 것 같은 생각이 들었다.

크림이 얹힌 비엔나커피가 앞에 놓이자 나는 크림을 삼키며 그 뒤론 소양이 못 봤지? 확인했다. 명주는 덤덤하게 네, 대답했으나 잠시 후 망설이듯 뜻밖의 말을 했다.

"아까도 말했지만 난 이번 여름 방학 때 공단에서 일했어요. 그날 소양에게 그 계획을 말했더니 그앤 시큰둥하게 웃으면서 자기는 술집에 나갈 생각이라고 했어요."[2]

뭐라고? 나는 커피 잔에 얼굴을 박고 있다가 고개를 쳐들었다. 호스티스를

---

2) 명주가 공단에서 일하는 것은 노동을 통해 민중 속으로 들어가 보겠다는 의미지만, 소양이 술집 호스티스로 일하는 것은 사회적 금기를 깸으로써 자아의 존재 의미를 찾겠다는 것이다.

하겠대요. 명주는 되풀이하고 눈을 식탁에 떨구었다.

"아마 걘 했을 거예요. 재수할 때도 한 달간 분식집 종업원 노릇을 한 적이 있어요."

나는 서글픈 표정을 했고 명주는 잠시 생각에 잠겨 있다가 방황이겠죠, 나도 심하게 겪었지만, 하고 말끝을 흐렸다.

그날 내가 받은 충격은 컸다. 분식집 종업원. 그것까지도 좋지만 호스티스인 소양을 상상할 수 없었다. 그것도 방황이라고 할 텐가? 부잣집 딸의 객기가 아니냐고 빈정댔으나 그렇게 말할 수 없을 만큼 절실한 무엇이 있는 것 같았다고 명주는 덧붙였다. 그 말은 걱정을 덜어주기는커녕 나를 더욱 혼란에 빠뜨렸다.

그날 불문과에 들러볼까, 하는 생각도 막연히 했지만 그만두었다.

"교수들요? 평생이 보장된 직업인일 뿐이에요. 소양이 이름이나 기억할까."

명주의 냉소는 극단적이었지만 나도 사실 학교로 찾아가는 것이 선뜻 내키지 않았다. 내 음대 시절을 생각해도 존경했던 교수는 한둘이고 인간적인 교류를 가진 교수도 뚜렷이 기억에 남지 않았다.

명주는 무작정 교수를 만나느니 소양과 친했던 과친구를 만나보는 것이 훨씬 도움이 될 거라고 했다. 그것은 적절한 조언이었다. 나는 명주 전화번호와 들은 기억이 있는 신경옥이란 이름을 수첩에 적고 학교엔 들어가지 않았다. 나와 교문 앞에서 헤어지면서 명주는 마지막 카드를 던지듯 한마디 더 했다.

"소양이를 이해해 보도록 하세요. 소양인 집을 좋아하지 않지만 식구들이 따뜻하게 관심을 가져준다면 외로운 일기는 쓰지 않을 거예요."[3]

외로운 일기? 더 말할 틈도 없이 명주는 단발머리를 젖히며 내게서 등을 돌렸다.

내가 집에 들어왔을 때 소양은 벌써 나가고 없었다. 방문도 잠겨 있었다. 할머니도 외출했는지 이 층은 고요했고 초가을 햇살만 소리 없이 끓어오르고 있었다.

(중략)

---

[3] 명주는 소양의 방황 문제를 해결하기 위해 가족의 관심과 이해가 필요함을 알려 주고 있다.

은행을 그만두었지만 생각만큼 한가하지 않았다. 그동안 통 손대지 않았던 피아노를 매일 연습했고 은행 여직원들에게 일주일에 한 번씩 가르쳤던 가야금도 전처럼 계속했다. 피아노에 다시 손댄 것은 결혼 뒤부터 동네 아이들을 가르칠 생각에서인데 사실은 대학원 진학을 고려하고 있었다. 피아노에 대한 의욕도 일어나고 배울 것도 많지만 이런 실력 사회에서 증을 하나 더 따놓는다면 언젠가 도움이 될 것 같았다.

그 밖에도 혼수 장만을 위해 시간 나는 대로 어머니와 장을 보러 다녔다. 최 대리도 이틀에 한 번은 만났다. 이런 가운데서도 소양의 일은 머리에서 떠나지 않았는데 그즈음 운 좋게도 경옥의 전화를 받고 일을 추진시킬 수 있었다.

경옥의 전화는 내가 받았고 그때 마침 소양이 없었다. 그렇지 않아도 소양에게 신경을 곤두세우고 있을 때여서 나는 누구냐, 물었고 경옥이란 이름을 듣곤 반가워하기까지 했다.

나는 경옥에게 소양의 큰언니라고 밝히고 진작 만나고 싶어 했다, 시간을 내줄 수 있는지 서슴없이 물었다. 그러세요. 경옥은 내 용건에 대해 별다른 생각을 하는 것 같지 않았다. 대뜸 승낙하면서 자기가 시간제로 일하는 학교 부근의 찻집으로 왔으면 좋겠다고 장소부터 얘기했다.

경옥이 일한다는 찻집 '목마'에 들어선 때는 여섯 시가 채 못 되어서였다. 일곱 시까지 일한다고 해서 일부러 그 시간을 택했다. 얘기가 길어지면 함께 나와서 저녁을 먹을 생각이었다.

목마는 대학가의 업소답게 편안하면서도 체크무늬 식탁보 등으로 산뜻한 분위기를 내는 찻집이었다. 서른 평 됨직한 실내는 꽤 넓었으나 빈자리는 세 군데밖에 없었다. 나는 주방이 마주 보이는 자리에 앉아 종업원들을 살폈다. 초록색 앞치마를 두른 종업원들은 모두 여대생인 듯 인상이 깔끔했다.

주문을 받으러 온 종업원에게 나는 맥주를 한 병 시키고 신경옥을 불러 달라고 부탁했다. 짧은 머리의 종업원은 친절하게 웃곤 주방 안으로 들어가 브룩 실밥 면회야, 내게 들릴 정도로 소리쳤다.

주방 안쪽에서 토스트를 만들던 긴 머리의 종업원이 고개를 돌렸다. 뾰족한 턱과 계집아이다운 화사한 얼굴이 브룩 쉴즈와 어딘지 비슷했다. 경옥은 눈썹을 모으고 내 쪽을 한참 보고서야 알은체를 했다.

나와 흔쾌히 약속했으나 경옥은 일이 끝날 시간이 되어서야 내 자리에 앉았다. 그사이 새로운 손님들도 손에 꼽을 정도였지만 경옥은 달걀을 굽고 커피를 끓이며 계속 주방에 머물러 있었다. 그동안 나는 다른 종업원들이 한가하게 그릇을 닦고 있는 것을 지켜보기도 하고 벽에 늘어져 있는 말린 꽈리 숫자를 세어보기도 했다. 내 자리서 마주 보이는 구석 자리엔 젊은 쌍이 나란히 앉아 있었는데 파마머리의 남자는 여자 어깨 위에 한 팔을 두르고 입술을 연신 여자의 뺨에 갖다 댔다.

보기 민망해서 내가 애써 고개를 돌리고 있을 때 경옥이 내 자리로 왔다. 언니 미안해요. 경옥은 애교스럽게 콧등을 찡그렸으나 나는 근 한 시간이나 기다린 터여서 지쳐 있었다. 젊은 애들 속에 끼여 있으려니 쑥스럽다며, 껴안고 있다시피 한 젊은 쌍을 눈으로 가리켰다.

"정말 세대 차이네. 저걸 나쁘게 생각하시면 안 돼요. 둘이 사랑하는데 왜 남을 의식해야 해요."

경옥은 오히려 내가 이상하다는 듯 눈을 깜박였고 나는 세대 차이에 은근히 놀라면서 그제야 용건을 꺼냈다.

"바쁜 때에 내가 와서 어쩌지."

나를 피하는 게 아닐까, 생각되기도 해서 나는 미안하다는 표정을 지었다. 이내 경옥은 잠깐 얘기하죠 뭐, 하곤 일곱 시 반에 약속이 있노라 서두르듯 시계를 보았다. 나는 김이 빠졌지만 짧은 시간이나마 놓칠 수는 없었다.

내가 소양이 말을 꺼내자 경옥은 예상했다는 듯 덤덤히 대답했다. 소양이 휴학할 때 처음부터 알고 있었느냐는 내 물음에 물론이라고 대꾸하고 휴학계를 내러 갈 때 동행했다는 말까지 덧붙였다.

왜 소양이 휴학을 해야 했는지, 그 마음을 헤아릴 수 있느냐는 물음엔 적응을 못해서 그런 것 아녜요? 하고 반문했다.

"내 경우는 애들이 데모하든 말든 관계치 않아요. 소양인 처음엔 함께 데모하다가 나중엔 빠졌는데 데모할 때도 갈등했고 빠질 땐 빠져서 괴로워했어요."

"데모가 그렇게 중요했을까. 투사도 못 되면서."

"매사가 그렇단 얘기예요."

"소외감 때문일까."

소외감이라는 말을 불쑥 내뱉고 나니 가슴에 그늘이 스치는 듯했다. 교정에서 통기타를 치며 웃어대는 아이들을 바라보며 느낀 고립감, 그것에 대한 생생한 기억을 나도 갖고 있었다. 내가 남다르고 느낄 때의 아픔을.

나는 경옥과 소양이 얼마나 자주 만나는지 알고 싶어 했다. 경옥은 방학 때만 해도 소양이 이틀에 한 번 정도 목마를 왔으나 요즘은 발걸음이 뜸해 못 본 지 보름이 넘는다고 일러주었다.

"걔, 요새 재미있나 보죠."

나는 잠자코 있다가 희중이란 남자 친구 이름을 아느냐, 떠보았다. 소양의 사생활이었으나 언니로서 그만한 정보는 알아도 될 듯했다.

"희중이 얘기를 해요?"

경옥은 뜻밖이란 표정을 지었지만 소양이 희중을 처음 만난 장소가 '썸싱'이란 작은 경양식 집이고 그때 경옥도 함께 있었노라, 묻지도 않은 것까지 들려주었다.

"걔들 둘이는 꽤 오래가네."

"그때가 언제야."

"휴학한 바로 뒤니까 지난봄요."

나는 어이가 없어서 웃었다. 이제 가을이었다. 경옥은 그런 데서 만나서 지금까지 가면 오래가는 셈이죠, 하고 오히려 신기해하는 눈치였다. 나는 당연히 희중에 관해 듣고 싶어 했으나 경옥은 화학과 3학년생이라고만 일러주었다.

썸싱 장소를 묻다가 소양이 종로 2가에 자주 나간다는 것을 알게 되었다. 경옥의 말에 의하면 소양이도 여느 젊은 아이들처럼 재수할 때부터 종로통이었고, 자리마다 인터폰이 있어서 졸팅 ‘졸지에 하는 미팅’이라는 의미로 당시 대학생이 사용하던 은어 하는 재미로 젊은 애들이 많이 가는 썸싱에서 희중을 만나게 되었다.

졸팅이니, 하는 은어가 흥미 있었지만 경옥이 시계를 들여다보아서 더 이상 시간을 연장할 수 없었다. 나는 자리에서 일어서며 소양에게 내가 찾아왔다는 말은 하지 말아달라고 당부했다.

"소양이가 요새 방황하는 것 같아서 도와주고 싶어서 그래."

앞치마에서 손거울을 꺼내 들여다보던 경옥이 한마디 거들었다.

"방황은 청춘의 특권 아녜요?"

나는 곧장 집으로 가지 않고 최 대리에게 전화했다. 경옥을 만나고 일단 은행에 연락하기로 돼 있었다. 내가 볼일이 끝났노라 보고하자 우리가 늘 만나는 양지 다방에 이십 분 뒤 나가겠노라 했다. 나 일부러 저녁 안 먹었어, 최 대리의 어눌한 말투가 울려오자 곤두선 신경이 누그러지는 듯했다. 그를 빨리 보고 싶었다.

나는 신촌에서 택시를 잡아타고 광화문으로 갔다. 명주를 만났을 때 투사적인 명주의 면모에 놀랐지만, 경쾌하나 이기적인 듯한 경옥을 만나게 되자 소양의 외로움이 피부로 느껴졌다. 일기에도 '머리는 명주, 재형에게 두면서 발은 경옥, 희중 쪽에 두려 하고 있다. 이성을 존중하되 감각이 편해서인가.' 씌어 있지만 마음엔 아무도 두지 못한 듯했다.

'이런 나의 다양성을 전엔 인간의 폭이라 자부했지만 이젠 이것이 나를 비틀거리게 한다.'

확신하건대 희중이란 남자 친구도 속마음을 나누는 상대는 아니었다. 썸싱에서 만나? 나는 속으로 씁쓸히 웃곤 스무 살이란 소양의 나이에 연민을 느꼈다. 방황은 청춘의 특권이 아니라 형벌인 것이다.

- **중간 부분 줄거리**

'나'는 소양이 자주 가는 카페에 가고 소양의 남자 친구인 희중을 만나는 등 계속해서 소양의 삶을 추적한다. 외박했던 소양은 아버지에게 야단을 맞고 한바탕 소동을 벌인다. 결혼식 전날 밤, 소양을 걱정하던 '나'는 가족들 몰래 종로로 외출하고 그곳에서 원조 교제를 하려는 소양을 급하게 붙잡는다. 소양은 어딘가로 도망치고, 소양을 쫓는 데 실패한 '나'는 한 남자아이를 만나서 시간을 보낸다. '나'는 결혼식을 올리고 신혼여행까지 마친 후 집으로 돌아온다.

화장실에 가려고 방을 나서는데 비릿한 내음이 끼쳐왔다. 나는 마루의 창을 흘끗 보았다. 숲의 밤공기가 밀려왔나 했으나 창은 닫혀 있었다. 수목 내음 같았으나 어지러움을 느낄 정도로 비릿했다.

화장실에서 나서는 순간 내 머릿속으로 번개 같은 것이 스쳐갔다. 나를 어지럽게 한 것은 피 냄새였다. 얼굴 근육이 굳는 듯했으나 눈꺼풀이 떨렸다. 나는 소양의 방 앞으로 한 발 한 발 걸음을 옮겼다.

소양아 소양아! 문을 두들겼으나 아무 기적이 없었다. 나는 몇 번 더 부르다가 내 방으로 가서 가방을 꺼내 왔다. 소양의 방 열쇠는 내 아파트 열쇠와 함께 묶여 있었다. 불을 켠 마루에서 그것을 찾아 소양의 방문을 떨리는 손으로 열었다.

끼쳐오는 피비린내에 현기증을 느꼈으나 벽을 더듬어 스위치를 올렸다. 순간 방 안이 렌즈 속처럼 확대되어 눈에 들어왔고 나는 휘청거렸다.

방바닥은 피로 온통 붉게 물들었다. 검은 옷을 입은 소양이 방바닥에 창백한 얼굴로 누워 있었다. 얼마 전 내가 사다 준 검은 옷은 피로 온통 젖어 검붉었고 두 손은 펴져 있었다. 입도 약간 벌려 있었으나 피로 얼룩진 장판 위에 누워 있는 소양의 그 모습은 붉은 지도 위에 잠들어 있는 혁명가 같았다.

입을 틀어막은 채 뒷걸음질을 치는데 발에 무언가 채였다. 돌아다보니 피가 배인 노트였다. 일기장이었다. 나는 그것을 집어 들고 내 방으로 뛰어들어갔다. 소양을 살려달라고 소리치며 남편 품에 얼굴을 묻고 울음을 터뜨렸다.

여기는 꿈이 아니야
날개는 없고 몸뚱이만 있는 척박한 땅이야
새가 아니고 나비가 아니고 땅을 전신으로 문지르고 다니는 뱀이야 날개는 환각이야
깨어지면 아프고 괴롭고 추한 몸뚱이야

생업을 위해 싸우는 이 세계가
진공 속의 풍경처럼 소원하다
구호는 눈부시지만 나를 거부해
나는 섬이야 어디와도 닿지 않는 함정 같은 섬이야

내 눈물이 일기장에 떨어져 피 배인 종이 위에 묽게 번졌다. 어머니가 소리 죽여 우는 소리가 뒷자리에서 간간이 들려왔다. 눈동자가 움직이지 않는 것을 보고 혜양은 벌써 체념의 빛을 띠었지만 고무줄로 묶은 소양의 왼팔을 쥐고 울음 섞인 한숨을 내쉬웠다.

여태 자식 잘 키우려고 살아왔는데 이건 무슨 일이야. 처음에 소리부터 쳤던 아버지는 믿기지 않는다는 듯 뒤돌아보곤 주먹으로 눈물을 훔쳤다. 어제 빗속의 여행길을 신나게 달렸던 봉고를 운전하며 최 대리도 무겁게

침묵했고 그들 사이에 끼어 앉은 나는 가슴이 터질 듯했다.

바보같이 세상 밖에서 자신을 찾으려 하다니, 네가 적당히 타협하기만 한다면 땅에 온몸을 문지르고 다니며 피 흘리지 않아도 좋을 텐데, 청춘은 쇠사슬이 아니라 날개일 텐데, 소양은 끝내 안식의 방을 찾지 못했다. 숲에도 방이 없었다. 숲에는 혼란과 미로가 있을 뿐.

하늘엔 어느새 희프스름한 여명이 드리워 있었다. 비 그친 뒤의 맑고 차가운 새벽 공기가 가슴을 찔렀고 문 닫힌 거리도 서서히 깨어나고 있었다. 언덕길에서 보니 멀리서 붉은 창 같은 것이 나무들 사이로 솟아 화톳불처럼 가물거리고 있었다. 얼핏 도깨비불처럼 보이기도 하고 새벽의 여명 속에 힘을 잃고 스러져가는 악마의 혼 같기도 했다. 뚫어질 듯 허공을 바라보니 그것은 교회의 네온 십자가였다.

 만화로 읽는 '숲속의 방'

지난봄에 말도 없이 휴학했다고! 부모를 속인다는 건 용납할 수 없다.

아버지는 이해 못할 테니까 얘기 않겠어요. 제가 잘나서 그런 게 아니라, 나 자신부터 내가 왜 그래야 했는가를 구체적으로 설명할 수 없기 때문이에요.

발단 소양이 몰래 학교를 휴학함

전개 '나'는 소양의 삶을 추적함

위기 '나'는 동시대 젊은이들의 삶을 알게 됨

절정   외박을 한 소양이 한바탕 소동을 벌임

결말   소양이 자신의 방에서 자살함

📡 생각해 볼까요?

선생님 「숲속의 방」이라는 제목에 나타나는 '방'의 상징적인 의미는 무엇일까요?
💬 2 🤍 2

↳ **학생 1** 방은 개인적인 공간으로 외부와의 단절을 의미해요. 그러나 자아 찾기의 공간이자 새로운 삶을 모색하는 공간을 의미하기도 해요.

↳ **학생 2** 소양이 학교를 휴학하고 호스티스 일을 하는 것, 종로 거리에 나가 방황하는 건 모두 자아를 찾기 위한 몸부림으로 볼 수 있어요.

선생님 소양은 정신적 방황 끝에 스스로 목숨을 끊어요. 소양이 왜 이런 선택을 했는지 함께 이야기해 볼까요?
💬 3 🤍 3

↳ **학생 1** 소양의 정신적 방황은 그를 둘러싼 어떤 주변 인물들의 삶에도 동조할 수 없는 소양의 회의적인 태도에서 비롯돼요.

↳ **학생 2** 소양의 가족들은 깊은 고민 없이 삶을 무비판적으로 수용해요. 명주를 비롯한 대학 친구들은 사회적 정의라는 이름 아래에서 과격하고 독단적으로 행동하죠. 이들 중 어떠한 삶의 방식에도 동조할 수 없었던 소양은 새로운 삶을 모색하는 데에 실패하고 자살을 택해요.

↳ **학생 3** 소양의 자살은 자살 그 자체가 삶에 대한 올바른 대처 방법이라는 것을 보여 주는 것이 아니라 삶의 진실을 찾기가 얼마나 어려운 것인가를 보여 주기 위한 소설적 장치예요.

1980년대 운동권 학생들의 삶 ▽ 🔍

연관 검색어   민주화 운동   학생운동   노동운동

1980년대는 급격한 경제 발전과 신군부의 독재로 혼란스러웠던 시기다. 이에 대학생들은 지식인 계층으로서 사회 문제에 관심을 가졌다. 80년대 학생 운동은 대개 빈부 격차를 심화시키는 사회 구조적 모순과 비민주적 정치 행태 등에 대해 비판하고, 이에 대한 대안으로서 사회주의 운동을 전개하였다.

노동자 문제 해결에 앞장섰던 대학생들은 직접 공장일을 체험하면서 노동자들이 처한 실제 환경이 어떠한지 알아보고자 하였다. 민주화 운동에 참여했던 대학생들은 시위에 참여하는 것 말고도 교내 동아리에서 발행하는 동인지 따위에 민주주의를 향한 열망이 담긴 시나 산문을 발표하는 등 활발히 활동을 펼쳤다.

조정래
(1943~)

✉ 작가에 대하여

　전라남도 승주군(현 전라남도 순천시) 출생. 어린 시절을 주로 순천과 벌교에서 지내면서 여수 순천 10·19 사건과 6·25 전쟁을 겪었으며, 이 경험은 훗날 조정래의 문학적 토양으로 작용하게 된다. 1962년 동국대학교 국문과에 입학하였고, 1967년 시인 김초혜와 결혼하였다.

　1970년 〈현대문학〉에 「누명」과 「선생님 기행」이 추천되어 문단에 데뷔한 뒤 〈월간문학〉 편집장, 〈소설문예〉 발행인으로 활동하였다. 1978년에는 도서출판 민예사를 설립하여 1980년까지 대표로 활동하였으며, 1985년부터 1989년까지 〈한국문학〉 주간을 지냈다.

　조정래의 작품은 분단의 현실을 극적으로 형상화하고 있으며, 한국 사회에 자리 잡고 있던 계급적 갈등 구조가 이데올로기의 대립과 맞물리는 과정을 그린다. 그가 파악하는 6·25 전쟁과 분단은 민족의 삶을 왜곡시켜 온 사회 구조의 모순이 이데올로기에 의해 다시 왜곡되면서 해체되는 과정에 해당한다. 이러한 인식은 분단 상황에 대한 정치적 차원의 논의가 갖는 논리적 허구성을 지적할 수 있는 근거를 제공하고 있다.

#여순사건   #6·25전쟁   #민중의삶   #이데올로기

⛵ 작품 길잡이

갈래: 장편 소설, 대하소설, 역사 소설
배경: 시간 – 1948~1953년 / 공간 – 전라남도 보성군 벌교읍
시점: 3인칭 전지적 작가 시점
주제: 좌익과 우익의 이념적 대립과 혼란스러운 상황 속에서의 민족의 삶
출전: 〈현대문학〉⁽¹⁹⁸⁹⁾

📷 인물 관계도

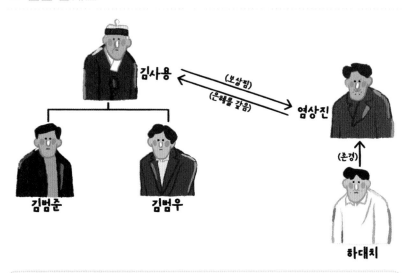

> 김범우 지주의 아들이지만 소작농들의 비참한 삶을 보고 죄의식을 느껴 계급 제도를 없애야
> 한다고 인식하게 된다.
> 염상진 빨치산으로 강한 신념을 가지고 있다. 이상 세계의 빠른 실현을 꿈꾸며 적극적이고
> 과감하게 행동한다.

📋 구성과 줄거리

제1부 한의 모닥불　여수 순천 10·19 사건이 발생함

1948년 10월, 전라남도 여수에 주둔하던 국군이 반란을 일으켜 여수와 순천을 장악한다. 그러나 이들은 군경 진압군에 밀려 퇴각하고, 염상진이 조직을 정비한다. 마을 사람들은 좌익과 우익으로 나뉘어 싸운다. 김범우는 죄 없는 사람들의 희생을 줄이려고 하지만 '좌익을 두둔하는 빨갱이'라는 혐의를 받아 구속된다.

제2부 민중의 불꽃　농지 개혁과 관련하여 시위대와 군경이 갈등함

이승만 정권이 농지 개혁에 실패하고 농민들의 불만은 커져간다. 염상진 등의 좌익 반란군은 토지 개혁을 실시하여 농민들의 환영을 받는다. 김범우는 벌교를 떠나 서울로 갔다가 반민 특위 사건, 백범 김구 암살 사건 등을 접한다. 소작농들은 '유상 몰수 유상 분배'의 농지 개혁법이 발표되자 강하게 분노한다.

제3부 분단과 전쟁　6·25 전쟁이 발발하고 좌우익의 투쟁이 심화됨

6·25 전쟁이 발발하고 벌교는 다시 염상진 등에 의해 장악된다. 김범우는 인민군이 패퇴하자 미군에 잡혀 강제로 통역관이 되지만 탈출하여 공산주의 노선을 택하고 인민군에 입대한다. 벌교에서는 염상진이 다시 빨치산으로 입산하고, 이때 많은 소작인도 염상진을 따라 입산한다.

제4부 전쟁과 분단　6·25 전쟁은 교착 상태에 빠지고, 빨치산은 와해됨

6·25 전쟁은 중국의 개입과 유엔군의 참전으로 교착 상태에 빠진다. 인민군에 입대했던 김범우는 반공 포로로 위장하여 고향인 벌교로 돌아온다. 지리산을 거점으로 있던 빨치산 세력은 군경의 토벌 작전으로 와해된다. 염상진이 이끄는 빨치산 부대는 패를 거듭하고, 결국 염상진은 부하들과 함께 수류탄으로 사폭한다. 염상진의 추종자인 하대치 등은 살아남아 새로운 투쟁을 향한 결의를 다진다.

태백산맥 제1부 한의 모닥불

3. 민족의 발견

김범우는 가위에 눌려 설핏 들었던 잠을 깬 후 더는 잘 수가 없었다. 몸부림 치듯 뒤척이다가 결국 일어나 앉고 말았다. 매일 밤 되풀이되는 고통이었다. 그는 두 무릎 사이에 머리를 박으며 머리칼을 쥐어뜯듯이 움켜잡았다.

"염상진⋯⋯."

신음처럼 흘러나온 소리였다. 그의 기진맥진한 의식을 염상진은 줄기차 게 따라붙으며 괴롭히고 있었다. 그날 이후 그의 의식은 예리한 칼질을 당 한 것처럼 무수한 가닥으로 갈가리 찢겨졌고, 그 가닥이나마 간추리려고 안간힘 하다 보면 어느새 염상진이 불쑥 나타나 마구 헝클어놓고 말았다. 승패가 자명한 그 싸움에 시달리며 시름시름 죽어가고 있는 자신을 보고 있었다. 불면의 밤, 1초 1초를 넘길 때마다 몸속의 피가 한 방울씩 말라드 는 것 같은 고통에 그는 신음했다. 매일 밤을 그렇게 보내다 보면 언젠가는 하얗게 표백된 껍질만 남은 죽음을 만나게 될 것만 같았다. 희게 박제된 허 수아비꼴의 죽음이 두려운 게 아니라 그 과정을 견뎌내기가 두려웠던 것이 다. 그렇게 죽는 것보다 차라리 염상진이 휘두르는 몽둥이에 얻어맞아 팔 이고 다리고 뚝뚝 부러지고 피 철철 흘리며 단숨에 죽고 싶었다. 그러면 염 상진의 체세포 하나하나, 아니 뼛속 깊이깊이까지 사무친 원한과 증오도 어느 정도는 풀릴 것 같았다. 그러나 염상진이란 사나이는 그렇게 감정적 이고 단순하고 즉물적^{即物的 이해관계를 우선으로 물질적인 면을 중시하는 것}이지 않았다.

김범우는 머리칼을 움켜잡았던 손을 풀었다. 그리고 느리게 손을 뻗쳐 담배를 집어 불을 붙였다. 심호흡을 하듯 담배 연기를 깊게 빨아들였다. 두 번, 세 번, 그의 혼란한 의식이 안개에 젖듯 여릿여릿^{빛깔이나 소리, 형체 따위가 선명하지 못하고 약간 흐리거나 약한 모양} 혼미하게 흔들렸다. 잠시 불투명하게 바뀌는 가벼운 최면 상 태의 아늑함에 젖어 손가락 사이에 끼워진 담배를 멍하니 바라보았다. 어둠 속이어서 그런지 담배 끝에 매달린 불꽃의 색깔이 갓 피어난 아침꽃의 색깔 처럼 싱싱하고 선명했다. 그는 무슨 예시처럼 그 두 가지 색깔이 지니는 공 통점을 문득 깨달았다. 그건 생명감이었다. 불꽃, 타오르는 불꽃이 지니는 생명감, 그는 서둘러 담배를 입에 물고 깊이 빨아들였다. 그러나 그는 연기를 삼키지 않았고, 두 눈동자는 빠알갛게 타드는 담뱃불에 고정되어 있었다. 그 투명한 밝음과 싱싱한 색깔과 타는 불꽃에서 그는 염상진을 보고 있었다.

불꽃을 물고 타는 한 개비의 담배, 어쩌면 그건 바로 염상진인지도 모른다. 불꽃이 타오르는 정열로, 불꽃이 타오르는 생명력으로 자신이 신념하는 세계를 위해 타오르는 사나이. 그러나, 불꽃이 다 타고나면 무엇이 남는가. 그건 회색빛 재일 뿐이다. 그것만큼 완전한 허무가 또 어디 있을까. 그것은 불꽃의 현란한 생명력 때문에 더 완전한 허무가 되는 것이다. 염상진은 이 사실을 알고 있을까. 아니, 이런 발상부터가 뿌리박힌 부르주아 근성이라고 일축해 버릴지 모른다. 과연 인생이란 건 무언가. 그 유한할 수 밖에 없는 삶, 어쩌면 담배 한 개비의 길이밖에 안 될지 모르는 과정을 살아내는 최선의 방법은 무엇인가. 염상진이 태우는 불꽃, 그건 사회주의 혁명 완수일 것이다.

"염상진……."

김범우는 또 신음하듯 염상진의 이름을 뇌며 새 담배에 불을 붙였다. 어디선지 가을벌레 우는 소리가 가늘면서도 예리한 음향으로 울리고 있었다. 그 음향에는 가을의 우수와 적막이 실려 있었다. 그 소리가 유난히 가슴 깊이 감겨오고, 슬픈 허망감이 뭉클 솟는 걸 느끼며 김범우는 쓸쓸히 웃었다. 집을 도망쳐 나와 이렇게 살아 있음의 의미가 무엇인지 그는 끝없이 서글프기만 했다.

"범우, 빨리 피허게. 자네 춘부장椿府丈 남의 아버지를 높여 이르는 말 어르신은 몰라도 자네의 안전까지 내가 보장할 수는 없네. 자네한테 이런 말 미리 하는 것은 우정 때문이 아니네."

그날 밤 꼭 귀신처럼 느닷없이 나타난 염상진은 그 느닷없음과 똑같이 아무 설명 없이 이렇게 말했던 것이다. 김범우는 가슴이 쿵 무너지는 것과 동시에 그 말뜻을 알아차렸다. 공산당 활동이 불법화되면서 염상진은 체포되어 1년 형을 살고 나왔다. 그 다음부터는 잠잠하게 지내는 것 같았다. 그런데 금년 3월에 남한만의 단독 정부 수립을 위한 선거 실시가 공포되고, 그 준비가 본격화되자 좌익계 반대 폭동이 전국적으로 극렬하게 일어났다.[1] 그때 염상진은 지하조직화 되어 있던 부하들을 이끌고 경찰서를 습격했다. 그 실패

---

1) 한반도에 하나의 정부를 수립하는 일은 남북한의 의견 대립으로 난관을 맞았다. 유엔은 '가능한 지역만이라도 총선거를 실시하여 정부를 세운다.'라는 방침을 결의하였다. 이후 남한에서는 1948년 5월 10일 총선거를 통해 제헌 국회를 구성하고 8월 15일에 대한민국 정부를 수립하였다.

로 7개월 동안 자취를 감추었던 그가 밤중에 느닷없이 나타난 것과, 그 말하는 품의 당당함으로 보아 일이 벌어져도 크게 벌어졌음을 직감할 수 있었다.

"형님, 무슨 말이오. 앉아서 차근차근 좀 말해 보시오."

짐작만으로 될 일이 아니었다. 김범우는 염상진의 옷소매를 잡아끌었다.

"나 그럴 시간이 없네. 간단하게 말해서, 마침내 혁명의 날이 왔네. 이번에는 먼젓번 같은 것이 아니라 군인들과 힘이 합쳐진 결정적인 것이네. 그쯤 알고 오늘 밤중으로 피하게. 내 말 우습게 알고 뭉기적거리다가 체포되면 그땐 난 모르네. 이만 가네."

염상진은 눈빛을 번쩍 빛내고는 홱 돌아섰다. 김범우는 그의 팔을 틀어잡았다.

"체포되다니요, 그게 무슨 말입니까?"

"자네가 그걸 몰라서 묻는 것인가? 혁명에 필수적으로 따르는 숙청肅淸 정책이나 조직의 일체성을 확보하기 위하여 반대파를 처단하거나 제거하는 일을 말이야."

김범우는 염상진의 냉담한 말투에서 핏빛 살기를 느꼈다. 체포·혁명·숙청 그런 단어 탓만이 아니었다. 염상진의 수염이 까칠하게 돋은 견고한 얼굴, 땟국에 전 옷, 그런 것들이 한꺼번에 풍겨내고 있는 살기였다.

"그런데 어찌 우리 아부님은 괜찮다는 겁니까?"

"나 바쁘다니까."

염상진은 김범우의 손을 뿌리쳤다. 김범우는 비척하며 놓친 팔을 다시 붙들었다.

"형님, 말해야 합니다."

"날 그리 못 믿겠으면 아부님 모시고 함께 피해."

염상진은 경멸적인 웃음을 입가에 차갑게 물고 있었다.

"못 믿는 게 아니고, 나는 안 되고 아부님은 괜찮은 게 이해가 안 되는 겁니다."

"자네가 알 턱이 없지. 그건 인민이 정하는 기준이니까."

염상진은 김범우의 손을 뿌리치고 나갔다. 그는 더 이상 염상진을 붙들 기력이 없었다. 자네한테 이런 말 미리 하는 것은 우정 때문이 아니네. 염상진의 말이 귀청을 찢을 것처럼 왕왕왕 울려대고 있었다. 그 말뜻을 도무지 해득解得 뜻을 깨쳐 앎할 수가 없었다. 우정 때문이 아니라면 그럼 무슨 공적 때문인가. 언제라고 한 번 자신이 그들의 일을 도운 적이 있었던가. 그런 일은 전혀 없었다. 그동안 자신이 취해왔던 언행은 직접은 아닐지라도 간접적으로 방해가 되었으면 되었지 도움은 주지 않았을 것이다. 그와의 교분交分 서로 사귄 정은 20년이 넘는 세월에 걸쳐 있었고, 자신은 언제부터인지 모르게 그를 형님이라 호칭하게 되었던 것이다. 그런데 그는 굳이 우정 때문이 아니라고 못 박고 있었다. 우정 때문인 탓에 그는 그것을 부인하려는 것은 아니었을까. 혁명의 적으로 마땅히 숙청해야 될 존재를 사사로운 정분에 의해 피신시킨다는 것은 분명 죄악일 터였다. 그래서 그는 스스로 죄의식을 느끼지 않을 어떤 명분을 찾아내고 우정이 아님을 강조한 것은 아닐까. 그러나 그 명분이 객관적 힘이 없다는 것은, 자네의 안전까지 내가 보장할 수는 없네, 내 말 우습게 알고 뭉기적이다가 체포되면 그땐 난 모르네, 한 그의 말이 충분히 입증하고 있었다. 그러면 아버지의 안전을 보장할 수 있는 객관적 명분은 어떤 것인가. 아버지가 읍내에서 손꼽히는 지주地主 토지의 소유자로, 자신이 소유한 토지를 남에게 빌려주고 지대를 받는 사람 중의 한 사람인 것은 강아지도 다 아는 사실이 아닌가. 그건 인민이 정하는 기준이니까. 김범우는 다시 원점으로 돌아왔다. 인민이 정하는 기준, 그건 넘어설 수 없는 난해한 벽이었다. 그리고 '인민'이라는 단어는 야릇한 불안감을 몰아왔다. 김범우는 서둘러 안채로 갔다.

"그래…… 상진이가 시키는 대로 니는 얼렁 피해라."

김사용은 미간에 골이 패도록 내리감았던 눈을 뜨며 결론짓듯이 말했다. 김범우는 그런 아버지의 태도에서 괴로운 체념을 발견하고 있었다. 그건 격변하는 시대의 물결에 부딪치며 최근 몇 년을 살아낸 아버지의 탈진한 모습이기도 했다.

"아부님은 어쩌시려구요?"

"……."

김사용은 다시 눈을 내리감았다. 김범우는 그 침묵이 침묵이 아님을 알고 있었다.

"염상진의 말을 전적으로 믿을 수가 없습니다. 사람이 많이 변해 있어요."

"걱정 말고 니나 얼렁 채비해라."

"저 혼자 어떻게……."

"암시랑 않을 것이다. 나는 상진이를 잘 안다. 지가 자신허지 못 헐 일이라면 일삼아 우리 집에 오지도 안 했을 것이다. 상진이는 그리 허술헌 사내가 아니여. 나는 상진이를 믿어."

김범우는 아버지가 염상진을 마치 자식 이름 부르듯 하는 것을 듣자 가슴이 먹먹해 오는 감정의 굴절을 느꼈다. 아버지는 염상진이 타고난 낮은 신분의 피를 전혀 개의치 않았다. 오히려 그의 총명함과 사리분명함을 아끼고 사랑했다. 그래서 아버지는 자기 자식이 염상진과 호형호제하는 것도 당연한 것으로 여겼는지 모른다. 그런데 이제 서로 다른 입장에서 마음의 진부^{眞否} 참됨과 거짓됨. 또는 진짜와 가짜 를 놓고 머뭇거리게 된 것이다.

　"아무래도 아부님도 떠나셔야 헐 것 같습니다."

　"어허, 쓰잘디없는 소리. 상진이 지를 못 믿겄으면 이 애비도 피허라고 허드람서. 그 말이 무신 뜻이냐. 상대방이 내보인 진심을 믿지 않는 것만치 큰 죄가 없는 법이여. 그때부텀 생사람 잡는 오해가 생기는 것이다. 가그라, 싸게 떠나."

　아버지의 말을 더 거역할 수가 없었다. 김범우는 암울한 심정으로 댓돌을 내려섰다. 마당으로 나선 그는 고개를 뒤로 젖히며 긴 한숨을 어두운 허공에 토해냈다. 농밀한 어둠 속을 잠시 표류하던 그의 의식은 문득 별들의 존재를 깨달았다. 별들은 어둠의 저편 멀고 깊은 곳에서 어둠의 눈처럼 반짝이고 있었다. 가을 별들이라서 그런지 그 자리가 멀면서도 완연해 보였고, 새벽 샘물에 씻어낸 것 같은 그 해맑고 초롱초롱한 반짝임들은 금방 제각기 다른 무수한 방울 소리를 내는 것 같았다. 저 무질서한 것처럼 흩어져 있는 수많은 별들의 완전한 질서처럼…… 그러나 그는 고개를 저었다. 염상진은 이미 저 우주 공간을 광포한 무법자처럼 거대한 꼬리를 이끌고 날아다니는 위험스러운 별, 혜성이 되고자 하고 있었다.

　"여보, 어쩌실랑가요?"

　조심스러운 목소리가 그를 일깨웠다. 아내의 근심스러운 얼굴이 김범우의 멍한 눈길에 잡혔다.

　"우선 들어갑시다."

　김범우는 번잡스러운 생각들을 떼쳐내기라도 하려는 듯 걸음을 빨리 했다.

　아들 경철이와 딸 희숙이는 조그맣게 잠들어 있었다. 김범우는 두 아이를 물끄러미 내려다보고 있었다.

　"염상진 그 사람……."

　"여보!"

　김범우는 아내의 말을 제지하며 급히 고개를 돌렸다. 주춤한 자세의 겁에

질린 아내의 모습을 보자 그는 자신의 태도가 너무 격했음을 깨닫고,

"여보, 당신은 바깥일에 신경 쓸 거 없소. 눈치껏 알아차리고 그때그때 마음에 새기면 되오. 한 가지 명심할 것은 마음에 있는 소리를 절대로 입 밖에 내지 말라는 것이오. 이 시끄럽고 불안한 시국에 입단속 잘못했다간 엉뚱한 화를 입게 될지도 모르니까."

가능한 한 따뜻한 어조로 말했다. 아내는 죄스러운 눈빛으로 고개를 떨구었다.

김범우는 다시 두 아이들 쪽으로 고개를 돌렸다. 그 조그만 것들의 잠자리에 함께 잠들어 있는 평화를 보았다. 그 새근거리는 숨소리, 꾸밈이 없는 평온한 얼굴, 거기에 깃들어 있는 안온한 시간과 공간이 가장 진정한, 순금의 평화가 아닐까 싶었다. 그런데 그 평화가 어른들의 각기 다른 욕심 사이에서 언제 깨어질지 모를 위기에 처하고 있었다. 김범우는 첫아이를 갖고 며칠이 지나 우연히 아이의 눈을 들여다본 일이 있었다. 그 티끌 하나 없이 깊고 맑은 눈동자는 한마디로 경이였다. 아, 이것이 바로 진짜 사람의 모습이구나! 그는 깊이 경탄해 마지않으며, 너나없이 정도의 차이만 있을 뿐 하나같이 핏기 띤 눈을 가진 어른들이 갈 데 없는 죄인이란 사실을 깨달았다. 그건 자신을 포함한 모든 성장한 인간에 대한 혐오이기도 했다. 김범우는 천천히 팔을 뻗쳐 두 아이의 손을 차례로 감싸 잡았다. 작은 조가비 _{조개의 껍데기} 같은 손에 흐르는 따스한 체온이 찡하니 심장을 울려왔다.

학병에서 돌아오자마자 그는 결혼을 독촉하는 아버지의 성화에 시달려야 했다. 학병 기간을 남들과는 달리 유별나게 거치는 동안 그의 의식은 넝마처럼 만신창이가 되어 있었다. 해방이고 뭐고, 그는 삶의 의욕을 거의 상실하고 있었다. 그러나 그 절망감이 아버지의 성화를 어느 기간까지 유보 _{留保 어떤 일을 당장 처리하지 아니하고 나중으로 미루어 둠} 시킬 수 있는 설득력을 지닌 것이 아님을 그는 알고 있었다. 더구나 아버지의 주장은 너무나 당연한 것이기도 했다. 형 범준이 독립운동에 가담해서 집을 떠나버린 것이 15년이 넘었고, 아버지는 손자를 보지 못한 채 칠십 고개에 마주 서 있는 형편이었다. 김범우는 아무런 감동 없이 결혼이라는 절차를 밟아 한 여자와 잠자리를 같이하게 되었다. 두 자식이 태어날 때마다 기쁨보다는 비애에 가까운 서글픔이 일어나고는 했다. 그건 그 생명들의 장래를 어둠으로 예감하는 연민 탓이었다.

"서방님, 채비 다 끝났는디요."

밖에서 이 말이 들리자마자 김범우는 자리에서 일어섰다.

"나오지 말고 애들 잘 살피시오."

따라 일어선 아내는 원망스런 얼굴을 떨구었다.

김범우는 아버지가 정한 거처인 대밭골 문 서방집을 향해 20리 밤길을 걸어야 했다.

다음날 오후, 밤을 예비하는 10월의 스산한 바람결이 대이파리 '댓잎'의방언 사이사이를 흐르고, 비껴 쬐는 열기 잃은 햇살이 무수하게 많은 대이파리의 미세한 떨림 위에서 그 수효만큼 많은 빛의 조각으로 부서지고 있는 것을 하염없이 바라보고 있던 김범우는 헐레벌떡 뛰어든 문 서방으로부터 읍내 소식을 들었다.

"서방님, 작은서방님, 으 읍내에 생난리가 터져부렀구만요. 어지께밤에 좌익 시상이 되야부렀어라. 순사란 순사는 다 도망가뿔고, 빨갱이덜 손에 경찰서가 불타고……."

"문 서방, 아부님은 어찌 되셨소?"

김범우는 가슴이 걷잡을 수 없이 벌떡거리는 걸 억누르기라도 하듯 소리쳤다.

"어르신네요?"

갑자기 말을 제지당한 문 서방은 영문을 알 수 없다는 얼굴로 잠시 멀뚱해졌다가, "아아, 어르신네요, 암시랑토 안 혀요." 하며 안도하는 웃음을 천진하도록 지어 보였다.

"무사하시단 말이오?"

"하먼이라. 댁에 편히 기신당께요."

문 서방은 답답하다는 듯 목청을 돋우었고, "알겠소." 하며 김범우는 허물어지듯 평상에 주저앉았다.

"작은서방님, 어디 아프신 게라? 얼굴이 똑 죽을상인디."

문 서방이 창백해진 김범우의 얼굴을 들여다보며 당황해했다.

"아니오, 금방 괜찮아질 거요. 조금 있다가 읍내 이야기나 차근차근 들어봅시다."

"야아, 허고말고라. 참말로 간이 콩알만 해지는 무선 귀경거리드만요."

문 서방은 머리를 절레절레 흔들며 돌아섰다.

문 서방의 두서없고 잡다한 이야기 중에서 뼈대를 간추리면, 좌익 사상을 가진 군인들이 반란을 일으켰고, 거기에 민간인 지하조직이 합세한 것이었다. 그건 어젯밤 염상진이 했던 말과 일치했다. 그리고 경찰들이 후퇴를 하지 않을 수 없었다면 그 세력 또한 염상진의 말마따나 무시할 수 없는 정도인 모양이었다. 문 서방은 그 반란이 어디서 시작되었는지조차 모르고 있었다. 다만 총을 쏘아대는 반란군들이 진트재를 넘어 읍내에 들어왔고, 다른 부대는 조성 쪽에서 왔다고 했다. 문 서방은 흥분을 앞세워 그저 총을 가진 반란군, 도망간 순사, 헐렁한 핫바지 저고리에 빨간 완장을 찬 좌익들, 이런 것들에 관심을 쏠 뿐이었다.

반란군이 진트재를 넘어온 것이 확실하다면 그쪽으로 직결되는 도시는 순천이었다. 그러나 그가 알고 있는 바로는 순천에는 반란을 일으킬 만한 군부대가 주둔하고 있지 않았다. 있다고 해야 고작 2개 중대에 불과했다. 그렇다면 여수와 목포, 그 어디에서 발단된 것이리라 싶었다. 어쩌면 그 두 곳의 병력이 합세를 했는지도 모를 일이었다. 반란군이 진트재를 넘어 벌교를 장악했다면 순천은 이미 그들의 손아귀에 들어갔기가 십상이었다. 벌교가 그 지경이 되었으면, 이어서 보성과 고흥까지도 위험할 것이었다. 이런 추리를 해나가면서 그는 절망적인 기분에 빠져들었다. 해방이 되고 3년을 거쳐 오는 동안 쉴 새 없이 일어난 사회 격랑과 정치적 사건들은 하나같이 민족의 운명을 불행 쪽으로 몰아붙이는 것들뿐이었다. 그의 의식 속에서는 성난 소가 끄는 수레바퀴처럼 그가 겪어내고 목격했던 수많은 사건들이 제각기 소리치고 냄새 풍기며 굴러가고 있었다. 그 격렬한 회전을 하는 사건들은 멀리로는 학병 시절에서부터 가까이는 금년 봄에 치른 단독 선거에까지 걸쳐진 것이었다. 그 기억의 수레바퀴는 한번 구르기 시작하면 점점 가속도가 붙었고, 그에 따라 그의 감정도 열도를 높이기 시작했던 것이다. ㄱ의 감정은 걷잡을 수 없이 뜨거워지고, 그 절정에서 그는 문득 현실이라는 절망의 벽을 만나고, 그 순간 그의 뜨거워진 감정은 그만큼의 반대 온도로 일순간에 냉각되어 버리고, 그 감정은 조각조각 깨지면서 그를 절망의 바다로 끝도 없이 밀어 넣는 것이었다. 그는 마치도 주기적 발열을 보이는 열병을 앓듯 어떤 충격적 사건에 부딪치거나 극히 염려스러운 문제가 야기되면 곧 감정의 회전을 되풀이하고는 했다.

김범우는 숨을 몰아쉬며 회전을 시작하려는 감정에 제동을 걸려고 애를 썼다. 자신의 앞에 펼쳐진 현실은 전과 같은 절망의 벽이 아니라 죽음인 것처럼 느껴지고 있었다.

다음 날부터 정신 바짝 차린 문 서방이 가져오는 소식을 대하며 김범우는 절망감에 휘말리고 있었다.

"작은서방님, 작은서방님, 어르신네가, 어르신네가 살아나셨구만요, 살아나셨다니께요."

문 서방이 사립문을 차고 들며 숨이 넘어가고 있었다.

"무슨 소리요, 문 서방!"

"긍께 머시냐, 이, 이, 인민재판에서⋯⋯."

김범우는 전신이 허물어지는 것 같은 허탈에 빠져 비칠비칠 주저앉으며 말했다.

"자세히 얘기해 보시오."

"긍께, 어르신 차례가 되얐는디, 위메 참말로 환장허겄등거. 어르신네는 두 눈 딱 감고 단상에 꼿꼿허게 스셨는디, 누가 벌떡 일어남스로 소리 질르기를, 김사용은 지주지만 인민의 적은 아니다. 큰아들 범준은 독립투사고 김사용은 독립 자금을 댔다. 인민의 피를 제대로 쓴 것이다. 고것만이 아니라 큰아들 김범준은 해방되고 3년이 지난 지금꺼정 소식이 읎다. 못헐 말로 죽은 것이라면 조국 독립을 위해 하나뿐인 목심을 바친 것이다. 그라고 지주 김사용은 작인^{作人 소작인. 다른 사람의 농지를 빌려 농사를 짓고 그 대가로 사용료를 지급하는 사람}들헌테 질로 후허게 헌 사람이다. 고건 시상이 다 아는 일이다. 그렇께 김사용은 숙청에서 빼야 헌다, 고 허드랑께요. 그 말을 위원장이 접수헌다고 발표허고는 또 모인 사람들헌테 위떻게 헐랑가 묻드만요. 위메, 고때 사람 미치겄등거. 근디 여그저그서 옳소, 옳소, 허는 소리가 터짐스로 박수를 안 치겠소. 위메 나는 이때다 싶어 목구녕이 찢어져라 옳소, 옳소, 소리 질르고 손바닥이 떨어져 나가그라 박수를 쳤구만요. 그래서 어르신이 화를 면허시고 단상을 내려오시는디⋯⋯. 지가 쫓아가 어르신을 부축험시로 을매나 죄시럽고 눈물이 나든지⋯⋯."

문 서방은 목이 잠기며 눈물을 훔쳤다. 그런 문 서방의 그지없이 착하고 선량함이 그의 가슴을 뭉클하게 했다.

"고맙소, 문 서방. 너무 애썼어요."

김범우는 애서 웃어 보이며 말했다.

"무신 당찮은 말씸이시다요. 정작 고마운 사람은 따로 있제라. 어르신 구

헐라고 나선 그 하대치란 사람 말이어라우."

하대치, 귀에 익은 듯한 이름이면서도 딱히 잡히는 것이 없었다.

"그래요? 그 사람이 누구요?"

"하매 작은서방님도 알 성불른디요. 위원장 염상진얼 그림자맹키로 따라댕김서 빨갱이 허다 징역살이도 함께헌⋯⋯."

"아, 알았어요."

김범우의 기억 저편에서 흐리게 떠오르는 사내가 있었다. 얼굴 생김은 거의 기억이 없고, 키가 작은 다부진 체격에 꼭 돌덩이 같은 인상을 풍기던 사내였다. 염상진이 출감해서 돌아오던 날 역에 마중을 나갔다가 보았던 것이다.

"하대치 그 사람이 어르신네 소작을 부친 것도 아니고, 무신 은혜럴 입었다고 그리 발 벗고 나섰는지, 참말로 몰를 일이랑께요."

문 서방은 영문을 몰라 하고 있었다. 그건 염상진이 꾸민 완벽한 연극이었다. 그러나 대사로 사용된 아버지의 행적까지 연극은 아니었다. 그건 있는 대로였다. 남들과 똑같이 체포를 해 가고, 인민재판에 회부하고, 부하를 시켜 발언하게 하고, 그리고 석방시키는 과정을 거친 염상진의 의도는 결코 단순하지가 않았다. 공적인 목적과 사적인 정리情理 인정과 도리를 아울러 이르는 말가 복합적으로 작용했을 것이었다. 객관적으로 별로 흠잡힐 데 없는 아버지를 인민재판을 거쳐 석방시킴으로써 자기네들의 공정성과 신중성을 널리 선전하고 싶었을 것이다. 그리고 다른 지주들을 처단하는 확실한 이유 설명의 본보기로 삼을 수 있었을 것이다. 뿐만 아니라 개인적으로는, 그의 어린 날로부터 따뜻한 정과 깊은 이해를 베풀어 온 아버지를 떳떳하게 보호하고 싶었을 것이다. 한 번의 행위로 두 가지 이상의 목적을 충족시킬 줄 아는 염상진, 그는 역시 단세포가 아니었다.

"헌디 말이요, 서방님. 인민재판이라등가 먼가가 끝나고 쬐이는 굿판이 벌어졌는디, 워메 징허기도 허고⋯⋯."

"어디서 말인가요?"

김범우는 문득 생각에서 깨어나며, 한결 느긋해진 태도로 말하고 있는 문 서방에게 눈길을 돌렸다.

"워디긴 워디어라, 북국민핵교 마당에서 인민재판을 끝내고 그 질로 소화다리로 끌고 갔구만이라. 사람덜이 벌떼맹키로 모였는디, 사람덜헌테 귀경시키대끼 줄줄이 세워 놓고 쬐였당께요."

"문 서방도 그걸 구경했단 말이오?"

"하면이라, 징허기는 혔어도 그건 돈 내고도 못헐 존 귀경거리였는디요."

"그게 무슨 소리요, 문 서방. 남들은 죽어 가는데 그걸 보고 좋은 구경거리라니."

김범우의 음성은 뜨거웠고 눈 가장자리에는 파르르 경련이 일었다.

"존 귀경거리고 말고라. 죄는 진 대로 가고 공은 닦은 대로 간다고, 즈그 눔덜이 평소에 읎이 사는 사람덜 아프고 씨린 맘 몰라주고 행투^{행티. 심술을 부려 남을 해롭게 하는 버릇} 고약허게 해 감서 배 터지게 묵고 살았응께 고렇게 당혀서 싸제라. 고것들이 하나씩 죽어 자빠지는디, 씨엉쿠^{'시원하게'의 방언} 잘됐다. 씨엉쿠 잘 되았다, 허는 소리가 속에서 절로 솟기드만요. 고런 맘이 워디 나 혼자뿐이었을랍디여. 말을 안 혔응께 그렇제 귀경허는 전부가 다 똑겉은 맘이었을 꺼구만이라."

문 서방은 완전히 다른 사람으로 돌변해 있었다. 그의 눈은 증오로 타고, 얼굴은 분노로 일그러져 있었다. 김범우는 하나의 악마를 보고 있었다. 아버지를 위해 눈물을 머금던 아까의 그 착하고 선량하던 모습은 간 곳이 없었다. 김범우는 섬뜩하게 끼쳐 오는 두려움을 느꼈다.

"문 서방, 애썼어요. 그만 쉬도록 해요."

김범우는 땅바닥을 내려다본 채 중얼거리듯 말했다.

문 서방이 돌아서고 나서도 김범우는 의식의 공백 속에 빠져 있었다. 그는 사고^{思考 생각하고 궁리함}를 정리하려 했지만 뜻대로 되지 않았다. 전혀 다른 두 모습의 문 서방, 그 어느 쪽이 진짜인가. 어떻게 한 사람이 그렇게 표변^{豹變 마음, 행동 따위가 갑작스럽게 달라짐}할 수 있는가. 그 어느 쪽이 진실인가. 사람이 어떻게 그토록 이중적일 수 있을까. 그때 퍼뜩 떠오르는 말이 있었다.

"있는 자들은 자기들만 사람인 줄 알지. 더러 그렇지 않은 우등생도 있지만 말야. 난 그 단순한 자만을 고맙게 생각하네. 거기에 우리가 설 자리가 있고, 그게 그들 스스로가 빠져들어 갈 함정이니까."

염상진의 말이었다. 그렇다, 인간은 복합적 사고와 다양한 감정의 줄기를 소유한 동물이다. 문 서방의 전혀 다른 두 모습은 그런 인간의 속성이 표출된 것일 뿐이다. 그러므로 그 두 가지 모습은 다 문 서방의 참모습인 것이다. 인간의 마음속에는 선과 악이 공존하면서 외부의 영향과 상황에 따라 그것은 반응하는 것이다. 문 서방은 아버지에게는 선한 인간으로 반응했고, 다른 사람들에게는 악한 인간으로 반응한 것뿐이다. 만약 아버지가 악한 지주였다면 문 서방은 여지없이 악한 반응을 보였을 것이다. 그러므로 문 서방의 악은 악이 아니라 선인 것이었다. 염상진의 자신감 넘치는 얼굴이 확대되어 오고 있었다.

문 서방은 연거푸 이틀을 끔찍한 소식만 가지고 왔다. 김범우는 속이 메슥거리다 못해 생목^{제대로 소화되지 아니하여 위에서 입으로 올라오는 음식물이나 위액}이 치밀어 오르는 것을 견뎌 내며 문 서방의 이야기를 다 들었다. 죽이는 자와 죽는 자가 대치한 현장, 그 빛과 어둠으로 양분된 극단의 행위에 대한 이야기를 듣는 것만이 현재로서 자신이 할 수 있는 유일한 일이었던 것이다.

"소화 다리 아래 갯물에고 갯바닥에고 시체가 질펀허니 널렸는디, 아이고 메 인자 징혀서 더 못 보겠구먼이라. 재미가 오진 싸까쓰도 똑같은 거 두 번씩 보면 질리는 법인디, 사람 쥑이는 거 날이 날마동 보자니께 환장허겄구만요. 그리고, 그 사람덜이 가난허고 배곯는 사람덜 편이랑께 나쁠 것은 없는디, 사람도 지각각 죄도 지각각이라고, 사람마동 진 죄가 달블 것인디 워째서 마구잽이로 쥑이기만 허는지, 날이 갈수록 그 사람덜이 무서짐스로 겁이 살살 난당께요."

김범우는 놀란 눈으로 문 서방을 건너다보고 있었다. 그건 바로 염상진이 빠지고 있는 함정이었다.[2] 염상진이 문 서방의 말을 들었으면 무어라고 할 것인지 궁금했다.

그러나 김범우는 염상진의 그런 과감하면서 격렬한 행동 전개를 비난하거나 비판하고 싶지는 않았다. 그는 개인이 아니라 사회주의 혁명을 추진하는 조직 속의 일부였던 것이다. 그의 행동이 그렇게 전개되고 있는 것은 전체 조직의 통일된 방법이었고, 그런 방법이 동원되기까지는 현실적인 필연성과 당위성이 엄연했던 것이다. 결과적으로 그들이 무장 투쟁을 전개하지 않을 수 없는 것은 미군정의 무력 탄압에 그 명백한 원인이 있었다. 그러니까 그들의 행위를 '폭력'으로 간주하더라도 그건 어디까지나 '방어적 폭력'이었고 '상대적 폭력'이었다. 미군정은 여운형의 조선인민공화국의 부인, 친일

---

2) 지주들은 가난한 사람들을 사람으로 취급하지 않았기 때문에 함정에 빠졌다. 그러나 염상진 역시 함정에 빠져 있다. 무차별적이고 잔인한 공개 처형이 지속될수록 사람들은 두려움을 느끼고 좌익에 대한 지지를 철회할 것이기 때문이다.

파 핵심 세력인 한민당의 옹호, 민족 반역 세력인 군·경찰 출신들의 재등용 비호, 공산당 활동 불법화, 청년당 구성과 백색 테러 감행, 공산당원들의 무차별 체포와 조직 파괴 공작, 남한 단독 정부 수립으로 이어지는 폭력 행위를 조직적이고 단계적으로 시행해 왔던 것이다. 그 과정을 거치면서 남로당은 지하활동 속에서도 수난과 피해로 얼룩진 세월을 살지 않을 수가 없었다. 무차별한 폭력 앞에 자기를 지킬 수 있는 방법, 그것은 또다른 폭력밖에 없는 것이었다. 그러나 그 결과는 제국주의적 지배 술수에 말려든 것일 수 있었고, 군정이 더 가혹한 폭력을 행사할 수 있는 타당성과 근거를 만들어주는 것일 수도 있었다. 그리고 이쪽의 폭력이 상대의 폭력을 이기지 못할 때 그건 자멸의 길을 재촉하는 것일 뿐이었다. 그게 폭력의 생리이고 법칙이었다. 염상진이나 그 조직은 이번에 일으킨 행동으로 과연 미군을 이길 수 있다고 생각한 것이었을까. 김범우는 자신이 귀국해서 벌이게 되었던 논쟁을 지금쯤 염상진이 어떻게 생각하고 있을 것인지 궁금했다. 그때 자신이 예상했고 주장했던 것처럼 군정은 치밀하고 철저하게 공산당 파괴로 일관해 왔던 것이다. 그리고 남로당은 그 피해를 고스란히 입어오고 있었다. 10·1 폭동, 2·7 구국 투쟁, 4·3 사건을 거치면서 조직의 약체화로 치달아온 것이었다. 그러면서도 염상진은 자신들의 방법이 옳다고 생각하고 있을 것인가. 김범우는 그 '방어적 폭력'의 외로움과 한계성이 너무 답답할 뿐이었다.

그렇게 하루하루를 보내면서 김범우의 불면증은 점점 깊어갔다.

• 뒷부분 줄거리

벌교의 좌익 세력들은 사흘을 견디지 못하고 군경 진압군에 밀려 퇴각한다. 군경 진압군은 마을에 남아 있는 좌익 세력과 부역자들을 찾아내는 데 혈안이 된다. 이러한 상황 속에서 마을 사람들은 좌익과 우익으로 나뉘어 싸우고, 반란군과 함께 산속으로 떠난 사람들의 가족은 갖은 곤욕을 겪는다. 김범우는 죄 없는 사람들의 희생을 줄이기 위해 최익승을 찾아가 호소한다. 그러나 이로 인해 '좌익을 두둔하는 빨갱이'라는 혐의를 받아 구속된다.

제1부 한의 모닥불 여수 순천 10 · 19 사건이 발생함

제2부 민중의 불꽃 농지 개혁과 관련하여 시위대와 군경이 갈등함

제3부 분단과 전쟁 6 · 25 전쟁이 발발하고 좌우익의 투쟁이 심화됨

제4부 전쟁과 분단 6 · 25 전쟁은 교착 상태에 빠지고, 빨치산은 와해됨

🔭 생각해 볼까요?

 선생님 염상진은 왜 김사용을 인민재판에 회부한 후 풀어주었을까요?
💬 2 ♥ 2

  ↳ **학생 1** 김사용은 지주이지만 선비적인 성품으로 소작농들의 신임을 받고, 큰아들이 독립투사로 활약하여 객관적으로 흠 잡힐 데가 없어요. 이러한 김사용을 인민재판에 올린 후 석방하는 과정을 거친 것은 사람들에게 인민재판이 무차별적인 보복이 아닌, 정당성과 타당성을 지녔음을 보여 주기 위한 것이에요.

  ↳ **학생 2** 또한 염상진은 어린 시절 김사용에게 따뜻한 정과 신임을 받았어요. 이에 보답하고 김사용을 떳떳하게 보호하기 위해 인민재판을 행한 것이에요. 결국 염상진은 인민재판을 통해 공적인 목적과 사적인 목적을 동시에 달성하였다고 할 수 있어요.

 선생님 김범우는 문 서방의 이중적인 모습을 어떻게 판단하였나요?
💬 2 ♥ 2

  ↳ **학생 1** 김범우는 문 서방이 숙청당할 위기에서 벗어난 김사용 이야기를 하며 눈물을 흘리는 모습을 보고 문 서방의 착한 마음씨에 감동하였어요. 그러나 이내 돌변하여 공개 처형당하는 지주들을 보고 통쾌해하고 그들에 대한 증오심을 내비쳐요. 이를 보고 악마와 같다고 느꼈어요.

  ↳ **학생 2** 처음에는 혼란스러워하던 김범우는 문 서방이 이중적인 인물이 아니라, 선과 악에 따라 다른 반응을 보인다고 생각해요. 문 서방의 악은 악한 인간에 대한 응징이므로 결국 문 서방의 악은 선이라고 판단해요.

선생님 작품 속에서 태백산맥은 빨치산 활동이 전개되는 공간적 배경이에요. 작품의 제목이기도 한 '태백산맥'이 의미하는 것은 무엇일까요?
💬 2 ♥ 2

  ↳ **학생 1** 한반도는 백두대간을 통해서 백두산에서부터 남녘 바다까지 이어져요. 태백산맥은 이른바 백두대간의 등줄기라는 점에서 우리 민족의 역사 그 자체를 상징하기도 해요.

  ↳ **학생 2** 동시에 분단이라는 민족의 비극적 상황을 허리가 잘린 백두대간, 즉 태백산맥을 통하여 상징적으로 보여 주고 있어요.

선생님 조정래의 대하소설 「태백산맥」이 우리나라 문학사에서 가지는 의의를 알아 볼까요?

 3 3

학생 1 「태백산맥」은 여수 순천 10·19 사건 직후인 1948년부터 6·25 전쟁이 끝난 1953년까지, 좌우익의 이념이 대결했던 격동적 시기를 사실적으로 그려 낸 대하소설이에요. 이처럼 「태백산맥」은 해방 직후의 역사적 상황을 본격적으로 다룸으로써 민족 분단의 배경을 거시적인 역사적 관점에서 조명하였다는 데에 의의가 있어요.

학생 2 특히 이 작품에는 좌우 정치 세력의 대립, 지주와 소작인의 대립 및 이데올로기의 대립이 발생하게 된 배경과 당대 지식인들이 이념을 선택하면서 고려했던 근거와 이유를 인물의 내면 의식을 통해 생생하게 그려 내고 있어요. 이념 선택의 문제를 추상적이고 관념적으로 접근하는 것이 아니라 각 인물이 지닌 삶의 조건, 당대의 사회적 분위기, 일제부터 이어져 내려온 역사적 과정에서 찾고 있는 거예요.

학생 3 이 작품에는 민중이라 할 수 있는 농민, 하층민, 무당 등 소외 계층의 삶도 매우 사실적으로 그려져 있어요. 흔히 이데올로기의 문제를 지식인들만의 문제로 간주하였던 것과는 달리, 이 작품에서는 민중들의 생생한 삶의 현장에서 벌어지는 이념 선택의 문제를 조명함으로써 지식인 중심의 역사라는 한계를 극복해요.

여수 순천 10·19 사건

연관 검색어 　여순사건 　좌익 　남로당

여수 순천 10·19 사건은 제주도 4·3 사건을 진압하기 위해 대기 중이던 여수 주둔 제14연대의 하급 지휘관이 주동이 되어 일으킨 무장 반란 사건이다. 이 사건은 일주일 만에 진압되었지만, 반란군의 일부 부대는 남로당(남조선노동당)의 지방 조직 및 농민과 결합하여 장기적인 유격전을 전개하였다. 이는 6·25 전쟁 이후까지도 계속되었다.

박경리
(1926~2008)

✉ **작가에 대하여**

경상남도 통영 출생. 진주여자고등학교를 거쳐 1950년 서울가정보육사범학교 가정과를 졸업하고 황해도 연안여자중학교에서 교사로 근무하였다. 1955년 「계산」, 1956년 「흑흑백백」이 〈현대문학〉에 추천되면서 등단하였다. 1957년 「불신 시대」로 현대문학 신인상을 수상하였다. 초기에는 전쟁으로 가족을 상실한 개인의 힘겨운 삶과 내적 갈등을 통해 부조리한 사회 구조를 드러내는 단편 소설을 주로 발표하였다.

1958년 첫 장편 「애가」를 발표하였다. 1959년 「표류도」를 발표헤 내성문학상을 수상하였다. 이후 장편 소설에 주력해 「김약국의 딸들」, 「시장과 전장」, 「파시」 등을 발표하였다. 1969년부터 집필을 시작해 1994년에 전 16권으로 완간한 대하소설 「토지」는 한국 문학사의 기념비적인 작품으로 평가된다. 한민족의 역사와 생활상을 폭넓고 생생하게 그린 「토지」는 영어, 프랑스어, 일본어 등으로 번역 출간되었다. 1996년 호암예술상을 수상하고 칠레 정부로부터 가브리엘라 미스트랄 문학 기념 메달을 받았다.

토지

#민족의역사   #일제강점기   #광복   #수난기

⚓ 작품 길잡이

갈래: 대하 소설, 현대 소설, 가족사 소설
배경: 시간 – 1897년 ~ 1945년 / 공간 - 경남 하동과 평사리, 중국, 도쿄, 서울 등
시점: 3인칭 전지적 작가 시점
주제: 격동기 민족의 한(恨)과 강인한 생명력
출전: 〈현대문학〉(1994)

📷 인물 관계도

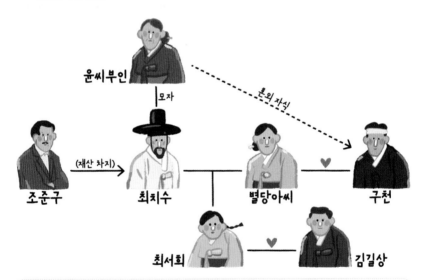

윤씨부인

모자

혼외 자식

조준구 ──(재산 차지)──▶ 최치수 ── 별당아씨 ♥ 구천

최서희 ♥ 김길상

최서희	최참판가의 유일한 혈육으로 조준구에게 재산을 빼앗기자 용정으로 이주한다.
최치수	최참판가의 당주로 신경질적이고 잔인한 성격이다.
조준구	서희의 먼 친척으로 최치수 살해에 간접적으로 관여한다.

📋 구성과 줄거리

1부   조준구의 계략으로 최참판댁이 몰락함

평사리를 무대로 5대째 지주로 군림해 온 최참판댁 당주 최치수가 살해되자 그의 먼 친척인 조준구는 계략을 세워 최참판댁 집안의 재산을 모두 빼앗는다.

2부   서희 일행이 간도로 이주함

조준구에 맞서는 마을 사람들을 이끌고 간도로 이주한 서희는 윤씨 부인이 남긴 재물로 부자가 된다. 이후 실연의 아픔을 딛고 하인 길상과 혼인해 두 아들을 얻는다.

3부   서희는 조준구에게 복수하고 길상은 독립운동을 함

서희는 조준구에게 빼앗긴 재산과 토지 문서를 되찾는다. 길상은 서희의 곁을 떠나 독립운동에 가담하다 투옥된다. 혼자 남은 서희는 두 아들을 데리고 귀향길에 오른다.

4부   서희의 두 아들이 방황함

서희의 아들 환국과 윤국은 3·1 운동 이후 학생 운동이 연이어 일어나는 가운데 자신들의 풍족한 처지와 암울한 현실 사이에서 괴리감을 느끼며 방황한다.

5부   조준구가 죽고, 서희는 서울로 올라갈 결심을 함

조준구는 중풍에 걸려 죽고, 서희는 옥살이를 하고 있는 길상을 위해 식구를 모두 데리고 서울로 올라갈 것을 결심한다. 마침내 조선은 광복을 맞는다.

토지 1부 제1편 어둠의 발소리

서序

1897년의 한가위.[1]

까치들이 울타리 안 감나무에 와서 아침 인사를 하기도 전에, 무색옷^{물감}으로 들인 천으로 만든 옷에 댕기꼬리를 늘인 아이들은 송편을 입에 물고 마을 길을 쏘다니며 기뻐서 날뛴다. 어른들은 해가 중천에서 좀 기울어질 무렵이라야, 차례를 치러야 했고 성묘를 해야 했고 이웃끼리 음식을 나누다 보면 한나절은 넘는다. 이때부터 타작마당에 사람들이 모이기 시작하고 들뜨기 시작하고—남정네 노인들보다 아낙들의 채비는 아무래도 더디어지는데 그럴 수밖에 없는 것이 식구들 시중에 음식 간수를 끝내도 제 자신의 치장이 남아 있었으니까. 이 바람에 고개가 무거운 벼이삭이 황금빛 물결을 이루는 들판에서는, 마음 놓은 새떼들이 모여들어 풍성한 향연을 벌인다.

"후우이이— 요놈의 새떼들아!"

극성스럽게 새를 쫓던 할망구는 와삭와삭 풀밭^{옷이나 천에 풀을 먹여 선 발}이 선 출입옷으로 갈아입고 타작마당에서 굿을 보고 있을 것이다. 추석은 마을의 남녀노유, 사람들에게뿐만 아니라 강아지나 돼지나 소나 말이나 새들에게, 시궁창을 드나드는 쥐 새끼까지 포식의 날인가 보다.

빠른 장단의 꽹과리 소리, 느린 장단의 둔중한 여음으로 울려퍼지는 징소리는 타작마당과 거리가 먼 최참판댁 사랑에서는 흐느낌같이 슬프게 들려온다. 농부들은 지금 꽃 달린 고깔을 흔들면서 신명을 내고 괴롭고 한스러운 일상을 잊으며 굿놀이에 열중하고 있을 것이다. 최참판댁에서 섭섭잖게 전곡^{錢穀 돈과 곡식}이 나갔고, 풍년에는 미치지 못했으나 실한 평작임엔 틀림이 없을 것인즉 모처럼 허리끈을 풀어놓고 쌀밥에 식구들은 배를 두드렸을 테니 하루의 근심은 잊을 만했을 것이다.

이날은 수수개비를 꺾어도 아이들은 매를 맞지 않는다. 여러 달 만에 소증^{素症 푸성귀만 너무 먹어서 고기가 먹고 싶은 증세} 풀었다고 느긋해하던 늙은이들은 뒷간 출입이 잦아진다. 힘 좋은 젊은이들은 벌써 읍내에 가고 없었다. 황소 한 마리 끌고

---

1) 작품의 시대적 배경이 고종 34년 정유년의 구한말임을 알 수 있다.

돌아오는 꿈을 꾸며 읍내 씨름판에 몰려간 것이다.

최참판댁 사랑은 무인지경無人之境 사람이 살고 있지 않는 외진 곳처럼 적막하다. 햇빛은 맑게 뜰을 비쳐주는데 사람들은 모두 어디로 가버렸을까. 새로 바른 방문 장지가 낯설다.

한동안 타작마당에서는 굿놀이가 멎은 것 같더니 별안간 경풍 들린 것처럼 꽹과리가 악을 쓴다. 빠르게 드높게, 꽹과리를 따라 징소리도 빨라진다. 깨깽 깨애깽! 더어응응음— 깨깽 깨애깽! 더어응응음— 장구와 북이 사이사이에 끼여서 들려온다. 신나는 타악 소리는 푸른 하늘을 빙글빙글 돌게하고 단풍 든 나무를 우쭐우쭐 춤추게 한다. 웃지 않아도 초생달 같은 눈의 서금돌이 앞장서서 놀고 있을 것이다. 오십 고개를 바라보는 주름살을 잊고 이팔청춘으로 돌아간 듯이, 몸은 늙었지만 가락에 겨워 굽이굽이 넘어가는 그 구성진 목청만은 늙지 않았으니까. 웃기고 울리는 천성의 광대기는 여전히 구경꾼들 마음을 사로잡고 있으리. 아직도 구슬픈 가락에 반하여 추파 던지는 과부가 있는지도 모른다.

"쯔쯔…… 저 좋은 목청도 흙 속에서 썩을란가?"

"서서방이 죽으믄 자지러지는 상두가상여가 나갈 때, 상여 머리에서 저승길을 가는 혼령을 달래느라 상여꾼들이 부르는 소리 못 들어서 섭운을섭섭할 기요."

"할망구 들을라? 들으믄 지랄할 기다."

"세상에 저리 신이 많으믄서 자게 마누라밖에 없는 줄 아니 그것이 보통 드문 일가?"

"신줏단지를 그리 위하까? 천생연분이지 머."

"소나아사나이로 태이나가지고 남으 제집 한 분 모르고 지내는 것도 벵신은 벵신이제?"

나이 듬직한 아낙들은 그런 말을 주고받는지 모른다.

목수가 본업이요 섬진강의 강태공인 곰보 홀아비—정확히는 총각—윤보는,

"이 사람들아! 사랑도 품앗이라 안 하더나?"

"머라 카노? 자다 봉창 뚜디리네."

"타작마당에서만 이럴 기이 앙이라 강가에도 가서 한 마당 굴리자!"

"그는 또 와?"

"용왕님네 심사도 풀어주어야 안 하겠나? 그래야 개기도 풍년이 들제."

"제상에도 못 오르는 민물개기가 어디 개기가! 당산에 가자! 당산에!"

누군가가 팔팔하게 반대하고 나서면 너희들이야 그러거나 말거나 두만 아비는 느릿느릿 징을 칠 것이다. 봉기는 헤죽헤죽 웃으며, 구경하는 아낙들 보고 부끄러워하며 고깔을 흔들 것이다. 이들은 한창 일할 나이, 살림의 기틀을 잡고 있는 삼십 대 중간쯤의 장정들이었고 나이 좀 처지는 축으로는 장구 멘, 하얀 베수건 어깨에 걸고 싱긋이 웃으며 큰 키를 점잖게 가누어 맴을 도는 이용이다. 그는 누구니 누구니 해도 마을에선 제일 풍신 좋고 인물 잘난 사나이, 마음의 응어리를 웃음으로 풀며 장단을 치고, 칠성이 북을 더덩덩! 뚜드리면 무같이 미쭉한 영팔이는 욱욱 헛힘을 주어 춤을 추고 있을 것이다. 아낙들은 노인들 아이들 틈새에서 제 남편 노는 꼴을 반쯤은 부끄럽고 반쯤은 자랑스러워 콧물을 홀짝일 것이다. 타작마당에서 한 마당 벌이고 나면 시장기가 든 농부들은 강가도 당산도 아닌 마을 길을 누비다가 삽짝 큰 집에 밀고 들어 한바탕 지신^{地神}을 밟고 그러고 나면 갈고리 같은 손으로 땀을 닦으며 술과 밥을 먹게 될 것이다.

팔월 한가위는 투명하고 삽삽한^{매끄럽지 않고 껄껄한} 한산 세모시^{충청남도 한산에서 나는 올이 가늘고 고운 모시} 같은 비애는 아닐는지.[2] 태곳적부터 이미 죽음의 그림자요, 어둠의 강을 건너는 달에 연유된 축제가 과연 풍요의 상징이라 할 수 있을는지. 서늘한 달이 산마루에 걸리면 자잔한 나뭇가지들이 얼기설기한 그림자를 드리우고 소복 단장한 청상의 과부는 밤길을 홀로 가는데— 팔월 한가위는 한산 세모시 같은 처량한 삶의 막바지, 체념을 묵시^{默示 직접적으로 드러내지 않고 은연중에 뜻을 나타내 보임}하는 축제나 아닐는지. 우주 만물 그 중에서도 가난한 영혼들에게는.

가을의 대지에는 열매를 맺어놓고 쓰러진 잔해가 굴러 있다. 여기저기 얼마든지 굴러 있다. 쓸쓸하고 안쓰럽고 엄숙한 잔해 위를 검시^{檢屍 변사체를 조사함}하듯 맴돌던 찬 바람은 어느 서슬엔가 사람들 마음에 부딪쳐와서 서러운 추억의 현^絃을 건드려주기도 한다. 사람들은 하고많은 이별을 생각해보는 것이다. 흉년에 초근목피^{풀뿌리와 나무껍질이라는 뜻으로, 맛이나 영양 가치가 없는 거친 음식을 비유적으로 이르는 말}

---

2) 팔월 한가위에 대한 서술자의 생각이 담겨 있다. 하루하루를 고달프게 살아가는 사람들의 실상을 볼 때 한가위는 허울 좋은 축제일뿐이라는 인식을 보여 준다.

를 감당 못하고 죽어간 늙은 부모를, 돌림병에 약 한 첩을 써 보지 못하고 죽인 자식을 거적에 말아서 묻은 동산을, 민란 때 관가에 끌려가서 원통하게 맞아 죽은 남편을, 지금은 흙 속에서 잠이 들어버린 그 숱한 이웃들을, 바람은 서러운 추억의 현을 가만가만 흔들어준다.

"저승에나 가서 잘 사는가."

사람들은 익어가는 들판의 곡식에서 위안을 얻기도 한다. 그러나 들판의 익어가는 곡식은 쓰라린 마음에 못을 박기도 한다. 가난하게 굶주리며 살다 간 사람들 때문에…….

"이만하믄 묵을 긴데……."

풍요하고 떠들썩하면서도 쓸쓸하고 가슴 아픈 축제, 한산 세모시 같은 한가위가 지나고 나면 산기슭에서 먼, 먼 지평선까지 텅 비어버린 들판은 놀을 받고 허무하게 누워 있을 것이다. 마을 뒷산 잡목 숲과 오도마니^{우두커니} 홀로 솟은 묏등이 누릿누릿 시들 것이다. 이러고저러고 해서 세운 송덕비 ^{頌德碑 공덕을 기리기 위하여 세운 비}며 이끼가 낀 열녀비며 또는 장승 옆에 한두 그루씩 서 있는 백일홍 나무에는 물기 잃은 바람이 지나갈 것이다. 그러고 나면 겨울의 긴 밤이 다가오는 소리를 들을 수 있다.

해가 서산에 떨어지고부터 더욱 흐느끼는 듯 꽹과리 소리는 여전히 마을 먼 곳에서 들려오고 있었다. 밤을 지샐 모양이다. 하기는 마을 처녀들의 놀이는 이제부터, 달 뜨기를 기다려 강가 모래밭에서 호작거리는 물소리를 들으며 시작될 것이다.

"진짓상 올릴까요."

방문 앞에 계집종 귀녀가 와서 묻는다. 벌써 두 번이나 물어보는 말이다. 방 안에서는 아무 기척이 없다.

"등잔에 불을 켜야겠습니다."

하며 귀녀는 방문을 열고 들어온다. 최참판댁 당주^{當主 지금의 주인}인 최치수는 책에서 눈을 떼지 않는다. 오래 묵은 한지^{韓紙} 같은 저녁 빛깔이 방 안에 밀려들고 있다. 등잔불이 흔들리면서 밝아온다. 어둑어둑한 방에서 정말 글을 읽고 있었는지. 최치수 콧날에 금실 같은 한 줄기 불빛이 미끄러진다. 수그러진 그의 콧날이 날카롭다. 이 세상 온갖 신경질과 우수가 감도는 옆모습, 당장에라도 벌떡 일어서서 눈을 부릅뜨고 고함을 칠 것 같은 위태위태한 분위기가 방 안 가득히 맴돈다.

"자리나 깔아."

"예."

거들떠보는 것도 아니었건만 귀녀는 눈웃음치며 도토롬한 입술을 오므린다.

병약한 치수로서는 번거로웠던 명절날 집안 행사에 어지간히 시달리어 피곤했던 것 같다.

"저녁은 안 드시겠습니까?"

아랫목에 자리를 깔아놓고 다시 확인하려 했으나 귀녀는 대답을 듣지 못하고 방에서 물러난다. 대청을 지나 건너편 방으로 해서 그 방에 잇달린 골방으로 들어간 귀녀는 품속의 면경주로 얼굴을 비추어 보는 작은 거울을 꺼내어 얼굴을 비춰본다. 치수 방에 들어가기 전에도 이 방에서 면경을 보았었는데. 머리를 쓰다듬고 한 번 더 꺼무꺼무한 자기 눈을 들여다보고 나서 면경을 품속에 넣는다. 뒤뜰로 향해 난 장지문에서는 아직 엷은 빛이 스며들고 있다. 골방 문을 열고 뒤뜰 신돌 위의 신발을 신으려다 말고 귀녀의 눈이 맞은켠으로 쏠린다. 사랑 뒤뜰을 둘러친 것은 야트막한 탱자나무의 울타리다. 울타리 건너편은 대숲이었고 대숲을 등지고 있는 기와집에 안팎 일을 다 맡는 김서방 내외가 살고 있었는데 울타리와 기와집 사이는 채마밭이다. 그 채마밭을 질러서 머슴 구천이가 지나가는 것이었다. 냉담한 귀녀의 눈이 구천이의 옆모습을 따라가다가 눈길을 거두며 실뱀이 꼬리를 치는 것 같은 미미한 웃음을 머금는다. 귀녀는 신발을 신고 치맛자락을 걷으며 안채를 향해 돌아나간다.

무 배추를 심은 채마밭이 아슴아슴한흐릿하고 몽롱한 저녁 안개에 싸여 들어가고 있고 부스스한 옷매무새의 김서방댁이 부엌을 들락거리며 부산을 떨고 있다. 닭장에 들어갈 때가 되었는데 닭들은 배춧잎을 쪼아먹고 있었다.

땅바닥에 눈을 떨구고 느릿느릿한 걸음으로 강산 누각 앞에까지 올라간 구천이는 자신의 발부리를 오랫동안 내려다보고 서 있었다. 다시 느릿한 보조로 누각에 올라간 그는 난간을 짚으며 걸터앉는다. 달 뜨기를 기다리는가. 마을엔 아직 불빛이 보이지 않았고 최참판댁 기둥 귀에 내걸어놓은 육각등이 뿌윰한부연 빛을 발하고 있었다.

얼마 되지 않아 달은 솟을 것이다. 낙엽이 날아내린 별당 연못에, 박이 드러누운 부드러운 초가지붕에, 하얀 가르마 같은 소나무 사이 오솔길에 달이 비칠 것이다. 지상의 삼라만상은 그 청청한 천상의 여인을 환상하고 추적하고 포옹하려 하나 온기를 잃은 석녀石女, 달은 영원한 외로움이요 어둠의 강을 건너는 검은 명부冥府의 길손이다.

구천이는 눈을 반쯤 감고 마을을 내려다보고 있다.

지난 정월 대보름날에는 당산에 달집을 지었었다.

"워어이이― 달 나왔다아!"

아이들이 달을 향해 소리치면 강아지도 덩달아서 짖어대었다. 저마다 한 가지씩 소망을 품었을 마을 사람들이 달집 둘레에 모여들면서 불을 질렀었다. 휠휠 타오르는 불길, 아낙들은 손을 모아 수없이 절을 했었다. 불빛을 받은 사내들 얼굴은 짙붉게 번들거렸으며 눈은 숯덩이처럼 짙게 빛났었다. 순박하고 경건한 소망의 기원이 끝났을 때 마을 사람들은 장날에 모여든 장꾼처럼 떠들기를 시작했었다. 사내들은 곰방대를 꺼내들며, 아낙들은 코를 풀고 치맛자락을 걷어 불빛에 윤이 나는 콧등을 닦으며 새삼스럽게 서로 인사를 나누고 친지들의 소식을 물어보고, 씨받은 암소 얘기며 떡이 설어서 애를 먹었다는 얘기며 노친네 수의壽衣 걱정이며, 이윽고 달집은 불길 속에 무너지고, 무너진 자리에서 불길마저 사그러지면은 끝없이 어디까지나 펼쳐진 은빛의 장막, 그 장막 속에서 노니는 그림자같이 마을 사람들은 뿔뿔이 흩어져 갔던 것이다. 달이 떠오른다. 강이 굽이쳐 돌아간 산마루에서 달이 얼굴을 내비친다. 까맣게 찢겨진 나뭇잎들의 흔들리는 모양이 뚜렷해지고 밋밋한 나뭇가지는 잿빛, 아니 갈빛을 띠기 시작한다. 꽹과리 징 소리가 먼 곳에서 흐느껴 울고 강가에서 부르는 처녀 아이들의 노랫소리는 좀 더 가깝게 들려온다.

달은 산마루에서 떨어져나왔다. 아직은 붉지만 머지않아 창백해질 것이다. 희번덕이는 섬진강 저켠은 전라도 땅, 이켠은 경상도 땅, 니그립게 그어진 능선은 확실한 윤곽을 드러낸다.

난간에 걸터앉아 달 뜨는 광경을 지켜보는 구천이의 눈이 번득하고 빛을 낸다. 달빛이었는지 눈물이었는지 아니면 참담한 소망이었는지 모른다.

1장 서희西姬

김서방이 떠들어댔다.

"해마다 애를 믹이는 사람들은 딱 정해져 있다 말이다!"

"누가 애믹이고 싶어서 믹이오."

"말 마라. 소가 죽었심다. 다리를 뿌라서 일 못했심다. 혼사가 있어 도지 빚^{남의} 논밭을 부치면서 그 세로 해마다 내야 하는 벼를 내지 못해 진 빚을 냈심다. 나중에는 무슨 핑계를 댈 긴고?"

그러나 김서방을 넘보고 있는 상대는,

"내가 핑계를 댄다믄 벼락 맞일 기요. 그런 애먼^{억울한} 소리는 안 하는 기이 좋겠구마."

볼멘소리로 대꾸했다.

"이래가지고는 못 해묵는다 못 해묵어. 양새^{양 사이에} 낀 나무매양 어디 사람이 할 짓이가."

저마다 이러고저러고 통사정해오는 작인^{作人 소작인}들을 상대하다 보면 유순한 김서방도 짜증이 나는 모양이다.

며칠 전부터 최참판댁은 안팎이 시끄러웠다. 늘비하게 이어진 고방^{광. 세간이나 그 밖의 여러 가지 물건을 넣어 두는 곳}에는 끊임없이 볏섬이 들어갔다. 한편 읍내로 곡식을 실어내는 바람에 하인들도 지치지만 근력 좋은 마구간의 말과 외양간의 살찐 황소도 몸살이 날 지경이었다. 행랑은 행랑대로 먼 곳 가까운 곳에서 모여 온 마름과 작인들이 득실득실 판을 치고 있었으며 그들을 위해 큰 가마솥은 쉴 새 없이 밥을 삶아내야만 했다.

"여보시오. 내 말 좀 들어보라니께!"

"들으나 마나 뻔하지. 축이 난 것만은 틀림이 없인께."

"아 그러매 하는 말 아니오."

"만 분 해봐야 그 말이 그 말이지 머."

"이런 딱할 데가 있나, 돌 하나라도 들어가는가 싶어서 올빼미같이 눈을 크게 뜨고."

"크게 뜨믄 소용 있소? 눈이 봬야 말이지."

"그래. 그라믄 우리가 거부지기^{검부저기. 먼지나 잡물이 뒤섞인 검부러기}를 쑤셔 넣었겄소? 축이 날 리가 없단 말이오!"

담장 밖에서 다투는데 막걸리 사발이나 들이켠 걸걸한 목소리였다.

"봉순아 ㅎㅎㅎ…… 흐, 나 여기이 있다아!"

볏섬을 져 나르는 구천의 다리 뒤에 숨어서 살금살금 걸어오던 자그마한 계집아이가 얼굴을 내밀었다. 앙증스럽고 건강해 보이는 아이의 나이는 다섯 살. 장차는 어찌 될지, 현재로서는 최치수의 하나뿐인 혈육이었다. 서희는 어머니인 별당아씨를 닮았다고들 했으며 할머니 모습도 있다 했다. 안

존하지 ^{성품이 얌전하고 조용하다} 못한 것은 나이 탓이라 하고 기상^{氣像 사람이 타고난 기개나 마음씨}이 강한 것은 할머니 편의 기질이라 했다.

서희를 찾아서 두리번거리고 있던 봉순이 건너오려 하는데 서희는 맴돌아 구천이 앞으로 달아나며 끼룩끼룩 웃는다.

"넘어지믄 큰일 난다 캤는데, 애기씨!"

봉순이 울상을 지었으나 날갯짓을 배우기 시작한 새 새끼처럼 서희는 이리 뛰고 저리 뛰어다니며 좀체 봉순이에게 잡히려 하지 않는다. 유록빛^{노란빛을 띤 연한 초록빛}에 꽃 자주의 선을 두른 조그마한 꽃신은 퍽으나^{퍽이나} 날렵하다.

"애기씨!"

일꾼들 발에 걸려 넘어지지나 않을까, 이 광경을 마님한테 들키면 큰일 나겠다 하며 조마조마하는 봉순이를 골려주려고 서희는 다시 구천이 다리를 방패 삼아 뒤에 숨는다.

"애기씨, 이러심 안 됩니다."

이번에는 걸음을 멈춘 구천이가 말했다.

"넘어지지 않아!"

깡충 뛰며 구천이의 땀에 젖은 잠방이^{가랑이가 무릎까지 내려오도록 짧게 만든 홑바지} 뒷자락을 심술궂게 잡아당긴다.

"이러심 안 됩니다."

나지막한 소리로 타이른 구천이는 볏섬을 진 채 몸을 돌리며 봉순이에게,

"애기씨 뫼시고 별당,"

한참 만에 다시,

"별당에 가서 놀아라."

하고 말을 끝맺었다. 서희는 구천이의 잠방이를 잡고 늘어지며 오도 가도 못하게 방해를 한다.

"애기씨, 가서 사깜^{소꿉} 사입시다."

꾀듯이 봉순이 손을 잡는데 뿌리치고,

"나 여기 놀 테야."

"일질^{일하는 동작이나 과정}에 넘어지십니다."

구천이의 목소리는 역시 나직했다.

"싫어. 안 갈 테야!"

"마님께서 보시면 꾸중하시지요."

"나 할머니 무섭지 않다!"

잠방이 자락을 겨우 놓아준 서희는 구천이를 노려보면서 제 주장을 뚜렷이 나타내었다. 그러나 할머니가 무섭긴 무서웠던 모양으로,

"구천이는 바보 덩신! 중놈!"

욕을 하며 달아난다. 봉순이 그 뒤를 쫓아 뛰어간다. 짧은 저고리 도련 밑에 늘어진 빨강 댕기가 할랑할랑 그네를 뛰더니, 아이들의 모습은 사라졌다.

볏섬을 짊어진 채 아이들 뒷모습을 우두커니 바라보던 구천이는 고방 쪽으로 걸음을 옮긴다.

"으윽!"

힘주는 소리와 함께 볏섬은 고방 바닥에 나동그라졌다.

"장골이 나락^벼 한 섬을 지고 맥을 못 추니 우찌 된 일고."

들여다 주는 볏섬을 돌이하고 함께 맞잡아서 고방에 쌓아올리던 삼수는 갈구리^{갈고리}를 볏섬에 걸며 말했다.

"땀 좀 닦아라."

이번에는 돌이가 딱해하며 말했다. 구천이는 먼지, 지푸라기가 엉겨붙은 잠방이 소매를 끌어당겨 땀을 닦는다. 얼굴빛이 푸르고 눈은 움푹 패여 있었다.

갈구리를 걸어놓기는 했으나 돌이는 땀 닦는 구천이를 쳐다보고만 있었으므로 삼수는 코를 힝 풀고 나서 콧물 묻은 손을 옷에 문지르며,

"니 그라다가 몸 베릴라?"

동작을 멈춘 구천이는 삼수의 입매를 쳐다본다. 삼수는 다시,

"무슨 짓을 하는가 우리도 좀 알고 싶구마."

멀리서 무슨 소리가 나는구나 하듯 멍해 있던 구천이의 눈이 다음 순간 거칠게 빛났다.

삼수는 더 이상 말을 걸지 않았다. 돌이도 말하지 않았다. 그들은,

"영치기!"

볏섬을 들어 올린다. 그러고는 날씨 이야기며 부춘서 벼 싣고 온 박서방의 혹이 금년에는 더 커졌더라는 둥 돌이 편에서 무관심하려고 애를 썼다. 삼수는 곁눈질로 구천이의 기색을 살피면서,

"어서 가서 나락 져 오라고. 아무도 해를 잡아매 놓지 안 했인께."

했다. 등받이로 쓰는 마대를 고방 바닥에서 주워 어깨에 걸치고 구천이는

긴 팔을 늘어뜨리며 돌아서 나갔다.

"싫대두, 싫어! 아버지가 싫단 말야."

서희가 발을 동동 구르고 침모針母 남의 집에 매여 바느질을 맡아 하고 일정한 품삯을 받는 여자 봉순어미는 옷고름을 여며주며 달래고 있다. 구천이는 눈을 내리깔며 그들 옆을 지나간다.

"마님께서 말씀하십니다. 나으리께 문안드리라고."

중년으로 살빛이 희고 좀 비대한 봉순네 치맛자락을 잡으며 서희는,

"두만네 집에 강아지 보러 갈 테야."

"마님께서 아시믄 큰일 나지요. 꾸중하십니다. 봉순아, 어서 애기씨 뫼시고 사랑에 가거라."

서희 등을 도닥거리며 봉순네는 딸에게 일렀다.

"아버진 싫다는데두, 고홈! 고홈! 하고."

목을 뽑고 기침하는 치수의 시늉까지 낸다. 봉순네는 웃음을 참는다.

"큰일 날 소리, 봉순아, 어서."

"애기씨, 가입시다."

봉순이도 싫은지 부시시 말했다.

"그라믄 사랑마당에까지 지가 데리다 디리지요."

봉순네는 병아리를 몰 듯 뒤에서 아이들을 몰아낸다. 서희는 민적민적하면서도 가기는 간다.

"이제 가시지요?"

고개를 끄덕이고 봉순네를 올려다보는 서희 눈에 겁이 잔뜩 실린다.

사랑의 앞뜰에는 햇빛이 화사하게 비치고 있었다. 돌담 용마루 높이만큼 키를 지닌 옥매화, 매초롬한 회색 가지를 뻗은 목련, 산화에 서류 나무, 치자나무는 마치 봄날의 햇빛을 받아 노곤한 것처럼 보였으나 이미 수화은 멈추어졌을 것이며 메말라버린 나뭇잎도 얼마 남아 있지 않았다. 잎을 추려버린 파초 역시 누릿누릿 시들고 있는 것 같았다.

긴장하여 땀이 나는 손을 잡고 마주 보고만 있던 아이들은 결심을 하고 치수가 기거하는 방 앞에까지 간다. 목소리를 가다듬은 봉순이,

"나으리마님. 애기씨께서 문안오셨습니다. 마님께서 문안드리라 하시어 오셨습니다."

몇 번이나 입속으로 굴려보았던지 줄줄 외듯 나왔다. 방 안에서 밭은기침

소리가 났다. 기침이 멎은 뒤,

"들어오너라."

음산하게 울리었다.

신돌 위에 작은 신발을 나란히 벗어놓고 서희는 마루로 올라갔다. 서희의 얼굴은 해쓱해져 _{얼굴에 핏기나 생기가 없어 파리해져} 있었다. 봉순이 열어주는 방문에서 서희가 방 안으로 들어갔을 때 방금 일어나 마주했는지 치수는 서안^{書案 책을 얹던 책상} 앞에 앉아 있었다. 아랫목에 깔아놓은 이부자리는 반쯤 걷혀져 있었으며 벼룻집의 벼루랑 연적, 붓, 두루마리에 먼지가 뿌옇게 앉아 있었다. 문갑^{문서나} _{문구 따위를 넣어 두는 방세간의 한 가지} 위의 상감청자 향로와 아무렇게나 쌓아올려 놓은 서책 위에도 먼지는 뿌옇게 앉아 있었다.

"바깥 날씨가 차냐?"

길게 찢어진 눈이 서희를 응시하며 물었다. 서희는 그 말이 귀에 닿지도 않았던 것처럼 붉은 치마를 활짝 펴면서 나붓이 절을 한다.

"요즘에는 아버님 병환에 차도가 있으신지 문안드리옵니다."

봉순이가 그러했던 것처럼 목청을 가다듬고 외는 투의 억양 없는 소리를 질렀다.

"괜찮다. 서희도 밥 잘 먹고 감기는 안 들었느냐?"

갈기갈기 갈라진 여러 개의 쇠가 서로 부딪칠 때 나는 것 같은 목소리는 여전히 음산했다. 그는 서희의 공포심을 충분히 알고 있는 것 같았다. 그러면서도 그것을 풀어주려는 노력이 없는 싸늘하고 비정한 눈이 서희를 응시하고 있는 것이다. 서희는 아버지의 눈을 피하기만 하면 당장에 천둥이 치고 벼락이 떨어질 것처럼 애처롭게 그를 마주 본 채 고개를 저었다. 치수는 웃었다. 그 웃음은 도리어 서희의 마음을 얼어붙게 했다. 서희로부터 시선을 돌린 치수는 서안 위에 펼쳐놓은 책의 갈피를 넘긴다. 허약한 체질에 비하면 뼈마디는 굵은 편이었다. 그러나 가엾을 만큼 여위고 창백한 그의 손이 책갈피를 누르면서 눈은 글자를 더듬어 내려간다. 손뿐인가, 뜰 아래 물기 잃은 목련의 앙상한 가지처럼, 그러나 동정을 받을 수 있는 비참한 느낌이기보다 도리어 상대에게 견딜 수 없는, 숨이 막히게, 견딜 수 없어 결국은 공포심을 불러일으키게 하는 강한 분위기를 그는 내어뿜고 있었다.³⁾ 어떤 일에

---

3) 인정이 없고 권위적인 최치수의 성격이 드러난다.

도 감동되지 않을 눈빛, 철저하게 스스로를 소외시키면서 인간과의 교류를 거부하는 눈빛, 눈빛에서만 그랬던 것이 아니다. 뼈만 남은 몸 전체가 거부로써 남을 학대하는 분위기의 응결이었다.

일단 방에 들어온 뒤에는 나가도 좋다는 말이 떨어지지 않는 이상 서희는 일어설 수 없다. 숨소리를 죽이며, 그래서 가냘픈 가슴이 더 뛰고 양어깨로 숨을 쉴 수밖에 없었는데 움직이지 못한다는 것은 어린것에게 얼마나 큰 고통인가.

이따금 책장 넘기는 소리가 났다.

"길상아!"

별안간 귀청을 찢는 것 같은 고함에 서희는 용수철같이 앉은 자리에서 뛰었다.

"길상아!"

"예에!"

대답과 함께 급히 뛰는 발소리가 들려왔다. 뜰 아래서,

"나으리마님 부르셨습니까."

앳된 소년의 목소리였다.

"방이 왜 이리 차냐!"

"곧 불을 지피겠습니다."

"내가 지금, 방이 왜 이리 차냐고 묻지 않았느냐!"

푸른 정맥이 이마빡에서 부풀어 올랐다. 서희의 얼굴이 질린다.

"예, 지금 곧, 곧 불 지피겠습니다."

"이놈! 방이 왜 이리 차냐고 물었겠다! 고얀 놈!"

"잘못했습니다, 나으리마님."

소년은 겁을 먹은 소리를 냈으나 매양^{번번이} 당하기 때문인지 길든 사냥개처럼 뒤쪽으로 달려가서 장작 한 아름을 안고 뛰어온다.

"으흐 컥!"

신경질은 심한 기침을 유발했다. 치수는 수건을 꺼내어 입을 막았으나 기침은 멎지 않았다. 눈이 활짝 벌어지면서 붉은 눈알이 불거져 나온다. 기침은 잠시의 틈도 용납지 않고 그에게 달려든다. 입을 막고 상체를 흔든다.

고독한 모습이었다.

"나, 나, 나가거라."

질식하는가 싶더니 기침을 멎고 가래가 끊어 분간하기 어려운 목소리로 간신히 치수는 말했다.

방문을 열고 마루에 나왔을 때 서희는 토할 것처럼 헛구역질을 했다. 마루에서 기다리고 있던 봉순이는,

"애기씨."

감싸듯이 서희를 안았다. 헛구역질은 딸꾹질로 변했다. 눈에 눈물이 그렁그렁 돌았다.

"애기씨."

치마를 걷어서 봉순이는 서희의 눈물을 닦아준다.

· 뒷부분 줄거리

최참판댁 당주 최치수가 살해되자 그의 먼 친척인 조준구는 계략을 세워 집안의 재산을 모두 빼앗는다. 간도로 이주한 서희는 조준구에게 복수를 다짐한다.

 만화로 읽는 '토지'

1부　조준구의 계략으로 최참판댁이 몰락함

4부   서희의 두 아들이 방황함

5부   조준구가 죽고, 서희는 서울로 올라갈 결심을 함

🔭 생각해 볼까요?

선생님 제목인 '토지'는 무엇을 상징할까요?
💬 2 🤍 2

↳ **학생 1** 토지의 의미는 중의적이에요. 기본적으로 토지는 농경 민족의 삶의 터전을 뜻하지만, 대지주인 최참판댁을 중심으로 마을 사람들의 신분 질서가 결정됐다는 점에서 평사리 사람들이 지켜 온 삶의 원형이자 지주와 소작농이라는 권력 관계의 기초를 뜻하기도 해요.

↳ **학생 2** 또한 일제에 의해 주권을 상실한 한반도를 상징하기도 해요.

선생님 최참판댁 하인들의 행동 양식에서 나타나는 공통점은 무엇일까요?
💬 1 🤍 1

↳ **학생 1** 최참판댁 하인들은 주인과 대립적인 관계를 형성하는 것이 아니라, 자신의 생활에 충실한 현실주의적 면모를 보여 줘요. 봉순어미의 경우 서희를 안쓰러워하며 잘 보살펴 주고, 봉순이 역시 서희를 보살펴 주는 언니이자 동무 역할을 해요. 남자 하인들 역시 타인에게 항상 공손하고 다정다감하게 행동하며 인간적인 면모를 보여 줘요.

선생님 대하소설인 「토지」는 내용이 전개될수록 시공간이 확대되는 양상을 보여요. 어떻게 확대되는지 알아볼까요?
💬 3 🤍 3

↳ **학생 1** 소설은 구한말 최참판댁 집안에서 시작돼요. 이때는 최치수가 살해되고 조준구가 최참판댁 재산을 빼앗으려는 계략이 중심이 돼요.

↳ **학생 2** 다음으로는 일제 강점기인 1910년대에 간도 한인 사회가 배경이에요. 재산을 빼앗긴 서희가 간도로 이민하는 내용이 주가 돼요.

↳ **학생 3** 이후에는 3·1 운동부터 해방까지의 이야기가 진주와 서울 등 국내와 민주와 러시아 등 해외에서 전개돼요. 이 시기에는 거대 지주와 상인으로 성장한 최씨 일가와 국내외의 항일 독립운동이 중심이에요.

선생님　이 작품의 문학사적 성과와 의의는 무엇일까요?
💬 2　♥ 2

↳　**학생 1**　「토지」는 무려 25년에 걸쳐서 집필된 작품이에요. 규모 면에서 우리 문학사에 커다란 획을 그었다는 평가를 받지요. 구한말부터 시작해 일제 말기에 이르기까지 3대에 걸친 최참판댁의 가족사는 우리 민족의 역사를 기록하였다는 점에서 의의를 찾을 수 있어요.

↳　**학생 2**　또한 이 작품은 방언과 속담, 격언 등을 효과적으로 사용해 한국어가 지닌 미적 특질을 한껏 살렸다는 평가를 받아요. 민족에 대한 깊은 연민과 사랑이 작품 안에 녹아들어 읽는 이로 하여금 우리의 민족사와 언어를 쉽게 이해하고 공감하게 해 줘요.

대하소설　▼ 🔍

연관 검색어　　장편 소설　가족사 소설　토지

장편 소설의 한 형태로, 프랑스어 '로망 플뢰브(Roman fleuve)'를 직역한 말에서 비롯되었다. 단어 그대로 강물이 흐르듯 많은 인물이 등장하고, 많은 사건이 전개되는 소설 형태이다.

일반적으로 한 가족의 역사를 중심으로 시대의 흐름에 따른 생활 양식과 가치관의 변모, 그에 따른 개인 및 사회의 발전 과정을 그려 나가는 '가족사 소설'이 이에 해당한다. 이 밖에도 상당 기간에 걸친 사회적·국가적 사건과 관련되는 인물이나 사건을 연대순으로 서술하는 '연대기 소설'이나 역사적으로 실재하였던 시대와 인물에 문학적 상상력을 가한 '역사 소설'도 이에 속한다.

최명희
(1947~1998)

✉ 작가에 대하여

전라북도 전주 출생. 전북대학교 국문과를 졸업하였다. 1980년 단편 「쓰러지는 빛」이 〈중앙일보〉 신춘문예에 당선되어 등단하였다. 1981년 〈동아일보〉 장편 소설 공모에 「혼불」 1부가 당선되었고, 〈신동아〉에 「혼불」 2~5부를 연재하였다. 「혼불」로 1997년 단재문학상, 세종문학상, 1998년 여성동아내상, 호암예술상 등을 수상하였다. 지병인 난소암을 숨기고 집필하다가 결국 소설을 끝맺지 못하고 1998년 12월 사망하였다.

「혼불」로 문단의 주목을 받은 최명희는 인간의 본원적인 고향과 우리 민족의 풍속과 혼을 드러내는 작품을 주로 발표하였다. 1980년 4월부터 1996년 12월까지 만 17년간 오로지 「혼불」 집필에만 힘을 쏟았다. 주요 작품으로는 「몌별」, 「만종」, 「주소」 등이 있다.

혼불

#일제강점기 #전라도남원 #혼례 #초례청

⚓ 작품 길잡이

갈래: 대하소설, 가족사 소설, 풍속 소설
배경: 시간 - 1930 ~ 1940년대 / 공간 - 전라북도 남원
시점: 3인칭 전지적 작가 시점
주제: 가문을 지켜 나가는 3대에 걸친 여인들의 삶을 통해 드러나는 우리 민족의
　　　　얼과 혼
출전: 〈동아일보〉[(1996)]

📷 인물 관계도

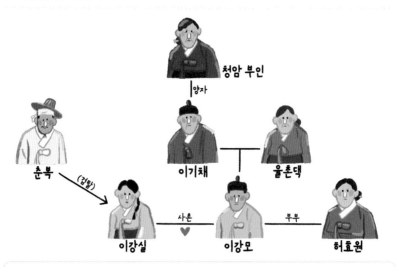

청암 부인	위엄과 기품을 지닌 인물로, 이씨 문중의 종부로서 역할을 다한다.
이강모	이씨 집안의 종손으로 우유부단하고 심약한 성격이다.
허효원	남편인 강모의 사랑을 받지 못하는 인물로 청암 부인이 세상을 떠나자 종부의 대를 잇는다.

📖 구성과 줄거리

제1부 흔들리는 바람　청암 부인이 가문을 일으킴
전라북도 남원, 청암 부인의 손자인 강모는 이씨 종가의 종손이다. 강모는 효원과 혼례를 올리지만 어린 시절부터 연정을 품어 온 사촌 강실 때문에 효원을 거부한다. 강모는 강실에 대한 마음을 억누르지 못하고 강실을 범한다. 그 후로도 술집 여자인 오유끼와 바람을 피우고 직장 내에서도 문제를 일으키는 방탕한 생활을 계속한다.

제2부 평토제　강모는 만주로 떠나고 청암 부인은 죽음
열아홉 살에 남편을 잃고 일흔이 넘도록 남원 지방의 정신적 지주 역할을 하던 청암 부인이 죽는다. 간도로 도망쳐 사회주의자인 사촌형 강태를 따라 만주를 방랑하던 강모는 할머니 청암 부인의 장례식에도 나타나지 않는다. 청암 부인의 평토제가 끝나고 빈민촌인 거멍굴에도 서서히 변화의 바람이 불어닥친다.

제3부 아소, 님하　강실이 춘복의 아이를 임신함
시대가 바뀌고 양반의 권위가 땅에 떨어지면서 상민과 천민의 세상이 된다. 거멍굴의 천민인 춘복은 상놈의 운명을 자식에게까지 물려주지 않겠다고 맹세하고 강실을 겁탈한다. 효원은 없는 존재나 마찬가지인 강모의 아이를, 강실은 천민 춘복의 아이를 잉태한다.

제4부 꽃심을 지닌 땅　강실이 고난을 겪음
청암 부인의 묘에 제 아비의 백골을 몰래 투장했던 무당 백단이네와 뜻하지 않게 누명을 쓴 춘복이는 기채의 집에서 멍석말이를 당한다. 춘복이와 당골네 백단이는 양반에 대한 한을 키운다. 사건의 전말을 알게 된 효원이 상실을 피신시키지만 거멍굴의 과부 옹구네가 강실을 납치한다.

제5부 거기서는 사람들이　효원이 가문을 지킴
가문이 점점 기울어져 가는데 장손인 강모는 만주로 가서 소식이 없다. 청암 부인의 별세 이후 가문을 지키는 일은 이제 3대 종부(宗婦 종가의 맏며느리)인 강모의 아내 효원의 몫으로 남겨진다.

혼불 제1부 흔들리는 바람

그다지 쾌청한 날씨는 아니었다.

거기다가 대숲에서는 제법 바람 소리까지 일었다.

하기야 대숲에서 바람 소리가 일고 있는 것이 굳이 날씨 때문이랄 수는 없었다. 청명하고 볕발이 고른 날에도 대숲에서는 늘 그렇게 소소^{蕭蕭 바람이나 빗소리 따위가 쓸쓸함}한 바람이 술렁이었다.

그것은 사르락 사르락 댓잎을 갈며 들릴 듯 말 듯 사운거리다가도^{가볍게 이리 저리 자꾸 흔들리다가도}, 솨아 한쪽으로 몰리면서 물소리를 내기도 하고, 잔잔해졌는가 하면 푸른 잎의 날을 세워 우우우 누구를 부르는 것 같기도 하였다.

그래서 울타리 삼아 뒤안^{뒤꼍}에 우거져 있는 대밭이나, 고샅^{시골 마을의 좁은 골목길}에 저절로 커오르는 시누대^{신우대. 볏과의 여러해살이 식물}, 그리고 마을을 에워싸고 있는 왕댓잎의 대바람 소리는 그저 언제나 물결처럼 이 대실^{竹谷 대나무 골짜기}을 적시고 있었다.

근년에는 이상하게, 대가 시름거리며 마르기도 하고, 예전처럼 죽순도 많이 나지 않아, 노인들 말로는 대숲이 허성해졌다고 하지만, 그러나 아직도 하늘을 가리며 무성한 대나무들은 쉰흔 자의 키로 기상을 굽히지 않은 채 저희들끼리 바람을 일구는 것이었다.

전에 누군가가 그 소리를 들으면서, 대는 속이 비어서 제 속에 바람을 지니고 사는 것이라, 그렇게 가만히 서 있어도 저절로 대숲에는 바람이 차기 마련이라고 말한 일도 있었다.

그런데 이처럼 날씨마저 구름이 잡혀 있는데다가 잔바람이라도 이는 날에는 으레 물결 쏠리는 소리를 솨아 내면서, 후두둑 비 쏟아지는 시늉을 대숲이 먼저 하는 것이었다.

대실의 사람들은 태어나면서부터 이 대숲에서 일고 있는 바람에 귀가 젖어 그 소리만으로도 날씨를 분별할 수 있을 정도였다.

뿐만 아니라 그것들이 하고 있는 이야기와 몸짓까지라도 얼마든지 눈치 챌 수 있기도 하였다.

그저 저희끼리 손을 비비며 놀고 있는 자잘하고 맑은 소리, 강 건너 강골 이씨네가 살고 있는 마을에서 이쪽 대실로 마실 나온 바람이 잠시 머무는 소리, 어디 먼 타지에서 불어와 그대로 지나가는 낯선 소리, 그러다가도 허리가 휘어질 만큼 성이 나서 잎사귀 낱낱의 푸른 날을 번뜩이며 몸을 솟구치는 소리, 그런가 하면 아무 뜻 없이 심심하여 제 이파리나 흔들어 보는 소리, 그리고 달도 없는 깊은 밤 제 몸속의 적막을 퉁소 삼아 불어 내는 한숨 소리, 그 소리에 섞여 별의 무리가 우수수 대밭에 떨어지는 소리까지도 얼마든지 들어 낼 수가 있었다.

그러나 오늘은 아무도 그 대바람 소리에 마음을 쓰는 사람은 없었다. 마을에 큰일이 있기 때문이었다.

이미 대소가大小家 집안의 큰집과 작은집의 안팎에서는 이른 아침에 채비를 하여 원 뜸으로 올라가고, 호제와 머슴들도 집을 비웠다.

어른들이 그러니 아이들까지도 덩달아 고샅을 뛰어다니며 신이 나서 연방 무어라고 재재거렸다. 그리고 가까운 촌수의 동서 숙질叔姪 아저씨와 조카를 아울러 이르는 말의 부인들은 아예 며칠 전부터 올라가 있기도 하였다.

그런 마을의 동쪽 서래봉瑞來峰과 칼바위 쪽에 두툼하게 엉키어 있는 회색의 구름은, 그러나 중천에 이르르는 엷은 안개처럼 희부옇게 풀려 둥근 해의 모양을 드러내 보여 주었다. 아무래도 구름에 가려진 햇발이라 온기가 느껴지지는 않았지만, 그런대로 이만한 날씨라면 큰일 치르기에 그다지 애석한 것은 아니었다.

벌써 마당에는 넓은 차일遮日 햇볕을 가리기 위하여 치는 포장을 치고 그 아래 멍석을 깔아 두었으며, 멍석 위에 펼 화문석花紋席 꽃의 모양을 놓아 짠 돗자리까지도 깨끗한 행주질을 몇 번이나 하여 대청마루에 내다 놓았다. 그리고 교배상을 챙긴다.

서래봉의 줄기에서 갈려 나온 낮은 동산이 집터의 뒷등을 이루어 주고, 앞쪽은 툭 트여 마을이 내려다보이며, 마을 건너 강골과의 경계를 내고 있는 강줄기가 비단 띠처럼 눈에 들어오는 남도 땅의 대실, 이 집의 안팎은 지금 며칠째 밤을 새우고 있었다.

며칠째라고 하지만, 그것은 꼬박 밤을 새우면서 방방이 불을 밝히고 장명등이 꺼지지 않은 날수만을 그렇게 말하는 것이요, 실상 분주하여지기 시작한 것은 이미 오래 전, 혼인하자는 말이 오간 의혼議婚 혼사를 의논함이 있고, 청혼서가 오가면서부터였다.

그러다가 지난 초여름, 살구가 막 신맛을 올리며 단단하게 여물고 있을 때 도경道境을 넘어 북도의 남원군南原郡 매안梅岸에서 사람이 당도하였다.

그는, 신랑 될 사람의 사주四柱를 가지고 온 것이다.

주인 허담許潭과 부인 연일 정씨延日鄭氏는 대청에 돗자리를 깔고, 정갈한 상을 앞에 하여, 정중하게 사주 단자를 받았다.

상 위에 놓인 사주보는 네 귀퉁이에 금전지를 달고, 간지에 근봉謹封 삼가 봉함이라 쓰인 띠를 두르고 있었다.

그 다홍의 비단 보를 조심스럽게 펼치자 안쪽은 빛깔 고운 남색인데, 거기 흰 봉투가 들어 있고, 봉투는 봉함 대신 길고 가느다란 싸릿가지를 젓가락처럼 모두어 물리고 있었다. 싸릿가지는 본래 어른의 새끼손가락보다 조금 가늘지만 상서로이 복스럽고 길한 일이 있을 듯이 날렵하게 벋은 것을 반으로 쪼개, 봉투 앞뒷면으로 나누어 봉투를 물게 한 것이다.

봉투보다 길어서 뚜껑 위아래 양쪽으로 손가락 마디 하나만큼씩하게 솟아 나와 있는 싸릿가지 머리에는, 청실홍실의 둥근 타래실이나 끈 따위의 뭉치 실이 얌전하게 묶였는데, 그것은 휘황하고 요려하게 굽이쳐 나뭇가지 앞면을 타고 내려오다가 꽁지를 휘이 감으며 뒷면 위쪽으로 올라가 서로 합해졌다. 역시 매듭이 지지 않게 동심결同心結 두 고를 내고 맞죄어 매는 매듭 로 묶여 있는 것이었다.

허담은, 그 청·홍의 타래실을 보며 눈에 웃음을 띄웠다.

그러고 나서부터 집안은 그야말로, 대문·중문은 말할 것도 없고 방문이며 부엌문, 곳간문들이 제대로 여닫힐 겨를도 없이 분주해진 것이다.

정작 오늘은, 뒤안에서 흰떡이며 인절미를 만드느라고 내려치던 떡메 소리와 장작 패는 소리, 그리고 밤낮을 모르고 집안을 울리던 찰진 다듬이 소리 같은 것이 멎어 놓아 차라리 조용한 편이라고 할 수 있었으나, 그 대신 사람들이 안채·사랑채·뒤안·부엌·앞마당·중마당·마루·대청 할 것 없이 그득그득 들어차 오히려 더욱 들떠 있었다.

콩심이는 안채 사랑채의 댓돌에 놓인 신발들을 가지런히 하느라고 조그만 몸을 더 조그맣게 고부리고 손을 재빠르게 놀리면서 정지 뒷문으로 가서 어미에게 적炙 구운 고기 조각 얻어먹을 생각에 바빴다.

콩심 어미는 부엌 뒷문간 곁의 뒤안에서 굵은 돌 세 개를 솥발처럼 괴어 놓고 가마솥 뚜껑을 거꾸로 엎어 연방 기름을 둘러가며, 한 손으로는 이마에 흘러 내리는 머리카락을 소맷자락으로 씻어 올리면서 전유어를 지지고 있었다.

그 고소한 냄새 때문에 콩심이의 손은 더욱 빨라지고, 작은 콧구멍이 자꾸만 벌름거려지는 것이었다.

전유어 냄새뿐만이 아니었다.

연한 살코기를 자근자근 칼질하여 갖가지 양념을 넣고 고루 간이 잘 밴 쇠고기를 꼬챙이에 꿰어 석쇠에 굽는 냄새, 같은 쇠고기가 들어가는 음식이라도 도라지가 들어가 참기름에 섞이는 냄새들이 집 안팎은 물론 온 마을에까지 바람을 타고 내려갔다.

솜씨가 좋은 서서울네는 생도라지를 소금물에 살짝 삶아 건지며 맛을 본다. 그리고 간간한 도라지를 옹백이의 찬물에 우려내는 동안 후춧가루·소금·깨소금·파·마늘을 언뜻언뜻 챙긴 뒤에, 다시 도라지를 건져내더니 순식간에 옥파같이 곱게 갈라 놓는다.

"얼매나 좋으까이? 연지 곤지에다."

옆에서 떡시루 번을 뜯어내고 있던 점봉이네가 혼잣말처럼 탄식하며 부러움을 감추지 못한다.

"신랑이 에리단디 신방이 멋인지나 알랑가?"

뒤안의 콩심 어미가 어느 결에 듣고 말꼬리를 치켜세우며 참견을 하는데 히히히 하고 웃음을 깨문다.

"저리 가. 아이고, 웬수녀려 것."

웃음 끝에, 곁에 다가선 콩심이를 보더니 전유어 한 쪽을 찢어 주며 손짓으로 밀어낸다.

그리고 나머지 쪽을 자기 입에 넣고 우물거리며 전유어를 뒤집는다. 콩심이는 적 조각을 공중으로 치켜들어 혓바닥을 내민다.

치지지이이 치직.

찬모 서서울네도 번철에 도라지와 쇠고기와 갖은 양념을 넣고 참기름을 두르면서, 간장·후추·깨소금·파·마늘이 서로 섞이며 익어가는 냄새에 양미간을 모은다. 그리고 찌푸리는 것 같은 미소를 머금는다. 이것은 음식 익는 냄새로 맛을 느끼면서, 잘 되어가고 있을 때 보여 주는, 괜찮다는 표시이다.

그네는 도라지 크기로 잘라서 소금물에 살짝 데친 당근에 잣가루와 후춧가루, 참기름을 버무리고는, 번철에서 익은 것들을 채반에 내놓고 가지런히 챙기면서 색색깔로 빛깔을 맞추어 꼬챙이에 꿰었다.

그러는 사이에도 마당에서는 웃음소리와, 부산하게 사람들 왔다 갔다 하는 소리들이 들려왔다.

어느새 점봉이가 부엌 문간에서 기웃 안을 들여다보며 제 어미 눈치를 살핀다. 어미는 얼른 시룻번을 한 줌 집어 주면서 쥐어박는 시늉을 한다. 그러나 무리마다 고운 물을 앉힌 무지개떡이며, 김이 천장을 가리는 붉은 시루떡, 그리고 떡가루 사이에 팥고물·콩·녹두·계핏가루·석이·밤·잣 들이 곁들여 있는 갖은 시루떡을 네모반듯하게 썰어 상에 쓸 것을 챙기고는, 부스러진 귀퉁이를 따로 모아 삼베 보자기에 싸둘 생각을 점봉이네는 한다.

어깨뼈는 빠지는 것 같지만, 그래도 이 많은 음식을 보고, 만들고, 눈치껏 먹으며 새끼들한테 먹일 수도 있으니, 어쨌든 잔치는 자주 있었으면도 싶었다.

물론 상객上客 혼인 때, 가족으로서 신랑이나 신부를 데리고 가는 사람과 신랑이 받는 큰상에 쓸 음식과, 함진아비나 수행한 사람들이 먹을 상에 쓸 음식들은 감히 아랫사람들이 손대지 못했다. 큰상은 우귀于歸 대례를 마치고 3일 후 신부가 처음으로 시집에 들어가는 것 때 신랑 집으로 싸서 보내는 까닭에 그 때깔이나 맛이 출중해야 하는지라, 문중의 부인들이 손수 나서서 온갖 솜씨와 정성을 다하여 만들었지만, 잔치에 쓸 그 많은 음식을 모두 그 부인들이 할 수는 없는 일이어서 이렇게 찬모와 행랑어멈들이 더운 숨을 뿜고 있는 것이다.

부엌은 사람이 돌아설 자리도 없었다.

결코 더운 날씨가 아니건만, 부엌에 들어찬 사람들의 훈김과 아궁이마다 타고 있는 장작불의 후끈후끈한 화기, 그리고 입도 벙긋할 틈 없이 정신을 못 차리게 분주한 음식 준비 때문에 아낙들은 저마다 땀을 흘리는 것이었다.

"초리청'초례청'의 전라도 방언. 초례를 치르는 대청이나 장소은 어쩝디여?"

점봉이네가 눈을 반짝이며 묻는다. 마당으로 가 보고 싶어 죽을 지경이다. 그래서 시룻번을 한 입 급하게 베어 물고는 부엌 바라지 바깥으로 고개를 쑤욱 내민다.

마당의 넓은 차일 아래에는 십장생이 그려진 열 폭 병풍이 붉은 해·푸른 산·흐르는 물과 상서롭게 웅크린 바위, 그리고 그 바위가 승천하여 떠 있는 구름이며 바람 소리 성성한 솔과 소나무 아래 숨은 듯 고개 내민 불로초, 불로초를 에워싸고 노니는 거북이·학·사슴들이 온갖 자태와 빛깔로 호화롭게 펼쳐져 있다.

그러나 아직도 구름은 아까만한 빛으로 해를 품은 채, 좀체로 해의 얼굴을 말갛게 씻어 주려 하지 않는다.[1]

---

1) 해가 구름에 가려져 흐릿한 모습은 호화로운 초례청의 모습과 대조된다. 이는 앞으로 집안에 불길한 일이 생길 것임을 암시한다.

추수가 끝나고, 자잘한 가을 일들이 몇 가지 들판에 남아 있기는 하나, 그런대로 큰손 갈 것은 대충 마무리 지은 음력 시월 초순, 바람에 벌써 스산함이 끼어 있다.

허나, 오늘 같은 날, 누가 그런 것에 마음을 두겠는가.

그럴 겨를이 없었다.

"부서언재애배애婦先再拜."

혼례 의식의 순서를 적은 홀기忽記 혼례나 제례 때에 의식의 순서를 적은 글를 두 손으로 받들어 정중하게 펼쳐 들고 예를 진행하는 허근許槿의 목소리는 막 무르익어 가고 있었다. 허근은 신부의 종조부이다.

신부가 먼저 두 번 절 하라는 말이 꼬리를 끌며 마당에 울리자, 신부의 양쪽에 서 있던 수모手母 전통 혼례에서 신부의 단장을 도와주고 예절을 거행하게 받들어 주는 여자가 신부를 부축한다.

신부는 팔을 높이 올려 한삼汗衫 손을 가리기 위하여서 두루마기, 소창옷, 여자의 저고리 따위의 윗옷 소매 끝에 흰 헝겊으로 길게 덧대는 소매으로 얼굴을 가리운다.

다홍 비단 바탕에 굽이치는 물결이 노닐고, 바위가 우뚝하며, 그 바위 틈에서 갸웃 고개를 내민 불로초, 그리고 그 위를 어미 봉鳳과 새끼 봉들이 어우러져 나는데, 연꽃·모란꽃이 혹은 수줍게 혹은 흐드러지게 피어나고 있는 신부의 활옷은, 그 소맷부리가 청·홍·황으로 끝동이 달려 있어서 보는 이를 휘황하게 하였다.

"하이고오, 시상에 워쩌면 저렇코롬……."

초례청을 에워싼 사람들의 뒤쪽에서 누군가 참지 못하고 탄성을 질렀다. 거의 안타까운 목소리이다.

신부는 다홍치마를 동산처럼 부풀리며 재배를 하고 일어선다.

한삼에 가리워졌던 얼굴이 드러나자, 흰 이마의 한가운데 곤지의 선명한 붉은 빛이, 매화잠梅花簪의 푸른 청옥 잠두簪頭 비녀의 머리와 그 빛깔이 부딪치면서 그네의 얼굴을 차갑고 단단하게 비쳐 주었다.

거기다 고개를 약간 숙인 듯하였으나 사실은 아래턱만을 목 안쪽으로 당긴 채, 지그시 눈을 내리감은 그네의 모습에서는, 열여덟 살 새 신부의 수줍음과 다감한 풋내보다는 차라리 일종의 위엄이 번져 나고 있었다.[2] 그것은 그네의 골격 때문인지도 몰랐다.

---

2) 신부가 앞으로 한 집안을 이끌어 나갈 가장의 역할을 하게 될 것임을 암시한다.

아버지 허담의 큰 키와도 거의 엇비슷할 만큼 솟은 키에 허리를 곧추세우고, 어깨를 높이 펴고 있는 자세는, 오색 찬란한 활옷과 화관으로 하여 더욱 그런 느낌을 주는 것 같았다.

그러나 그네의 그런 모습과는 달리, 화관에 장식된 청강석青剛石 나비가 하르르 하르르 떨고 있는 것은 숨길 수 없는 일이었다.

신부의 속눈썹도 나비를 따라 떨린다.

"아직 학상이당가아?"

어느 틈에 서저울네가 점봉이네 곁에 바싹 다가가서 숨소리 섞인 귓속말로 소근거린다.

"아직이 머시여? 인자사 열다섯 살이랑만, 앞으로도 창창허지며?"

워메에…… 신랑 이쁜 거어…….

뒤에서 탄식처럼 낮은 소리가 터진다.

목소리를 눌렀기 때문에 그 심정이 더욱 간절하게 들린다.

"하이고오, 신랑 좀 보소. 똑 꽃잎맹이네."

사모紗帽를 쓰고, 자색紫色 단령團領을 입은 신랑은 소년이었다. 몸가짐은 의젓하였지만 자그마한 체구였고, 얼굴빛은 발그레 분홍물이 돌아, 귀밑에서 볼을 타고 턱을 돌아 목으로 흘러내리는 여린 선에 보송보송 복숭아털이 그대로 느껴진다.

그는 시키는 대로 나붓이 꿇어 앉으며 신부에게 일배一拜를 한다.

마당을 가득 채운 웃음소리와 덕담, 귓속말들, 옷자락에 흥건히 배어들 만큼 질탕한 갖가지의 음식 냄새와 청·홍, 오색의 휘황함에 짓눌리기라도 한 것일까, 아니면 모든 것이 아직은 어색한 탓일까, 나이 어린 신랑의 얼굴은 굳어 있었다.

그것은 아까, 대문·중문을 넘어올 때만 하여도 표가 나지 않았었는데, 신부가 수모들의 부축을 받으며 대례상大禮床 저쪽에 마주 섰을 때 확연하게 달라진 표정이었다. 긴장을 한 탓이라고나 해야 할는지, 앳된 얼굴에는 웃음기가 없다.

사람들은 이러한 것들에는 아랑곳하지 않고 여기저기서 마주 보고, 웃고, 고개를 끄덕이며 흥겹게 들떠 있었다.

그것은 시간이 갈수록 점점 더 고조되면서 물결처럼 출렁거리고, 그 출렁거림은 이제 막바지에 달하여, 반상班常과 주객主客을 가리지 않고 한 덩어리로 둥실 떠오르게 하는 것이었다.

"부우재애배애^{婦又再拜}."

신부가 다시 두 번 절을 하자 신랑은 답으로 일배를 한다.³⁾

돗자리 위에 놓인 신랑의 두 손이 하얗고 나뭇잎처럼 조그맣다.

그러고 나서 두 사람은 허근의 영을 따라 그 자리에 각각 무릎을 꿇고 단정히 앉았다.

"신랑은 애들맹이고, 신부는 큰마님 같으네에……."

"……금메 말이시."

꼰지발^{까치발}을 딛고 넘겨다보던 두 아낙이 소곤거린다.

"시이자아가악치임주우^{侍者各斟酒}."

시중 드는 이는 각기 술을 치시오.

허근의 말이 길게 꼬리를 끌며 떨어지자, 대령하고 있던 하님^{여자 종을 대접하여 부르는 말}과 대반^{전통 혼례에서 신랑이나 신부 또는 후행 온 사람을 옆에서 접대하는 일을 맡은 사람}은 술상 앞에 가서 앉는다.

신랑 상에는 밤이 괴어져 있고, 신부 상에는 대추가 소복하다.

"주욱 마시야제잉."

"워메, 초리청으서 취해 번지면 워쩔라고."

"허어, 장깍쟁이 같은 저것 조께 마셨다고 취헌당가?"

신부 측에서 흰 사기잔에 술을 부어 신랑 편으로 보내면, 신랑은 그를 받들어 땅에 조금 지운 다음 한 모금 마시고 신부 측으로 보낸다. 신부는 신랑이 보내온 이 술을 다 마셔야 한다. 그러고 나서 이번에는 신랑 측이 신부한테 술잔을 보내고, 신부는 아까 신랑이 하던 순서대로 행하는 의례이다. 그러나 신랑과 신부는 모두 술잔을 입에 대는 시늉만 할 뿐, 마시지는 않았다.

가운데 놓인 대례상이 양쪽에서는 불꽃을 너울거리며 한 쌍의 촛불이 타오르고, 그 옆에, 솔가지와 대나무 가지들은 목에 청실홍실을 감은 백자 화병에 꽂혀 서서 바람 소리라도 일으킬 것처럼 서슬이 푸르고 싱싱하다.

그리고 모처럼 호강을 하느라고 붉은 보에 싸인 채 고개만을 내민 암탉과 푸른 보에 싸인 장닭은, 답답하여 날개를 퍼득거리며 두 눈을 떼룩떼룩 굴린다.

---

3) 신부가 먼저 절을 하고 나서 신랑이 답례하는 것은 가장으로서 남편의 권위를 인정한다는 의미이다. 이는 부부 관계가 평등하지 않음을 보여 준다.

장닭의 늘어진 벼슬이 흔들린다.

이제 초례청의 흥겨움은 막바지에 이른 것 같았다.

하객들은 만면에 웃음을 띠우고, 연신 화사한 농담을 던지며, 혹은 귀엣 말을 소곤거리기도 하면서, 감개 어린 표정을 짓기도 했다.

비복婢僕 계집종과 사내종을 아울러 이르는 말들은 교자상을 서로 맞잡기도 하고, 혼자서 등에 메기도 하여 마당에 내다 놓고, 허리를 펼 사이도 없이 다시 뒤안이며 모퉁이, 행랑 쪽으로 줄달음을 친다. 머슴들은 힐끗 곁눈질을 하고 지나치지만, 계집종과 아낙들은 그러는 중에도 잠깐 일손을 놓고, 사람들 어깨너머로 힐끗 초례청을 넘겨다보며 한 마디씩 참견한다.

신랑의 상객으로 온 부친 이기채는 시종 가는 입술을 힘주어 다물고 아들의 하는 모습을 지켜보았다.

그는 체수덩치가 작은데다가 깡마른 편이어서, 야무지고 단단한 대추씨 같은 인상을 주었다. 무엇보다도, 그의 다문 입술과 더불어 날카롭게 빛나는 작은 눈에 예광이 형형하여 보는 이를 위압하는 것이었다.

그의 전신에는 담력이 서려 있었다.

얼핏, 놋재떨이 소리 같은 금속성이 느껴지는 사람이었다.

"거배애상호서서부하아擧盃相互壻上婦下."

서로 잔을 들어 신랑이 위로, 신부가 아래로 가게 바꾸시오.

허근의 소리가 다시 울린다. 이 순서야말로 조심스러운 것이고, 이제까지의 복잡하고 기나긴 예식의 마지막 절차이다. 또한, 가장 예언적인 성격을 띠는 일이기도 하였다. 사람들도 이때만은 숨을 죽인다.

하님과 대반은 술상 위에 놓여 있는 표주박 잔을 챙긴다.

세 번째 술잔은 표주박인 것이다. 원래 한 통이었던 것을 둘로 나눈, 작고 앙증스러운 표주박의 손잡이에는 명주실 타래가 묶여 길게 드리워져 있다. 신랑 쪽에는 푸른 실, 신부 쪽에는 붉은 실이다. 그것은 가다가, 서로 그 끝을 정교하게 풀로 이어 붙여서 마치 한 타래 같았다.

이제 이렇게 각기 다른 꼬타리의 실끝이 서로 만나 이어져 하나로 되었듯이, 두 사람도 한 몸을 이루었으니, 부디부디 한평생 변치 말고 살라는 뜻이리라.[4]

---

4) 신랑, 신부가 한 표주박을 둘로 나눈 잔에 술을 따라 마시는 의례인 합근례의 의미를 설명한 구절이다.

그러나 어려운 것은, 그 표주박에 가득 술을 부어 술잔을 서로 바꾸어 마셔야 하는 일이었다. 그런데 술잔을 바꾸면서 술을 한 방울이라도 흘려서는 안된다. 또 실이 얽히거나 꼬여서는 더욱 안된다. 술 방울을 흘리면 흘린 쪽의 마음이 새어 버리고, 실이 얽히면 앞날에 맺힌 일이 많아, 그만큼 고초가 심하다고 하였다.

그래서 하님과 대반은, 손에 힘을 잔뜩 주고 온몸을 조심하며 술잔을 서로 바꾸는 것이다.

양쪽 상 위에 서리를 틀고 있는 청실홍실은 구름 끼인 볕뉘 아래 요요히 빛나고 있다.

하님과 대반은 각기 신랑과 신부에게 표주박을 쥐어 준다.

"시이자아가아악치임주우^{侍者各斟酒}."

허근의 목소리는 고비에 이르렀다.

드디어 하님과 대반이 몸을 일으켰다.

그러나 긴장을 하고 조심하면, 일은 더욱 더디어지고 걸리기 마련인가. 아니면, 워낙 명주실이라는 것이 부드럽고 가늘어, 이리저리 옮기지 않아도 제 타래에서 제 실낱끼리라도 얽히는 것일까.

그만 실이 꼬이더니 얽히고 만 것이다.

츳!

허담이 혀를 찼다.

하이고오, 어쩌꼬오…….

사람들 사이에서 잠시 소요^{騷擾 술렁거림과 소란}가 일었다. 그 수런거림은 불길한 음향을 남겼다. 물론 그것은 작은 매듭에 불과했지만 그것을 보는 사람들의 마음을 철렁하게 하였다.

그러나, 여기서 더 어쩔 수는 없는 일이었다.

그 가느다란 실낱을 헤쳐가며 풀 수도 없으려니와, 그러다가는 표주박의 술마저 엎지르게 될 것이기 때문이었다. 기왕에 얽혀 버린 실을 풀어 내다가는 다음 일조차도 그르치게 된다. 허근의 얼굴이 어둡게 찌푸려진다. 그리고 낮은 소리로 그냥 두라고 했다.

그래서 아까보다 더욱 조심스럽게 어깨를 움츠리며 잔을 나르는 대반의 코에 땀이 솟아난다.

아하아아.

하객 중의 한 사람이 탄성을 발했다. 술 방울을 흘리지 않고 무사히 잔이 건네어진 모양이었다. 사람들도 저마다 비로소 숨을 튼다.

그리고 이제 점점 끝나가는 예식을 아쉬워하며, 신랑과 신부가 표주박의 술을 남기지 않고 한 번에 마시는지 어쩌는지, 마지막 흥겨움과 긴장을 모으며 여기저기서 한마디씩 했다.

신랑이 잔을 비운다.

대반은 신랑의 손에서 표주박을 받아 상 위에 놓는다.

신부의 차례에 이르자, 사람들은 저절로 흥이 나서 고개를 빼밀고 꼰지발을 딛는다.

"어디, 어디, 나 좀 보드라고오."

누군가 사람들의 틈으로 고개를 비집어 넣으며 말한다.

"밀지 말어, 자빠지겠네잉."

"시잇. 참말로 시끄러 죽겠네에. 쥐딩이 조깨 오무리고 있드라고."

신부는 눈을 내리감은 채 수모가 기울여 주는 표주박의 술을 한 방울씩 마신다.

그러나 그것은 시늉만이다.

그런데도 사람들은 정말로 신부가 한 방울씩 술을 마시기라도 하는 것처럼 흥겹다. 이윽고 수모는 잔을 떼어낸다.

와자지껄.

사람들은 한꺼번에, 참았던 소리를 터뜨렸다.

한숨을 쉬기도 하였다.

그때 누가 무슨 말을 하였는지, 와그르르, 웃는 소리가 뒤쪽에서 일었다. 웃음 소리가 대례상 위로 쏟아진다.

"예피일철사앙禮畢撤床."

예를 마쳤으니 상을 거두시오.

허근의 목소리가 낭랑하게 울린다. 그 소리에 신부의 어머니 정씨 부인은 가슴이 철렁하고 내려앉았다. 이상한 일이었다.

한 시름 놓고 마음이 가벼워져야 할 터인데, 웬일로 그렇게 힘이 빠지는 것인지 알 수 없는 노릇이었다.

…… 실이 …… 그렇게 …… 어찌할꼬 …… 이 노릇을……

그녀는 스스로 머리를 저었다.

—사위스럽다 마음에 불길한 느낌이 들고 꺼림칙하다.—

그러나 그네는, 아까 분명히, 실이 얽히는 것을 보았다.

—허나, 그런 일은 흔히 다른 초례청에서도 있는 일이 아닌가. 또한 그런 절차는, 모두, 정성을 다하려는 마음가짐을 이르는 것일 뿐, 그까짓 실타래가 무엇을 알랴.—

정씨 부인의 얼굴에 깊은 그늘이 고인다.

"각조옹기소오 各從其所."

허근은 예의 마지막 분부를 한다.

이제 모두 제 처소를 따라 자리로 가라는 것이다. 그러면서 대례상 위에 놓여 있는 밤과 대추를 신랑 주머니에 넣어 준다. 저녁에 신방에서 먹으라고 했다.

"혼자 다 먹지 말고."

그 말에 마당에서는 다시 한번 웃음이 일고, 어린 신랑은 귓부리가 붉어진다.

신랑과 신부가 각기 대반과 하님의 부축을 받으며 초례청을 떠나자 마당은 바야흐로 이제부터 흐드러진 잔치에 들어갈 모양이었다.

상객 이기채의 일행과 허담의 대소가는 사랑에 들었다. 그리고 부인들은 안채로 모였다. 그러는 중에도 손님들이 끊임없이 중문을 지나 안으로 들어오고, 집안사람들은 다리 사이에서 바람 소리를 내며 종종걸음을 친다.

하객들은 마당의 차일 아래 넘쳐났다.

"하이고오. 누구는 좋겠다아."

점봉이네는 신방 쪽을 향하여 탄식처럼 말을 뱉어낸다.

"그런디마시 초리청으서 그렇코롬 청실홍실이 엉케 부러서 갠찮으까 몰라? 머 벨 일이사 있것능가잉? 무단헌 생각이제."

콩심이네가 말을 맞받는다.

이제 해는 하늘의 중허리를 지나, 서쪽으로 비스듬히 발을 옮기고 있었다. 그러더니 한순간에 기우뚱 해가 기울어 날이 저물고 만다.

• 뒷부분 줄거리

신방에 든 첫날 밤, 신랑 이강모는 혼자 잠들어 버리고 신부 허효원은 홀로 남겨져 밤을 지새운다. 사촌 여동생 강실을 좋아하는 강모는 효원과 결혼한 후에도 강실을 잊지 못한다. 할머니인 청암 부인의 강요에 못 이겨 효원을 집으로 들인 강모는 여전히 효원을 멀리하고 일본으로 유학가고 싶어 한다. 친척의 진혼제가 열리는 날 우연히 강실을 만난 강모는 충동적으로 강실을 범하고 집에 돌아와 효원과도 관계를 맺는다. 이 일로 효원은 아들 철제를 출산한다. 여전히 강실을 잊지 못한 강모는 방황하고, 강실은 강모와의 관계가 소문이 날까 두려워 마음의 병을 얻는다.

 만화로 읽는 '혼불'

제1부 흔들리는 바람 청암 부인이 가문을 일으킴

제2부 평토제 강모는 만주로 떠나고 청암 부인은 죽음

제3부 아소, 님하 강실이 춘복의 아이를 임신함

제4부 꽃심을 지닌 땅　강실이 고난을 겪음

제5부 거기서는 사람들이　효원이 가문을 지킴

🔭 생각해 볼까요?

선생님 작품의 제목이기도 한 '혼불'은 전라도 방언으로 '사람의 혼을 이루는 바탕으로, 맑고 푸르스름한 빛을 띠는 것'을 가리켜요. 흔히 '도깨비불'이라고 하지요. 옛사람들은 이것을 죽은 이의 영혼이 불의 형태로 형상화되어, 자신의 추억이 서린 곳을 떠돌다 사라지는 것으로 보았어요. 이를 바탕으로 제목의 의미를 설명해 볼까요?

💬 2 🖤 2

↳ **학생 1** 혼불은 우리의 전통, 삶의 방식과 같은 우리 민족의 정신과 혼을 상징해요. 혼불은 정신의 불이자 삶의 불이라고 할 수 있어요.

↳ **학생 2** 작품의 배경인 일제 강점기는 우리 민족의 생명인 혼불을 빼앗긴 어두운 시절을 상징해요. 이 작품은 어두운 시기를 겪은 사람들의 꺼진 혼불을 환하게 지피는 역할을 한다고 할 수 있어요.

선생님 이 소설은 매안 이씨 가문이 어떻게 되었는지, 또 강모와 강실은 어떻게 살았는지 자세히 언급하지 않아요. 그 이유는 무엇일까요?

💬 3 🖤 3

↳ **학생 1** 이 소설에는 딱히 주인공이 없어요. 단지 우리 선조들의 삶과 지혜, 정신을 하나의 이야기로 풀어내고 있을 뿐이에요. 따라서 특정 인물과 주변 인물을 둘러싼 사건의 기승전결을 기대하긴 어려워요.

↳ **학생 2** 실제로 제2부에서는 규방 법도와 장례 절차를, 제3부에서는 봉천의 거리를, 제5부에서는 사천왕의 유례와 위상을 상세하게 설명하고 있어요.

↳ **학생 3** 작가는 어떤 결말도 맺지 않은 채 그저 흐르는 것은 시간이고, 시간에 얹혀 사는 것이 인생이라고 말하는 게 아닐까요?

선생님 한국 문학사에서 「혼불」은 어떤 의의를 가지나요?

💬 3 🖤 3

↳ **학생 1** 이 작품은 엄숙한 관혼상제의 의식에서부터 일상적 풍속이나 관습, 한국인의 세시 풍속, 음식, 노래 등에 이르기까지 그 유래와 의미를 생생하게 보여 줘요. 한국인의 생활 면모를 상세하게 문학적으로 형상화하였지요.

↳ **학생 2** 또한 작가의 고향인 전주와 남원을 배경으로 전라도 토속어를 사용하여 향토적 분위기를 살리고 생동감을 주면서 한국 문화와 정신을 예술적 혼으로 승화시켰어요.

↳ **학생 3** 이처럼 「혼불」은 한국인의 풍속사, 생활사, 의례와 민간 신앙의 백과사전일 뿐만 아니라 우리 민족의 생활상을 사실적으로 보여 준 작품으로 평가돼요.

선생님 대하소설인 최명희의 「혼불」과 박경리의 「토지」를 비교해 볼까요?

 3 💛 3

 학생 1 두 작품 모두 구한말에서 근대까지가 배경이에요. 「토지」의 경우 1897년부터 1945년 해방에 이르는 시기를 배경으로 최서희가 가문을 일으켜 세우는 것이 중심 내용이고, 「혼불」은 1930년부터 1943년까지를 배경으로 매안 이씨 가문에서 무너지는 종가를 지키려는 종부 3대의 삶이 중심축이에요.

 학생 2 지방 지주 집안의 가족사를 다루고 있는 점도 비슷해요. 「토지」는 경남 하동의 평사리라는 농촌을 주된 배경으로 하고, 「혼불」은 전라도 남원의 매안이라는 폐쇄적인 농촌을 주된 배경으로 했어요.

 학생 3 일제의 수탈 속에서도 꿋꿋이 지켜나가는 양반의 풍속사와 그 그늘에 사는 평민들의 생활사가 복원되어 있는 것도 두 작품의 공통점이에요.

전통 혼례의 절차

연관 검색어　　전안례　교배례　합근례

전통 혼례는 크게 의혼(議婚), 대례(大禮), 후례(後禮)의 세 가지 절차로 진행된다. 이 중 신랑이 신붓집에 가서 행하는 의례인 대례는 전안례, 교배례, 합근례로 구성되어 있다.

전안례(奠雁禮)는 신랑이 기러기를 전하면서 승낙을 구하는 의례로, 신랑이 신붓집 식구의 안내를 받아 기러기를 놓고 절을 한다. 전안례가 끝나면 교배례가 이어진다.

교배례(交拜禮)는 신랑 신부가 초례청에서 인사를 나누는 의례이다. 먼저 신부가 수모의 도움을 받아 재배하면 신랑은 대반의 도움을 받아 답일배를 한다. 보통 두 번 반복한다. 신부가 신랑의 배로 절하는 것에 대해 남존여비를 의미하는 것이라고 하나, 음양이 홀수와 짝수인 이치를 따른 것이란 해석도 있다. 교배례가 끝나면 신랑 신부가 한 표주박을 둘로 나눈 잔에 술을 따라 마시는 의례인 합근례(合卺禮)가 이어진다. 이 과정이 끝나면 이후 폐백을 진행한다.

이순원
(1958~)

✉ **작가에 대하여**

....

　강원도 강릉 출생. 강원대학교 경영학과를 졸업하여 신용보증기금에서 근무하였다. 1988년 〈문학사상〉에 「낮달」이 당선되어 등단하였다. 1996년 「수색, 어머니 가슴속으로 흐르는 무늬」로 동인문학상을 수상하였다. 초기에는 자본주의 사회의 병폐를 비판하는 작품을, 후기에는 작가의 경험과 내면을 묘사하는 작품을 많이 발표하였다. 주요 작품으로 「압구정동엔 비상구가 없다」, 「얼굴」, 「해파리에 관한 명상」, 「나무」, 「영혼은 호수로 가 잠든다」 등이 있다.

　이순원의 작품은 인간 본연의 순수함과 따스함이 녹아들어 있는 세계를 추구한다. 그 과정에서 실현 불가능한 이상향이나 과거 농업 사회로의 회귀를 주장하는 것이 아니라 현대 사회에 난무한 폭력과 탐욕이 우리 삶을 지배하게 두지 말자는 메시지를 전달하고 있다는 점에서 호평을 받는다.

아들과 함께 걷는 길

#성장　　　#가족　　　#연대감　　　#자전적

⚓ 작품 길잡이

갈래: 장편 소설, 현대 소설, 성장 소설, 가족 소설
배경: 시간 - 현대 / 공간 - 대관령 산길
시점: 1인칭 주인공 시점
주제: 가족의 소중함과 연대감
출전: 『아들과 함께 걷는 길』(1996)

📷 인물 관계도

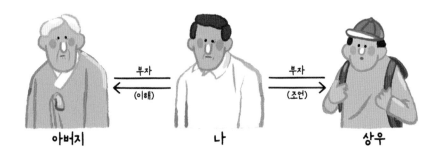

나　　　소설가로 아들에게 삶의 지혜를 알려 주고 아들의 성장을 뿌듯해한다.
상우　　아버지와의 대화를 즐거워하며 작가인 아버지의 정신적인 고통을 이해하고 위로한다.

📅 구성과 줄거리

발단   '나'와 아버지의 관계가 불편해짐

소설가인 '나'는 가족사를 다룬 소설을 발표한 후에 아버지와 관계가 불편해진다. '나'는 강릉에 사는 아버지로부터 고향에 한번 다녀가라는 전화를 받고 고향 집으로 갈 채비를 한다.

전개   아들 상우와 강릉 아버지 집까지 걸어가기로 함

'나'는 초등학교 6학년인 아들 상우와 함께 대관령에서부터 강릉까지 60리 길을 천천히 걸어가기로 결정한다.

위기   '나'와 상우가 걸어가면서 대화를 함

'나'는 아들과 함께 걸으면서 어린 시절 이야기부터 소설을 쓸 때 느끼는 마음에 이르기까지 이런저런 이야기를 나눈다.

절정   상우는 아버지인 '나'의 속마음을 알게 됨

상우는 아버지와의 대화를 통해 아버지의 마음을 알게 되어 기뻐한다. '나'도 어느새 아들이 훌쩍 컸다는 사실을 확인하면서 아들을 대견해 한다.

결말   '나'는 아버지에게 감동과 사랑을 느낌

고향 집에 거의 다다랐을 무렵, '나'의 아버지가 마중을 나와 있었고, '나'는 항상 자신을 기다려 주는 아버지의 모습을 보고 감동과 사랑을 느낀다.

아들과 함께 걷는 길

· 앞부분 줄거리

'나'는 가족사를 다룬 소설을 준비하면서 아버지와 불편한 관계에 놓인다. 어느 날 저녁, 주말에 고향을 한번 다녀가라는 아버지의 전화를 받은 '나'는 아내와 상의한 끝에 아내와 둘째를 먼저 고향 집으로 보낸다. 첫째 아들과 고향 집으로 출발한 '나'는 토요일, 대관령 정상에 도착한다. '나'는 아들에게 할아버지 댁까지 걸어가자고 제안한다. 두 사람은 대관령 서른일곱 굽이를 넘으면서 길의 역사, 집안 내력, 글 쓰는 일, 풀과 나무, 아빠로서의 보람, 세상과 더불어 사는 일 등 많은 대화를 나눈다.

29. 서른다섯 서른여섯 굽이를 돌며 〈우정에 대하여〉

"이제 많이 어두워졌지?"

"예. 별도 하나둘 보이고요."

"이제 몇 굽이만 더 내려가면 우리가 내려가야 할 대관령은 다 내려가는 거야. 거기서부턴 다시 작은 산길로 가면 되고."

"아빠, 아빠는 윤태 아저씨 말고도 친구가 많죠?"

"그럼 많지."

"그런데 누구하고 제일 친하세요?"

"그건 잘 모르겠다. 어느 친구하고도 다 친하니까. 전에 할아버지 댁 앞에서 본 친구하고도 친하고, 또 학교 다닐 때의 친구, 나중에 글을 쓰면서 알게 된 친구, 서울에 와서 살면서 알게 된 친구, 그런 친구들이 모두 아빠 친구니까."

"그중에서 아빠하고 제일 오래 사귄 친구는 누구세요? 전에 할아버지 댁 앞에서 본 그 아저씬가요?"

"그래. 그 아저씨하고도 아주 오래된 친구지. 한마을에 태어나 지금까지 친구로 지내고 있으니까. 그렇지만 아빠한텐 그 친구보다 더 오래된 친구도 있어."

"어떤 친군데요?"

"사귄 지가 아마 100년도 더 되는 아주 오랜 친구."

"어떻게 그럴 수가 있어요? 아빠가 그렇게 살지도 않았는데."

"그렇지만 친구는 그럴 수 있거든."

"어떻게요?"

"너, 익현이 아저씨 알지?"

"예, 종로서적에 있는 아저씨요."

"그 아저씨하고 아빠가 그런 친구야."

"그렇지만 아빠 나이하고 그 아저씨 나이를 합쳐도 100년이 안 되는데요?"

"아빠하고 그 아저씨는 4대에 걸친 친구거든. 아빠의 증조할아버지와 그 아저씨의 증조할아버지가 친구였고, 아빠 할아버지와 그 아저씨의 할아버지가 친구였고, 또 네 할아버지와 그 친구의 아버지가 친구였고, 그리고 아빠와 그 아저씨가 친구니까."

"우와."

"그런 사이를 어른들은 집안 간에 오랜 세교^{世交 대대로 맺어 온 친분}가 있었다고 말한단다. 오랜 세월을 두고 우정을 쌓고 왕래한 집안이라는 뜻으로."

"그럼 100년도 더 넘겠어요."

"아마 그럴 거야."

"그 아저씨 아들하고 저하고 친구하면 5대에 걸친 친구가 되는 거네요."

"이제 아빠도 고향을 떠나 있고, 그 아저씨도 고향을 떠나 있어 그러기가 쉽지는 않지만, 이다음 너희들이 또 왕래를 하고 친구를 하면 그렇게 되는 거지. 어릴 때 그 아저씨 집에 아빠도 할아버지를 모시고 자주 놀러 갔고, 또 그 아저씨도 할아버지를 모시고 우리 집에 자주 오고 했지. 할아버지들이 장기를 두다가 그다음엔 우리들이 장기를 두고, 할아버지들은 손자들 훈수를 하고. 자라서 그 아저씨가 먼저 군대에 갔는데 그땐 아빠가 그 집에 자주 찾아가서 뵙고, 또 아빠가 군대에 가 있을 땐 그 아저씨가 우리 집에 자주 찾아오고 그랬단다. 지금도 아빠가 책을 낼 때마다 그 아저씨가 꼭 전화를 하지?"

"예."

"그렇게 오랜 친구는 가까이 있지 않고, 또 자주 보지 않아도 그렇게 서로 마음속에 있고, 세월 속에 있는 거란다."

"아빠, 친구는 꼭 서로 나이나 수준이 맞아야 되는 건 아니죠?"

"어떤 수준 말이냐?"

"공부도 그렇고, 생각하는 것도 그렇고요."

"옛말에 보면, 친구는 위로 보고 사귀고, 혼인은 아래를 보고 하라고 했는데, 아빠는 그 말이 잘못되었다고 생각한다. 그 말은 이왕 친구를 사귀더라도 좋은 친구를 사귀라고 한 말이지 꼭 그래야 한다는 건 아닐 거야. 친구를 사귈 때에 다 위로 보고 사귀면, 아래에 있는 친구는 자기보다 나은 친구를 사귀고 싶어도 평생 그런 친구를 사귈 수 없는 거지. 자기가 사귀고 싶어 하는 그 친구도 자기보다 못한 사람과 친구를 하지 않으려 하면 말이지."

"그럼 어떻게 해요?"

"자기보다 나은 친구, 못한 친구 이야기를 하는 건 친구에게 배울 점을 찾으라는 이야기인 거야. 또, 나쁜 친구를 사귀게 되면 함께 나쁜 생각과 나쁜 행동을 하게 되는 것도 사실이고. 더구나 너희처럼 자라날 때는 말이지. 그렇지만 어른이 되면 친구란 내가 외롭거나 어려울 때에 서로 믿고 도울 수 있고, 또 당장 어렵거나 외롭지 않더라도 그런 친구가 곁에 있는 것만으로도 위로가 되고 큰 힘이 될 수 있는 친구가 가장 좋은 친구란다. 서로 붙어 다니며 놀기만 좋아하는 친구보다는 이다음 서로 믿고, 서로 돕고, 서로 위로하고, 서로 힘이 될 수 있는 그런 친구를 사귀라는 뜻이야. 너 친구에 대한 옛날이야기 알지? 아버지의 친구와 아들의 친구 이야기 말이다."

"알아요. 돼지를 잡아서 실수로 사람을 죽였다고 찾아가니까 아들 친구는 자기가 잘못될까 봐 다 내쫓는데, 아버지 친구는 다른 사람이 볼까 봐 얼른 집 안에 숨겨 주고요."

"바로 그런 친구를 사귀라는 거야."

"아빠는 그런 친구가 있어요?"

"그런 건 자신 있게 말하는 게 아니야."

"왜요?"

"그건 그 말을 들은 친구를 부담스럽게 할 수도 있는 일이니까. 대신 아빠가 자신 있게, 그렇게 해 줄 친구는 있단다."

"그럼 그 친구도 아빠를 그렇게 해 줄 거예요?"

"전에 성률이 아빠도 눈길에 이 길로 우리를 할아버지 댁에 데려다주었잖니?"

"알아요. 설날 눈이 많이 올 때요."

"비행기도 안 뜨고, 아빠도 운전에 자신이 없어 할아버지 댁에도 못 가고 서울에 눌러앉았을 때, 성률이 아빠가 대목 날인데도 하루 종일 자기 택시 영업을 하지 않고 우리를 데려다주러 왔던 거야. 그리고 서울에서 열네 시간 동안 이 길을 넘어왔다가 다시 쉬지도 않고 열 시간 동안 이 길을 넘어가고. 그때에도 아빠가 영업하는 차 그냥 공치면 어떻게 하느냐고 택시비를 주려고 하니까, 성률이 아빠가 뭐랬는 줄 아니?"

"안 받겠다고요."

"그냥 안 받은 게 아니란다. 나는 네가 친구니까 죽음을 무릅쓰고 눈길을 넘어온 건데 너는 왜 그걸 꼭 돈으로만 계산하려고 하느냐고 그랬단다. 그래도 직업이고 영업하는 차가 아니냐니까, 너는 글을 쓸 때마다 영업을 생각하며 글을 쓰냐며 오히려 아빠를 부끄럽게 했단다."

"성률이 아빠도 아빠한텐 참 좋은 친구예요. 그렇죠?"

"아빠는 어디 가서 친구 이야기를 하면 꼭 익현이 아저씨와 성률이 아빠 이야기를 한다. 아빠가 성률이 아빠에게 해 주는 건 아무것도 없는데, 성률이 아빠는 아빠가 자기 친구라는 것만으로도 자랑스러워 영업하는 자동차까지 세워 두고 달려오지 않니? 아빠가 성률이 아빠에게 해 주는 건 아빠 책이 나올 때마다 그것 한 권씩 주는 것 말고는 아무것도 없는데, 그러면 성률이 아빠는 그 책을 택시 안에 넣어 두고 다니고."

"아빠한텐 기한이 아저씨도 그렇잖아요? 우리가 이사를 하면 나중에 와서 손을 다 봐주고요. 전기선도 달아 주고, 제 책상도 다시 손 봐주고. 그러면서도 전에 아빠가 밤중에 기한이 아저씨한테 가 준 걸 늘 고마워하고요."

"그때 기한이 아저씨가 함께 집 짓는 일을 하러 다니는 사람들과 이상한 내기를 했거든. 일을 끝내고 술을 마시다가 기한이 아저씨가 내 친구 중에 소설가가 있다고 자랑을 한 거야. 그러니 다른 아저씨들이 우리가 막일을 하러 다니는 사람인데 어떻게 그런 친구가 있을 수 있느냐고 믿지 않고."

"엄마한테 들었어요. 저는 자다가 일어났는데, 밤 열두 시가 넘었는데 아빠가 나가시기에 왜 나가시냐니까 기한이 아저씨한테 가신다고."

"그때 기한이 아저씨가 친구들과 술을 마시다가 내기를 한 거야. 그 사람이 정말 친구면 불러내 보라고. 그러자 기한이 아저씨는 늦은 밤까지 글 쓰는 친구를 어떻게 아무 일도 없이 불러내느냐고 그러고. 그러니까 저쪽 친구는 거짓말이니까 못 불러낸다고 그러고. 그러다 누군가 기한이 아저씨한테 친구라면 불러낼 수도 있는 것 아니냐고, 그걸로 술값 내기를 하자고 그러고."

"그래서 기한이 아저씨가 전화를 한 거예요?"

"그런 말도 하지 않고 그냥 지금 어느 술집에 있는데 나올 수 있겠느냐고 물었단다. 무슨 일이냐니까 별일은 아닌데 그냥 나왔으면 좋겠다고. 그러면서 지금 뭘 하다가 전화를 받았느냐고 물어서 내일 넘길 바쁜 원고를 쓰고 있다니까 그럼 나오지 말라고 그러고, 그냥 친구들과 술을 마시다가 장난으로 전화를 건 거라면서."

"그래서요?"

"기한이 아저씨가 그냥 장난으로 전화를 걸 사람이 아니니까 거기 어디냐고 물어서 얼른 택시를 타고 나갔던 거지. 가니까 그런 내기를 한 거야. 거기 있는 친구들과."

"그래서 기한이 아저씨가 이긴 거예요?"

"아니, 아빠가 이긴 거지. 그때까지 아빠는 아직 한 번도 기한이 아저씨를 위해 몸으로 무얼 해 본 적이 없었거든. 그런데도 기한이 아저씨는 아빠한테 자기는 늘 몸으로만 때우는 친구라 미안하다고 했는데, 그날 아빠가 기한이 아저씨를 위해 몸으로 때워 보니 정말 몸으로 때워 주는 것만큼 힘든 일도 없고, 또 좋은 친구도 없는 거야."

"저는 어른들도 그런 장난을 하는 게 신기해요."

"장난이긴 하지만 친구란 그런 거야. 무얼 꼭 크게 도와주고 힘든 일을 해 주어야만 좋은 친구인 것이 아니라, 어떤 일로든 그 사람이 정말 내 친구구나 하는 걸 확인하게 될 때에 마음속에 다시 커다란 우정이 쌓이는 거란다. 그리고 그런 우정이 쌓일 때 옛날이야기 속의 아버지 친구 같은 이야기도 나오는 거고."

"알아요, 아빠. 그리고 따뜻하고요."

"친구를 가려 사귀기는 하되 절대 차별해서 사귀면 안 되는 거야. 알았지?"

"저도 이다음 아빠 같은 친구를 많이 사귈 거예요. 제가 그 사람의 친구인 걸 자랑스럽게 여기는 친구들을요."

"그리고 그런 친구들을 네가 자랑할 수 있어야 하고."

30. 서른일곱 굽이를 돌고 나서 〈우리가 아직도 가야 할 먼 길에 대하여〉

"이제 별이 완전히 떴지?"

"예, 바람도 더 시원해졌고요."

"밤길을 걸을 땐 별이 바로 우리 친구란다."

"좋아요, 그 말. 별이 우리 친구란 말이."

"하나하나 눈에 담고, 가슴에 담아 봐. 그건 오래 기억하겠다는 별과의 약속이니까."

"할아버지들도 이 길을 걸으며 저 별을 봤겠죠?"

"그럼. 별은 늘 그 자리에서 우리를 지켜봐 왔으니까. 이다음 네가 나이를 먹어도."

"어, 그런데 이 길은 대관령에서 할아버지 댁으로 들어가는 길 아니에요?"

"그래. 대관령 길은 저 아래에서 끝나지만 이제 우리가 내려와야 할 굽이는 다 내려온 거야. 여기서부터는 다시 이쪽 산길을 걸어 넘으면 되고."

"아빠."

"응."

"저는 오늘 이 길이 참 좋았어요. 저 꼭대기에서부터 제가 아빠하고 걸어 왔다는 게……"

"아빠도 그렇다. 네가 아빠하고 함께 걸을 수 있을 만큼 큰 것도 대견하고."

"이제 제가 힘들 때 이 길을 생각할 거예요."

"아빠도 그랬어. 아빠가 힘들 때."

"할아버지도 생각할 거고, 증조할아버지, 그리고 그 할아버지의 할아버지도 생각할 거고요. 전 그분들의 후손이니까."

"여기 나무들과 풀과 돌과 냇물과 그 밖에 우리가 보고 온 모든 것들. 그리고 어두운 하늘에서 우리를 내려다본 별들도. 하지만, 우리가 가야 할 길은 아직 먼 거야. 앞으로 네가 살면서 걸어야 할 길도 그렇고."

"알아요, 아빠. 무슨 말인지."

"산꼭대기에서 보았을 때보다 네가 더 큰 것 같은 생각도 들고."

"저도 그래요."

"그게 이 길이 우리에게 가르쳐 주는 것들이야. 오늘 네가 아빠한테도 많은 걸 가르쳐 주었고. 할아버지와 아빠 사이에 대해서도. 그게 아빠와 너희들 사이와 같은 건데."

"사랑해요, 아빠."

"그래, 아빠도 널 사랑한다."

"손잡아요, 아빠."

"그래."

"할아버지 댁에 다 갈 때까지요."

"그래."

"또 말해도 되죠?"

"무얼?"

"이제 아빠도 할아버지 댁에 빨리 가고 싶어졌는가 하고요."

"그래."

"할아버지도 지금 아빠를 많이 기다리실 거예요. 아빠가 우리가 늦게 들어오면 그렇게 기다리는 것처럼요."

"안다. 이제 네가 말하지 않아도. 이제 이 길은 더 어두울 거야. 자동차가 다니지 않으니까."

"아빠 손을 잡으면 괜찮아요."

31. 집으로 들어가는 샛길에서 〈어둠 속에서 빛나는 노란 손수건〉

그렇게 대관령 길을 다 내려와 집으로 들어가는 샛길의 작은 고개를 넘어설 때였다. 아이는 아까부터 바짝 옆에 붙어 서서 내 손을 꼭 잡았다. 아빠하고 함께 걷기는 하지만, 조금씩 무서운 생각도 들 것이었다. 아이의 숨소리가 조금씩 커지고 있었다. 그때, 그 길 저쪽에서 아이의 이름을 부르는 소리가 들렸다.

"상우냐?"

"……."

"거기 오는 게 상우 아니냐?"

아버지의 목소리였다.

"아빠, 할아버지예요."

아이가 내 손에 더 힘을 주며 작은 소리로 말했다.

"그래, 할아버지다."

내가 작은 소리로 아이에게 말할 때 다시 아버지가 아이를 불렀다.

"거기 오는 게 우리 상우가 맞나, 아니나?"

"할아버지, 저예요. 상우요."

"우리 상우가 맞아?"

"예, 할아버지."

아이가 내 손을 풀고 할아버지에게로 뛰어갔다. 그때 나는 아이가 뛰어가는 어둠 저편에 이 세상에서 가장 큰 노란 손수건이 나를 향해 나부끼는 것을 보았다. 아마 아버지는 다른 식구들에게 어딜 간다 말도 없이 자동차도 타지 않고 그곳까지 우리를 마중 나오셨을 것이다. 어쩌면 대관령 꼭대기에서부터 아이는 그것을 알고 있었던 것인지 모른다. 그래서 그 손수건 이야기를 내게 했던 것인지도…….

이제까지 내가 걸어온 삶의 길 큰 고비마다 아버지는 언제나 이 세상에서 가장 큰 손수건을 들고 아들 마중을 나오셨다.[1] 어린 나이에 학교를 그만두고 대관령을 넘어갔을 때에도 아버지는 그렇게 오랜 시간을 두고 나를 기다리셨다. 대학 때 교련^{학생에게 가르치는 군사 훈련} 거부로 어느 날 갑자기 군에 끌려가 남보다 긴 군대 생활을 하게 되었을 때에도 아버지는 말없이 그것을 기다리셨다. 그러다 대학 졸업이 남보다 한 해 반이나 늦어졌을 때에도, 늦은 졸업 후 이제 보다 본격적으로 글을 쓰는 일에 내 삶의 모든 것을 걸어야겠다고 결심했을 때에도, 아버지는 그런 아들의 책상을 짜 줄 물푸레나무들을 준비하며, 또 오랜 시간 그날을 기다리셨다. 그러면서 그 기다림으로 내가 살아온 삶의 가장 큰 길이 되어 주셨다.

나는 그 자리에 멈춰 서서 아이가 뛰어가는 어둠 저편에 이제는 오랜 세월 속의 기다림으로 등이 굽고 작아진, 그러나 그 세월의 무게로 우뚝한 아버지의 모습을 바라보았다.

이제 내가 그 길을 가고, 언젠가 아이도 그 길을 갈 것이다.

아버지…….

---

1) '나'는 아버지가 항상 같은 자리에서 '나'를 기다려 주었음을 깨닫고 아버지에게 고마움과 사랑을 느끼고 있다.

가족사를 다룬 소설을 발표한 이후 아버지와의 관계가 불편해졌어.

발단 　'나'와 아버지의 관계가 불편해짐

상우야, 우리 할아버지 댁까지 걸어가 볼까?

전개 　아들 상우와 강릉 아버지 집까지 걸어가기로 함

위기 '나'와 상우가 걸어가면서 대화를 함

절정 상우는 아버지인 '나'의 속마음을 알게 됨

결말 나'는 아버지에게 감동과 사랑을 느낌

🔭 생각해 볼까요?

선생님 '나'와 '나'의 아버지, 그리고 '나'의 아들이 깨달은 것은 무엇일까요?
💬 2 ♥ 2

↳ **학생 1** '나'와 아버지 사이에 생긴 불협화음의 원인은 사랑의 부재가 아니라 소통의 부재였어요. '나'가 아버지를 오해하게 된 원인 또한 아버지가 아니라 아버지와 소통하지 않았던 '나'에게 있었던 것이지요.

↳ **학생 2** '나'는 아들 상우와의 진솔한 대화를 통해 서로 이해하는 소통의 즐거움을 느낄 수 있었고, 마중 나온 아버지를 보며 그것을 다시 깨달을 수 있었어요.

선생님 이 작품을 통해 작가가 독자에게 전하려는 메시지에 대해 이야기해 볼까요?
💬 3 ♥ 3

↳ **학생 1** 작가는 '오늘날은 부권 상실의 시대, 즉 아버지는 없고 아빠만 있는 시대'라는 말을 했어요. 이런 시대에 한 사람의 아버지로서 아이에게 아버지의 이야기를 하고 싶었다고 해요.

↳ **학생 2** 소설 속의 아버지는 모든 사람이 자동차를 타고 넘어가는 대관령 60리를 두 발로 걸으면서 아이에게 자신의 이야기를 들려줘요. 아버지가 해 주는 이야기는 고개의 수만큼이나 다양한데 아들은 이런 아버지의 이야기를 단순한 잔소리나 충고로 듣지 않고 소통의 과정으로 인식해요.

↳ **학생 3** 이런 과정을 통해 서로 이해하고 사랑한다는 말을 하는 것, 쌍방의 소통이 되도록 노력해야 한다는 것이 작가가 독자에게 전달하려는 메시지예요.

선생님 「아들과 함께 걷는 길」에는 작가 이순원의 실제 이야기가 담겨 있어요. 어떤 부분이 그런지 함께 알아볼까요?
💬 3 ♥ 3

↳ **학생 1** 이순원은 1996년 「수색, 어머니 가슴속으로 흐르는 무늬」로 동인문학상을 받아요. 이 소설은 아버지로 인해 겪은 유년 시절의 상처와 어머니의 아픔을 담은 이야기예요. 그래서 이순원은 아버지에게 무거운 마음을 가지고 있었다고 해요.

↳ **학생 2** 작가는 어느 날 좀 다녀가라는 아버지의 연락을 받고 아버지 댁을 찾아가게 돼요. 대관령 꼭대기에서 차로 30분이 채 걸리지 않는 거리를 작가는 아들과 함께 걸어가요. 걸어서 네다섯 시간이나 걸리는 길을 가며 작가는 아들과 함께 많은 대화를 나눠요.

↳ **학생 3** 이날의 경험을 쓴 소설이 바로 「아들과 함께 걷는 길」이에요.

선생님 「아들과 함께 걷는 길」에서 '길'은 어떤 의미의 공간일까요?

💬 3 ♥ 3

↳ **학생 1** 아빠와 아들이 대화를 나누는 공간이에요. 바쁜 일상에서 벗어나 서로에게만 집중하여 대화를 나누는 곳이죠.

↳ **학생 2** 아빠와 아들 사이가 두터워지는 공간이기도 해요. 그동안 못 했던 이야기를 나눔으로써 서로를 이해하고 따뜻한 정을 느낄 수 있어요.

↳ **학생 3** 또한 할아버지, 아버지, 아들로 이어지는 인생을 드러내는 공간이에요. 아빠인 '나'가 할아버지에 대한 기억을 비롯하여 여러 가지 삶의 지혜를 아들에게 이야기해 주기 때문이죠.

대관령 ▾ 🔍

연관 검색어   태백산맥   강원도   99개 굽이

대관령은 태백산맥에 위치하며 강원도 평창군과 강릉시를 잇는 큰 고개 및 그 일대를 가리킨다. 해발고도는 832m이며, 고개의 총연장은 13km이다. 고개의 굽이가 99개소에 이른다는 말이 예부터 전승되어 왔다.

전통적으로 대관령은 서울을 비롯한 경기 지방 및 영서 지방에서 영동 지방을 갈 때 지나는 태백산맥의 관문 역할을 하였다. 강원도를 영서와 영동으로 부르는 기준이 된 것도 대관령이다. 현대에 들어와 영동 고속도로도 이 대관령을 지났으나 2002년 11월에 횡계에서 강릉까지의 구간이 터널로 바뀌었다.

'대관령'이라는 명칭은 고개가 험해서 오르내릴 때 '대굴대굴 크게 구르는 고개'라는 뜻의 대굴령에서 음을 빌려 대관령이 되었다는 이야기도 있고, 영동 지방으로 오는 '큰 관문에 있는 고개'라는 명칭에서 유래하였다는 이야기도 있다.

최인호
(1945~2013)

✉ **작가에 대하여**

서울 출생. 서울고등학교를 거쳐 연세대학교 영문과를 졸업하였다. 1963년 고등학교 2학년 때 〈한국일보〉 신춘문예에 「벽구멍으로」가 입선되었고, 1967년 〈조선일보〉 신춘문예에 「견습환자」가 당선되어 등단하였다.

1967년 「2와 1/2」로 사상계 신인문학상, 1972년 「타인의 방」과 「처세술 개론」으로 현대문학상 신인상, 1982년 「깊고 푸른 밤」으로 이상문학상 등을 수상하였다. 주요 작품으로는 「불새」, 「위대한 유산」, 「잃어버린 왕국」, 「산중일기」 등이 있다.

최인호는 인간 소외의 문제를 대중적인 눈높이에 맞추어 풀어냄으로써 소설의 대중적 기반을 확대하였다는 평가를 받았다. 최인호의 문학은 1970년대에 진행된 산업화와 관련하여 본격 소설과 대중 소설이라는 양면성을 띤다. 단편 소설에서는 우리 사회의 산업화와 도시화가 인간성에 미치는 모순적인 영향 및 문제를 예리하게 그렸다. 한편 장편 소설에서는 산업화에 희생되는 사람들의 심리를 섬세하고 감상적으로 묘사하였다. 이를 통해 최인호의 작품은 70, 80년대 최고의 대중 소설인 동시에 통속적 소비 문학이라는 평가를 받기도 한다.

#액자식구성　　　#실존인물　　　#상업　　　#도리

⚓ 작품 길잡이

갈래: 장편 소설, 액자 소설, 역사 소설
배경: 시간 – 조선 후기, 현대 / 공간 – 조선과 중국
시점: 3인칭 전지적 작가 시점(부분적으로 1인칭 관찰자 시점)
주제: 올바른 상인의 도리
출전: 〈한국일보〉[(1997)]

📷 인물 관계도

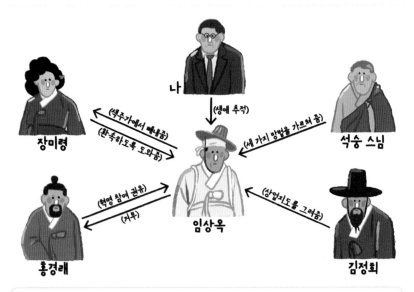

나	'재상평여수 인중직사형'이라는 문장의 출처를 찾다가 임상옥에 대해 알게 된다.
임상옥	어질고 성실한 상인으로, 장사를 통해서 돈이 아니라 의를 추구해야 한다고 생각한다.
석숭 스님	임상옥의 인생에 도움이 될 만한 세 가지 선물을 준다.

📋 구성과 줄거리

발단 '나'는 김 회장의 수첩에 쓰여 있는 문장의 출처를 찾음

기평 그룹의 김 회장이 죽고, 회사에서 '나'에게 김 회장 지갑에서 나온 글의 출처를 밝혀달라는 요청을 한다. '나'는 지갑 속의 글귀 '재상평여수 인중직사형(財上平如水 人中直似衡)'의 뜻을 풀어 가면서 임상옥이라는 인물을 알게 된다.

전개 장사꾼이 된 임상옥이 고난을 겪음

장사꾼 집안이었던 임상옥은 중국에서 큰돈을 벌었으나, 유곽에 팔려 온 장미령이라는 여인을 구하려다가 죽을 위기에 처하기도 하고, 상단의 돈을 횡령한 죄로 절에 들어가기도 한다.

위기 임상옥이 위기를 벗어나 조선의 갑부가 됨

절에서 만난 석숭 스님은 임상옥에게 큰 위기를 만났을 때 보라며 '죽을 사', '솥 정'이라는 두 글자와 '계영배'라는 술잔까지 총 세 가지의 선물을 준다. 장미령의 도움을 받아 다시 환속한 임상옥은 석숭 스님의 선물을 통해 수차례의 위기를 극복하고 조선 최고의 갑부가 된다.

절정 임상옥이 선행을 베풀고 죽음

말년에 자신의 운명이 다했음을 직감한 임상옥은 자신의 재물을 주변 상인들에게 나누어 주고 죽는다.

결말 '나'는 기념관에서 임상옥을 추모하는 글을 낭독함

'나'는 김 회장의 호를 따서 세운 기념관을 개관하는 자리에서 임상옥을 추모하는 발문을 낭독한다.

상도

· 앞부분 줄거리

소설가인 '나'는 기평 그룹 김기섭 회장이 독일에서 죽었다는 소식을 듣는다. 회사의 요청을 받고 김 회장의 유류품遺留品 죽은 사람이 남겨 놓은 물건을 조사하던 '나'는 지갑에서 쪽지 하나를 발견한다. 쪽지에는 "財上平如水(재상평여수. 재물은 평등하기가 물과 같고) 人中直似衡(인중직사형. 사람은 바르기가 저울과 같다)"라는 글귀가 쓰여 있었다. '나'는 이 글귀를 해석하기 위해 수소문하던 중에 임상옥의 저서인 『가포집』에서 나온 것임을 알게 된다.

장사꾼 집안이었던 임상옥은 중국에서 큰돈을 벌었으나, 유곽에 팔려 온 장미령이라는 여인을 인삼을 판 돈으로 구한다. 이 일로 파면된 임상옥은 절에 들어간다. 석숭 스님은 앞으로 임상옥의 인생을 도와줄 세 가지 방법을 가르쳐 준다. 첫 번째는 죽을 사死 자, 두 번째는 솥 정鼎 자, 세 번째는 계영배라는 술잔이다. 다시 장사를 시작한 임상옥은 많은 돈을 번다. 그러던 중 연경 상인들 때문에 인삼을 헐값에 팔아야 하는 위기에 처한다.

제9장 불매 동맹

그날 아침, 임상옥은 날이 밝자마자 박종일을 비롯한 자신의 종들에게 귀국할 채비를 갖추라고 명령을 하였다. 하인들은 말에 안장을 놓는다, 짐 보따리를 꾸린다 하면서 바쁘게 움직이고 있었다.

다음 날인 2월 3일은 김노경을 주청사奏請使 조선 시대에 동지사 이외에 중국에 주청할 일이 있을 때 보내던 사절로 하는 사신 일행이 환국還國 외국에 나가 있던 사람이 자기 나라로 돌아오거나 돌아감을 하기 위해서 연경을 출발하는 날이었기 때문이다.

연경의 상인들은 비록 그 모습을 드러내 놓고 있지는 않았지만 사람들을 풀어놓고 임상옥의 행동을 일일이 염탐하고 있었다.

연경의 상인들은 내일이면 임상옥을 비롯한 사신들이 연경을 떠난다는 정보를 이미 입수하고 있었던 것이다.

5천 근이나 되는 인삼 바리말이나 소 등에 잔뜩 실은 짐를 어떻게 할 것인가? 가져온 그대로 수레에 싣고서 그냥 갖고 돌아가려는 것일까? 임상옥의 인삼은 이 연경에서 팔지 못하면 다른 곳에서는 팔 데가 없을 것이다.

연경 상인들이 그것을 모를 리가 없는 것이다. 그들은 염탐꾼을 풀어놓고 임상옥의 일거수일투족—擧手一投足 손 한 번 들고 발 한 번 옮긴다는 뜻으로, 크고 작은 동작 하나하나를 이르는 말을 감시하고 있었던 것이다. 귀국할 모든 채비가 끝나자 박종일이 눈치를 살피면서 임상옥에게 물어 말하였다.

"형님, 어떻게 하시겠습니까?"

"뭘 말인가?"

분명히 박종일의 속마음을 알고 있으면서도 임상옥이 짐짓 딴청을 부리면서 말하였다.

"인삼 말입니다. 저희들이 가져온 5천 근이나 되는 인삼 말입니다."

"아, 그렇지."

그제야 생각난 듯 임상옥이 무릎을 치면서 말하였다.

"인삼이 그대로 남아 있었지. 그걸 깜빡 잊고 있었군."

박종일은 임상옥이 제정신이 붙어 있는가 눈치를 살피면서 물었다.

"어떻게 할까요? 인삼 바리를 도로 수레에 싣도록 할까요?"

"가져온 인삼을 도로 가져갈 수는 없지."

"그럼 어떻게 할까요?"

"가져온 인삼이니까 일단 연경에 두고 가야지."

박종일은 어이가 없어서 말하였다.

"두고 가다니요. 단 한 사람도 찾아와 사려는 사람이 없는데요. 단 한 근의 인삼도 팔리지 않았대요."

"여봐라."

박종일의 대답에는 아랑곳하지 않고 임상옥이 말하였다.

"인삼을 모두 마당에 쌓아 놓도록 하라."

박종일이 묵고 있던 회동관 會同館 옛날에 외국 사신을 맞아들여 접대하는 일을 맡아보던 관아 뜨락에 5천 근이나 되는 인삼이 가지런히 포개어져 쌓였다. 그리고 나서 임상옥이 다시 명령하였다.

"장작더미를 마당 한 곁에 쌓아 놓도록 하여라."

"장작더미라니요?"

박종일이 다시 의아한 표정으로 물어 말하였다.

"시키면 시키는 대로 하지 뭘 따져 묻고 있는가?"

임상옥의 얼굴에 노기가 서렸다. 웬만한 일에는 표정 하나 바뀌지 않던 임상옥의 얼굴이 아니었던가. 그러나 임상옥의 얼굴에는 단호한 의지가 깃들어 있었다. 임상옥의 명령대로 마당 한 곁에 장작더미가 쌓아졌다.

"어떻게 할까요?"

장작더미가 쌓여지자 다른 하인이 임상옥에게 물어 말하였다. 그러자 임상옥이 대답하였다.

"장작더미에 불을 붙여라."

그제야 박종일은 임상옥이 무엇을 하려는 것인가를 알 수 있었다. 박종일은 임상옥의 눈치를 살폈지만 워낙 단호한 결단의 얼굴이라 뭐라고 말을 붙이거나 참견할 수 없었다. 그는 묵묵히 임상옥이 하는 대로 이를 지켜볼 수밖에 없었다.

하인은 임상옥이 시키는 대로 장작더미에 불을 붙였다. 바짝 마른 장작이라 불이 붙자마자 무서운 기세로 타올랐다. 연경 제일의 여인숙 앞마당에 갑자기 대낮에 장작을 태우는 연기가 피어오르고 화광火光^{타는 불의 빛}이 충천하자 사람들이 구름처럼 모여들었다. 때아닌 불놀이가 벌어진 셈이다. 장작더미가 불이 붙어 맹렬하게 타오르자 다시 하인이 임상옥에게 말하였다.

"장작더미에 불이 붙었습니다. 이제 어떻게 하면 좋겠습니까?

그러자 임상옥이 단숨에 말하였다.

"인삼을 불 속에 집어넣게."

"뭐라고요?"

하인은 행여 자신이 잘못 들었는가 다시 물어 말하였다.

"인삼을 어떻게 하라굽쇼?"

"인삼을 불 속에 집어넣어 태워 버리라니까."

하인이 멈칫했다. 그때 묵묵히 침묵을 지키고 있던 박종일이 소리쳐 말하였다.

"귀가 먹었는가? 시키면 시키는 대로 할 것이지, 무슨 말이 그리 많은가? 인삼을 불 속에 넣어 태워 버리라 하시지 않는가?"

박종일이 먼저 나가 인삼 한 덩어리를 불 속에 집어넣었다. 무섭게 타오르는 화염이 던져진 인삼을 핥기 시작하였다. 곧 인삼에 불이 붙어 인삼의 독특한 향이 매캐한 연기에 섞여 번져 나갔다. 이왕 내친김이었다. 하인들도 이젠 어쩔 수 없이 인삼 덩어리를 불 속에 집어 던지기 시작하였다. 때아닌 불놀이를 구경하던 사람들은 순간 경악하였다.

그들은 조선의 상인들이 불 속에 집어 던지는 것이 다름 아닌 인삼이라는 사실을 깨달은 순간 어안이 벙벙하였다. 그 구경꾼 중에는 연경 상인들의 염탐꾼들이 모두 모여 있었다. 그들은 임상옥의 일거수일투족을 감시하고 지켜보던 상인들의 거간꾼^{사고파는 사람 사이에 흥정을 붙이는 일을 하는 사람}들이었다.

그들은 임상옥이 회동관 앞마당에 불을 지르고 그 불 속에 인삼 꾸러미를 집어 던져 태우기 시작하자 혼비백산하였다. 그들은 달려가 자신들의 주인인 약재상들에게 이를 낱낱이 고하였다.

"조선의 상인이 불을 지르고 인삼을 모두 태우고 있습니다."

염탐꾼들의 전갈을 받은 상인들은 모두 단숨에 뛰어왔다. 그들은 실제로 임상옥이 인삼을 태우고 있는가를 살펴보았다. 연경을 드나드는 인삼 상인들은 예로부터 가짜 인삼, 즉 도라지를 따로 준비해서 갖고 다니는 것이 보통이었다. 여행 도중에 도적을 만나면 인삼이라고 하고 도라지를 대신 빼앗기기 위해서 그런 방법을 쓰고 있었던 것이다. 약재상들은 임상옥이 인삼을 태우는 척하고 실은 도라지를 태우는 것이 아닐까 유심히 살펴보았다.

그러나 아니었다.

불 속에 던져지는 것은 분명히 인삼이었다. 인삼 중에서도 수년간 볼 수 없었던 정품^{精品 정제품}의 홍삼이었던 것이다. 인삼에는 사포닌이라고 하는 독특한 주성분이 있다. 이를 중국의 약재상은 배당체^{配糖體}라고 부르고 있었다. 인삼을 먹었을 때 약간 씁쓰레한 이 향기야말로 인삼만이 가진 독특한 맛이자 약리 작용을 하는 주성분임을 약재상들은 오랜 경험을 통해 잘 알고 있었던 것이다.

따라서 인삼을 태우면 사포닌 성분이 불과 작용하여 연소할 때 인삼만이 갖고 있는 독특한 냄새를 풍기는 것이다. 약재상들은 본능적으로 솟아오르는 연기 냄새를 통해 인삼이 타오르고 있음을 자신의 눈으로 직접 확인할 수 있었던 것이다.

그러자 연경의 약재상들은 상상을 초월한 임상옥의 광기에 우선 기가 질렸다. 그들은 알고 있었다.

임상옥이 태우는 것이 인삼이 아니라 실은 자신의 몸임을.

연경 상인들은 잘 알고 있었다.

상인들은 무엇보다 인삼을 자신의 생명처럼 알고 있음을.

그러므로 인삼을 태운다는 것은 자신의 몸을 태워 소신공양燒身供養을 하는 것과 마찬가지인 것이다.

소신공양.

불길에 자기의 몸을 스스로 태워 죽음으로써 부처에게 공양하는 행동을 소신공양이라고 부르고 있다. 따라서 임상옥이 자신의 생명이나 다름없는 인삼을 스스로 태워 버리는 것은 스스로의 몸에 불을 지르는 분신과 마찬가지인 것이다.

연경 상인들은 임상옥의 결단에 우선 기가 질렸다. 그 순간 연경 상인들은 갑자기 분노하기 시작하였다. 연경의 약재상들에 있어서도 인삼은 생명과 같은 것이었다.

조선의 무역상들에게만 인삼이 생명이 아니라 그것을 사는 연경의 약재상들에게도 인삼은 생명이었으며 신령한 신비의 약초였던 것이다. 중국의 상인들은 인삼을 활인초活人草 사람을 살리는 풀. 병을 고치는 데 특효약이라는 뜻라고 부르고 있었다. 사람의 목숨을 살리는 풀을 어찌 태워 한 줌의 연기로 만들 수 있을 것인가.

천하의 명약인 인삼을 불 속에 태워 버리는 임상옥의 태도에 연경의 약재상들은 한순간 분노를 느끼기 시작하였다.

"이럴 수가 있는가? 감히 인삼을 태워 버리다니. 사람을 살리는 신비의 약을 태워 한 줌의 잿더미로 만들어 버리다니."

그러나 연경 상인들의 분노는 곧 절박한 현실감으로 바뀌어 갔다. 자신의 생명과도 다름없는 인삼을 불태우는 임상옥의 미친 광기를 탓하며 지켜볼 수만은 없는 일이었기 때문이다.

만약 자신들이 지켜보는 바로 앞에서 이 엄청난 양의 인삼이 모두 불태워져 한 줌의 재로 사라진다면 앞으로 수년간 연경에서는 인삼을 눈을 뜨고 보려야 볼 수 없게 되는 것이 분명한 일이었기 때문이다.

다급해진 것은 오히려 연경 상인들이었다. 인삼이 불태워져 모두 사라져 버린다면 임상옥뿐 아니라 그들 자신도 망할 수밖에 없었던 것이다.

당시 중국에선 의학이 발달하여 수많은 명의들이 배출되었다. 갈가구葛可久, 이동원李東垣, 모단계牟丹溪, 이렇게 세 의원이 특히 유명하여 사람들은 이 세 사람을 신의神醫라고 부르곤 하였다.

이 세 사람의 명의는 모든 병의 근원을 허로토혈虛勞吐血 네 증상으로 보았으며, 기가 허하고 피로하고 토하여 피가 부족한 것을 보함으로써 병을 물리칠 수 있다고 하여 양음설^{陽陰說}을 주장하고 있었다. 이 세 신의들은 허로 토혈을 치료하는 데에는 오직 인삼이 특효라고 신처방을 내렸다. 이로부터 '조선의 인삼이 가미되지 않은 중약은 약도 아니다.'라는 정설이 일반화되기 시작하였다.

따라서 인삼이 없다면 백약이 무효하게 될 것이며 모든 약재상들과 중약 점들은 문을 닫고 폐업할 수밖에 없었던 것이다.

중국 상인들은 불매 동맹을 맺음으로써 임상옥을 골탕 먹일 것만 생각하였지 자신들도 먹이 사슬에 의해 임상옥과 공동 운명체라는 사실에 대해서는 깜박 잊고 있었던 것이다.[1]

순간 너 나 할 것 없이 연경의 상인들이 앞서 나서기 시작하였다.

"임 대인, 도대체 왜 이러시는 거요?"

"어쩌자고 이러는 거요?"

"임 대인, 어서 불을 끄도록 하시오. 불을 끄라 이르시오."

그러나 임상옥은 마이동풍이었다. 그는 소리쳐 하인들에게 명령하여 말하였다.

"무엇들을 하고 있느냐? 불기운이 꺼져 가고 있지 않느냐? 장작더미를 더 던져 넣도록 하여라."

하인들은 타오르는 불 속에 장작을 집어넣었다. 그러자 다시 무서운 기세로 화염이 타오르기 시작하였다. 임상옥은 다시 소리쳐 명령하였다.

"인삼을 더 많이 불 속에 집어넣어라."

자신들의 눈앞에서 5천 근이나 되는 인삼의 반 정도가 이미 잿더미로 변하는 모습을 본 순간 중국 상인들이 앞장서 나서기 시작하였다.

"불을 끄시오. 불을 끄도록 하시오."

그 현장에 왕조시가 나와 있어 중국 상인들이 다투어 왕조시에게 말하였으나 왕조시는 묵묵부답이었다. 하는 수 없이 그들은 실제 주인인 임상옥에게 매달릴 수밖에 없었다.

"임 대인, 불을 끄도록 하십시다."

"불을 꺼 무엇을 하려고 그러시오? 당신들 모두 내 인삼이 필요치 않다고 불매 동맹을 맺지 않았소이까? 필요치 않은 인삼이야 남겨 두어 무엇을 하

---

1) 임상옥은 이 점을 감안하여 자신을 골탕 먹이려 한 중국 상인들을 역으로 골려 주고 있다.

겠소이까? 그대로 가져간들 소용도 없거니와, 남겨 둔들 버림받아 쓸 일도 없으니 자연 태울 수밖에."

"아이고, 임 대인. 우리가 졌습니다. 불을 끕시다. 일단 불을 끄고 나서 말을 하도록 합시다."

전해 오는 말에 의하면 불을 끈 사람은 임상옥이 아니라 박종일이었다고 한다. 임상옥은 그 즉시 현장에서 떠나 자취를 감춰 버리고 현장에 남은 두 사람 왕조시와 박종일이 새로운 상담을 벌였다고 전해지고 있다.

당시 중국 상인들의 금과옥조는 '6자 비결'과 '4자 비결'이었다. 일찍이 중국 상인 중에 전설적인 인물 하심은^{何心隱}이란 사람이 있었다. 이 사람에게 어떤 상인이 찾아가 돈을 버는 비결을 물었다. 그때 하심은은 첫 번째로 '6자 비결'을 써주었는데 그 내용은 다음과 같다.

"한 푼에 사서 한 푼에 팔아라(買一分 賣一分)."

다시 상인이 하심은에게 물어 말하였다.

"돈을 버는 방법이 더 있습니까."

그러자 하심은은 다시 비결을 써주었는데 이번에는 4자였다. 그래서 이를 '4자 비결'이라고 부르고 있는데 그 내용은 다음과 같다.

"한꺼번에 사서 낱개로 팔아라(頓買零賣)."

두 가지의 비결을 전해 들은 그 상인이 다시 하심은에게 청하여 물었다.

"돈을 버는 세 번째의 방법은 무엇입니까."

이에 하심은이 단숨에 말하였다.

"열 자면 충분하다. 그 이상은 없다."

하심은의 '6자 비결'과 '4자 비결'은 중국 상인들의 금과옥조였던 것이다.

'한 푼에 사서 한 푼에 팔아라.'라는 6자 비결의 뜻은 '사는 즉시 팔아야 한다.'는 의미를 담고 있으며, '한꺼번에 사서 낱개로 팔아야 한다.'라는 4자 비결의 뜻은 염가로 대량 구입하여 이윤을 붙여 낱개로 팔라는 의미를 담고 있었던 것이다.

'사는 즉시 팔아야 한다.'라는 중국 상인들의 상업 철학의 의미는 흥정은 치밀하지 않더라도 매매는 단숨에 이루어지는 특성을 갖고 있었다.

이들은 즉시 왕조시와 박종일과 더불어 새로운 상담을 벌이기 시작하였다. 어제까지의 자존심은 아랑곳없는 중국 상인 특유의 노회^{老獪 경험이 많고 교활 함} 때문이었다.

중국 상인들에게 있어 자존심은 별로 중요하지 않다. 이들에게 있어 이익은 최고의 선인 것이다. 일찍이 임어당林語堂은 중국인의 성격 중 나쁘면서도 뚜렷한 세 가지 특징을 '참을성', '무관심' 그리고 '노회함'으로 구분하여 설명한 일이 있었다.

특히 중국의 상인들은 노회의 극치였었다. 이들은 '큰일은 작은 일로 환원할 수 있고 작은 일은 없던 것으로 환원할 수 있다.'는 상인들의 처세술을 철저히 신봉하고 있었다. 따라서 어제까지의 자존심 싸움과 같은 큰일大事은 이익을 위해 작은 일小事로 바꿔 생각할 수 있으며 오늘의 굴욕이나 수치 같은 작은 일小事은 아예 없는 일無事로 생각할 수 있을 만큼 후안무치厚顔無恥하였던 것이다.

결론적으로 말해 임상옥은 2월 2일, 단 하루 만에 불에 태우다 남긴 인삼 모두를 단숨에 팔아 치울 수 있었다.

불에 태운 인삼으로 손해 본 가격을 모두 중국 상인들이 떠맡기로 한 파격적인 금액이었다. 따라서 임상옥은 새로 내걸었던 공시 가격 45냥에서 단 한 푼도 깎아 주지 않고 원하는 가격대로 단 하루 만에 인삼을 모두 팔아 치울 수 있었던 것이다. 그러니까 불에 태운 인삼을 감안하면 중국 상인들은 인삼 한 근에 90냥이라는 천문학적인 금액으로 인삼을 사들일 수밖에 없었던 것이다.

이는 종전 가격의 네다섯 배에 달하는 금액이었다.

문제는 단 한 번의 상전을 통해 막대한 재화를 벌었다는 임상옥의 승리에 있는 것이 아니라 우리나라 역사상 처음이자 마지막으로 있었던 연경 상인들의 불매 동맹을 기묘한 방법으로 물리친 임상옥의 상업 철학에 그 의의가 더 있다고 할 수 있을 것이다.

• 뒷부분 줄거리

임상옥은 세 번의 위기 모두 석숭 스님의 가르침에 따라 벗어난다. 조선 최고의 갑부가 된 임상옥은 죽기 직전 자신의 죽음을 예견하고 빚이 있는 자들의 빚을 탕감해 준다. 재물에 욕심을 부리지 않고 모든 사람을 평등하게 대한 임상옥의 생애를 알게 된 '나'는 김 회장을 기리기 위해 지어진 여수 기념관 개관식에 참석한다. 하지만 돈을 벌고 세력을 넓히는 데에만 관심이 있는 기업인들을 보며, 임상옥을 이해할 수 있는 사람이 과연 몇이나 있을까 하는 의문을 품은 채 기념관을 나온다.

 만화로 읽는 '상도' ·

財上平如水 人中直似衡
(재상평여수 인중직사형)

재물은 평등하기가 물과 같고, 사람은 바르기가 저울과 같다. 이게 무슨 말이지?

발단 '나'는 김 회장의 수첩에 쓰여 있는 문장의 출처를 찾음

전개 장사꾼이 된 임상옥이 고난을 겪음

위기 임상옥이 위기를 벗어나 조선의 갑부가 됨

절정 임상옥이 선행을 베풀고 죽음

결말 '나'는 기념관에서 임상옥을 추모하는 글을 낭독함

📖 **선생님** 김 회장의 지갑에서 나온 글귀인 '재상평여수 인중직사형(財上平如水 人中直 似衡)'은 무슨 뜻일까요?

💬 2 🖤 2

↳ **학생 1** "재물은 흐르는 물과 같고, 사람은 바르기가 저울과 같아야 한다."라는 이 말 은 임상옥의 좌우명이자 유언이기도 해요. 재물이란 물과 같아서 일시적으 로 가둘 수는 있지만 영구적으로 소유할 수는 없으며 높은 데서 낮은 곳으로 흐르도록 놔두어야 한다는 뜻이에요.

↳ **학생 2** 즉 물의 원래 임자가 없는 것처럼 재물도 원래의 주인이 없으며, 사람의 마음 이 저울과 같이 바르고 정직하지 못하면 언젠가 파멸을 맞이하게 된다는 교 훈을 주고 있어요.

📖 **선생님** 석숭 스님은 임상옥에게 '죽을 사(死)', '솥 정(鼎)'이라는 두 글자와 '계영배'라 는 술잔까지 세 가지 선물을 줘요. 이 선물을 통해서 임상옥은 위기를 극복하 죠. 어떻게 극복했는지 알아볼까요?

💬 3 🖤 3

↳ **학생 1** 중국 상인들이 인삼을 사지 않자 인삼을 태워 버려요. 이를 통해 이윤의 다섯 배나 넘는 가격에 팔아요. 이것이 죽을 사 자예요.

↳ **학생 2** 혁명에 참여하길 권유했던 홍경래의 청을 거부하기 위해 청동 솥의 세 다리 중 하나를 부러뜨려요. 인간에게는 솥의 세 다리처럼 권력욕, 재물욕, 명예 욕이라는 세 가지 욕심이 있는데 이 셋을 모두 가지려 하면 솥의 다리가 사 라지고 솥이 쏟아지게 된다는 뜻이 솥 정 자에 담겨 있어요. 임상옥은 결국 홍경래의 부탁을 거절하여 상단과 목숨을 지키게 돼요.

↳ **학생 3** 조상영이라는 관리가 술을 가득 채울 수 없는 술잔 계영배 때문에 화가 나 계영배를 깨버리고 말아요. 보물이었던 계영배를 깬 것이 미안했던 조상영 은 임상옥이 풀려날 수 있게 도와줘요.

📖 **선생님** 석숭 스님의 마지막 선물인 술잔 '계영배'가 우리에게 주는 교훈은 무엇일까요?

💬 2 🖤 2

↳ **학생 1** 계영배를 한문으로 풀어쓰면 '경계할 계(戒)', '찰 영(盈)', '잔 배(杯)' 자가 돼 요. 그 뜻을 조합해 보면 술잔이 가득 차는 것을 경계한다는 의미예요. 계영 배는 그 안에 술이 가득 차면 저절로 비워지고, 술을 가득 채우지 않았을 때 만 잔 속의 술을 마실 수 있는 술잔이에요. 더 채우려고 해도 도저히 채울 수 없는 신비의 잔인 셈이지요.

↳ **학생 2** 계영배는 인간에게 자족할 줄 아는 삶의 지혜를 일깨워 주기 위해 만들어진 술잔이라고 할 수 있어요.

선생님 「상도」는 조선 후기의 상인 임상옥의 일대기를 다룬 소설이에요. 현대를 살아가는 우리에게 어떤 시사점을 줄까요?

💬 3　♥ 3

↳ **학생 1** 작가 최인호는 한국 역사에서 존경받는 학자나 정치가들은 많은데 왜 존경받는 상인은 없을까 하는 궁금증에서 출발하여 「상도」를 창작하였다고 해요. 주인공 임상옥은 구한말의 사학자 문일평이 쓴 짧은 평전 속에서 등장하는 인물이고요. 최인호는 한국 역사에 실재했던 상업의 성인인 임상옥을 통해 경제 철학의 모델을 제시하고자 했어요.

↳ **학생 2** 「상도」는 우리나라 기업가들에게 참된 상인 정신을 알려주고, 경제적 박탈감을 느끼는 사람들에게 어떠한 삶의 방식이 올바른 것인지 말해줘요.

↳ **학생 3** 「상도」를 읽으며 작가 최인호가 추구하고자 했던 '현재의 시대적 요청이란 무엇인지'와 함께 '변해서는 안 될 인간성'이란 무엇인지에 대해 생각해 보는 것도 좋을 것 같아요.

최인호의 「타인의 방」　▾ 🔍

연관 검색어　　아파트　소외　환상성

최인호의 대표작 중 하나인 「타인의 방」은 1971년 〈문학과지성〉 봄호에 발표된 단편 소설이다. 이 작품은 도시의 현실 속에서 겪게 되는 현대인의 소외를 상징적으로 묘사한다.

출장에서 돌아온 주인공은 갑작스럽게 자신의 삶의 근거를 이루고 있던 모든 것들과 거리를 느낀다. 이러한 느낌은 주위의 사물에까지 투영되어 그 사물들을 움직이게 한다. 갑자기 책상이 흔들리기 시작하더니 이내 방안의 가구와 온갖 기물들이 날뛰기 시작한다. 그 방은 주인공 자신의 방이면서도 타인의 방처럼 주인공에게 낯설고 불편하게 느껴진다. 주인공은 거기서 도망갈 수도 없다.

이 상징적인 이야기는 자신을 둘러싸고 있는 환경으로부터 철저한 소외감과 고립감을 맛보는 현대인의 의식에 대한 비유이다. 작품 속 환상성과 초현실주의적 기법은 기계화된 인정과 물질화한 생활에 대한 불화, 이로 인한 현대인의 소외 의식을 묘사하기 위한 것이다.

신경숙
(1963~)

✉ 작가에 대하여

　전라북도 정읍에서 태어났다. 1985년 〈문예중앙〉에 「겨울우화」가 당선되어 등단하였다. 1993년 「그 여자의 사계」로 오늘의 젊은 예술가상, 1995년 「깊은 숨을 쉴 때마다」로 현대문학상을 받았고, 1996년 만해문학상, 1997년 동인문학상, 2001년 이상문학상 등을 수상하였다. 인물의 심리를 섬세하고 서정적으로 묘사하는 데 탁월하다는 평가를 받는다. 주요 작품으로 「풍금이 있던 자리」, 「깊은 슬픔」, 「외딴 방」, 「종소리」 등이 있다.

　신경숙은 특히 여성의 삶과 심리를 세상에 드러내는 데 주목하였다. 대표작 중 하나인 「엄마를 부탁해」는 누군가의 아내이거나 어머니이기 이전에 한 여자로서 살아간 여성 인물의 삶을 그리고 있다. 이 작품은 애틋한 가족애를 담은 이야기가 지구촌의 심금을 울려 'Please Look After Mom'이라는 제목으로 미국을 포함한 22개국에 출판되는 큰 성공을 거두기도 하였다. 또 다른 대표작인 「외딴 방」은 자전적 성격을 가진 소설로, 여고 시절 구로공단에서 노동자로 일했던 작가 본인의 삶을 소재로 썼다.

외딴 방

#글쓰기　　　　#내면적성숙　　　　#노동자　　　　#노동문학

⚓ 작품 길잡이

갈래: 현대 소설, 장편 소설, 성장 소설
배경: 시간 - 1970년~1990년대 / 공간 - 농촌, 서울 구로공단, 제주도
시점: 1인칭 주인공 시점
주제: 성장 과정을 고백하면서 이루어지는 내면적 성숙
출전: 〈문학동네〉⁽¹⁹⁹⁴⁾

📷 인물 관계도

나	열여섯 살에 상경한 후 공장과 고등학교를 전전하는 삶을 살다 대학을 졸업하고 작가가 된다.	
희재 언니	아이를 임신하지만 아이를 지우라는 애인의 말에 충격을 받아 자살한다.	
하계숙	'나'의 여고 시절 친구이다. '나'로 하여금 10대 때의 기억을 떠올리게 한다.	

🗓 구성과 줄거리

발단   '나'는 글을 쓰기 위해 제주도로 내려감

'나'는 글쓰기에 대한 고민을 안고 제주도로 내려가 16년 전 소녀 시절의 기억을 떠올린다.

전개   어린 '나'는 외사촌과 함께 서울에 올라와 공장에 다님

'나'는 열여섯 살에 외사촌과 함께 상경해 큰오빠와 허름한 쪽방에서 기거하며 동남 전기 주식회사에 취직한다.

위기   공장에 다니며 영등포여고 산업체 특별반에서 공부를 시작함

'나'는 낮에는 공장에 다니며 밤에는 산업체 특별 학교인 영등포여고에 다닌다. 그러던 중 '나'는 희재 언니를 알게 된다.

절정   '나'는 자살한 희재 언니의 시신을 발견함

희재 언니는 애인의 아이를 임신하지만 아이를 지우라는 말에 충격을 받고 스스로 목숨을 끊는다. 희재 언니의 시신을 목격한 '나'는 외딴 방을 뛰쳐나온다.

결말   대학을 졸업하고 작가가 된 '나'는 희재 언니를 떠올리며 글을 씀

세월이 흐른 후 '나'는 열여섯 살 때의 삶을 글로 옮기고 자신의 글에 대해 고민한다.

외딴 방

· 앞부분 줄거리
'나'는 글쓰기에 대한 고민을 안고 제주도로 내려가 16년 전의 기억을 떠올린다.

집을 버리고 와서 집을 생각한다. 새마을운동이 슬레이트^{지붕을 덮는 데 쓰는 천연} ^{점판암의 얇은 석판} 지붕으로 바꿔놓기 전 초가지붕의 어린 시절을, 그 초가에서의 우리 가족을, 그 집 지붕 위로 뚜렷하게 순환하던 봄과 여름 가을 겨울을.

심호흡.

이제 열여섯의 나, 노란 장판이 깔린 방바닥에 엎드려 편지를 쓰고 있다. 오빠. 어서 나를 여기에서 데려가 줘요.[1] 그러다가 편지를 박박 찢어버린다. 벌써 유월이다. 들에는 모내기가 한창이다. 두엄^{풀, 짚 또는 가축의 배설물 따위를 썩힌 거름} 자리에선 보릿짚이 썩고 있는 중이다. 목덜미에 내려앉는 햇볕이 따갑다. 대문 옆의 채송화가 벌써 얼굴을 삐죽 내밀고 있다. 햇살과 채송화가 싫증이 난다. 나는 헛간 벽에 걸려 있는 쇠스랑^{땅을 파헤쳐 고르거나 두엄, 풀 무덤 따위를 쳐내는 데 쓰는 갈퀴 모양의 농기구} 을 끌어내린다. 처음엔 쇠스랑을 끌고 두엄자리로 가서 썩고 있는 보릿짚을 뒤적거린다. 이마로 쏟아지는 햇빛이 따갑다. 손길이 사나워진다. 어떻게 된 것인가. 쇠스랑이 햇볕에 번쩍인다 했는데 어설프게 들려있는 내 발바닥을 찍는다. 열여섯의 나, 멍해진다. 발바닥에 찍혀 있는 쇠스랑을 뺄 엄두가 나지 않는다. 놀란 발바닥에선 피도 나지 않는다. 열여섯의 나, 주저앉는다. 아픈 줄도 모르겠고 눈물도 나오지 않는다. 발바닥에 쇠스랑을 꽂고 썩어가는 보릿짚 위로 드러누워 본다. 파란 하늘이 얼굴로 쏟아진다. 얼마나 지나 바깥에서 돌아온 엄마가 무슨 일이냐, 소리친다. 엄마. 엄마의 기척을 느끼고서야 눈물이 줄줄 흐른다. 그때야 무섭고 그때야 아프다. 놀란 엄마의 외침 소리. 눈을 감아라, 꼭 감아. 눈을 감는다, 꼭 감는다. 감은 눈 속에서 눈물이 줄줄 흘러

---

1) 시골을 떠나 도시에서 새로운 삶을 영위하고 싶은 '나'의 욕망이 드러나 있다.

나온다. 엄마, 쇠스랑에 힘을 주고 다시 한 번 외친다. 쇠스랑을 뺄 때까지
눈을 뜨지 마라. 슬몃 떠진 눈 속으로 엄마의 눈이 잡힌다. 끔찍한지 쇠스랑
끝을 잡고 있는 엄마도 눈을 감고 있다. 엄마, 망설이지 말고 발바닥에 꽂힌
쇠스랑에 힘을 주어 쑥 빼낸다. 신경이 얼마나 놀랐는지 쇠스랑이 빠져도
피가 나지 않는다. 독한 것, 엄마는 쇠스랑을 내던지고 나를 일으켜 세운다.
그래 그걸 꽂고 드러누워 있어? 소리도 안 쳐! 엄마의 큰 손이 열여섯의 내 등
짝에 철썩 달라붙는다. 엄마는 열여섯의 나를 마루에 눕혀놓고 구멍이 뚫린
발바닥에 쇠똥을 대고 비닐로 꽁꽁 묶는다. 열여섯의 나, 쇠똥을 발바닥에
달고 마루에 엎드려 또 편지를 쓴다. 오빠, 나 좀 이곳에서 빨리 데려가 줘.

　그곳에서의 봄과 여름 가을과 겨울…… 겨울의 광활한 벌판, 휘몰아치는
눈바람, 나흘씩 장설이 내리던 그 고장의 겨울에 대해 추웠다는 기억이 없다.
엄마가 오빠의 털스웨터를 풀어 떠준 벙어리장갑은 털실이 닳고닳아 바람을
막지 못해 손가락 끝이 늘 시려웠는데도, 가끔은 손이 모자란 엄마가 미처
양말을 기워주지 않아 뒤꿈치가 감자알처럼 쏙 내보이는 양말을 그냥 신고
다녀 발이 시려웠는데도, 왜 추웠다는 기억이 없는지. 겨울은 남녀노소를
광활한 벌판에서 방으로 들어가게 한다. 방에서 화롯불에 밤을 구워 먹게
하고, 쌀독에서 홍시를 꺼내다 먹게 하고, 고구마광에서 고구마를 꺼내 뒷
문을 열고 눈 속에 던져놓았다가 얼게 해서 깎아 먹게 한다. 그런 겨울에 보
았다. 무슨 일로인지 어린 소녀는 또랑_{도랑. 매우 좁고 작은 개울} 가득 서서 또랑 너머의
겨울 들판을 보고 있다. 들판은, 아득한 흰 눈 아래, 유일하게 이방으로 향
해 열려 있는 철길 쪽에서 다시 몰아치기 시작하는 눈바람 아래, 청둥오리
무리들을 품고 있다. 풀씨며 니무 열매며 무척추 곤충들을 잃어버리고 눈
속에서 벼이삭을 찾고 있는 청둥오리떼가 소녀에겐 아름다워 보인다. 그
광활한 겨울 들판을 뒤덮고 있는…… 배고픈 무리들이.

　발에 쇠똥을 대고 마루에 엎드려 편지를 쓰던 나, 일어서서 발을 질질 끌며
헛간으로 간다. 발바닥이 찍힌 후로 어디에 있으나 쇠스랑이 쏘아보고 있
는 것 같다. 헛간 벽에 걸려 있는 쇠스랑을 끌어내린다. 쏘아보고 있는 듯한
쇠스랑을 끌고서 마당을 가로질러 우물가로 간다. 나, 망설이지도 않고 깊은
우물 속에 쇠스랑을 빠뜨린다. 물이 첨벙, 소리를 낸다. 한참 후에 우물 속을

들여다본다. 깊고 어두운 우물은 쇠스랑을 삼킨 채 곧 조용해지며 아무 일도 없었던 듯 하늘을 받아들이고 있다.

글쓰기, 내가 이토록 글쓰기에 마음을 매고 있는 것은, 이것으로만이, 나, 라는 존재가 아무것도 아니라는 소외에서 벗어날 수 있다고 생각하기 때문은 아닌지.

어느 날인가 덕수궁 앞에서 갑자기 가슴속을 비집고 올라오는 어떤 문장에 매혹되어 집으로 돌아오기 위해 탄 개인택시 유리창 앞에 세워진 액자 속에서 오늘도 무사히, 란 글씨를 읽는다. 그 글씨 위에서 흰옷을 입은 사무엘이 어디선가 쏟아지는 빛을 받으며 무릎을 꿇고 두 손을 모으고 있다. 오늘도 무사히, 라고 기도하는 사무엘 옆에 세워져 있는 택시 기사의 가족사진. 아내와 아이들. 그런 정경을 처음 보는 것도 아닌데 그날의 사무엘과 그날의 가족사진은, 내 비현실적인 문장을 누르고 아늑한 현실감으로 내 마음속으로 차올랐다. 그제야 나는 내가 덕수궁 앞에 서 있는 사람과의 약속을 어기고 왜 집으로 서둘러 돌아가고 있는지 의아해진다.

문장을 잃어버린 나, 택시를 다시 덕수궁 앞으로 돌린다.

첫 장편 소설을 출간하고 얼마 안 된 지난 사월 어느 날, 혼곤한 낮잠 중에 나는 한 통의 전화를 받았다. 약간 볼륨이 있는 여자 목소리가 나를 찾았다. 낯선 목소리. 나는 그때 그 목소리를 처음 듣는다고 생각했다. 그녀는 전화를 받는 내가 자신이 찾는 사람이라는 걸 알자, 목소리 결이 달라질 정도로 화들짝 반가워하며 자신을 모르겠느냐고, 자긴 하계숙이라고 했다.
"나야, 나 모르겠니? 나, 하계숙이야."
"하계숙?"
다른 때 같으면 상대가 자신의 이름을 몇 번 말할 때까지 그가 누군지 감이 안 잡혀도 저쪽이 나를 아는 것 같으면 내가 그를 몰라보고 있다는 걸 눈치 안 채게 아, 네, 하면서 어물어물했을 것을, 그날은 잠결에 받은 전화라 하계숙? 소리를 내고 말았다. 그녀는 내심 내가 자신을 기억해내지 못함이 서운했을 텐데도 이내 개의치 않고 바로 자신, 내게 전화를 걸고 있는 하계숙이 누구인지를 설명했다.

"학교 때 너랑 미서랑 친했잖니. 나는 미서랑 친했고. 왜? 좀 통통하고—그녀는 이 대목에서 웃음을 터뜨렸다. 아마 그때는 통통했으나 지금은 뚱뚱해진 모양이었다.—맨날 한 시간 늦게 오고."

맨날 한 시간 늦게 왔다는 대목에서 나는 그만 잠이 확 달아났다. 그녀가 학교 때, 라고 했을 적만 해도 중학곤지 대학곤지 싶었는데 맨날 한 시간 늦게 왔다고 그녀가 자신에 대해 설명할 적에, 내 기억 속에서 영등포 신대방동 장훈고등학교 뒤편에 있었던 영등포여고의 어느 교실 문이 조심스럽게 열렸던 것이다.

하계숙, 그녀.

이미 시작된 수업. 목에 리본을 달게 되어 있었던 교복을 입고 복도에 자주색 가방을 가만히 내려놓고 엉덩이를 약간 뒤로 뺀 체 조심스럽게 교실 뒷문을 열던 빨간 아랫입술의 그녀. 늘 우리들에게 미안해, 라고 말하고 있던 눈동자, 통통한 뺨, 곱슬머리.

지금은 1994년. 우리가 처음 만났던 건 1979년. 그녀는 낮잠 중인 나를 나무라기나 하는 듯 전화를 걸어와서는 나야, 모르겠니? 하면서 16년 전의 교실 문을 쓰윽 열고 있었다.

하루에 4교시로 짜여 있던 수업. 그녀의 아랫입술은 언제나 윗입술보다 조금 더 빨갰는데 한 시간 늦게 와 교실 뒷문을 열 적에는 다른 때보다 더 빨개져 있곤 했다. 어쩌면 그렇게 붉은지. 그녀, 얼굴의 눈코입은 사라지고 없고 내겐 그 붉은 아랫입술만 남아 있다. 그 아랫입술로 인해 하계숙, 그녀는 내 기억 속에서 되살아났다. 어느 날, 그날도 역시 그녀가 한 시간 늦게 와서 교실 문을 조심스럽게 열고 들어올 때 미서가 내 귀에 대고 속삭였다. 쟤네 회사 지독해. 다른 회사는 다 학교 시간 맞춰 보내주는데 쟤네는 꼭 수업 한 시간 빼먹게 끝내준대. 쟤가 아랫입술이 왜 저렇게 빨간 줄 아니? 한 시간 늦게 문 열고 들어올 때마다 문밖에서 자근자근 씹어서 저렇단다. 내게 전화를 걸어온 그녀가 조심스럽게 교실 뒷문을 열던, 79년에서 81년까지 나와 함께 그 학교를 다녔던 그녀들 중의 한 사람임을 알게 되었을 때, 이제는 내 목소리 결이 달라져 있었다. 어머나 세상에, 네가 내게 전화를 다 하다니.

여기는 섬, 자연을, 어린 시절 이후로 내게서 멀어져 버린 것 같은 자연을, 되찾은 기분이어서 며칠간 섬을 걸어 다녔다. 첫날 마을을 걸어 다니다가 서점도 발견했다. 나는 서점의 너무나 소박한 모습에 그 앞에서 걸음을 멈추고 웃었다. 미닫이문에 커튼도 달려 있었다. 정성껏 바느질을 한 잔꽃무늬의 커튼이었다. 나는 그 커튼 때문에 서점이라고 써놓지 않았으면 서점인 줄도 몰랐을 것이다. 낯선 곳에서의 서점이라 반가운 마음에 별 볼일도 없는데 안으로 쓱 들어가서는 또 웃었다. 서점으로도 너무 작은 규모인데 한쪽에서 면도칼이나 연필 지우개 니들펜 같은 문구류도 팔고 또 한켠에서는 뻥튀기며 고구마과자들을 진열해 놓고 있어서, 서점 주인이 뜻밖에 아리따운 처녀여서 속으로 또 한 번 웃었는데, 그 웃음을 거두고도 속으로 또 한 번 웃을 수밖에 없었던 것은, 백여 권 꽂혀 있는 진열장에서 하계숙으로 하여금 내게 전화를 걸게 했던 내 소설이 턱, 하니 꽂혀 있었다.

　나는 진열대 가장자리에 꽂혀 있는 찬송가 책을 사가지고 나왔다. 교회나 성당을 나가는 건 아니지만 찬송가란 도대체 어떻게 지어진 노래인지 알고 싶어서 한 권 있었으면 했었다. 그러나 도시에서는, 금방 필요한 일 이외의 다른 일을 하기란 쉽지 않았다. 무슨 일인지 늘 번거로운 일에 휘말려 있고, 꼭 사야될 책의 목록이 언제나 많았다. 이따금 다시 찬송가가 한 권 있었으면, 싶고 그럴 적마다 다음번엔 서점에 가게 되면 찬송가를 한 권 사와야지, 마음먹을 뿐이었는데 몇 해를 그냥 지나치기만 하던 찬송가 책을 이곳에서 사게 되는구나.

　찬송가 책을 옆구리에 긴 채 또 오래오래 섬을 걸어 다녔다.

　내게 익숙한 건 내륙지방의 평야들이지만, 그곳의 봄과 여름 가을과 겨울이지만, 지금 나는 섬의 낯선 종려나무나 문주란이나 협죽도나 그리고 가없이^{끝이 없이} 펼쳐지는 검푸른 물결 앞에 서 있다. 문득, 깨달아지는 건 자연은 누구에게나 자양분이라는 것, 시간을 거슬러 가서 마음속의 외진 길로 가보게 하는 건 자연이라는 것, 흙을 단 한 번도 밟지 않고 살아가도록 되어 있는 도시에서라면, 당장 필요하지 않은 이 찬송가 책을 사는데 다시 몇 해를 보냈을 것이다.

　하계숙의 그 전화가 그 시절 사람들로부터 내게 걸려온 첫 전화였다. 이후, 그때 사람들은 종종 내게 전화를 걸어와서 내가 그 학교, 그 교실의 그 사람인가를 물어왔다. 내가 그 학교, 그 교실의 사람인 것을 확인하면 그녀들은 정말, 너구나 하면서 자신들을 밝혀왔다. 너구나, 나는 남길순이란다. 나는, 최정분이란다. 신문광고에서 너를 봤지. 이름도 같고 얼굴도 비슷하긴 했지만 정말 너라고는 생각 못 했어. 그래도 혹시나 하고 출판사에 전화를 해 봤지. 전화번호를 안 가르쳐주려고 해서 사정했단다, 얘. 그녀들은 대부분 나를 신문광고에서 봤다, 고 했다. 그러면서 내 일이 자기들 일처럼 기쁘다고 했다. 내 일이란 내가 책을 낸 일을 말했다. 이종례라고 이름을 밝힌 한 그녀는 남편에게 내 책 광고가 실린 신문 속의 내 사진을 가리키며 얘가 내 친구라고 말했다며 그때 은근한 자랑스러움을 느꼈다고 하다가 종내 목소리가 젖어들었다. 학교라고 다니긴 다녔는데 연락되는 사람이 없으니 남편이 그랬었거든. 정말 여고를 나오긴 나왔느냐구 …… 그는 지나가는 말로 무심히 그랬을 뿐인데 우습지, 그 말이 내 가슴에 사무치지 않겠니 …… 내가 얼마나 힘들게 그 학교 졸업장을 땄는데, 저럴까. 서운함으로 며칠 명치끝이 저려서 남편하고 등 돌리고 잤더란다. 그런 판에 신문에 난 너를 보고 내 여고 때 친구라고 말할 수 있었으니 내가 얼마나 버젓했겠니.

수화기 저편의 그녀의 말을 들으며 나는 웃었지만 통화가 끝난 후엔 나도 명치가 저려 수화기를 매만지며 잠시 앉아 있었다. 너만 그랬겠니, 나라고 별 수 있었겠어, 그랬다. 내게도 여고 시절이 있긴 있었는데 여고 시절의 친구가 한 사람도 없는 나였다. 시시한 드라마에서라도 중년의 여인들이 여고 동창 모임에 가네 마네, 하면 나는 그들을 물끄러미 바라보았다. 지금도 누군가 고등학교 때 친구야, 하며 옆에 서 있는 사람을 소개시키면 멈칫해지고 그들을 다시 쳐다보게 되곤 했다.

서로 다른 친구를 사귀면 토라지고 나뭇잎 같은 거 말려서 그 뒷면에 그 애의 이름을 써넣고, 자전거 하이킹도 가고, 밤새 편지를 써서 그 애의 책갈피에 몰래 끼워놓고…… 내게는, 그리고 내게 전화를 걸어온 그녀들에겐, 그런 시절이 없었다. 토라질 틈도, 나뭇잎을 말릴 틈도 우리들 사이엔 없었다.[2]

우리들 사이엔 봉제 공장, 전자 공장, 의류 공장, 식품 공장들의 생산부 라인이 존재했다.

---

2) '나'와 친구들이 여고생 시절을 고단하게 보냈음을 알 수 있다.

내 생은 일찍 부모 무릎 밑을 떠날 생이라고 어디에나 나와 있다. 재미로 본 컴퓨터 점에까지. 태어난 곳을 일찍 떠나 초년고생初年苦生 젊었을 때 겪는 고생이라고. 이따금 인생에서 초년이란 어디까지를 말하는가, 생각해 본다. 문학이란 무엇인가를 생각할 때처럼 골똘히. 그러고는 곧 서른까지라면 좋겠다고 생각한다. 나는 이제 서른둘이니까, 그러면 초년고생은 지나간 거니까. 열여섯에, 그 파란 대문집 마루에 앉아 오빠의 편지를 기다리다가 내 발바닥을 쇠스랑으로 찍어버렸던 열여섯에, 나는 생은 독한 상처로 이루어지는 거라는 걸 어렴풋이 느꼈다. 그 독함을 끌어안고 살아가기 위해서는 무엇인가 순결한 한 가지를 내 마음에 두지 않으면 안 되겠다고. 그걸 믿고 의지하며 살아가야겠다고. 그러지 않으면 너무 외롭겠다고. 그저 살고 있다가는 언젠가 다시 쇠스랑으로 또 발바닥을 찍어버리겠다고.

열여섯의 나, 모내기가 끝나던 마지막 날 밤 기차를 타고 쇠스랑을 삼킨 우물이 있는 집을 떠난다. 마을의 끝은 철도이고 그 건너에서 아버진 상점을 하고 있다. 엄마는 아버지에게 작별 인사를 드리고 거기에서 버스를 타고 나오라 한다. 그 버스를 안마을 쪽에서 엄마가 타겠다고. 집을 나서기 전 열여섯의 누나는 이른 저녁을 먹고 잠든 일곱 살 동생의 얼굴을 내려다본다. 태어나서부터 일곱 살 누나의 어린 등에서 거북이처럼 붙어 자란 동생은 언제나 누나가 어디 갈까 봐 전전긍긍이다. 누나의 등에서 누나의 냄새를 맡고 자란 동생에겐 아직 누나만이 최고다. 동생에겐 학교만이 누나를 보내주어야 할 곳이다. 누나가 학교 갔다 올게, 하면 동생은 꼭 와, 한다. 동생은 놀다가도 해만 저물면 누나, 하고 소리치며 집으로 뛰어 들어온다. 아무 데서나 누나, 부른다. 닭알을 꺼내면서, 똥을 싸면서, 감을 따면서. 한번, 신작로에서 트럭에 머리를 치인 동생은 병원에 실려 가서도 누나, 누나, 누나를 찾는다. 찢긴 머리를 꿰매면서도 누나 데려다 달라고 한다. 누나, 어딨어. 누나한테 갈 테야. 할 수 없이 초등학교 사학년생인 누나는 책가방을 들고 병원으로 하교한다. 동생과 함께 병원에서 자고 병원에서 밥 먹고 병원에서 학교를 간다. 그런 동생은 누나와 헤어질 준비가 전혀 되어 있질 않다. 도시로 간다고 하면 울음보를 터뜨릴 것이기에, 떠난다고 말도 못하고, 잠든 동생의 얼굴을 내려다본다. 동생이 슬몃 눈을 뜨고 누나를 본다. 밤에 외출복을 입고 있는 누나가 이상했는지 잠결에도 묻는다.

"누나 어디 가?"

누나는 아니라고 한다. 아무 데도 안 간다고. 안심한 동생은 다시 눈을 감는다. 누나는 잠든 동생의 머리에 아직도 남아 있는 흉터를 만져본다. 아침에 깨어나 얼마나 보챌 것인지.

철도를 건너지도 못했는데 버스의 불빛이 보인다. 잠든 동생을 들여다보느라고 시간을 너무 지체했다. 열여섯의 나, 점점 가까워져 오는 버스의 불빛에 조급해져서 아버지! 외친다. 상점에서 아버지가 뛰어나오는 것과 버스가 와서 멈추는 것이 동시에 이루어진다. 아버지, 나, 가요! 열여섯의 나는 아버지에게 제대로 작별 인사도 못 하고 버스에 오른다. 얼른 버스 뒤로 가서 차창으로 바깥을 내다본다. 아버지가 어둠 속에 우두커니 서 있다.

그 이후로 나는 아버지와 한집에서 살지 못했다. 어머니와도 동생과도 같은 집에서 닷새 이상을 자지 못했다.

안마을에서 버스에 올라탄 엄마는 열여섯의 나에게 묻는다.

"아버지에게 인사는 했냐?"

"네."

그게 인사였을까. 아버지의 얼굴은 보지도 못하고 상점을 향해 아버지, 나, 가요! 소리친 것이. 조금만 일찍 나설걸. 상점에서 뛰어나와 어둠 속에 우두커니 서 계시던 아버지의 덩그란 모습이 눈앞에 아른거린다. 버스는 벌써 마을을 빠져나가고 있다. 오 분 전의 일이 벌써 지난 일이 되고 있는 것이다.

엄마는 오렌지색 한복을 입고 있다. 저고리 위에 겹저고리가 달려 있고, 옷고름 대신 국화꽃 모양의 브로치를 달고 있다. 내가 브로치를 바라보자 네가 수학여행 가서 사다 줬던 것이다, 고 엄마는 말한다. 흰 동정한복의 저고리 깃 위에 조붓하게 덧대어 꾸미는 하얀 헝겊 오리에 때가 묻어 있다. 내가 그 동정에 묻은 때를 쳐다보는 것 같자, 엄마는 말한다. 바꿔 단다는 것이 바빴구나.

읍내 역에서 함께 도시로 가게 되어 있는 외사촌을 만난다. 매끈한 다리를 가진 외사촌은 커다란 가방을 들고 바싹 야윈 외숙모와 함께 서 있다. 매끈한 외사촌은 열아홉, 내 얼굴을 쓰다듬는 외숙모의 손에서 생선 비린내가 맡아진다. 외숙모는 내 얼굴을 거쳐 외사촌의 손을 잡는다. 작별을 하는 모녀의 손이 서로 엉긴다.

"싸우지들 말고."

외사촌의 손을 놓는 외숙모의 눈에 눈물이 글썽하다. 개표를 해야 할 때가 되자 외숙모는 외사촌에게 곧 편지해라, 당부한다. 까칠한 외숙모를 대합실에 두고 엄마와 외사촌과 나는 역 안으로 들어간다. 열여섯의 나, 차창에 손바닥을 대고 플랫폼을 내다 본다.

잘 있거라, 나의 고향. 나는 생을 낚으러 너를 떠난다.

· 뒷부분 줄거리

'나'는 큰오빠와 허름한 쪽방에서 기거하며 동남 전기 주식회사에 취직한다. 산업체 특별 학급에 입학한 '나'는 희재 언니를 알게 된다. 희재 언니는 애인의 아이를 임신하지만 아이를 지우라는 말에 충격을 받고 스스로 목숨을 끊는다. 세월이 흐른 후 '나'는 열여섯 살 때의 삶을 글로 옮기고 자신의 글에 대해 고민한다.

만화로 읽는 '외딴 방'

발단 '나'는 글을 쓰기 위해 제주도로 내려감

전개 　어린 '나'는 외사촌과 함께 서울에 올라와 공장에 다님

위기 　공장에 다니며 영등포여고 산업체 특별반에서 공부를 시작함

절정 '나'는 자살한 희재 언니의 시신을 발견함

결말 대학을 졸업하고 작가가 된 '나'는 희재 언니를 떠올리며 글을 씀

🔭 생각해 볼까요?

선생님 '외딴 방'이라는 제목은 어떤 의미일까요?

💬 3 🖤 3

↳ **학생 1** 방은 지극히 개인적인 공간이에요. '외딴 방'은 일차적으로 희재 언니의 사적인 공간으로서 자살을 선택할 수밖에 없었던 삶을 대변해요.

↳ **학생 2** 여기에서 '외딴'이란 수식어는 도움의 손길이 전혀 미치지 않는, 즉 외부로부터 단절된 공간임을 드러내기 위한 장치예요.

↳ **학생 3** 동시에 '외딴 방'은 소설가의 꿈을 키워 가던 '나'의 공간이기도 해요. '나'에게 '외딴 방'은 힘겨운 과거를 묻어 두고 싶은 공간이기도 하지만, 동시에 '나'의 글쓰기를 가능하게 하는 공간이기도 해요.

선생님 「외딴 방」은 독특한 서술상 특징을 가지고 있어요. 어떤 점이 그런지 이야기해 볼까요?

💬 2 🖤 2

↳ **학생 1** 이 작품은 회상을 통해 현재의 삶과 과거의 삶을 병치하고 있어요. 작가로서 살아가는 현재의 '나'가 외딴 방에서 지냈던 과거 '나'의 삶을 회상해요. 이렇게 현재와 과거가 교차하는 서술 방식은 자기 성찰적이고 고백적인 성격을 띠어요.

↳ **학생 2** 현재의 사건은 과거 시제로, 과거의 사건은 현재 시제로 서술해요. 이는 과거를 현재와 동떨어진 일로 여기는 것이 아니라 현재의 삶과 깊은 관련이 있다고 여기기 때문이에요. 또한 현재과 과거와 밀착되었다는 걸 강조하기도 하고요.

선생님 「외딴 방」을 노동 소설로 분류할 수 있을까요?

💬 1 🖤 1

↳ **학생 1** 이 작품은 노동지의 삶과 죽음을 다루고 있지만 일반적인 노동 소설과 달리 노동자의 저항이 강렬하게 나타나지 않아요. 산업화에 따른 농촌 붕괴, 노사 갈등과 노조 탄압, 도시 빈민의 가난한 삶, 노동자의 힘겨운 일상 등을 작품 전반에서 침착하고 담담하게 그리고 있어요. 하지만 이 점 때문에 이 소설은 작품성을 지닌 노동 소설이라고 할 수 있어요.

선생님 다음을 읽어 보았을 때 작중 화자인 '나'에게 글쓰기란 어떤 의미일까요?

> 글쓰기를 생각해 본다. 내게 글쓰기란 무엇인가라고 쓰고 있다. 나는 과연 열여
> 섯의 시작을, 오랫동안 닫아 놓아 버렸던 그 폐문을 언어로 열어 나갈 수 있을 것
> 인지. 더구나 문장이 찾아오면 어디서나 집으로 돌아가던 습관에서 문장을 벗어
> 나 문장을 외면하고 이렇게 도망쳐 온 여기에서 말이다. 모든 일상이 입속의 혀
> 처럼이 아니라, 설디선 이곳에서, 처음 와 본 이곳에서, 저렇듯 물보라를 일으키
> 는 밤바다 앞에서, 문밖은 어두운 복도이고, 수건 한 장 내 것이 아닌 이곳에서.

💬 2   ♥ 2

↳ **학생 1** '나'는 삶의 순간을 언어로 채집해서 한 장의 사진처럼 보관하려는 노력을
계속해요. 하지만 곧 언어의 한계를 깨닫고 한 개의 점을 찍는 대신 겹겹의
의미망을 풀어 놓고 있어요. 가능한 한 삶을 두껍게 묘사하는 것이죠.

↳ **학생 2** 한 겹 한 겹 풀어 놓은 글 속에서 의미를 발견하는 것은 독자의 몫이에요. 즉 열
사람이 읽으면 열 사람 모두 각각의 상념에 빠져 들어가도록 글을 써야 해요.
그만큼 삶은 다양하기 때문이에요.

노동 문학 ▽ 🔍

연관 검색어   민중 문학   노동자   부의 불평등

노동 문학이란 노동자들의 생활과 노동이 가지는 가치를 소재로 한 문학이다. 1970
년대에는 대한민국의 경제가 급속도로 성장하면서 소수 권력층과 자본가들이 부를
독점하였고 노동자들은 저임금과 고된 노동에 시달리면서 사회 전반에 걸친 계층 간
의 갈등은 갈수록 깊어졌다. 이 시기에 등장한 민중 문학은 인간답게 살고 싶다는 노
동자들의 요구와 사회 지배층의 부정부패, 군부 독재 타도 등을 주요 내용으로 다루
었다.

1980년대로 접어들면서 민중 문학은 노동 문학으로 발전한다. 노동 문학은 노동 현
장에서 일어나는 갖가지 문제들과 노동자들의 피폐한 삶을 날카롭게 지적하고, 비틀
기와 풍자를 통해 사회 지배층을 혹독하게 비판하였다.

김훈
(1948~)

✉ **작가에 대하여**

서울 출생. 초기에는 언론 기관의 기자로서 문학 기행을 전문적으로 집필하였다. 불혹을 넘긴 나이인 1994년에 장편 소설 「빗살무늬 토기의 추억」을 발표하며 소설가로 등단하였다. 2001년 동인문학상, 2004년 이상문학상, 2005년 황순원문학상, 2007년 대산문학상을 수상하였다.

1986년 3년 동안 〈한국일보〉에 연재한 글을 묶어 낸 「문학기행」은 해박한 문학적 지식과 유려한 문체로 쓴 빼어난 여행 산문집이라는 평가를 받았다. 1999년부터 2000년까지 전국을 여행하며 쓴 「자전거 여행」도 생태·지리·역사를 연결한 수작으로 평가받았다.

김훈은 역사적 사실을 새로운 시각으로 재해석하는 작품을 다수 창작하였다. 대표적인 저서로 손꼽히는 「칼의 노래」에서는 임진왜란이 발발한 후 의금부로 압송되었다가 풀려나 노량해전에서 전사하기까지 2년여의 이야기를 담고 있다.

남한산성

#병자호란   #인조   #주전파   #주화파

⚓ 작품 길잡이

갈래: 장편 소설, 역사 소설
배경: 시간 – 17세기 병자호란 / 공간 – 남한산성
시점: 3인칭 전지적 작가 시점
주제: 병자호란 당시 남한산성에서 벌어진 주화파와 주전파의 의견 대립과 조국
　　　의 참혹한 운명
출전: 『남한산성』[(2007)]

📷 인물 관계도

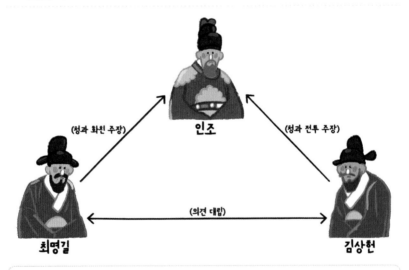

인조　　주화파와 주전파의 의견에 모두 공감하며 어떠한 결정도 내리지 못하고 갈등한다.
최명길　이조 판서로 청나라와의 화친을 주장한 주화파의 대표적인 인물이다.
김상헌　예조 판서로 적극적으로 싸우자고 주장한 주전파의 대표적인 인물이다.

📋 구성과 줄거리

발단　**청나라 군대를 피해 인조가 남한산성으로 피신함**

1636년 청나라가 압록강을 건너 조선을 침략해 오자 인조는 신하들을 이끌고 남한산성으로 피신한다. 남한산성에서 버티는 동안 신료들은 공허한 논쟁만 일삼고, 군사와 백성들은 추위와 굶주림에 고통받는다.

전개　**주전파와 주화파가 대립함**

청의 장수 용골대가 조선의 항복을 요구하자 조정에서는 화친 여부를 둘러싸고 논쟁이 벌어진다. 현실적인 이유를 들어 항복하고 화친할 것을 주장하는 이조 판서 최명길과 끝까지 투쟁할 것을 주장하는 예조 판서 김상헌이 대립한다.

위기　**청나라 장수가 치욕스러운 요구를 함**

인조의 명령으로 용골대를 만난 최명길은 적의 치욕스러운 요구를 왕에게 전한다. 김상헌은 바깥에서 원군을 얻기 위해 서날쇠를 산성 밖으로 내보낸다.

절정　**강화도가 함락됨**

강화도가 함락되자 인조는 항복을 결심하고 김상헌은 자결을 시도하지만 실패한다.

결말　**인조가 삼전도에서 투항함**

인조는 47일 만에 성에서 나와 삼전도에서 투항하고 세자를 포함한 많은 사람이 청나라에 인질로 끌려간다. 군신들은 무거운 마음으로 남한산성을 떠나가지만 백성들은 아무 일 없었다는 듯이 살아간다.

남한산성

· 앞부분 줄거리

1636년 청의 대군이 조선을 침략하자 임금과 조정은 남한산성으로 피신한다. 절대적인 군사적 열세 속에서 추위와 굶주림에 시달리던 가운데 인조는 청의 장수 용골대의 문서를 받는다.

머리 하나

"하루에 고작 적병 하나를 죽인다 해도 싸우는 형세를 지켜내야 할 터인데, 어제는 바람이 역 風으로 분다 하여 출전하지 않았고, 오늘은 일진이 나쁘다고 출전하지 않으니 갇힌 성안이 점점 더 답답해지지 않겠느냐."

"성첩 성 위에 낮게 쌓은 담에서 유군 遊軍 주로 적의 배후나 측면에서 기습·교란·파괴 따위의 활동을 하는 특수 부대나 함대 또는 비정규 부대을 숨아내기가 어렵사옵고, 한번 내보낸 유군을 잃으면 다시 숨아내기는 더욱 어려울 것이니 신은 그것이 답답하옵니다."

임금의 답답함과 영의정의 답답함은 다르지 않았다. 신료 모든 신하들은 끼어들지 못했다. 임금은 답답함을 향하여 더욱 나아갔다.

"한꺼번에 군사를 몰고 나가서 적의 본진을 기습하면 어떠한가?"

"결전은 불가하옵니다. 군부를 성안에 모시고 있으니 성첩을 비울 수가 없고, 일이 잘못되어 성을 잃으면 사직과 양전 兩殿 임금과 왕비를 아울러 이르는 말의 향방 向方 향하여 나가는 방향을 차마 입에 담을 수 없겠기에 신은 머뭇거리며 답답해하는 것이옵니다. 전하."

바람이 잠들고 추위가 풀린 날, 조선 군병들은 암문 暗門 성곽의 후미진 곳이나 깊숙한 곳에 적이 알지 못하게 만드는 비밀 출입구으로 나가 싸웠다. 각 장대별로 몸이 성하고 담력이 좋은 자들을 골라내고, 행궁 시위대 병력 일부를 합쳐서 유군을 편성했다. 수어사 이시백은 성첩에 남은 군병들의 신발과 버선, 귀마개, 장갑, 방패를 거두어 유군들에게 주었다. 유군은 조총수와 궁수를 주력으로 하여 네 방면의 척후를 딸렸다. 성 밑이 가팔라서 마병은 쓸 수 없었다. 대체로 유군은 백 명을 넘지 않았다. 군장들은 성안에 머물렀다. 초관과 비장들이 유군을 나누어 이끌고, 수어사 이시백이 거느렸다. 유군은 새벽에 나아가서 한나절쯤 싸우고 돌아왔다. 유군은 두 패로 나뉘었는데, 북쪽 암문으로 나간 부대가 청의 매복 진지를 찾아서 청병의 사격을 전방으로 유도해놓으면, 서쪽 암문으로 나간 유군들은 청병의 후방으로 화력을 집중했다. 조총수들은 다섯 명을 오伍로 짜서 오장이 부렸다. 발사한 사수들은 뒤로 물러나서 장약 총포에 화약이나 탄알을 잼 했고, 장약을 마친 사수들은 앞으로 나와 발사했다. 사수들의 손이 얼어서 화약이 약실 구멍에서 새어나왔고 조준선이 흔들렸다. 오장이 궁수들을 불러 전열에 세웠다. 궁수들은 다가가며 발사했다. 유군 부대 사이에 박힌 척후들이 점에서 선으로 이어가며 적정을 알렸다.

청병은 매복 진지의 구덩이 한 곳에 일곱 명씩 들어 있었고, 그 위를 삭정이로 가려놓았다. 삭정이 위에 눈이 쌓였다. 척후들은 눈 쌓인 산야를 오랫동안 들여다보다가 겨우 인기척을 알아차렸다. 조선 유군이 쏘면서 접근하면 청병들은 마른 섶에 불을 질러 시야를 가렸다. 청병들은 연기 사이로 달아나면서 협공을 뚫었고, 얼어붙은 개울을 따라서 퇴로를 잡았다. 조선 척후들은 개울 언저리의 고지로 선을 이었다. 개울 아래쪽에 숨어 있던 조선 유군들은 골짜기를 향해 쏘았다. 청병들은 대부분 개울에서 쓰러졌다.

개울이 넓어지고 경사가 순해지는 아래쪽에 청병은 목책木柵 말뚝 따위를 죽 잇따라 박아 만든 울타리 을 세웠다. 목책 너머가 청의 전진 부대였다. 목책 밑으로 개구멍이 뚫려 있었고, 쫓기는 청병들은 개구멍을 기어서 목책 안으로 들어갔다. 목책 너머에서 청병들이 총통을 쏘아댔다. 조선 유군은 더 이상 쫓지 못했다.

달아날 때 청병들은 부상자를 산 채로 버려두지 않았다. 청병들은 제 편의 부상자를 모두 쏘아 죽였다. 조선 유군은 청병을 생포할 수 없었다. 청병들은 전사자들의 시체와 총검을 한사코 거두어가서, 적에게 전리품을 남기지 않았다. 삼전도 본진의 강가에 구덩이를 파고 제 편의 시체를 묻으면서 청병들은 총검을 치켜들고 노래했다.

조선 유군들이 돌아가면 청병들은 다시 매복 진지에 포진했다. 청병을 한때 쫓아버린 것은 확실했지만 조선 유군들은 전과를 확인할 수 없었다. 한나절 싸움을 끝내고 성안으로 돌아온 초관들은 전과를 과장했고, 군장들은 더욱 부풀려서 묘당廟堂 종묘와 명당이라는 뜻으로, 조정 또는 의정부를 달리 이르던 말 에 보고했다.

……투구를 쓰고 붉은 옷을 입은 자가 멀리서 쓰러졌는데 연기에 가려 잘 보이지는 않았지만 청병 다섯이 쓰러진 자를 붙들고 쩔쩔매면서 지극히 애통해하는 꼴로 보아, 쓰러진 자는 필시 적의 장수일 것이옵니다. 또 그자가

쓰러질 때 투구가 벗겨지면서 허수아비가 꺾이듯이 고꾸라졌으니 머리에 총을 맞고 죽은 것이 분명하옵니다…….

……허벅지에 화살을 맞고 절뚝거리는 청병 두 명을 다른 청병들이 쏘아 죽이고 그 시체를 끌고 갔으니, 이 또한 궁수들의 전공이옵니다. 다만 궁수 일곱 명이 한꺼번에 쏘았는데 누구의 화살에 맞은 것인지 가릴 수 없었기에 오를 모두 포상함이 옳은 줄 아옵니다…….

싸우고 돌아온 유군 전원에게 밥 한 끼를 더 주었다. 군장들의 소견에 따라 전공이 있어 보이는 자들에게는 무명 스무 자씩을 끊어 주었고, 오장들에게는 은자 세 닢씩을 주었다. 지방 수령을 따라온 노복들은 상으로 주는 무명과 은자를 내쳤다. 노복들은 삼거리 관아 앞에 모여서 종주먹을 을러대며 면천^{免賤 천민의 신분은 면하고 평민이 됨. 또는 그렇게 되게 함}을 요구했다. 병조가 오품좌랑을 보내어 노복들을 달랬다.

"묘당의 뜻도 너희와 같다. 하나, 지금 사세^{事勢 일이 되어 가는 형세}가 급박하므로 너희의 공을 문서에 적었다가 환궁 후에 크게 베풀려 한다."

"환궁, 환궁 하지 마시오. 청병이 강가에 수도 없이 깔렸는데 토끼 잡듯 두어 마리씩 잡아서 어느 세월에 환궁하려 하오. 우리는 성안에서 죽더라도 면천하고 양민으로 죽고 싶소."

"면천뿐 아니라, 과거도 널리 베풀려 한다. 비록 천출^{賤出 천한 출신}이라도 기예가 출중하면 금군이나 육품사과^{六品司果}로 뽑아 쓰려 하니, 너희는 그리 알고 우선 무명을 받아라."

"무명을 곡식과 바꿀 수 없으니 밑씻개를 하오리까? 겉보리라도 좋으니 곡식으로 주시오."

"군량은 끼니가 아니면 내줄 수 없다. 너희가 이토록 거칠고 모질면 어찌 면천을 베풀 수 있겠느냐. 무명을 받아라. 언 발을 싸매면 좀 나을 것 아니냐."

노복들이 면천을 요구하며 소란을 떠는 동안 민촌은 조용했다. 아무도 내다보지 않았다. 저녁에 상전들이 노복들을 묶어놓고 매질했다. 매를 받아내는 울음소리가 어둠 속에서 기진했다. 날이 저물면 성안 백성들이 모여서 수군거렸다. 남문 쪽 백성들은 술도가^{술을 만들어 도매하는 집} 행랑에 모였고, 삼거리 마을 백성들은 말 잘하는 훈장집 건넌방에 모였다. 아침에 내행전 마루에서 임금과 신료들 사이에 오고 간 말들이 저녁이면 민촌으로 흘러나왔다. 아이들도 남은 군량이 며칠분인지 알았다. 성 밖 저쪽 고지로 올라가는 능선에 바람이 없는데도 눈먼지가 날리는 걸로 보아 청의 마병들이 이미 외곽 고지들을 점령했으며, 까치가 며칠째 남문 쪽에서 울면서 손님을 부르고 있으니 청병들이 곧 남문을 부수고 들이닥칠 것이라는 말도 있었다. 또 임금이 성문을 열고 나가 항복할 때 성안의 군병들은 모두 병장기를 내려놓고 적진에 따라가 엎드려야 하는데, 그날 청병이 넘어 들어와 행궁을 불 지르고 성안을 도륙낼 것이라는 말도 있었다. 동장대에서 성벽을 따라 남쪽으로 이백 걸음 내려가면 돌이 비틀린 구멍이 있고 그 너머로는 청병이 보이지 않아서 지금이라도 그 구멍을 기어서 성을 빠져나갈 수 있으며, 성 밖에서 청병과 마주치더라도 장정은 죽이고 처녀는 끌어가는데 늙은 쭉정이는 쳐다보지도 않는다고 심마니는 말했다. 늙은이 몇 명이 구멍을 알아보러 동장대 쪽으로 올라갔다가 초병들에게 쫓겨 내려왔다. 훈장집에서 수군거리던 말들이 술도가로 넘어갔고 다시 건너왔다. 말들은 낮게 깔려서 퍼졌고, 말로 들끓는 성안은 조용했다.

성안 백성들은 조선 유군의 싸움을 토끼 사냥이라고 불렀다. 토끼 사냥이라는 말은 성을 멀리서 둘러싼 청병 십오만을 빗대었다. 성이 포위된 지 열흘이 지나자 성첩의 군병들은 기진했다. 상한傷寒에 쓰러지고 발가락이 얼어서 떨어져 나간 자들이 허다했다. 성첩에서 유군을 솎아낼 수는 없다. 병조는 포상을 내걸고 자원자를 모아 유군으로 부렸다. 출전하는 날, 수어사 이시백은 성벽과 목책 사이의 산야를 뒤져서 청병의 매복 진지를 부수었다. 청병들은 대오를 짓지 않고 뿔뿔이 흩어져 달아났다. 조선 유군의 화력은 분산되었다. 조선 유군은 제가끔 달아나는 청병들을 계곡 아래쪽으로 몰아 내리막 눈길에서 하나씩 쏘아 쓰러뜨렸다. 토끼 사냥은 틀린 말이 아니었다. 청병들은 덜 죽은 자를 죽여서 끌고 갔다.

"한 번 싸움에 하나를 잡더라도, 하나를 잡는 싸움을 싸우지 않으면 성은 무너진다."

이시백은 출전을 앞둔 유군들에게 그렇게 말했다. 군병들은 대열에서 언 발을 굴렀다.

다섯 번째 출전하던 날, 조선 유군은 적의 머리 한 개를 얻었다. 청병의 시체 한 구가 얼음 구덩이에 거꾸로 박혀 있었다. 등에 화살이 두 개 꽂혀 있었다. 화살은 조선 유군의 것이었다. 상반신이 물 속에 박혀 두껍게 얼어 있었다. 죽은 지 사나흘은 지난 시체였다. 머리채를 두 갈래로 땋았는데, 조선 백성의 버선과 짚신을 신고 있었다. 하급 군졸이었다. 유군들은 시체의 머리를 잘라 성안으로 들여왔다. 청병의 머리를 얻기는 처음이었다. 머리를 묘당에 보고했다.

영의정 김류가 비장에게 일렀다.

"호적의 머리를 삼거리에 내걸어라."

"단지 한 개뿐이어서 백성들 보기에 어떨는지⋯⋯."

"무슨 소리냐. 한 개로써 싸움의 어려움을 알려야 한다. 한 개를 보면 다들 알 것이다."

비장이 청병의 머리를 장대에 끼워 삼거리 관아 앞에 내걸었다. 이적수급 夷敵首級이라는 깃발이 매달려 있었다. 눈구멍에서는 진물이 흘렀고 늘어진 머리채가 바람에 흔들렸다. 까치가 내려앉아 두개골을 쪼았고, 아이들이 돌을 던졌다. 젊은 관원들이 행궁 쪽에서 내려와 처음 보는 청병의 얼굴을 올려다보았다.

"머리채가 실팍한 게 젊은 놈인 모양일세."

"뒈진 놈이 무슨 젊고 늙고가 있는가."

부녀들은 고개를 돌렸고, 늙은이들을 낄낄 웃었다.

웃으면서 곡하기

서문으로 들어온 청장 용골대의 문서는 나흘 만에 어전御前 임금의 앞에 보고되었다. 문서가 서식을 갖추지 않아서 응답하는 일은 난감했다. 예조는 품고稟告 윗어른이나 상사에게 여쭘를 반대했다. 법도도 없는 문서를 조정에 들일 수 없으며, 문서가 딱히 임금에게 오는 것이 아니므로 아뢸 수 없고, 보낸 자가 누구인지 명기되어 있지 않았으므로 응답할 필요도 없고, 무례한 문서로 어전을 더럽히고 성심을 다치게 할 수 없다고 김상헌은 말했다.

이조판서 최명길의 생각은 달랐다. 문서가 비록 무례하나 이적을 상대로 예를 논할 수 없으며, 임금을 향한 문서가 아니므로 임금에게 욕될 것이 없고, 보낸 자의 이름 석 자가 박혀 있지 않더라도 적진에서 성안으로 들어온 문서임에 틀림없으므로 글을 지어 응답하지 않는다 하더라도 마땅히 주달奏達 임금에게 아뢰던 일해야 한다고 최명길은 말했다.

일몰 후 영의정 김류가 홀로 청대請對 신하가 급한 일이 있을 때에 임금에게 뵙기를 청하던 일한 자리에서 임금에게 문서의 일을 아뢰었다. 임금이 신료들을 내행전 마루로 불러들였다. 내관이 용골대의 문서를 쟁반에 담아 서안에 올렸다. 임금은 신료들 쪽으로 서안을 밀쳐냈다.

"들어보자. 읽으라."

당상들은 고개를 깊이 숙였다. 가까운 성첩에서 총소리가 서너 번 터졌다. 조선병인지 청병인지 알 수 없었다. 총소리에 산과 산 사이가 울렸다. 소리의 끝자락이 산악 속으로 잦아들었다. 신료들의 귀가 소리의 끝자락을 따라갔다. 바람이 들이쳐서 그림자들이 흔들렸다.

"읽어라. 들어보자."

병조판서 이성구가 울음 섞인 목소리로 말했다.

"신들은 차마 망측하여 읽을 수가 없나이다, 전하."

"당상의 벼슬이 무거워서 적의 문서를 못 읽는가. 과인이 경들에게 읽어주랴?"

"전하, 무슨 그런 말씀을……."

임금이 승지를 불렀다. 승지가 당상의 뒷전에 꿇어앉아 용골대의 문서를 소리 내어 읽었다.

너희가 선비의 나라라더니 손님을 대하여 어찌 이리 무례하냐. 내가 군마를 이끌고 의주에 당도했을 때 너희 관아는 비어 있었고, 지방 수령이나 군장 중에 나와서 맞는 자가 없었다. ……너희가 나를 깊이 불러들여서 결국 너희의 마지막 성까지 이르렀으니, 너희 신료들 중에서 물정을 알고 말귀가 터진 자가 마땅히 나와서 나를 맞아야 하지 않겠느냐. 나의 말이 예에 비추어 어긋나는 것이냐……

승지가 마저 읽기를 머뭇거렸다.

너희 군신이 그 춥고 궁벽한 토굴 속으로 들어가 한사코 웅크리고 내다보지 않으니 답답하다.

승지가 읽기를 마치고 물러갔다. 임금이 혼잣말처럼 중얼거렸다.

"적들이 답답하다는구나."

이조판서 최명길이 헛기침으로 목청을 쓸어내렸다. 최명길의 어조는 차분했다.

"전하, 적의 문서가 비록 무도하나^{말이나 행동이 인간으로서 지켜야 할 도리에 어긋나서 막되나} 신들을 성 밖으로 청하고 있으니 아마도 화친할^{나라와 나라 사이에 다툼 없이 가까이 지낼} 뜻이 있을 것이옵니다. 적병이 성을 멀리서 둘러싸고 서둘러 취하려 하지 않음도 화친의 뜻일 것으로 헤아리옵니다. 글을 닦아서 응답할 일은 아니로되 신들을 성 밖으로 내보내 말길을 트게 하소서."

예조판서 김상헌이 손바닥으로 마루를 내리쳤다. 김상헌의 목소리가 떨려 나왔다.

"화친이라 함은 국경을 사이에 두고 논할 수 있는 것이온데, 지금 적들이 대병을 몰아 이처럼 깊이 들어왔으니 화친은 가당치 않사옵니다. 심양에서 예까지 내려온 적이 빈손으로 돌아갈 리도 없으니 화친은 곧 투항^{投降}^{적에게 항복함}일 것이옵니다. 화친으로 적을 대하는 형식을 삼더라도 지킴으로써 내실^{내적인 가치나 충실성}을 돋우고 싸움으로써 맞서야만 화친의 길도 열릴 것이며, 싸우고 지키지 않으면 화친할 길은 마침내 없을 것이옵니다. 그러므로 화^和, 전^戰, 수^守는 다르지 않사옵니다.[1] 적의 문서를 군병들 앞에서 불살라 보여서 싸우고 지키려는 뜻을 밝히소서."

최명길은 더욱 낮은 목소리로 말했다.

"예판의 말은 말로써 옳으나 그 헤아림이 얕사옵니다. 화친을 형식으로 내세우면서 적이 성을 서둘러 취하지 않음은 성을 말려서 뿌리 뽑으려는 뜻이온데, 앉아서 말라 죽을 날을 기다릴 수는 없사옵니다. 안이 피폐하면 내실을 도모할 수 없고, 내실이 없으면 어찌 나아가 싸울 수 있겠사옵니까. 싸울 자리에서 싸우고, 지킬 자리에서 지키고, 물러설 자리에서 물러서는 것이 사리일진대 여기가 대체 어느 자리이겠습니까. 더구나……"

김상헌이 최명길의 말을 끊었다.

"이거 보시오, 이판. 싸울 수 없는 자리에서 싸우는 것이 전이고, 지킬 수 없는 자리에서 지키는 것이 수이며, 화해할 수 없는 때 화해하는 것은 화가 아니라 항^降이오. 아시겠소? 여기가 대체 어느 자리요?"

최명길은 김상헌의 말에 대답하지 않고 임금을 향해 말했다.

---

1) 화는 화친을, 전은 전투를, 수는 수비를 뜻한다. 김상현은 세 가지가 결국 하나라고 말하면서 끝까지 싸울 것을 주장하고 있다.

"예판이 화해할 수 있는 때와 화해할 수 없는 때를 말하고 또 성의 내실을 말하나, 아직 내실이 남아 있을 때가 화친의 때이옵니다. 성안이 다 마르고 시들면 어느 적이 스스로 무너질 상대와 화친을 도모하겠나이까."

김상헌이 다시 손바닥으로 마루를 때렸다.

"이판의 말은 몽매하여 ^{어리석고 사리에 어두워} 본말 ^{本末 사물이나 일의 처음과 끝}이 뒤집힌 것이옵니다. 전이 본^本이고 화가 말^末이며 수는 실^實이옵니다.[2] 그러므로 전이 화를 이끌어내는 것이지 그 반대가 아니옵니다. 더구나 천도가 전하께 부응하고, 전하께서 실덕^{失德}하신 일이 없으시며 또 이만한 성에 의지하고 있으니 반드시 싸우고 지켜서 회복할 길이 있을 것이옵니다."

최명길의 목소리는 더욱 가라앉았다. 최명길은 천천히 말했다.

"상헌의 말은 지극히 의로우나 그것은 말일 뿐입니다. 상헌은 말을 중히 여기고 생을 가벼이 여기는 자이옵니다. 갇힌 성안에서 어찌 말의 길을 따라가오리까."

김상헌의 목소리에 울음기가 섞여들었다.

"전하, 죽음이 가볍지 어찌 삶이 가볍겠습니까. 명길이 말하는 생이란 곧 죽음입니다. 명길은 삶과 죽음을 구분하지 못하고, 삶을 죽음과 뒤섞어 삶을 욕되게 하는 자이옵니다. 신은 가벼운 죽음으로 무거운 삶을 지탱하려 하옵니다."

최명길의 목소리에도 울음기가 섞여들었다.

"전하, 죽음은 가볍지 않사옵니다. 만백성과 더불어 죽음을 각오하지 마소서. 죽음으로써 삶을 지탱하지는 못할 것이옵니다."

임금이 주먹으로 서안을 내리치며 소리 질렀다.

"어허, 그만들 하라. 그만들 해."

최명길은 계속 말했다.

"전하, 그만할 일이 아니오니 신의 말을 막지 마옵소서. 장마가 지면 물이 한 골로 모이듯 말도 한 곳으로 쏠리는 것입니다. 성안으로 들어오기 전부터 묘당의 말들은 이른바 대의로 쏠려서 사세를 돌보지 않으니, 대의를 말하는 목소리는 크고 사세를 살피는 목소리는 조심스러운 것입니다. 사세

---

[2] 싸우는 것이 우선이고, 화친을 맺는 것은 그다음이란 의미이다. 그리하면 결과적으로 성을 지키는 결과를 이루게 된다고 주장한다.

가 말과 맞지 않으면 산목숨이 어느 쪽을 좇아야 하겠습니까. 상헌은 우뚝하고 신은 비루하며, 상헌은 충직하고 신은 불민한 줄 아오나 상헌을 충렬의 반열에 올리시더라도 신의 뜻을 따라주시옵소서.”

김상헌이 다시 고개를 들었다.

“묘당의 말들이 그동안 화친을 배척해온 것은 말이 쏠린 것이 아니옵고 강토를 보전하고 군부를 지키려는 대의를 향해 공론이 아름답게 모인 것이옵니다. 뜻이 뚜렷하고 근본이 굳어야 사세를 살필 수 있을 것이온데, 명길이 저토록 조정의 의로운 공론을 업신여기고 종사를 호구 ^{虎口 범의 아가리라는 뜻으로, 매우} 위태로운 처지나 형편을 이르는 말 에 던지려 하니 명길이 과연 전하의 신하이옵니까?”

임금이 다시 주먹으로 서안을 내리쳤다.

“이러지들 마라. 그만하라지 않느냐.”[3]

신료들은 입을 다물었다. 영의정 김류는 말없이 어두운 마당을 바라보고 있었다. 처마 끝에서 고드름이 떨어져 내렸다. 성첩에서 다시 총소리가 두어 번 터졌다. 임금이 김류에게 물었다.

“영상은 어찌 말이 없는가?”

김류가 이마를 마루에 대고 말했다.

“말을 하기에는 이판이나 예판의 자리가 편안할 것이옵니다. 신은 참람하게도 ^{분수에 넘치게도} 체찰사 ^{體察使 조선 시대에 지방에 군란이 있을 때 임금을 대신하여 그곳에 가서 일반 군무를 맡아보던 임시} 벼슬 의 직을 겸하여 군부를 총괄하고 있으니 소견이 있다 한들 어찌 전과 화의 일을 아뢸 수 있겠사옵니까.”

최명길이 말했다.

“영상의 말이 한가하여 태평연월 ^{太平烟月 근심이나 걱정이 없는 편안한 세월} 인 듯하옵니다. 전하, 적들이 성을 깨뜨리려 덤벼들면 사세는 더욱 위태로워질 것이옵니다. 전하, 늦추어야 할 일이 있고 당겨야 할 일이 있는 것이옵니다. 적의 공성을 늦추시고, 늦추시는 일을 당기옵소서. 시간을 벌기 위해서라도 우선 신들을 적진에 보내 말길을 열게 하소서. 지금 묘당이라 해도 오활한 ^{사리에 어둡고 세상} 물정을 잘 모르는 유자의 찌꺼기들이옵고 비국 ^{조선 시대에 군국의 사무를 맡아보던 관아} 또한 다르지 않사옵니다. 헛된 말들은 소리가 크고 한 골로 쏠리는 법이옵니다. 중론을

<hr>

[3] 두 신하의 말이 모두 일리가 있기 때문에 결론을 내리기가 어려운 상황이다. 이러한 상황이 답답하고 괴로워 논쟁을 그만둘 것을 명하는 인조의 불편한 심기가 드러난다.

묻지 마시고 오직 전하의 성단聖斷 임금의 판단을 높여 이르는 말으로 결행하소서."

김상헌이 말했다.

"명길의 몸에 군은이 깊어서 그 품계가 당상인데, 어가임금이 타던 수레를 추운 산속에 모셔놓고 어찌 임금에게 성단, 두 글자를 들이미는 것이옵니까. 화친은 불가하옵니다. 적들이 여기까지 소풍을 나온 것이겠습니까. 크게 한 번 싸우는 기세를 보이지 않고 화 자를 먼저 꺼내 보이면 적들은 우리를 더욱 깔보고 감당할 수 없는 요구를 해올 것이옵니다. 무도한 문서를 성안에 들인 수문장을 벌하시고 적의 문서를 불살라 군병들을 격발케기쁨이나 분노 따위의 감정이 격렬히 일어나게 하옵소서. 애통해하시는 교지를 성 밖으로 내보내 삼남三南 충청도, 전라도, 경상도과 양서兩西 황해도, 평안도의 군사를 서둘러 부르셔야 하옵니다. 이백 년 종사가 신민관원과 백성을 가르쳐서 길렀으니 반드시 의분義憤 불의에 대하여 일으키는 분노하는 창의倡義 국난을 당하였을 때 나라를 위하여 의병을 일으킴의 무리들이 달려올 것입니다."

최명길이 말했다.

"상헌의 답답함이 저러하옵니다. 창의를 불러 모은다고 꼭 화친의 말길을 끊어야 하는 것이겠사옵니까. 군신이 함께 피를 흘리더라도 적게 흘리는 편이 이로울 터인데, 의를 세운다고 이利를 버려야 하는 것이겠습니까?"

김상헌이 말했다.

"지금 묘당의 일을 성안의 아이들도 알고 있는데, 조정이 화친하려는 기색을 보이면 성첩은 스스로 무너질 것이옵니다. 화 자를 깃발로 내걸고 군병을 격발시키며 창의의 군사를 불러 모을 수 있겠사옵니까. 명길의 말은 의도 아니고 이도 아니옵니다. 명길은 울면서 노래하고 웃으면서 곡하려는 자이옵니다."[4]

최명길이 또 입을 열었다.

"웃으면서 곡을 할 줄 알아야……."

임금이 소리 질렀다.

"어허."

임금은 옆으로 돌아앉았다. 달이 능선 위로 올라 내행전 마루를 비추었다. 쌓인 눈이 달빛을 빨아들여서 먼 성벽이 부풀었다. 달빛은 눈 속으로 깊이 스몄고, 성벽은 땅 위의 달무리처럼 보였다. 추위가 맑아서 밤하늘이 새파

---

4) 이(利)를 위해 의(義)를 버리려고 하는 최명길의 주장이 전혀 이치에 맞지 않음을 강조하고 있다.

랬다. 동장대 쪽 성벽이 별에 닿아 있었다. 김류가 임금의 고단함을 걱정했다.

"전하, 무료한 말로 신들이 너무 오래 모시었습니다. 침소로 드시옵소서."

임금이 옆으로 돌아앉은 채 벽을 향해 말했다.

"마루가 차니 경들이 춥겠구나."

임금이 자리에서 일어섰다. 늙은 상궁이 물 흐르듯이 다가와 미닫이를 열었다. 침소로 들어가려다가 임금이 신료들을 돌아보며 물었다.

"바늘은 구했는가?"

김상헌은 대답하지 않았다. 병조판서 이성구가 말했다.

"민촌의 대장간에서 대바늘을 만들어 올렸사옵니다. 길이가 다섯 치이옵고, 대가 야무져서 쓸 만하옵니다."

이성구는 손가락으로 마룻바닥에 다섯 치 길이를 그어 보였다. 임금이 방 안으로 들어갔다. 상궁이 미닫이를 닫았다. 미닫이 안쪽에서 임금이 자리에 주저앉는 소리가 들렸다.

"마실 것을 다오."

상궁이 수정과를 들였다. 신료들은 마루에 그대로 앉아 있었다. 안에서 말했다.

"야심하다. 다들 돌아가라."

신료들은 행궁 밖으로 나와 처소로 돌아갔다. 눈길이 미끄러웠다. 별감들이 달려나와 늙은 당상들을 부축했다.

· 뒷부분 줄거리

인조의 명령으로 용골대를 만난 최명길은 적의 치욕스러운 요구를 왕에게 전한다. 강화도가 함락되자 인조는 항복을 결심한다. 인조는 47일 만에 성에서 나와 삼전도에서 투항하고 세자를 포함한 많은 사람이 청나라에 인질로 끌려간다. 군신들은 무거운 마음으로 남한산성을 떠나가지만 백성들은 아무 일 없었다는 듯이 살아간다.

발단 청나라 군대를 피해 인조가 남한산성으로 피신함

전개 주전파와 주화파가 대립함

위기 청나라 장수가 치욕스러운 요구를 함

절정 강화도가 함락됨

인조가 삼전도에서 투항함

🔭 생각해 볼까요?

선생님 김상헌과 최명길의 입장을 정리해 볼까요?

💬 2 ♥ 2

↳ **학생 1** 예조 판서인 김상헌은 주전파의 대표적인 인물이에요. 산성 밖으로 나가 적극적으로 싸우자고 주장하는 그는 우리 민족과 임금의 자존심을 버려서는 안 된다고 말해요. 이는 실리보다는 명분을 중요시하는 거예요.

↳ **학생 2** 반면 이조 판서인 최명길은 주화파의 대표적인 인물이에요. 청나라와의 화친을 주장하는 그는 당장의 치욕을 감내하고서라도 나라의 피해를 최소화하고 살 수 있는 길을 찾아야 한다고 말해요. 이는 명분보다 실리를 중시하는 거예요.

선생님 「남한산성」의 표면적 갈등과 내면적 갈등을 구분해 봐요.

💬 2 ♥ 2

↳ **학생 1** 이 작품은 중심 사건 없이 남한산성에서 고립된 상황을 겪는 인물들의 내면에 초점을 두고 있어요. 그렇기 때문에 조선과 청의 전쟁은 갈등이라기보다는 작품의 배경으로만 제시돼요.

↳ **학생 2** 실질적인 갈등은 청나라와의 전쟁 여부를 논하는 주전파와 주화파 간의 갈등, 그리고 그것을 지켜보는 인조의 내면에서 나타나요.

선생님 작가는 인조를 어떻게 그려내고 있나요?

💬 2 ♥ 2

↳ **학생 1** 인조는 작품 속 등장하는 다양한 인물들을 연민의 시각으로 바라봐요. 그는 병자호란 중에 군사들이 얼어 죽고, 백성들이 굶주려 있는 현실을 보며 무척 안타까워해요. 특히 백성과 동일한 음식을 먹고 옷을 입으면서 자신에 대한 예우까지도 부담스러워 해요. 이는 임금의 인간적인 면모를 부각한 거예요.

↳ **학생 2** 그러나 백성들의 끼니와 군량미를 위해 자신의 밥상까지도 양보하는 임금의 모습은 백성들에 대한 연민의 태도를 지나치게 부각한 것이라 평가받기도 해요.

선생님 작품 속에서 인조의 역할은 무엇일까요?

 1 1

학생 1 인조는 임금으로서의 강한 지도력이 드러나지 않고, 끝까지 신하들의 갈등과 백성들의 고통을 지켜만 보면서 어떠한 결단도 내리지 못해요. 우유부단한 인조의 모습은 남한산성에 고립된 진퇴양난의 상황에서 사건의 결말보다도 사건의 진행 과정에 초점을 맞추게 하는 결정적 역할을 하고 있어요.

병자호란 ▾ 🔍

연관 검색어   인조반정   정묘호란   친명배금

임진왜란 이후 중국에서는 명이 쇠하고, 일본에서는 도쿠가와 이에야스가 1603년에에도 막부를 열었다. 1616년 여진족의 누르하치는 통일 제국을 이루고, 후금의 태종은 1636년에 국호를 청으로 바꿨다. 선조의 뒤를 이어 1608년 왕위에 오른 광해군은 경기도에 대동법을 시행하고, 1611년 양전 사업에 착수하였다. 그리고 탄력적인 외교 정책을 실시해 임진왜란 이후의 정국을 수습하였다.

하지만 서인 세력은 광해군의 정책에 반대하며 친명배금 정책과 패륜을 명분으로 1623년 인조반정을 일으켰다. 이로 인해 후금의 침입을 받아 1627년 정묘호란이 일어났고, 1636년 12월 병자호란을 겪게 되었다. 인조는 1637년 1월 항복을 결정하고 삼전도에서 청 태종 앞에 무릎을 꿇고 군신의 예를 행하기로 한 강화를 맺었다.

더 읽어볼 작품

최인훈
(1936~2018)

✉ 작가에 대하여

　함경북도 회령 출신. 원산고등학교 재학 중 6·25 전쟁을 만나, 전 가족이 월남하였다. 목포고등학교를 거쳐 서울대학교 법대 4학년을 중퇴하였다. 1958년 군에 입대하여 6년간 군 생활을 하다가 제대하고 소설가, 희곡 작가로 왕성한 작품 활동을 펼쳤다. 군 복무 중이던 1959년 〈자유문학〉 10월호에 「GREY 구락부 전말기」, 「라울전」을 발표하면서 등단하였다. 1960년 「가면고」, 「광장」 등을 발표하면서 작가적 명성을 굳혔다. 주요 작품으로는 「광장」, 「회색인」 등의 소설과 「어디서 무엇이 되어 다시 만나랴」, 「옛날 옛적에 휘어이 휘이」 등의 희곡이 있다.

　대표작인 「광장」은 전후 소설 중 최초로 분단의 문제를 객관적인 시선에서 다루고 있다. 특히 남과 북의 이데올로기와 정치 체제를 모두 비판함으로써 분단에 대한 새로운 시각을 보여 준다. 「광장」은 전후 문학 시대를 마감하고 1960년대 문학을 연 첫 번째 작품이자 문학적 성취 면에서도 뛰어난 소설로 꼽힌다. 최인훈의 작품은 대체로 당대의 현실에 대한 비판적 시각과 회의를 밑바탕에 깔고 있으며, 의식의 흐름을 따라가며 자의식을 해부하는 과정을 담고 있다.

광장

#분단   #이데올로기   #이념갈등   #중립국

⚓ 작품 길잡이

갈래: 장편 소설, 관념 소설, 분단 소설
배경: 시간 – 해방 직후~6·25 전쟁 / 공간 – 남한과 북한, 타고르 호 안
시점: 3인칭 전지적 작가 시점
주제: 이데올로기의 갈등 속에서 바람직한 삶과 사회에 대한 추구
출전: 〈새벽〉(1960)

📷 인물 관계도

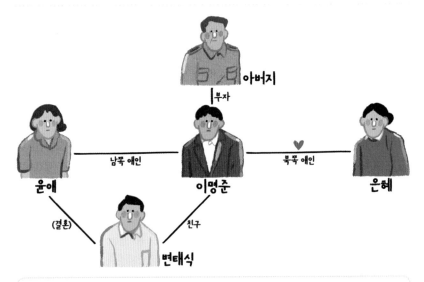

이명준   월북한 아버지 때문에 고초를 겪다가 남한 사회에 환멸을 느껴 월북한다. 진정한 광
          장을 찾아 중립국으로 향하지만 결국 바다에 뛰어든다.
은혜   명준의 북쪽 애인으로 명준의 아이를 가진 채 전사한다.

광장

'광장다운 광장'은 결국 없었다

"구정권에서라면 이런 소재가 아무리 구미에 당기더라도 감히 다루지 못하리라는 걸 생각하면서 빛나는 4월이 가져온 새 공화국에 사는 작가의 보람을 느낍니다."

소설가 최인훈은 「광장」 집필 소감을 위와 같이 밝혔어요. 이 소감만 봐도 궁금한 것이 많이 떠오르지 않나요? 「광장」은 어떤 소재를 다룬 작품일까요? 왜 이 소재는 기존 정권에서 감히 다루지 못할 것이었을까요? 그리고 당시 4월에는 어떤 일이 있었던 것일까요?

먼저 1960년 4월로 가 볼까요? 우리나라 초대 대통령이었던 이승만과 그를 지지하는 정당政黨 정치적 주장이 같은 사람들이 모여 자신들의 정치적 이상을 실현시키기 위해 만든 단체이었던 자유당은 정권을 연장하기 위해 부정한 방법으로 선거를 치렀습니다. 그 결과 부정 선거와 자유당의 독재에 반대하는 시위가 전국에서 일어났지요. 정부는 계엄령戒嚴令 대통령이 사회 안정을 위해 행정권과 사법권의 전부 또는 일부를 군이 맡도록 선포하는 명령을 선포 하는 등 강경하게 맞섰지만 학생들과 시민들은 이에 굴하지 않았어요. 결국 4·19 혁명이 일어나 이승만은 대통령에서 물러나고, 자유당 정권도 무너지게 되었지요. 왜 최인훈이 "빛나는 4월이 가져온 새 공화국"이라고 했는지 이해가 되나요?

이러한 '시대의 힘'은 「광장」 집필과 발표로 이어졌습니다. 4·19 혁명이 일어나기 전에는 자유당 정권의 반공 이데올로기 때문에 남북 분단에 관한 논의 자체가 불가능했어요. 그래서였을까요? 1960년 〈새벽〉에 발표된 「광장」은 발표되자마자 우리 문단의 주목을 받았습니다. 남북 분단의 이데올로기적 한계 극복을 주장하고, 남북한의 정치 체제를 대등한 관점에서 비판했기 때문이지요.

최인훈이 「광장」을 쓸 수 있었던 배경에는 4·19 혁명 외에 작가 개인적인 경험도 있었어요. 우리나라가 광복을 맞이했을 때 최인훈은 열 살이었습니다. 그때 최인훈 가족이 살던 곳은 국경에서 가까운 함북 회령이었어요. 1947년 최인훈 가족은 사업을 하던 아버지를 따라 함남 원산으로 이주하였습니다. 1950년 6·25 전쟁이 발발하자 최인훈 가족은 월남하지요. 이렇듯 북한에서 살아 본 경험도 「광장」의 집필 원동력이 되었답니다.

「광장」의 주인공은 철학을 전공하는 대학생인 이명준입니다. 명준은 광복 후 월북한 아버지가 대남 방송 ^{북한에서 대한민국 국민을 대상으로 북한 체제의 우수함을 강조하는 내용을 전달하는 방송}을 한 사실 때문에 경찰서에 끌려가 형사들에게 고문을 당해요.

이 사건이 있기 전까지 명준은 철학이라는 학문을 통해 삶의 본질을 찾으려 했던 '책벌레'였습니다. 현실 문제에는 크게 관심이 없고, 삶의 본질에 대해서만 고민했지요. 이랬던 그가 고문 사건을 겪으면서 이상과 현실에 대해 조금씩 깨닫게 됩니다. 명준은 영미의 소개로 만나게 된 윤애와 사랑을 나누며 새로운 삶의 의미를 추구하려 해요. 하지만 윤애의 알 수 없는 거부로 말미암아 그녀와의 사랑에 실패하게 되지요. 결국 명준은 이상 세계에 대한 기대를 품고 월북하게 돼요.

북한에서 아버지를 만난 명준은 아버지의 모습과 북한의 체제에 실망합니다. 아버지는 혁명을 내세우는 월급쟁이에 불과했고, 북한에는 부자유 ^{不自由 무엇에 얽매여서 몸과 마음을 마음대로 움직일 수 없음}와 왜곡된 이념만 가득했거든요. 북한에서는 개인의 밀실이 보장되지 않았습니다. 그곳에도 명준의 자아를 실현할 수 있는 광장이 없었던 거예요.

밀실이 개인적인 공간이라면 광장은 사회적인 공간이라고 할 수 있습니다. 인간에게 바람직한 삶이란 이 두 공간이 균형 있게 조화를 이룬 상태겠지요. 하지만 북한은 명준이 기대했던 광장이 아니었어요. 북한의 현실에 실망한 명준은 발레리나인 은혜와의 사랑으로 이를 극복해 보려 합니다. 하지만 은혜가 유학을 떠나면서 이마저도 좌절되지요.

6·25 전쟁이 시작되자 명준은 인민군으로 전쟁에 참여하게 돼요. 명준은 낙동강 전선에서 간호병으로 근무하는 은혜를 다시 만나지요. 하지만 안타깝게도 은혜는 명준의 아이를 임신한 채 비극적인 죽음을 맞이합니다. 명준은 전쟁 포로가 되고요. 포로 교환 과정에서 북한 측 장교는 명준에게 남한과 북한 중 한 곳을 선택하라고 강요합니다. 과연 명준은 어느 곳을 선택했을까요?

 "동무, 앉으시오."
 명준은 움직이지 않았다.

"동무는 어느 쪽으로 가겠소?"

"중립국."

그들은 서로 쳐다본다. 앉으라고 하던 장교가, 윗몸을 테이블 위로 바싹 내밀면서, 말한다.

"동무, 중립국도, 마찬가지 자본주의 나라요. 굶주림과 범죄가 우글대는 낯선 곳에 가서 어쩌자는 거요?"

(중략)

이번에는, 그 옆에 앉은 장교가 나앉는다.

"동무, 지금 인민 공화국에서는, 참전 용사들을 위한 연금 법령을 냈소. 동무는 누구보다도 먼저 일터를 가지게 될 것이며, 인민의 영웅으로 존경받을 것이오. 전체 인민은 동무가 돌아오기를 기다리고 있소. 고향의 초목도 동무의 개선을 반길 거요."

"중립국."

-최인훈, 「광장」 부분

명준은 결국 남한도 북한도 아닌 중립국을 선택합니다. 그것도 아주 단호한 태도로요. 명준의 눈에 비친 남한의 광장은 탐욕과 부패가 넘쳤고, 북한의 광장은 '당'을 위한 충성의 구호만 넘쳤기 때문이지요. 두 사회에서 환멸을 느낀 명준은 이념 갈등이 없는 중립국으로 보내 달라고 요구해요.

돌아서서 마스트를 올려다본다. 그들은 보이지 않는다. 바다를 본다. 큰 새와 꼬마 새는 바다를 향하여 미끄러지듯 내려오고 있다. 바다. 그녀들이 마음껏 날아다니는 광장을 명준은 처음 알아본다. 부채꼴 사북까지 뒷걸음질 친 그는 지금 핑그르 뒤로 돌아선다. 제정신이 든 눈에 비친 푸른 광장이 거기 있다.

-최인훈, 「광장」 부분

마침내 명준은 중립국으로 향하는 타고르 호에 몸을 싣습니다. 그러고는 하늘을 날아다니는 갈매기들을 보지요. 이때 명준은 죽은 은혜와 아이의 환영을 보고는 바다에 몸을 던지고 말아요.

명준은 자신이 선택한 중립국으로 향하면서 왜 자살한 것일까요? 중립국은 명준에게 새 삶의 길이 아니었던 것일까요? 명준은 중립국에서의 삶을 상상해 보지만, 그 어떤 희망도 발견하지 못합니다. 중립국 역시 이상적인 세상이 아니라고 생각한 것이지요. 따라서 명준의 죽음은 분단 현실이 가져온 비극이라고 할 수 있어요.

현기영
(1941~)

제주도 출생. 서울대학교 사범대학 영어학과를 졸업하였다. 중학교 1학년 때 쓴 글이 제주도 학생문예대회 대상을 받으면서 문학에 관심을 가지기 시작하였다. 1975년 〈동아일보〉 신춘문예에 단편 소설 「아버지」가 당선되면서 등단하였다. 1978년 늘 그를 따라다니던 제주도민의 억압과 트라우마를 인식하고 4·3 사건을 본격적으로 다룬 「순이 삼촌」을 발표하면서 민족 문학의 대표적인 작가가 되었다. 아무도 말하지 않던 어두운 현대사가 드러나면서 문단은 충격에 휩싸였다. 작가 본인은 중앙정보부에 끌려가 고문을 당하는 능 고초를 겪어야 했지만 그의 작품들을 계기로 4·3 사건은 널리 알려졌고, 진상규명 운동도 함께 재조명되었다. 주요 작품으로는 「변방에 우짖는 새」, 「지상에 숟가락 하나」 등이 있다.

감추어진 현대사의 아픔을 되살려낸 현기영은 현재에도 거시적 안목으로 커다란 감동을 담아내는 문학의 중요성을 이야기한다. 그는 진정한 작품은 자유가 억압되거나 고통스러운 환경에서 나오는 것이라며, 자신에게 닥친 정치적 재난과 억압이 오히려 작가로서는 다행이라고 말하였다.

순이 삼촌

#제주도   #4·3사건   #동백꽃   #트라우마

🍵 작품 길잡이

갈래: 중편 소설, 액자 소설, 사실주의 소설
배경: 시간 – 1948년 음력 12월, 현재 / 공간 - 제주도
시점: 1인칭 관찰자 시점
주제: 제주 4·3 사건의 참상과 후유증 고발
출전: 〈창작과비평〉(1978)

📷 인물 관계도

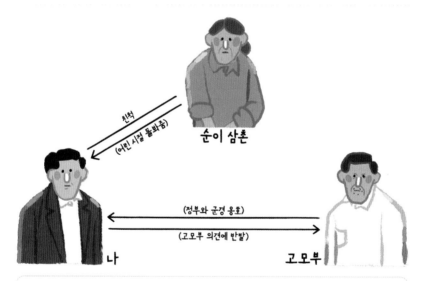

나	순이 삼촌의 죽음을 통해 제주 4·3 사건의 의미를 깨닫고 진상 규명의 필요성을 느낀다.
순이 삼촌	제주 4·3 사건에서 기적적으로 살아난 인물로, 그때의 일을 잊지 못하고 자신이 일구던 밭에서 자살한다.

순이 삼촌

아픈 역사의 증언

'언니'라는 말을 아시지요? 주로 여자 형제 사이에서 동생이 손위 형제를 부르는 말입니다. 남남끼리의 여자들 사이에서도 물론 사용합니다. 그런데 남자도 '언니'라는 말을 사용한다는 사실을 아시나요? 1930년대에 쓰인 벽초 홍명희의 장편 소설 「임꺽정」에 보면 임꺽정의 동생뻘 되는 의형제^{義兄弟}의로 맺은 형제가 임꺽정을 '꺽정 언니'라고 부릅니다.

「순이 삼촌」의 '순이 삼촌'도 남자가 아니라 여자입니다. 작가에 따르면 "제주도에서는 촌수 따지기 어려운 먼 친척 어른을 남녀 구별 없이 흔히 삼촌이라 불러 가까이 지내는 풍습이 있다."라고 합니다. 「순이 삼촌」은 이 순이 삼촌의 슬픈 이야기입니다.

「순이 삼촌」은 주인공인 '나(상수)'가 고향인 제주도로 가는 데서 시작합니다. '나'는 할아버지의 제사 때문에 내키지 않는 마음으로 고향에 갑니다. '나'에게 고향은 "기차를 타도 완행을 타서 반도 끝까지 가 거기서 다시 배를 타고 밤을 지새우며 밤 항해를 해야 하는 수륙 천오백 리 길. 차멀미, 배멀미에 시달리며 소주에 젖고 8년 만에 찾아가는 고향 생각에 젖어서 허위허위 찾아가야 할 고향"이었습니다. 보통 '고향'이라는 말에는 정겨움이 있습니다. 하지만 상수에게 고향은 그렇지 않은 모양입니다. 왜 그럴까요? 바로 주인공 집안의, 그리고 제주도 사람들의 과거에 그 이유가 있습니다.

고향에 내려간 '나'는 친척들이 모인 자리에서 순이 삼촌이 바로 얼마 전에 스스로 목숨을 끊었다는 이야기를 듣습니다. 순이 삼촌은 자신이 평생 일궈 먹던 밭에서 약을 먹고 죽었다고 합니다. '나'는 혹시 순이 삼촌이 서울에 와 있는 동안의 일 때문에 자살한 것이 아닌가 걱정을 합니다. 순이 삼촌은 지난 1년 동안 서울에 올라와 '나'의 집안일을 거들어 주었지만, '나'의 아내를 비롯한 주변 사람들과 여러 가지 불화를 일으켰기 때문이죠. 하지만 그러면서도 고향으로 내려가지는 않습니다. '나'는 순이 삼촌을 모셔 가기 위해 올라온 그의 사위에게 순이 삼촌이 환청 등의 신경 장애를 겪고 있다는 이야기를 듣게 됩니다.

당신의 신경 쇠약은 지독한 결벽증과도 서로 얽혀진 것인데 이런 증세는 꽤나 해묵은 것이라고 했다. 그건 4, 5년 전 콩 두 말을 훔쳤다는 억울한 누명을 썼을 때 얻은 병이었다. 하루는 이웃집에서 길에 멍석을 펴고 내다 넌 메주콩 두 말이 감쪽같이 없어졌는데 그 혐의를 평소에 사이가 안 좋던 순이 삼촌에게 씌워 놓았다. 두 집은 서로 했느니 안 했느니 하면서 옥신각신 다투다가 그 집 여편네가 파출소에 가서 따지자고 당신의 팔을 잡아끌었던 모양인데 파출소 가자는 말에 당신은 대번에 기가 죽으면서 거기는 못 간다고 주저앉아 버리더라는 것이었다. 그러니 자연히 당신이 콩을 훔친 것으로 소문나 버릴밖에. 당신이 그전서부터 파출소를 피해 다니는 이상한 기피증이 있다는 걸 아는 사람은 알고 있었지만 그건 일단 씌워진 누명을 벗기는 데 별 도움이 되지 않았다.

-현기영, 「순이 삼촌」 부분

그간의 일들도 모두 이 때문이지요. 그랬던 순이 삼촌의 죽음은 '나'에게 충격을 줍니다.

30년 전 어느 날 밤, 순이 삼촌은 죽음 속에서 간신히 살아납니다. 수많은 시체 속에 까무러쳐 있다가 깨어난 것입니다. 그때 남편도 죽고, 어린 자식들인 오누이도 죽음을 맞습니다. 그 가운데 배 속의 아이와 함께 살아난 순이 삼촌은 자식이 죽은 바로 그 밭을 일구며 30년을 살아가다 그 현장에서 독약을 먹고 죽음을 맞이한 것입니다.

사실 순이 삼촌이 겪은 일은 순이 삼촌만의 일은 아닙니다. 집에 있다가 총에 맞아 죽은 '나'의 할아버지를 비롯한 수많은 마을 사람들이 그날 죽음을 맞았던 것이지요. 바로 제주 4·3 사건 과정에서 있었던 민간인 학살 사건입니다. '공비 共匪 공산당의 유격대. 우리나라에서는 6·25 전쟁 전후에 각지에서 활동했던 공산 게릴라를 이름'와 군경 사이에서 모진 시달림을 받던 마을 남자들 대부분은 산기슭의 동굴로 피신합니다. 하지만 군경은 이를 입산한 것으로 오인하고, 우익 가족을 제외한 사람들을 무려 600명이나 학살합니다. 할아버지 제삿날, 그 마을의 수많은 집에서 제사가 행해지고, 마을은 곡소리로 가득 찹니다.

작가의 표현에 따르면, 순이 삼촌의 죽음은 30년간 그날의 죽음에서 벗어나지 못했던 순이 삼촌의 '유예된 죽음'이었습니다. 이미 순이 삼촌은 30년 전 그날 죽었던 것이지요.

오누이가 묻혀 있는 그 움팡밭은 당신의 숙명이었다. 깊은 소 물귀신에게 채여 가듯 당신은 머리끄덩이를 잡혀 다시 그 밭으로 끌리어갔다. 그렇다 그 죽음은 한 달 전의 죽음이 아니라 이미 30년 전의 해묵은 죽음이었다. 당신은 그때 이미 죽은 사람이었다. 다만 30년 전 그 움팡밭에서 구구식 총구에서 나간 총알이 30년의 우여곡절한 유예를 보내고 오늘에야 당신의 가슴 한복판을 꿰뚫었을 뿐이었다.

-현기영, 「순이 삼촌」 부분

순이 삼촌을 죽음에 이르게 한 '제주 4·3 사건'은 1948년 4월 3일 만의 일은 아닙니다. 6·25 전쟁이 6월 25일 하루만의 일은 아닌 것처럼 말입니다. 1947년부터 1954년까지 무려 14년에 걸친 큰 사건입니다. 공식적으로 발표된 민간인 희생자는 1만 4천여 명이지만, 실제로는 2만 5천 명에서 3만 명 정도라고 합니다. 당시 제주도 주민의 10% 정도가 죽었던 것입니다. 제주 어느 집에나 이 사건으로 인한 죽음이 하나 이상은 있다고도 합니다.

「순이 삼촌」은 바로 이 죽음의 현장에서 스스로 목숨을 끊었던 순이 삼촌을 통해 제주 4·3 사건에서의 민간인 학살을 증언하는 소설입니다. 제주도가 고향인 작가 현기영은 순이 삼촌뿐만이 아니라 4·3 사건에서 살아남은 수많은 사람이 트라우마를 앓고 있다고 이야기합니다. 그리고 「순이 삼촌」을 쓸 수밖에 없었던 이유를 이렇게 말합니다. "4·3 이야기를 안 하고는 문학적으로 한 발짝도 떼어 놓을 수가 없다는 압박감을 느꼈어요. 왜냐하면, 늘 제주도는 웅성웅성하는 소리로 '그때 누가 죽었고, 그 밭에는 누구누구가 있었는데 다 죽었고' 이런 소리가 뒤에서 늘 이야기하는 거예요. 웅얼거리는 소리가. 큰소리로 외치지도 못하고 분노의 목소리도 없이 웅얼웅얼."

작가 현기영은 이 작품을 쓰고 나서 모진 고문에 시달렸다고 합니다. 1978년 유신 정권 말기였지요. 제주 4·3 사건의 진상에 대한 제대로 된 조사는 이로부터 한참 뒤인 2000년 1월 '제주 4·3 사건 진상 규명 및 희생자 명예 회복에 관한 특별법'이 제정되면서부터 이루어집니다. 지금까지 제주 4·3 사건의 성격에 대한 논란은 지속되고 있습니다. 하지만 제주 4·3 사건이 어떤 성격을 지녔건 간에, 그 과정에서 희생된 무고한 사람들이 있었음은 사실입니다. 그리고 그 진상은 밝혀져야 합니다.

우리 역사에는 가슴 아픈 일들이 많습니다. 임진왜란을 비롯해 여러 번 외적의 침입을 받았고, 그때마다 많은 사람이 희생되었습니다. 하지만

6·25 전쟁이나 제주 4·3 사건의 상처는 훨씬 더 쓰라립니다. 같은 민족 사이에서 일어난 전쟁과 학살이었기 때문입니다. 물론 이제는 이미 70여 년이 지난 과거의 일이기는 합니다. 어떤 사람들은 이제 과거의 일은 묻어두자고 합니다. 하지만 역사를 역사로 보는 것과 그것을 없었던 일처럼 잊어버리는 것은 같지 않습니다. 더욱이 우리는 아직도 분단 상황에 놓여 있습니다. 분단 상황의 앞머리에 「순이 삼촌」이 증언하고 있는 제주 4·3 사건이 있는 것이지요. 지금의 우리 상황을 넘어서기 위해서라도 우리는 그 일들을 기억해야만 할 것입니다.

양귀자
(1955~)

✉ **작가에 대하여**

전라북도 전주 출생. 원광대학교 국어국문과를 졸업하였다. 1978년 「다시 시작하는 아침」으로 〈문학사상〉 신인상을 받으며 등단하였다. 1986년부터 1987년까지 쓴 단편을 모아 낸 『원미동 사람들』은 경기도 부천을 배경으로 서민들의 삶과 애환을 세밀하고 따뜻하게 그려 낸 작품이다. 1992년 출간된 「나는 소망한다 내게 금지된 것을」은 페미니즘 논쟁을 불러일으켰고, 1998년 출간된 「모순」은 치밀한 구성과 속도감 있는 문체, 통속적인 주제로 대중적인 인기를 끌었다.

일부 평론가들은 양귀자의 문학이 전망 없는 소시민 문학의 한계를 드러낸다거나, 통속 문학의 한계를 지니고 있다고 비판하기도 한다. 그러나 능란한 구성과 섬세한 관찰력을 바탕으로 한 생생한 세부 묘사, 인생을 바라보는 따뜻한 시선, 박진감 있는 문체는 대중적인 호응을 얻어 많은 독자를 확보하였다.

일용할 양식

⚓ 작품 길잡이

갈래: 연작 소설, 세태 소설
배경: 시간 – 1980년대 / 공간 – 부천시 원미동
시점: 3인칭 전지적 작가 시점
주제: 소시민들 사이에 벌어지는 일상의 갈등과 화해
출전: 〈세계의문학〉(1986)

📷 인물 관계도

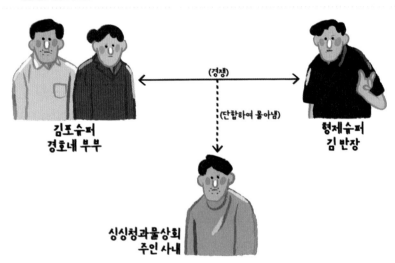

김포슈퍼
경호네 부부

형제슈퍼
김 반장

(경쟁)

(단합하여 몰아냄)

싱싱청과물상회
주인 사내

경호네 부부	쌀과 연탄만을 취급하다 김포슈퍼로 확장한다. 형제슈퍼와 경쟁한다.
김 반장	김포슈퍼와 경쟁하다 단합하여 싱싱청과물상회를 몰아낸다.

일용할 양식

소외된 소시민의 삶을 들여다보다

온갖 꽃들이 활짝 피는 봄, 여러분은 어떤 꽃을 구경하고 싶나요? 서울이나 서울 근교에서 진달래가 보고 싶다면 이곳에 가면 좋을 거예요. 이곳이 어디냐고요? 서울과 인천의 중간쯤에 있는 경기도 부천이랍니다.

부천에는 진달래로 유명한 원미산이 있어요. 이곳에서는 해마다 진달래 축제가 열리지요. 원미산의 진달래동산 기념 표석標石 어떤 것을 표지하기 위해 세우는 돌에는 양귀자의 소설 『원미동 사람들』 중 「한계령」의 구절이 새겨져 있어요. 그 구절은 다음과 같아요.

"진달래가 흐드러지게 피었더라고, 연초록 잎사귀들이 얼마나 보기 좋은지 가만히 있어도 연초록 물이 들 것 같더라고, 남편은 원미산을 다녀와서 한껏 봄소식을 전하는 중이었다. 원미동 어디에서나 쳐다볼 수 있는 기다란 능선들 모두가 원미산이었다. 창으로 내다보아도 얼룩진 붉은 꽃 무더기가 금방 눈에 띄었다."

양귀자는 1982년부터 약 10년 동안 경기도 부천시 원미동에서 살았어요. 『원미동 사람들』은 단순히 원미동을 공간적 배경으로 삼은 소설이 아니라 작가가 원미동에서 직접 살면서 체험하고 느낀 이야기를 담은 소설입니다. 또한 『원미동 사람들』은 조세희의 『난장이가 쏘아 올린 작은 공』처럼 여러 단편 소설을 묶은 연작 소설이에요. 앞에서 소개한 「한계령」을 비롯해 「멀고 아름다운 동네」, 「불씨」, 「일용할 양식」 등 1986년부터 1987년에 걸쳐 발표된 11편의 단편 소설로 구성되어 있지요.

지금부터 살펴볼 작품은 『원미동 사람들』에 수록된 11편의 단편 소설 가운데 「일용할 양식」입니다. 이 소설의 공간적 배경 역시 부천시 원미동이에요. 좀 더 정확히 말하자면 '원미동 23통 5반'이지요. 1980년대는 부천을 비롯한 수도권 개발이 한창 진행되던 때였어요. 불과 10여 년 사이에 부천의 논밭에는 연립 주택들과 상가 주택들이 마구 들어섰답니다. 서울에 정착하고자 했지만 여러 가지 어려움 때문에 변두리로 밀려난 사람들이 이곳에 하나둘씩 모여들기 시작했어요.

원미동 23통 5반에 사는 대부분 사람은 소시민입니다. 소시민이란 노동자와 자본가의 중간 계급에 속하는 소상인, 수공업자, 하급 봉급생활자, 하급 공무원 등을 가리켜요. 다른 사람에 대한 배려와 봉사, 사회의 정의와 진실 등이 중요하다고 생각하면서도 일상의 무게 때문에 실천으로 옮기지 못하는 우유부단한 인물들을 의미하기도 하지요. 소시민들에게 현실은 무거운 짐과 같아요. 그래서 이들은 하루하루를 힘겹게 버티면서 생존을 위해 몸부림칩니다.

「일용할 양식」에는 제목처럼 매일 필요한 양식을 얻기 위해, 즉 생계를 위해 애쓰는 소시민들이 등장합니다. 주요 등장인물은 다음과 같아요. 경호 아버지와 경호 어머니는 김포슈퍼를 운영하는 부부입니다. 원미동 23통 5반의 반장 직책을 맡고 있는 김 반장은 형제슈퍼의 주인이고요. 시내 엄마는 전파상 전자 기기 제품을 팔거나 수리하는 가게 을 운영하고, 고흥댁은 복덕방 집이나 땅 같은 부동산을 매매하거나 임대를 중개하는 곳 을 하고 있지요.

경호네가 운영하는 김포슈퍼는 원래 쌀과 연탄만 팔던 김포쌀상회였습니다. 억척스럽고 성실한 부부가 열심히 돈을 모아 비어 있는 옆 칸을 헐어 김포슈퍼를 차린 것이지요. 이제 김포슈퍼에서는 쌀과 연탄뿐만 아니라 각종 생필품과 부식, 과일까지 팔게 돼요. 원미동 거리에서는 보기 힘든 사업 확장이라 많은 동네 사람이 김포슈퍼 개업을 축하해 주었답니다.

하지만 모든 동네 사람이 김포슈퍼의 개업을 축하하고 반기는 것은 아니었습니다. 김포슈퍼와 100m도 떨어지지 않은 거리에서 형제슈퍼를 운영하는 김 반장은 울상일 수밖에 없었어요. 김 반장에게는 부양해야 하는 가족이 많았고, 차 사고 때문에 빚까지 있는 상황이었거든요. 고민 끝에 김 반장은 이전에는 팔지 않았던 쌀과 연탄을 팔기 시작합니다. 이렇게 해서 김포슈퍼와 형제슈퍼가 본격적으로 경쟁하기 시작해요.

슈퍼 간의 가장 치열한 경쟁이라면 가격 인하 경쟁이겠지요? 김포슈퍼와 형제슈퍼의 가격 경쟁은 점점 심해집니다. 예상치 못한 상황에 맞닥뜨린 동네 사람들은 어떤 반응을 보였을까요?

고흥댁은 여간 억울하지 않았다. 아까 콩나물만 해도 그랬다. 김포 콩나물이 엄청 양이 많더라고 오전에 이미 소문을 들었던 터라 경호네한테 가서 200원어치를 한 봉투 받아 왔었다. 역시나 흡족할 만큼 많이 뽑아 주어서 내심 기분이 좋았는데 잠시 후에 보니 소라 엄마는 김 반장네에서 훨씬 많은 콩나물 봉투를 들고 오는 게 아닌가. 그래서 괜히 자기만 손해 보았다고 지물포 여자한테 하소연을 좀 했더니 단박에 머퉁이 '핀잔', '꾸지람'의 방언만 돌아오고 말았다.

"아이구 아줌마도. 손해는 무슨 손해요? 김포에서 받은 것도 200원어치 곱절은 됐을 텐데, 안 그래요?"

말을 듣고 보니 맞는 소리였다. 눈치를 잘 보아서 김 반장한테로 갔으면 더 이익은 봤을망정 손해는 아니었으니까.

"그나저나 고래 싸움에 새우 등 터진다는 옛말은 다 틀린 말여. 고래들이 싸우는 통에 우리 같은 새우들이 먹잘 게 좀 많은가 말여."

-양귀자, 「일용할 양식」 부분

앞글에 나온 "고래들이 싸우는 통에 우리 같은 새우들이 먹잘 게 좀 많은가 말여."라는 말이 동네 사람들의 상황을 나타내고 있습니다. 김포슈퍼와 형제슈퍼라는 '고래'들이 너무 치열하게 싸우는 바람에 '새우'인 동네 사람들이 이익을 보고 있는 것이지요. 고흥댁은 이미 이익을 얻고 있는데도 더 많은 이익을 얻지 못해 아쉬워하네요. 이처럼 동네 사람들은 두 슈퍼의 경쟁에 난처해하면서도 물건 가격이 계속 떨어져서 기뻐하지요.

경호네와 김 반장이 경쟁 때문에 지쳐갈 무렵, 다른 지역에서 온 사람이 싱싱청과물상회라는 가게를 엽니다. 김포슈퍼와 형제슈퍼의 새로운 경쟁 상대가 생긴 것이지요. 그러자 경호네와 김 반장은 가격 경쟁을 끝내고 동맹을 맺고는 싱싱청과물상회의 영업을 방해하기 시작해요. 이 과정에서 김 반장은 싱싱청과물상회 주인과 몸싸움을 벌이기도 하지요. 결국 싱싱청과물상회는 얼마 장사를 하지도 못하고 문을 닫습니다.

다들 먹고살기 힘든 처지라고 해도 너무한 일 같다고요? 상황이 이렇게까지 된 것은 누구 때문일까요? 싱싱청과물상회의 영업을 방해한 경호네와 김 반장 때문일까요? 눈치 없이 장사를 시작한 싱싱청과물상회 주인 때문일까요? 아니면 비슷한 품목을 팔 것을 알면서도 가게 계약을 하게 했던 복덕방 고흥댁 때문일까요? 그것도 아니면 이 모든 상황을 지켜보면서 자신의 이익을 챙기기에 바빴던 동네 사람들 때문일까요?

동네 사람들은 싱싱청과물상회의 주인을 동정하면서 김 반장을 비난하기도 하고, 다들 먹고살기 어려워서 이런 일이 벌어졌다고 말하기도 합니다. 그렇다면 싱싱청과물상회 자리에는 또 어떤 가게가 들어오게 될까요? 이번에는 전파상인 써니전자를 운영하는 시내 엄마가 울상을 짓습니다. 고흥댁을 통해 그 자리에 전파상이 들어온다는 소식을 들었거든요. 김 반장을 비난하던 시내 엄마가 김 반장과 비슷한 처지가 된 것이지요.

원미동 사람들의 모습을 통해서 짐작할 수 있듯이 1980년대에 우리나라는 급속한 경제 발전을 이루었지만, 소시민들은 여전히 빈곤과 억압에 시달렸습니다. 자본주의 사회는 개인 간의 경쟁을 더욱 부추기고, 인간 소외 현상까지 생겨나게 했지요. 양귀자는 이런 시대를 살아가는 소시민들의 삶을 가까이에서 관찰해 『원미동 사람들』에 담아냈어요.

「일용할 양식」의 내용만 보면 원미동 23통 5반 사람들에게는 갈등과 폭력, 그리고 불안정한 미래만 있는 것처럼 느낄 수도 있습니다. 하지만 이들에게 희망이 없는 것은 아니에요.

사실 원미동은 우리 사회의 모습과 다르지 않고, 원미동 사람들은 현재 우리라고 해도 과언이 아닙니다. 양귀자는 원미동 사람들의 고달픈 삶을 구체적으로 전달하면서도 이 공동체에 대한 따스한 시선을 유지했어요. 이를 통해 독자들에게 작지만 큰 위로를 건넨 것이지요.

황석영
(1943~)

✉ 작가에 대하여

　만주 장춘 출생. 동국대학교 철학과를 졸업하였다. 고등학교를 자퇴한 해에 단편 소설 「입석 부근」이 〈사상계〉 신인문학상을 수상하였다. 1964년 한일회담 반대 시위에 참여하였다가 경찰서 유치장에 갇혔고 그곳에서 만난 일용직 노동자를 따라 전국의 공사판을 떠돌았다. 이후 해병대에 입대하여 베트남전에 참전하였고 이때의 체험을 바탕으로 집필한 단편 소설 「탑」이 〈조선일보〉 신춘문예에 당선되면서 본격적인 작품 활동을 시작하였다. 1970년대에 들어와서 「객지」, 「한씨연대기」, 「삼포 가는 길」 등을 발표하면서 한국 대표 작가로 떠올랐으며, 특히 1974년부터 10년 동안 〈한국일보〉에 대하소설 「장길산」을 연재하였다. 주요 작품으로는 「객지」, 「가객」, 「삼포 가는 길」, 「무기의 그늘」, 「바리데기」, 「개밥바라기별」 등이 있다.

　황석영은 산업화에 따른 사회적 갈등, 민중의 삶에 얽힌 애환, 분단 상황과 현대사의 굴곡 등 사회성이 짙은 주제들을 많이 다루었다. 밑바닥 인생을 살면서도 그 삶에 좌절하지 않는 민중들의 건강한 생명력과 불의한 권력, 역사의 질곡에 맞서는 강한 저항 의지 등이 잘 나타나 있다.

개밥바라기별

#자전적   #7명의서술자   #베트남파병   #청춘

⚓ 작품 길잡이

갈래: 장편 소설, 성장 소설, 인터넷 연재소설
배경: 시간 – 1950년대~1960년대 / 공간 – 서울
시점: 1인칭 주인공 시점
주제: 젊은이들의 방황과 성숙
출전: 네이버 블로그 2008년 2월 27일~7월 24일 연재

📷 인물 관계도

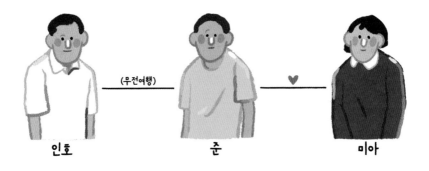

인호 ——(무전여행)—— 준 ——♥—— 미아

준   고등학교를 자퇴하고 무전여행을 통해 성장한다. 세상에 대한 허무주의에 빠져 자살을
    시도하였다가 깨어나 베트남 파병을 떠난다.

개밥바라기별

나 자신의 '오늘'을 살기 위하여

'무전여행'을 해 보신 적이 있나요? 무전여행은 말 그대로 '무전', 돈 없이 하는 여행입니다. 아무 데서나 얻어먹고, 얻어 잡니다. 때로는 일을 해주고 품삯 대신에 음식이나 잠자리를 얻기도 하지요. 지금은 무전여행을 하는 사람들이 거의 없지만, 1980년대 초반까지는 많이 했답니다.

「개밥바라기별」의 주인공 '준'은 무전여행을 통해서 많은 경험을 하고, 또 많은 것을 깨닫습니다. 소년인 준이 청년이 되는 과정의 한가운데 무전여행의 경험이 자리 잡고 있지요. 「개밥바라기별」은 바로 준의 성장을 그린 소설입니다. 작가의 경험이 많이 들어 있는 자전적 소설이기도 합니다.

준은 어린 시절 모범생이었습니다. 해방 후 만주에서 돌아온 부모님이 준을 그렇게 길렀습니다. 예나 지금이나 자식에게 바라는 것은 크게 변하지 않은 것 같습니다. 하지만 준은 이런 모범생의 틀에서 벗어나고자 합니다. 왜 그럴까요? 부모님이 바라는 삶의 모습이 달갑지 않았기 때문입니다. 현실의 삶과 부모님이 바라는 삶 사이에 커다란 틈이 있기에, 준은 그 삶이 자신의 삶이라고 생각하지 않았습니다. 그래서 준은 '자기'를 찾으려 합니다. "세월이 좀 지체되겠지만 확실하게 내 인생을 살아보고 싶"었던 것입니다. 그런 자신을 "궤도에서 이탈한 소행성"에 비유합니다. 가출과 결석, 술 마시기, 담배 피우기 등 준은 학생에게 주어진 모든 틀을 깨뜨립니다. 그러면서 틈틈이 책을 읽고 소설도 씁니다. 이는 지금 여기를 벗어나 다른 세계, 다른 세상을 꿈꾸는 일의 하나였을 겁니다.

하지만 반듯하게 자로 재어진 듯한 길을 벗어나 자신만의 삶을 찾는 일은 그리 녹록하지 않습니다. 학교를 그만두고, 친구들과 무전여행을 떠나 세상과 부딪쳐 보고, 또 구치소에서 만난 떠돌이 노동자 '대위'를 만나 노동 현장을 경험하기도 하고, 출가해서 절에도 있어 보지만 길을 발견하지는 못합니다. 잡지에 응모했던 소설이 당선되기는 하지만, 그것도 자신의 길이라는 믿음이 생기지 않아요.

나는 흐리멍텅한 채로 기어 일어나 책상머리에 앉았다. 노트 한 장을 찢어 어머니께 남기는 편지를 썼다.

어머니 죄송합니다. 뭔가 해보려고 애썼지만 이제 모두 시들합니다. 그동안 힘들게 사시는 어머니께 도움도 드리지 못하고 속만 썩혀 드리다가 먼저 갑니다. 아우가 있으니 그래도 다행이겠지요. 결국 이렇게 어머니 가슴에 못을 박는 못난 자식이 될 바에는 절에 그냥 있을 걸 그랬다는 생각이 듭니다.

나는 그 순간에 금강선원 마당에서 젖은 낙엽을 쓸던 새벽녘을 그리워하고 있다는 걸 알았다. 서랍장 안을 뒤져서 깨끗한 속옷으로 갈아입었다. 그리고 외출할 때처럼 겉옷도 입고 양말까지 신었다. 봉지 안에 들어있던 알약을 모두 입안에 털어넣고 물을 마셨다. 불을 끄고 누웠지만 죽는다는 실감이 들지 않았다. 아무 일도 일어나지 않는 어둠 속에서 기다리고 또 기다렸다.

-황석영, 「개밥바라기별」 부분

길이 보이지 않을 때, 많은 사람은 죽음을 택합니다. 주인공 준도 그 길을 걷지요. 사 모은 수면제를 먹고 자살을 시도한 것입니다. 그러나 준은 자살에도 실패합니다. 그리고 결국 베트남 파병을 떠납니다.

「개밥바라기별」은 준이 베트남으로 떠나기 전, 자신의 이야기를 회상하는 내용입니다. 13장 중에서 홀수 장은 준의 이야기, 그리고 짝수 장은 친구인 영길, 인호, 상진, 정수, 선이, 미아의 이야기로 구성되어 있습니다. 홀수 장이 준 자신이 말하는 자신의 이야기라면, 짝수 장은 친구들이 보는 준의 이야기지요. 자기 자신이 보는 모습과 타인이 보는 모습을 엇갈려 배치함으로써 '준'이라는 인물을 입체적으로 그리려고 하였습니다. 자기 자신을 찾아 자신 속에 파묻히면서도 겉으로는 장광설長廣舌 쓸데없이 장황하게 늘어놓는 말 을 펼치는 어릿광대 같은 준의 복합적인 모습이 이를 통해 잘 드러납니다. 그뿐만 아니라 준에 대해 말하는 이 친구들도, 각기 다른 모습이기는 하지만 각자 자신의 삶을 찾아 방황한다는 점에서는 준과 마찬가지라고 할 수 있습니다.

「개밥바라기별」은 이런 면에서 '성장 소설'이라고 할 수 있습니다. 어른이 되기까지 자신의 삶을 찾아가고, 자신의 세계를 이루어가기 때문이지요.

소설의 끝은 그리 희망적이지 않습니다. 그렇다고 또 절망적이지도 않습니다. 손쉬운 희망이나 절망을 하지 않는 마음의 자리, 오랜 방황을 통해 준이 도달한 지점입니다. 이것을 어른의 자리라고 할 수 있을지도 모릅니다. 어른의 자리에서 어린 시절을 되돌아볼 때, 그 모든 고통과 그에 대한 회한도 감싸 안게 됩니다. 베트남 파병을 앞둔 날, 준은 "회한덩어리"였던 자신의 청춘과 작별하면서 자신이 "얼마나 그때를 사랑했는가를 깨"닫습니다. 그러나 이제 다시는 돌이킬 수 없는, 다시는 경험할 수 없는 과거이지요. 그러한 과거를 껴안고, 새로운 길에 들어섭니다. 소설은 이렇게 끝납니다.

베트남으로 떠나는 여정에서 문득 이제야말로 어쩌면 영원히 돌아올 수 없는 출발점에 서 있음을 깨달았다. 그렇다고 불확실한 세계에 대한 두려움도 없었으며 살아 돌아올 수 있을지 없을지 따위의 생각조차 하지 않았다. 그렇다, 대위의 말대로 사람은 누구나 오늘을 사는 거니까. 기차는 요란한 굉음을 내며 어둠 속에서 터널을 통과하는 중이었다.

-황석영, 「개밥바라기별」 부분

기차처럼, 주인공도 어둠 속에서 터널을 통과하고 있습니다. 그 터널 밖에 어떤 세계가 있는지는 알 수 없습니다. 주인공은 그 세계에 대해 터무니없는 기대를 하지도 않고, 또 두려워하지도 않습니다. 바로 오늘을 충실히 사는 것, 그것이 삶을 의미 있게 한다는 것을 알기 때문입니다.

「개밥바라기별」은 개인의 기록이기는 하지만, 다른 한편으로는 역사의 기록이기도 합니다. 물론 역사적 사건들이 소설의 전면에 두드러지게 드러나는 것은 아닙니다. 하지만 역사를 배제하고 이 소설을 읽기는 쉽지 않습니다. 준의 삶에서 결절점結節點 여러 가지 기능이 집중되는 접촉 지점이 되는 사건은 여럿 있습니다. 그 가운데 아마도 가장 큰 사건은 바로 친구 '준길'의 죽음일 것입니다. 4·19 학생 시위 가운데 준길은 총에 맞았습니다. 품 안에서 피를 흘리며 죽어가는 준길을 바라본 그 사건이야말로 준의 삶을 결정적으로 바꾸어 놓는 사건이었습니다. 그 뒤로 이어지는 5·16 군사 정변 등의 혼란이 준과 친구들의 방황 뒷면에 놓여 있습니다. 베트남 파병도 그렇습니다. 베트남 파병에 대해서는 아직도 평가가 엇갈리고 있지만, 베트남 파병이 단순히 '자유' 수호를 위한 파병은 아니었습니다. 국내 정세, 국제 정세가 매우 복잡하게 얽혀 있는 사건이었지요. 준은 이 베트남 전쟁으로 들어갑니다. 어떤 의미에서건 준은 역사적 현장의 한복판에 섰던 것이지요.

「개밥바라기별」의 주인공 준처럼 작가 황석영도 역사의 현장 속에 숨 쉬면서 그것들을 기록으로 남기려고 하였습니다. 베트남 파병의 경험을 바탕으로 쓴 장편 소설 「무기의 그늘」, 5·18 광주 민주화 운동을 기록한 「죽음을 넘어 시대의 어둠을 넘어」, 북한을 방문하고 쓴 에세이 「사람이 살고 있었네」 등이 바로 그것입니다. 소설의 끝에서 말하듯이, 황석영은 "불확실한 세계에 대한 두려움도 없"이, "살아 돌아올 수 있을지 없을지 따위의 생각조차 하지 않"은 채 역사의 현장에 있고자 하였습니다.

우리가 「개밥바라기별」의 준과 같은 삶을, 또는 황석영과 같은 삶을 살 수 있을까요? 그것은 알 수 없습니다. 그와 같은 삶을 반드시 살아야 하는 것도 아니지요. 다만 작가의 말대로 지금 자신의 '오늘'을 살기 위해 우리 각자 고민하고 노력해야 하는 것은 아닐까 합니다.

한강
(1970~)

✉ 작가에 대하여

　광주광역시 출생. 연세대학교 국문학과를 졸업하였다. 1994년 〈서울신문〉 신춘문예에 단편 소설 「붉은 닻」으로 등단하였다. 2005년에는 「몽고반점」으로 이상문학상을 받았다. 만해문학상, 황순원문학상, 동리문학상, 이상문학상, 오늘의 젊은예술가상, 한국소설문학상을 수상하였다. 2007년부터 2018년까지 서울예술대학교 문예창작과 교수로 재직하다가 창작에 전념하기 위해 사직하였고, 현재는 전업 작가로 활동하고 있다. 주요 작품으로 「몽고반점」, 「채식주의자」, 「소년이 온다」 등이 있다.

　대체로 재미나 대중적인 것과 거리가 먼, 사람의 몸을 소재로 한 파격적인 소설들을 쓴다. 특히 「채식주의자」는 2016년 5월 아시아 최초로 영국의 맨부커상 인터내셔널 부문을 수상하면서 인간의 폭력성과 존엄에 질문을 던지는 한강의 작품에 대한 국내외 관심이 높아지고 있다.

#연작소설 　　#관습적폭력 　　#편견 　　#상징

⚓ 작품 길잡이

갈래: 장편 소설, 연작 소설
배경: 시간 - 2000년대 / 공간 - 서울
시점: 1인칭 관찰자 시점
주제: 육식을 거부하는 한 여성에게 가해지는 사회적 폭력
출전: 『채식주의자』[(2007)]

📷 인물 관계도

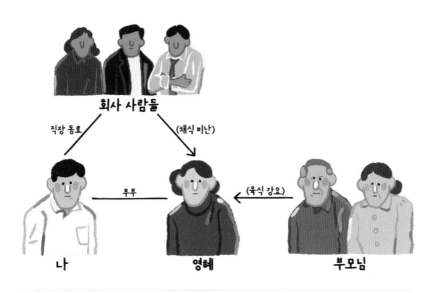

나　　　고기를 먹지 않는 아내 영혜를 못마땅해하며 이해하지 못한다.
영혜　　무서운 꿈을 꾼 뒤 고기를 먹지 않는다.

채식주의자

타자의 목숨으로 살아가는 존재, 인간에 대한 물음

채식주의에도 여러 종류가 있다는 것을 아시나요? 보통 '채식주의'는 고기류를 피하고 주로 채소, 과일, 해초 따위의 식물성 음식만을 먹는 식생활이 좋다고 생각하는 태도를 말합니다. 유제품, 달걀, 생선, 닭 등을 먹느냐 먹지 않느냐에 따라 다양하게 나뉩니다. 채소만 먹는 비건도 있고, 달걀이나 생선은 먹되 육류는 피하는 채식주의자도 있습니다. 과일만 먹는 사람도 있고요. 더 나아가 동물 착취를 반대하여 동물의 털이나 가죽으로 된 제품을 사용하지 않는 사람도 있습니다.

'채식주의자'라고 할 때는 채식주의를 실천하는 '의지'가 포함되어 있습니다. 어떤 이유에서이건 육식을 자기 자신의 의지에 따라 피하는 것이지요. 그러니까 채식주의는 '의지에 따른 선택'이라고 할 수 있습니다. 육류를 먹지 못하기 때문에, 달걀 알레르기가 있기 때문에 고기나 달걀을 먹지 못한다면 채식주의라고 말하기 어렵겠지요.

그러면 「채식주의자」의 주인공 영혜는 '채식주의자'일까요? 「채식주의자」는 주인공 영혜를 영혜 남편의 눈으로 그리고 있습니다. 남편인 '나'가 영혜와 결혼한 이유는 영혜가 평범하기 때문입니다. '과분한' 것을 좋아하지 않는 '나'는 특별한 매력도, 특별한 단점도 없는 영혜와 결혼합니다. 영혜는 평범한 아내의 역할을 해냅니다. 브래지어를 싫어하는 것 말고는 다른 게 없습니다. 그러던 어느 날, 영혜가 갑자기 육식을 거부하기 시작합니다. 고기가 들어가 있는 모든 것을 버리고, 더 이상 고기류를 사지 않습니다. 이유를 물으니 꿈을 꾸었다고만 말합니다. 영혜는 점점 말라갑니다. 고기를 먹지 않기 때문만이 아니라, 잠을 거의 자지 못하기 때문입니다.

그리고 큰 사건이 벌어집니다. 처형네의 이사를 축하하기 위한 가족 모임에서도 여전히 영혜는 고기를 먹지 않습니다. 고기를 권하다 결국 화가 폭발한 영혜의 아버지가 영혜의 뺨을 때리고, 강제로 입에 탕수육을 집어넣습니다. 영혜는 비명을 지르고 상에 놓인 과도를 집어 들고 손목을 긋습니다.

병원에 입원한 영혜는 '나'가 잠든 사이 병원 밖으로 나갑니다. 분수대 옆에서, 상의를 벗은 채, 붕대를 푼 손목을 핥고 있습니다. 왜 벗었냐고 물으니 더워서 벗은 것일 뿐이라고 합니다. 그리고 영혜의 오른손에는 이빨로 물어뜯긴 작은 동박새가 쥐여 있었습니다.

　　나는 아내의 움켜쥔 오른손을 펼쳤다. 아내의 손아귀에 목이 눌려 있던 새 한 마리가 벤치로 떨어졌다. 깃털이 군데군데 떨어져 나간 작은 동박새였다. 포식자에 뜯긴 듯한 거친 이빨자국 아래로, 붉은 혈흔이 선명하게 번져 있었다.

-한강, 「채식주의자」 부분

　　소설은 이 장면을 마지막으로 끝이 납니다. 「채식주의자」는 연작의 첫 편으로 이후에 「몽고반점」과 「나무 불꽃」이 발표됩니다. 「몽고반점」은 형부의 눈으로, 그리고 「나무 불꽃」은 영혜의 언니 인혜의 눈으로 그려집니다. 영혜는 결국 이혼을 당하고, 정신병원에 수감됩니다. 정신병원에서 영혜는 먹기를 거부하고 나무가 되고자 합니다. 강제로 영양분을 주입하려는 의사를 밀치고, 인혜가 영혜를 데리고 나오는 것으로 연작이 마무리됩니다.

　　그런데 영혜는 왜 고기를 먹지 않는 것일까요? 또 왜 나중에는 모든 영양분을 거부하면서 나무가 되고자 하는 것일까요? 영혜가 꾸는 꿈에 단서가 있습니다. 영혜가 꿈을 꾸는 것은 그 전날 있었던 작은 사건 때문입니다. 얼어붙은 고기를 서둘러 썰다가 손가락을 베고, 식칼의 이가 나갑니다. 그리고 그날 밤, 피가 흐르는 시뻘건 고깃덩이들이 있는 헛간, 그 속의 피웅덩이, 거기 비친 자신의 얼굴을 보는 꿈을 꿉니다. 계속해서 꿈을 꿉니다. 누군가를 죽이는 꿈, 혹은 누군가가 자신을 살해한 꿈. 그리고 누군가를 살해하고 싶은 욕망을 느낍니다. 영혜는 "다른 사람이 내 안에서 솟구쳐올라와 나를 먹어버린" 듯한 느낌을 갖습니다. 그리고 그 속에는 아주 오래된, 묻혀 있던, 아홉 살의 기억이 있습니다. 집에서 기르던 개가 자신을 물자 아버지는 개를 오토바이에 매달아 끌고 다니며 죽음에 이르게 합니다. 그리고 그날 잔치가 벌어집니다. 영혜도 그 누린내 나는 고기를 먹습니다. 다른 생명을 살해하고, 그 고기를 먹었다는 그 사실 자체가 먼 기억 속에서 되살아납니다. 영혜는 자신이 먹은 고기의 목숨이 명치에 달라붙어 빠져나오지 않아 답답하다고 느낍니다. 벗어나고 싶지만 벗어날 수 없습니다.

한번만, 단 한번만 크게 소리치고 싶어 그러면 이 덩어리가 몸 밖으로 뛰쳐나갈까. 그럴 수 있을까.

아무도 날 도울 수 없어.

아무도 날 살릴 수 없어.

아무도 날 숨쉬게 할 수 없어.

-한강, 「채식주의자」 부분

영혜는 어린 시절 먹은 개고기뿐만 아니라, 그동안 먹었던 수많은 목숨을 대가로 사는 삶을 부정합니다. 하지만 여전히 영혜의 내부에는 다른 존재를 취하고 싶다는 동물적인 본능이 살아 숨 쉬고 있습니다. 영혜는 이런 이율배반二律背反 서로 모순되어 양립할 수 없는 두 개의 명제의 덫에 걸려 옴짝달싹하지 못합니다. 영혜 내부에서 일어나는 전쟁 속에서 영혜는 자신의 목숨을 버릴 수밖에 없던 것이 아닐까요?

영혜는 의식적으로 육식을 거부하는 게 아닙니다. 고기를 먹을 수 없을 뿐입니다. 그래서 영혜는 채식'주의'자가 아닙니다. '주의'가 되자면 의지와 태도가 있어야 하기 때문입니다. 그런데 왜 작품의 제목은 '채식주의자'일까요? 영혜에게 '채식주의'라는 이름을 붙이는 사람은 누구일까요? 한강의 『채식주의자』 연작을 보면 그 어느 편도 '영혜'의 눈으로 그려지지 않습니다. 「채식주의자」는 남편의 눈, 「몽고반점」은 형부의 눈, 그리고 마지막 작품인 「나무 불꽃」은 언니 인혜의 눈으로 그려집니다. 영혜는 단지 타자의 눈에 비친 모습으로만 그려집니다. 영혜가 '채식주의자'라는 것은 영혜의 시각, 영혜의 의지, 혹은 영혜의 태도가 아니라, 타자의 시선입니다. 영혜를 이해하지 못하는 남편, 강제로 고기를 먹이려는 아버지 등 가족 어느 누구도 영혜를 이해하지 못합니다. 영혜가 채식주의자가 아님에도 작품의 제목이 채식주의자인 이유는 바로 이 때문입니다. 채식주의라는 간편한 이름으로 영혜의 삶을, 영혜의 고통을, 그리고 영혜의 욕망을 규정합니다. 가부장적인 아버지는 딸이 고기를 먹지 않는다고 뺨을 때리고 고기를 억지로 딸의 입안에 쑤셔 넣습니다. 하지만 아버지만이 폭력을 행하는 것은 아닙니다. 그 자리에 있던 모든 사람이 아버지의 폭력에 가담하는 것입니다. 고기를 먹지 않고, 브래지어를 하지 않는 영혜는 그 '방식'을 거부합니다. 그렇다고 자신의 방식을 타자에게 강요하지도 않지요. 오히려 영혜의 가족들이, 그리고 영혜를 제외한 모든 사람이 영혜에게 그 '방식'을 강요합니다. '채식주의자'라는 제목의 역설이지요.

그런데 소설 마지막 장면에서, 동박새의 몸에 난 이빨 자국은 누구의 이빨 자국일까요? 다른 포식자에게 물어뜯긴 동박새를 영혜가 쥐어든 것일까요? 아니면, 꿈속에서 그랬던 것처럼 영혜가 물어뜯은 것일까요? 작가는 답을 하지 않습니다. 어느 쪽의 해석도 가능할 것 같습니다. 다만 어떤 경계선에 서 있는 영혜를 생각한다면, 영혜가 물어뜯는 쪽의 해석이 좀 더 그럴듯해 보이기는 합니다. 여러분이라면 어떻게 해석하시겠습니까?

김려령
(1971~)

    서울 출생. 서울예술대학교 문예창작과를 졸업하였다. 2007년 「내 가슴에 해마가 산다」로 문학동네 어린이문학상 대상, 「기억을 가져온 아이」로 마해송 문학상, 「완득이」로 창비청소년문학상 등을 받았다. 특히 첫 소설인 「완득이」가 청소년뿐만 아니라 성인 독자까지 아우르며 큰 사랑을 받아 영화로도 만들어졌다. 주요 작품으로 「공주의 배냇저고리」, 「요란요란 푸른 아파트」, 「우아한 거짓말」, 「천둥 치던 날」 등이 있다.

    김려령은 사회의 그늘진 모습을 그려내면서 유머를 잃지 않고 흥미진진하게 이야기를 풀어나가는 힘이 돋보이는 작가다. 대표작인 「완득이」가 소설뿐만 아니라 영화, 연극, 뮤지컬에 이르기까지 대중들의 사랑을 받은 이유도 개성 넘치는 인물들의 이야기 속에 장애인, 이주 노동자 등 사회적 약자들에 대한 문제를 자연스럽게 녹여 내고 있기 때문이다.

완득이

#청소년 　　　 #다문화가족 　　　 #이주노동자 　　　 #영화화

⚓ 작품 길잡이

갈래: 장편 소설, 현대 소설, 성장 소설
배경: 시간 – 현대 / 공간 – 서울
시점: 1인칭 주인공 시점
주제: 자신의 꿈과 사랑을 찾아 성장하는 완득이의 모습
출전: 『완득이』(2008)

📷 인물 관계도

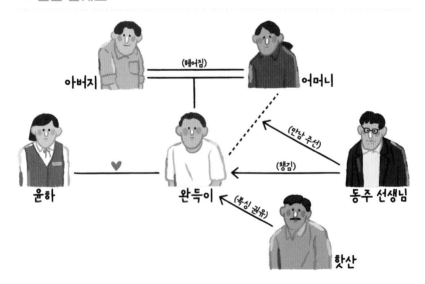

완득이	가난하지만 가족을 사랑하고 의리가 있으며 싸움도 잘하는 고등학생이다.
동주 선생님	완득이가 어머니를 만나고 꿈을 찾을 수 있게 도와준다.

완득이

'나'에서 '우리'로 건너가다

다음에 나열한 영화들의 공통점은 무엇일까요? 〈우리들의 행복한 시간〉, 〈위대한 개츠비〉, 〈우리들의 일그러진 영웅〉, 〈오만과 편견〉, 〈창문 넘어 도망친 100세 노인〉……. 너무 어려운 문제인가요? 〈해리포터〉와 〈반지의 제왕〉 시리즈를 더한다면 조금 감이 잡힐까요? 네, 맞습니다. 이 영화들의 공통점은 소설을 원작으로 만들었다는 거예요. 영상 매체가 발전하면서 많은 문학 작품이 영화나 드라마 등으로 재탄생하고 있지요.

2011년에 개봉해 흥행에 성공한 〈완득이〉 역시 소설이 원작인 영화입니다. 이 영화의 원작은 김려령의 소설 「완득이」예요. 2008년에 출간된 이 소설 역시 많은 독자의 관심을 받았답니다.

「완득이」에 등장하는 인물들은 개성이 뚜렷합니다. 우선 주인공이자 서술자인 완득이는 난쟁이인 아버지, 가짜 삼촌인 민구와 함께 좁은 옥탑방에서 사는 고등학생이에요.

아버지와 함께 춤추러 다니는 민구는 완득이와 피가 섞인 삼촌이 아니어서 가짜 삼촌입니다. 완득이는 공부를 잘하지는 못하지만, 싸움은 누구에게도 지지 않아요.

완득이 아버지는 난쟁이라는 이유로 세상의 편견에 시달리는 인물입니다. 아들 완득이가 자신 때문에 다른 사람들의 손가락질을 받지는 않을까 항상 마음을 쓰며 살아가지요. 그래서일까요? 완득이 아버지는 형편이 어려워도 서울 도심 근처의 옥탑방으로 이사하고, 완득이가 대학에 가기를 바랍니다. 완득이 아버지는 춤추는 것을 너무 좋아하지만, 어려운 살림 때문에 춤을 포기하고 지하철에서 채칼 파는 일을 하지요.

완득이는 교회에 가서 담임 선생님인 동주를 하루빨리 죽여 달라고 기도합니다. 완득이는 왜 이런 맹랑한 내용의 기도를 하는 것일까요? 동주는 완득이네 맞은 편 옥탑방에 삽니다. 동주는 학교에서뿐만 아니라 집에서도 완득이를 수시로 괴롭히지요. 심지어 완득이의 음식을 빼앗아 먹기도 해요. 그래서 완득이는 동주가 빨리 죽었으면 좋겠다고 생각하지요.

그러던 어느 날, 완득이는 동주를 통해 베트남 출신인 어머니에 관한 이야기를 듣습니다. 아버지와 결혼해 완득이를 낳은 후 집을 나간 어머니는 동주의 도움으로 완득이와 만나게 되지요. 17년 만에 어머니를 만난 완득이는 어떤 심정이었을까요?

　그분은 기어이 봉투를 내려놓고 방을 나갔다. 교회로 가는 걸까.
　방에서 이상한 냄새가 나는 것 같다. 누구 냄새인지는 모르겠다. 어쨌든 나 혼자 있을 때와는 다른 냄새다. 화장도 안 했던데 무슨 냄새일까. 이런 게 어머니 냄새라는 걸까. 그분이 먹었던 라면 그릇이 전과 달라 보였다. 나는 그분이 두고 간 봉투를 뜯었다. 돈인 줄 알았는데 편지였다.

> 미안해요.
> 잊고 살지 않았어요. 많이 보고 싶었어요.
> 나는 나쁜 사람이에요. 정말 미안해요.
> 혹시 전화할 수 있으면 전화해 주세요.
> ○○○ - ○○○ - ○○○○
> 안 해도 돼요.
> 옆에 있어 주지 못해서 미안해요.

　그 흔한 아들이니 엄마니 하는 말은 없었다. 옆에 있어 본 적이 없어서, 어머니라고 불러 본 적이 없어서, 내가 어머니라는 말 대신 그분이라고 하는 것과 같은 걸지도 모른다. 다른 건 있다. 그분은 나를 보고 싶어 했다는 것이다.

-김려령, 「완득이」 부분

　윗글에 나오는 짧은 편지에는 완득이에 대한 어머니의 마음이 고스란히 담겨 있습니다. 하지만 어머니는 편지에서조차 '아들'이라는 단어나 아들의 이름을 쓰지 못해요. 완득이 역시 어머니를 '그분'이라고 부르고요. 지금까지 완득이와 어머니 사이에 있었던 세월의 거리감이 느껴지지요.
　완득이는 어머니를 만났을 때도 시큰둥한 반응을 보입니다. 어머니를 처음 보았는데도 눈물 한 방울 흘리지 않지요. 하지만 어머니를 만난 후 완득이는 아버지에게 어머니와 이별한 이유를 묻습니다. 어머니가 편지에 담은 진심이 조금이나마 완득이에게 전해졌기 때문이겠지요. 아버지는 어머니가 자신이 춤추는 것을 이해하지 못했다고 대답합니다. 또한 숙소 사람들이 어머니를 팔려 온 하녀 취급하는 게 싫었다고 말하지요. 이러한 이유로 두 사람은 이별한 거예요.

한편, 완득이는 같은 반 우등생인 윤하와 가까워집니다. 윤하의 관심을 받게 된 완득이는 자신의 마음을 표현하는 방법을 조금씩 알게 되지요. 또한 완득이는 교회에서 알게 된 이주 노동자 핫산의 영향으로 킥복싱에 점점 빠져듭니다. 아들이 소설가가 되기를 바라는 아버지는 완득이가 킥복싱하는 것에 반대하지만 완득이는 킥복싱을 인생의 목표로 삼지요.

완득이의 삶이 점점 잘 풀리는 느낌이 든다고요? 이렇게 되기까지는 동주의 역할이 컸습니다. 사사건건 완득이를 괴롭히고 험한 말과 행동을 일삼던 동주가 무슨 역할을 했느냐고요? 사실 동주는 완득이에 대한 애정이 누구보다 큰 사람이었답니다.

동주는 허름한 교회를 사서 이주 노동자들을 위한 쉼터를 만들기도 하고, 앞에서 언급한 것처럼 완득이와 어머니가 만나는 데 큰 도움을 주기도 합니다. 나중에는 완득이 아버지와 민구가 댄스 교습소를 여는 데도 이바지하고요. 이러한 동주의 관심은 마침내 완득이에게도 전해지지요.

「완득이」의 마지막 부분에서 완득이는 "평범하지만 단단하고 꽉 찬 하루하루를 꿰어 훗날 근사한 인생 목걸이로 완성할 것이다."라는 긍정적인 다짐까지 하게 돼요.

지금까지 살펴본 「완득이」는 성장 소설입니다. 하지만 단지 성장 소설에만 그친 것이 아니라 다문화 가정 문제, 이주 노동자 문제 등 현재 우리 사회의 모습을 잘 보여 준 작품이기도 해요.

다문화 가정이란 한 가정 안에 다양한 민족이나 문화가 공존하는 것을 말합니다. 우리나라에서는 국제결혼이 늘어나면서 다문화 가정 역시 점점 늘어나고 있어요. 우리나라 경제가 지속적으로 발전하면서 개발 도상국의 많은 인력이 국내로 들어오고 있지요. 오늘날 우리나라에서 일하는 이주 노동자만 100만 명이 넘는답니다. 우리나라도 다문화 사회로 성큼성큼 나아가고 있는 거예요. 이제 우리도 다른 문화권의 사람들을 차별하지 않고 따뜻하게 받아들여야겠지요?